亲历太仓改革开放四十年

悠扬与绚丽

亲历太仓改革开放四十年

邱震德◎主编

中国文史出版社

编 委 会

序

1978年12月18—22日，党的十一届三中全会在北京举行。会议做出把党和国家工作中心转移到经济建设上来、实行改革开放的历史性决策，动员全党全国各族人民为社会主义现代化建设进行新的长征。这是中华人民共和国成立以来，我们党和国家历史上具有深远意义的伟大转折。从此，全国上下揭开了社会主义改革开放的序幕，以邓小平为核心的党中央逐步开辟了一条建设中国特色社会主义道路。40年来，中国人民沿着这条道路取得了举世瞩目的建设成就，为实现国家富强、民族复兴、人民幸福、社会和谐的中国梦奠定了坚实的基础。

“忽如一夜春风来，千树万树梨花开。”自20世纪80年代以来，娄东大地在改革开放春风的沐浴下，太仓人民与全国人民一道迅速汇入改革开放的洪流，掀起改革开放的巨浪：乡镇企业改制蓬勃发展，培育了大批先富起来的人，成为“苏南模式”的重要板块；太仓针织厂第一家引入日资合作，成为苏南地区较早对外引资的先行军；太仓港持续投建和对外开放，“以港兴市”和“以港强市”战略的持续推进，使港口城市特色凸显，并日益确立了在上海国际航运中心乃至整个长江经济发展带中的重要地位；第一家德企克恩-里伯斯的成功引入，“德国中心”的落地，到今天共聚集了近300家德企，使太仓成为全国中德合作的典范城市；农村社区“一票直选”的推行、大病再保险等实施举措，开创了社会治理现代化的“太仓样本”，并上升为国家层面的“制度蓝本”……这一系列具有明显太仓特色的改革开放举措，深刻影响并加速推进了太仓经济社会发展，人民福祉不断增加，城市功能不断完善，多年保持城市竞争力居全国百强县市的前列，在国家转型发展的历史进程中谱写了亮丽的太仓篇章。

“以铜为鉴，可以正衣冠；以人为鉴，可以明得失；以史为鉴，可以知兴替。”40年改革开放的历程就是一部构筑伟大梦想、建设伟大工程、开创伟大事业的不朽史诗。党的十八大以来，习近平总书记多次强调要弘扬中华文化，讲好中国故事。政协文史工作是政协最具特色的工作之一，文史资料的收集整理具有独特的历史价值和人文价值，也是发扬传统文化、讲好历史故事的重要载体。《亲历太仓改革开放40年》文史专辑通过记录整理太仓40年改革开放历程中的参与者、见证者的“亲历、亲见、亲闻”，梳理40年来改革开放中各项重大决策、重大举措背后的决策者、执行者、体验者的精彩故事和鲜活细节，真切感知先行者的胆识、智慧和力量，深入体会历史跃迁的脉动和轨迹，对于新时代深入推进太仓全面深化改革和“大众创新、万众创业”，无疑具有重要的参考和借鉴意义。

太仓改革开放所取得的成就，充分证明了党的十一届三中全会以来形成的党的基本理论、基本路线、基本方略是完全正确的，中国特色社会主义道路是实现社会主义现代化、创造人民美好生活的必由之路；充分证明了无论改什么、改到哪一步，都要坚持党的领导，确保党把方向、谋大局、定政策，确保党始终总揽全局、协调各方；充分证明了改革开放是决定当代中国命运的关键抉择，是当代中国发展进步的活力之源，是党和人民事业大踏步赶上时代的重要法宝，是坚持和发展中国特色社会主义、实现中华民族伟大复兴的必由之路；充分证明了人民是改革的主体，要坚持一切为了人民、一切依靠人民，发挥好广大人民群众的积极性、主动性、创造性，使广大人民群众成为推动改革开放的强大力量。

太仓政协编辑出版的《亲历太仓改革开放40年》文史专辑，充分体现了政协文史工作“存史资政、团结育人”的社会功能。通过大量改革开放亲历者的口述和笔记史料，从不同侧面展示了太仓改革发展的精彩篇章和艰辛历程，也必将激励后人不断勇往直前、开拓创新，续写新时代太仓改革发展新篇章。

让我们永远铭记这40年的不朽历程，共同向改革开放的先驱致敬！

是为序。

邱震德

2018年8月

目　录

行政改革篇

三农改革篇

工商改革篇

开发开放篇

城市建设篇

教文卫体篇

社会治理篇

亲历太仓改革开放四十年

行政改革篇

行政改革篇综述

陆健德

中共十一届三中全会以来，太仓县（市）坚持以邓小平理论、“三个代表”重要思想、科学发展观和习近平新时代中国特色社会主义思想为指引，解放思想，深入进行改革，破除旧的体制机制弊端，完善中国特色社会主义制度，提高现代化管理水平。在行政管理体制方面，重点进行了八项重大改革：一是撤销县、乡镇革命委员会，建立县委和乡镇党委，并恢复县人大和县人民政府；二是改革政社合一体制，撤销各乡人民公社管委会，建立各乡、镇人民政府；三是改革村（居）体制，变行政村（居）为基层群众自治组织，实行村（居）民自治；四是撤县建市，经国务院批准建立太仓市（县级）；五是撤乡建镇，逐步将原来的乡全部建成镇；六是调整乡镇区划，进行撤镇并镇，从原来的20多个镇撤并为现在的五镇、二区、一街道；七是改革行政审批制度，建立政务服务中心；八是强镇扩权，先后批准沙溪和浏河镇为省直管镇，扩大管理权限，激发内生发展动力。本章作者通过亲眼目睹或亲身经历，详细记述了上述八项行政体制改革的进程和成效，为40年来行政体制改革留下了珍贵的记录。

太仓 40 年来行政建置和区划的变革

陆健德①

行政建置和行政区划是行政管理的基础。改革开放 40 年来，太仓的行政建置和行政区划也随着各项体制改革的推进和经济社会的发展而不断变革。据我所知，从 20 世纪 80 年代以来，太仓行政建置和行政区划经历了较大的变化。

撤销革命委员会　恢复党委政府

“文化大革命”中，省、市（地）、县、乡（镇）都建立了革命委员会，这个革命委员会是党、政、军，政治、经济、社会、文化的领导中心，一切权力归于革委会。1976 年 10 月粉碎“四人帮”以后，一度沿袭了“文革”时的行政建置，各级权力机构仍然称 × × × 革命委员会，人民公社管理委员会仍然“政社合一”。1978 年 12 月，党中央召开了十一届三中全会，决定把党和国家工作重点转移到社会主义现代化建设上来，提出了改革开放的要求，各行各业都陆续进行改革开放，行政管理体制也在改革之列。

1979 年，中央决定撤销各级革命委员会，恢复省、市（地）、县党委和政府。1980 年 1 月，太仓县召开第七届人民代表大会，选举产生了太仓县人大常务委员会，恢复太仓县人民政府，选举产生了县长、副县长。对于乡镇一级，虽然撤销了革命委员会，建立了乡（镇）党委，但人民公社“政社合一”的体制依然没变。1983 年，国务院下发了《关于实行政、社分开，建立乡镇政府的通知》，全县各乡镇人民公社管理委员会全部改为人民政府，太仓全县建立了城厢、沙溪、浏河三个镇政府，还有娄东、南

① 太仓市原体改办主任。

郊、板桥、新毛、沙溪、直塘、岳王、归庄、浏河、新塘、浮桥、茜泾、牌楼、九曲、时思、老闸、璜泾、鹿河、王秀、双凤、新湖、陆渡22个乡镇府。对下属333个农业生产大队，通过民主选举建立了329个村民委员会。生产队全部改成村民小组。

撤县建市和撤乡建镇

在党的十一届三中全会精神指引下，太仓经济社会加快发展，城镇建设不断推进，城市化程度迅速提高。太仓市政府所在地城厢镇规模日益壮大，镇区面积从4.5平方公里扩展到10多平方公里，人口超过8万，全县交通、邮电通信、供电、供水、生活、文化等基层设施有了很大的改革。加上县经济技术开发区和浏家港港区加紧开发建设，为太仓实现更高层次的发展提供了条件和可能，又给太仓加快城市化进程提出了更高的要求。20世纪进入90年代，县委、县政府提出了“撤县建市”的设想，并着手向上申报。经过三年的努力，1993年1月8日，国务院正式发文，批准撤销太仓县，建立太仓市（县级），以太仓县的行政区域为太仓市的行政区域，不增加机构和人员编制，实行计划单列。随后，江苏省人民政府和苏州市人民政府分别于1月29日和2月26日发出通知，批准撤销太仓县，设立太仓市（县级）。太仓人民梦寐以求的愿望终于实现。

关于撤乡建镇，在太仓撤县建市之前和之后陆续实施。1985年8月，浏河乡并入浏河镇，实现镇管村体制，全县变成3个县属镇，21个乡，329个村，32个居民委员会，3290个村民小组。1986年，撤销茜泾乡、浮桥乡、岳王乡、南郊乡，建立茜泾镇、浮桥镇、岳王镇、南郊镇。1991年，撤销璜泾乡，建立璜泾镇。1993年3月，撤销鹿河乡、王秀乡、归庄乡、板桥乡、陆渡乡、牌楼乡、双凤乡、新毛乡、新湖乡、直塘乡，分别建立镇。同时撤销娄东乡，并入城厢镇；撤销沙溪乡，并入沙溪镇；茜泾镇更名为浏家港镇。1994年，时思乡撤乡建镇；1995年，九曲乡、老闸乡撤乡建镇。到1995年年底，全市完成了撤乡建镇工作，共有22个镇行政区划，即城厢镇、南郊镇、板桥镇、新毛镇、陆渡镇、沙溪镇、直塘镇、岳王镇、归庄镇、浏河镇、新塘镇、浮桥镇、浏家港镇、牌楼镇、九曲镇、老闸镇、时思镇、璜泾镇、鹿河镇、王秀镇、双凤镇、新湖镇。

从1998年开始至2003年，全市又进行了并镇工作。1998年，撤销九曲、时思、老闸3个镇，合并成立金浪镇；王秀镇并入璜泾镇；牌楼镇并入浏家港镇；全市为18个镇。2000年内，南郊镇、板桥镇、新毛镇并入城厢镇，直塘镇并入沙溪镇，新塘镇并入浏河镇，新湖镇并入双凤镇，全市为 12 个镇。2003 年，岳王镇、归庄镇并入沙溪镇，浏家港镇、金浪镇并入浮桥镇，鹿河镇并入璜泾镇，全市共有城厢、沙溪、浏河、浮桥、璜泾、双凤、陆渡 7 个镇。

在并镇的同时，从 1999 年开始进行并村工作。1985 年全县共有 329 个村，1999 年合并了 85 个村，2000—2003 年合并了 22 个村，2004 年合并了 73 个村，并更名 23 个城中村为社区居委会，2005—2007 年又合并了 6 个村。至 2008 年，全市行政区划为 7 个镇，90 个村，68 个社区居委会，另设港区、新区两个经济开发区。到 2017 年，全市共有 8 个镇（区、街道），73 个村，77 个社区居委会。

建立经济技术开发区和街道办事处

20 世纪 90 年代初，太仓县委、县政府抓住浦东开发和长江沿线开发开放的机遇，在太仓城东以高新技术产业为核心建设经济开发区。1991 年 3 月，在县第八次党代会和县十届人大二次会议上正式通过成立“城东经济新区”，1991 年 7 月更名为“太仓经济新区”，1992 年 5 月更名为“太仓经济技术开发区”，1993 年 11 月被批准为“江苏省太仓经济开发区”。在沿江，发展基础工业并创建浏家港港口，1992 年 6 月，成立浏家港港区开发建设指挥部。1993 年 11 月，江苏省政府批准浏家港港口开发区为省级开发区。1994 年 7 月，撤销浏家港港区开发建设指挥部，成立浏家港港口开发区管理委员会。1995 年 6 月更名为太仓港港口开发区管理委员会。同年 12 月，国务院批准太仓港为国家一类口岸对外国籍船舶开放。2002 年 12 月，江苏省政府批准太仓港口开发区与太仓经济开发区合并，更名为江苏省太仓港经济开发区，下设太仓港经济开发区（简称港区）和太仓港经济开发区新区（简称新区）。2011 年，经国务院批复，同意太仓港经济开发区升级为国家经济开发区，定名为太仓港经济技术开发区。

太仓港区和新区是在改革开放年代设立的“特区”，严格来说，它不是行政区域，但政府一度也赋予它一定的行政管理职能。比如新区，曾代管过金星、新兴、花北、小桥、长泾、香花桥、明星、岳南 8 个村和惠阳、东郊、板桥、太平、洋沙、太东、太胜、北郊、梅花、世纪苑、金星、新兴 12 个社区居委会。港区曾代管过杨林村和茜胜、高埝两个社区居委会。为了更好地理顺关系，行使行政管理职能，2011 年省政府批准成立娄东街道办事处，将陆渡镇和新区代管的 8 个村 12 个社区居委会划归娄东街道管理。娄东街道按照“新区统筹、区街分工协作”的原则，以农业农村工作、村级经济、民政、卫计、社区管理、综治信访为主，充分发挥街道社会管理职能。与此同时，港区代管的一个村和两个社区居委会也划归浮桥镇行使社会管理的职能。

2010年1月，经苏州市委市政府批准，太仓又新建了一个经济开发区——科教新城，地处太仓城南，把城厢镇所属的利民、南郊、群星、太安4个社区居委会划给它代管。科教新城主要负责现代服务、教育科研、总部办公和居住配套四大功能，延续太仓向南发展态势，打造苏沪之间商务休闲、现代服务业的中间站，铸就长三角文化创意产业和人才的黄金集聚区。对4个社区居委会也行使行政、社会管理职能。

太仓撤县建市亲历记

沈永德[①]

太仓撤县建市已走过了25个春秋，这是改革开放40年中行政体制改革的一项重大举措，是历史长河中一个令人难忘的里程碑。作为亲身经历撤县建市的我，那段激情岁月至今历历在目。

建市动因

太仓为什么要撤县建市？据我所知，在党的十一届三中全会精神指引下，太仓经济社会事业得到飞速发展，为实现小康社会奠定了一定的基础。为了进一步聚焦现代化建设，争取更高层次的发展，需要继续加快改革开放步伐，增添活力和动力。撤县建市，无疑是改革发展的一个重要举措。具体来说，可以归纳为五个动因：一、为了更好地接轨浦东，融入上海。太仓是江苏省离上海及浦东最近的县市之一，地理位置得天独厚。90年代初，中央提出沿海经济发展战略，进一步扩大浦东的开发开放，进而推进整个长江三角洲的经济开发开放。撤县建市将为太仓与这些开发开放地区的接轨提供更多有利条件。二、为了取得更多自主权，增添发展活力。根据有关规定，撤县建市后，实行计划单列，机构设置也有区别，建市后可相应地设置海关、商检、安全局等机构。此外还有外贸出口自主经营权，更加有利于对外开放。三、为了推进基础设施建设，加快城市化进程。建市后城市建设维护费由原来的5%调整为7%，建制镇的城建费也相应由3%调整为5%，扩大了专项建设资金的来源，有利于按照新格局、新要求来认真规划和建设。四、为了以城带乡，带动乡村发展。撤县建市将进一步深化城镇对农村的辐射和渗透力，发挥对乡村的带动作用，进一步

---

① 太仓市政协原主席。

加速农村工业化和农村现代化进程，形成以城带乡、城乡互利、城乡经济协调发展、融为一体的新格局。五、为了跟上形势，进一步增强竞争力。当时，一股建市之风席卷苏南，我市周边的常熟、昆山、吴江、张家港等地先后实现撤县建市，如果我们不把撤县建市工作抓上去，势必影响我县对外交往的竞争力，影响我县地理和经济优势的发挥，最终影响到经济的发展。因此，撤县建市是适应外部经济环境的客观需要。总而言之，撤县建市意义深远，是全市人民梦寐以求、盼望已久的愿望。

申报争取

跨入90年代后，县委、县人大、县政协、县政府四套班子领导将撤县建市工作摆上重要的议事日程，先后多次进行专题研究，落实撤县建市所需的人力和财力，为撤县建市做了大量工作。一是认真准备材料，积极上报。1990年12月，县民政部门按照撤县建市的要求，认真进行了资料的收集和图纸的绘制工作后，县政府向苏州市政府呈报了《关于要求撤县建市的请示》。接着，1991年1月，由苏州市政府向省政府呈报了太仓撤县建市的材料。以后，经省人民政府同意，又向民政部和国务院呈报了太仓撤县建市的报告。在两年多的时间内，各有关部门密切配合，对撤县建市的报告和材料进行了三次补充修改和报送。二是落实组建机构，积极对上争取。1992年，为了加快撤县建市的进程，县专门成立了由四套班子领导参加的撤县建市工作领导小组，当时，我任县政府副县长，也是领导小组成员之一。成员中还有政协主席张祖勤、民政局局长顾永楣等同志。领导小组在县委、县政府统一组织指挥下，积极开展工作，使撤县建市工作步步深入。三是请示汇报，争取支持。撤县建市是一项复杂的社会工程，涉及方方面面、上上下下的条线、部门。为此，领导小组通过“走出去，请进来，跟上去”的办法，开展大量的“纵向争取”工作。我和张祖勤主席、民政局顾永楣局长及县委办公室、县政府办公室的同志一起，七上省城，四进京城，以书面和口头汇报的形式，争取各级领导的重视和关心。先后向中共中央办公厅、国务院办公厅秘书三局和民政部的各位领导宣传太仓。特别是两次当面向民政部崔乃夫部长汇报太仓的经济社会发展情况，争取各级领导的重视和关心。与此同时，在京的中央和国家机关各个部门的太仓籍同志对家乡的撤县建市也给予了关心和支持。张祖勤主席以书面形式向江渭清老书记汇报，江老非常重视，要求陈焕友省长关注太仓的撤县建市工作。1992年9月16日，省委沈达人书记和省委常委、秘书长梁保华一起来太仓视察，在太仓汇报撤县建市工作后，两位领导明确表示太仓的经济社会发展情况符合撤县建市的标准和要求。我们还先后邀请民政部崔乃夫部长、阎明复副部长和一批司长、处长以及省民政厅的领导来太仓考察，实地了解太仓、认识太仓，从而关心和支持太仓的撤县建市工作。四是广泛宣传，提高太仓知名度。由县委宣传部牵头，在北京、上海、南京、苏州等主要新闻单位经常发布太仓经济建设和社会事业发展的成就，利用新闻媒体扩大太仓的知名度。在上级领导来太仓视察工作时，也把宣传撤县建市作为一项重要工作，认真汇报，争取各级领导关心、重视和支持。

喜从天降

经过全县上下坚持不懈的努力，1993 年 1 月 5 日，传来振奋人心的喜讯：由民政部上报国务院的太仓撤县建市报告，已于 1 月 4 日经国务委员陈俊生批阅同意。1 月 8 日，国务院下发文件，撤销太仓县，设立太仓市（县级），以太仓县的行政区域为太仓市的行政区域，不增加机构和人员编制，实行计划单列。随后，江苏省人民政府、苏州市人民政府分别于 1 月 29 日和 2 月 26 日发出通知，批准撤销太仓县，设立太仓市（县级）。中共苏州市委员会于 2 月 26 日通知，中共太仓县委、县人大常委会、县人民政府、县政协、中共太仓县纪律检查委员会、县人民法院、县人民检察院、县人民武装部的领导班子成员，相应改任中共太仓市委、市人大常委会、市人民政府、市政协、中共太仓市纪律检查委员会、市人民法院、市人民检察院、市人民武装部的领导职务，不再重新任命。3 月 2 日，苏州市第十届人大常委会第三十三次会议通过《市人大常委会关于太仓县人民代表大会改为太仓市人民代表大会的决定》。一、太仓县人民代表大会及其常务委员会改为太仓市人民代表大会及其常务委员会，届次、任期不变。二、太仓县人民政府、人民法院、人民检察院改为太仓市人民政府、人民法院、人民检察院，其领导成员的职务均同时相应变更，政府组成人员、法院院长和检察院检察长任期不变。

喜讯传来，全市上下奔走相告，呈现出一派欢乐喜庆的浓厚氛围。一路汗水，一番心血，一大收获，一阵感动。当我和民政局局长顾永楣在北京中联部宾馆接到国务院的批文时，高兴得热泪盈眶，激动的场面至今难以忘怀。

隆重庆祝

太仓撤县建市是太仓历史上具有划时代意义的一件大事，县委、县政府决定隆重庆祝一番。1993 年 1 月 8 日，县委、县政府下发《关于成立撤县建市筹备工作领导小组的通知》，由四套班子有关领导和县级机关相关的 20 个部门的领导组成。领导小组下设办公室、宣传组、城建市容组、经贸洽谈组、后勤接待组、财务组、安全保卫组。办公地点设在弇山大厦。县委在 1 月 16 日召开撤县建市动员大会，对撤县建市工作做了具体部署，明确了撤县建市庆典活动的任务要求。总的精神是“简朴而隆重、热烈而有序”和“邀请接待好、组织宣传好、经贸洽谈好、全程指挥好”。“一室六组”根据各自职责，紧锣密鼓、夜以继日地开展各项工作。各组均制定工作目标，明确责任，做到任务落实到人，责任到时。办公室主要办理省、市、县三级的依法批准手续及县委、县人大、县政府、县政协、县纪律检查委员会、县法院、县检察院等更名的批文；负责更换公章、牌子等手续；负责编印《太仓市情》内部手册，以及撤县建市纪念册；负责高层领导、知名人士参加成立大会和题词收集；负责成立大会领导讲话稿等。宣传组主要负责报道工作，办好撤县建市专刊，太仓市标设计和胸徽制作；设计图文并茂的彩色张贴画，编印反映太仓“两个文明”建设成就的《太仓市》特刊，设计撤县建市首日封及明信片；组织大型文艺宣传活动等。城建市容组主要抓紧做好老城区改造，搞好市容建设，抓紧新区建设；抓好环境卫生；做好府南街、新民街、城北西路、204 国道的绿化、美化。后勤接待组主要排出邀请来宾名单，负责来宾的衣食住行，负责购置礼品，搞好会务保障、卫生保健等。安全保卫组主要抓好社会治安，做好大会期间安全保卫工作，维持交通秩序。工商局负责全市 7000 多家企业印章和营业执照的更换等。经贸洽谈组主要负责来宾的接待安排，召开好经济发展汇报会和展馆布置、组织参观等工作。领导小组明确由县政府三位领导分工负责，其中由申建华同志负责会场布置，戴锦明同志负责签到接待工作，郑银林同志负责政府门口揭牌仪式。

1993 年 3 月 17 日，县委、县政府邀请 65 名太仓历任老领导在计生委召开太仓撤县建市经济发展汇报会，组织参观老城区、经济技术开发区和有关企业。

太仓的撤县建市受到中央、省、市各级领导的重视，他们纷纷发来贺电、贺信，还专门送来了题词。其中有田纪云的“祝贺太仓建市”、李岚清的“发挥太仓优势，拓展对外贸易”、费孝通的“抓住建市契机，繁荣城市经济”、王光英的“开拓创新，发展经济”、程思远的“太仓要腾飞”和陈俊生的“历史名城，现代城市”等。还有沈达人、王敏生等省、市领导的题词，以及太仓籍著名国际物理学家吴健雄和袁家骝、书法大师朱屺瞻和宋文治的贺词，日本国青谷町议会议长谷川正先生的贺信。

3 月 28 日，45 万太仓人民迎来了盼望已久的具有历史意义的喜庆节日，太仓市成立大会在人民影剧院隆重举行。这一天，春风荡漾，细雨初歇。装饰一新的太仓古城花团锦簇，彩旗缤纷，充满着青春的活力。大标语舒展庆典豪情，彩牌坊喜迎八方宾朋。全市上下沉浸在浓浓的喜庆气氛中。

上午 9 时，当佩戴着红色胸花的国务院有关部门领导、江苏省和苏州市的领导以及各有关部门领导、各县（市）区的代表和海内外各界朋友共 1080 多人，踩着鲜红的地毯步入人民影剧院会场时，门口的军乐队和鼓乐队奏起了欢快而热烈的迎宾曲，少先队员手持鲜花和花环夹道欢迎。进入大厅，笑容可掬的礼仪小姐列队恭迎。

主席台布置得庄严、隆重而热烈，上面一条红色横幅上“太仓市成立大会”七个大字格外醒目，两侧悬挂着标志太仓精神的“奋发进取，快速高效，勇攀高峰，敢为人先”的巨大条幅。主席台后墙正中挂着中华人民共和国国徽，十面红旗分列两边，台前数十盆鲜花竞芳争妍。在主席台就座的有 88 名被邀请的省、市和国家民政部的各级领导和嘉宾。江渭清、储江、梁保华、俞兴德、李执中、王敏生等领导同志在主席台前排就座。

9 时 30 分，主持会议的范正清市长宣布太仓市成立大会开始，会场里奏起了雄壮的国歌。省民政厅副厅长朱德功首先宣读了国务院和省政府批准太仓撤县建市的批复，苏州市委副书记府培生、市人大常委会副主任王士诚分别宣读了太仓撤县建市的文件。中共太仓市委书记周振球在会上做了题为《再上新台阶，建设新太仓》的讲话。

来宾代表宜兴市市长刘湘根和日本朋友船尾允也、三好锐郎即席致贺词，俞兴德副省长和王敏生书记分别代表省、苏州市委和市政府对太仓市的成立表示热烈祝贺。

成立大会后，在新落成的市委、市政府大楼前，郑银林副市长主持了揭牌仪式。当他宣布揭牌仪式开始，鞭炮鼓乐齐鸣，群众队伍中五彩缤纷的气球和数百只和平鸽飞上天空。苏州市委书记王敏生和太仓市委书记周振球、苏州市人大常委会副主任王士诚和太仓市人大常委会副主任吴明歧、苏州市副市长冯大江和太仓市市长范正清、苏州市政协主席曹兴福和太仓市政协主席张祖勤、苏州市纪检委书记周彩宝和太仓市纪检委书记宋湘涛，分别为太仓市委、市人大常委会、市政府、市政协、市纪检委揭牌。此时，在场的数千名群众欢呼雀跃，大头娃娃扭动腰肢，群狮起舞，金龙翻腾，把太仓市成立庆典活动推向高潮。

入夜，火树银花不夜天。在太仓市委、市政府大楼前燃放焰火，数万城乡人民上街观看。姹紫嫣红的礼花，把太仓的夜空装点得色彩纷呈，分外妖娆。城区主要商业、文化街道华灯齐放，流光溢彩，人潮如海。20 个文娱活动场所全部开放，太仓人民和宾客载歌载舞，共度良宵。人民影剧院内举行大型文艺晚会，上海、南京等地的音乐、舞蹈、戏曲界“明星”和太仓歌手联袂登台，尽情欢庆太仓市的诞生。从此历史轻松地翻开了太仓新的一页。

撤县建市，给太仓注入了新的活力，插上了腾飞的翅膀。25 年来，太仓人民踏着改革开放的奋进鼓点，乘着科学发展的强劲东风，解放思想，与时俱进，抢抓机遇，开拓创新，使这片古老神奇的大地发生了翻天覆地的变化。这 25 年，太仓综合实力迅速增强，城乡面貌日新月异，改革开放硕果累累，“港区”“新区”创新发展，人民大步奔向全面小康，社会发展更加和谐。2017 年，全市实现地区生产总值 1240 亿元，一般公共预算收入 140. 7 亿元。看着太仓撤县建市以来经济社会又好又快的发展，我们感到无比光荣和自豪。我们相信，在市委、市政府的领导下，明天的太仓一定会更加美好！

沙溪镇行政管理体制改革试点纪实

龚文彬　冯建华①

2010 年，沙溪镇被省政府确定为首批“行政管理体制改革试点镇”。2012 年 1 月，苏州市转发省政府《关于太仓市沙溪镇行政管理体制改革试点方案》，宣告沙溪镇行政管理体制改革（以下简称强镇扩权）正式启动。回顾 6 年来的历程，我们与此相伴，一路同行，经历了一段艰辛而快乐、紧张而美好的时光。试点期间，先后获评江苏省景观特色旅游名镇、文明乡镇、村庄环境整治工作先进集体、群众体育先进集体、中国人居环境范例奖。沙溪古镇还获评国家 4A 级旅游景区。2017 年，沙溪镇又荣获“国家园林小城镇”“苏州市级生物制药特色小镇”“苏州市征兵先进单位”“苏州市信访先进集体”等荣誉。改革取得综合性显著成效。

缘由和背景

2012 年，开始行政管理体制改革时全镇境域面积达 126. 7 平方公里，常住人口突破 13 万，地区生产总值（GDP）已达 124 亿元，财政收入 4. 37 亿元；全镇工业企业 3452 家，个体工商户 7728 户，总产值 238 亿元；农民人均纯收入 21613 元。沙溪镇是太仓市的工业强镇、商贸重镇、农业大镇，农民收入在全市前列。虽然经济社会较快发展，但行政管理体制依旧弱小滞后，镇较长时期处于责任大、权力小、功能弱、效率低的不对称矛盾境地。

管理体制“车大马小”。从管理范围来看，我们镇先后历经 1993 年、2000 年、2003 年三次镇区划调整，由原沙溪镇、沙溪乡、直塘镇、岳王镇、归庄镇 5 个乡镇合并而成，境域比原先增加了 6 倍，人口比原先增加

---

① 龚文彬，太仓市沙溪镇党委副书记；冯建华，太仓市沙溪镇党委原副书记、镇纪律检查委员会书记。

了5倍，而管理体制依然为原小镇配置，管理队伍建设滞后于管理区划之延伸，社会管控压力加大。在管理职责上，随着城镇化步伐不断加快，原先偏重于农业、工业经济为主的管理职能逐步弱化，而发展新兴产业、推进现代城镇建设、加强生态建设、满足广大人民群众日益增加的对美好生活追求，成了新的迫切任务目标。原有的管理职能也不能有效统领解决发展中出现的新要求、新问题。在管理人才上，一方面镇的管理服务职能不断细化，需要不断充实和吸引人才，特别是高层次人才；另一方面，由于镇级机构建制规格、发展空间的局限性，对优秀人才的吸引力相对偏弱，即使招得进来也不易留住。

管理机构配置上的"大人穿小衣"。随着城镇化和现代化进程的持续推进，人民美好生活需要不断增长，管理服务领域需不断扩大和细化，其所承担的管理职能与原有的财经管理体制存在"大人穿小衣"的不对称现象。突出表现在现体制缺乏自主性，缺乏符合自身发展特色的财经体制性设计，特别是管理权限上"线强块弱"。一方面经济社会快速发展，另一方面镇级政府缺乏统一、集中的财政经济权利来支撑履行职责。税务、工商、水利、土地、交通、安监、公安、法检等部门都实行市级垂直管理，加剧了乡镇块上自主权小、调控力弱的状况。"条条、线线"在"块"中的利益分割，造成我们镇可支配收入偏低，无法满足基础设施建设需要和对社会公益事业的投资，形成公共服务上"能力滞后"。现行管理体制和发展方式明显存在着不平衡、不充分、显现滞后的状态。同时弱小的政府职能在依法治镇上"鞭长莫及"，存在执法主体不明、多头执法或执法真空等现象，导致有法不依、执法不严、违法不究的现象时有发生，这也需要在管理体制、机制上大胆改革。

改革的实施

2012年9月，太仓市政府下发了《太仓市沙溪镇职能配置、内设机构和人员编制实施方案》。按照方案，我们镇将原有行政下属部门进行了归并整合，10个内设机构于2012年12月挂牌工作，简称"二办、七局、一中心"，分别有党政办公室、组织人事和社会保障局、政法和社会管理办公室、经济发展和改革局、财政和资产管理局、建设局、农村工作局、社会事业局、综合执法局、便民服务中心。镇所属事业单位机构不实际运转，人员统筹使用。以"小、精、强"的政府组织机构取代传统"大、全、弱"的乡镇政府组织机构。同时以强镇扩权为重点，推进市权力下放和承接，以利于增强施政和发展内生动力。主要举措有：

突出“一条龙”管理，擦亮“便民服务窗口”。2012 年至 2017 年，太仓市政府分三批下放市发改委、经信委、城管局、卫计委、民政局、市场监督局、残联等部门权限，赋予我们镇行政许可、审批服务类权限 181 大项。为更好承接下放权限，我镇建立便民服务中心，实行“一窗式”办理服务。同时与太仓市政管办系统无缝对接，数据通“一张网”可个性化定制，实现我镇审批内部流转、网上审批及不见面审批功能。梳理“不见面”审批事项 250 项，其中“见一次面”156 项。

突出“规范化”，加强综合执法队伍建设。先后承接了太仓市政府分三批下达的市水利局、农委、城管局、环保局、住建局、市场监督局、国土局、人社局等 14 个部门，共 907 项综合执法权限。镇综合执法局配强了执法队伍，整合了执法资源；创新信息系统，提升执法效率；建立完善规章制度，形成了“一支队伍执法”的良好执法环境。

突出“政社联动”，织好镇村治理一张网。建立镇村联动便民服务网络，共梳理明确了 55 项能在村（社区）受理行政服务的事项，涉及卫计、残联、民政、住建 4 个部门，在镇便民服务中心以及全镇 28 个村、社区便民服务大厅均可提交材料后进行办理，满足老百姓“家门口”就能办事的需求。建立镇村联动网络巡查体系，划分 28 个网络区域，明确专职网络员，列清巡查任务清单 209 项，制定网络员考核细则。对网格内所有违法信息实行定区域、定人员、定职责、定任务、定奖惩的“五定”监管，实现辖区清、人员清、职责清、污染底数清的“四清”目标。

成效初显

强镇扩权，使管理体制、机制的藩篱被拆除，发展的瓶颈被打通，改革成效初显。首先，经济社会在高起点上实现新跨越。2017 年实现财政一般预算 6. 82 亿元，比上年增长了 10. 4%，比 2012 年的 4. 37 亿元增长了 56. 1%；工业总产值 275. 38 亿元，比上年增长了 10. 73%，比 2012 年的 124 亿元增长了 1 倍多；农民人均纯收入 36515 元，比上年增长了 5. 06%，比 2012 年的 21613 元增长了 69%；古镇旅游活力焕发，全年共接待游客 68. 9 万人次，比 2012 年增长了 78%；新兴产业和高新产业产值占比分别达到 58. 85% 和 23. 03%，比 2012 年分别增长了 62% 和 49%。民生工程亮点频频。由于调研、立项、建设一条龙顺畅，6 年来我们镇建成花园式农民集中居住小区 23 个，镇村二级投资总额 4. 2 亿多元，建筑面积 10 万多平方米。光2017年，用于农民小区配套提档、村级按“三星”级标准进行生态环境改造投入资金额达4000多万元，全镇出现了从未有过的村庄美丽、人民生活美好的喜人景象，荣获“太仓市农村改革发展（美丽村庄建设）先进集体”荣誉称号。社会公共事业项目建设，更具自主性和高效的建设速度。6年来，先后投入2亿多元完成沙二小异地新建工程及归庄小学、岳王学校、直塘小学、沙三小校舍升级工程。加快完善公共卫生体系，归庄卫生院中医馆投入使用，岳王卫生院获评省示范乡镇卫生院。投资2.85亿元的新沙溪人民医院即将投入运行。不断提升养老机构建设，完成福利中心改造，建成村、社区日间照料服务站23个。改建2个镇级图书分馆，新增1个特色图书分馆，新建2个社区大舞台，建设全民健身中心和4个健身分站，进一步丰富了群众业余文化生活。一个崭新的、城乡一体化的、满足人民美好生活需要的新沙溪正在快速形成。

我们镇“强镇扩权”，实现了行政审批和公共服务让对象“最多跑一次的改革”。2017年金秋的一天，年过五旬的物流公司王总满面春风地对我们讲，他20年前办公司，要盖9个章，打6个证明，跑了11个部门，用了两个多月的时间，才拿到营业执照。而今年11月，又开了一个新公司，只盖了一个章，到镇便民服务中心一个窗口只一次就办结了全部手续，两天就拿到营业执照。他感慨地说：“强镇扩权的感觉真好！搞企业的更方便，生活更美好。”新开办企业审批手续简化，只跑一次就能办结，而变更类企业在本镇也只需一次办结。2017年12月8日上午，我镇便民服务中心为凡山劳务专业合作社核发了经营范围变更的营业执照，标志着沙溪镇辖区内企业今后在家门口，且“最多跑一次”，就能拿到此类营业执照，不需要再到太仓市政管办办理了。公共服务项目办理同样更快、更便捷。2017年秋天，有一位徐女士是在外地工作的再婚育龄妇女，顺道回沙溪便民服务中心办理再生育准生证，当窗口工作人员得知她在外地工作时，即叫她留下邮寄地址，待准生证办理好后用EMS邮寄给她，整个过程只用了不到20分钟。徐姓妇女一迭声地说：“最多跑一次的改革成果，我们外地工作人员与本地人一样得到享受。”6年来便民服务中心共受理事项24961件，办结率达100%。

依法行政，织密综合执法网。我们镇改革后拥有执法权、处罚权，克服了“小马拉大车”的问题。镇综合执法局成立后，统一行使市政府下放的行政执法权。目前，我镇共承接市政府分三批下放的行政处罚类权限1104项，执法局建立起“一张网全覆盖、一中心大联动、一支队伍综合执法”的立体化管理体系。综合管理监督指挥中心接入全镇691个探头，可随时调取查看违法信息。网格员发现违法信息，可立即通过警务通上传到综合管理监督指挥中心进行及时处置，执法效率提升，“老大难”问题得到破解。地下水资源保护一直是行政执法的一大难题。2017 年 8 月 9 日，镇执法大队在接到举报沙溪印染厂私开深井抽取地下水后，即刻进行快速反应执法，现场封井，罚款 10000 元，并在次日召开现场会，举一反三宣传《江苏省水资源管理条例》，有效地震慑了非法抽取地下水资源违法行为。工业垃圾焚烧和农田秸秆焚烧是我镇生态环境建设又一弱项，执法大队先后对我镇华源捻线厂等 5 家企业违法焚烧工业废料和农村 48 起在田间焚烧秸秆行为进行了行政执法，对于遏制不断蔓延的烟尘废气污染起到了积极作用。近两年来，综合执法共做出行政处罚决定书 761 项，共接受处理信访件 3353 件，均得到及时妥善处置。

村（居）体制重大变革纪略

王晓芸[①]

党的十一届三中全会以后，神州大地掀起了改革浪潮，行政体制改革从上到下迅速展开，处在最基层的村（居）一级建制也发生了重大变革。纵观36年来村（居）建制的改革历程，我市重点在村（居）性质、民主选举、群众自治、政社互动四个方面大胆改革，不断创新，取得了成功的经验，获得了群众的拥护和上级的认可。

村（居）建成基层群众自治组织

粉碎“四人帮”后，太仓一度沿袭了“文化大革命”期间的行政建制，县、乡、镇建制仍然称为革命委员会，人民公社仍然实行政社合一。一直到1980年，太仓撤销县革命委员会建制，设立中国共产党太仓县委员会和太仓县人民政府。1983年夏，太仓在全县范围内撤销乡镇革命委员会和人民公社建制，设立3个镇党委和镇政府，22个乡党委和乡政府。在村一级，撤销333个农业生产大队，成立了329个村民委员会，生产队全部改成村民小组。在城镇设立32个居民委员会。根据1982年发布的《中华人民共和国宪法》第111条规定，城市与农村居民居住地区设立的居民委员会或者村民委员会是基层群众自治组织。中共十七大将“基层群众自治组织制度”首次写入党代会报告，正式与人民代表大会制度、中国共产党领导的多党合作和政治协商制度、民族区域自治制度一起纳入了中国特色政治制度范畴。从此，我市拉开了村（居）民自治的帷幕，在如何选好村（居）民委员会、如何开展村（居）民自治、如何处理好基层政府与群众自治组织关系上进行了一系列改革和创新，实现了历史性的重大变革。

---

① 太仓市民政局局长。

“两个直选”写进国家村委会组织法

选好村（居）民委员会，充分保障村（居）民的选举权，是村（居）体制改革的重要内容。村（居）两委会如何选好，我市经历了探讨摸索、完善规范、创新提高三个阶段。

1983 年、1986 年两届是探讨摸索阶段。1983 年的村委会换届时，农村的民主政治建设无法可依、无章可循，村民委员会选举无章法。到了 1986 年，我局根据中央、国务院［1986］22 号文件赋予的 6 条职责，深入调研，听取意见后起草了《太仓县村民委员会组织暂行办法》，由县政府发文，使太仓第二届村委会的选举有了自己的章法，建立了民主选举制度。

1988 年、1991 年、1994 年三届是完善规范阶段。这一时期的工作重点是贯彻《村民委员会组织法（试行）》和《江苏省选举工作若干规定》。1988 年 5 月，全县召开贯彻《村委会组织法（试行）》工作会议，确定了浏河镇和娄东乡为贯彻实施《村委会组织法（试行）》的先行单位。1990 年，太仓在村民自治工作中积累了一定的经验。江苏省委在“江都会议”上确定太仓为全省“村民自治示范”试点县。自此以后，县（市）委、政府始终把该项工作列为重要议事日程之一，相继成立了由副书记和副县（市）长为组长的“基层政权建设工作领导小组”和“村民自治活动领导小组”，在民政局设立两个领导小组办公室，由民政局负责日常工作。从 1991 年第四届村委会选举起，对候选人的产生明确了方法，如采取 1 人提议 10 人附议的方法产生；1994 年第五届以 10 人以上联名，组织、单位提名的方法产生，选民直接参提率达 68.4%。这种方法经省人大、省民政厅、苏州市民政局和美国记者在选举现场观摩，得到了肯定和好评。

1997 年、2000 年、2003 年、2006 年四届为创新提高阶段。这个阶段主要是全面贯彻《村民委员会组织法》和《江苏省村民委员会选举办法》。民政局依法总结经验，听取意见，根据村民的民主法制意识和普遍要求，为切实保障村民的民主权利，避免行政干预，1997 年的第六届选举实行了“两个直接”的选举方法。2000 年，全市第七届村民委员会选举时实行了“一次直选”，使选举程序更简便、更民主。2003 年和 2006 年的第八、九届村民委员会选举，在继续实施“一次直选”的基础上，为方便群众和节约时间，设立投票站和计票中心，村民亲自投票率和民主参与度更高，选举成本更节省。

通过探索创新和不断完善，太仓成为江苏省村民委员选举工作示范单位。从第五届起，省政府都要召开“全省村委会换届选举工作会议”，届时都要请太仓到会并介绍村委会选举工作的经验。“两个直接”的选举办法也得到了全国人大和民政部的充分肯定，在1998年修订《中华人民共和国村民委员会组织法》时，采纳了太仓的“两个直接”的选举办法，“一次直选”也在全省和全国范围内推广。

群众自治荣获“全国村民自治示范市”三连冠

村（居）群众自治民主管理的核心是村务公开。多年来，太仓始终在村务公开的工作上不断创新和深化。首先，扩大政务公开内容。1992年起，在全市各村普遍建立了村务公开制度，当时公开的内容不到10项。1997年村务公开的内容扩大到“财务公开”14项，“村务公开”5项，“政务公开”4项。2004年，根据中央17号文件精神和农村改革发展的新形势、新情况，市委、市政府下发了74号文件，将村务公开的内容做了重大调整，内容增加到36项，至2008年又增加到42项。其次，创新公开形式。1992年的村务公开，仅局限于村务公开栏和村级公开两种形式，到目前的公开形式已发展到一村多点公开栏、有线广播、网上公开、电子触摸屏等方式。并确立了“民主决策日制度”“民主评议制度”“村干部接待日制度”等，开通了公开电话，设立了举报箱，全面接受村民监督。使村务公开从背靠背到面对面，从被动到主动，从间接到直接，村务公开的形式更加实效化。最后，公开管理制度。在村民自治活动开展过程中，每届村委会选举结束后新制定和修改的《村民自治章程》、“村委会工作制度”“村务公开制度”“民主理财制度”“评议村委会工作制度”“村委会三年任期目标”以及村委会下设各工作委员会的职责等均予上墙公布，村民称之为“阳光制度”。

太仓的村务公开和民主管理贯穿于村民自治的全过程、全方位，得到了各级领导的肯定。2004年12月，全国村务公开协调小组在太仓召开了“全国村务公开民主管理工作经验交流会”。出席会议的有：中央书记处书记、中央纪委副书记何勇，民政部部长、全国村务公开协调小组组长李学举，以及国家27个部、委、办、局的领导，各省（直辖市）党委的分管书记，各省（市）长、民政厅（局）长250多人。我省时任省委书记李源潮，省长梁保华，省委副书记张连珍、王寿亭，副省长王湛等出席了会议。太仓市委时任书记程惠明在会议上介绍了“把村务公开和民主管理贯穿于村民自治全过程”的经验。与会人员还参观了太仓的“村务公开民主管理现场”。

随着形势的发展，太仓在村务管理制度上又进行了新的探索和创新，推行“村民代表会议主席制度”，实行体内监督；推行“民主决策日”制度，实行体制监督；推行“村务公开三日制度”，实行时效监督；推行“村民小组代表会议制度”，实行多层监督。在全市范围内又全面开展农村社区和社区服务中心建设，旨在提高村民自治组织“三个服务”的能力，提高村民的生活质量，促进新农村建设和和谐社会的构建。这几项制度的创新，全部成为省级村务公开民主管理的创新项目，其中“村民小组代表会议制度”成为全国 8 个创新奖之一，农村社区建设工作被民政部列为“全国农村社区建设实验市”。

村（居）自治以来，太仓县（市）承担了 7 次全国和省级基层群众自治工作的现场观摩和经验交流会议，为推进全国和全省的基层群众自治工作做出了贡献。太仓也一直成为全省和全国的村民自治示范市，先后获得了屈指可数的“全国村民自治示范市”三连冠，江苏唯一的“全国村务公开民主管理示范单位”，全国仅有的 8 家“村民自治制度创新奖”之一。集村民自治工作三大奖项于一身的县级市，在全国范围内独此一家。

“政社互动”被誉为行政改革第二次革命

2008 年以来，针对基层政府与群众性自治组织权责边界模糊造成政社不分、影响村民自治的实际情况，我们尝试了“政社互动”的行政管理体制改革，即实现“政府行政管理与社区自我管理有效衔接，政府依法行政和居民依法自治良性互动”。具体做法是厘清“两份清单”，签订“一份协议”和实行“双向评估”，即对照相关法律法规，梳理基层群众性自治组织依法履行职责事项”和“基层群众自治组织协助政府工作事项”两份清单，划清“行政权力”与“自治权力”的界限，废止村（居）行政责任书，签订“基层群众自治组织协助政府管理协议书”，明确协助管理的项目和要求，明确政府必须提供的行政指导和财政支付，明确双方履行评估和违约责任，弱化行政考核，建立基层政府与群众自治组织工作绩效的“双向评估”机制，提升双方履职履约的能力水平。“政社互动”的实施，不仅改变了基层政府把群众性自治组织作为行政延伸，随意发号施令的“思维定式”，变“领导关系”为“指导关系”，促进了政府依法行政，也改变了群众性自治组织的“行政依赖”，深化了基层群众自治意识，推动了群众自治水平。“政社互动”的改革创新实践，受到中央、国家部委等领导的批示，得到了国家主流媒体的关注，得到了有关专家学者的肯定，被誉为“继我国行政审批制度改革后行政改革的第二次革命”。2015 年被民政部遴选为社区管理十大创新成果之首。“政社互动”很快在苏州市全面推广。目前已成为太仓创新社会治理、深化村民自治的特色品牌。在近年来的实践中，我们还在“政社互动”的基础上推进“三社联动”，发挥社会组织、社工人才的力量，引导他们共同参与社会治理，从而达到“多元共治”，进一步推进了基层群众自治的能力和水平。

太仓市政务服务中心的建立与发展

姜德龙①

太仓市政务服务中心的前身——太仓市行政审批服务中心创建于2002年10月28日。笔者亲自参与了中心的创建和运行，对这一制度改革情况比较了解，值此改革开放40周年之际，特对其建立与发展情况做一番回顾。

“敢吃螃蟹”创建服务中心

随着我国建立社会主义市场经济体制和加入世贸组织，原有的计划时代不合理的经济管理体制和审批方式，已不适应新的经济形势发展的要求。从2000年开始，国务院召开了全国深化行政审批制度改革电视会议，要求对所有涉及行政审批的项目进行清理审查，在坚持合法、合理、效能、责任、监督的原则下，凡不符合法律、法规的，不符合市场准入、市场开放与世贸基本原则的，不影响经济秩序或可由中介机构替代的行政审批一律取消。重复多头审批的改为合并审批，能降为核准、备案的尽量降级处理。

2001年3月，太仓市根据省、市的统一部署，成立行政审批制度改革领导小组及办公室（审改办），负责开展对全市行政审批事项的清理。当年即对全市39个行政部门的1130项审批事项进行清理整合。第二年在全市开展了第二轮深化行政审批制度改革，对所有具有审批行为的72家行政事业单位进行全面项目清理，并将清理结果予以公告。

2002年，太仓市十二届人大五次会议《政府工作报告》中明确提出组建行政审批服务中心。会议期间，人大、政协的多个提案也提出要求建立行政审批服务中心。由此形成人大一号提案、政府实事工程、政协提

① 太仓市政务服务管理办公室工作人员。

案——建设太仓市行政审批服务中心。

2002 年 5 月，由计划委、体改办、审改办开始着手进行前期调研，8 月，太仓市人民政府发布《关于印发〈太仓市行政审批服务中心筹建方案〉的通知》（太政发［2002］68 号）。8 月 5 日，时任市长申建华主持召开了筹建领导小组及办公室全体工作人员会议，明确了工作职责及工作时序，并带领筹建组全体同志实地踏看了办公区现场。8 月 6 日，由市委办、政府办、计划委、体改办的 8 位人员组成市行政审批服务中心筹建组，开始集中办公，本人也是其中的一员。市政府领导要求我们解放思想，用“第一个吃螃蟹”的精神大胆进行改革。按照市政府领导的要求，对行政审批服务中心进驻项目的内容、审批服务软件、运作程序等三个主要方面进行落实准备。8 月 10 日，在政府全体（扩大）会议上，时任市长申建华、常务副市长浦荣皋对建立行政审批服务中心做了专题部署。9 月 14 日，申建华、浦荣皋专门听取了筹建组办公室的汇报，并正式确定了 22 个行政审批部门为首批进驻中心的窗口部门。同月，太仓市机构编制委员会正式发文，同意建立“太仓市行政审批服务中心”，文件明确为市政府直属事业单位，正科级建制，实施公务员管理。内设办公室（督查）和综合科（网管）两个职能科室。2002 年 10 月 28 日，太仓市行政审批服务中心正式挂牌成立。办公地点设在新区开发区大楼。内设对外服务窗口 23 个，进驻部门 22 个，进驻项目 174 项，全体工作人员 59 人。2007 年 11 月，经苏州市编办批准，太仓市机构编制委员会发文同意，太仓市行政审批服务中心更名为“太仓市行政服务中心”，并由原政府的直属事业单位改为太仓市人民政府派出机构。2009 年 3 月，太仓市行政服务中心筹建便民服务中心，增挂“太仓市便民服务中心”牌子。2009 年 12 月，太仓市行政服务中心整体搬迁至上海路行政中心 3 号楼。

2012 年 12 月，我市第一家乡镇服务中心——沙溪镇便民服务中心挂牌，2014 年，双凤镇便民服务中心挂牌运行，这标志着太仓市行政服务三级联网的初步实现。

2015 年 2 月，根据省、市政府的统一要求，太仓市机构编制委员会同意，“太仓市行政服务中心”更名为“太仓市政务服务管理办公室”，并增挂“太仓市政务服务中心”牌子，仍为太仓市人民政府派出机构，正科级建制。3 月 5 日正式挂牌。由此全省行政审批服务大厅基本实现同名，并做到职能、业务联网，关系顺畅。

2016 年 10 月 28 日，太仓市成立“苏州市公共资源交易中心太仓分中心”，将市国库支付中心、政府采购中心、医药卫生用品采购中心、招投标中心等机构纳入分中心，为副科级事业单位，隶属太仓市政务管理办公室。由此太仓市的政务服务形成“一办三中心”的管理模式，即政务管理办公室、政务服务中心、便民服务中心、公共资源交易中心。对外挂四个牌子，对内一套管理机构。内设办公室、综合科、信息科、督查科、便民服务科。一个全新的政务中心，启动了全方位多功能的为民服务新模式。

发扬敢于“第一个吃螃蟹”精神还体现在建立便民服务网上运行平台上。2009 年根据苏州市政府文件要求，我市开始筹建便民服务网上运行平台，这又是一项新工作。当时我们对信息化、网上运行似懂非懂。后来通过取经学习，向科技人员请教，总算懂了这是虚拟的网络服务，最终要建成集窗口受理（在政务服务大厅设立服务窗口）、网络互动（政府门户网站与便民网）、热线呼叫（12345 服务热线）三位一体的全方位多元化 24 小时服务的便民服务中心。其任务是将市民百姓反映的问题形成工单，按职能向各单位进行发送、回复、公告、督察等，将重大问题向指挥协调小组汇报。全市成立便民服务中心指挥协调小组，负责指导、协调、处理重大问题，领导与管理便民服务中心。两区各镇、各机关部门及有关单位是便民服务中心网络成员单位，负责提供各类信息、处理收到的各类工单。便民服务中心 6 月开始试运行，12 月正式运行。对外热线号码 12345 服务热线。成立之初呼叫系统定为 20 条话路，15 位座席，24 小时服务。至 2016 年，太仓市便民服务中心基本实现以“一个号码对外，一个民生热线”为目标的便民服务，全面整合“市民直通车”“市长信箱”“政务直通车”、苏州“寒山闻钟”等服务资源，同时有住房公积金政策咨询热线、民政养老服务热线、计生阳光热线、110 移车热线等服务内容。2016 年全年办理市民各类投诉 28.9 万件，办结率 99.33%，处理市长信箱 1047 件，苏州“寒山闻钟”1542 件。

“摸石过河”探索服务功能

回顾 15 年来的发展历程，太仓市政务服务中心遵循邓小平同志要本着“摸着石头过河”的精神搞好改革的教导，勤探索、多实践，逐步使服务进驻部门不断增加，服务的项目不断增多，服务的手段不断完善，服务的功能不断增强，服务的效率和质量不断提高。主要体现在以下几个方面：

一是服务职能不断完善。成立之初的主要职责有六项：办理国内外投资者申请投资项目等需审批、核发的各项批准文件、证照；办理各类企业和经济组织申请的有关证照；受理各类投资、行政审批事项办理及有关政策的咨询服务；负责所有受理事项的督办和管理；对必须缴纳的行政审批事项费用实行集中统一收取；受理服务对象的投诉。随着行政体制改革的不断深入，到2016年，中心的主要职责有七项：负责对全市行政许可和非行政许可及相关联的服务项目清理、审核，确定是否进驻中心并服务管理；负责对进驻中心的部门和人员进行日常管理、考核、监督，并制定相关的各类行政管理办法和规章制度；协调与处理各类事项，各进驻部门按职能和规定对企业和经济组织、自然人的有关申请进行审批、核发、备案或按其他规定的方法进行办理；负责受理市民的行政与非行政许可的申请咨询，接受市民对有关职能部门的政策咨询、建议和投诉等；负责对网络成员单位工作的考核与监督，处理和协调市民对有关职能部门建议、意见和投诉，并向有关职能部门下达任务指令，责成限期落实解决；负责对系统知识库的中长期业务规划，以及对各类信息的管理、整理、收集、审核入库等工作，并及时更新；负责对“12345”呼叫热线外表服务内容的考核与检查，并按照热线电话的接通率、及时回复率、服务礼仪、群众满意度等方面内容进行考核。

二是服务项目逐步增加。2002年市行政审批服务中心成立之时，由市发展计划委、经贸委、外经贸局、公安局（包括消防）、规划建设局、城管局、劳动和社会保障局等22个部门作为首批进驻单位。其时行政服务中心设立对外服务窗口23个，办理各类审批事项174项，窗口全部工作人员59名。至2003年年末，共受理各类审批项目3.31万件，按时办结率100%。2006年，设立综合服务窗口新增部门14个，审批服务事项项目61个，其中行政许可项目59个，服务类项目2个。到2009年，搬到新的地方，进驻部门32个，共有318项审批与管理、服务事项。设立对外服务窗口48个，全体窗口工作人员196人。同时政府采购中心、国库政府中心等整体入住3号楼，形成完整的办证结构程序。当年办理各类审批事项2.7万件，其中即办件1.1万件，当场办结率100%，承诺件1.6万件，提前办结率89%。

三是服务方式更加多元。成立十几年来，中心和窗口推动开展的服务方式和措施不胜枚举。如中心推出的主任接待制、导服机制、大厅触摸检索系统等。如建立网站审批办理“在线对话”，方便企业和审批窗口网上即时交流加速审批。如在发改委、住建等窗口试点推行远程在线审批，让企业可以足不出户，完成所有工作。如在综合窗口建立企业设立登记“一口式”服务。还有在中心推行新增工业项目用地联合预审机制，搭建用地预审联合审批平台，确保5个工作日完成各部门的审核审批。2016年完成三区五镇16个项目用地审批，涉及用地1001.11亩，项目计划总投资

53.86亿元人民币和9000万美元。还有在中心推进企业建设投资项目并联审批工作。联合发改、住建、国土、环保等部门，全面梳理企业投资项目报批各个审批环节，通过实行一个窗口受理、一套材料申报、一个平台运行、一张发票收费的“四个一”工程，完成审批流程再造。还有实施太仓港项目“联审联办”服务制度，为港区项目审批开辟了一条快速服务的绿色通道。实施当年就有9个累计注册资金为16亿元的企业通过中心联审联办快速通道，办理了有关手续。2008年开展一表制登记申报系统，既方便了群众办事，简化了程序，又提高了办件的准确性。2015年，中心组织工商、质检、税务等部门推出“一照一码”登记服务，即通过“一窗受理，互联互通，信息共享”方式，由工商部门直接核发加载法人和其他组织统一社会信用代码的营业执照。在原有的企业登记“一口式”“三证合一”服务基础上，实现企业登记“一表申请、一窗收件、并联审批、核发一照”的服务机制。2016年，中心配合“营改增”新政实施，组织有关窗口开展完成“五证一章合一”商事制度改革（营业执照、组织机构代码、税务登记、社保登记、统计登记、公章刻字合一），方便企业“一窗一次”办结设立登记手续，全面开展了“一照一码”审批服务，当年完成旧照换新证登记19302个，并做好了与省工商监管数据平台对接，有效强化了事中事后监管工作。2017年，认真贯彻国务院关于加快推进“互联网+政务服务”工作的指导意见，全面落实“江苏政务服务网（一张网）”建设工作，通过事项梳理、系统改造、数据对接、服务优化等措施，助推我市加快融入省“一张网”。完成权力事项梳理及入库，对权力事项中许可、征收、给付、确认、奖励、其他等六类政务服务事项“应上尽上”，上网率达到98.65%，实现1240个事项在“一张网”开通了“在线申办”功能。

功效卓著赢得良好口碑

组建行政审批服务中心是政府职能转变的需要，也是加快全市经济社会发展的重要举措；是市政府的实事项目，也是一项阳光工程和民心工程。它的作用和意义在群众良好的口碑中得到了体现。

一是创新服务新模式，行政服务树立新形象。太仓市行政审批中心的建立，集中在服务大厅，在物理形态上是一个全新的形态，统一对外服务窗口，统一各部门审批流程，统一服务规范包括语言、服装等，完全改变了政府对外服务的传统形象。同时在服务大厅全面公开办事程序，为公众百姓提供了合理、丰富的网上查询、咨询功能，并简化和规范了办事流程，缩短了审批时限，有效改善了政府部门与公众的互动与信任，增加公众对政府部门的满意度，提升了服务型政府的良好形象。

二是创建审批新机制，为民服务更加便捷阳光。行政审批服务中心的建立和运行，使原来的分散审批变集中审批，无限审批变限期审批，串联审批变并联审批，分散收费变集中收费，暗箱操作变阳光操作，使行政审批做到方便、高效、简单、透明。审批流程做到办理事项、办事程序、申报材料、承诺时限、收费标准与依据的五公开，同时管理网络与窗口审批流程的有机结合，使进驻中心各窗口的项目受理、办结始终处在监督、公开之中，高效的审批运行机制基本形成。

三是采用信息化新手段，行政服务效能空前提高。太仓市行政审批信息化系统的应用，使得太仓全市的行政审批从以部门审批为主的独立应用系统，发展到以共享数据资源为基础、以协同业务流程为主线、以高效便捷为目标的横跨部门的综合服务体系，并通过数据信息共享和交换，极大提高了窗口间协同办公的效能，为市民提供了具有信息化时代特征的全新服务方式。这大大增强了服务功能，大大提高了办事效率，大大方便了群众办事，得到了上级的肯定和群众的欢迎。在全国的县级行政服务中心业务平台中处于领先水平，受到同行的广泛的关注，各地中心前来参观的络绎不绝，省法制办还专门前来调研推广。

四是为民服务取得新业绩，社会影响逐渐扩大。太仓市行政审批服务中心是代表政府的形象，同时每一个窗口代表着每个部门的形象，就其整体来说，在老百姓面前展现的是市政府的总体形象。进驻中心的窗口工作人员积极践行为人民服务的宗旨，做到规范服务，热情周到，树立了良好的社会形象。在投资者和群众中形成良好的口碑，为改善投资软环境、强化服务起到了良好的作用。

太仓市政务服务中心成立15年来，中心先后荣获“江苏省精神文明建设工作先进单位”“苏州市文明单位标兵”“苏州市创先争优先进基层党组织”“苏州行政服务创新工作先进集体”“苏州市行政服务系统先进集体”、市主题教育活动“十佳先进集体”、市“为繁荣太仓港建功立业”竞赛活动优胜单位等光荣称号。社会群众满意度一直保持在99%以上，并在2010年、2011年、2012年蝉联全市重点职能部门年终民主测评活动总分第一。《中国改革报》对中心立足服务与效率、创新服务举措、提升办事效率进行了报道，同时高度评价中心开发的证照系统和一表制系统。《姑苏晚报》《太仓日报》、电视台、广播电台相继对中心运行情况，全方位、多角度地进行宣传报道，中心社会影响日益扩大，服务成效得到社会各界的好评。

率先喜圆小康梦

金世明①

改革开放40年，太仓经济社会高速发展，城乡面貌日新月异，留下了众多可歌可泣的动人故事。其中，在全国率先进入小康社会，圆了太仓人民千百年来追求美好生活的小康梦，就是一件值得记载的大事。

20世纪70年代末，邓小平同志首先提出了“建设小康社会”的概念，以后又发展为我国社会主义现代化建设“三步走”的宏伟战略目标，即“第一步，实现国民生产总值比1980年翻一番，解决人民的温饱问题。第二步，到本世纪末，使国民生产总值再增长一倍，人民生活达到小康水平。第三步，到下个世纪中叶，人均国民生产总值达到中等发达国家水平，人民生活比较富裕，基本实现现代化”。在这“三步走”的宏伟蓝图中，“小康”是中国人民在彻底解决温饱问题以后向富裕过渡的重要阶段，也是建设中国特色社会主义社会的重要标志。

太仓地处我国沿海经济发达地区，虽然区域面积比较小、人口比较少，但在经济、社会发展上历来有自己的特色，老百姓的相对富裕远近闻名，素有“锦绣江南金太仓”之美誉。改革开放以来，太仓的面貌又发生了翻天覆地的变化。当中央提出建设小康社会号召后，全市上下团结奋斗，努力率先实现小康。一是不断解放思想、更新观念。在经济社会发展过程中，全市先后经历了从思想观念到实际工作四次战略性的“转轨变型”，即20世纪70年代末、80年代初以解放劳动生产力为主的转轨，80年代中期以确立商品经济观念为主的转轨，80年代后期以树立科学技术是第一生产力观念的转轨和90年代初以大踏步推进外向战略为主的转轨。在建设小康社会的问题上，人们的思想也经历了由安居乐业“小壮蟹”式的小康向开放式的商品经济大发展的小康发展，由浅层次的“吃穿型”小康

---

① 太仓市政协原主席。

向高层次的满足全方位需求的小康转变，由示范式“盆景型”的小康向共同富裕的总体小康推进三个大的转轨。二是紧紧抓住经济建设中心，高奏“发展”主旋律。把突出经济建设中心作为开展一切工作的主旋律，正确处理好经济建设中的一系列辩证关系，制定了发展经济的总体思路，确定了加快经济发展的有力措施，强化经济一条线的领导力量。人们对突出经济建设中心不仅形成了思想上的共识，也形成了行动上的共振。强化领导经济建设、精神文明建设、党的建设、小城镇建设、农村基层政权建设“五大建设”的基本职能，总揽好工作的全局，使各项工作都能围绕经济建设中心协调运转，形成良性循环。三是促进经济协调发展，做到“三产”联动、“五轮”齐转。由20世纪80年代初太仓实施的在全省很有影响的“三业（农、副、工）一起上，三者（国家、集体、个人）一起富”，逐步向“三产”联动发展演变，确立了“稳定提高农业、调整改造工业、大力发展三产”的方针，重视多种经济成分共同发展，实行市属、乡镇、村、组、个体私营经济“五轮”齐转，形成经济发展的鲜明特色和崭新格局。四是大力推进外向型经济，实行全方位开放。大胆突破各种思想束缚，突破传统计划经济体制的框框，充分利用自身的区位优势、人才优势、基础优势、政策优势和环境优势，抓住机遇，放开手脚，坚持外贸、外资、外经“三外”齐抓、“三外”齐上的方针，大力发展外向型经济，呈现了一个新的发展高潮。特别是引人瞩目的太仓港建设在这阶段开始起步，对促进太仓经济腾飞发挥了重大的作用。五是坚持以人为本，狠抓精神文明建设。充分发挥精神变物质、物质变精神的双向效应，两个文明建设一起抓，紧紧围绕“人”这个主体、核心、载体来展开各项工作，从而在全市造成一种敢闯、敢试、敢创造的思维环境，抓住机遇不放松的工作环境和人人为经济建设出力流汗做贡献的舆论环境。六是发挥比较优势，争取有利地位。十分重视对市情的深入研究和把握，充分发挥自己的特殊条件和比较优势，千方百计扬长补短，在共性中发展个性，在“同工”中谋求“异曲”，在日趋激烈的竞争中不断扩大优势，缩小劣势，从而始终保持了较为有利的竞争优势和发展地位。

1992年夏，中国社会科学院社会学所在太仓建立了“中国社会科学院社会学研究所太仓经济社会发展研究中心”，把太仓作为长期的观察点。当时，关于小康社会建设的研究正在深入展开，切合中国实际的科学指标体系和具体标准的设置正在研究，理论探讨的文章也有不少。但对于实证性的研究，即拿出一个活生生的实现小康的样本，使人们能直观地看到实现小康后的方方面面是怎样的一个情况；通过解剖一个活的具体的典型，总结归纳出带有普遍意义的经验，并探索其规律性的东西，用以指导更广泛的实践，当时尚属空白。在初步调研的基础上，决定把“太仓小康社会研究”作为研究中心的第一个研究课题，并列入中国社科院 1992 年的重点研究项目。我国著名的社会学家、农业农村问题专家陆学艺所长带领一批专家到太仓调查研究，江苏省社会科学院的专家也一起参与。他们依据国家统计局提出的《中国小康生活标准》，对太仓小康建设进程的情况和数据做了全面、深入、细致的调研，进行了逐一对照、科学分析，做出评价。当时被大家朗朗上口的主要指标一是“翻两番”，即在不断提高经济效益的前提下，2000 年全国国民生产总值比 1980 年翻两番，而太仓当时已经翻了三番多；二是人均国民生产总值 800 美元，而太仓 1992 年的人均国民生产总值已经超过。其他一些重要指标，如人均纯收入、恩格尔系数、居住面积、人口素质、义务教育、安全保障等方面也处于遥遥领先的地位。

在剖析数据的同时，他们对太仓小康社会建设的方方面面进行了全面的调查总结，概括了这样几方面：一是经济建设蓬勃发展。太仓经济开始走上农副工综合经营，一、二、三产业协调发展的路子，形成了百业兴旺的局面。特别是在 20 世纪 80 年代末、90 年代初，经济发展进入到一个高速增长、高质优化期，不仅经济总量大幅度增加，而且经济结构发生了质的变化。乡镇企业的“异军突起”，推动了工业的高速发展，从而带来了产业结构的巨大变化，由单一的农业为主结构转向以第二产业为主、三次产业联动，从几十年未变的“一、二、三”格局变成了“二、三、一”格局，并正在向“三、二、一”的产业现代化方向转移。整个经济由内向型向内外向结合、以外向为主的结构转移，外贸、外资、外经“三外”的比例大幅提升，太仓经济已和国际经济密不可分地联系在一起。科技与经济紧密结合，成为推动全市经济、社会发展的最活跃的生产力要素。城市化进程加快推进，太仓农民过上“城里人”生活的梦想在那段时间开始变成现实。二是文化生活丰富多彩。加强了城乡阵地、队伍等文化软硬件建设的投入和管理，企业文化、乡镇文化、家庭文化多姿多彩，群众性体育活动蓬勃兴起，人们的价值观念、生活方式、消费观念等发生了很大的变化，公民文明素质和社会文明程度明显提高。注重把传统美德和现代文明结合起来、融合起来，开展各种文明健康有益的活动，为社会主义新风尚的建立创造良好的环境。在这期间，太仓已逐步形成一种适应小康社会特征的新型的人际关系，使太仓小康社会充满了丰富的内涵和多重的色彩。三是和谐社会安居乐业。社会结构发生了历史性的深刻变化。经济转型、产业结构改变带来了劳动力职业结构的巨大变化，农村新的职业群体和新的阶层逐步形成，个体经营者和私营企业冲破阻力开始起步，涌现出了一批农民企业家，并逐步成为农村的中坚力量。加快了对传统农业的改造，新型农业劳动者队伍日益扩大，促进了农业现代化的发展。教育事业不断发展提高，城乡居民的文化科技素质有了很大的提高。卫生医疗条件得到显著改善，医疗水平不断提高，医疗保健机制逐步完善。人民的收入不断增加，收入水平在全国、全省都处于领先地位，生活质量逐步提高。探索建立、健全新型的社会保障体系，初步建成了多层次、多样化的社会养老制度和残疾人保障制度、贫困户帮扶制度等，有效地解决了人们的后顾之忧。人民群众形成了遵纪守法的良好习惯，各类犯罪案件明显减少，社会稳定、环境文明的程度不断提高，群众的安全感增强，安居乐业，共享和谐。四是民主政治率先实践。对民主政治建设，尤其是基层民主建设进行不懈的探索、实践和创新，有关工作一直走在全国前列。太仓所首创的选举村民委员会“两个直接”写进了全国《村民委员会组织法》。1992 年，太仓成为江苏省第一个“村民自治模范县”，以后又连续三次荣获“全国村民自治模范市”称号，两次荣获“全国村务公开民主管理示范单位”，在全国首创村民小组代表会议制度获得“全国村务公开民主管理制度创新奖”。五是生态环境独具魅力。明确把建设“美丽富庶的新太仓”作为一个重要目标，在经济发展中有效地护卫了大自然赐予的“蓝天碧水、鸟语花香”的良好生态环境。“清静、干净”一直是人们对太仓美好生活环境的一致评价。太仓农民历来就有在房前屋后种树植竹的习惯，被人们称为“宅前两株桃花树，宅后一片小竹园”，房屋掩映在“绿丛”之中的格局基本上得以保持，给人以一种生机勃勃、清新悦目的享受。

经过上述大量、深入、具体的调研对照分析，所有专家学者一致认为，太仓已经基本达到了小康社会的要求，在全国处于领先地位。他们表示，选择这样一个地区作为代表，展示中国小康的风采是够格的，是非常令人鼓舞的。把太仓的实践和经验总结出来，不但填补了我国在这方面研究的空白，而且将小康的奋斗目标和奔向小康之路具体化了，使人们感到实现小康不再仅仅是一个鼓舞人心的理想，而是一个活生生的看得见、摸得着、感受得到的具体现实。于是，作为调研成果，社科院和太仓方面的有关人员共同努力，拿出了评价和推介太仓小康社会建设的专题材料，先后在南京、北京召开了专家论证会，充分听取了专家们的审读意见。在进一步修改补正后，正式定稿。1993 年 8 月，《中国的一个小康市——太仓小康社会实录》正式出版发行。经专家建议，书名特意强调了“中国”的一个小康市，把太仓小康社会的典型意义上升到了一定的高度。由于这是在全国人民同心协力奔小康过程中第一部以实录性描述和实证式研究为主的著作，向世人全面展示了一个活生生的小康社会典型，开了这方面的先河；加之它是在中国社会科学院和中共江苏省委宣传部、江苏省社会科学院直接指导下，由中国社科院社会学所、江苏社科院社会学所和太仓市三方面组织了一批专业理论工作者和实际工作者合力完成的，具有非常严谨的科学性和贴近实践的真实性，因而引起了强烈的反响。该书出版后一抢而空，在当年 12 月就进行了第二次印刷，并且根据各方面的要求于 1994 年 3 月出版了英文缩写版。该书先后参加了全国、华东六省一市和香港等地的书展，获得了全国出版界的最高荣誉奖——“中国图书奖”等多种奖项。社会各界对太仓小康社会建设予以了充分肯定和高度评价，《人民日报》等中央、省、市新闻媒体纷纷组织稿件、刊登消息，积极向全社会推荐；一些专家、学者先后撰文评论，称太仓小康研究是一个实证研究的成功范例，其理论价值和实际指导作用不可低估，非但在全国，而且在世界上都会产生一定的影响；有的专家在进行国际学术交流时引用书中内容加以介绍，把太仓的经验推向世界。由此奠定了太仓率先进入小康社会的历史地位。

2005 年，太仓又成为全省首批实现全面小康的县市之一，在建设全面小康的征程中再一次走在了前列。

太仓率先进入小康社会，不仅向世人展示了一个诞生在中国大地上的小康先行者的熠熠风采，而且为进一步率先发展奠定了坚实的基础，提供了宝贵的经验。这是太仓向历史交出的一份满意答卷，也是全市人民呕心沥血写就的一部华丽篇章。因而，它必将载入太仓史册，并不断激励太仓人民以更坚定的信心和更坚韧的毅力努力实现由小康向富裕的跨越，争取早日基本实现现代化，为中华民族伟大复兴的“中国梦”做出新的贡献。

三农改革篇

亲历太仓改革开放四十年

悠扬一曲

三农改革篇综述

闻　铭

太仓改革开放40年，提到这个话题，离不开农村农业改革。太仓农村改革探索一直走在全省乃至全国前列。1980年太仓县出现了第一个家庭联产承包村——新湖乡新闾村，到1983年5月，全县基本全部实行“包干到户”型的家庭联产承包责任制，基于当时农业主要依靠手工人力的落后生产力，对发展农业生产起了相当大的推动作用。20世纪80年代中期，太仓县鼓励发展粮棉种植专业大户，90年代探索发展小农场。进入21世纪以来，探索发展五大类型合作社，即农地股份合作社、专业合作社、社区股份合作社、富民合作社和劳务合作社。其中富民合作社和劳务合作社是太仓首创。2009年，太仓开办第一家村集体合作农场——东林合作农场。2012年，太仓被农业部确定为全国31家农村土地流转试点地区之一。在农业发展中，实行“7+1”农业示范园建设，“太仓国家级农业园区”建成并被评为中国4A级农业旅游景区。在发展现代农业过程中，市政府与太平洋保险公司合作，主要推出了水稻种植保险、合作社的“雇主意外事故责任险”，在国内首家开设气象指数保险。2006年，掀起了为期十年的“示范村建设”，主要通过抱团发展等形式，壮大村级经济。到2017年为止，村均收入达到674万元。2005年后相继开始新农村建设和城乡一体化建设，太仓围绕着城乡规划、产业发展、基础设施、公共服务、就业社保和社会管理等“六个一体化”，破解了“谁来种地”、持续增收、新型合作等难题。太仓城乡一体化建设，为太仓经济建设打开空间，也为农民转化为市民闯出一条路子。

太仓农村改革的先行军——新湖乡

陆健德

党的十一届三中全会以后，太仓新湖乡率先进行了一系列农村改革，推动了农村经济快速发展。当时我在太仓县委办公室工作，亲自参加过新湖乡联产承包责任制的改革；对他们的经济结构改革，也多次进行调查研究；1986年新湖乡党委在中共苏州市委扩大会议上进行经验交流，他们的发言材料由我帮助整理。所以，我对新湖乡农村的改革情况比较了解。现对20世纪80年代初期新湖乡农村改革情况回顾一二。

太仓的“大西北”

新湖乡地处阳澄湖淀泖地区的吴塘两岸，全乡16个村，30000多亩耕地，18000人口。过去，被人称为“太仓的大西北”，一则位置在太仓的西北，二则跟我国大西北地区一样贫穷落后。由于地势低洼，过去下起雨来，一片水乡泽国，经常颗粒无收。解放前有一首民谣：吴塘吴塘，十年九荒，农民住的泥房，吃的稀汤，大肚子病猖狂。多少人家卖儿卖女，讨饭逃荒。解放以后，大力进行了农田水利建设，生产有了发展，人民生活也有所改善。但数十年来农村几经折腾，贫穷落后的困境没有完全摆脱。1978年，全乡三业总产值只有933万元，人均分配水平141元。最穷的要数新闯大队，分配水平不满100元，最低年份只有28元，做一天活只得0.14元，当初只能买半包飞马牌香烟。1979年全大队还有50%以上超支户，平均每人超支387元。十队每人超支达540元。有女不嫁新闯村，村里的姑娘朝外跑，那年全村有39个大龄光棍讨不到老婆。当时到新湖去看看，还是满目荒凉，穷相毕露；泥草房星罗棋布，全乡有三分之一的农民仍然住草房，冬天睡草席。全年没有替换衣服的为数不少；吃了上顿无下顿，到大队、公社要救济粮、救济款的长年不断，门槛也踏得平。面对这种状况，群众闷闷不乐，干部心里不是滋味。

粉碎“四人帮”以后，市里、县里多次派了阳澄湖淀泖地区工作队到新湖，都想帮助新湖寻找一条治穷致富的途径。工作队所到之处，带去了一些物质援助，前后支援过上百万元钞票、几十只水泥船、几千吨化肥，指望能“输一点血”来增强穷乡的“体质”。但实践结果却并不理想。新泾大队四队工作组慷慨资助一条五吨水泥船，希望他们多积肥料发展生产。但一个冬天过去了，那条水泥船仍停在河边吃水浪头，肥料一担未积，不久，船也破了，田也没种好，生活还是老样子。

全县第一个搞联产承包责任制

十一届三中全会的春风吹醒了“太仓的大西北”，党的改革开放搞活的方针，给穷乡僻壤指明了一条治穷致富的康庄大道。新湖乡在上级党委的正确领导下，在广大干部群众的共同努力下，迈开了改革步伐，大踏步地向着富起来的目标猛跑，一口气连续跨出了几个改革步子，第一步就是落实家庭联产承包责任制。1980 年下半年，中央下达了七十五号文件，肯定并推广联产承包责任制。大家对搞联产承包责任制议论纷纷，认为这是走回头路，说什么“辛辛苦苦几十年，一夜回到解放前”。当时我们太仓全县都持观望态度。就在这举棋不定的当口，传来了新湖乡新闯大队十队社员准备分田到户搞联产承包责任制的消息。太仓县委当即决定派工作组了解情况，支持他们进行试点。当时县委派了办公室副主任朱仲茂当组长，我也作为工作组成员一起参加。我们来到新闯村十队，这个队的队长和社员一致愿意搞分田到户，我们支持他们搞起来了。紧接着新闯村党支部决定在全大队推开，这个大队成了全县第一个全面推广家庭联产承包责任制的先行大队。新湖乡党委开始对分田到户也持观望态度，后来看到县里支持搞，便在新桥、民丰、维新三个村又搞了三个点，第二年大胆放开手脚搞，1981 年发展到 78 个生产队，1982 年全面开花。县里请他们去全县会议上介绍经验，称赞他们在全县点燃了联产承包责任制的“星星之火”。

从单一经济走向全面发展

继联产承包责任制后，新湖乡第二步进行经济结构改革，走农林牧副渔全面发展，工商运建服综合经营的道路。工业上，办起了 15 个乡办厂、58 个村办厂，建成了印染、电子、机械、化工、建材 5 个行业，转移了 3400 多名农村剩余劳力到工业上。乡村两级工业产值从 1978 年的 307 万元增加到1985年的3057万元，1986年达3400万元，增加了10倍以上。副业上，重点发展了水产、食用菌、禽畜三条龙，将2736亩低洼地退耕养鱼，使精养塘、半精养塘从3600亩扩大到6300多亩。1986年产鱼2万担，养小蚌4000万只，做手术蚌50万只。另外发展食用菌50万方；养猪16500头，出售猪肉16000头，基本上达到每人一头猪；养家禽30万只，人均养禽16只；还发展了运输、建筑、加工、饮食等第三产业，转移了3000个劳力到林牧副渔和第三产业上。全乡副业总产值从1978年的192万元增加到1985年的1272万元，1986年达1800万元，人均产值超千元。农业上，调整了双季稻，压缩了绿肥，扩大了三麦面积；又增加了5300亩油菜，2600亩大蒜和500亩青玉米。粮食单产近几年一直比1978年增加100多斤；粮食总产1984年比1978年增加370万斤，向国家售粮年年超额完成三购任务，1984年超了500万斤，1985年超了160万斤，1986年超了100万斤。农业的经济收入也从1978年的434万元增加到1985年的750万元，1986年达900万元。1978年，全乡农副工三业之比是4.9∶1.6∶3.5，1986年则变成1.4∶2.9∶5.7。经济结构改革的另一方面是，鼓励发展专业户和联合体，变清一色集体经济为多种经济成分并存。他们在发展原有合作经济的同时，又鼓励发展专业户和联合体，全乡有蘑菇专业户800户，养禽专业户400户，水产专业户400多户，运输、加工、饮食、商业等个体户373户；有联合体33家，其中有7户农民联办了西川水产养殖公司，拥有水面300多亩，劳力72人，固定资产9万元，1986年创70万元产值20万元利润。经济搞活的第三步是搞活流通，发展商品生产。他们采取三条腿走路的办法：一方面发挥供销社等主渠道作用；一方面成立集体经销公司，推销农副产品，先后成立了农、副、工三大公司和副业公司下属的水产、畜禽、食用菌、花果苗木4个公司，乡村增设了33个小商店；再一方面就是发展个体户经商，新湖镇上基本形成了水产品专业市场，西川公司又开辟一个珍珠专业市场。

农村改革使新湖乡由穷变富

随着农村改革的步步深入，新湖乡的面貌有了翻天覆地的变化，贫穷的帽子基本摘除，富裕的面貌已经出现。1986年全乡农副工总产值实现6000万元（其中工业3400万元，副业1800万元，农业850万元），比1978年增加5倍半；社员人均分配1985年686元，1986年达900元，比1978年增加5.4倍；社员储蓄达600万元，比1978年的26万元增加22

倍，人均储蓄超过330元。新跃村132户社员，1986年有70户当年收入超万元，占总户数的53%。全乡4720户农户，有2537户翻造了新房，其中1658户造了楼房，占总户数的35%；住草房的全乡只剩60多户。全乡有自行车6384辆，平均每户1.4辆。原来想也不敢想的电视机、收录机、洗衣机、电风扇等高档家电也陆续到穷乡僻壤安家落户。原来最穷的新闯大队，1986年人均分配达到650元，有20户进入了万元户行列；全村有50多幢新楼房拔地而起；村里30多条光棍大部分找到了媳妇。新湖乡的干部群众都深有体会地说：新湖抓阶级斗争斗勿富，搞以粮为纲纲勿富，靠物质支援援勿富，搞农村改革一改就富。大家异口同声称颂：三中全会路线好，现在的党中央好，邓小平同志好。这是新湖乡人民的肺腑之言。

全省乡镇企业第一个股份公司在改革中前进

陆健德

江苏雅鹿实业有限公司，坐落在太仓市鹿河镇，前身是一个乡办企业，创立于20世纪70年代末期，靠十几个农村裁缝自带缝纫机起家，原名叫“鹿河服装厂”，1984年更名为“太仓西式服装厂”。由于生产任务不足，管理混乱，加上领导人频频更迭，这个不足百人的小厂只有十几万元固定资产，几十万元加工费，效益多年处于亏损状态。从80年代后期开始，这个厂走上改革之路，靠名优产品起家，靠改革转制发家，1998年企业总资产发展到3.5亿元，净资产1.8亿元，职工1380人，年产服装150万件，实现年销售收入2.5亿元，利税4500万元，职工人均年收入1.2万元。与10年前相比，销售收入增长71.5倍，利税增长150倍，职工人均年收入增长6倍。

靠横向联合产销两旺

1984年，鹿河乡飞跃党支部书记俞荣生被派到西服厂当厂长。这个两腿沾满泥巴的壮年汉子受命于危难之时，凭着一股子闯劲，曾使工厂一度有些起色。但好景不长，乡里把处于瘫痪状态的半个针织厂并给西服厂，改名为纬编服装总厂，俞荣生变成了副厂长。并厂后，各种矛盾愈加突出，加上市场因素，工厂又陷入困境。一年后，乡里又把纬编与服装分开，俞荣生仍然任服装厂厂长。老俞经过反复调研，与手下几个骨干商量，深有感触地说：“工厂拆拆并并，分分合合，不能解决问题。俗话说，改变改变，要变就要改，改了才能变，我们要大胆地走改革的道路！”

老俞最成功的一项改革是横向联合，工贸连营。1987年，他们通过关系，与上海南京路上一家老字号“人立”服装店建立了联系，为他们加工夹克服装，打上“人立”牌子，终于使工厂有了固定的业务。光有业务还不行，还得靠自己创新。1987年下半年，副厂长顾振华在南方了解到呢子面料夹克衫可能走俏的信息，技术科长黄鼎岐也从《海外影视画报》一张时尚照片上激发了开发新型夹克衫的灵感，两人一拍即合，他们用上海十二毛纺厂的一批粗毛呢面料，配以色织腈纶织物，设计出一种呢绒夹克飞龙衫，得到俞荣生的全力支持，马上组织生产，第一批12万件飞龙衫投入“人立”商店，以其独特的面料、新颖的款式和可靠的质量赢得了客户的首肯，接着又设计出“飞翔”“飞鹰”系列夹克衫，突击生产18万件，争购者云集，盛况空前。人立商店9时开门，凌晨3时就有人排起长队，商店里4个柜台，一天营业额达6万元。西服厂从此扭转了亏损局面。

副厂长顾振华从开发新品中崭露头角，他和技术科长黄鼎岐一搭一档，走南闯北，了解市场信息，收集服装款式，确定了开拓夹克系列作为自己的主攻方向，厂越办越红火。1990年年初，老厂长主动让贤，推荐顾振华当了厂长，黄鼎岐当了副厂长。

顾振华当厂长后，经常考虑的一个问题是：老是吃加工饭总不是滋味，要创自己的牌子，而且要优质的、名牌的。他这样说，也这样做了。在用“人立”牌子的同时，自己推出了“雅鹿”的牌子。很快地，雅鹿牌服装被消费者接受。1992年，厂名也改成了雅鹿服装厂。

雅鹿善于以服装为龙头，同苏南、沪杭地区的纺织、印染、化纤、丝织、纽扣、绣花等企业合作，开发新面料、新辅料，实行一条龙生产，从而使雅鹿服装愈加走俏。这引起了全国纺织系统的重视，1990年，雅鹿品牌获纺工部“七五”纺织优秀产品一等奖；1991年12月1日，《中国纺织报》在头版以整版篇幅刊登了题为《一条飞舞的小龙》的调查文章表扬雅鹿厂；1992年4月，在常州服装节上，雅鹿被授予“金狮杯”名优服装大联销银杯奖；1993—1995年连续3年获中国国际服装服饰博览会金奖、银奖，国内贸易部产品销售金桥奖；1995年4月，被评为江苏省乡镇企业名牌产品第4名；1996年9月被国内贸易部确定为中国服装业十大名牌之一。1997年12月26日，全国纺织厅局长会议在北京召开，特邀顾振华做了《以服装为龙头势在必行》的发言，赢得阵阵掌声。纺工部部长吴文英称赞：“以服装为龙头带动纺织业搞一条龙开发的路子走得好，今后服装行业要推广雅鹿的经验。”

靠体制改革发展壮大

顾振华认准一个理：发展生产力，光靠产品还不行，必须深化改革，搞活企业体制机制。他跟厂领导班子商量后决定：“抓改革转制，建立现代企业制度，我们要先走一步。”当时，我在体制改革委员会当主任，顾振华经常到体改委来咨询，学习企业改革的办法。他带领干部职工，在外向型、集团化、公司制等改革上连走几着妙棋。

第一着，走同外商嫁接合资之路。1990 年，先后与美国美华集团公司、巴西圣保罗茂盛进出口公司、美国 NA 公司办起两家中外合资有限公司。

第二着，走集团经营之路。1992 年 11 月 3 日，在我们体改委的帮助下，一个以雅鹿服装厂为龙头，包含 5 个核心层、6 个紧密层、30 个松散层企业组成的江苏雅鹿集团公司正式成立，这是太仓第一个企业集团。当时的全国人大常委会副委员长彭冲、纺织部部长吴文英分别为集团题词。

第三着，建立公司制企业。1993 年，我们体改委派了李一鸣同志蹲点在雅鹿公司帮助他们进行股份制改革，以上海人立商店、浙江萧山投资公司共同发起，按照“股份制条例”以募集方式正式组建了全省乡镇企业中首家规范化的股份制企业——江苏雅鹿实业股份有限公司。这是在《公司法》出台之前就建立起来的太仓县第一家股份有限公司，也是全省乡镇企业中第一家股份有限公司。

别以为这是为了赶时髦、出风头，雅鹿人才不愿搞形式主义。他们要的是转换体制，搞活机制，他们在内部机制上进行了一系列改革：建立“新工会”，实行聘任制、合同制，建立新的分配制度，推出新的经营机制。比如，他们建立了一个“百市千店”的销售网络，先后在全国各大中城市、大商店设立了 500 多个销售网点和特级销售点，1997 年起，改变过去划片分管、销售提成、费用包干的办法，彻底实行“一脚踢”包干销售，使营销人员个个成为“小老板”，积极性空前高涨，销售量连年以 50%—60% 的速度递增。

靠资本经营突飞猛进

顾振华不知从哪里听来一个新鲜说法：“生产经营是做加法，资本经营是做乘法。”他听得进这个话，也信这个理，他对领导班子说：“改革年代就是要敢想敢干敢闯，我们不仅要做加法，我们也要做乘法！”

副厂长李根福负责企业管理，顾振华把这个任务交给他。李根福为这事忙得不亦乐乎，他请市体改委副主任李一鸣做顾问，接连搞了一系列资本经营的动作。动作之一：在政策允许的范围内，将内部职工股在当地证券公司进行柜台交易。这虽然没有实现股权多大增值，但却是一次资本经营的练兵。动作之二：实施对外投资，培育新增长点。先后投资1亿多元新办了华源雅鹿有限公司、嘉华制衣厂、雅鹿衬衫有限公司、雅鹿绣品厂、新雅鹿有限公司以及雅鹿产业中心等，扩大了企业的生产能力。动作之三：收购兼并，实现低成本扩张，先后收购、兼并和接管了镇里的工艺纬编厂和毛皮厂。动作之四：搭车上市，参股上海华源公司组建新的股份公司，经证监会批准，华源公司股票上市交易，雅鹿的股份一下子增值近亿元。李根福开心得逢人就说："我们的乘法做成功了。"

雅鹿人不满足既有成绩，他们在改革的路上不停地创新发展，以后又开发了新产品雅鹿牌羽绒服，又不断地扩大经营房地产等新行当。这只生长在田野上的"雅鹿"永久地在改革发展的路上飞奔、飞奔、再飞奔！

“粮食银行”诞生发展记

周元勋[①]

在改革开放40年的流金岁月里，农耕文明的嬗变，城乡一体化的加快，社会发展的进步，对我这个长期奋战基层一线“老粮食”来说，围绕“民以食为天”“食以粮为本”的粮食购销方面，留下了许多难以忘怀的时光。最值得纪念的是我们敢于创新，不断超越，在国内首创“粮食银行”的做法成为太仓叫响全国的一个品牌名片，此举不仅得到中央、省、市领导的关心，也引起了海内外舆论的赞扬。

所谓“粮食银行”，是粮食购销企业借鉴银行存储、信贷这一基本功能和相关经营管理理念及运作方式，为农民提供粮油存兑业务的一个非独立服务机构。“粮食银行”将储粮农民与粮食加工、粮食消费联结起来，在一定程度上聚合了农村粮食资源，减少粮食储粮损失，提高了农民生活质量，有效发挥了惠农、便民作用，取得了较好的社会效益，深受农民群众欢迎。

太仓是2006年开始探索试点“粮食银行”，以粮食部门传统的“两代一换”（即代农储存、代农加工、品种兑换）的口粮储存业务为基础，在政府的支持和推动下，逐步拓展到土地流转农户口粮保供业务和商品粮储存业务。截至2017年，全市共开办“粮食银行”7家，配套“放心粮油店”60家，“粮食银行”储户6.46万户，吸储粮食11万吨。其中，土地流转储户2.1万户，存入资金1575多万元，农户储存商品粮9万余吨，累计助农减损增收近1700万元。同时“粮食银行”业务利用信息化科技手段，实现了全市服务网点之间的通存通兑。

---

① 太仓易裕粮油购销有限公司经理。

农民的需求，催生了“粮食银行”

记得当年我们尝试创办“粮食银行”的想法，也是缘起于一个普通农民的愿望。那是2006年秋天，正值稻穗飘香的季节。南郊镇太安村农民陈俊民前来粮库，在与我闲聊中，他说到了粮食丰收后带来的烦恼。他说：“这几年，新农村建设非常快，邻居家的房屋搬迁了，可还种着12亩粮田，稻谷存放到新屋不雅观，全部寄存在他还没有拆迁的老房子，夏天虫子都爬到衣柜里……”他央求说你这里大粮库，能否把家里的口粮寄存到粮库，要吃的时候到粮店直接提取大米。

此刻，我的眼前出现了曾经亲眼目睹农家因口粮保管不善，遭遇虫蛀霉变的场景。我也是农民的儿子，非常体谅农家的诉求。当时粮食企业改制不久，粮库闲着也是闲着，何不为农民群众做点好事。于是我琢磨着，便答应了他的要求。没过几天，老陈还真带着邻居把两拖车稻谷拉到了南郊粮库。于是，一传十，十传百，有更多的农民要求把家里剩余的粮食拉过来，连附近接壤的上海嘉定农民也前来储存粮食。

凭着几十年粮食收购经验的直觉，我感到当下农民口粮的安放确实是个大问题，可以借鉴银行的做法，存进来稻谷，拿出去大米，这与银行存钱取钱不是一样吗？“粮食银行”的名字油然而生。于是，我向主管部门粮食局领导汇报了我们的想法，得到了时任市粮食局局长张耀明的充分肯定。当年11月6日，我们“易裕粮食银行”悄然诞生，这也成为国内开办的首家“粮食银行”。

服务农民存粮减少损失，这是我们创办“粮食银行”的初衷。很多实现集中居住的农民，以及部分富裕起来进城买了房子的农民，包括没有储粮条件的农户，纷纷称赞粮食部门为农民群众办了一件大好事、大实事。

“三农”的发展，拓展了“粮食银行”

作为新生事物的“易裕粮食银行”，自开办伊始得到了广大农民群众的交口称赞，也得到上级粮食部门的广泛关注。

“易裕粮食银行”进入试运行后，由于基础工作扎实，宣传发动到位，各项工作有条不紊。仅半年时间就吸纳储户291家，吸纳稻谷85吨，小麦123吨，菜籽13吨，菜籽油7吨。起先，我们采用手工记账，油印粮卡，后来储户逐渐增多，我们想到了应用软件管理。我们上网查阅资料，寻找合作，积极为“粮食银行”的软件化、平台化运作出主意、想办法。

从此，我们的“易裕粮食银行”步入良性发展轨道，门店从“一行两店”扩大成“一行五店”。在时任粮食局局长王红星等领导的大力扶持推动下，“大裕”“金开”“金仓”“陆丰”“金诚”“华天”等6家“粮食银行”陆续开办，服务网点24个。

正如国务院农村经济研究中心韩俊主任所言，我们“粮食银行”是存储农民的余粮，“这是传统意义上的口粮银行”，但它启发我们于2009年将农民部分土地流转费纳入“粮食银行”运行平台，满足失地农民的口粮供应，极大保障了农民失地不失粮，巩固了农村基础，维护了社会稳定。后来我们的“粮食银行”再升级、再扩展，经过两年的反复论证，开辟惠农助农性质的“商品粮银行”，让合作社农民当一回“放贷人”。此举的好处在于农民拿到了粮食存储贷款利率，享受粮价上涨的利润分成，国家减少粮食收购的资金压力，真正实现了农民、收购企业和政府都满意。

信息化平台，构筑了“粮食银行”

“十年磨一剑”，起先，我们“粮食银行”只是解决农村储粮难题，后来，在市粮食局的指导支持和积极推动下，经历了“两次提档三次拓展”，不断充实、延伸“粮食银行”，助推太仓“粮食银行”模式走向全国。

所谓的“两次提档”，一是开发“粮食银行”管理软件，实现苏州全市范围服务网点之间的通存通兑。为了满足信息化发展需求，太仓市粮食局聘请上海相关软件专家，结合我们粮食行家，组成研发团队，经过数据采集、编程等环节和8个月的努力，终于成功研发“粮食银行网络管理软件”，并在2008年5月夏粮上市之际使用，实现了市政府提出“乡下存粮城里提，不收跨行手续费”的要求。“粮食银行软件”还荣获太仓市科技进步二等奖，并在苏州市粮食系统推广应用。二是完善“粮食银行”管理制度，规范操作流程，建立风险防范机制。苏州、太仓粮食部门领导多次前来查看、调研和论证。为了有效防止粮食市场风险，我们对“粮食银行”制定了系列规章制度，包括计划和方案、操作程序和办法，以及“行长”、经理、保管员、检验员、发货员职责等，如每月例会制度，能够面对面听取门店业务情况，增强各岗位工作人员的责任感和使命感。整合粮食资源，粮食银行供应品种从传统的“米、面、油”转型升级为“米、面、油+居民日用品”，全心全意为人民大众服务。

“三次拓展”，就是拓展“口粮银行”存储业务、“土地流转费银行”

业务、“商品粮银行”存储业务。如今，我们“粮食银行”转型升级，继续探索“口粮银行存储业务＋土地流转费银行业务＋商品粮银行业务”三业融合的“太仓模式”，已在全国各地各类“粮食银行”成功复制和拷贝。

经过10多年来的实践，我们粮食银行“三个平台”的建立，其运行模式、运行效益、作用成效等有目共睹。主要体现在“粮食银行”的创办有利于增强政府对粮食的调控能力，有利于降低粮食损耗，有利于提高生活质量，有利于助农增收，有利于促进粮食企业发展。

模式的创新，助推了“粮食银行”

经过多年的反复实践，我们的“粮食银行”得到了快速发展，更在政府层面、社会层面、企业层面和农民层面取得了明显成效。“粮食银行”提升了国家粮食安全保障能力，进一步促进粮食现代化和农业现代化发展，推动了粮食企业搞活经营，拉近了粮企与粮农间的距离，提高了粮企仓储设施利用率，减少了粮食收购投入，争取了粮源，同时通过流转经营等方式赢得薄利，扩大了粮食部门的社会影响力。

太仓“粮食银行”模式的先行先试，在全国引起轰动。国务院农村经济研究中心主任韩俊要求“把粮食银行实事做实”，中国粮油协会会长、商业部原部长白美题词“江南粮食银行之星”。素有世界经济动向标杆的上海第一财经频道拍摄了专题片《粮食银行，多省三五斗》在黄金时段播出。台湾著名媒体东森电视台慕名前来拍摄粮食银行《就怕老鼠爱大米》。《人民日报》、新华社、中央电视台、《新华日报》、江苏电视台等数十家主流媒体纷纷前来采访报道。2013年10月，时任国务院副总理汪洋批示：“赞成重视‘粮食银行’探索，注意总结推广。”《人民日报》专题刊文《江苏太仓开了7家粮食银行》并被广泛转发报道。2014年国家粮食局出台《国家粮食局关于积极稳妥推进“粮食银行”健康发展的意见》，在全国范围推广“粮食银行”，“粮食银行”开创了太仓粮食系统新时期粮食工作转型升级的先河。10余年来，前来我们“粮食银行”学习取经的各地粮食同行络绎不绝，在与同行的交流中，我们也学到各地粮食购销方面的好做法好经验，相互取长补短，共同提高。

“粮食银行”，不仅存取兑换，助农惠民，更全力守护地方粮食安全。

太仓首家村级合作农场诞生记

苏齐芳[①]/口述　李　华/整理执笔

从运营土地面积来看，与那些土地面积动辄上万甚至几十万亩军垦、农垦农场的相比，少则几百亩、多则上千亩的村级合作农场，或许只能称之为“小虾米”。但从管理机制、运营理念、发展成效来说，太仓在全省乃至全国首创的村级合作农场发展模式，探索出了独具自身特色的农业发展路径。

村级合作农场既解决了在苏南经济发展地区，城乡一体化快速推进的大背景下，谁来种地、如何种地的问题，更在转变农业发展方式、促进农业适度规模经营、壮大村集体经济实力、推进农民增收等方面，取得了显著成效。

太仓在全国率先探索实践的合作农场发展模式，被国务院发展研究中心副主任韩俊誉为“世界现代农业的第五种模式”，引起全国各地的广泛关注。这其中，城厢镇东林村于2010年6月，在全市首家创办“太仓市东林农场专业合作社”就是最典型的样板。

作为整个过程的决策者和组织实施者，虽然专业合作社已经成立七八年，但是现在回想起来，很多事情还是历历在目。

适应发展的无奈之举，合作农场是被“逼”出来的

“村级合作农场是指由村集体经济组织发起，集体（公有）经济占主导，农民自愿参股，联结农村经济合作组织或农业企业，共同开展农业生产经营活动的新型市场主体……”只要打开百度百科，输入“村级合作农场”，显示的除了合作农场的定义，更全面介绍了我们东林合作场的组建背景、基本做法、取得成效、经验启示。

① 太仓市城厢镇东林村党委书记。

一个村农业发展的探索与实践，缘何能成为互联网热搜词汇，引起全省乃至全国的关注？主要是因为我们敢想敢干，在全国率先创办了合作农场。

实事求是地说，东林村创办村级合作农场，是被发展的现实“逼”出来的。我们东林村是一个以农业经营为主的村，村域面积7平方公里，位于城区北端，曾经也是一个出了名的“薄弱村”，村集体资产不足200万元。怎么加快村里的发展，一直是困扰村两委班子的一大难题。

2007年起，由于城乡一体化推进，尤其是苏昆太高速修建取土而带动的“金仓湖郊野公园”建设，给东林村发展带来的契机。我们紧紧抓住这难得的机遇，大力推进“三集中”“三置换”工作，得到了村民的热烈拥护和积极响应。这从我们村只用短短45天，就完成姚湾片区的62户农户拆迁安置工作的“奇迹”，就可窥一斑。到2010年5月初，全村700多户农户全部“洗脚进城”搬进了“东林佳苑”。这也标志着东林村成为太仓市第一个“三置换”全面完成的村。

村民离开土地，转变身份，搬进安置小区后，土地总得有人管、有人种。为了切实管好村里的每一块土地，我们第一时间对农户置换的承包耕地、宅基地整理复垦的土地等全村零零散散的土地进行了调查摸底，并进行了简单的整理，最终形成了1400亩的集体耕地。

土地是收归到集体了，可这1400亩地到底让谁来种，又成了一个头疼的事情。原来，农民集中居住后，离土地较远，耕作不便；地块也比较零散，管理难度很大。发包给本村村民吧，大多数人考虑到，土地前期整理的投资大、见效慢、风险高，积极性并不高；发包给外地人经营，大家又担心会出现乱搭乱建现象，影响田容田貌，不好有效管理。

像东林村这样的农业村，工业基础明显比周边的村要弱，要想加快发展，归根到底还得在土地上做文章。为了把土地牢牢地掌握在村集体手里，发展和壮大村级集体实力，我们在市、镇两级的支持下，对1400亩土地进行了整理，把腾出的高低不平的宅基地和分布在河道纵横交叉中的农田进行整治改造，建成了集中连片、设施配套、高产稳产的高标准农田，并于2010年6月，由东林村、东林劳务合作社、东林农机专业合作社联合发起，领取东林村合作农场专业合作社营业执照，正式组建了太仓市第一家村级合作农场。

摸着石头过河，探索“大承包小包干”运行机制

年轻人都乐意到附近的厂里打工挣钱，不愿意面朝黄土背朝天地种田；从事农业生产的人基本都是40—50岁的中老年农民。再过个五年、十年，村里上千亩的地到底谁来种?

东林合作农场创办初衷，是为了应对农业劳动力老化、弱化、兼业化的现象，切实掌控管理好集体的每一块土地。但在合作农场之初，如何经营管好农场的1400多亩土地，也成了村两委成员头疼的事情。

“大承包、小包干”的经营方式其实是2011年6月夏种时才实施的。2010年11月秋种时，农场依然采取由集体统管经营，根据季节用工需求临时招聘员工进行生产和田间管理，最终因责任不明、员工积极性有限导致经营成本增大、收益不高而被放弃。后经广泛征求意见，决定采取“大承包、小包干”的方式进行经营。

“大承包”是指将农场1400亩地，交给村里的农机手徐学其、陈惠芳两人经营管理，每人承包700亩，担任分场场长，包产、包肥、包农药、包用工，定产量、定奖赔，通过竞争和考核来充分调动农场管理人员的积极性；“小包干”是指农场管理者包干管理费用，水稻每亩200元，根据各自能力来认定包干面积。包干管理要服从管理技术中的指导用肥、用药以及田间管理等，并按月考核打分，直接挂钩结算。

对两位分场长的考核，则是学习企业管理中的“成本核算、绩效挂钩”制度执行。规定每亩粮田核定综合成本1150元，降低成本部分奖20%，超出成本部分扣减20%；核定水稻单产900斤，小麦单产550斤，超产部分奖励超产金额的20%，非不可控制的减产赔20%。用工形式以固定用工与农忙季节临时工为主，16名固定工负责日常管理，人均种地上百亩。经过几年的探索，我们很快形成了规范有效的运作机制，在经营方式、生产管理、劳务用工、收益分配等方面创出了新的模式。

随着合作农场的快速发展，村集体经济的实力越来越强，农民的收入也大幅提高。现在，农场工作人员平均年收入4万元左右，两个分场长的收入更高，年收入近8万元。

做梦都不敢想，全村农业生产值居然超亿元

毫不夸张地讲，东林村能发展成今天这个样子，我们自己当初都没有

想到。

当时，不管是在太仓、江苏，还是全国而言，村办合作农场都是个新生事物，到底怎么干、如何干谁都没有底。合作农场成立之初，我们在上级的支持下，立足本村实际情况，编制了东林村发展规划。确定了太沙路以东、杨林塘以北的原姚湾村区域1400亩土地为现代农业发展片区，调整优化农业结构，探索发展种养结合的生态循环农业新模式，形成了“猪、羊—肥—稻、果”“富硒农产品一体化”“生态种养复合”三条生态循环农业产业链，同步提升了经济效益、生态效益和社会效益。

成立东林合作农场，种植富硒米，大力发展品牌农业；建设金仓湖保鲜米加工厂，对农场种植的优质、品牌大米进行深加工；引进秸秆青贮设备，建设4万吨饲料加工厂；引进自动化大米生产线，加工自己的品牌大米；成立金仓湖农业科技发展有限公司，全面运行“牵羊人”羊肉制品、“金仓湖富硒米”“金仓湖生态保鲜大米”等一系列品牌……规划确定了，就得咬紧牙关一干到底！

2010年以来，我们村以规划为龙头，全面推进农业产业化经营，依托村办合作农场，先后搭建了六大农业发展平台，取得了显著成效，亩均综合效益超万元。2017年，全村农业实现产值突破一亿元。过去10年里，村集体收入增长了近10倍。2017年，东林村村级稳定性收入达2000多万元，其中，涉农业收入占比超过一半，以合作农场为载体的现代农业成为东林村富民强村的重要动力源。

耕地有开沟平整机、育秧是工厂化集中育秧、插秧用插秧机、施肥靠自动化施肥机、打药有自动化植保机、收割有联合收割机、稻谷晾晒靠烘干机……现在的东林合作农场，已实现粮食生产全程机械化，14个农民就可以承担2200亩农田的种植管理任务，这不仅推进了土地的适度规模经营，更实现了让更少的农民种植更多的土地，获得更多的收益。

统计显示，2017年，东林村民人均可支配收入突破3万元，同比增长8.1%。其中，工资性收入人均18550元，经营净收入人均5813元，财产净收入人均2423元，转移净收入人均3240元。

组建村级合作农场是推进城乡一体化发展、解决农村劳动力缺乏的迫切需要，是推进农业产业化发展、提升农业经营效益的必然选择，也是加强农村土地经营管理、实现强村富民目标的重要举措。

我看过的一份资料显示，2009年10月，太仓市启动了合作农场发展的前期调研和准备工作；2010年4月，我市就出台了《关于发展合作农场的意见》，明确了发展合作农场的方法形式、基本原则、组建条件和程序等；2010 年 5 月，市委农工办选择了我们东林、电站、沙溪镇半泾等村作为市级试点村，铺开全市首批村级合作农场组建；2010 年 6 月，在我们东林村诞生太仓首家村级合作农场。近年来，以东林村为起点，合作农场被迅速复制。截至 2017 年年底，全市共组建合作农场 98 家，拥有资产总额 6.8 亿元，累计投入总额 2.5 亿元。2017 年，合作农场总收入达 2.5 亿元。

通过多年探索，太仓在创新农业生产经营方式和培育职业农民方面闯出了一条新路。如今，合作农场已经成为我市推进农业全面升级，加快乡村振兴的主战场，促进农业增效、农民增收的助推器。

对太仓的创新之举，农业农村部管理干部学院副院长朱守银给予高度评价：合作农场促进了农村土地承包经营权的规范流转，有利于推动规模化经营、标准化生产、机械化耕作，提升现代农业发展水平，是工业化、城市化带动农业现代化的样板。

太仓的“三农”保险发展之路

张　渊[①]/口述　孙　晔/整理执笔

农业保险是深化农村改革的一项主要内容，也是促进现代农业发展的重要举措之一。太仓从2006年推出政策性农业保险以来，立足农业，积极探索，走出了一条富有太仓特色的“三农”保险发展之路，成为江苏省开办农业保险以来推出并实施险种最多、覆盖范围最广、保险金额最大、农民受益最丰的县市之一。太仓“三农”保险发展经验不仅赢得了地方政府和人民群众的广泛认可，也引起了国家相关部门的高度关注。2015年，中国保监会以《江苏太仓“三农”保险构建支农惠农新模式》为题发布专刊，推介太仓“三农”保险的主要做法。

而我，应该说是太仓“三农”保险发展道路上的主要亲历者、推动者和见证者之一。太仓“三农”保险从政策性农业保险起步并逐步发展壮大，形成了以“政策性农业险种为基础，涉农商业险种为扩充，全面保障三农发展”的鲜明特点，让农业、农村、农民充分享受到了“三农”保险的保障红利。

起步：2006年试点政策性农业保险首个险种

我曾经是一名公务员，2002年调入保险行业，2007年2月起担任太平洋产险太仓支公司总经理。从一名科级公务员到公司老总，人生经历了一场华丽的转身，也随着改革开放的浪花在保险市场的海洋中奋勇搏击，历练并积累了宝贵的人生财富。

太仓政策性农业保险起步于2006年，推出当年仅试点了水稻保险，那个时候我还在寿险公司。2007年我调入太平洋产险太仓支公司后不久，参

---

① 中国太平洋财产保险公司太仓支公司总经理。

加了市里关于政策性农业保险的研讨会，那个时候我对农业保险有了一个初步的认识。会上各部门各抒己见，商讨农业保险推进举措，让我深深感受到自己身上的责任。政策性农业保险是农业生产保障的重要创新举措，是几千年来农民“靠天吃饭”格局的重要转折，更体现了党和政府对广大农民群众的关心和爱护。因此，我暗下决心，一定要把这件惠农政策利用好、推广好，让更多老百姓受益。

这一年，在市推委办的支持和公司的努力下，政策性农业保险增加到6个险种，除了2006年开办的水稻保险外，还有小麦、油菜、能繁母猪、生猪以及养鸡保险，实现了农业保险从种植业向养殖业拓展的新局面。

思考：由政策性养鸡保险开始的“三农”保险探索

太仓广东温氏家禽有限公司是一家产供销一条龙服务的民营龙头畜禽生产企业，采取“公司+农户”的经营模式，工厂化的养鸡车间建在农民家里，农户负责养殖环节，温氏公司向农户提供鸡苗、饲料、药物、疫苗等，并负责技术指导、疾病防治和成品鸡回收。当年，它是太仓农民脱贫致富的主要载体之一。随着政策性农业保险的推进，2007年，我们公司与温氏公司合作开办了养鸡保险。我记得在首批示范户养鸡保险推进座谈会上，通过我们的动员，一下子就有40多户养鸡户参保了该险种。但在会议上也有农户提出，鸡有了保险，那鸡棚能不能保险？由于温氏公司的统一管理对养鸡疾病的把控比较好，发生大规模疫情的情况不常发生。反而农户对鸡棚保险的需求和呼声更高。一是鸡棚是农户自己花钱建造的，成本较高；二是鸡棚养殖需要接入照明及取暖设备，存在一定的火灾安全风险。养殖户们的呼声引起了我的思考，如何把养鸡保险从单一的只保鸡，变成鸡和鸡棚同时保？而就在这之后不久，养殖户发生的两起灾害坚定了我加快推进鸡舍保险的决心。2008年1月初，南郊一农户鸡棚发生火灾，1月底璜泾一农户的鸡棚被暴雪压垮，损失惨重。灾害现场残垣断壁的画面和农户无奈的心声至今历历在目。通过各方努力，2009年1月，太仓市鸡舍保险顺利出台，按照养鸡保险数量，以0.04元/羽计算鸡舍保费，0.08元/羽计算养鸡保险保费（原养鸡保险保费为0.12元/羽）。也就是说，在不增加总保费的情况下，实现了鸡只和鸡舍的同步风险保障。

鸡舍保险的出台得到了广大农户的热烈欢迎，参保户数从2008年的1766户一下子上升到3454户，参保率接近100%。同时，这种将养殖户、温氏公司与农业保险保障有机结合起来的方式，形成了“激励相容”的养鸡保险太仓模式，为太仓农业保险的深入开展积累了宝贵经验，也促使了我思考政策性农业保险如何向“三农”保险拓展的新思路。

2008年4月，我受邀请参加了东邻村劳务合作社组建论证会议。当时东林村刚刚经历了农村“三集中、三置换”的改制，为了解决全村1600多个农民失地不失收的问题，村里提出组建劳务合作社，为失地农民创造就业机会的设想。这一设想得到了政府的高度重视和认可。论证会上，村书记苏齐芳也提出了一些担忧，由于失地农民年龄普遍偏大，且从事的多为道路保洁、绿化养护等体力活，一旦在工作中发生安全事故，村里将承担很大的责任，他向我征求有没有解决这一问题的办法。我在略做思考后，觉得雇主责任保险比较合适，但是由于参保人员年龄大部分都超过了60岁，又超出了雇主责任保险的年龄要求，于是我积极向上争取政策，为村里量身定制了“劳务合作社雇主责任险”，化解了可能出现的意外风险。该险种的推出，不但解决了东林村的燃眉之急，更得到了政府的认可。在试点一年后的2009年，全市所有劳务合作社、合作农场都投保了该险种，市镇两级财政还给予了70%的保费补贴，减轻了村级经济负担。目前，每年全市174个合作经济组织的8000多个农民受益于此政策，全市合作社人员年风险保障高达32.32亿元。

拓展：向“三农”保险全领域延伸

2009年，除了农村劳务合作社雇主责任保险，我们还推出并实施了农机保险、农村家庭综合保险，为农村集体资产、农村居民生命和财产安全提供了全面保障。从而形成了太仓“三农”保险的雏形，确立了太仓“三农”的理论依据，更为深入推进太仓“三农”保险发展奠定了基础。

2010年6月初，我有幸参加了苏州市委召开的农业保险研讨会并参与交流。会上，我第一次提出了苏南地区要从农业保险向“三农”保险迈进的建议。时任苏州市委副书记徐建明同志在总结时充分肯定了“三农”保险这一说法，要求全市进一步扩大参保险种并注重创新，为城乡一体化建设提供更多保障。会后的一年里，苏州大市出现了“三农”保险百花齐放的格局，我深感欣喜，也进一步坚定了自己继续拓展“三农”保险的信心。

2010年到2015年，以改善民生和增强村级经济实力为依托，太仓“三农”保险进入了大发展时期。至2017年年底，全市累计推出“三农”保险产品达32个，在江苏全省遥遥领先。其中保障农业生产的险种包括水稻、小麦、油菜、蔬菜大棚、葡萄、桃、梨、能繁母猪、生猪、奶牛、养鸡、羊、鸡舍等；保障农村建设的险种有农村集体资产、农机综合财产保险、农机工程设备保险、合作社雇主责任保险、地方储备粮库和储备粮的保险等；保障农民生活的险种有农村家庭财产保险、农村家庭人身意外伤害保险、文艺下乡公众责任保险、农村会所公众责任保险、集中居住小区物业责任保险、农产品责任保险、乡村旅游责任保险等。可以说，太仓“三农”保险的覆盖领域已包括了农业生产、农村发展、农民生活的方方面面。

随着现代农业的快速发展，我在农村调研中逐渐发现，农业保险光保障物化成本已经满足不了现代农业的生产需要了。于是，我逐步开始思考如何从“保物化成本到保农民收入”的险种转变，淡季绿叶蔬菜价格指数保险于是应运而生。同时，为了解决露地蔬菜和池塘养殖保险定损难的问题，并且鼓励农户做好防灾措施和灾后自救，我又研发出了“露地蔬菜气象指数”和“池塘养殖气象指数”保险等创新险种。这两个气象指数保险从调研到专家论证，再到条款设计和报备，前前后后花了两年时间，克服了不小的困难。该险种以气象数据为赔付依据，只要降雨量、风速、温度三个气象要素达到触发条件就可直接获得赔付，使农业保险理赔模式发生了巨大改变。这一险种作为全国首创，出台后获得了各大媒体的关注。

受益：“三农”保险构建支农惠农的新模式

农业保险面广量大，从事农保工作十余年来，我始终把“实现好、维护好、服务好”农村和农民，作为农业保险的出发点和落脚点。也时刻教育全体员工要做到：想农民所想，尽可能地减少农民负担；急农民所急，优质高效地开展理赔工作；帮农民所需，及时反馈农民呼声。让保险在化解风险中发挥作用，让群众看到保险的实惠，享受保险的红利，这是我作为一个保险人的初心和责任。

2006 年至 2017 年，我市累计参保“三农”保险的农户达 113. 89 万户/次，保额高达 579 亿元，支付各类赔款 8017 万元，受益农户超过 8. 87 万户/次。虽然数次遭受重大自然灾害，但每一笔理赔案都做到了精、准、快，为广大农民解决了后顾之忧。2007 年 10 月，太仓受两次强台风影响导致全市 13. 88 万亩水稻倒伏，5. 82 万户农户受灾，累计赔付金额 711. 3 万元。2009 年 8 月，我市遭遇了百年未遇的特大暴雨，全市 34 万羽鸡只被淹死，97 户养殖户受灾。特大暴雨发生后，仅用 10 天时间，209 万元赔款就全部理赔到位。2011 年 6 月，太仓全市近 4 万亩小麦因强降雨导致大面积受损，累计赔付金额 795. 8 万元。2012 年“6・9 风灾”和“海葵台风”，全市 744 个蔬菜大棚、277 个鸡舍受灾，死亡鸡只约 3. 5 万羽，累计支付赔款 112 万元，受益农户 306 户，近千农户房屋受损得到了 90 余万元理赔。2016 年，受极端天气影响，全市小麦生产遭遇了历史上罕见的产量及品质滑坡，严重影响了农民的种粮收入，全市 15. 06 万亩小麦获赔 2054. 18 万元。每当灾害来袭，我都会第一时间奔赴受灾现场，与所有同事一起给农户送去保险的温暖。

作为一位保险从业者，我深知自己的职责和保险公司应该承担的社会责任。2008 年，全省各地出现了农用运输型拖拉机拒保事件，苏北上万农户集体上访，造成了非常大的社会影响。由于该险种亏损严重，各保险公司都不愿沾手。这时，我主动到政府部门找到相关领导，提出由我们公司独家承保全市的农用运输型拖拉机保险，解了当时的燃眉之急。我深知，保险公司不单单是一个以营利为目的的商业机构，更需要承担起保护地方平安稳定的社会责任，有的业务哪怕是亏本也要当仁不让。

至今，太仓“三农”保险已经走过了 10 余年的历程。它构筑于政策性农业保险之上，又壮大于涉农商业性保险。大部分涉农险种都享受一定的财政补贴，与政策性农业保险不同，又有别于纯粹的商业保险。围绕农业发展方式转变，我不断思索“三农”保险产品的创新之路，推动并见证了有“太仓特色”的“三农”保险发展历程。我深感肩负的责任，更欣慰于“三农”保险助推农业现代化发展，助力农民稳收增收所发挥的作用。

太仓现代农业园区建设记

肖海明①

2003年3月，太仓市现代农业园区开始起步建设，园区内300亩农村土地流转，相应公共基础设施建设及第一批蔬菜大棚建设等工作逐步开展。

2004年8月，太仓市现代农业园区总体规划方案完成。总体规划面积3.5万亩，主要涉及沙溪、浮桥两镇，原22个行政村分设4个功能区：高新产业孵化区、涉农加工贸易区、特色农业示范区、生态农业旅游区。

2005年7月，太仓市人民政府签发太政复［2005］24号文件：关于同意太仓市现代农业开发园区总体规划的批复。同年11月，园区建成第一座4800平方米钢架连栋薄膜温室。

2007年8月，现代农业展示馆开工建设，规划面积6000平方米，馆内分为跌水假山、水榭平台长廊、天圆地方州桥和月湖茄林4个意境各有特色的主题区域。

2008年5月26日，“现代农业展示馆开馆”“恩钿月季公园奠基”“花卉园艺展示馆开工”仪式在太仓现代农业园区隆重举行。

……

从过去那一片坑坑洼洼、地势偏僻的乡间农田，到如今一个蕴含“绿色、生态、科技、人文”理念，休闲观光农业、高效农业、生物科技农业等三大板块齐头并进的现代化农业园区，15年来，太仓市现代农业园区走出了一条独具特色的快速发展之路，逐步发展成一个集农业科技展示、生态观光、休闲度假、商务会务于一体，能满足不同层次消费需求，长三角地区重要的农业生态休闲度假区，不仅成为全景展示太仓现代农业发展的窗口，更成为全省乃至全国现代农业发展的样板。

---

① 太仓市农委副主任、太仓市现代农业园区管委会主任。

超前谋划，全省率先布局现代农业园区建设

回想起太仓现代农业园区的建设，要将时光追溯到21世纪初。农民要致富，农村要增收，经济要发展，社会要进步，传统意义上靠世代积累下来的自给自足的粗放型农业已经无法满足人们的需求，农业现代化已成为农业发展的必然趋势。当时，太仓农业发展正处于转折阶段，粮食产业全面放开，生态农业、招商农业等刚刚起步，农业产业化经营有了较快发展，加上招商引资、农产品展示、接轨上海等工作的广泛开展，以及农业资源的合理开发和农业机械化的初步运用，这些都为大面积发展现代农业创造了有利条件。尽管在农业结构方面已取得较大成效，但太仓农业的发展仍然面临颇多的问题：农业生产方式单一、农业生产科技含量低、农业环境压力大、缺少推进现代农业发展的典型等。太仓的农业发展需要转型，这似乎已是必然趋势。有了初步的构思后，面对已取得的成绩和存在的困难，我们又陷入了新一轮的思考之中。

农业新时期现代农业到底如何发展？各地都在探索。上海开始发展各类设施基地，苏州各市区搞各类景观基地，苏北各市开始发展大规模种养基地。面对领导高要求、严标准的各种检查多项考察，结合自身外出参观学习其他地方的农业现代化建设，太仓已然意识到了，大力提高农业科技创新能力，积极推进农业现代化建设才是农业发展的关键所在。

2002年，我市结合地方实际，提出建设农业园区的构想，并按照高效农业规模化、生态休闲农业集聚化、科技农业载体化，高起点、高标准、快速度推进现代农业建设的思路，在全省各县（市）中率先启动了现代农业园区建设的谋划，这就像一股强劲的东风，吹响了太仓现代农业园区开发建设的号角。

现代农业园区到底如何定位、如何建设？根据太仓的地理环境、资源优势、农村现状、农业特点等因素的综合考量，时任太仓市农林局负责同志经过一段时间的思考，以及咨询专家意见后，得出了要用工业的办法搞农业，用规划引领集约，用集约推进各镇特色产业园区建设的初步设想，并逐步形成了“规划引导、园区引领、项目带动、集约发展、两级联动”的现代农业园区整体推进思路。他将这些思路跟市委、市政府汇报后，很快得到了市领导的支持。

有了初步的构想之后，首先面临的就是农业园区的选址问题。十几年前的太仓镇区，还是片片农田、排排村落的景象。处处都是村庄和自家的

农房，房子边小路蜿蜒，块块田地里种着水稻、小麦、棉花、油菜等作物，土地还没有规划，厂房还没有动迁。各个乡镇普遍以农业为主，也都要走发展现代农业之路，开发农业园区。但是对于市级示范区的选择，在当初是有争议的。当时有领导认为璜泾离市区较远，农作物多，发展空间大。但大部分人认为，璜泾农户多、企业多，镇区又太偏，不利于整体规划。牌楼、岳王更具有优势。此处区域空间大，基本没有企业搬迁，又处于太仓中心点，去往各个乡镇都便利。

经过多次考察和比较，拟将园区建在岳王、牌楼，并报市委、市政府主要领导批准。最终，市级农业示范园区的选址的问题得到了一致的确认。

规划引领，凝心聚力推进农业园区开发建设

俗话说，万丈高楼平地而起。要想顺利推进现代农业园区建设，科学、合理的规划是关键。经过深入详细的前期考察，我市决定委托南京农业大学区域规划研究所负责太仓现代农业园区总体规划的编制工作。经过多次实地考察和各方论证，太仓现代农业园区总体规划于2004年8月通过省级专家组评审定稿，作为园区建设的指导性规划。规范范围为东起牌九公路延伸段，西至岳陆公路，南以苏昆太公路为界，北与七浦塘相邻，总面积约35000亩，主要涉及沙溪和浮桥2个镇22个村。

规划以都市农业发展为主线，融合太仓的农业产业、外向经济、历史文化特色，提出了“高新产业孵化区、涉农产品加工区、特色农业示范区、生态农业旅游区”四大功能区划分，这也成为园区开发与发展的引擎。在规划的有力指导下，太仓市政府、太仓市农林局按照“现代农业、生态农业、高效农业、科技农业”的要求，本着“把农业保护区面积布局定下来”这一重心，切实发挥规划的指导和监督作用，加快对园区建设的实施进程。

开发建设农业园区，最核心最重要的当然是要有人去做具体工作。谁来做？怎么做？农林局办公地点为太仓，各个科室部门也都有自己特定的工作。当时，市农业招商办和园区管委会只是两个临时性机构，没有常设机构及固定工作人员，很多事情处理起来极为不便。

为进一步加快现代农业园区建设，规范管理，我们向太仓市政府提出，要求建立太仓市现代农业园区管理处，具体负责园区的开发建设和管理，以及全市的农业招商引资等工作。请示很快得到了批复，同意建立园

区管理处，主要负责园区开发建设和管理、全市招商引资、组织各类农展农洽等工作，人员从农林局里择优选取，内设规划管理科和项目科两个科室。于是，农林局及时动员，拿出了一个较为全面的方案和人选，组成了一个精干的工作班子。

很快，在各方面的大力支持、配合下，我们的建设取得了重大进展。2003 年 3 月，市农业技术推广中心第一个资源开发项目在园区正式启动；2004 年，园区启动了核心区一期工程的路、桥、河、绿化等工程，全面推进园区基础设施的建设。同时，我们着重发展“三资”农业，在园区建设工作中发挥优势，主动招商，务实引资，走出了一条“引进来”和“走出去”的新型道路。

这一年，我们数次出击上海，特别是去上海孙桥现代农业园区及奉贤现代农业加工区学习取经，去福建、浙江等地招商引资，介绍我市的人文地理、投资环境、园区的发展情况等。这一年，我们积极组织参加“第六届江苏农业国际合作洽谈会”“第二届江苏优质农产品（上海）交易会”及“第三届苏州优质农产品交易会”等农展农洽会。也是这一年，我们抓住新机遇、增创新优势，积极做好“接轨上海”和“金秋经贸洽谈会”的客商邀请工作，并落实 9500 万元农业签约项目。园区的项目开发、招商引资、接轨上海等工作齐头并进，为日后的发展奠定了坚实的基础。

攻坚克难，打造太仓现代农业发展示范窗口

有了科学的规划引领，有了资金、项目等资源要素的支撑，有了市、镇两级党委、政府的支持，有了各相关部门的齐心协力、合力推进，太仓现代农业园区开发建设进入了“快车道”。

2005 年以来，我市现代农业园区工作围绕全市农业结构战略性调整和农业农村现代发展总体目标，加快引进高新技术农业，带动农业产业升级，发展生态休闲农业，拓展外向农业。与此同时，我们对外保持与所在镇、村以及上级等的密切联系和沟通，安排好入驻单位的项目开发，切实解决好具体问题，对内加强园区的内部生产、人员管理以及环境整治，使园区的整体面貌和运营都有了较好的改观。在此基础上，完成新建 140 座联合 6 型塑料大棚的招投标及项目建设；新建办公大楼及仓库，新建园内 2 座桥梁和 2 条水泥路。随着基础设施的初步完善及招商引资力度的加强，园区的大项目接踵而来：2005 年 1 月，盛兴生态园艺签约入驻园区。该生态园投资总额 6500 万元，占地 230 亩，是集生态农业栽培、园艺科技研

发、观光旅游度假为一体的园林式农业科技项目；总投资1200万元，包含住宿、餐饮、休闲、娱乐等功能的艳阳农庄项目入驻园区，开工建设……

2006年4月，艳阳农庄隆重开业。仅该年“五一”黄金周期间，吸引上海、苏州等周边游客1万多人次。2006年9月，注册资本400万美元的工厂化食用菌生产项目——苏州华泰昌农业科技有限公司入驻园区。2006年10月，盛兴生态园开始奠基，主营休闲农业旅游的项目，成为园区发展的新亮点。2006年12月，基础投资1500多万元的园区核心区一期工程建设已初步成型，二期规划也正在进行之中。至此，农业园区的开发框架已初步形成。

2007年8月，园区标志性景点项目——现代农业展示馆开工建设。该馆规划面积6000平方米，馆内分为跌水假山、水榭平台长廊、天圆地方州桥和月湖茄林四个意境各有特色的主题区域。

2008年5月，“现代农业展示馆”开馆，园区正式进入实质性对外开放阶段。“恩钿月季公园奠基”“花卉园艺展示馆”等其他旅游项目也全面开工。

2009年1月，“花卉园艺展示馆”开馆；同年4月“恩钿月季公园”开园，并举办了中国月季高峰论坛。

2010年4月，太仓现代农业园区正式开园暨玫瑰庄园落成典礼在园区隆重举行。

2012年2月，太仓现代农业园区管委会正式成立……

近年来，在市委、市政府的高度重视下，太仓现代农业园区开发建设全面提速，运营管理水平不断提升。其中，仅2008年1月—2012年12月，园区就完成各项投资5亿元；2013年以来，园区进一步加快设施提档升级，累计投入5000万元，先后建成了亲子园、百竹园、樱花园、梅花园、民宿、生物科技平台展示中心等一系列农业产业化载体。

目前，太仓现代农业园区规划总面积近6万亩，其中核心区面积8000亩，成功引进规模以上农业项目20个，总投资达15亿余元。不仅成为我市现代农业发展的“样本”，更成为带动全市各区镇农业转型升级、加快发展的“引擎”。

据统计，自2008年对外开放以来，太仓现代农业园区累计接待国内外游客超过350万人次。园区核心区年接待游客数量60万人次，农业产业项目总产值达6亿元，先后获得首批国家级农业产业化示范基地、国家AAAA级旅游景区、全国休闲农业与乡村旅游五星级示范园区、首批国家重点花文化示范基地、首批中国特色农庄、国家标准化休闲农庄、江苏省现代农业产业园区、江苏省观光农业园、江苏省科技示范园等称号。

农业产业园区不仅是农业要素聚集的展示区，还是农业科技成果转化的示范窗口，更是转变农业发展方式、加快构建现代农业产业体系的重要抓手。

作为太仓现代农业发展的龙头、农业产业园区的样板，太仓现代农业园区近年来，充分发挥自身的示范引领作用，全面带动全市农业园区化建设。截至目前，我市初步形成了“1 + 7 + X”现代农业园区网络架构，规划总面积30余万亩，建设面积20万亩。

现代田园不仅仅是“开轩面场圃，把酒话桑麻”的诗意栖居，它也可以是远离城市的浮躁和喧嚣的休闲生活。它不独属于陶渊明，更同样属于农林人，属于农业园区的开拓者和建设者们。是他们默默奉献了自己的智慧和汗水，在太仓现代农业园区建设发展史上留下了浓墨重彩的一笔。如同大门口的红色飘带，它庄严而又坚定地连接着这片土地的过去和现在，也将继续延续着一代代人的梦想和美好希望，走向未来。

江堤达标工程建设始末

周伟忠[①]

海潮汹涌，风推浪，浪助风，波涛连天。夏秋季节，台风如约而至，如果恰逢初一、十五大潮，决堤溃岸，淹田毁屋，不绝志载。太仓滨江临海，千百年来长江滋养了她、抚育了她，造就了她的繁荣，却也时刻威胁着她的生命。

太仓境内长江江堤南接上海市宝山区的闵家湾，北至常熟市的白茆塘，号称百里海塘。自宋以降，浚塘固岸记录不乏，但规模有限，海潮之患，难以根绝。中华人民共和国成立后，先后四次耗资千万元建闸、筑岸，初见成效。改革开放后，举全市之力开展江堤达标建设，在滚滚东流的大江南岸筑起了一道巍巍大堤。新世纪以来，太仓江堤历经多次台风高潮暴雨侵袭，无一处决口，无一处失事，无一处出险，也未出现一个灾民。堤外滚滚长江东逝水，堤内百姓生活乐无忧。一道江堤筑起了全市人民永远的生命线。

回眸昨天

太仓海塘初建于宋、元，形成于明、清，失修于民国，功成于当代。宋元时期缩地垒堤。明清时期修建卑矮土塘，高约 1 丈，面宽 2 丈，底宽 3 丈，不敌一溃。民国时期，战乱纷纷，水利失修，贻害百姓。生活在海塘旁边的农户，在每年 7—9 月台风大潮季节，总是提心吊胆，有的迁居塘内避难，有的干脆迁离江堤到较远的地方居住。老太仓人清楚地记得，1949 年一场强台风袭境，海塘决堤，太仓城乡陷入一片汪洋的惨景。

太仓解放后，立即成立防汛抢险委员会和救灾委员会，组织人民群众

---

① 太仓市政府副调研员、市水利局原局长。

募捐粮食、资金，支援灾民重建家园，动员 2.5 万民工修复海塘 36.6 公里。到 1988 年，40 年间共投资 1508 万元，投入 340 余万人工，动用土方 330 余万立方米，块石 67 余万吨，将海塘加高至 7—8 米，以桩石、抛石、干砌石方等筑成了高质量的海塘工程。

但是，这样的海塘工程还不足以抵抗百年一遇的洪灾。1997 年 11 号台风袭击，长江江堤全线流失土方约 12.69 万方，迎水坡全线水毁，主江堤严重受损达 1260 米，浏河元宝村段江堤险些决堤，全市总计经济损失则超过亿元。

那年年底我任水利农机局局长，带着同志们沿江堤全线检查。我们看到的是，38 公里的主江堤仅有美孚码头段不到 1 公里的水泥道路，其他全是土堤。江堤临江面抛些石块，堤脚稀稀落落打了一排木桩，以此阻挡长江潮水的袭击；顶上是不到 3 米宽的石子路，且破坏严重，被群众戏称"鲫鱼背"。

一座没有坚固防洪设施保障的城市，经济和社会发展终究是缺乏底气的。面向奔腾东流的长江，太仓呼唤现代化的大防洪体系！

构筑永恒

设计篇

"为政之要在治水。"作为一个港口城市，长江堤防是港区开发、"以港兴市"、经济发展的一道安全屏障，更是全市人民的生命线。

为了百姓生命财产安全，为了太仓的未来和发展，1997 年太仓成立了"太仓市海塘达标加固工程指挥部"，由市委市政府领导挂帅，整合相关部门及沿江各镇力量，准备花三年时间全线完成江堤达标，同时配套新改建或除险加固沿线所有涵闸。防洪标准按照长流规五十年一遇大潮加十级台风保安全、历史特大暴潮不出险来设计，即主江堤防洪标高为吴淞基准 9.2 米（在长流规规划设计水位浏河闸下游 6.68 米的基础上再加安全超高 2.5 米），港堤防洪标高为吴淞基准 8.7 米。

说干就干，但钱从哪儿来？虽然当时中央支持水利基础设施建设有相关资金补助，但地方配套比例高，资金缺口非常大。为了保证资金及时到位，当时，市委市政府提出由政府主导、社会各界广泛参与的原则进行筹措资金：一是根据国务院及省政府的有关规定建立了水利建设基金；二是坚持谁受益、谁负担，谁占用岸线、谁建设达标江堤的原则，发动由占用岸线的业主单位出资进行江堤达标建设。

记得当年市委市政府向全市人民发出募捐倡议，娄东大地顿时涌动着各界市民积极捐款的身影，机关干部、学生、商场职工、退休工人……短短一周捐资1516万元。这一幕始终印刻在我的脑海，至今想起仍觉热血沸腾。最终，全市累计筹集投入2.6亿元，保障了生命线工程的需要。

建设篇

作为全市人民的生命线工程，达标工程建设伊始，我们就全部实施工程建设监理制，组成工程质量监督小组，自觉接受苏州市水利建设工程质量监督站的监督抽查与评定。负责实施的水利农机局严格执行《水利基本建设程序》，始终坚持统一管理，统一规划，统一实施，统一标准，统一质量，统一验收，项目报建、质监率达100%。

记得在时思荡茜—鹿鸣泾的一段2300米的护坡工程施工中，由于预制块质量未达标，经现场工程监理部检查认定后，当场砸掉了200多块，重新返工。不仅如此，监理部门还将砸毁的材料拿出做上记号，以在返工后检查是否重新使用。

当时，我们所有参建人员都以工地为家，几乎是带着被子铺盖住在工地的，局机关的同志和工程技术员早上六七点钟就到江堤上检查，放弃休息天，全身心都扑到了江堤建设上。沿线的老百姓也非常感动，很多都主动配合参与到工程建设中。历经两年多时间，我市就率先完成了主江堤达标建设任务，质量全省第一，率先在苏州市范围内提前完成了38.383公里的主江堤达标建设任务。到2002年，完成了包括浏河节制闸除险加固在内的所有涵闸新建改建任务，长江江堤太仓段防洪体系得到了极大的完善提升，也全面提高了防洪标准，达到了国内一流标准。

至此，高标准的太仓市长江防洪体系全面建成，是城市最重要的第一道防洪外围防线。堤防跨璜泾、浮桥、浏河三镇，主江堤总长38.383公里，闸外港堤12公里；配套建筑物共有浏河、杨林、七浦等10座通江枢纽（节制闸）和10座涵洞，共同构成了沿江防洪挡潮的屏障，保护着太仓三区六镇67万亩农田、90多万人民的生命财产安全以及腹地苏州阳澄水网平原的安全。

当然，建设过程中也遇到了不少困难，比如占用江堤的一些外资企业的不理解不信任，以为江堤工程会影响他们的生产，以为占用段达标工程筹资是摊派等等，有些企业还派了法务部门进行了调研。通过我们多次走访和耐心解释，这些企业逐渐认可了江堤工程的公共利益，在随后的过程中甚至主动捐资帮助背水坡的建设，这也从一个小的侧面反映了达标江堤对“以港兴市”起到的积极作用。

展望未来

江堤达标工程功在当代，利在千秋。当时家住浏河镇子泾村50多岁的农民周祖德说："建设江堤，政府真是做了一件天大的好事！1997年以前，江堤就是一堆烂泥坯，上面长满了茅草，哪经得住大风浪。如今有了这么好、这么牢固的江堤，我们都能安居乐业了。"水利局的一位离休老干部更是在参观了主江堤达标工程后动情地撰写了一首《卜算子·太仓水利颂》："震泽泄淫流，浩淏洪峰到。暴雨狂飙肆虐时，万顷顿成涝。众志战洪涛，圩固人更俏。万马奔腾迈小康，水利显功效。"

时任玖龙纸业的副总经理赵恺表示："玖龙纸业之所以放在这儿，一方面是地理位置优越，江边环境优美，交通和取水十分便捷，还有更重要的一点是安全。这儿有了江堤这座坚固的'长城'，我们才能安心和放心。否则，洪水一冲，我们的心血就白费了。"在固若金汤的长江江堤两侧，勤劳智慧的太仓人民在当年芦苇塘、荒滩死角里建立了太仓港港口开发区。太仓港成为以港强市、融入上海、服务世界的前沿港口，目前已经列入全球百强港口第47位，并且后劲十足，发展潜力巨大。

为了更高标准地保障我市经济社会发展，我市正按照百年一遇防洪标准，实施江堤能力提升工程，进一步筑牢防洪生命线；合理布局生态、生产、生活空间，牢牢守住生态红线；强化生态系统保护，确保饮用水源地安全；节约利用水资源，高效利用岸线资源，更大力度推进沿江地区转型发展，优化港口功能与临港产业布局，为加快建设"现代田园城、幸福金太仓"做贡献。

太星新农村建设的前后历程

陆健德

沙溪镇岳王东北角有一个太星村，2005 年被评为“中国（东部）小康建设十佳村”，2006 年荣获“中国新农村建设明星村”称号。太星村是我的家乡，太星新农村建设的历程我历历在目。

村办工业为新农村建设打基础

1983 年，时任太星村党支部书记的是柳国豪，他是土生土长的基层干部，政治嗅觉灵敏，善于接受新事物，思想解放，敢想敢干，他对全村群众说：太星村历来是党和国家各项运动的先行军，无论是土改、合作社、人民公社，我们都是全县的典型，现在进入了建设“四化”的新时期，我们要有新的头脑，用新的创举开辟新的前程。有利于经济发展的，有利于大家富起来的，我们要大胆地去干。

实行家庭联产承包责任制后，腾出了大量剩余劳动力，苏南地区各地都办起了乡镇工业，让剩余劳力亦工亦农，柳国豪决定也要办厂。可是，办厂谈何容易。村里只有一个轧米厂，其他一无所有。他们想办法搞来了一台小龙门刨，放在轧米厂里加工一些小刨件。可是这台龙门刨实在太小了，只需要两三个人就可以了，根本谈不上工厂。他们寻呀觅呀，打听到上海宝山某机械厂从齐齐哈尔第一机床厂花了几十万元买来了两台洋刨床，是根据荷兰样机生产的，一共生产了 10 台，这个机械厂买了却不会用，放在仓库了准备低价卖掉。太星人把它赊回来，因为路窄无法运回村里，就将机器寄放在岳王农机厂，借了一个车间生产。他们采用二次成型的工艺，居然很快生产出了建筑电梯用的齿条。于是岳王宝达齿条厂正式办起来了。另一台机器没有运回来，安放在上海宝山机械厂里，村里派了几个身强力壮的小伙子住在宝山生产。两台机器太少，他们又到齐齐哈尔第一机床厂去找。这种机器早已不生产了，但留有一些翻砂件丢在旁边，太星人苦苦请求，他们终于将旧零件拼拼凑凑又组装出一台，1984 年运回太星。后又打听到河南新乡某机械厂也买过这种机器，现在不用了，便千里迢迢赶到新乡又买回一台。1985 年，柳国豪调到镇里筹建电厂当厂长，离开了太星村。太星齿条厂一度滑坡亏损。1991 年柳国豪又调回太星村，他决心重整旗鼓。1993 年，他们又请太仓机械厂几位老师傅依样画葫芦仿造了两台，1995 年又增加两台，一共有七台机器，生产出质量上乘、适用于高层高速电梯的星牌齿条。为了打开销路，他们又与国家建设部联系，争取国家建设部在苏州召开订货会，从此，太星宝达齿条厂成为国家建设部的定点生产厂。全国各地纷纷前来订货，市场占有率占全国 60%—70%。1992 年，太星村收购一个即将倒闭的岳王镇办塑料厂，生产各种塑料制品。一个普普通通的农业村，很快成为有固定资产 1200 万元，工业产值超 8000 万元，年创利税达 400 万—500 万元，农民人均收入超 5000 元的富裕村。办工业使村里经济宽裕了，有了一定的积累，柳国豪决定为村民多办实事，让全体村民共享改革成果。从 1994 年开始，先后投资近 2000 万元办了十多件实事：一、修筑了从村到岳王镇的 5 公里长的水泥路；二、村里通往各村民小组和各家各户的路全部改成水泥路，方便大家出行；三、建造了全市第一个秸秆气站，通往各家各户，使农户用清洁能源烧饭烧菜，既清洁又省力，不花一分钱；四、实行殡葬改革，建造安息堂，将土坟平掉，亡者的尸骨盛在骨灰盒里安放在安息堂，既移风易俗，又节省了 15 亩土地；五、家家户户安装了程控电话，成为全市第一个电话村；六、家家户户接通了有线电视；七、全面实行了改厕，每户安装室内抽水马桶，取消了室外坑缸；八、建造了村办幼儿园；九、设立了社区卫生服务站；十、建立了篮球场、图书室、门球场、健身室、棋牌室等老年和青年活动中心；十一、为全村 311 名老年村民办理了社会养老和大病医疗保险，农保参保率达 100%；十二、广泛进行绿化，绿化覆盖率超过 40%。

股份合作社为新农村建设添活力

鉴于苏南乡镇企业大部分苏南模式，产权主体不明，有“二国营”的味道，2000 年，上面要求进行改制。柳国豪看在眼里，想在心里。乡镇企业确有产权不明、职责不清的弊端，现实中也不乏集体企业被掏空倒闭的事例。但是，要是全部改制成私人企业，一部分人是富了，而相当甚至大部分人没有了集体经济的支撑，他们又怎么能富起来呢？现在太星村办企业能为村级经济每年提供 100 多万元的利润让村民得益，这是改革的成果，改革成果不能因新一轮改革而丧失，应当让全体村民共享。于是，他决定拒绝采用一卖了之的做法，而是采用股份合作社的形式，既达到改制的目的，又不让集体经济垮台。他做出三项决定：第一，按政策给他的320万元享受股他一分都不要，留在集体让全体村民一起享受，在他的影响下，其他办厂骨干也全部放弃了享受股；第二，将270万元经营性资产和100万元集体资产收益进行评估确认，加上太星集体品牌无形资产作价50万元，作为集体股份，由全体村民共同享受；第三，全体村民设立享受股、增量股和增量配股，享受股由在本村劳动、工作10年以上年满16周岁的村民平均分享，另外根据自愿可以投资现金购买增量股，凡购买一股增量股，还可给予增量配股。最后以450万元总股本，分设4500股（其中享受股700股，增量股1800股，增量配股2000股）组建了太星社区（工业）股份合作社。股份合作社既优化了生产要素的配置，又发挥了普惠于民的作用，极大地调动了全体村民的积极性，让村民共享改革开放成果。他们的做法得到了上级领导和专业部门的肯定，受到村民的拥赞。

2003年，柳国豪又考虑，村里还有相当一部分年老体弱的男劳力和中年妇女耕种着1600多亩土地，他们文化低、体力弱，没有能力进行产业结构调整，种地收入实在太少，如何在1600亩土地上增加收入？柳国豪大胆地设想出一个办法：将农民的土地承包经营权也入股，办一个土地股份合作社，由合作社统一开发经营。当时上面允许农民搞土地使用权流转出租的试点，于是，太星社区（土地）股份合作社办起来了，1600亩土地每亩一股，由土地承包经营者作为股东。用经营土地的收入按股分红，当年合作社向社会招标承包土地，有6家花木公司前来竞标，最后4家中标。花木公司用承租土地种植花木，土地租金从第一年每亩400元一直增加到每亩600元。农民每亩土地的收入比原来种植粮棉高出2—3倍，到花木公司打工还有一笔劳务收入。两个股份合作社给太星村带来了实实在在的利益。2003年，工业股份合作社每股分红利7.5%，人均收入560元；农业股份合作社分红人均增收900元；到花木公司打工的劳务收入人均增收420元。三项收入相加，全村农民的人均纯收入增加了1880元，达到近7000元。

集中居住为新农村建设树形象

2004年5月，柳国豪作为苏州唯一的代表，到浙江杭州市萧山区参加全国农村奔小康研讨会，做了“社区股份合作是富民强村的创新之路”的经验介绍。会议更坚定了他建设社会主义小康村的信心。回到太仓，他向市委、市政府做了汇报。时任市长浦荣皋对此高度重视，于6月28日带领太仓8个部委办局的局长到太星村现场办公，商量如何把太星村建设成为现代化社会主义新农村。市委、市政府希望太星村能在建设新农村上带个头，交出一份满意的答卷。现场办公会后，柳国豪经过调查研究，决心把居住分散的农民集中起来，建造一个太星新村。村里立即召开党员会议和村民大会，征求大家的意见，每个村民代表和党员都签了字，表示同意建设太星新村，并租了两辆大巴去周边地区参观学习。2005年3月，规划设计完成。新村规划占地110亩，设计建造208套三层连体别墅和单体别墅，3幢公寓房，1幢公共服务中心。别墅面积每套290、320和350平方米三种规格，公寓房每套面积130平方米，公共服务中心3300平方米，总投资7600多万元，采取农户拿一点、集体补一点、银行贷一点的办法解决。2006年，党的十六届五中全会发出建设社会主义新农村的号召，更坚定了他们建设新村的决心。不到4年时间，新村基本建成，95%的农户住进了新房。现在，一排排漂亮的别墅拔地而起，新村路面全部黑色化，河道砌起石驳岸，房前房后绿树成行，花木葱茏；下水道治理系统健全，数字化电视、电话、宽带网配套入户；社区服务中心、篮球场、网球场、门球场、乒乓室、健身房、图书室、棋牌室、卫生室、超市、粮站、餐厅、村委会办公室、会议室一应俱全；门卫、村标、路灯、安全监控设备、卫生保洁队伍等物业管理全部到位。村民们居住在“碧波荡漾、绿树成荫、交通便捷、设施齐全”的优美环境中，过上了像城里人一样的美好生活。太星村真正成为“生产发展、生活宽裕、乡风文明、村容整洁、管理民主”的社会主义现代化新农村。2006年，在中国新农村建设之星推荐活动中，荣获“新农村建设明星村”称号。村里还先后被评为江苏省生态示范村、江苏省安全文明村、江苏省文明村；村党委被评为苏州市先进基层党组织、苏州市农村党建十佳示范点。柳国豪也先后荣获江苏省劳动模范、苏州市优秀党务工作者、苏州市十佳基层党组织书记和太仓市优秀共产党员、先进工作者称号；2006年还和华西村老书记吴仁宝等50位全国新农村建设先进典型带头人一起入选“共和国村官”。

农村精神文明建设的一条新路子

刘　军①

20 世纪 80 年代末，在党的十一届三中全会后，我国的农村开始实行家庭联产承包责任制，这是农村土地制度的一项具有重大历史意义的变革。它拉开了我国全面改革的序幕，在一定阶段极大地激发了农村的活力，繁荣了城乡市场，农村经济迅速增长，农民物质生活不断改善，农村以往的面貌得到了较快的改变。随着改革开放的不断深入，社会主义市场经济的大发展，新的生产方式代替旧的生产方式的大变革，农村社会经济成分、组织形式、经济利益、就业方式等开始呈现出多样化，农民的思想观念、道德意识、价值取向、文化认同也趋于多层次和多面性。

在新老体制交替过程中，人们的思想和行为必然会受到冲撞而产生裂变，对于这点，我们大多数人在思想上都准备不足。当年，农民生活普遍宽裕了，但农民的精神文化生活却相对滞后，有些地方社会风气不尽如人意，赌博之风屡禁不止，迷信现象沉渣泛起，陈规陋习愈演愈烈，民事纠纷接连不断，社会不良风气也有所抬头，许多基层干部对当时农村发生的新情况、新矛盾，都缺少足够的重视和有效的应对办法。农村的精神文明建设究竟应该怎么搞，怎么抓？如何才能遏制陈旧陋习，倡导文明新风，培育新农民、发展新文化、树立新风尚、建设新环境，让农民在享受物质文明成果的同时，也能积极参与到社会主义精神文明建设之中，这是当年摆在基层各级领导面前的一道新课题。

1989 年，我在原太仓县委宣传部担任宣传组组长。一次，陆渡乡党委领导来反映他们在全乡开展了群众性的“文明家庭”“文明职工”“创建文明村”评比活动，在当地农村产生了很大的影响。农村中几年来禁而不绝的赌风被止住了，邻里矛盾和民事纠纷减少了，封建迷信已没有了市

① 中共太仓市委宣传部宣传科原科长。

场，农民群众专心从事生产的风气正在形成。相关的情况汇报立即引起了当时县委宣传部领导的高度重视，要我尽快到当地帮助认真总结，了解一下是否可对面上的农村精神文明建设提供一些启示。回顾当年我们在弘扬农村文明新风，加强农村精神文明建设过程中所做的种种努力和探索，我敏锐地认识到这可能是值得各地借鉴的有益做法。记得在那年 2 月底，阴雨绵绵，春寒料峭，天气似乎格外冷，但我仍带着这样一个准备和思考，急切地与宣传组其他同事一同赶往原陆渡乡进行调查研究。

我们从了解乡党委开展“文明家庭”“文明职工”“创建文明村”活动的决策、步骤、方法和目标要求着手，继而对村（组）、企业开展创建活动的具体做法，以及农民参与活动的思想反映和实际效果，做了深入和全面的了解。在边走、边听、边看、边记过程中，我们当面向一些群众和农户征询意见，核实实际情况。通过一连数日深入基层的调研，我们得出了结论，陆渡乡开展的群众性创建精神文明活动是可行的，也是成功的。不仅方法得当、实效明显、便于操作，而且在活动中突出了村民自治和民主管理的核心价值和作用，始终以群众为主体，让群众唱主角，为探索加强农村精神文明建设找到了一条新途径，为实现农村经济健康发展，农民生活持续改善，社会风气文明向上，村民自治走向制度化提供了有效借鉴。于是，在调研活动结束回到住地后，我思绪蓦然涌动。在基层的这几天，让我再一次学到了书本上学不到也难以学到的真本事、大学问。基层同志在实践中不仅能实事求是地勇于面对问题，更令我折服的是他们能用马列主义的立场、观点、方法去分析问题，主观能动地去解决问题，创造性地运用了马列主义。实践真是座历练党性的大熔炉，马克思主义的普遍原理如何与当时农村的具体实际相结合，基层一线的同志用他们丰硕的实践成果做出了回答。实践、认识，再实践、再认识，我迅速汇集梳理起来，根据取得的第一手资料，经过充分酝酿，我连夜撰写了《农村精神文明建设的一条新路子》的调查报告，深入系统地归纳总结了原陆渡乡的经验和做法。文章通过《宣传简报》刊发后，立即引起了各级领导的重视，省委宣传部、苏州市委、苏州市委宣传部和太仓县有关领导组成调查组，进行了实地情况核实，紧接着苏州市委宣传部在原陆渡乡召开了现场推广会。1989 年 5 月 18 日，中共江苏省委宣传部下发了苏宣通［1989］19 号文件，转发了太仓县陆渡乡开展群众性“文明家庭”“文明职工”“创建文明村镇”评比活动的调查报告，并在太仓召开了全省宣传工作现场会，推广了陆渡乡的做法。中央和全国的新闻媒体共几十家聚焦太仓，进行了连续报道，全国各地来太仓学习取经的也络绎不绝。多年来，“陆渡模式”

的群众性精神文明创建活动对面上的宣传工作产生了深刻影响，不仅为江苏农村的精神文明建设探索出了一条新路子，而且也为各地的精神文明建设提供了可借鉴的经验。

回顾在陆渡乡的那次调研经历，虽然过去了近30年之久，但谈起来仿佛就在眼前。

一场禁赌风波引发的思考

原陆渡乡地处太仓主城区以东，紧邻上海。当时全乡共有14个自然村，54家乡村办企业，3300多户人家，人口13801人。党的十一届三中全会后，陆渡乡的经济建设和各项社会事业都有了很大的发展。特别是在1988年，该乡农副工三业产值突破了1亿元，利润实现513.38万元。然而，在经济迅速增长的同时，社会上赌博、迷信之风也在滋长，邻里矛盾时有发生，大操大办屡见不鲜，民事纠纷接连不断。早在1986年，该乡党委、政府向所属基层领导呼吁要重视“精神扶贫”，并组织突击禁赌一个月，出现了组织妇女劝赌的新鲜事。此间所有“五匠”都被集中教育，所有的赌博参加者都罚了款，有的还被行政拘留。但事隔一年，赌博、迷信又蔓延开来，该乡又组织了一次专攻赌博、反迷信活动，还组织了相关条线的干部到各基层单位调查摸底，收缴赌具并严肃处理了一批人，声势很大，社会震动也很大。可没隔多久，赌博、迷信活动又泛滥了起来，而且愈演愈烈，越发不可收拾。一次，村干部去巡查时发现个别人员仍在聚众赌博，便上前加以制止，结果双方发生了争执，有人还动手打了村干部。

一场风波过后，引起了乡党委领导的高度警惕和认真思索。为什么花的力气不小，效果却不怎么好？用什么办法才能使社会风气转变过来？针对这些问题，党委班子进行了认真研究，决定在全乡开展评比“文明家庭”“文明职工”活动。但在当时，由于文明创建活动还处于萌芽状态，没有任何可借鉴的成熟做法和经验，党委班子中思想不统一，基本上有三种想法：一是坚持要搞群众性文明创建活动，认为没有先例可以在实践中探索创新，没有经验可以逐步积累加以完善。二是认为在农村搞一家一户的评比，面广量大，难度大，具体工作怎么做、怎么抓，心中没有数，担心摊子铺开了难以收场，能不能真正落到实处？三是疑虑放手让群众自我管理，会不会评出矛盾，闹出乱子？对此，党委连续开了两次会议，用党的社会主义初级阶段基本路线和理论来统一思想认识。

首先，党委认真分析了农村社会存在不良风气的现状和产生原因。一致认为，多年来，农村经济建设快速发展，乡村二级企业的效益增长迅猛，农民收入也水涨船高。但在物质生活不断改善的同时，精神生活却停滞不前，农村中根深蒂固的陈规陋习，如赌博、迷信等不正之风还有着市场，这说明农村中的这些旧习惯、旧势力、旧风俗并不会自动退出历史舞台，它们依然有着滋生的特定土壤。这既反映了当时农村文化生活的贫乏、农民科学知识的缺失，又反映了党委对旧的意识形态回潮认识不足、准备不足，在开展群众工作中存在着作风不实、方法简单、应对乏力。要遏制农村中的固有陋习，倡导文明新风，推动移风易俗，必须坚持“两手抓，两手硬”，而且必须将工作的落脚点放到每个家庭、每个企业乃至社会的每一个旮旯，全方位地、一个不漏地去发动和共创农村的精神文明。

其次，大家对前阶段的工作进行了反思，为啥基层干部天天在禁赌反迷信，农村中的不良风气仍然屡禁不止？就以赌博成风的现象来说，随着农村经济建设的发展，农民从市场上获得的利益越来越多，而物质生活快速提升后，农民的精神生活却缺少引导，文化建设仍然匮乏，这是个不可忽视的社会原因。因此，有些人劳动之余无所事事，便沉浸在赌博所带来的刺激之中，尽管干部喊破了嗓子，但仍隔三岔五有关于赌博情况的举报，这已影响到了家庭和睦、邻里和气以及村风民风，如不加以及时纠正，必然会进一步蔓延，严重制约农村社会经济的健康发展。现实是严峻的，要与农村中的不良风气做斗争，一不能停留在口头上，二不能仅仅依赖几个干部，三更不能等事情发生了再去处理，做马后炮。党委需要寻根溯源，有所作为，主动作为，发动群众共同参与文明创建活动，让群众当主角，通过自我教育、自我管理来推动社会风气的改变，从而在根子上扭转被动局面。

再次，乡党委通过学习认识到，加强农村精神文明建设，弘扬文明新风，转变思想观念是关键。因此，必须坚持教育为先，重视农民思想教育，下力气培育先进文化，丰富农民精神生活阵地，使广大群众先从思想上理解、支持移风易俗。因此，乡党委提出，要有更多的资金投入，花更多的时间和精力去办好农民学校，开展思想道德教育，开设村民阅览室，完善农村文化娱乐设施，组织各种健康的文化娱乐活动，营造出和谐、向上的乡村氛围，使群众在互相教育和广泛参与的过程中，培育和接受文明的新风尚。

同时，他们清醒地看到，移风易俗是一项系统工程，各单位必须通力协作，共同推进才能达到预期的效果。乡党委提出，乡政府、各村以及企业等各单位要形成共识，相互配合，真抓真管，齐抓共管，多个轮子一起转，把农村中的精神文明建设与综合治理工作相结合，以社会上最突出的赌博、迷信等问题为重点，狠抓整顿以带动整个工作；同时，党委决定建立乡综合治理领导小组，由党委副书记负责，条线人员参加。各村、厂相应建立护村、护厂民兵队伍，作为农村精神文明建设的一支重要力量，并严格考核，列出相应的奖惩措施，如治安保证金制度，从而保证农村移风易俗工作的每个阶段都扎实有序，每个环节都牢牢衔接。

“金钥匙”掌握在群众手里

开展群众性文明创建活动是一件新生事物，标准怎么定，评比怎么搞，一时成为大家争论的焦点。乡党委在讨论中提出，办法要到群众中去找，结论要从实践中拿。通过走群众路线、从群众的利益出发，围绕群众意见“找答案”，贴近群众需求“定内容”，紧扣群众呼声“提标准”，按照群众满意“搞评比”，确保文明创建活动赢得最广大群众的支持和参与。乡干部分组分片进村入户，在走访中倾听群众呼声，了解问题，掌握情况。在深入调研的基础上，乡党委根据当时、当地的具体情况，认真逐一地制定了开展“文明家庭”“文明职工”的五条标准，使广泛开展群众性的文明创建活动有了标尺，积极引导有了依据。其主要内容为：无赌博行为；无封建迷信活动；无严重不团结行为；无违反计划生育规定行为；无其他违法乱纪行为。并详细制定了“双文明”活动的评选方法和考评制度。党委的一系列决策，为在全乡扎实地展开群众性文明创建活动打下了牢固的基础。

开展“双文明”评比活动的正式文件下发后，陆渡乡党委抓的第一件事就是充分运用大众传播工具进行舆论引导，发动群众、组织群众，把开展这一活动的意义、内容、步骤、方法以及政策、试点单位的经验详细地向全乡广播，使农村的每一户群众从一开始就清楚明白为什么搞、怎样搞，自己又如何以主体身份参与到社会主义精神文明建设的活动中去。

1989 年 9 月底，陆渡乡召开了广播大会，并连续播放了一周。同时要求把落实情况每天向乡综合治理办公室汇报。这一措施的实施，使陆渡乡的文明创建活动从开始就迈出了坚定的步伐。各村、厂在接到乡党委、政府下达的文件后，都立即行动起来，召开支部扩大会，研究组织收听工作。乡广播大会后，大多数村又自办了村广播大会，将村里细化的规定、标准、评选方法进行了宣传。当年 10 月 6 日，陆渡乡党委又专门将各厂、村负责人召集起来，逐一听取了各单位的收听、讨论情况。

我们在走访中了解到，各厂都是以全厂会议或车间集中的办法组织收听的，村都是以村民组为单位，由村民组长负责组织收听。以我们召开座谈会的两个单位为例，洙桥村收听率达到了90%以上，陆渡乡第二化工厂的收听率为99%。从我们所接触的24个调查对象来看，对乡规定的五条标准能迅速回答的占92%，不够迅速的只占8%，回答不出或不全的一个也没有。这说明了陆渡乡的宣传发动是搞得成功的。

陆渡乡的文明创建评比活动由于宣传发动开展得好，评比工作普遍顺利。我们在调查中了解到的评比方法，主要采取三个步骤：一是公布奖惩措施。“文明家庭”全年评比两次，“文明职工”全年评比四次。凡两次评不上的都将受经济处罚。违反乡规民约的都将按乡规民约的条款进行处罚。在乡规的基础上，一些村也制定了相应的奖惩办法。二是组织评比。“文明家庭”评比由村民委员会负责，以村组为单位，将选票发到各户，选票上印有村民组各户的户主名单以及评比标准、方法，请各户自己评选。“文明职工”评比由企业支部负责，以车间、班组为单位将选票发到各职工手中，选票上同样印有全体职工的名单以及评比标准、评比办法。评比工作以自评互评无记名的方式进行。厂、村党支部负责对评选结果审核。三是张榜公布，上门挂牌。评选结果一般都是以广播形式公之于众。按照乡规，各村都采取了比较隆重的仪式，由村干部带班逐家逐户上门挂牌。1989年春节前，全乡各村都已完成了这项工作。

我们在调查中感到，陆渡的“双文明”评比工作做得既认真又仔细。“文明家庭”“文明职工”评出后，乡两次对面上的情况进行检查。年底，各村、厂、公司共34个单位的支部书记分别将评选方法、标准、过程、结果向乡党委、政府汇报；来年春节一过，这些单位的民兵营长、治保主任又集中一起汇报“文明家庭”“文明职工”在节日间的情况。第一次组织汇报后，乡党委组织了一次面上大检查，以促村与村间的平衡。检查工作由党委副书记带班，分四个小组到各单位验收；第二次汇报会后，根据面上出现的一些问题，陆渡乡党委又召开了全乡的广播大会，反复强调了评选标准的严肃性，如有新的违反情况，继续从事赌博、迷信等活动的将加重处罚，群众按乡规民约标准二至四倍、党员干部三至六倍处罚。并在内部确定了四条政策：其一为评选要合理；其二为“文明家庭”“文明职工”一定要占大多数；其三为挂牌要及时、慎重、隆重，不能将荣誉牌发到各户自己挂；其四为治安保证金要及时交齐。通过汇报检查，陆渡乡“双文明”评比的成果得到了巩固，各级干部的责任感和自觉性都有了进一步的提高。以洙桥村为例，年底他们以乡的规定为依据，制定了符合本村特点的评比要求和奖惩措施。规定必须是被70%以上的农户推选的，才能当选为“文明家庭”。标准比较高，但在初评时仍出现了一些问题。如该村一位农民平时有赌博行为，但由于人际关系较好，仍被群众推荐为“文明家庭”户；村妇女主任是村评选小组负责人之一，其爱人虽有赌博行为，但群众也评其家为“文明家庭”户。针对这些问题，村支部认为，执行规定从开始起就一定要严肃，要使人感到有压力，支部不把好关，马马虎虎搞评比，群众就不会引起重视，评比就会走过场。于是，决定这两家不能被评为“文明家庭”。陆渡乡群众性文明创建活动就是这样认真，就是这样在实践中不断地完善和升华。

“创建活动”带来新风尚

陆渡乡开展“双文明”评比活动的效果究竟怎么样？这是我们当时特别想知道的结论，为此，我们决定沉下去走村访户了解实情，从调查的情况看，成效十分明显。

首先是社会风气明显好转，赌博、迷信等违法活动已基本没有。陆渡乡共有3300户农户，这次评上“文明家庭”的有3224户，没有评上的有76户，占整个农户数的2.35%。在评上“文明家庭”的农户中，除枫泾村有一户村民因生病看风水、请“仙人”被撬掉“文明家庭”牌子外，其余均未发现有赌博、迷信等违法活动。76户没被评上的农户，也都表示要遵守乡里的规定，争取以后评上“文明家庭”。根据乡党委同志介绍，1989年10月1日前，全乡党员干部617人中查出搞赌博活动的有50多人，占整个党员干部数的8.1%，这还不包括没有掌握到的情况，而评比活动开始后，已基本没有党员干部参赌的反映。1987年至1988年6月，陆渡乡共有7对夫妻离婚，离婚率居全县第一。自开展“双文明”活动后，仅有一对正在进行离婚调解。1988年年初至开展评比活动前，陆渡乡共发生刑事案件15起，而1989年10月1日至我们去调查时为止，仅为2起，占整个案件数的13.3%。情况表明，陆渡乡开展“双文明”活动后，社会治安状况大为好转，不安定因素显著减少。

其次是群众自我教育、自我约束的良好机制初步形成。自开展“双文明”活动后，陆渡乡最明显的特点是群众自我教育、自我约束的机制初步形成。以我们调查的洙桥村为例，原来村里搓麻将赌博成风，村办厂内、小店、各村民组到处都有聚赌“战场”，从青少年到老人参加赌博的越来越多，有的青年职工甚至停下机器去参赌，因而导致了村风不好、厂风不好、店风不好甚至家风也不好，邻里、家庭不团结现象十分突出，而这种情况从开展“双文明”活动后再也看不到了。原因除许多家庭不愿受经济上的处罚外，更重要的是担心面子过不去。该村有户村民在初评时落选，媳妇就在田里责怪男方的父亲，说正式评比时如再评不上就分家，不然没面子走出去；还有户村民因为参赌第一次没评上“文明家庭”，他的儿子春节要结婚，几次找到村干部表示今后一定不再赌博；该村有个个体裁缝在评选时也落选，家属和他吵，他感到是自己错了，向村干部表示今后一定不再参赌；该村张家村民组有户农民，原参赌无心从业，爱人好心相劝反遭殴打，导致其爱人欲投河自尽，评选时群众都没投他的票，当事人很受震动，主动找村干部表示要改邪归正。村干部告诉我们，像这种夫妻相互督促、群众邻里相互教育、厂内厂外共同帮助的情况还可举出许多。基层干部们感叹地说，这么大的变化是他们一开始没想到的。

再是党组织的作用得到了加强，党员干部的宗旨意识得到了锤炼，党在农村中的思想政治工作出现了一个崭新局面。“双文明”活动开展后的显著效果是，党在基层的战斗力、号召力得到了加强。党通过宣传群众、动员群众、组织群众一起来开展精神文明建设，不仅锻炼了党的基层组织在农村抓思想政治工作的本领，而且使党在群众中的威信得到了显著提高。我们在与陆渡乡的基层干部座谈中，他们都谈到了这样的体会：过去很少到各家各户去了解情况，很少去做一户一人的思想政治工作，群众有什么想法、意见也不找干部谈。这次不同了，一些没有评上的家庭需要村干部去做工作，有些有争议的“文明家庭”需要去核实，各家各户的荣誉牌需要村干部上门去挂，找上门来评理的需要去解释，这中间伴随着大量的思想政治工作，基层干部非得天天动脑子去认真应对。他们不无动情地说，工作是很吃力的，但现在回想起来，正因为这一段时间和群众接触多了，才加深了党的政策对农民群众的感召力，我们的干部才被越来越多的群众所倚重，党组织的威信才真正得到了牢固确立。他们过去管赌博、迷信，找上门没人听，有的被抓住了还不服气，要评“理”。现在倒了过来，那些人都主动找干部认错，非要干部答应下次可以评上“文明家庭”才肯回去。“陆渡模式”一个重要的特点是，通过群众性创建活动，在当地营造出了一个以多数人带动少数人的局面和氛围，使农民对健康向上的社会风尚，从耳熟能详到最终认同，农村中崇尚文明之风也就开始形成了气候。后来，在原先的基础上，深化开展了评选“十佳文明新风户”“十佳文明职工标兵”活动，通过树立先进典型，以先进为榜样，以先进做引领，进一步发挥了先进的带头作用和辐射作用，潜移默化地使新的社会风尚进一步深入人心，旧的陋习逐渐失去土壤，从而推动了农村的精神文明建设持续向纵深发展。

“陆渡模式”影响深远

群众性创建“文明家庭”“文明职工”“文明村镇”活动的“陆渡模式”，不仅为当地农村的精神文明建设探索出一条新路子，而且也为我们党委宣传部门带来了有益的思考。回顾在陆渡乡开展的调查，我感到有这么几点给人以很深的启示：

农村的社会主义精神文明建设，一定要贯彻党的群众路线去进行。群众路线是党的根本工作路线，只要我们把政策向群众讲明，把意图向群众讲清，把利益关系向群众讲透，群众就会理解我们，支持我们，就会被动员起来，成为农村精神文明建设的主力军。陆渡乡的“双文明”评比是在群众自评互评基础上进行的，群众一起参加评选，少数人想闹也闹不起来，这样干部相对减轻了压力，不会成为一些矛盾的焦点，就可以腾出精力抓好工作。陆渡乡的经验再一次告诉我们，群众路线是我们党的传家宝，我们出主意、想办法、办事情都离不开群众的支持，否则，农村的精神文明建设是搞不好的。

农村的社会主义精神文明建设，必须注意政策和策略的制定。“双文明”的评比是项十分细致、政策性很强的工作。陆渡乡开展这项活动之所以成效显著，很重要的一条是他们十分注意研究和制定这项活动中运用的一些政策和策略。他们规定“五无”标准只能适用当时的情况，保证了“双文明”评比占整个比例的95%以上，使评比活动成功团结了大多数，孤立了少数，得到了最广大群众的支持和拥护，这是党的统一战线理论在实践中的成功运用，这就改变了以往先进遭孤立，正气树不起，多数群众不愿当先进的被动局面。这充分表明，政策和策略是党的生命，我们各级领导万万不可粗心大意。

陆渡乡的“双文明”活动从开始到后来，每一步都由党委带头并精心研究，细心布置，一有偏差的苗头党委就及时研究办法解决。整个工作还做到了有布置，有检查，并和自身以及下级班子考核、经济考核挂起钩来，这样，创建活动就一直很顺畅。这告诉我们：农村的精神文明建设，只要我们的党组织自身硬，又认真去抓，是抓得好的。

农村的精神文明建设也要采取分级管理，一级抓一级的办法，落实好各级各人的岗位责任制。陆渡乡在开展“双文明”活动之前，党委就专门研究制定了各厂、村的岗位责任制，并发展到建立治安保证金制度。这样从上到下层层落实了责任，使“双文明”评比不仅上级重视，基层也重视；不仅班子中负责同志有压力，全体成员都有压力，党委的号召就不再空洞，党管干部就不再无力，有了制度的约束，党委的正确意图就容易贯彻下去。这表明，农村的社会主义精神文明建设离不开一整套切实可行的制度去保证。

农村的社会主义精神文明建设，一定要结合各时期、各地方突出的问题去进行。当年，陆渡乡是结合社会综合治理工作去进行“双文明”评比活动的。“五无”标准都是针对当时农村家庭和个人的基本要求以及突出问题提出来的。这样，就抓住了重点，抓住了突破口，使农村的精神文明建设在不太长的时间内就获得了成效。这告诉我们，农村的社会主义精神文明建设，一定要抓住主要矛盾和矛盾的主要方面，一定要因时因地，切不可眉毛胡子一把抓，这样才是真正贯彻了实事求是的思想路线。

多年来，以陆渡乡群众性精神文明创建活动为起点，太仓农村以镇、村（社区）为主的创建活动逐步扩展、深化。全市先后有一镇一村获评全国文明村镇，一村获评第二届“江苏最美乡村”，有34个镇村和社区获评省级、苏州市级文明镇、文明村和文明社区；太仓市进入全国县级文明城市提名城市。同时，全市以家庭为单位，广泛发动农户参与社会主义精神文明建设，积极培育“星级文明户”“五好文明家庭”“最美家庭”“十大”好邻里、“百名‘和谐之星’”等各类农村精神文明建设先进典型4000多例。先后培育树立“美丽家园”示范点39个、示范户5000户。评选表彰“平安家庭”示范户50户。2006年起，太仓又创新开展了“百村乡风文明岗”活动，在实践中不断完善机制建设，深化活动内涵，探索出一条开展农村志愿服务工作的新路径。科学设置15种岗位，采取志愿认岗、骨干带动、干群联动的方式逐步扩大党员骨干志愿者上岗队伍，培育各类岗位先进典型3000多人，参与的农民达10万余人，荣获省第十一届精神文明建设新人新事、省农村精神文明建设工作创新案例奖。

“日出江花红胜火，春来江水绿如蓝”，近30年来，太仓的精神文明建设真是一片生机勃勃。我坚信，进入社会主义新时代，太仓的精神文明建设一定会在太仓市委和市政府的正确领导下，步子更快更稳，在奔向“两个一百年”和中国梦的过程中，绽放出更多更美的绚丽花朵，为人民和时代所赞颂！

工商改革篇

亲历太仓改革开放四十年

工商改革篇综述

徐卫岗

工商企业改革在太仓既往40年改革中地位举足轻重。先乡镇企业后市属企业，先工业企业后商贸流通企业，这是企业改革的基本轨迹。太仓的乡镇企业于20世纪80年代初期破土而出，旋即以如火如荼之势飞速发展，但却在经历十余年辉煌后迅速困弱难振，表明产权关系不明与“吃大锅饭”式的经营模式是条死路。于是，20世纪90年代中期，一场脱胎换骨的改制应运而生。21世纪头十年中期，当市属国有（集体）企业陷于百弊丛生、举步维艰之际，太仓又先后对市属国有（集体）工业企业和商贸流通企业实行大刀阔斧的改革。这场改革不仅起步早，而且规范彻底，明晰产权关系与推动建立健全现代企业制度在规范化章法保证下得到有效体现，这使全市国有（集体）企业实现了“民营化”转身与现代化改造。同时，又将企业全部迁入园区，这既提升了城市品质，又为企业向规范化、集群化方向发展创造了良好条件。走上“民营化”发展新路的改制企业，由此汇入了全市民营经济“铺天盖地”“顶天立地”发展的洪流，奠定了太仓数十年发展位于全国百强县市“第一方阵”的扎实基础。

太仓市属国有、大集体工业企业改革改制回顾

张天宁①

1986年，太仓有全民企业42家，实现工业总产值27690万元，集体企业1520家，实现工业产业141568万元。至1992年，全市（县）有国有、大集体企业69家，其中由经委主管的国有、大集体企业36家。至2000年，全市国有企业为17家，集体企业62家，分别占全市企业数的4.5%和16.4%。

1985年，中共中央《关于经济体制改革的决定》发布，从政策层面拉开了以搞活大中型企业为中心环节的城市经济体制改革大幕，太仓各级党委和政府以及工业、企业界不失时机地紧紧抓住这一历史机遇，展开了一场艰难而持久的企业改革转制。通过各种举措，一步一步地创造条件把企业推向市场，使企业真正成为市场的主体。

太仓市属国有、大集体企业的改革改制前后经历了四个阶段。

扩大企业自主权，推行厂长负责制

早在1983年，太仓就对国有企业和市管大集体企业实行放权松绑，扩大企业自主权。1983年6月18日，太仓县政府发出《关于贯彻执行〈关于国营企业利改税试行办法〉通知》，在全县国营和大集体企业中实施第一步利改税。1985年3月20日，太仓对企业第二步利改税测标方案经江苏省苏州市批准后，是日即全部贯彻落实到企业，进一步减轻企业负担。在此基础上，积极探索在企业中实行厂长负责制，把企业经营权交给厂长，使企业实行“自我决策、自我管理、自主经营、自负盈亏”。1984年至1985年，首先在太仓布厂和针织总厂进行厂长负责制试点。1985年5

---

① 太仓市原经委办公室主任。

月 3 日，太仓布厂举行厂长就职仪式，时任副县长范正清代表县长张宗民向章寿植厂长颁发任务书，成为县属第一家企业实行厂长负责制单位。到 1986 年年底，县属工业企业实行厂长负责制单位扩展到 17 家。1987 年增加到了 30 家，推行面达到 88%。1988 年，全县县属工业企业全面实行厂长负责制。

转换企业经营机制，推行承包经营责任制

太仓县属国有、大集体企业的承包经营责任制从 1984 年开始，并采取了多种形式的承包经营。

1. 试行奖金制度和承包经营制度。1984 年，县政府对利泰棉纺厂、太仓化肥厂、太仓铜材厂、机械总厂、太仓建材厂等国营大中型企业推行国营工业奖金制度；对 6 个国营小企业、21 个县属集体企业推行“利税计奖承包责任制”和“联利计酬承包责任制”，将企业的经营情况和效益与企业内部奖金直接挂钩。1985 年，对县属国营、集体企业全面推行承包经营责任制。企业向县里承包利润、产值、主要产品产量完成、主要产品质量、能源和物资消耗、资金周转天数和安全生产等 7 项指标。凡全面完成 7 项指标，可按规定比例提取职工奖励基金；完不成指标，降低或取消奖励基金和提取比例。对县属集体，全面完成指标的企业，税后可分的利润以“五五开”计算，即 50% 用于发展基金，50% 用于公益基金，包括职工福利基金、奖励基金和劳动分红基金。承包合同由主管公司和企业签订，县纪委、财政局、劳动局、税局鉴证。

2. 第一轮承包责任制。1987 年，县政府对 31 个县属集体和国营小企业签订一定 4 年的承包经营责任制。承包指标从 7 项增加到 10 项，其中增加了固定资产增值、外向型经济发展、企业基础管理和企业升级三项。对 9 个县属国营大中型企业则实行不同形式的承包和奖励法。其中太仓化工总厂实行“定额包干、超收全留”的承包形式；利泰纺织厂等 6 个企业实行“递增包干、超收全留”方式；机械总厂、农机二厂实行“递增包干、超收分成”。9 个县属国营大中型企业当年上缴利润 407 万元，4 年平均递增利润 6.21%。1988 年，又推出“太仓县专业公司 1988—1990 年行业管理目标责任制”和“县属工业企业厂长任期目标责任制”。专业公司目标责任制由经委和专业公司签订；县属企业厂长目标责任制由所属专业公司与厂长签订，县纪委鉴证。考核目标与一定 4 年的承包经营目标相衔接，考核办法采取计分制。

3. 计税利润税前还贷承包责任制。1987 年，根据省政府苏政发［1987］152 号文和苏州市《苏州市县属集体、工业企业承包责任制的试行意见》精神，在 1988—1990 年期间，太仓在县属集体企业中实施企业计税利润和税前还贷指标承包责任制。凡超过计税利润定额的不再征收所得税，企业多得的利润留在企业，其中 50% 用于扩大再生产，20% 用于职工福利，30% 用于职工奖励基金。这是在一定 4 年的承包制基础上又一承包制，俗称“外包制”或“包税制”。这一责任制开始在县属集体中推行，后来全面扩展到所有县属工业企业。

4. 第二轮承包经营责任制。从 1991 年开始，太仓又推出县属工业企业第二轮承包经营责任制和滚动延长承包。一是所得税承包，对国有骨干企业实行第二轮承包，承包期为 5 年。承包办法：确定基数，递增包干，超收分成，歉收自补。对多数国有企业和所有大集体企业实行滚动延长承包，延长期为 1 年。超收部分定为“八三”分成或“七三”分成。

5. 投入产出总承包。1992 年 1 月至 1995 年年底，对太仓化工总厂、太仓铜材厂、太仓二棉厂、造纸厂、造船厂等 5 个企业实行“投入产业总承包责任制”，承包期为 4 年。由财政局、主管公司与企业签订承包合同，县体改委、纪委鉴证。凡完成财政考核指标上交任务后，超过部分全部留给企业作为生产发展基础；完不成上交任务的，用企业自有资金补交。

6. 工会、厂长共保责任制。1989 年，县体政委、县总工会联合发文，在太仓县实施工会与厂长共保责任制，并贯穿于两轮承包经营责任制始终。其本意是通过工会的作用发动职工共同完成企业经营承包责任制的各项指标，工会与厂长共同承担企业承包经营的责任。

深入推进三项制度，俗称“破三铁”

“三铁”，即多年来在计划经济体制下国有、大集体企业内部长期形成的“铁交椅、铁饭碗、铁工资”制度。1992 年，县委办公室下发太委办［1992］11 号文件《太仓县企业劳动人事、工资分配、社会保障制度综合改革的意见》，要求企业通过建立起自主用工、自主分配、自我激励、自我约束的内部运行机制，达到劳动岗位靠竞争、工资总量靠效益、个人收入靠贡献，做到干部能上能下，职工能进能出，工资能升能降。是年起，太仓国有、集体工业企业开始全面推行全员劳动合同制和岗位技能制、浮动工资制和全员劳动合同制，从而打破企业内部干部与工人、固定与合同制工人、统配人员与非统配人员身份界限。对优化组合的富余人员，通过发展三产、厂内培训后竞争上岗、厂内退休、厂内交流或自谋出路等各种途径进行分流。岗位技能工资制，即把工资分为岗位（职务）工资和技能工资两块，并确定两块的工资基数与档次，运用工资政策的合理导向，促进劳动合理流动和优化配置，做到工资分配向一线职工、科技人员、苦脏累工种、高技术工种和有突出贡献者倾斜。

推进产权制度改革，把企业彻底推向市场

前几轮的企业改革并没有从根本上解决企业与政府的行政隶属关系，政府仍然对企业下指标、调整班子、置顶奖励考核意见等。企业的所有经营工作均围绕政府下达多项经营效益指标去努力完成，因而缺乏主动性和积极性。从1993年开始，太仓的企业改革开始向探索企业产权制度改革转向。

1. 推进企业改革、改组、改造，建立现代企业制度。党的十四大提出对国有经济实行“三改一加强”的改革目标，即改革、改组、改造，加强企业管理。在企业改革上，以建立现代企业制度为目标并颁布了《公司法》。1994年，我市苏州宏达集团被江苏省体改委确定为首批省级现代企业制度127家试点企业之一。1995年该企业向省上报实施方案，1996年正式改制挂牌运作。1996年，市政府办公室批转市体改委和市经委《关于推进现代企业制度试点工作实施意见》，确定金龙集团（太仓化肥厂）为第二批省级试点单位。要求从1997年起，用2—3年时间在太仓市大中型企业中全面建成现代企业制度。1997年年底，市委市政府召开市属工业企业改革动员大会，颁发《关于进一步推进市属企业改革的意见》，市成立改革领导小组，按大、中、小企业层次推进不同的改制形式。至2000年，市属企业公有股从原81%减少到34%。据市体改委统计，“九五”期间，全市市属累计改制企业数为127家，占原企业总数229家的55%。其中改制为股份有限公司有3家；有限责任公司65家；股份合作制13家；民营企业25家。市属经委系统工业企业改制22家，占系统内企业的85%。其中实行资产租赁6家，退二进三企业3家，破产1家，联合兼并11家。

2. 进一步推进市属国有、大集体企业产权制度改革，把企业真正推向市场。这一轮改革的核心是现实真正把企业从政府的行政从属关系转变为市场为主体地位。2001年7月21日，市委市政府再次召开全市工业企业改革改制动员大会，全面推进以产权制度改革为核心的企业改制，要求企业切实做到“三化”“三到位”。“三化”，即产权人格化、投资多元化、

就业市场化；“三到位”，就是产权明晰到位、职工身份转换到位、经营者股权现金到位。当年10月，改革首先在太仓利泰纺织厂取得突破，国有资产除保留18.2%的份额外，其余全部退出企业，并出售给经营者和职工。利泰纺织厂改制为太仓利泰纺织厂有限公司，在职职工全部转换为公司员工的新身份，企业与职工重新签订劳务合同，实行双向自主择业。企业内部建立起董事会、监事会和股东大会的“新三会”制度。利泰纺织厂的成功转制具有典型意义。

至2002年10月，市经委系统内市属26家工业企业中涉及改制的36个单元（分厂）企业转制基本完成。国有、集体资产除在利泰、铜材厂、宏达集团和绿宝公司（金龙集团转制后重建单位）中保留18%左右的股份外，其余全部退出企业。企业均改为由自然人持股的民营企业。职工身份也置换为新公司员工。其间分流安置了下岗职工、内退人员2170人，支付安置费1813万元。退出企业后的国有、集体资产由国资委、国资局授权委托市工业投资有限公司进行资产经营与保值增值。

至2005年，经内市属企业宣布破产企业11家，其中有绿宝公司、酿造公司、二棉厂等单位。2006年，在稳妥实施绿宝、青啤公司破产清算和职工安置中，共分流安置职工1600余人，解决300名职工再就业。2007年，继续安排好原市属企业中2000多名内退、协保职工的赡养费。至此，由经委主管的市属工业企业中改革改制中的遗留问题基本得到解决。

1996年岳王镇乡镇企业产权制度改革回眸

李　勃[①]

"苹果不能等烂了吃"，这是90年代中后期"苏南模式"乡镇企业产权制度改革时最为流行的热语。1996年年初，岳王镇为摆脱乡镇企业"效率低下、机制单一呆板、管理滞后、效益下滑"的困境，在全市率先扭住"企业产权制度"这个牛鼻子，发起了时称"伤筋动骨"之改革。在取得成效和经验后，太仓市委、市政府于1997年年初在岳王镇召开现场会，在全市推广。作为当年岳王镇乡镇企业产权制度改革办公室领导成员的我，回眸21年前发生在我镇的这场改革，至今依然难忘。

背景和初始探索

改革源于乡镇企业发展模式之争论。20世纪80年代和90年代初，江苏和浙江一带的乡镇企业，以所有制性质来区分，可以分为以苏州地区为中心、以集体所有制为主的发展方式，史称"苏南模式"；以温州地区为中心的个体、多元所有制为主体的发展方式，史称"温州模式"。围绕着乡镇企业两种不同的发展模式，展开了激烈的竞争和争论。苏南模式在企业发展的同时，更强调集体的发展，如"以工建农""以工补农"等经验曾得到上级肯定和中央级媒体赞誉；而温州模式则强调个体价值，以市场趋向实现对社会的贡献。仁者见仁、智者见智，江、浙两地不少报纸杂志发表各不相同的观点、论著。甚至也有中央级报纸杂志和"三农"学术界积极参加讨论，为两种不同发展模式的利弊、改革完善办法等出谋划策。改革迫在眉睫，1995年，某中央级大报刊发了《苹果不能等烂了吃》的文章，一语道出了"苏南模式"改革的重要性和紧迫性。时不我待，决策者

① 太仓市原岳王镇经营管理办公室主任、岳王镇乡镇企业产权制度改革办公室副主任。

们看清了一个不争的事实：苏南模式虽然注重群体的利益发展，但是由于企业单一集体投入，逐渐出现了“资金短缺、产权模糊、政企不分、机制退化、管理不善”等问题。而温州模式由于个人为主的多元投入，资金来源广泛，机制体制灵活，更能抗击市场风浪，企业在上缴国家税收、边际效益上更能稳定增长，社会效益更为广泛。各级领导纷纷深入乡镇和企业调查研究，寻找问题根源和对策。苏州市委和太仓市委、市政府先后下发多个加快乡镇企业改革的文件，要求转换企业经营机制，走多元可持续发展之路。

1993 年秋，党的十四届三中全会通过《中共中央关于建立社会主义市场经济体制若干问题的决定》，这个文件被称为我国“社会主义市场经济体制的第一个总体设计”，为我镇乡镇企业初始改革提供了强大的动力和可循的路径。是年秋，为解决企业“集体承包制”过程中产生的“包盈不包亏”“负盈不负亏”的弊病，我和办公室的两位业务人员随镇农工商总公司总经理叶海生在太仓市塑料制品五厂、太仓市皮鞋厂进行推行厂长风险抵押承包责任制试点。取得经验后于年底在 9 个较大规模的乡镇企业推开。这种责任制，主要明确企业法人的权利和责任，既要负盈又要负亏，年初签订合同明确包括各项上交在内的有关条款，并上交一定数量的抵押金，年末对照合同、经审计后兑现法人代表和企业领导层的报酬，若亏损的还要在抵押金中按规定比例扣除。

1994 年 8 月至 1995 年 3 月，根据镇党委的决定，我与办公室的同志参与了对全镇 12 家集体所有产权的“小、微、亏”乡镇企业，引入一定数量的个人资本和技术，实行“公私合资”，组成新的经济联合体，按投入资金、技术股份分配红利，从而使这些企业逐渐摆脱困境。以上这些改革虽然仅仅是局部探索，但是为我镇下一步更大规模“伤筋动骨”的乡镇企业产权制度改革引领了方向，奠定了基础。

组织纪律挺在前面

1996 年年初，岳王镇党委成立了深化乡镇企业产权制度改革领导小组，由镇党委书记、镇长、农工商总公司总经理等主要领导任正副组长，并下设办公室，负责日常工作。为了确保有组织、有秩序地开展改革，镇党委随即下发了《关于乡镇企业产权制度改革的意见》《关于乡镇企业产权制度改革实行资产评估的实施办法》等政策性文件。对改革方向加强组织引领，明确提出：改变单一集体投资所有制机制，建立多元投入、多种所有制共存的混合型的所有制；以现代企业制度为范本，建立适合乡镇企业高效可持续发展的诸如股份合作制、有限责任公司、中外合资公司、私营企业等组织形式。为加强乡镇企业转制工作中的纪律和纪律检查工作，镇党委同时下发了《乡镇企业产权制度改革10条组织纪律的文件》，对党委政府领导和广大企业党员干部提出了反腐廉政的要求，防患于未然，严防在企业转制中出现以权谋股，以权谋职，以权为个人或小集团谋取私利。至今我还清楚记得岳王自来水厂转制时，该厂位于岳王大街中段的原三层办公大楼及附房总面积1000多平方米向社会公开出售。该房产面街向阳，商用价值非常明显，增值潜力较大，属于热门房产，社会关注度较高。当时，有我一个近房亲属也在竞标队伍中。得知情况后，我觉得这有可能由于本人经管办主任和镇转制办公室领导成员身份，给这次竞标的公平、公正性带来社会质疑，于是我按照组织纪律要求，反复地做这位亲属的思想工作，终于使他放弃了这次竞标。

企业转制，按照组织纪律，职工“一次性处理”并对符合下岗条件的“一刀切”下岗。镇党委改革领导小组8位主要领导和改革办公室12位成员中，有15位领导家属成员和主要亲戚在乡镇企业工作，没有一个应该下岗而没有下岗，也没有一个异单位调动、变相安置，更没有在“一次性处理”上和企业“股权”“股份”分配上享受特殊待遇。整个转制风清气正。由于把转制的纪律挺在前面，整个转制过程没有违纪、违规案件发生。

规范操作成效显著

为了确保乡镇企业转制规范操作，我镇相应建立了四个工作部门：以镇经管办为主的资产评估、界定、处置一条线，以镇产权制度改革办公室会同有关司法部门的转制协议书规范、审核管理一条线；以组织人事部门为主的转制企业法人治理机构的考察和依法选举一条线；以企管站为主的依法办证一条线；为规范操作提供服务和管理。

镇党委向每一个转制企业都派驻工作指导小组，依法依规转制。一个企业转制的步骤主要历经资产负债评估，资产界定和处置、明晰产权，多元资本注入、产权重组、确定企业性质、依法原企业歇业、新企业注册办证等阶段。经过一年多的努力，全镇66家镇村办企业（其中镇办35家，村办31家）基本完成了产权制度改革，改革涉及的总资产3.3亿元，净资产9182万元。组建有限责任公司13个，占总企业数的20%，净资产额

2400 万元，占全镇乡镇企业净资产额的 26. 1%；组建股份合作制企业 27 家，占总数 41%，净资产 4100 万元，占总额 44. 7%；实行租赁经营企业 11 家，占总数 17%，净资产 1450 万元，占总额 15. 8%；拍卖后转为私营企业 10 家，占总数 15%，净资产 382 万元，占总额 4. 1%；实行资产保值增值 5 家，占总数 7%，净资产 850 万元，占总额 9. 3%。

企业转制生产要素重新组合，激活了企业经营机制创新，特别是调动了人的积极因素。太仓市煤矿机械配件厂是岳王镇镇办企业的骨干厂，转制前已经连续 3 年利润亏损。1996 年 7 月转为有限责任公司制，法人代表还是原老厂长老孙。同一个企业，同一个厂长，不同的企业所有制机制，局面却大不一样。以往元旦、春节，老孙总要把厂里的事放下，与朋友打打麻将，而 1996 年老孙一场麻将没有打，春节期间还在加工单位核对产品加工图纸，回家后即与厂里技术人员、中层以上干部开会，落实岗位责任制，保证产品质量。记得我当时对老孙开玩笑说："你变得真快呀!"可老孙很认真地回答我说："一个企业好比一条船，过去船上装的货不明确，而如今船上的货都是有名有姓，而且大宗货是我自己的，当然更要使劲。"该企业转制 5 个月就实现了利润"扭亏增盈"。企业转制后，像老孙一样企业经营管理普遍加强的不在少数，有效地提振了岳王乡镇工业的绩效。据 1998 年财务报表反映，镇办 22 家改制为股份制的企业，资产总额 5831 万元，年营业收入 1. 7 亿元，利润总额 9170 多万元，分别比 1996 年增长了 18%、25% 和 36%。其中，镇级 13 家新组建的、主要有个人参股的多种资本合资、合作、合伙经营制度的企业，固定资产达 8675 万元，年营业收入 1. 1 亿元，利润总额 1689 万元，分别比 1996 年增长了 28%、32% 和 35%。村办企业原 31 家企业转制后，组建成 22 家以股份制、个人合伙制和租赁经营为主的企业，虽然企业个数减少，但是全镇村级集体租金收入比原先增加了 49%，股份分红增加了 38%，全镇村级集体经济可支配收入平均增幅为 19. 5%。乡镇企业产权制度改革使岳王镇的乡镇企业走上了市场化、多元化可持续发展的康庄大道。

璜泾镇化纤加弹行业发展的几个阶段

王文其[①]

树可参天，唯有根深百尺；镇能做强，缘起特色产业。

一根丝，牵出了产业巨人，牵出了“全国加弹丝，五分居其一”的奇迹；一根丝，造就了“点丝成金”的“中国化纤加弹名镇”；一根丝，开拓了璜泾产业发展“新丝路”，成就了“中国加弹第一镇”的盛誉。璜泾人选择了化纤加弹业，用千丝万缕编织出一个加弹丝产能庞大的生产基地，催生了一家 POY 涤纶丝生产龙头企业——江苏申久化纤有限公司，培育了产品种类较为齐全、产业链较为完整的化纤产业集群。联合国一中文网站称之为“中国璜泾，配角产业唱主角”。

璜泾的化纤加弹业起步于党的十一届三中全会后的改革开放初期。30 多年来，璜泾人踏着改革开放的鼓点，高举创新创业的旗帜，以特有的魄力与智慧、勤劳与坚韧，推动产业由小变大、由低变高、由弱变强，促使企业从“星星点火”到“铺天盖地”再到“顶天立地”。时过境迁，发展巨变，清晰地印证出“一根加弹丝”向“纤维新材料”的华丽嬗变，也缔造了一段“小乡镇、大产业”的美丽神话，更吟诵出一曲科学发展、富民强镇的绚丽乐章。

璜泾化纤加弹业的发展，大体经历了几个阶段。

一、萌芽阶段（1980—1985 年）

1980 年，自社办企业璜泾玄武轻工机械厂（原璜泾农机厂）开发试制成功第一台简易二步法加弹机起，依托地产加弹机的有利条件，公社和有关大队办起了小加弹厂（当时称社队企业），开创了璜泾化纤加弹的先河。

① 太仓市人大常委会原副主任。

加弹厂生产涤纶高弹丝，供应针织厂的横机加工尼龙衫裤，当时尼龙衫裤市场大，涤纶高弹丝十分畅销，因此加弹厂就越办越多。同期，化纤从针织向服装用面料扩展，而高弹丝只能用于针织，要拓展加弹市场，加弹业必须由高弹转向服装面料用的低弹。于是，一部分加弹企业利用原有的二步法高弹设备改造成一步法的小低弹设备，生产涤纶低弹丝，从而使化纤产品使用范围扩大，当时市场上供不应求。1984 年，乡政府（1983 年撤销公社建制，设乡）开办低弹厂，引进由无锡纺机厂生产的比较先进的 VC－473 低弹机 2 台，加弹业从土制的简易设备向大型正规设备转变。至 1985 年，全乡加弹企业有 30 多家，基本上每个村都有 1—2 个村办加弹厂，小型加弹机一般为 64 锭、80 锭、9 锭。众多的加弹企业为璜泾化纤加弹产业的发展奠定了基础。

二、发展阶段（1986—2000 年）

1986 年以后，随着改革开放的进一步深化，私营经济成为社会主义市场经济的补充，允许个人办私营企业，璜泾一些有技术基础、有销售市场、有资金实力的个人开始创办私营小加弹企业。当时，涤纶低弹丝正处于卖方市场，经济效益较为可观，所以社会上一大批原来从事手工业劳动的人员，凭借在务工中积累的资金纷纷效仿，于是璜泾的化纤加弹产业开始进入了一个发展的阶段。1991 年，镇办化纤低弹织造厂引进法国 FTF8E3 电脑控制的高速加弹机 2 台，全镇的加弹业开始由机械式的加弹机转向电脑控制的加弹机。1996 年，乡镇企业的转制工作全面开始，镇、村办的集体企业全部转制为私营企业，经营机制更加灵活。在这种情况下，镇党委、镇政府及时调整思路，转变策略，把经济发展的重点放到培育民营经济上来，坚持把培植个体私营经济作为全镇经济发展的“爆发点”和“速生点”来抓，并出台了发展个体私营经济的若干政策，从而有力地促进了全镇民营企业，尤其是民营加弹企业的加快发展。于是，璜泾的化纤加弹业进入了一个持续发展的时期。但是，小低弹机由于档次低、性能差、速度慢，产品质量不能适应服装用面料的需要，急需引进大型的高速加弹机。但国产的电脑高速加弹机还处于初创阶段，很难订购到新的高速加弹机。于是，各企业到全国各地采购由国有大企业关停转让的二手进口加弹机。一时间，德国、法国、英国、日本、瑞士等国家制造的 FK6、RPR、FTF、SDS、8E3 等各种牌号的 600、700、800 等机型的加弹机都被采购进来，璜泾成了世界加弹机的博览会。这样，璜泾的加弹业又得到了新一轮的发展。至2000年，全镇加弹企业发展到400多家，拥有大小加弹机680多台套，分别产自日本、法国、英国、德国、意大利等国家的著名公司，年产加弹丝30多万吨，产品覆盖江浙化纤市场，璜泾成为国内规模较大的DTY加弹丝生产基地之一。

三、高速发展阶段（2001—2004年）

2001年，中国加入了世界贸易组织（WTO），给国内的纺织工业带来了快速发展的机遇。由于纺织业的快速发展，对纺织原料的需求大幅增长，化纤作为纺织工业的主要原料之一，同样需求旺盛。而当时璜泾的加弹机虽然有了更新，淘汰了一部分设备，添置了较多的进口高速纺机，但还有相当一部分的低档次设备无法适应市场的需要。这时，各企业更新加弹设备、提高产品档次成了当务之急。但是，进口的先进设备价格昂贵，对于刚刚发展起来的加弹企业来说，一时难以承受。而恰好在这一时期，国内的加弹机械设备不断升级，技术性能有了重大突破，尤其是山西经纬纺机厂、无锡宏源纺机厂等生产的高速纺机，电脑控制技术已趋成熟，生产速度在900—1000米/分钟。由于国产设备订购及运输方便，安装投产快，于是各企业纷纷淘汰落后的设备，采购国产先进的加弹机械，从而为璜泾加弹业的快速发展奠定了坚实基础。而2003年，生产POY涤纶长丝的两大企业落成投产，则为璜泾加弹业的快速发展创造了有利条件。当年，江苏申久化纤有限公司年产POY涤纶长丝5万吨，浙江桐昆集团苏州化纤有限公司年产3万吨。次年，申久公司溶体纺投产，年产量达40万吨（后来产量最高的年份达50万吨）。此外，在2003年前后，还有一批喷丝生产企业相继投产。有了加弹前纺配套产品，使一大部分加弹原丝由过去的“外地购”变为“坐地产”，加弹产品开始向上游延伸发展。同时，也有效地降低了加弹企业的成本。至此，依托申久龙头企业及一批骨干企业的带动，全镇化纤加弹业呈现高速发展的态势，在江浙地区乃至全国享有盛名。2004年，全镇加弹企业发展至1000多家，拥有大小加弹机1300多台，年生产能力超过60万吨，占全国加弹丝总量的20%左右。同年，璜泾镇被中国纺织工业协会命名为“中国化纤加弹名镇”。

四、产业集群阶段（2005—2012年）

在化纤加弹民营企业发展起来以后，镇党委、镇政府针对全镇工业企业多、化纤加弹产能大的态势，及时调整工作思路和发展战略，力求“做大、做强、做优”化纤加弹特色产业，实施“拉长加粗产业链”“放大企业规模效应”“优化提升发展载体”“推动科技创新”等一系列措施，大力培育化纤加弹产业集群。镇政府规划建设化纤产业园，积极搭建发展平台，鼓励企业开发新项目。2011 年，江苏长乐纤维科技有限公司诞生，由 10 多家民营企业抱团，合资举办化纤喷丝项目。次年该项目竣工投产，当年产量达 15 万吨（开足年产能 25 万吨）。至此，璜泾加弹业向上游又有了新的发展。在璜泾化纤加弹业的发展中，璜泾许多民营企业业主也十分看好加弹下游织造业的发展，曾一度出现了民营企业新办或转产或扩产延伸发展织造业的态势，一批织造企业先后陆续投产。至 2012 年，全镇共拥有化纤加弹企业 1159 家，拥有喷水织机 15000 多台，经编机近百台，年产坯布 400 多万米；加弹下游还有针织、服装、皮塑、长毛绒等企业 50 多家，年末化纤加弹产业实现产值 260 亿元，占全镇工业总产值的 71. 8%。璜泾化纤织造业的发展，改变了原加弹丝全部“外地销”的格局，使一大部分加弹丝实现了“坐地销”，整个化纤加弹产业链从中间开花发展为向两头延伸。另外，又有一批油剂、纸箱、纸管、塑料袋等生产企业为化纤加弹提供辅料产品，从而使化纤加弹产业得到配套，产业链不断完善，整个产业集群基本形成，被中国纺织工业协会、中国化纤工业协会明确为纺织产业集群试验基地。

后　　记

在 30 多年的发展中，璜泾化纤加弹行业发展速度之快、成绩之大，其原因离不开镇党委、镇政府以及上级领导的正确决策和引导。上级的关心和支持，各级领导始终为民营企业引路、壮胆、添劲，创造一个群众想创业、能创业、创大业，想赚钱、能赚钱、赚大钱的环境。镇党委、镇政府重点把握：

（一）超前规划，引领发展。在民营经济起步的同时，镇党委、镇政府因地制宜做好加弹小区、工业园区的规划。先后启动了新华、新联、永乐加弹小区和“璜泾民营创新工业园”“璜泾镇南经济开发区”“鹿河新明联影工业小区”以及璜泾沙鹿路、王秀湘王路、鹿河鹿长路工业开发带等的开发建设，加快推进各项基础设施建设。为了拓展新的发展空间，2009 年又启动建设了“璜泾化纤新材料产业园”，规划面积 3. 04 平方公里。2010 年成立了该园区管理委员会和注册 1 亿元的“中国太仓化纤加弹产业发展有限公司”。通过发展平台的优化提升，工业园区的功能不断得到增强。同时，先后制定《关于加快开发私营小区的意见》等多个文件，将政策向化纤加弹业倾斜，鼓励众多企业向区内集聚。

（二）骨干创业，带动发展。在加弹经济发展中，镇党委、镇政府把农村党员、干部和社会上的能人，推到市场经济第一线，引导、鼓励他们敢闯敢冒、创业致富，于是一大批农村骨干纷纷投资办厂，并获得成功，成为农民创业的带头人和引路人。这批人在先富起来后，积极带领群众共同致富。凡缺乏资金的，出面担保贷款；缺少厂房的，协助联系解决；技术力量不足的，提供技术指导；企业初创阶段销售无门路的，帮助开辟销路。一批先行创业的骨干成为百姓的“主心骨”，从而增添了广大村民创业致富的信心，一时间，村民讲办厂、谈投资、话发展成为热门话题，在全镇上下迅速形成了全民创业的浓烈氛围。通过若干年的发展，全镇70%的农户成了“实体老板”或“股东老板”。2012 年，农民人均纯收入达25917 元，其收入主要来自民营企业的发展。

（三）政策扶持，鼓励发展。镇党委、镇政府先后印发了《关于加快发展民营经济的若干规定》等多个文件，为扶持民营经济发展，实行多项优惠政策。开辟土地租赁。镇组织各村进行零星废弃土地复垦，并实施置换，将置换出的土地租赁给企业使用，给予一定的租赁优惠，从而缓解了民营企业发展中的用地矛盾，降低了企业成本，为民营企业发展增添活力。协调信贷扶持。企业建厂房、上设备，投产后还要大量的流动资金，这对初创企业来说是个很大的难题。为此，镇政府及时协调各银行为服务地方经济发展，对企业提供信贷扶持。曾一度企业每上一台加弹机，银行按每台设备市值60%的额度放贷，有效地缓解了资金的矛盾。实行技改贴息。为鼓励企业技术改造和科技创新，政府对企业设备技改给予贴息补贴。凡企业技改投入超600 万元的，给予25%—50%的贴息补助。仅2009 年全镇就有15 家（其中化纤加弹企业13 家）企业享受到638 万元技改贴息补助。给予税费优惠。民营加弹企业初创时，采取定额征收税费，实行定额包干，即每台加弹机按一定的金额征收税费，不与产值和销售的多少挂钩。2008 年金融危机时，采用地方留存部分减免50%的税收政策。同时，还减免教育附加费和房屋保障基金。

（四）科技创新，助推发展。镇党委、镇政府在实现全镇化纤加弹量的扩张的同时，积极依靠科技进步，努力实现质的提高。2004 年，在市质监局的支持下，成立了“璜泾化纤产品检测中心”，为化纤加弹企业开展产品检测服务，通过检测，把好产品质量关。积极搭建产学研合作平台，分别与东华大学、苏州大学、复旦大学等院校建立合作关系，聘请专家、学者为技术顾问，重点围绕产品技术革新开展合作交流。太仓市时代潮化纤纺织有限公司聘请了4位工程师，成功研发出弹性强、吸湿性好、柔软性佳、可与真丝媲美的涤棉复合丝新产品。长乐化纤、锦凯化纤等企业，相继聘请硕士以上专业人才，研发新产品也取得了良好的成效。据统计，2004年至2006年的三年间，全镇共引进相关领域高级技术人才77名。2011年3月，荣文集团下属的太仓荣文合成纤维有限公司与东华大学共建“企业院士工作站”，组织开展了一系列科技创新活动。通过强有力的技术支撑，璜泾化纤加弹产业已从常规产品转向特种，产品更上一层楼，生产的各类加弹丝产品在国内处于领先水平。2008年，“璜泾加弹”集体商标被评为江苏省著名商标，产品被评为江苏省优质产品，大大提高了化纤加弹产品的市场竞争力，也使璜泾化纤加弹产业走入了品牌化发展的轨道。

（五）强化服务，优化发展。镇党委、镇政府印发《关于认真为民营企业服务的意见》，动员各级干部牢固树立服务意识，积极支持民营企业发展，热情帮助农民创业办证照、腾场所、筑道路、通水电，真正做到你发展我引路、你投资我服务、你困难我帮助、你受益我保护。同时，动员先行创业且经营有方的业主，开展帮扶活动，确定帮带联系户，为他们创业筹资金、选设备、调工艺、跑市场，真正起到“做给群众看、带着群众干”的带头人作用，体现领路人形象。全镇各村、各部门、各单位服务企业、服务发展活动的广泛开展，为广大农户创业提供了良好的环境，大大激发了他们创业的积极性。璜泾曾一度出现了农民在银行的存款加速流动、民间资本充分集聚、农民实体创业的热情空前高涨的局面。有的独资办厂，有的由几户、十几户农户合伙组建公司，多数民间资本投向化纤加弹业，全镇的化纤加弹总量越做越大，成为工业发展的主体经济，璜泾也由此一跃成为今天的工业经济大镇、化纤加弹名镇、民营企业重镇、农民致富强镇。

做大化纤产业、做强民营经济、做优璜泾品牌，实现报效国家、奉献社会、致富百姓理想，这是璜泾产业人共同的心愿。百尺竿头，更进一步。如今，璜泾人民将继续发扬“创新创业、与时俱进”的精神，拿出“攻坚克难、奋勇赶超”的勇气，实施“创新发展、科学发展”的举措，努力谱写化纤加弹产业发展新篇章，再创璜泾经济社会文明进步新辉煌。

江苏省海洋渔业公司改革纪实

——一个大型困难企业成功改革的范例

陆健德

2001 年至 2002 年，本人亲自参加了江苏省海洋渔业公司的改革转制，从困难重重到一举成功，经历了惊涛骇浪和一帆风顺的不平凡历程。现将改革情况纪实如下。

公司划归太仓属地管理

江苏省海洋渔业公司原是省海洋与渔业局下属企业，地处太仓浏河镇。该企业成立于 1959 年，至 2001 年 7 月底，全公司账面总资产 1.96 亿元，固定资产 1.52 亿元，负债 1.42 亿元。有在职职工 3215 人（其中固定工 2200 人，合同工 1015 人），退休职工 1118 人，离休干部 26 人，困难时期下放职工 25 人。总公司下设捕捞公司、鱼品加工厂、船厂、江海铸造厂、物资经营公司、苏州物资经营公司、远洋捕捞公司等生产经营单位和江苏海江食品有限公司、太仓励苏远洋渔业有限公司两个中外合资企业，并拥有职工医院、幼儿园、消防队、招待所、食堂等后勤服务部门，整个企业就是一个小社会。当时由于受沿海捕捞区域减少、渔业资源减少、禁捕期延长、生产经营设施落后、非生产性人员多、离退休人员多等情况的影响，生产经营陷入困境，从 1992 年起开始亏损，并呈逐年上升势头。到 2001 年，亏损额已达到数千万元，企业处于半停产状态，一半职工内退或下岗，内退的每月发 320 元工资，下岗的发 255 元，上岗的发 350 元。从 2000 年开始已发不出工资，职工医药费两年没有报销。

2001 年，省政府决定将省海洋渔业公司划归太仓属地管理。上级的决定，太仓市委市政府理所当然地无条件服从。可是，人们心里都明白，太仓接到手的无疑是一个烫手的山芋。

组建联络组进驻企业协助改制

省海洋渔业公司属地管理后，太仓市委市政府当即成立属地管理协调小组，并组建进驻公司的联络组，共五个人，由市政府督导员孙小星同志任组长。我当时已从市政府办公室副主任、市体改委主任职位上退居二线，领导叫我协助孙督导一起工作。还有三位是市体改委主任季载兴、市国资委副主任潘桢屏和市劳动局副局长温建国。联络组进驻后，首先进行调查摸底，了解情况；紧接着与公司党委一起研究措施，稳定职工情绪，相继采取了三条措施：一是由市财政贴钱补发欠发工资；二是对两年来未报销的医药费妥善进行报销；三是为1300多个离退休职工补缴养老保险和医疗保险金，进入社保和医保。这样使大部分职工的情绪稳定下来，营造了一个温和安定的环境。

分流裁员第一难题艰难突破

省海洋渔业公司最大的问题是富余人员太多，联络组与公司党委商量后，决定进行经济性裁员，尽管这样做被人称为第一难题，但再难也要突破。2001年11月召开全公司职工大会，宣布对1015个1986年以后进公司的合同制工人全部解除合同，按政策给予每年工龄一个月工资的补偿，进入失业保险，由劳动部门帮助再就业或自谋职业。这一宣布在全公司掀起了轩然大波，大会上当劳动局副局长讲解裁员政策时，有人在台下嘘声不断，后来有一伙人竟冲上台去，当场把话筒抢走。紧接着，一伙人挟持着公司党委书记、总经理匡文秀向门外走去，一长队人前呼后拥地步行到太仓，要到市政府去上访，还有人要到苏州去上访，有人扬言要拦堵204国道。当时，联络组向他们讲清，公司裁员如有不符合政策的地方，你们可以去太仓或者苏州上访，你们要拦堵204国道那是违法的，谁堵谁负责。一群人到了太仓市政府门口，天已经黑了。市信访局领导再三向他们喊话：你们要上访可选派代表到信访局联系，其余的请大家回去。晚饭后，大部分职工被送回浏河，到苏州上访的也被劝导回来。选派的代表在信访局等候，由市政府领导和联络组负责人一起接待，向他们再三讲明，企业改制是大势所趋，裁员是不得已而为之，做法完全符合政策，请大家谅解，并在失业保险期内请劳动部门协助另外寻找工作。最后终于说服职工代表回去了。最后这1000多人都领了补偿金，分流裁员第一难题终于闯过了关。

分块改制形式多样进展顺利

紧接着，联络组与公司领导班子一起着手对公司进行改革转制，纵观改革方法，有三大特点：

第一个特点是实行分块改制。公司一共分成15块进行改制。主要方式有五种：

一是改建为有限责任公司，实施经营者持大股。对捕捞公司、鱿钓公司、造船厂、渔品加工厂、江海铸造厂5个单位实施整体改制，资产经评估后按有关政策进行剥离后进行转让，由经营者持大股，部分公司领导层和职工参股，共吸纳82名经营者和职工入股1330万元。

二是进行合并改制，吸引外来法人投资参股。如石油供应站、物资经营公司两家合并，吸纳上海大港油田销售公司和上海胜利油气实业公司投资95万元，与陈志明等8名职工共同组建苏州胜大石油化工有限公司，新公司注册资金500万元。

三是实施股权转让，国有资产全部退出。将太仓励苏远洋渔业有限公司拥有的30%股权全部转让给外来合资方，将中日合资江苏海江食品有限公司拥有的68%股份转让给日方老板。

四是实施兼并，职工以资产抵偿跟进。公司进出口部经资产处置后净资产为负32.6万元，以零资产转让给太仓励苏远洋捕捞公司，负资产由总公司补偿，38名职工全部由兼并方接收。

五是非经营性单位脱钩改制，转移企业社会职能。对所属职工医院、幼儿园、招待所27名职工全部进入改制后的单位。

第二个特点是转制企业经营者由职工推选或自己报名，竞争上岗。例如捕捞公司有钱洪生等二人报名愿意接收企业，最后由职工代表大会表决决定，由钱洪生当董事长。其他几个单位也是自报、推荐、表决后产生。

第三个特点是人跟资产走。公司尽管对合同工进行了分流，但在长期工中还有大量富余人员，这部分人按政策规定不能裁减。对这部分人怎么办？联络组与公司领导班子商量后，并请示市政府同意，实行人跟资产走，新改制的企业，凡带走一个职工，每人给予2.5万元资产的补偿。这样，新改制企业股东可以减少投资，获得一批不出资的股本金。而大量富有职工可以进入改制后的新企业，有的仍可上班，有的即使不上班也能由新企业养到退休，解决了职工后顾之忧。

改制企业运转顺利效果明显

省海洋渔业公司分块改之后，取得了四个方面的明显效果：

一是经营者和职工传统的思想观念有了转变。原来企业吃总公司大锅饭，职工吃企业大锅饭。大家干与不干一个样，干好干坏一个样。现在企业真正成为经营者和职工自己的，使经营者和职工的生产积极性大大提高，风险意识和责任意识明显增强。

二是加强了企业内部管理，落实各种责任制。如原捕捞公司改制为海发渔业有限公司后，经营层对船长、船长对船员层层签订了捕捞产量责任书和安全责任状，安全意识大为增强。渔业产量比上年同期增加了1000吨，增加产值200万元。

三是不断增加投入，拓展经营业务。原船厂改制后，添置了不少设备，并加强与上海港机厂、上海浦东船厂的合作，逐步扩大港机生产和船舶制造两大主营业务。同时，企业把金工车间承包给温州人，由他们养活40名职工，并每年上交50万元。为了进一步增强企业的发展后劲，一方面筹集资金改造4只灯船，一方面考虑发展陆上仓储物流业，投资800万元，将400米岸线的原浮码头改建成3000吨的固定码头，并配套建造1万平方米的仓库。

四是职工平稳过渡，收入有所提高。企业改制后，接收了原有的全部固定职工，重新签订了劳动合同。2002年4月份起，工资由转制企业发放，7月份起，3项保险费用由转制企业负担。企业改制后，职工收入有所提高，大多从原来的350元提高到500元左右。船厂金工车间承包给温州人后，职工月收入最高的在1600元，最低的也有800元。其他转制企业都运转顺利，加快了发展步伐。

江苏省海洋渔业公司改制成功，既为政府解决了一大难题，又为市属国有企业和大集体企业改制提供了成功的范例。

太仓市科技创业园成立的前前后后

曹一清[①]

太仓市科技创业园的成立及发展，是我市科技引领转型发展进程中一件比较重要的事。我作为其主要负责人，将整个调研决策过程以及发展中的一些重要节点记录下来，我相信一定有助于今后的工作。

调研决策

2004 年年初的某一天，时任太仓市政府主要领导浦荣皋让时任市长助理刘鹏来与我商量，看是否能在体制上创新，由民营企业参与，以民营企业的机制和市场机制的方式来创办科技创业园。因为苏州市政府要求每个区县至少要创办一个创业园，而且要与市长签约。太仓已经在浏河与陆渡之间修建了“博士园”，但是个未完工的建筑，几年过去后，状况不好，没有人去管理和运营（可能至今仍尚未完工）。我建议先去各地考察，然后回来报告并提出建议。领导同意了这个方案。于是，由刘鹏带队，加上原科技局局长陈惠良和我三人，先后考察了苏州金阊区、平江区科技创业园、上海张江园区、西安高新开发区的创业园以及武汉光谷和北京中关村的几个园区。回来后，我们花了几周时间讨论并撰写了调研材料，报告了以下考察结果：

1. 太仓是全国百强县前十名，在全国范围是经济、人才高地，但同时与周边上海、昆山、常熟、南通等强市相比又是洼地。这是个不容忽视的特点——优势、劣势都很明显，尤其是在人才引进上。2. 在考察的园区中我们发现，绝大多数是官办园区。它们具有资金多、政策落实到位的优点；但又有效率低，与市场脱节，运营者更倾向于事业单位的工作人员而

① 太仓市政协常委、太仓市科技创业园暨留学生创业园董事长。

非专业孵化人员，园区的市场资源严重缺失的缺点。3. 考察的园区中极少数是民办园区，其特点是经营灵活，但往往政策不到位，缺少像官办园区那样可靠的政策支撑，慢慢地大部分沦落为出租用房的“二房东”。4. 入驻创业园的企业通常都是创新型的，入园时可能有些技术储备，但大部分缺少市场经验与支撑，缺乏管理经验，也缺少后续的技术支撑。

在上述调研结果的基础上，我们提出以下建议：

一是太仓市如果要建设创业园应该采用政府与企业合作的方式，园区性质应明确为民营性质；

二是创业园完全以市场化方式运营，政府与民企共同出资组建公司，以公司来购买土地，建设园区用房。政府的出资比例应小于等于50%。

三是园区名称建议为“太仓市科技创业园有限公司”，简称“太仓市科技创业园”。

四是公司按《公司法》要求运营管理，人员由股东会决定的总经理公开招聘。为避免多头管理，减少摩擦，政府不向公司派驻人员，但可以通过审计等形式，按《公司法》规定的股东权利实施管理。

五是市政府应出台“太仓市科技创业园”的建设方案，以文件形式下发各有关部门以便执行。

六是对于创业园按规定引进的企业、人才，政府应与周边城市官办园区相适应的政府资金支持，并将此资金列入年度财政预算，确保园区能有相同的政策优势来与周边城市竞争，为太仓市的产业转型聚集更多的创新资源。

七是创业园应注重对企业的深度孵化，为企业提供政府之外的市场、资本、技术资源，提高园区培育企业的能力，以此来吸引人才项目入驻太仓。

在这个过程中，时任太仓人事局局长陈丽娟建议名称为“太仓市科技创业园暨留学人员创业园”。上述意见和方案设计上报浦市长后，经市领导共同研究同意这个方案，并下发《关于太仓市科技创业园暨留学人员创业园建设方案的通知》（太政发［2004］65号）。太仓市科技创业园正式启动。

基本建设

创业园启动时，首先是由政府租用苏州登创房产公司所开发的一幢写字楼（上海东路8号）并交由创业园进行管理，对符合入驻条件的企业免收三年房租（三年为孵化期）。当初的租金应在150万元/年左右，时任常务副市长陈启元专门找我，说是否能减少些租金，以50万元/年支持政府来办这样的好事，我同意了。这样就租了三年。在这期间，创业园作为一个市场化运作的企业，在开发城区西北部太平路及北京路的交界口，按公开挂牌的方式购买了100亩左右的工业用地作为创业园的建设用地，并委托上海一家设计院进行规划设计，在2006年中开工建设，并于2008年11月3日搬入完工的首期用房。

方案调整

在首期完成并开始在新园区运营以后，创业园开始了第二期的规划设计。按原定总体规划，除前面第一幢孵化大楼外，后面的均是两层标准厂房，用于孵化企业“毕业”后的产业放大延伸。设计过程中，正好时任苏州市市长阎立来太仓考察，在创业园现场，他要求创业园不仅仅做孵化器，也要作为太仓引进发展高新技术产业的平台；他建议后面的厂房改为6层以上的楼房，充分利用全苏州市冗余的生产能力，避免土地资源浪费。但当时按发改委规定，工业用地是不能盖6层以上建筑的。在现场的市委书记浦荣皋和谢鸣市长均表示，可以在创新这件事上尝试政策突破。就此，创业园根据各级领导的意见和创业园自身发展实际，后期建设的用房全部改为6层和9层研发楼了。这为创业园以后的发展扩大了培育空间，也调整了工作方向。

累累硕果

园区发展至2012年，历年从创业园毕业的企业所产生税收的地方留成部分就超过了当年财政对园内企业的房租补贴，政府在对创业园入驻企业的扶持上实现了财政自循环并开始盈余。

园区累计引进孵化企业约400余家。目前在园企业130余家，累计培育上市企业1家、国家高新技术企业10家、软件企业12家、省民营科技企业60余家。协助园区20余家企业融得各类社会资本10余亿元；获国家级各类计划项目11项、省级各类计划项目近30项，自主申报并获得授权的知识产权数达895个，其中发明专利89个；累计引进博士约160人，硕士约330人，本科700余人；引进与培育国家“千人计划”8人（其中自主申报并入选2名），入选省“科技创新团队”1支、省“双创”人才15

人、省双创博士 6 人、“姑苏人才”15 人、苏州市级以上各类人才 50 余人。

园区先后获评国家级科技企业孵化器、国家大学生科技创业见习基地、五星级中小企业公共服务平台、江苏省协同创新服务示范基地、省留学人员创业园、省创业孵化示范基地、省博士后工作站、省小企业创业示范基地、省海智工作基地、省新侨创新创业示范基地、省“侨务工作示范单位”和省“众创空间”。2017 年，省孵化器绩效评价获评优秀（A 类），列入江苏省参与小微企业成长培育计划服务机构（全省共 40 家，本园区是全省入选的唯一一家）。

香塘之路——创业·发展·富民

顾建平[①]/口述　朱凤鸣/整理执笔

我原是归庄镇香塘村一名普通的村会计，凭借改革开放的春风，从70年代末起步创办企业，由450元本钱16名职工的作坊式村办厂起家，经过40年的艰苦创业，如今已发展成为拥有30亿元资产、年销售40亿元、2000多名职工的国家级集团企业——香塘集团。我本人从一个只有农中学历的“泥腿子”，成为全国劳动模范、高级工程师，并被推选为江苏省第九届政协委员。我作为香塘集团的创办人，走过了40年的风雨历程，也见证了我国改革开放40年的光辉历程，不禁感慨万千。我最深的体会是：创业、发展、富民。

艰难起步

1944年，我出生于太仓归庄镇（现沙溪镇）香塘村一个普通的农民家庭。20世纪70年代末的香塘村，地处偏僻，不通公路，全村1100多个农民，守着1700多亩土地辛勤劳动，一年人均收入还不到100元。我作为村里的一名会计，对村集体和农民的家底一清二楚，感到农民要致富，必须办工业。1979年，我35岁，白手起家办起了预制构件厂，但好景不长，一年就不得不关闭。1980年，我又办起了香塘绣花厂，这是香塘集团的前身。当时一无设备，二无资金，只有5间草房。我带领16名职工，筹资450元，从上海买来了2台旧马达，从废品收购站买来一台旧下料机，又自己动手做了16只煤球炉，用来替代蒸汽炉，生产出了合格的绣花产品。但香塘绣花厂只是上海某鞋厂的配套加工厂，苦苦支撑了3年，终因亏损而不得不停产。

---

① 香塘集团董事局主席、全国劳动模范、江苏省第九届政协委员。

我认真总结前两次办厂失败的教训，深深感到，办厂不能做市场的奴隶，必须闯自己的路。1983 年，我通过上级有关部门批准，将香塘绣花厂改名为太仓香塘鞋厂，生产工艺拖鞋。第一批绣花拖鞋样品很快做出，我用自行车驮着样品，骑车 60 多公里赶到上海，逐条街道寻找代销店。总算有一家街道鞋帽商店答应将我们的拖鞋式样略做改进后帮助代销，很快被消费者抢购一空，且有更多的鞋帽商店慕名前来要货。这一年销售总量突破 10 万双，终于走出了成功的第一步。

随着产销量的增加，我及时引进资金，扩建厂房，增添设备，开发新品。经过几年的努力，香塘工艺鞋终于在上海鞋帽市场站稳了脚跟。1986 年，香塘鞋厂与上海鞋帽批发部签订了常年包销合同，成为上海鞋帽批发部定点生产绣花拖鞋的联营厂。1988 年，香塘工艺鞋以质量好、样式新、价格低，占领了苏州、扬州市场，产品被评为苏州市优质产品。这一年，香塘工艺拖鞋产量突破了 100 万双，实现利润 50 万元。

我没有陶醉在成功的喜悦中，心中还有一个目标，就是要让香塘拖鞋走出国门。但第一批出口生意并不顺利。香塘鞋厂的次品率超过了出口规定标准，第一批 32 万双拖鞋的出口利润为零。深刻的教训警醒我从此一定要把产品质量视为生命。通过狠抓质量，香塘拖鞋的次品率降到了 3‰之内，比商检局规定的 3% 的标准提高了整整 10 倍，从而香塘拖鞋连续多年被苏州商检局定为免检产品。从此，香塘拖鞋出口量逐年递增。1990 年出口韩国 42 万双。1991 年，日本山川株式会社慕名而来，出口产量增加到 83 万双。

在出口贸易中，我们除了注重产品质量，还特别讲究诚信。1991 年年底，日本神户发生地震，装有香塘厂 8 个集装箱保健拖鞋的海轮为保持船体平衡，被迫把其中 5 个集装箱抛进海里。日本客商非常着急，打来电报恳求香塘鞋厂在一个星期内赶做 3 个集装箱 6 万双拖鞋救急。我接到电报后，马上动员职工日夜加班，终于使拖鞋如期装船启运。日本客商十分满意，商社社长亲自登门致谢。良好的信誉赢得了另一个著名商社——日本拖鞋株式会社的青睐，他们主动为厂里引进了一条价值 110 万元的最新流水线，并签订了 1993 年包销 300 万双拖鞋的合同。通过他们的牵线搭桥，香塘集团还成功兴办了 3 家合资企业。

到 2000 年年底，香塘工艺鞋已达到年产 4000 万双的生产能力，95% 以上外销至日本、韩国、美国、意大利、俄罗斯等国家和地区，占有日本三分之一的工艺拖鞋市场份额。这年，香塘鞋厂已从一个小企业发展成为资产总额 3 亿元、职工 2000 多人的国内最大的工艺鞋生产出口基地。

多业发展

香塘集团先后进行了两次大的扩张，实现了企业可持续协调发展。第一次是从1994年开始，我围绕鞋业进行配套企业扩张。成功组织实施了以自有资产为主的企业兼并和扩张，先后收购兼并了5个镇办企业，租赁了2个外镇困难企业，新办了1个贸易公司和5个附属企业。在太仓城区新建了12层香塘发展大厦，兴办了报关、报检、货运、船队等4个公司，开拓了以进出口公司为依托的贸易服务业务。4年累计投资6000万元，取得了明显的投资效益，1998年实现利税4000万元。这期间，企业经营管理进入了一个更高的发展层次。1995年10月被批准成立了省级企业集团；1997年3月，晋升为国家级乡镇企业集团——中国香塘集团，获得了自营进出口权。

第二次是从2000年香塘集团成功改制为民营企业开始，我作为香塘集团的董事长，制定了集团发展战略，全面实施产业结构、产品结构的调整，不但要做好原有的工艺拖鞋，还要涉足其他产业，走多元化发展之路，实现从劳动密集型产业向资本、技术密集型产业转变。

经过多年艰苦努力，香塘集团的整体面貌发生了巨大的变化，初步形成了五大产业：（1）工艺鞋（垫子）生产业：通过对产品结构的调整和市场的优化选择，形成了年产各类工艺鞋2500万双，各类垫子200万套，初步实现了从中低档产品向中高档产品的转变，有效地提高了香塘工艺鞋在日本、韩国、意大利、俄罗斯等国的品牌形象和市场竞争力。到2014年，根据市场经济规律和企业自身发展需要，香塘创业起家的工艺鞋不再生产。（2）熔体直纺业（即化纤业）：2003年，筹建了振辉化纤有限公司，到2005年3月正式投产，2006年第二期工程立项动工，引进了日本全套目前国际上最先进的设备，到2011年9月建成投产，产品在国内市场具有独特的领先优势。（3）贸易物流业：以进出口、报关、报检、货运、船舶代理等公司为载体，形成了功能比较完备的贸易物流服务体系，为各类内、外资企业提供优质、高效的服务。（4）金融房产业：以担保公司、典当行、同济科技园等公司为载体，以参股太仓农商行为契机，积极探索金融房产的高效运作。（5）生物制药业：从2002年开始，与北京昭衍新药研究中心合作开发生产的国家一类新药——神经因子已于2006年7月投放市场。2011年4月15日，舒泰神（北京）生物制药股份有限公司在深交所创业板成功上市；2011年5月，昭衍（苏州）新药研究中心有限公司在香塘高科技创业园正式开业，经过几年发展，前景十分广阔。2017 年 8 月 15 日，昭衍新药在上交所 A 股成功上市。

从 2015 年开始，香塘集团的年销售达到了 40 亿元。2017 年，位于市政府东侧的 22 层香塘大厦顺利落成，标志着香塘集团站上了新的发展起点。

致富百姓

我认为，改革开放以后，党和国家提倡让一部分人先富裕起来，但最终还是要走共同富裕的道路。作为一名土生土长的企业家，作为一名共产党员，只有把为群众谋利益、让百姓过上好日子当作自己的奋斗目标，才对得起哺育自己成长的这块热土和这块土地上的父老乡亲，才能报答党的改革开放的好政策。

我曾多年兼任香塘村党总支书记，随着企业的不断发展，我把心中的愿望一步步变成现实。从 1972 年开始，我决定先后投入 500 万元用于发展村里的农业机械化，建成了 7 个小农场，3 个副业基地；投入 300 多万元修筑了 3500 米的水泥大道和 5 座大桥，铺设了总长 10000 多米的通往各家各户的沙石路，使村民告别了雨天的泥泞小道；投入 400 多万元建设了设施比较先进的小宾馆、卡拉 OK 歌舞厅、村级自来水纯水工程、液化气站，以及自发电和改造供电线路等基础设施；投入 150 万元兴建了设施一流的香塘小学和幼托中心；投入 80 万元实现了电话村、有线电视村；投入 50 多万元建造了松柏墓园；投入 300 万元建造了香塘康复休闲中心；投入 50 万元开展创建省级卫生镇工作。这些年来，累计投入 2000 多万元，大大地改善了投资环境，使全村群众得到了实惠。从 1994 年重阳节开始，香塘村建立了 80 岁以上长寿老人养老金奖励制度。村里每家都有人在香塘集团的各个企业上班，职工工资以每年 10% 的速度递增。企业实行全员劳动合同制，为全体职工办理了养老、生育、医疗、工伤、人身等五项保险，切实解决了职工的后顾之忧。虽然我现在不兼任村里的领导职务，企业已转为民营企业，但只要村里提出缺少新的项目建设经费，村民有实际困难，我都会大力支持。

目前，香塘村民生活富足，别墅成群，新楼林立，家家吃上纯净水，户户烧上液化气，家家有电话，户户能看到清晰的有线电视。家家户户有摩托车，还有不少农户买了小轿车。做到了老有所养、小有所教、病有所医。村里实行村务公开，民主管理，充满了民主和谐的气氛，在建设社会主义新农村方面迈出了扎实的步伐。香塘村党总支先后被评为江苏省先进基层党组织、苏州市先进基层党组织，香塘村被评为江苏省文明村、江苏省环境生态村、江苏省村民自治模范村、江苏省卫生村和苏州市现代化建设示范村、先锋村。我于1995年被国务院授予“全国劳动模范”称号，香塘集团被江苏省委省政府授予“1999—2000年江苏省文明单位标兵”称号，2000年被农业部乡镇企业局评为“新闻扶贫先进单位”，2014—2015年被苏州市政府评为苏州市优秀民营企业。

我还先后担任苏州市光彩事业第二届理事会理事、太仓市慈善总会常务理事、太仓市老区扶贫开发促进会副会长，多年来为各级各项公益事业努力做点贡献，香塘集团为公益慈善事业提供的经济资助近1000万元，还不包括曾为归庄镇归还群众集资款拿出2850万元。同时，香塘集团还为太仓市青少年才艺大赛、江南丝竹、桥牌邀请赛等提供了多年资助，这是我们感恩社会应该做的事。

当前，我们香塘集团正在认真贯彻落实党的十九大精神，以习近平新时代中国特色社会主义思想为指导，伴随国家和本地的“十三五”规划，加快转型升级步伐，加大金融资本投入，加强现代企业管理，努力在创业、发展、富民的道路上再做新贡献。

“雅鹿”的品牌故事

顾振华[①]/口述　陈一红/整理执笔

“雅鹿，羽绒服专家”这句广告语，在雅鹿销售覆盖的省份，几乎老幼皆知，家喻户晓。而对于我，与雅鹿的交集迄今已有45年了。

艰难前行

从一个小厂到一个集团，从一件衣服到一个品牌，雅鹿就像是我精心培育的孩子一样，我看着他成长，陪着他奔跑。1975年，我进鹿河的服装厂工作，一路从组长、车间主任、副厂长、厂长、董事长兼总经理到现任雅鹿集团董事长、总裁，中共雅鹿集团党委书记。这45年的风风雨雨路，我们跟雅鹿共同走过。

回顾雅鹿的发展，主要分为三个阶段。第一阶段是1972年到1986年。这个阶段，在国家经济逐步阶段，我们坚守岗位，抓住先机，自强不息地拼搏，提高了企业各项素质。第二阶段从1987年到2006年，我们注册了“雅鹿”商标，实施名牌战略。提升企业的核心竞争力，加大品牌投入，提升品牌价值，完成企业原始资本积累。第三阶段是从2007年至今，企业转型升级，品牌运作及资本经营并驾齐驱。

品牌的积累，企业的经营是艰苦的。而不屈不挠，锲而不舍，我们总能前行。回顾雅鹿这几十年的历程，我不胜感慨。

1986年，我们注册了“雅鹿”商标。尽管之前服装厂与上海合作，也创造了很多令人骄傲的成绩，我们的服装也为全国所追捧，在业内小有名气，但是我们认为，企业要长久发展，一定要走品牌之路。雅鹿之名来源于《诗经》，注册商标时，我们几经推敲，命名为“雅鹿”。“雅”，正也，

---

① 江苏雅鹿集团股份有限公司董事长。

有典有则，正规。标准，高尚不俗，美好大方。“鹿”一是指公司地址鹿河，二是源于《诗经·小雅》中《鹿鸣》一诗的诗意，“雅”与“鹿”自然组合，给人一种欢快美好、积极向上的感觉。

注册一个品牌易，建设一个品牌难。在维护、建设、扩大这个品牌的过程中，我们雅鹿人投入宝贵的时间，投入大量的资金，投入再创业的艰辛，投入我们的信念支撑的智慧。我们大江南北做公益，来宣传推广雅鹿的初心；深入一线做展示，让大家了解雅鹿的品质；请“小燕子”赵薇、影星陈坤形象代言，收获宣传推广效果。功夫不负有心人，付出总有回报。如今，雅鹿在国内标志着服饰文化，人人知晓，并且已在法国、德国、西班牙等海外16国注册；雅鹿品牌家族包含了雅鹿、金绒飞、现代等19个品牌。回顾当年为了维护品牌，南征北战地做公益，专程乘飞机赶到东北就为解决一个客户的疑问，现在想来，都是值得的。

我想，一个企业带给社会的不仅仅是产品，也是一种理念。尤其是我们服装企业，要留给社会一种文化。衣食住行只有注入了文化，才说明我们的生活提高了，文明提升了。记得1999年，中新社的记者问我：为啥提出“雅鹿是民族的，也是世界的”？我说：雅鹿品牌源于此，发展于此，成长于此，民族性才是雅鹿的生命力。而雅鹿品牌的开放度、包容性，雅鹿集世界服饰精华于一身的不懈追求，才是雅鹿的世界性。

2003年5月，我接受国内著名刊物《BOSS》采访，曾被询问“在企业成长过程中觉得最有成就感的是什么”。对我来说，一是创立并陪伴了雅鹿的成长；二是因此而创造了无数个就业机会，社会效益的创造是我自豪的源泉。我第一次走进这家企业时只有20名职工，现在已经发展到4000人左右，围绕我们品牌就业的就更多了，现在有近200多个加工厂，在全国至少有5000个营销网点，企业已经是中国服装行业百强企业。有这些雅鹿的追随者、支持者，我心里总有力量，有个声音呼唤我——总有一天，雅鹿会奔驰在世界服装的舞台上。

二次创业

经济的大潮起起伏伏。在二次创业期间，我们投资2亿多元建成了雅鹿总部基地。以雅鹿大厦为中心，结合周边雅鹿产业板块构成雅鹿总部基地，集品牌运营、销售管理、产品设计、样板工厂、现代物流为一体，形成了总部设立太仓城区，品牌、研发、金融、贸易、人力资源集中运营管理，生产型单位设置于周边地区，产品辐射全国乃至国外的产业布局。同时，我们依托雅鹿的品牌资源，通过资本运作延伸产业链，进军新领域，实施跨地区、跨行业发展，使企业形成多元业态发展的格局。2002 年我们成立了上海雅鹿投资发展有限公司，2003 年成立了苏州雅鹿房地产公司，2004 年成立太仓华电开发建设有限公司，2005 年积极参与太仓港项目开发。自 2002 年到 2016 年，我们陆续投入了不同项目组建公司近 30 家，涉及行业近 10 个。

回报社会

企业发展的同时，我们也不忘回馈社会。因为我总是坚信，雅鹿的发展源于社会各方的支持，财富的积累源于社会回报社会。对内，让员工安心；对外，为群众谋利；对社会，多一份公益心。几十年来，我们回馈社会的公益支出超过 6000 万元，纳税总额超过 11 亿元。

我总用一句话来激励自己：革命尚未成功，同志仍须努力。我再用一句话来比喻雅鹿：路漫漫其修远兮，吾将上下而求索。感谢时代，给了我们机会；感谢组织，给了我们信任；感谢社会，给了我们空间；感谢大家，给了雅鹿爱！

我与太仓商业发展的缘分

包建元①

以1978年党的十一届三中全会为标志，到今年2018年，我国的改革开放已经历了整整40个年头。40年弹指一挥间，改革开放改变了一个国家、一个企业以及每个人的命运。现在，我回顾起来依然心潮澎湃，激动万分，仿佛就在眼前。

改革开放圆了我的大学梦

我出生于20世纪50年代初，当初正值国家实施第一个五年计划，父母给我起名建元，蕴含此意。1966年，我小学毕业那年赶上"文化大革命"，初中辍学后在中药店当临时工，算是我在南郊供销社的第一份工作。因为我有五金交电的工作基础，又有无线电爱好的一技之长，被组织上选调到县五金交电公司工作，从此与商业结下了不解之缘。

随着1977年高考的恢复，为了提高自己的科学知识水平、企业管理能力、商业业务技能，大学梦开始萦绕在我的脑海中。1983年经组织推荐和入学考试，与来自太仓商业各条战线的31名年轻人入学江苏省广播电视大学太仓分校商业企业管理班，脱产学习三年，我还担任了班长。

经过三年的脱产学习，我们不仅学到了科学文化知识，更加坚定了自己的世界观、人生观、价值观，不仅学到了企业管理方法技能，更学到驾驭企业发展的方法和能力，自觉终身受益。如今当时的同学们虽已年过半百，但仍活跃在太仓经济社会发展的各条战线上，为建设"现代田园城、幸福金太仓"贡献着智慧和力量。

① 太仓市第十三、十四届政协委员，太仓市华联商厦有限公司董事长、总经理。

改革开放催生太仓商业大繁荣

1986 年，三年脱产学习结束，我们有两种选择：一是进机关，二是回企业。我与很多同学都选择了回到自己原来服务的企业，投身到商业一线工作中，投身到如火如荼的改革开放大潮中。20 世纪 80 年代末，计划经济与市场经济双轨制并行。在传统的计划经济时代，企业执行的是统收统支的计划经济模式，企业盈利全额上缴，企业开支在编制计划后，由上级主管部门全额拨付。企业盈利多少、贡献大小与企业经营主体不挂钩，典型的“大锅饭”，企业的发展积极性受到严重的制约。在经历了近 10 年的改革开放后，企业思变求变。在 20 世纪 80 年代初，随着利改税政策的推行，极大释放了企业发展的潜能，企业发展的积极性得到空前提高。1986 年起实行政企分开，推行厂长经理负责制，使厂长经理在企业经营管理的主体地位进一步明确，企业经营的好坏、盈利能力的大小直接关系到上级对厂长经理的考核任用。这期间，我们太仓五交化总公司根据市场需求，破解供求关系严重的失衡的难题，一方面积极利用临沪优势，争取国家一级站——上海五金交电批发站的合作关系，使公司享受到二级站的资源优势，同时不断拓展进货渠道，深入产地，采购当时市场的紧俏商品；另一方面把销售的触角向外延伸，拓展到宜兴、常州、海门等地。一段时间内自行车等产品的销量一度大于二级站的批发总量，在行业内成为佳话。在全体干部职工的不断努力下，企业经营业绩年年攀升，企业发展红红火火。

进入 20 世纪 90 年代，家用电器需求旺盛，我们抓住市场机会，南下广、深、浙、闽，建立多渠道的进销关系，并在广东江门建立办事处，加大家用电器的采购力度。主动协调银行支持，采用灵活多样的分销模式，首创了“三三制”分销形式，即当大批量采购一批家用电器后，三分之一在途销售，三分之一到货销售，余下三分之一视市场行情价格变化再行销售。这样既加快资金回笼，减轻资金压力，缩短销售周期，又扩大了销量。随着销量不断加大，我们向供货方的议价能力也有所提高，溢价能力大大增强。由于货源充足，信誉良好，公司在 1992 年产销额首次突破亿元大关，成为太仓商业系统第一家销售过亿的经营大户。我也在 1993 年开始担任太仓五金、交电、化工公司总经理。

由于改革开放的不断深入，市场充满活力，企业进入加速发展期，至 1990 年，一司一楼崛起，于江南大地圈地置业，跨界经营渐成风尚，打破了过去太仓商业业态单一的局面。至1994年下半年，华联商厦、南阳商厦、新世界商厦陆续建成开业，太仓商业大繁荣的格局初步形成。

改革开放成就了太仓华联商厦今天的辉煌

沐浴改革开放的春风，期盼公司的长期健康发展，为了满足广大市民不断增长的物质文化消费的新需求，经公司审慎考虑，决定延伸公司批发业务，进军零售市场。经过选址、设计、建设，一幢6631平方米的新楼盘立于人民南路致和塘街口，并且命名为“太仓华联商厦”，我兼任了商厦总经理。1994年9月11日亮相娄东大地，由于各方协调配合，营销推广，特别是颇有创意的开业仪式，加之社会各界的热情期盼，用万人空巷来形容当时的开业场景仍不为过。由此“太仓华联、人人依恋”开始为人们耳熟能详的广告词，华联亦成为娄东大地时尚的风向标。从此以后，太仓华联商厦以它特有的企业文化、社会责任、公众形象成为太仓商业的旗帜。

后来，由于体制机制、思想观念、平均主义、“大锅饭”、低效率等历史负担，本地商业发展与新的商业市场模式形成了强烈的反差，新经济组织加快进入流通领域，企业面临严重的生存危机。2001年，已经陷入亏损的南阳商厦并入华联商厦，扩大了6603平方米建筑面积。2002年，根据省市关于深化国有、集体中小企业体制改革的要求，公司开始进行以“两个置换，三个改变”为主要目标的公司制改革。虽然改革改制得到了绝大多数员工的支持，但也有少数员工思想观念陈旧，对待改革改制有抵触情绪，经过大量细致深入、形式多样的工作，最终统一思想，参与改革，个中滋味也只有亲历者知道。好在有了改革改制的先手棋，才使得华联商厦不断追求、不断进步，向着美好的未来前行。

自华联商厦成立以来，我和我的团队始终以市场需求为导向，以顾客满意为目标，以文化建设为抓手，以品牌推进为核心，以扩容改建为根本，做强做好百货主业。特别是企业体制变革以后，发展的动力更为强大，经过2007年及2015年两次改扩建后，商场建筑面积达到了37490平方米，具备了一个现代百货店最基本的体量要求和生存载体。俗话说：栽得梧桐树，自有凤凰来。有了华联自身的品牌效应以及业界的良好口碑，吸引了大批国内外知名品牌的关注进驻。现在的华联商厦建筑体量大了，外观美了亮了，内部动线更加合理，设备照明更加节能环保，体验性消费多了，成了名副其实的城市客厅、文明窗口。

虽说企业仍面临电子商务、城市商业综合体、大型卖场、特色购物街、工厂店等多重挤压，但我们始终不忘初心，秉持坚守、改变、发展的理念，牢固树立“品牌就是资源、企业文化是核心竞争力”的发展成长经验，创新营销方法，加强成本核算，紧盯发展方向，使公司的业绩仍保持了稳定的增长，顾客的满意度不断提升，员工归属感明显增强，多次获国家、省、市的褒奖。

走进新时代，我们的明天会更好

党的十九大指出，我国已进入全面建成小康社会决胜阶段，中国特色社会主义进入新时代。我国社会主要矛盾已经转化为人民日益增长的美好生活需要和不平衡不充分的发展之间的矛盾。作为人民日益增长的美好生活需要的提供者，我们将进一步增强市场意识、危机意识、竞争意识，把华联商厦建设成精致而美丽的优质百货店，以党的十九大精神为强大思想武器，精耕百货主业，补充完善短板，以顾客需求为目标，把握好品牌引进的节奏和力度，强化客户资源和员工队伍管理建设，精益求精、精准定位、精耕细作。相信华联商厦在新时代定有新气象、新作为，我们的明天一定会更好。

利泰纺织国际乌兹别克斯坦项目建设二三事

钱文杰/整理执笔

丝路潮，文明潮，中国梦，世界梦。作为“一带一路”倡议的建设者和领军企业，作为中国梦、世界梦的追梦者和点亮者，2015 年 7 月 28 日，金昇集团/利泰纺织乌兹别克斯坦项目一期工程奠基仪式在乌兹别克斯坦共和国卡什卡达里亚州卡尔希市圆满举行。利泰纺织国际乌兹别克斯坦项目位于乌兹别克斯坦的重要产棉基地卡什卡达里亚州，项目占地面积30 公顷，首期 12 万锭总投资为 1 亿美元，年产纱线 2. 2 万吨，主要品种为纯棉精梳紧密纺纱线。利泰纺织国际乌兹别克斯坦项目受到了中乌两国政府高度关注，2016 年国家主席习近平访乌并出席上合组织成员国会议期间，该项目被列为高访成果之一。2017 年 2 月 24 日，乌兹别克斯坦共和国总统米尔济约耶夫参观了利泰纺织国际乌兹别克斯坦园区，对该项目给予了高度的评价。2017 年 10 月 23—25 日，第 13 届乌兹别克斯坦棉花纺织大会在塔什干召开，国际纺织制造商联合会秘书长克里斯汀·辛德勒，在金昇集团总裁张月平和利泰丝路总裁王耀武的陪同下，参观了利泰纺织国际展位并进行了亲切指导。

与总统先生亲切对话

（利泰集团在乌项目总经理程智/口述）

乌兹别克斯坦对我们大多数国人来说是一个遥远而神秘的国度。她被古丝绸之路横穿而过，是重要的商业枢纽之一，欧亚文化在此激流汇荡，造就了璀璨的文明成果。从享有“露天博物馆”美名的希瓦到“史诗和童话之城”布哈拉，再到“传说之城”撒马尔罕，有着悠久的文化传承。乌兹别克斯坦在历史上与中国通过“丝绸之路”有着悠久的经济联系和文明对话。

2017 年 2 月 24 日，乌兹别克斯坦总统米尔济约耶夫在乌国轻工部部长海达洛夫、卡什卡达里亚州州长等10余名政府官员的陪同下，参观了利泰纺织国际乌兹别克斯坦一期12万锭纺纱项目现场。我作为利泰纺织国际有限公司总经理，有幸跟金昇集团董事长助理王宏图先生等代表金昇集团和利泰丝路热情地接待了总统一行，一睹总统先生风采，并与总统先生亲切对话。

米尔济约耶夫总统首先参观了项目临时展厅，乌国轻工部部长海达洛夫向总统米尔济约耶夫介绍了卡什卡达利亚州2017—2019年现代化轻纺工业建设的详细规划，以及促进地区经济发展和增加居民就业的纺织新项目。目前卡什卡达利亚州在建的纺织厂共有7个，总棉花加工力占卡什卡达利亚州棉花年产量的10%；其中利泰纺织国际是最大的纺纱项目，项目使用的是目前世界上最先进的纺织设备，项目建成投产后，预计可年产2.2万吨高级棉纱，其中用于出口的产品居总产量的80%，可提供约700个工作岗位。

米尔济约耶夫在利泰项目现场指出，卡什卡达利亚州是乌兹别克斯坦国内最大的棉花种植基地，利泰纺织项目很好地利用了这个优势。棉花深加工企业对乌兹别克斯坦国家经济发展起到了巨大的推动作用。

王宏图先生与我向总统先生详细介绍了金昇集团/利泰纺织在乌投资和未来的发展规划。我自豪地向总统先生陈述：项目投资配备的是目前世界上最先进的现代化纺织设备，如瑞士卓郎集团的高端智能纺织机械等，实现了高度自动化、智能化，形成符合“绿色、智能、定制、共赢、循环”全新纺纱模式，打造纺织行业新业态，引领纺织行业的转型升级。利泰项目年产量为2.2万吨高级棉纱，其中用于出口的产品居总产量的80%，出口（Export）增加就业机会，增加了外汇储备，促进了乌国本土经济发展。

米尔济约耶夫愉快地听取了介绍，对金昇集团/利泰纺织在乌兹别克斯坦的战略规划予以肯定，并对项目现场的进展表示赞赏。最后，总统先生对项目一线工作人员表示亲切的问候，并嘱托随行官员要密切关注项目进展，积极协助解决项目建设中遇到的困难，力争项目早日竣工投产，将项目打造为中乌“一带一路”合作示范型工程。

王宏图先生与我向总统先生表示，利泰纺织国际愿意在乌兹别克斯坦这片充满希望的热土上精耕细作，绽放美丽，共同发展；利泰纺织国际期待携手乌兹别克斯坦依托丝路建设，琴瑟相伴，友谊长存。

中国速度，OK!

（利泰集团在乌项目营销内勤乔传清/口述）

“中国速度”，在外国人的眼里，简直就是不可思议，难以想象。而金昇集团/利泰纺织乌兹别克斯坦项目设备安装的速度，又在中亚这片沃土上再一次获得了赞誉。我作为项目团队一分子，零距离见证并感受了引以为豪的“中国速度”。

2017 年 6 月 1 日凌晨，利泰纺织国际主厂房内最后一块地坪正在紧张地进行浇注。沙漠气候的乌兹别克斯坦，凌晨的气温应该是凉爽的，但灯光下，中乌双方的建设者们仍挥汗如雨，他们紧盯着一个目标，将厂房的地坪全部浇注完工，向“六一”献礼。

按总部指令，2017 年 6 月 28 日，利泰纺织国际要进行试生产，而此时的现场是：厂房吊顶还没有开始施工，一大半吊顶板还在国内的运输途中，更不用说安装现场吊顶上悬挂的日光灯照明了……

面对任务重、现场物资匮乏、语言沟通存在重重障碍，以及住宿不能就地解决，只能往返距离安装现场 10 公里的宾馆等诸多困难的现状，在项目领导的现场亲自协调、指挥下，安装团队根据进程的轻重缓急，有条不紊地进行合理安排。工程施工方密切配合，成立了吊顶板及照明安装小组，根据安装进程计划，在规定的时间节点内完成任务，达到要求；成立设备搬运小组，动用多台吊车、叉车、液压车等，将一台台各类设备一件一件地搬运到指定地点；国内技术安装人员 150 多人，各设备现场服务工程师 50 多人，利泰纺织国际本地员工 400 多人，加上土建施工人员，总共 800 多人，这么庞杂的队伍，在这 5 万平方米的厂房内，进进出出，却井然有序。

我见证了，6 月 6 日，细纱一块区域具备安装条件，吊顶装好了，日光灯亮了，设备摆放到位了，一台接一台的纺机不断地在车间竖起！

我见证了，6 月 26 日，第一套清梳联设备投料试开车！

我见证了，6 月 27 日，第一台粗纱机设备试开车！

我见证了，6 月 28 日，第一套细络联设备试开车生产！

2017 年 6 月 28 日，通过中乌方双方员工的奋力拼搏，不负时光与汗水，利泰纺织国际第一枚筒纱产出，代表着一段坚守岁月的开花结果。短短 20 来天，利泰纺织国际从设备安装到试纺出来成纱，创造了一个纺织界的奇迹。

众心齐，泰山移！在金昇集团/利泰纺织项目组的坚强领导下，通过现场设备安装团队与服务团队共同努力，利泰纺织国际圆满实现了“6·28”投产的目标。

这一似乎不可能完成的“节点”时间的实现，让当地卡什卡达利亚州政府相关官员与工作人员一个个跷起了大拇指：中国速度，太不可思议了！中国速度，OK！他们发自内心地称赞吃苦耐劳的中国人的奋斗精神。一位当地同事私下跟我说，我们原先以为这仅仅是喊喊口号、表表决心而已。

凝心聚力铸良品，奉献坚守展辉煌，戈壁变工厂，天堑变通途。中国员工凭借中国智慧与奋斗精神，再一次创造了中国品质与中国速度，体现了超一流的中国实力和中国底气。

运输、清关降成本

（利泰集团在乌项目经理林海/口述）

根据乌兹别克斯坦共和国的总统令，利泰纺织国际按照乌兹别克斯坦共和国批准的清单，在2022年1月1日之前免征为项目实施而进口的乌兹别克斯坦国内不生产的工艺设备、部件、备件和建材的关税。如何利用好这一政策，为企业节约投资成本，就成为项目组成员的重要任务。我是项目经理，更可谓责无旁贷。

我带领项目组成员走访了在乌国投资的其他中资企业，了解到在乌兹别克免税清单的审批流程，货物的免税清关是一项非常艰巨的任务，只要报关单据中的名称、代码、数量与免税清单不符，货物就无法清关，这些企业的项目有些货物直到项目完工后也无法完成清关。

于是，我们有针对性地制定了相关的对策：对当地的材料和设备进行充分的调研，摸清当地的价格情况；对进口价格加运输费用、税金有明显优势的材料，才考虑进口，例如钢结构保温棉，原由施工方在国内采购，由于保温棉体积大，非常占用车皮，且国内由于环保检查趋严，货源组织困难，后期改在当地找到供货源，仅此一项就节约建设成本100多万元。

在准备免税清单时，力求完整、真实，与实际的发货报关相一致，每一类材料都有专人负责准备清单。为防止数量不足，报清单时留下充足的余量。按系统报关的材料，对组成系统的每一项落实到位。

在免税清单审批答辩前，仔细准备应答材料，特别是对方容易产生疑问的项目，争取最大部分的项目可以通过答辩。比如说，干式变压器当地也有生产，要使对方同意我方进口干式变压器，就要指出我方进口的干式变压器在外形尺寸、性能参数等方面上有特殊要求，才能获得免税。

在货物发出前，制定发货的流程，并严格按照“发货委托—配货审批—单据审批”的流程执行，做到无单据审批不发货。保证单证和货物在俄文品名、代码、数量上与清单及实际完全一致。至项目结束，未发生一起因单证错误无法清关的事故。

对已通过审批的清单项与所剩的数量建立台账，做到心中有数，充分利用已通过审批的清单项达到免税的目的。例如公司清单中的钢门项未通过审批，但钢制密封门项通过了审批，报关时钢门按钢制密封门免税通关；低压配电柜项目未通过审批，但动力配电箱通过了审批，我们就把低压配电柜按动力配电箱清关，达到了节约税金的目的。

以上措施的实施，保障了项目的建设进度，最终交纳的税金低于预期，取得了良好的效果。同时，也为公司在乌的后续项目开展积累了相关的经验。

太仓市塑料制品一厂成为“塑业明星”

张立人①

崛起于20世纪80年代的“塑业明星”太仓市塑料制品一厂，是生产电视机塑壳的专业工厂。1985年生产和销售电视塑壳就已经超过百万套，遍及全国20多个省市50多家电视厂，覆盖全国行业市场的九分之一，实现利税967万元，人均创利税3.8万元，雄踞全省同行之冠，被称为“千万富翁”和崛起的明星企业，还被江苏省人民政府授予“江苏省建设社会主义先进集体”称号。1985年7月，时任江苏省省长顾秀莲同志专门来厂视察，热情称赞，认为这是一家很有希望的企业。太仓市塑料制品一厂还连续被江苏省人民政府授予“江苏省明星企业”和“江苏省文明企业”荣誉称号。

太仓市塑料制品一厂的前身是浮桥公社塑料制品厂，从筹建、发展到现在已经有40年历史。

党的十一届三中全会确立了党的工作重点转移到以经济建设为中心的轨道后，我们太仓各地掀起了发展社办企业的热潮，社办企业得到了迅猛发展，成为发展农村经济的一支主力军。

浮桥公社党委为了认真地贯彻落实党的十一届三中全会精神，为了跟上经济大发展的步伐，提出了要解放思想跨大步，要高起点发展社办企业，在新开发的项目上提出了“他无我有，他有我优，他优我专”的发展思路，积极开发和引进高科技项目，为发展社办企业提供了发展方向。

记得20世纪70年代，农村迈步开始通上了高压电，农民终于实现了几千年“点灯不用油的梦想”，开始和城里人一样也能用上各种先进的家用电器。这时市场上已经有了电视机，有的生产队抢先购买到了电视机，并且专人保管，到了晚上，放在仓库场上通上电开放，电视机虽然小，而

① 太仓市环保局原局长，时任太仓县浮桥乡党委副书记。

且还是黑白的，还是要引来不少人观看。过去，农村里只能看几次幻灯片和黑白电影已经不容易了，现在电视机全天有节目，还可以拿到家里看，因此当时大家都想购买一台电视机，电视机供应十分紧张。

1979 年春节，我在公社里值班，原三新大队周洪亮同志来看我，他是 1962 年国家困难时期下放的老职工，平时对社办工业很关心。他告诉我，上海无线电十八厂（以下简称上无十八厂）是生产电视机的专业厂，他有朋友在这个厂工作，最近该厂要扩大生产规模，并且要把原来电视外壳从木材制成改成塑壳制作，但是有些困难，需要找合作伙伴。当时我感到这是一个更新换代的新项目，是一个创业的好机会，我就请他去上无十八厂联系，表明我们愿意和他们合作生产电视机塑料外壳。我为此事专门向时任浮桥公社党委书记包秉勋同志汇报。他认为可以考虑，但是要弄清情况，提交党委研究决定。

我们专门到上无十八厂调研，根据他们提供的情况，生产电视机外壳所用的原材料为 ABS 塑料粒子，货流很紧张，暂时要靠进口。如果为他们加工电视机壳子，必须有 3000 克以上的制塑机才能制成，目前国内市场上只有 1000 克左右的制塑机。同时，制作电视机塑壳必须有塑料模具配套，它不同于一般模具，精密度要求很高，整个制作过程耗电量也比较高。如果我们能够合作，生产出电视机塑料壳，他们是表示非常欢迎的。

我把这些情况向党委汇报，包书记认为“搞社办企业”本身从无到有，现在通过调研已经有了方向，胆大将军做，我们要抢在人家前面，困难肯定不少，但是我们要心中有数，总是有办法解决的。有的同志认为，现在电视机十分紧张，搞电视机塑壳是更新换代的新产品，肯定有发展前途，会上要求我具体负责把这个项目落实搞好。

为了解决 3000 克制塑机来源的问题，浮桥一位姓钱的老镇长专门组织人员去北京落实。他们回来告诉我，3000 克制塑机已经通过设计开始投产，具体由国家轻工部下达 4 台计划给无锡轻工机械厂投产，该 4 台计划已经落实到有关省市和具体单位，可以说已经没有余地。但是我们商量，决定再次去北京进行争取，经过努力，得到轻工部领导的同情和支持，同意计划外再安排一台 3000 克制塑机给我们，具体与无锡轻工机械厂商量落实。

我们凭国家轻工部的批条，去无锡轻工机械厂商量落实。对方因为我们是计划外，因此要求我们解决他们生产制塑机时所需要的壳子板木材。木材很紧张，对方提出的又不是一般木材，当时有人提出来，浮桥有几棵银杏树可以利用起来，我们就向县里有关部门提出了申请要求，县里领导很支持社办企业发展，同意了我们的意见。我们根据县里同意把银杏树加工成材，送给对方。虽然离他们要求还缺一点，但是他们看到了我们的诚心，就同意和我们签订合同，还答应他们出厂的第一台制塑机优先供给我们，并同意帮助我们培训技术人员和操作工。上无十八厂也和我们签订了来模来料加工电视机塑壳的意向书。

我把办厂的准备工作向党委专门汇报，当时办厂最紧缺的是资金，因为社办企业刚起步，积累资金不多，记得社办工业账上只有10万元钱。会上商量，请银行设备货款40万元，社办企业单位筹集25万元（包括建筑材料费、劳务费等）。当时投资80万办塑料制品厂。关于厂址问题，大家认为根据浮桥镇的建设规划和社办工业发展需要，决定建在浮太公路两旁，即使是浮桥大队良种基地也要服从需要，厂名为浮桥制塑厂。

根据党委定的方案，我们马上调了几名骨干，为便于统筹资金和建筑材料、人员等，由工业公司经理金友生同志负责筹建基建组，机电组由农机站站长张兆熊同志负责，技术培训组由沈××同志负责，还向当时供销合作手工业社调几名外勤人员帮助工作。

基建组组织人员到无锡、苏州、太仓等地参观，准备自己设计，由当时公社建筑工程队施工，规模按2台3000克以上的制塑机设计。在准备有序的情况下，于1980年4月份破土动工。当时虽然麦子已基本发齐，在浮南大队党部书记方永林同志的帮助下，还是进展顺利。我们为了调动大家的积极性，抓紧时间，连续好几夜自带工具上工场和大家一起平整土地，搬迁建筑材料。为了加强制塑车间工程的领导，经党委研究，抽调浮桥大队党部书记陈国才同志具体负责工程建设的进度安全和质量。

技术培训组抽调了几名技术人员，还挑走了十名高中毕业生，到无锡轻工机械厂接受技术培训。

在当时因为是计划用电，这是个难题。机电组经多次协商，用电部都表示无法解决，一般社办企业都搞自发电解决用电问题。当时在苏州工作的朱志德同志通过苏州地区乡镇工业局与杨林拆船厂联系（因为他们有2台万吨船上的发电机组尚未处理），并经苏州地区有关部门领导同意，按联营办法给我们使用。经过努力，这两台发电机组在杨林拆船厂的帮助下，群策群力克服了不少困难，终于运到了浮桥，经安装调试，正常发电。

记得1980年11月，无锡轻工机械厂通知3000克制塑机12月份可以提货。当时我们还没有能力把3000克制塑机这样的庞然大物运到浮桥，就委托无锡运输公司把制塑机安全地运到了浮桥。

当得知制塑机运到浮桥，公社里的几位同志都赶到现场参观了制塑车间、发电车间、配套的仓库和场地，对制塑感到很满意，并希望大家再接再厉，认真安装调试，及早投产。

因为我们在筹建期间，对外加大了有关生产电视机塑壳信息的宣传，因此除了上无十八厂已经和我们签订了加工合同外，苏州电视机厂也有加工电视机塑壳的意向，还有不少其他电视机厂派人前来参观。1981 年当年就实现净利润 71.2 万元，如果把在筹建期间开支的一部分费用加进去，实际利润超过了 80 万。当年就收回了投入，这是在发展社办工业中创下的一个奇迹。

当年通过总结发现，来模来料加工的经营模式不仅企业没有自主权，而且没有发展前途。要解决这个问题，关键要自己设计模具。当时家住浮桥的老干部费洪奎和县协作办的领导专门去北京争取到安排 ABC 塑料粒子 100 吨，并今后有可能由国家物资总局有计划地安排给县协作办。因此原材料问题也基本解决，于是就立即筹建模具车间，并通过“请进来、派出去”培训技术人员。从此浮桥制塑厂不仅能承接加工业务，而且能按市场需要生产和销售各种规格的电视机塑料壳子，从此走上了发展的快车道。

浮桥公社党委又对浮桥制塑厂提出了“自主开发，自主创新，联动发展”的思路，以制塑厂为龙头，在浮桥地区又开发了各种不同规格、不同品种的塑料制品，还带动了喷涂、金属配件、塑料配件、产品包装和运销业的发展，不仅推动了制塑厂的自身发展，还带动了地方经济的发展，浮桥地区也获得了“塑料之乡”美誉。

由于上级领导对浮桥制塑厂的关心和支持，大概在 1983 年更名为太仓县塑料制品一厂。1993 年太仓撤县建市，更名为太仓市塑料制品一厂。

开发开放篇

亲历太仓改革开放四十年

开发开放篇综述

王雪昌

江尾海头这种特殊的经济地理位置决定了太仓必将处于改革开放的前沿阵地。40 年来，依托港口特色、毗邻上海的优势，太仓先后确立了“以港兴市”“接轨上海”战略，并逐渐实现向“以港强市”“融入上海”的战略转型。1991 年，太仓县委、县政府谋划开发太仓港，随即建立太仓港区开发建设指挥部，从此拉开了太仓港开发建设的序幕。1993 年 1 月 8 日，经国务院批准，太仓撤县建市，这座千百年以来以“鱼米之乡”著称的江南小城就此翻开崭新一页。当年 11 月 4 日，江苏省人民政府批准太仓设立“省级经济开发区”。4 天后，太仓迎来了首家德资企业，总部位于德国巴登 - 符腾堡州的克恩 - 里伯斯集团入驻太仓。随着这家享誉德国百年之久的家族企业进驻，太仓开启了艰难铸造“中国德企之乡”品牌的创新之路。从此，依托“以港强市、融入上海、中德合作”三篇文章的协调推进和经济国际化战略的深入实施，太仓的开发开放取得了世人瞩目的成绩，也为居于综合竞争力百强县市的前列奠定了坚实的基础。

见证太仓港25年改革开放发展历程

高冬华①

1992年，太仓市委、市政府扛起改革开放大旗，提出了“以港兴市”发展战略。1995年10月至今，我见证了太仓港20多年的发展历程，感觉太仓港就是改革开放的实际践行者。25年来，太仓港在改革开放中创造了港口发展的奇迹。如今的太仓港已经成为长江第一外贸大港、长江集装箱运输第一大港、全国木材海运进口第一大港、长江进口铁矿石第一大港。2016年，完成集装箱吞吐量408.1万标箱，货物吞吐量2.32亿吨，分别列全国港口第11位和第14位。

应该说改革开放为太仓港的开发建设奠定了政策基础。以市场经济为主的运行机制，直接为太仓港开发建设、构造市场主体、实施市场化运作，提供了政策机制保障。同时，经济决策方式的改革，对太仓港开发建设的自主决策，给予了充分的行政赋权，提供了政策保障环境。改革开放的一系列政策实施，是太仓港开发建设最为重要的外生变量和政策因素。

改革创新篇

没有改革就没有发展，如果太仓港还是按照原有的体制、机制发展，那就没有今天的太仓港。回顾太仓港25年发展历程，可以说改革创新对太仓港发展起到了决定性作用。

一、港口管理体制改革给太仓港发展奠定了动力源泉

口岸管理部门与港口管理部门实现合署办公。1995年7月，太仓市委、市政府组建了太仓市口岸管理委员会，10月，我便来到了该单位工作，从此开始见证太仓港快速发展历程。1999年，为了顺应国家港口管理

---

① 太仓港口管委会安监局局长。

体制改革需要，结合太仓港发展实际，我向时任太仓市口岸管理委员会常务副主任倪金明建议，将太仓港港务局与太仓市口岸管理委员会合署办公，这样可以减少机构重叠、避免政出多门、防止相互推诿、提高工作效率。当时，太仓市委、市政府积极响应了我们的建议，在全国率先实现口岸管理部门与港务管理部门合署办公，对外两块牌子，对内一套班子。同年12月，我和倪金明主任在《中国口岸》杂志上发表了《发挥口岸整体功能　促进地方经济发展》一文，向全国推广太仓港口管理体制改革的创新举措。后来，深圳市、大连市等全国主要港口城市纷纷效仿这一改革模式，实现口岸与港口管理部门合署办公，工作效率明显提高。

港口管理体制实现重大变革。2005年，太仓港的发展引起了江苏省委、省政府的高度重视，时任江苏省省长梁保华亲自担任组长领导太仓港发展。2005年6月，太仓市委、市政府和苏州市委、市政府深刻领会省委、省政府的战略意图，将正科级的太仓市港口管理局升格为正处级的太仓港口管理委员会。2005年7月，省政府办公厅王志忠副主任召集相关部门专题研究太仓港发展问题，我有幸参加了这次座谈会。这次会议决定了太仓港港口管理体制将会发生重大变化。8月7日，梁保华省长率领省级有关部门到太仓现场办公，专题研究太仓港发展问题。座谈会上，梁保华省长指出太仓港的发展事关苏州、苏南乃至整个江苏经济发展，必须要从全省经济发展角度来考虑太仓港发展问题，应该将太仓港作为江苏省重点发展港口，既然是省重点发展港口，深化港口管理体制改革势在必行，应该成立省政府派出机构专门负责太仓港的开发建设与管理。同年11月11日，江苏省委、省政府联合下发《中共江苏省委　江苏省人民政府关于江苏太仓港口管理机构等问题的通知》（苏委［2005］332号），通知中明确：新成立的太仓港口管理委员会从现在的太仓港经济开发区管理委员会分离出来，改称为江苏太仓港口管理委员会，承担太仓港建设和发展等管理职能，为副厅级建制，委托苏州市委、市政府管理。10多年来，江苏太仓港口管理委员会有效地调动了省、市相关资源，为太仓港快速发展奠定了强大动力源泉。

二、通关改革和政策创新给太仓港发展注入了崭新活力

实现口岸通关实时化。1997年以前，太仓口岸通关机制实行“八国联军”联合办公制，当外贸船舶和货物进出太仓港，苏州海关、苏州进出口商品检验检疫局、南通海事局、张家港卫生检验检疫局、张家港动植物检验检疫局、张家港边防检查站等口岸查验部门分别派人到太仓港联合办公，效率相当低。1997年，为了提高口岸通关效率，我们在一类口岸开放

的基础上，积极对上争取，全面组建太仓口岸各查验单位，实现外贸船舶、货物随时办理相关通关手续。

正式拉开通关改革和政策创新序幕。2005 年 5 月，太仓市委、市政府颁发了《关于加快太仓港发展的若干优惠政策和措施（暂行）》，明确了降低物流企业成本各项优惠政策；鼓励开辟航线航班，加大揽货力度，对在太仓港开辟外贸航线的船公司给予政策补贴；同时，对完善整体功能、搞好优质服务、建立监督机制、实行公开办事都提出了明确要求。2006 年，口岸查验单位的职能科室全部前移到港口现场办公，实现“一条龙服务”制度。在码头对外开放方面，在全省乃至全国率先实行“码头一次性开放、分期投入使用”新政策。2007 年，为了解决太仓边防检查站兵力不足问题，我们积极协调相关部门，实现边防船舶监护模式改革，对靠泊在封闭条件较好的液体化工码头的外贸船舶实行卡口监护，后来对散货码头也实行了这一制度改革，由船边监护改成卡口监护，极大地减少了监护兵力，节约了监护成本，为其他码头船舶监护提高了保障，为太仓港码头不断对外开放创造了可能。

货物通关改革实现重大突破。2008 年，我们倡议海关、检验检疫等部门创新推出了“区港联动、虚拟口岸”快速通关模式，将太仓港港口功能延伸至内地各监管场所，货物在太仓港的各监管场所，实现“一次申报、一次查验、一次放行”。2008 年 2 月，“区港联动”首先在苏州工业园区综合保税区试点，效果良好，得到时任省委书记梁保华的充分肯定，要求加快推进。同年 6 月，苏州市委、市政府举行“区港联动、虚拟口岸”启动仪式，开始在全市推进。2009 年年初，市委、市政府提出了要抓住苏州市高度重视支持“区港联动”和对台直航的契机，千方百计巩固完善“区港联动、虚拟口岸”通关模式，推进苏太联动，进一步提升太仓港对区域经济发展的带动作用。同年 11 月 19 日，时任省委书记梁保华率省有关部门负责人来太仓考察，充分肯定了太仓港开发建设取得的成绩，并强调指出要进一步推进“区港联动”，注重体制机制创新，加强太仓港与苏南各开发园区合作，加快海峡两岸商贸合作区建设，促进苏南开放型经济向更高水平发展。在省、市领导的大力支持下和太仓港有关单位的共同努力下，至 2010 年年底，区港联动已覆盖苏州全市，并已延伸至无锡、常州、南京、镇江和南通等地区。实践证明，区港联动提高了通关速度、节省了通关成本，苏州地区货物从太仓港进出，相对于周边港口，每标箱至少节约物流成本 200 元人民币，节省时间一天以上，结单退税早 3 周左右。

太仓港信息化建设取得新进展。2010 年，我们提出了集电子政务、电子商务于一体的太仓港信息化建设思路，准备通过高效的电子政务功能吸引更多用户使用太仓港信息中心系统，这样不但可以提高工作效率，而且可以形成基本数据的沉淀，将来可以利用这些沉淀的数据实现电子商务和大数据分析等功能，最终形成一体化的信息中心。为此，太仓市政府与太仓港口管理委员会联合成立了太仓港信息化建设领导小组。2011 年，正式启动太仓港信息中心建设，从 2012 年开始，逐步实现与口岸各查验单位内部的信息系统对接，实现太仓港信息中心一站申报、一次录入、分别发送、放行信息自动上传、与码头闸口信息自动比对等功能。

通关改革进入了新高潮。2012 年，海关、国检、海事联合进驻太仓港口岸集中查验中心，实现设施共用、信息共享，时任省委书记罗志军、省长李学勇视察太仓港时对太仓港口岸集中查验模式给予了充分肯定。2013 年，南京海关同意进一步优化“苏太联动”（又称区港联动）快速通关模式，取消苏太联动进口货物分流清单、苏太联动出口货物放行清单等纸质单证的传递，以电子数据为准，对采用“苏太联动”快速通关模式的货物可不施加海关关锁。同年 5 月，国务院正式批复同意设立太仓港综合保税区，其功能和有关税收、外汇政策按照《国务院关于设立洋山保税港区的批复》的有关规定执行。2014 年 9 月 1 日，财政部、海关总署、国家税务总局联合批准同意太仓港成为适用启运港退税政策的启运地口岸。2015 年，经海关总署同意，太仓港与上海港实现“沪太通”通关改革。太仓港上港正和码头成为上海洋山港的延伸，也是上海海关监管区域，实现同一关区代码，货物运抵太仓港上港正和码头视同运抵洋山港，正和码头直接向洋山海关发送运抵报告，太仓海关直接办理接单、放行手续。

政策创新取得新突破。2012 年以来，太仓港积极做好对上争取工作，成功集聚了一批政策创新到“太仓港”平台。争取国家发改委、财政部、交通运输部同意，自 2012 年 5 月 18 日起，太仓港进出境船舶实行“一次申报、在航交接”，自 2013 年 1 月 1 日起，太仓港作为沿海港口管理，并执行相关的行政事业性收费政策，成为全国唯一享受海港待遇的内河港口，太仓港从此由内河港正式变身为海港，开始迈入海洋时代。2013 年，省政府同意，组建太仓港港务集团有限公司和太仓港集装箱海运有限公司，扩大了自主开发权和航线开辟权。

25 年来，我们以口岸畅通为目标，按照“简化手续、减少成本、提高效率、提高服务质量”的总要求，进一步改革口岸通关机制，争取创新政策，努力创造宽松、安全、高效的口岸通关环境。口岸各职能部门紧紧围绕服从、服务于港口发展这个中心，简化管理环节，提高管理效率，寓管理于服务之中，在服务中实现管理。这些通关机制和发展政策的改革创新，极大地提高了太仓港通关效率，降低了企业物流成本，集聚了更多政策资源到太仓港，有力地促进了太仓港快速发展。

三、服务模式创新给太仓港发展增添了强大动力

“港兴我荣、港衰我耻”已经成为太仓港人的精神力量，25 年来，太仓港人团结一致，群策群力，为太仓港发展做出了重大贡献。

多方位、多层次、多部门联合开展揽货业务。从 2007 年开始，我们积极争取口岸单位以及各地政府各有关部门的大力支持，通过采取成立 VIP 货主沙龙、集中召开宣传推介会、个别企业物流方案策划等方式，全力做好企业服务工作。从 2006 年至今，共举办 VIP 货主沙龙 20 多场次；先后赴重庆、武汉、长沙、九江、苏州、无锡、淮安、南通等 20 多个城市召开集中宣传推介会；上门为企业提供个性化服务 3000 多家次。这一系列的创新举措取得良好成效，截至 2017 年年底，VIP 货主沙龙会员企业从 2006 年的 18 家发展至 300 多家，2017 年沙龙会员企业从太仓港进出外贸重箱达 120 万标箱，占全港外贸重箱的 30%；从太仓港走货的苏州外贸企业已达 3600 多家；港口直接货源地扩大到北至江苏徐州、安徽定远，西至重庆、湖北、江西，南至浙江北部地区。

重点服务苏州地区。为了更好地为苏州经济发展服务，更好地提高太仓港发展质量，2012 年，太仓港在苏州新区、工业园区、昆山三地设立办事处，联合船公司、码头公司一起走访客户，为客户专业设计物流方案。2012 年 7 月 30 日，在苏州工业园区综保区设立“无水港”，将港口功能直接延伸至“无水港”，进一步方便了企业走货。2013 年 4 月，太仓港正式成立太仓港发展服务中心，招聘专业人才，为船公司、货主、代理提供专业物流服务。

服务模式不断创新，吸引了更多货物通过太仓港进出，为太仓港快速发展奠定了坚实的货源基础。

对外开放篇

1995 年 4 月 26 日，省口岸领导小组办公室在我市主持召开太仓港二类口岸开放验收会议，与会代表一致认为，太仓港作为二类口岸已经具备开放条件，同意通过验收，并正式宣布太仓口岸对中国籍国际航行船舶开放，从此太仓港打开了对外开放大门。1996 年 10 月 22 日，太仓港顺利通过由国家口岸办组织的验收，正式对外国籍船舶开放。11 月 8 日，经国务

院正式批准，太仓港一类口岸对外开放。1997 年 1 月 18 日，太仓市委、市政府举行了隆重的开港仪式，标志着太仓港对外开放正式拉开序幕。

一、码头不断对外开放进一步放大太仓港发展规模

回顾 25 年发展历程，太仓港发展经历了三个阶段。

起好步、打基础阶段。1992 年至 2000 年，港口建设与临港产业同步发展，形成了以港口装卸和临港传统支柱产业为主体的原生态经济。在这 8 年间，太仓港共有 3 个码头 4 个泊位对外开放。

跨越发展阶段。2001 年至 2010 年，港口经济、临港产业与港城建设进入同步发展态势。10 年间，太仓港共有太仓国际、长江石化、苏州现代、上港正和、正和兴港、阳鸿石化、万方国际和武港 8 个码头 20 个泊位对外开放。截至 2010 年年底，全港拥有码头泊位 52 个（万吨级以上泊位 28 个），总设计吞吐能力 9780 万吨，其中，集装箱泊位 10 个，设计吞吐能力 435 万标箱。

快速崛起阶段。2011 年至今，太仓港已经形成了集依存产业、共生产业和关联产业为一体的临港产业集群。7 年来，太仓港共有环保电厂、玖龙纸业、华能电厂、美锦汇风、华能港务、扬子江海工、润禾 7 个码头 12 个泊位实现对外开放。截至 2017 年年底，全港拥有码头泊位 90 个（万吨级以上泊位 37 个），总设计吞吐能力 14825 万吨，其中，集装箱泊位 10 个，设计吞吐能力 435 万标箱。

港口码头不断对外开放，引起了物流量的不断提升，催生了港口经济结构的不断优化，推进了临港产业的不断扩大和城市功能的不断完善。

二、对外合作不断扩大进一步推动太仓港提档升级

太仓港与国内最大的国际知名船公司实现合作。1999 年，太仓市人民政府与中远集团签署合作开发中远国际城协议。2002 年 5 月，中远国际城开发有限公司进行股权调整，同时将中远国际城开发有限公司更名为远太国际城开发建设有限公司，并确定开发分工职责，即国际城港区的开发建设由远太国际城开发有限公司负责；陆域的开发，包括开发的规划、基础设施建设和项目的推进、招商引资等，均由太仓港港口开发区管委会负责。从而形成了港区开发和陆域开发双加强、双促进的局面。

太仓港与国际著名码头运营商实现合作。2002 年，在全面接轨上海战略实施过程中，时任太仓市港口管理局局长钱志强与上海组合港管委会办公室主任曹忠喜实现了对接，曹主任介绍我们认识了香港现代货箱码头有限公司驻上海办事处代表施建祥。经过近一年多的谈判、考察，2003 年 12 月 22 日，远太国际城开发有限公司与香港现代货箱码头有限公司签署了股

权转让协议，香港现代货箱码头有限公司的加盟和中外合资太仓国际集装箱码头有限公司的成立，使太仓港集装箱码头的发展进入了新的历史阶段。2004 年，香港现代货箱码头有限公司在合资成立太仓国际集装箱码头公司以后，开始收购太仓港集装箱码头二期工程 4 个万吨级集装箱专用泊位，加快了太仓港集装箱码头建设进度。香港现代货箱码头有限公司的加盟和太仓港集装箱码头建设的加快，形成了太仓港大开发、大发展的基本框架，引起了省委、省政府的高度重视，这也为太仓港成为江苏省重点发展港口打下了坚实基础。

太仓港与宁波港实现合作。2007 年，首期引进宁波港与武汉钢铁、中外运一起建设太仓武港矿石码头，为太仓港进入亿吨大港"俱乐部"提供了保障。2009 年，宁波港在太仓港投资建设了万方国际码头，进一步扩大了太仓港件杂货吞吐能力。2016 年，宁波港收购香港现代货箱在集装箱二期项目股份，开始进军太仓港集装箱发展行列，为太仓港集装箱运输发展添砖加瓦。

太仓港与上海港实现合作。2010 年，上海港集装箱吞吐量突破 3000 万标箱，居世界第一，但码头吞吐能力已近饱和，亟须寻求与周边港口合作，拓展发展空间；同时太仓港亟须加快融入上海国际航运中心建设，参与分工、加入循环、分享资源。为此，自 2011 年开始，按照交通运输部对上海港与江苏港口发展定位以及合作有利于太仓港与上海港互补发展的要求，遵循"优势互补、错位发展、合作共赢"原则，太仓港与上海港进行了多轮合作洽谈，并于 2012 年年初初步达成合作框架协议，省政府、苏州市政府批准同意签署该合作框架协议。2014 年，与上海港成功合作，这为太仓港迎来了更大的发展空间。

25 年来，太仓港持续坚持港航合作、港港合作等对外开放战略，构造了长江入海口集装箱干线港和江海联运中转枢纽港的基本架构，取得了卓越的发展成效。其对外开放发展战略的实施，为构造优势互补、差异化发展的港口合作博弈模式，尤其是融入长三角港口群和上海国际航运中心建设，推动港口经济市场分工协作，构建互利互赢港口航运机制，为太仓港的可持续发展及其现代航运经济主体角色的建立，奠定了重要的发展环境。

三、航线不断开辟进一步打开太仓港对外开放大门

25 年来，特别是 2006 年以后，太仓港不断加强与中远海、中外运、福建华荣海运、上海海华、新海丰、洋浦中良、中谷新良、安通物流等国内外船公司的合作，并且成功组建太仓港集装箱海运有限公司，港口航线

开辟不断取得突破，不仅航线数量快速增长，而且航线品级也在不断提高。2006 年，首条日本航线正式开通；2008 年 12 月 15 日，太仓港作为大陆首批 6 个港口之一实现了对台直航；2010 年 9 月，与高雄港缔结合作港；2010 年 4 月，成功开辟第一条远洋干线美西航线，成为国内第 10 个开通远洋干线的港口；2012 年，太仓港集装箱海运有限公司成功开辟日本航线；2014 年，太仓港与上海港达成战略合作，开辟了太仓港至洋山港每周 21 班、每 8 小时一班定点、定时、定线、定航次、定泊位“五定班轮”，长江 34 家支线船公司承运的原本到外高桥集中并中转至洋山的重庆、武汉、长沙、九江等长江中上游地区外贸集装箱转为太仓港中转；同年上海海华、新海丰至太仓港开辟日本航线，进一步丰富了太仓港日本航线密度；2016 年，成功开辟东南亚航线，成为长江首条直航东南亚的集装箱班轮航线；2017 年 4 月，开辟了俄罗斯航线，集装箱航线范围覆盖远东地区；2017 年 7 月，开辟了韩国仁川航线。截至 2017 年 10 月，太仓港现有集装箱航线 189 条，近洋航线 24 条，直挂日本、韩国、越南、泰国、俄罗斯和中国台湾地区 21 个主要港口；内贸航线 46 条，遍及广州、深圳、珠海、厦门、泉州、宁波、营口等 21 个主要港口；长江（内河）航线 79 条，长江（内河）48 个港口集装箱喂给太仓港；洋山支线 40 条，实现定时、定航班的“公交化”运营。马士基、达飞、阳明、韩进、NYK 等全球前 20 强班轮公司全部在太仓港开展业务，全港每月靠泊集装箱班轮超 2500 艘次。

太仓港通过大力引进跨国公司和国际航运公司参与太仓港开发建设，促进船货代理等中介服务企业集群，拓展港口生产、储运和贸易功能，促进近洋远洋航线航班的运营规模递增，提高了太仓港航运市场占有率。

太仓港 25 年改革开放发展历程，不仅促进了苏南地区的产业结构调整和工业现代化建设，而且推动了长三角地区陆域经济与江海经济的分工合作，以及港口群之间互利互赢模式的建立。同时，在大流域经济整体发展过程中，太仓港的资源性经济和比较优势经济从中获得了更大的发展空间，并且进一步推动了港口作业经济、临港工业经济、港口物流经济和港口城市经济“四位一体”同步协调发展，加快了太仓早日实现基本现代化的进程，提升了长三角地区实现基本现代化的经济质量。

全国首个多功能一体化查验中心诞生记

肖　力①

2010年以来，太仓港凭借着紧靠长三角经济带的独特区位优势和便捷的物流水陆交通条件，进入了高速发展期，港口货物吞吐量和集装箱吞吐量连续实现新的突破，每年均实现30%以上的增长，进而向江苏省内乃至长江沿线第一外贸大港的地位发起冲击。

随着港口业务量与物流量的急速增长，口岸的通关效率成为影响港口大物流态势的重要因素。尽管当时驻守在港口一线的太仓海关、太仓检验检疫局等口岸执法机构不断更新理念，积极采取“降低查验比例”“急事急办”“节假日预约查验”等多项便利服务举措，但由于口岸执法编制人员不足，查验场所又散布于各个码头单位的不同区域，经常会造成口岸查验放行速度与货主急于通关走货要求的矛盾。如何破解这一矛盾成了太仓港港口管委会、太仓港各家码头企业以及太仓检验检疫局、太仓海关的领导们急切要解决的问题。在走访服务客户和梳理问题的过程中，检验检疫局和海关的领导不谋而合地想到了借鉴国内相关大口岸的经验做法，主动向太仓港港口管委会领导提出了推进太仓港口岸集中查验的建议。港口管委会随即组织了港口委、港口集团、检验检疫局、海关等部门的相关人员赶赴海南洋浦港、广东南沙港、山东青岛港、上海港、天津港等口岸，重点就口岸监管功能设施建设和查验放行监管模式等方面进行学习考察和前期调研。通过考察和调研，大家统一了认识，建设集中查验场站，有利于整合海关、检验检疫局的查验人力资源，有利于实现查验场所和设施设备的现代化，有利于改进查验与放行工作，有利于提高通关效率和物流速度。

太仓港港口委领导在此基础上果断决策，优先规划安排建设用地和建

① 太仓市检验检疫局原副局长。

设资金。在短短的两个月的时间里，太仓港港务集团就拿出了太仓港查验中心的设计方案初稿。初稿主要参考了各大港口查验场所的布局和设施配置。在方案的论证讨论中，太仓检验检疫局分管领导提出：太仓港规划新建集中查验场站，既要充分满足查验工作的法律法规及操作要求，又应解放思想，超前考虑，为进一步提升口岸通关效率打好基础。并建议将原设计中的海关与检验检疫各自独立封闭的查验区域整合成一个整体区域，打破原来海关与检验检疫两个查验机构的分割封闭状态，实现查验平台、查验场地及查验设施的合二为一。这一方案的改动，不仅为太仓港集中查验中心节省了近40%的用地面积，节省了近半的建设资金，更为太仓港集中查验监管工作打开了新的思路。

查验中心工程于2011年7月开工建设，2012年3月投入试运行。初期投资1.2亿元。江苏省政府还下拨了专项资金3000万元，用以购置国内最先进的FS6000集装箱X光快速透视仪。江苏检验检疫局也支援了一台价值125万元的大型通道式车辆放射性监测系统SIM－MAX G3910。

建成的太仓港口岸集中查验中心展示出了一个设计超前、科学合理、功能完善、集约化程度高的全新构架：实现全封闭管理的占地6.6万平方米的集中查验监管场站；由国内最先进的集装箱X光快速透视仪、门式放射性检测仪、流动式全自动记录地磅秤、通道式喷淋消毒仪等关检一机双屏及相关的信息系统构成的“五机串联”快速机检通道；拥有关检联合查验的68个车位查验平台及3.2万平方米箱货落地查验场地；设置了海关和检验检疫各一个独立封闭的1200平方米的查扣库房；一座标准化检疫处理药品药械库及1.2万平方米应急检疫处理场地；1200平方米监管及办公场所。其中，集装箱车辆只要以20公里/小时速度缓行长约200米的“五机串联”快速机检通道即可完成查验，可实施关检联合查验作业的查验平台与场地是太仓港集中查验中心建设工程的特色和亮点。

在此基础上，太仓港同期配套建设了进口废物原料专用查验场地、进出口危化品查验场站、进境食品与化妆品查验场站、进境肉类产品查验场站、进境水果查验场地等。逐步形成了太仓港口岸查验工作“一核多点”，特色门类较齐全，专业分工较合理，与太仓口岸进出境货品相适应的多功能一体化的查验场所及设施设备。

为了更好地开展集中查验和监管工作，太仓海关和太仓检验检疫局分别专门设立了查验科，调配相关专业人员进入查验中心驻点工作。太仓港口岸集中查验中心实现了检验检疫与海关集中统一驻点办公，有效整合了太仓口岸监管资源，实现了监管场地及设施的共享共用，关检合作共同把关得到了充分体现，同时也避免了重复建设、浪费资源的现象。为进一步提高通关效率，降低企业运营成本，有效地缓解太仓港日益增长的箱量与查验人员相对不足之间的矛盾创造了良好条件。太仓港集中查验中心的建成，彻底改变了以往海关和检验检疫有限的查验人员奔忙于各个码头和监管场所查验的忙乱现象。太仓港口岸集中查验中心快速机检通道设计能力为每小时查验200至400标箱，为国内领先水平。进出境集装箱每箱次平均查验时间，从过去的半个小时以上降低到10分钟以下。同时，借助高科技检测设施的辅助，开展查验工作前的风险分析，有效地增强了查验布控的针对性，大大提高了查验工作的质量和把关成效。为太仓口岸的“关检合作联合执法”“单一窗口”以及“无纸化报关报检”建设等新型口岸监管体制创造了极其有利的条件，更为提升太仓港口岸联检部门的服务水平，提高口岸通关环境与通关效率提供了良好的条件。同时也为海关系统和检验检疫系统业务改革，创新模式提供了新鲜经验。太仓港集中查验中心的成功运行，受到了太仓港进出口企业的广泛欢迎和称赞。时任江苏省委书记罗志军在视察太仓港口岸集中查验中心时，连声说：“好！很好！你们开动脑筋，合理整合了资源，有效地开发了技术，科学地提高了查验效率，降低了成本。”

太仓港综合保税区创建经历

马　骏[①]

太仓港综合保税区于2013年5月13日经国务院批复同意设立，是全国第32个、江苏第9个、苏州第4个综合保税区。太仓港综保区总规划面积2.07平方公里，一期封关验收面积0.85平方公里，划分为口岸作业区、保税物流区、保税服务区和保税加工区等四大功能区，建成了10万平方米高标准库房及主卡口、巡逻道、围网、监控中心、查验平台等一批基础和监管设施。2014年9月11日通过国家十部委的联合验收，2015年6月5日正式封关运作。

太仓港综合保税区作为太仓第一个海关特殊监管区，自设立以来，功能政策优势逐步显现，正逐步成为太仓探索新经济新业态的先行区、配套服务港口的功能区、发展物贸经济的核心区。太仓港综合保税区的创建成功，凝聚了太仓全市上下的辛勤汗水，得到了海关、检验检疫等口岸部门的大力支持，更离不开上级领导的关心关怀。回顾太仓港综合保税区的创建历程，大致可以分成三个阶段。

第一阶段是对上申报阶段。苏州开放型经济在全国处于领先地位，同时也是拥有国内所有类型的海关特殊监管区域。全国唯一的内河保税区在张家港，第一个出口加工区在昆山，第一个综合保税区也在苏州工业园区。当各类海关特殊监管区已经在苏州遍地开花时，太仓却由于各种原因，始终没有在这方面取得突破。2004年，国家开展保税物流中心试点工作，保税物流中心虽然在层级、功能、政策上比综合保税区要低了一级，但太仓得知消息后，还是马上向国家海关总署等部委提出申请，要求在太仓开展试点。但最终还是被苏州工业园区抢得先机，他们获批成为全国第一个保税物流中心。此后，太仓一直没有放弃争取，一方面按照设立保税

---

① 太仓港经济技术开发区党委委员、经发局局长。

物流中心的要求抓好硬件建设，另一方面及时与上级主管部门做好沟通联系。2008 年 12 月，国家扩大保税物流中心试点，太仓保税物流中心终于获得海关总署、财政部、税务总局和外汇管理局等四部委的批准。2009 年 3 月，国务院联合验收组来太对太仓保税物流中心组织验收。当验收组领导和专家看了太仓保税物流中心的现场，他们一致认为太仓保税物流中心与太仓港在物理上可以实现无缝链接，这种条件完全可以申报保税港区。得到了上级领导的鼓励和支持，太仓人朝思暮想的保税区梦重新被点燃。太仓保税物流中心验收通过后，市委、市政府马上召集港区和相关部门着手申报保税港区，迅速完成了可研编制报告、土地规划调整等工作。2010 年 2 月，设立太仓保税港区的申请就上报到了国务院。

但是，好事多磨。由于各地获批的保税区、保税物流园区、出口加工区、跨境工业区、保税港区等日渐增加，但种类过多、功能单一、重复建设严重，2012 年 10 月 27 日，国务院发文收紧各类海关特殊监管区域的审批，并明确将现有及新增的特殊监管区逐步统一整合为“综合保税区”。

保税港区与综合保税区最大的不同就是综合保税区不含港口，太仓原先申报的方案包含了集装箱码头，与申报要求有出入。所以根据这一变化，太仓又马上调整了申报方案，将集装箱码头划出了申报范围，变申报保税港区为申报综合保税区。

这期间，市委、市政府主要领导、分管领导多次赴北京有关部委汇报工作，同时根据上面的要求不断完善申报方案。功夫不负有心人，太仓人的真诚终于感动了上级领导。经过不断努力，2013 年 5 月 13 日，国务院正式同意批准设立太仓港综合保税区。

第二阶段是建设迎检阶段。太仓港综保区获批后，省、苏州市和我市主要领导都非常重视和关注，对太仓港综合保税区的建设和发展分别做了重要批示，要求认真制订开发实施方案和产业发展规划，早日封关运作，加快推进新兴产业和现代服务业发展，全力提升开放型经济发展水平。根据海关总署的验收要求，一般获批后要在一年内完成验收。因此在太仓港综合保税区获批以后，市委、市政府迅速启动了综保区的规划建设工作。

首先是制订综保区的规划建设方案。太仓港综合保税区总的获批面积为 2.07 平方公里，但四至范围内已有 TPI、法孚、华商、天顺等不符合海关特殊监管区入区项目指引的企业入驻。根据海关特殊监管区必须实行封闭式管理的要求，区内又有北环路、兴港路、达港路等三条进港道路穿过，如果实施围网，必然会对一期和三期码头的交通带来很大影响。港区管委会一方面与港口码头企业进行沟通，得到他们的理解配合；另一方面，打通海港路，优化调整部分进港道路，实现车辆有效分流。最后，终于确定了综保区的一期围网方案，围网面积0.85平方公里，分成南北两个地块，并通过望江路连接。南地块四至范围是东至洋江路、南至海港路、西至滨江大道、北至大港路；北地块四至范围是东至望江路、南至兴港路、西至滨江大道、北至基创仓储南面场地。其次是抓好工程建设。根据《海关特殊监管区域基础和监管设施验收标准》和国家有关法律法规的规定，对太仓港综合保税区（一期）0.85平方公里范围进行了基础和监管设施建设综保区，主要工程包括新建6.8公里长的围网、5公里长的巡逻道，以及监控系统和信息化管理系统；改扩建了智能化卡口、查验平台、集装箱堆场和停车场等。整体工程经过前期设计、编制预算、招投标等工作后，于2013年10月正式开工，至2014年4月基本完成了所有基础设施和监管设施任务，具备验收条件。最后是完善综保区的产业定位。综保区对于太仓来说是个新生事物，因此如何建设运作好综保区也是一件既重要又有挑战性的任务。在借鉴周边保税区的运作经验，结合太仓的区位条件和比较优势后，初步理清了自己的发展定位：重点发展保税物流和国际贸易，建设以国际采购、保税仓储、分拨配送为重点的国际物流中心；以机械装备、大宗物资、高端消费品为特色的展示交易中心；以先进制造、研发设计、产品检测为核心的研发制造中心；力争通过三至五年时间运行发展，建成太仓重要的物流贸易基地。

第三阶段是验收整改阶段。在完成了所有建设任务后，接下来就是紧张的验收工作。根据《海关总署关于太仓港综合保税区规划建设有关事宜的函》，太仓市政府需向省政府和南京海关提出预验收申请，待预验收通过后才可以正式向国务院和海关总署申请正式验收。为此，市政府领导多次赴海关总署和南京海关沟通汇报，向南京海关提出了申请预验收的请示。2014年6月，太仓港综保区顺利通过省级预验收。2014年9月，太仓港综保区终于等来了国家级“大考”。9月11日，海关总署会同国家发展改革委、财政部、国土资源部、住房和城乡建设部、商务部、税务总局、工商总局、质检总局、外汇局组成联合验收组，对太仓港综合保税区进行验收。

验收的重头戏是现场检查，国家联合验收组先后对卡口系统、巡逻通道、围网建设、监控系统及综合服务大厅进行了认真细致的实地察看。在卡口，综合保税区现场演示了集装箱号自动识别系统、电子车牌识别系统、电子地磅系统和自动放行控制系统等全套自动化操作系统。随后，验收组对口岸作业区、保税物流区以及总长6800米无间断全封闭围网及海关专用巡逻通道进行了察看，听取了拟入区项目的情况介绍。最后，验收组来到视频监控中心和联检服务大楼，实地考察了监控设施和口岸配套服务环境。在视频监控中心，验收组通过现场操作和演示，对围网视频监控系统、周界红外对射报警系统等监控设施进行了全面的检查验收。在联检服务大楼，听取了口岸配套环境的情况汇报。最后，验收组认为太仓港综合保税区（一期）0.85 平方公里范围的基础和监管设施基本符合《海关特殊监管区域基础和监管设施验收标准》，同意太仓港综合保税区（一期）0.85 平方公里通过验收，并予颁发《综合保税区验收合格证书》。

验收通过后，太仓港综合保税区又进行了园区软硬件整改、关区代码申请、场地代码申请、查验场地代码申请、操作授权、系统开发授权等工作，2014 年 11 月 19 日，太仓港综保区获海关总署验收批复同意封关运作。2015 年 6 月 5 日，太仓港综合保税区完成了第一票保税业务，标志着太仓港综合保税区全面转入运作阶段。

历经五年，太仓终于增加一个创新发展、对外开放的新平台。站在新的起点，太仓港综保区将大胆探索，勇于创新，注重发挥港口优势，拓展区港融合，注重发挥区位优势，主动接轨上海自贸区，必将走出一条具有太仓特色的海关特殊监管区运作新路。

港城之崛起

陈一飞①

当你登上同觉寺慧泉塔的九层高处，凭栏向东北眺望的时候，借着西下夕阳的余晖，准可瞧见两条天际线：近的一条是龙江路两侧的楼群，鳞次栉比，逶迤自南向北，正在崛起的港城核心区的城际线；远的一条是林立的集装箱桥吊和港口作业机械组成的码头作业线，亮丽壮观。

港城的概念源于《太仓市城市总体规划（2010—2030）》，经省人民政府于2011年10月批准实施的。该总规在空间发展上重点明确：突出主城、港城统领地位，具体落实为形成“一市双城三片区”的城镇空间结构。“双城”指主城和港城；“三片区”是指沙溪、浏河、璜泾。

总规根据港口建设及制造业发展趋势，考虑到港口、产业配套，统筹浮桥镇区，规划港城为“一区四园”的空间结构。“一区”即港城区，北环路以南、338省道以东、滨江大道以西、新茜泾河以北的区域，占地13平方公里，为生产性服务业为主、生活服务配套的综合功能区，生活空间向西与浮桥镇区联结，主要在七浦塘生态绿线上展开。“四园”即港城南北两片工业园、滨江大道东侧（七浦塘北侧）的物流园和338省道西侧（双浮路两侧）的中小企业创业园。北部工业园重点发展与集装箱运输较为紧密的电子通信、交通运输、新能源设备和物流贸易等产业。南部工业区重点打造重装备制造、新材料等产业。

港城的崛起得益于港口码头、临江产业和港城建设“三位一体”的发展战略。十多年来，特别是近几年来，“三位一体”发展战略得到一以贯之的协调推进，成效显著。

太仓港经过多年的谋篇布局、精心打造，2016年货物吞吐量名列全国各港口第14位。在中央“一带一路”倡议指引下，积极开展与上海港、

---

① 太仓港经济技术开发区原副主任。

宁波港等战略合作。狠抓改革创新，尽快形成“水、公、铁”现代综合交通运输体系，尽快形成“江、海、河”交汇密集航线网络，尽快形成“物流+物贸”区港联动发展新格局。已开发岸线13.5千米，开辟近洋航线24条、内贸航线47条，建成码头泊位90个，已形成集装箱、件杂货、干散货、液体化工、装备制造五大作业区。已经成为长江沿线进口铁矿石第一大港，全国进口木材第一大港。预计2017年货物吞吐量2.5亿吨，集装箱吞吐量450万标箱。

太仓港经济技术开发区全面持久深入实施“以港强市”战略，抢抓“一带一路”、长江经济带和自贸区战略机遇，各阶段精准定位产业发展，改造提升轻工造纸、电力能源、石油化工等原有产业，全力推进新兴产业高端化、特色产业集群化、科创产业规模化发展。向打造全球最大高档润滑油生产基地、打造中国最大清洁用品生产基地、打造沿江先进制造业基地、打造现代物贸基地推进。港区成为太仓经济重要增长极。

一个梦想正在变成现实——港城的崛起。太仓港开发建设初期，仅仅依托浮桥镇及其辖区的公共服务设施，随着开发建设逐步推进，生产型服务和生活型服务就相应捉襟见肘了。另外，在港区开发建设过程中面临着抉择：是先发展产业再考虑港城建设，是先有了人口快速增长再谋划人居环境提升，还是统筹兼顾、协调发展。在建设工程安排的先后时序、投资力度大小、用地指标配套等方面也进行了缜密的思考和艰苦的探索。港口码头、临江产业、港城建设“三位一体”，同步发展，相辅相成，相互促进，是港区人在开发建设实践中逐步形成的共识。

港城建设如火如荼。据不完全统计，港城商住房开发累计265.82万平方米、18652套，有明达、碧桂园、远洋、中南等13个著名房地产公司入区开发建设。安置式农民公寓房建设198.95万平方米、13870套；规划营建了新城花园、和平花园、荷池花园、望江花园、海韵花园、明珠花园、康居花园、建红新村、鹿新花园、新港花苑等居住区。幼儿园、红白事会所、中小学校和社区（村）用房等公共服务建筑41.8万平方米；市政道路159.1千米；污水管道建设88.42千米；新建河道42.5千米；绿化面积约650万平方米。太仓港经济技术开发区管委会在农民公寓房、公共建筑、市政基础设施方面的投入总计约110亿元。

市民交通便捷安全。一是公交系统有公共汽车首末站，203、207、209、213等11路公交车连接太仓市及周边镇区，连接各社区（村）。二是分时租赁公共电动汽车有39个站点。三是公共自行车（共享单车，政府埋单）遍布港城（浮桥）。

生产生活服务完善。港城广场，一个集行政商务、生活服务等功能的楼宇群。具有地标意义的港城广场一号楼，36 层高 145 米，为太仓市最高楼。广场四周耸立着三幢 24 层商务楼、一幢 21 层行政办公楼、一幢联检大楼和三幢庭院式建筑。太仓港经济技术开发区行政服务中心授权办理辖区内经济发展中的相关审批手续，履行协调、管理、服务等职能。五洋·滨江广场是集购物、休闲、餐饮、娱乐、商务于一体的商业综合体。建筑面积 7 万平方米，目前已引进各类商户 43 家。太仓港进口商品展示交易中心、雨润发超市、五洋国际影城、星巴克和雅圣酒店等主力店入驻。港城邻里中心，建筑面积 4.22 万平方米，拥有快捷酒店、生鲜超市、肯德基、全优教育等商业业态，为港城居民提供“一站式”服务。商业载体还有中兴商业街、中心农贸市场和分区农贸市场等。

港城区常住人口 7.23 万人，流动人口 10.56 万人，具有国家级经济技术开发区、国家综合保税区和江苏省仅有的天然良港（内河海港）三张名片，二、三产业兴旺繁荣，劳动就业得到有力保障。

创建和谐劳动关系。自 2006 年以来，港区广泛深入开展创建劳动关系和谐园区活动。坚持“以人为本、利益兼顾、互利共赢、科学发展”的理念，发动港区企业合力共创。建区 20 多年来，无重大安全事故，无重大职业危害事故，无集访及越级上访事件，无恶意拖欠或克扣工资现象，劳动争议案件持续保持低位运行。2011 年，港区被国家人力资源和社会保障部评为“全国模范劳动关系和谐工业园区”。

“和为贵·邻里文化节”是港城人自己的节日，以“和”为纽带，串起了社区（村）居民的人际关系。党委政府遵循“政府搭台、群众唱戏”的原则，放手发动群众，自我组织开展各类活动。诸如道德讲堂、诗歌会、邻里亲（传统节日）、广场舞、亲子乐、江南丝竹、书画展览、趣味运动会等，以节为媒介为平台共叙邻里亲情，凝聚港城人文化自信的正能量。这一独创的活动，一办就坚守了十年，而且年年都有特定而鲜明的主题，如“港城一家亲·共建新家园”“精彩世博·和谐家园”“邻里凝聚正能量·扬帆港城追梦想”“和谐浮桥·幸福港城”等主题伴随各类活动贯穿全年。邻里文化节不仅拉近了港城人心与心的距离，更营造了邻里和睦相处、文明幸福的港城风貌，一个宜居宜业的新港城正展现在世人面前。

太仓港与台湾港开启直航始末

郭学平[①]

2008年12月15日，太仓港与天津港、上海港、福州港同时举行两岸海上直航首航仪式。装满集装箱的“天福”轮一声长鸣驶向远方，标志着太仓港与台湾港口的海上直航正式开启，也标志着两岸同胞期待30年之久的海上直接通航从此变成了现实。

如今，太仓港已经成为江苏省第一外贸大港，也是长江流域最大的内陆港口。而2007年时的太仓港，在全国众多的港口群中还排不上“号”，只能算是“小荷才露尖尖角”。让全国许多港口意外并“吃醋”的是，太仓港却成为首批开通两岸直航的四个港口之一。在太仓港开通直航十周年之际，回顾我台办在当年全力争取直航的经历，再看看太仓港现在繁荣兴旺的景象，真的感到了自豪和欣慰，往事历历在目……

精准抓住机遇　抢先赢得主动

2008年年初，就在台湾地区领导人选举进入白热化的时候，我们感到随着台湾地区领导人的变动，加强两岸经贸合作，推进两岸直接“三通”，必将成为两岸关系发展的重要内容。3月20日，台湾地区领导人竞选结束，国民党重新夺回执政权。此时，我们就敏锐地意识到，国民党执政后，两岸“三通”将成为可能。如果太仓港能够成为两岸海上直航的港口，必将推动太仓港的快速发展，进而促进太仓经济的全面提高，这是一个历史性的机遇。在机遇面前，我们不等不靠，主动出击。在台湾地区领导人选举结束刚到十天，两岸“三通”对话尚未启动，我们台办就率先行动。3月31日，我和时任台办副主任顾熙虹同志一起，带上宣传太仓经济

① 太仓市台谊会会长、太仓市台办原主任。

发展和太仓港发展情况的资料，也带着市领导的嘱托，到国台办争取支持。4 月 1 日，我们向时任国台办经济局局长徐莽同志汇报，汇报的主题就是，如果开启两岸“三通”谈判，希望国台办能将江苏太仓港列为两岸海上直航的港口。我们向徐局长介绍了太仓港目前的情况和未来的发展后劲，特别介绍了太仓港在两岸海上直航中的区位优势，将太仓港的通关优势、政策优势、惠泽台商的腹地优势、物流成本优势、货源保障优势等，都一一做了翔实的汇报。

我们的这一举动，连徐莽局长都感到很意外，他颇有点玩笑地说：“两岸‘三通’谈判还没启动，你们就找上门来了，来得真快呀！这一定是你们谢鸣市长的主意吧？”我说：“是的，但也是我们想要做的。”徐局长话锋一转说：“你们很有预见性，两岸‘三通’是迟早的事，但一旦谈判成功，想争取成为直航的港口肯定很多，竞争一定很激烈。”我笑着说：“所以我们先来‘卡位’。”

就在我和徐局长聊的时候，我的手机收到了正在参加省委扩大会议的谢鸣市长发来的一条短信，我打开一看，上面写着梁保华书记在省委扩大会议上讲话中的一段内容：“要加快推进太仓港与台湾港口的直航，太仓市要抓紧做好相关的争取工作……”我随即将手机递给徐局长看，他看后点点头说：“你们江苏省委都这么重视太仓港的对台直航，我们也会考虑并重视的。”

我和顾熙虹从国台办大门出来已经 12 点多了。得到徐局长这句话，我心里似乎有所释负，我们总算得到了国台办的一个态度。我对熙虹说：“走，我带你去吃涮羊肉。”可就在此时，我的手机响了，一看是谢市长的，我赶紧接起电话，接完电话，我对熙虹说：“涮羊肉吃不成了，谢市长让我们立即赶往南京，和省台办会商如何落实梁保华书记这段讲话精神。”我们就近吃了碗炸酱面，即赶往宾馆，提上行李直奔机场……

举办港口论坛　力为直航造势

在南京，省台办处长以上领导和我市书记、市长一起，就争取直航进行了商量研究，省台办明确表示全力以赴支持太仓港争取直航的工作。我也将国台办的意见带给了在座的各位领导。晚饭出来后，我随即将酝酿已久的关于借用我市 7 月份举办“中国航海日”的平台，穿插举办海峡两岸港口合作论坛的想法告诉谢市长，我说：举办这个论坛的目的就是要宣传太仓港，提高太仓港的知名度，为争取直航造势。谢市长当即表示同意，让我回去后抓紧拿出活动方案。回太仓后，我们加班加点，紧锣密鼓，只用了一周时间，写出了《关于“中国航海日·海峡两岸港口合作与发展研讨会”的相关背景》《中国航海日·海峡两岸港口合作与发展研讨会策划方案》，并收集了苏锡常地区台商影响的分析材料和两岸重要港口的背景材料，分析比较优势，阐明太仓港在两岸直航中的地位和作用，最终形成了《太仓港——两岸经贸交流之理想港口》等材料，供上级部门和相关领导在做争取直航工作中作为参考。随后，我们向市委、市政府打报告，很快得到批准。

2008年7月10日至12日，“中国航海日·海峡两岸港口合作与发展研讨会”顺利召开，国家海协会会长陈云林、副会长李炳才，交通部副部长徐祖远，国台办经济局局长徐莽，海峡两岸航运协会会长胡汉湘等重要领导及两岸航运界、港口界、物流界前十强的高层人士参加了会议。会上，两岸政界、航运界还召开了“闭门会”，就海上直航在技术层面、通航方式、航线选择等过去认为是“禁区”的问题进行了研讨。我市口岸协会分别同“台湾物流协会”“台湾轮船同业公会”签订了合作备忘录。

通过这次研讨会，不仅提高了太仓港在岛内的知名度，也让两岸政界、港口界航运界对太仓港引起高度关注，同时，也让我们太仓市和港口的有关领导认识、接触到了台湾工商界、港口界、物流界、航运界的一些高层人士，为以后商讨直航的技术问题奠定了合作基础。

海协会陈云林会长对这次研讨会也予以高度关注，他说：“空中直航是台湾先发球给我们，他们先主动；而通过这样一次活动，我们海上直航的球先发过去，我们赢得了主动。”原交通部海运司司长、海峡两岸航运协会会长胡汉湘更是对这次研讨会给予高度评价，他对我说：“你们太仓很不简单，通过这次会议，把我们交通部原本没法做到的事（指两岸官方接触原本是不允许的），你们通过这个研讨会的平台让我们做到了。从这个意义上说，这次研讨会是个里程碑，具有划时代意义！”

发挥台商优势　争取岛内认同

争取太仓港成为首批对台直航港口，光有大陆方面的对上争取是不够的，两岸确定首批通航港口，还必须得到台湾政界和商界的认同。为此，我们在办好研讨会的同时，还认真做好了对岛内的争取工作。我们一方面通过和海协会的良好关系，恳请海协会陈云林会长给海基会理事长江丙坤做工作，收到了积极效果。另一方面，利用机会，找对关系，做好台湾的官方争取工作。如利用江丙坤到昆山的机会，我为谢鸣市长代拟了给江丙坤的致敬信，信中首先对国民党重新执政表示祝贺，重点是阐述了开通太仓港与台湾港口直航的意义，希望能得到他的支持。在江丙坤到昆山时，我将谢鸣市长的信和太仓港、太仓市的相关资料、画册等，亲手交给江丙坤（江丙坤 2007 年来太仓，是我把他从上海接到太仓，也算认识）。高孔廉来太仓，我曾接待、陪同过他，相谈颇为投机，之后也有联络。在他提任海基会副理事长兼秘书长之际，我主动电贺给他，并恳请他为太仓港争取成为两岸直航港口给予支持和呼吁。原国民党副主席萧万长妹妹一家多次来太仓，也曾因她先生摔伤，我数次带医生上门做推拿理疗，对此她十分感激，我也通过她去做萧万长的工作。

最为突出和引人关注的是，我们充分发挥江苏台商密集的优势，让台商在台湾呼吁。我们举办了江苏百名台商看太仓的活动，邀请江苏所有台商协会会长率领部分台商参观太仓和太仓港。在活动之前，我起草了一封江苏台商致江丙坤的呼吁信，要求将太仓港列入首批两岸直航港口。我让时任太仓台商协会会长刘显模在文字上变更成台湾人的语气，写成《关于考量将太仓港列入两岸直航首批港口的呼吁信》。信从五个方面阐述了太仓港在两岸直航中的地位和作用，特别对惠泽台商的优势给予充分论证。活动当天，全省 22 个台商协会会长在呼吁信上签了字，随后请刘显模会长到台湾海基会亲手将呼吁信交给江丙坤。也正因如此，江丙坤在当年 10 月初会见台湾工商界人士时，特别提到太仓港，他说：据江苏台商请愿，要求将太仓港列入首批对台直航港口。

在首航仪式这天，当我看到满载集装箱的“天福”号徐徐驶离太仓港码头，全场欢声雷动，锣鼓喧天，内心涌动着欣慰，却心力疲惫。第二天，我就倒下了，住院，一住就是一个多月。在我病有所好转后，我填写了《满江红・喜九二共识》词：

腊月风寒，隔海望，双英对阵。观选战，硝烟浓烈，混沌难认。南北呛声清水沸，东西战鼓高山震。日月潭，此刻也天翻，溪流紊。

循九二，民意顺；和两岸，群心稳。背中华大义，众人同愤。四海五湖联手足，九州一统销戈盾。欣启动直航，尧天近。

太仓武港码头建设发展追忆

顾肖峰[①]

2003 年，太仓港与宁波港成功签署了合作协议，两港合作开发建设太仓武港码头，这是太仓港开港以来首个成功实施“港港合作”战略的里程碑式重大项目。通过资源共享、互惠互利、优势互补，在码头建设、矿石产业、现代物流等方面开展全面战略合作，实现共赢发展，不仅为太仓对内对外开放、港口经济发展和社会经济繁荣做出重要的贡献，而且开创了“港港合作、资本运作”的港口开发新模式，为加快推进港口开发建设拓宽了思路，积累了经验，从而相继快速推进了万方国际码头和上港正和码头建设。当时，我在太仓港口开发区管委会办公室工作，亲历了武港码头的开发建设，为记住这段不能忘怀的历史，我翻开尘封已久的日记，开启时空遥远的记忆，访问当年参与建设的领导，书写如下文字。

洽谈签约

2002 年 12 月 14 日，武汉钢铁集团有限公司董事长、总经理刘本仁一行前来考察了太仓港口开发区，对太仓港得天独厚的口岸优势和建港条件大加赞赏，表示了要来投资项目的意向。2003 年 1 月 22 日，武汉钢铁集团有限公司派总经理助理贾宝军一行考察团专程到太仓港口开发区管委会开展项目前期洽谈活动。是年 5 月，宁波港务局派出工作组对港口的水文、岸线、位置等建港条件做勘察调研工作。太仓港口开发区管委会把该项目作为重点项目，摆上议事日程，紧锣密鼓展开项目立项规划、岸线审批等前期准备工作。7 月 14 日，该项目在港区管委会大会议室正式举行会谈商洽。武汉钢铁公司总经理助理贾宝军，宁波港务局李令红局长、王信念副

① 太仓市史志办主任。

局长，中国对外贸易运输集团总公司（以下简称中外运）企管部仇宝华部长与太仓市委书记程惠明，副市长高阳，港口开发区管委会副主任邢高前、陆卫东、陈一飞等参加了谈判活动，经过一天的谈判，终于签订了合作协议。合作方决定在太仓港布局建设一个进口铁矿石装卸、储存、中转的大型专业化散货码头，由宁波港集团有限公司出资55%、武汉钢铁集团公司全资子公司香港武港贸易有限公司出资25%、中外运出资20%，三家大型国有集团公司共同投资建设，码头工程使用长江岸线1095米，总投资18.36亿元，码头年设计吞吐能力为3000万吨，建造15万吨级和20万吨级矿石卸船泊位各1个（减载靠泊），码头总长度为715米，宽37米，配备4台桥式抓斗卸船机；5000吨长江分节驳装船泊位4个，码头总长度为380米，宽25米，配备移动式装船机2台；矿石堆场配备4台斗轮堆取料机。计划用五年时间完成围滩造地、建设码头及整个配套设施。作为一个长江口矿石中转码头，为长江中上游及京杭大运河沿线钢铁企业提供铁矿石中转服务，并依托得天独厚的深水良港，为国内外客户提供一流的矿石装卸服务。争取在2008年年底前投入试生产，2009年上半年正式开港运行。同时要求武港、宁波港、中外运和太仓港等多方通力协作、共同努力，加快推进项目立项、审批、注册、岸线规划等前期准备工作，争取年底前正式举行开工奠基典礼。

开工奠基

为了确保开工典礼成功圆满，按照港区管委会领导的要求，我与分管领导陆卫东和办公室、招商局的同事们奔波忙碌起来，拟讲话稿、定议程稿、发邀请函、联系策划公司，展开各项会务准备工作。同时多次与项目组武港码头有限公司综合部经理张植、工程部经理刘骏等协调典礼中的各项对接工作，努力做好开工典礼的各项服务保障工作。12月27日，晴空万里，彩旗飘扬，气球高悬，开工仪式准备工作就绪。上午10时开工典礼正点举行，武港钢铁集团有限公司董事长刘本仁，宁波港务局局长李令红、副局长王信念，中外运企管部总经理仇宝华，时任太仓市委书记程惠明、市长浦荣皋、副书记宋建中、副市长高阳等四套班子领导以及市级机关相关部门负责人和港口开发区管委会所有部门负责人到现场参加开工典礼。那一天上午长江岸边热闹非凡，一时间千年荒滩沸腾起来，围滩造地、码头建设正式拉开帷幕，一个新的码头又将诞生。

建设运营

围滩工程由中交上海航道局负责，从开工典礼到竣工验收耗时一年多，围堤长度3188米，吹填面积123平方米（1845亩）。2005年4月15日，太仓武港码头有限公司组织了20家单位45位专家领导召开围滩工程项目交工验收会议，参会专家一致认为五期围滩工程达到优良等级。随即转入码头工程建设期，共分三期推进。码头工程建设期间，我多次去工地了解工程进展情况，编写工程简报供领导等相关方面参考，及时掌握工程建设推进过程中出现的问题和困难，向领导和有关方面反映，及时协调解决建设过程中出现的问题和困难。筚路蓝缕，风雨兼程，五年时间稍纵即逝。武港码头的建设者们经过1800天的艰苦努力、不懈奋斗，终于在2008年年底一期工程如期投入试生产。2009年6月，口岸正式对外开放运行。2010年12月，武港码头接卸量突破1000万吨，公司赢得利润超1000万元。2011年底达到设计吞吐能力。2012年4月，武港码头迎来了第一条-11.5米载重吨超20万吨船舶，深水化工作取得突破性进展。同年9月，二期工程投入试生产，12月接卸量超设计能力3000万吨，公司赢利破亿元。2013年2月迎来航运条件新纪元，首接-11.8米吃水船舶，4月公司首次实现外轮“一潮两进”，5月首次实现“两进两出”，进一步提升了码头吞吐能力和利用效率。2009年至2013年，每年增长近500万吨的接卸量，创造了武港奇迹。2014年7月，首迎-12米吃水船舶。2014年12月底，三期工程投入试生产。至2015年3月，累计接卸量突破亿吨大关。2016年5月，成功靠泊第一艘-12.1米吃水船舶“环球合作”轮。2017年4月，成功靠泊“塞拉雷斯”轮，再创进江最大船舶纪录。2017年7月，成功接卸首艘-12.3米吃水的“安娜贝尔”轮。2017年8月9日，完成吞吐量25万吨，创单日吞吐量纪录。武港码头建成投产以来吞吐量节节攀升，一直在刷新开港以来的历史纪录。

如今的武港码头已成为长三角区域拥有客户群30余家的大公司，货源腹地逐步拓展到江苏、安徽、江西、湖北、湖南、重庆等省市，年吞吐量超亿吨，成为长江沿线最大的进口铁矿石中转码头。我为能参与武港码头建设贡献了一点微薄之力而感到自豪，为武港码头取得的巨大成功而感到骄傲。

建言“接轨上海”和“融入上海”战略的回忆

曹一清

太仓临江靠海，尤其是毗邻上海的地理优势，为太仓推进改革发展奠定了独特而坚实的基础。随着20世纪80年代以来上海对外开放步伐的加快，以及浦东大开发等一系列国家战略在上海的实施，太仓日益受到上海改革发展影响力的强烈辐射。周边江浙地区的杭州、嘉兴、昆山、常熟都主动接轨上海，作为离上海最近的县级市，太仓理应更加有效地融入上海发展。作为一名政协委员，本人先后多次在各种场合呼吁加快推进“接轨上海”战略，并根据形势建言提出“融入上海”战略转型。下面，我简要回忆当时的一些情况。

“接轨上海”战略的提出

最早提出太仓发展应依托上海这个观点是在沈永德同志任市政协主席期间，在一次听取政府工作报告的政协常委会上，我作为口头意见向市政府领导提出的。当时，我建议市政府在科技合作、新技术新工艺引进、高端人才引进等方面应该把重点放在上海，而不是苏州、南京。因为无论是资源的丰富程度、与太仓的历史渊源和距离远近，以及作为大都市的溢出效应等各个方面，应该说上海都是最可依靠的大树。金世明同志担任主席后，在一次主席接待日的会面中，我向金主席提出要组织人员对上海的近远期规划进行研究，主动寻找出接受上海人才、资本、技术、市场辐射的途径；再次强调，太仓的经济社会发展，不仅从历史上看是接受过上海大量帮助的，在当前形势下更应该依托上海。很明显，金主席是同意这个观点的。

后来，在2004年开政协全会前，按惯例各党派应选送大会发言材料。市政协秘书长告诉我，金世明主席希望由我代表太仓民建写一篇关于依托上海发展太仓的发言。秘书长说，金主席认为我对此有长期的思考，应该能写出有点分量的文章的。正巧那时我除了担任太仓市政协常委外，还同时担任苏州市人大代表（是派选到相城区作为相城区选出的苏州人大代表）。我接到秘书长电话通知时还在苏州开人代会，人代会结束回太仓后，离太仓政协全会的召开日期没几天了，记得好像不超过一周，时间非常紧。金世明主席让秘书长转告说，如果我实在来不及，可以先写提纲，提纲报审通过后可以做口头发言。听了这话，我非常感动。回来后我连夜赶写，写完后请沈永德主席、曹浩副主席提了修改意见，并发邮件让中科院的专家朋友也提了修改意见。曹浩副主席对发言稿的内容做了补充，也对一些说法提出了修改；沈永德主席则从政协参政议政的角度、方式、语气修饰上提出了重要的指导意见，告诉我参政议政材料应该注意的一些重要细节。事实上，我后来慢慢能够不断写出一些得到各级领导高度重视的提案、建议及大会发言，真正在写作上有重大进步，就是在这一次大会发言稿的修改过程中学到的。也由此慢慢理解了参政议政不仅要有事先调研、立论正确，而且要言之有物、言之有理；不能泛泛而谈，要立论有依据，最好要有数据。依据及数据的来源要扎实。表达要到位，要就事论事，做到针对性强。这对我以后多年的参政议政工作的帮助是巨大的。这篇发言最终赶上了大会发言材料的印刷，我也第一次在太仓政协全会上做了发言，反响很好，顺利完成了任务。此次政协全会后，市政府正式将“接轨上海”写进太仓市的“发展战略”中。由此，“接轨上海”正式成为我市的发展战略之一。

从“接轨上海”战略走向“融入上海”战略

21世纪初“接轨上海”战略实施以来，我市从城市规划、道路交通对接、产业对接、科技创新、人才引进与合作等各个方面与上海市和嘉定区开始了多层次的合作。包括太仓港与上海港的成功合作，都是在这个战略指导下开展的。“接轨上海”战略的实施为我市经济的快速发展和推动经济转型发展都发挥了重要作用。

随着中共十八大以来，中国社会进入转型发展新常态。经济的快速发展、人才交流的日益密切以及交通的更加便捷，太仓与上海的互动合作也越来越多。在新常态下，如何使“接轨上海”工作做得更好，如何更好地、更积极主动地利用好大上海在人才、科技、技术、资本、信息、医疗卫生等各个方面的优势来更好地推进本地社会经济各个方面的发展，一直是市领导思考的问题。市委、市政府、市政协也多次召开过有关深化“接轨上海”工作的会议，借以推动该项工作更加深入。

记得在2015年，我刚好与市政协邱震德主席以及其他政协领导在同一桌上吃饭，大家讨论起政协的参政议政工作怎样去更贴近太仓的重点工作，也聊起如何更加深入地去做好“接轨上海”工作。我提出为了更加有针对性地深化此项工作，能否干脆把“接轨上海”直接从字面上改为“融入上海”，这也可以说是“接轨上海”战略的2.0版，可能会更有指导意义。邱主席听了非常重视，几位在场的其他政协领导也觉得可以讨论。事后，市政协专门派出了以政协秘书长、办公室主任为负责人的调研小组，邀请我一起到浙江慈溪等地学习调研他们的“接轨上海”工作。几天的调研，内容非常丰富，调研组成员也非常认真；参观、座谈、询问……我们分别从政府的政策、城市的对接、企业的合作、对接的难点等各个方面了解了尽量多的做法，回来后调研组写出了相关调研报告，市政协在此基础上召开了多次会议，最终形成了相关意见，正式报送市委、市政府，最终把“接轨上海”战略修改为“融入上海”战略。“融入上海”战略的实施，使得与上海的合作从依托上海、对接上海转变为工作的相互渗透、城市的无缝连接，使“同城”效应更加显著，工作上也更为积极有效。相信“融入上海”战略在太仓经济的创新转型发展中，会发挥越来越大的作用。

太嘉线——长三角地区第一条跨省公交班线诞生记

陈　艇[1]

在太仓生活的一部分市民，他们早上出发去往毗邻的上海，晚上又坐着地铁回到太仓。这部分人中的大部分人在上海工作，而把自己的家安在太仓，每日来回奔波于两座城市之间过着幸福的“双城”生活。而“同城”生活的另一些市民，会选择去上海就医、学习、逛街，接受着大都市带给我们的各种便利。空闲时我也喜欢去上海过周末，就像平常的周五，我带着家人乘坐太仓朝阳站“沪太快线”到嘉定换乘 11 号地铁，花一个小时就到了上海人民广场。这条“太嘉线”可是长三角地区第一条跨省公交班线，实现了太仓公共交通与上海轨道交通 11 号线的无缝对接。回想起 10 年前这条“接轨上海”的线路开设，可谓一场惊心动魄的“巨鹿之战”。

“世博”机遇

众所周知，太仓是上海偏北的一座县级小城，虽与上海毗邻，但两城的行政级别相差甚远，如果直接“对话”存在一定难度。“太嘉线”的开设，我是全程参与，印象比较深的有三个方面。一个是在 2008 年，时任上海市委书记俞正声提出“服务长三角，服务全国”的理念。那时太仓市委、市政府也提出“快速接轨上海，方便百姓出行，促进经济发展”的发展战略，而我当时正为“世博”工作，挂职在上海。

市政府既然定了目标，市长陆留生当即拍板要求太仓无缝对接上海，所以在“接轨上海”这件事，政府考虑了几个方案。第一是设想把轻轨 11 号线接到太仓来，但遇到的直接问题是接过来的成本巨大，算一算政府需要

---

① 太仓市交运局副局长。

投资60多亿，才能对接11号线的16公里，同时每年维护及运行的成本也较高。市政府在经过多次衡量、协商后，决定采用第二个方案——开设“太嘉线”，就是以太仓城际公交快线的方式来对接11号线。这个方案得到肯定后，作为太仓市的惠民政策，政府还提出了几点希望，第一个是公交对接的班次要“多”，第二个是班次间隔要“短”，第三个是票价一定要“低”。

为了能实现这个想法，太仓市政府带着我们相关部门，多次前往上海的嘉定进行协商。由于在长三角地区还没有哪个城市实现过开设“跨省公交”，又因为2008年时太仓作为沪外江苏省唯一的世博会期间游客集散中心这一个契机，也是想发挥太仓服务世博旅客集散的作用和沪太同城效应，所以，借了世博会的东风，我市才能有机会与上海方面进行磋商，将周边地区的游客集散中心放在了太仓。

打响“巨鹿之战”

在我记忆里，印象比较深的第二个方面是，为了开设“太嘉线”，嘉定交通局陈局长的一次发火。因为太仓属于县级市，与上海方面直接对话确实困难，太仓与嘉定合作开设公交线，需要得到上海市级的公交审批，出于多方面考虑，我们才说动上海方面到嘉定一起汇商，当时的现场气氛可以用“忐忑”来形容。上海对于这条从未有过的跨省公交线，提出很多质疑，关键在于两座城市之间没有先例，实际操作起来有诸多担忧，如人员及车辆的管理、安全监管等问题很多。

眼看上海方面否定的声音直压太仓，令谈判陷入僵局，现场始料不及的是嘉定区交通局陈局长当场拍案而起，说：“我们总是拘泥于一些没法讨论的问题，这个项目是服务和方便老百姓的事情，不试一下怎么知道行不行?”最终，会议决定先开设公交线试一试。经过这次谈判式的会议后，2009年6月，太仓市交通局启动了开通对接上海轻道交通班线的研究工作。

在没有跨省公交开通先例可借鉴的情况下，根据太仓市政府与嘉定区政府签认备忘录，经太仓市、上海嘉定区两地交通部门、省交通厅运管局等多方沟通，先后协调解决跨省公交线路运营许可、运营模式、标价及补贴等难点问题，并初步商定线路自太仓朝阳路汽车站起，经朝阳路、沿江高速、宝钱公路、城北路至嘉定北站止，单程约16公里，投放车辆6辆，全天56班。

实施的方案有了，接下来太仓政府立即选址，在新浏河靠近G15沿江高速太仓上下匝道的空余地带，实施新建朝阳路汽车站的计划，该站在一年之内就建设完成。这也是在长三角地区第一条跨省经营的公交班线，是当时首创的省际毗邻城市之间的客运班线经营的新模式。“太嘉线”开设后，太仓成为周边城市学习与模仿的榜样。

与“苏汽”的博弈

第三个让我印象深刻的，是交通局内部利益的一次谈判。由于开设了低票价的“太嘉线”，使得太仓到上海的长途班车客流骤减，太仓交运集团在这条班线上亏损情况严重。市民从长途客运站乘坐客车到上海车票是24元，开通“太嘉线”可以刷公交卡，6元的票价相当于每位乘客减少四分之三的票价，运营成本也相对增加，这对于一家企业来说，面对最好线路的亏损，也是一场重大经济危机。同时，太仓交运集团的苏州控股集团也对该线路的开通产生了顾虑。这就必须秉着为百姓服务，提供更便捷出行方式的原则，反复对其做工作。为了顾全大局，太仓交运集团做出了让步。经过研究和商讨，决定“太嘉线”公交线路由太仓交通运输集团有限公司与上海嘉定汽车客运场站管理有限公司共同出资，太仓负责线路营运管理，实施公交低票价和刷公共交通卡享受票价7折的优惠措施，按照“政府培育、企业运作”的模式，以三年的线路市场培育期为限，线路经营亏损在第三方机构审计后由太仓市级财政进行补贴，并按照沪太合作双方投资额的10%进行投资回报。

沪太城际快线是作为太仓公交“接轨上海”11号轻轨而设置的一条快速干线。该线从太仓朝阳路公交站到上海嘉定公交北站为直达班车，由投运初期的4辆豪华客车增至目前7辆客车，营运班次从试运营时间为早上5点到晚上11点。从初期的全天间隔30分钟往返38班次，加密至全天往返110班次，中间仅隔15分钟。自开通运营以后，采取两站对开、点对点一站式营运，实现了与上海11号轻轨的零距离换乘。

在2008年上海“世博会”期间，太仓还实现了两城的公交卡互联互通。现在市民从太仓到上海路程时间缩短了1小时，在太仓可以实现市民的“双城”生活。与上海交通对接后，太仓又陆续开通了“沪浏”对接上海7号地铁美兰湖站，为了全市的各镇去上海的便利，又相继开设朝阳站至各区的“沪港”“沪沙”等线路，可以说是在全面开花。至此，这场“巨鹿之战”才算是彻底胜利，当时的“接轨上海”，现在的“融入上海”，我市政府在为民服务上，做出了很多的努力。就像这样博弈对战故事，在我的工作中还遇到很多，这也应了那句古训：“智者当借力而行。”太仓也正借着上海的“力”而前行着。

我是“世博人”

夏永华①

接受市政协约稿任务以来，一直琢磨如何回忆好太仓参与世博的各项工作，但苦于忙于事务静不下心来，这期间市政协的领导和专委会的同志还催促我几回。挂职世博局已经是整整10年前的事情了，现在回想起来还是那么激动、那样激情。

世博会是全世界的盛会。2010年世博会在上海举办，对中国、对上海来讲是一件大事，对毗邻上海的太仓来讲更是千载难逢的机遇。

早在上海市刚刚申办成功2010年世博会时，由于工作的原因（我在市政府办公室做秘书，恰好联系服务发改委，而当时太仓市接轨上海办公室就设在发改委），我就与发改委的部分同志进行调研，起草了太仓市参与世博会的工作设想。2007年年底，我从秘书岗位转型，“好日子”开始了，但这样的“好日子”并不长。2008年3月份，市政府分管领导（就是我在做秘书时服务的领导）找我谈话，希望我服从组织安排，去上海世博局挂职，“你自己在调研文章里提出派有开拓能力的干部去世博局挂职，你不去又派谁去呢?”我哑口无言，带着“一万个不愿意”和旅游局的一名同志去世博局挂职，过起了“周日晚上去上海，周五晚上回太仓”的挂职生活，后来由于工作任务多的原因，什么时间回太仓已经是一件不规律的事情了。挂职7个月后回到了太仓，但一年后又承担了太仓市内参与世博、服务世博的工作。太仓先后选派挂职干部8人，挂职规模位居“长三角”县级市首位，挂职干部都得到了世博会组委会、上海市委市政府、世博局和太仓市委市政府的表彰。

通过参与办博，太仓借助世博平台更多地走向世界，全方位展示了改革开放以来本地经济社会发展巨大成就，更强有力地宣传了太仓独特的优

① 太仓市政府办公室主任。

越区位优势、资源禀赋优势、生态环境优势，提高了对外知名度，进一步扩大了与世界各地的经贸、文化、科技合作，促进了全市经济社会高质量发展。

再看历史，闪光点如繁星，中国馆、沙特馆、海宝等历历在目，太仓主题周、世博护城河、世博志愿等精彩纷呈，但给我印象最深的莫过于2010年上海世博会太仓游客中心、世博会江苏省旅游集散中心。为了吸引客流、分担上海压力、发展太仓服务业，在太仓市委市政府的领导下，我们加大了对上海世博局的争取力度，获得了世博局的高度认可和大力支持，在太仓汽车站成立了2010年上海世博会太仓游客中心、世博会江苏省旅游集散中心，它可是上海世博局唯一指定的沪外世博游客中心。今天我们经过太仓汽车站时仍然可以看到硕大的标牌。该中心起源于太仓市新建的汽车站，投资1.4亿元，开辟了直达世博园区的绿色通道，提供售票出票、停车换乘、场馆预约、餐饮住宿、购物娱乐等一条龙服务。在停车功能方面，世博局将后滩入口处的20号停车场辟为太仓游客中心专用停车场，并交由我市具体管理，成了我市参与世博在世博园区的“飞地”，这项举措在世博园区内仅有一例。在票务功能方面，一方面加大创新力度，自制、销售世博直通车票；另一方面针对世博门票紧张的现状，加大对沪争取力度，从上海世博局争取到近万张世博门票销售指标，累计销售门票近20万张。还利用“12345”政府热线和网络技术，大力发展网上售票、预约等业务。在通道功能方面，开通了客运中心至世博园后滩入口处的旅游巴士专线，为全市70辆符合规定的旅游客运车辆申报领取世博通行证。还强化与昆山、张家港、苏州工业园区、江阴等地的合作，成功复制太仓游客中心模式，外县市通过太仓游客中心发送观博游客5万多人，成功开通了一条夜游世博专线。

世博会带来最直接的效应就是服务业的发展速度和发展质量的明显提升，地方旅行社也积极开展外联接待业务，全市旅游业的对外影响进一步提高，当年“十一”黄金周接待游客比上年同期增长158%。世博会期间宝龙大酒店成功开业，MOTEL168、7天假日酒店、格林豪泰等商务连锁酒店成功进驻并运作良好，进一步优化了我市住宿业的结构。当年1—10月，全市星级酒店客房平均出租率同比提高了近30个百分点，周末甚至还出现了“一房难求”的现象，全社会消费品零售额增幅近20%。

“城市，让生活更美好”的2010年世博会已经过去了8年，但至今仍然与当时的“战友”保持着密切的联系，因为“一切始于世博会”，因为我们有一个共同的名字“世博人”，因为“世博情、一生情”！

我与克恩-里伯斯20多载的“情缘”

张臻伟[1]/口述　陈一红/整理执笔

1993年7月15日，克恩-里伯斯与太仓签订第一份投资协议，1995年我接手公司来到太仓。时光如梭，我和克恩-里伯斯在太仓这座美丽的小城已经相伴20多年了。在太仓，我和克恩-里伯斯一起成长，同时也一路见证了太仓“德企之乡”的崛起。回顾以往，虽已20多载，当年的种种情景依然历历在目。

刚到太仓——实现自我的价值

当时的上海也是刚刚开始大规模的城市改造，整个上海市中心就像一个大工地。从外滩看浦东，除了东方明珠以外其他都是在建工程。满街跑的最直观的德国元素就是桑塔纳轿车。

我当时在三星物产的上海办事处负责大型机械和设备的业务，实际上当时大部分外企的主要业务就是进口。当时的三星是韩国的一流企业，但还不是一个世界级的集团。

我在三星的三年的工作经历中，经常会碰到来自德国的竞争对手，基本上都是那个行业的顶级品牌，虽然价格高昂，但凭借优异的质量、先进的技术以及超前的设计，每每在谈判中赢得先机。所以当时的我们对德国技术和产品怀有很高的敬意。

1995年中，我来到了落户在太仓的德国公司。记得第一次来太仓的时候是夏天，太仓克恩-里伯斯公司坐落在一个十字路口（太平路和朝阳路口），周围全部是农田。起步阶段的太仓克恩-里伯斯弹簧有限公司只有400平方米，9名员工，两条小型安全带弹簧生产线。坦率地说，上海市

---

① 克恩-里伯斯太仓有限公司首席执行官。

中心写字楼里的生活更安逸、更国际化、更符合现代格调。但我的胸中一直跳动着一颗工程师的心。我希望能够把一个德国小公司发展成一个大工厂，从而实现自我、公司、员工和太仓的多重价值。

我是太仓克恩－里伯斯的第二任总经理。白云苍狗，斗转星移，算算时间从1995年来到太仓到现在的2018年，已经20多年过去了。很多时候在公司里，看着那些现代化、标准化的厂房，整洁干净温馨的办公区，生机盎然的绿化，员工们充满干劲的模样，我的眼前常会浮现当年的克恩－里伯斯。当时，我们没有属于自己的厂房，400平方米的厂房还是租的，当然也没有食堂，忙起来大家都是用盒饭来解决伙食，与现在比条件可以说是比较艰苦了。但我那会儿正是年轻气盛，乐于把困难当机遇，想要把握机会好好干一场的年纪，因而甘之如饴。

选择太仓——因为有家的感觉

1975年，克恩－里伯斯就到北京参加了德国产品展，那时的中国还没有提出改革开放。德国人只是直觉地认为那么大的国家、那么多的人口，有可能是一个潜在的大市场。可短短的三五年间，中国就走上了改革开放的大道。80年代初，德国大众与上汽集团的合资汽车项目，极大促进了整个德国汽车工业对中国的投资。到了20世纪90年代初期，赶上了改革开放的好时机，中国国内改革发展的势头欣欣向荣，不少外资企业都跃跃欲试，在中国设立自己的工厂和公司愿望更强烈了。

在这样的大环境下，克恩－里伯斯有了进入中国的机会。1993年，汽车零部件的厂商可以在中国设独立企业的消息一传出，克恩－里伯斯第一时间开始考察和挑选地点。当时，公司总部首选的是辽宁和江苏两个省，因为这两个省是德国总部所在的巴登－符腾堡州的友好省份；上海浦东也去考察过，然而缘分有时候就是那么奇妙，太仓这个坐落于上海隔壁的小城，以离上海近、离虹桥机场近，又有新浏河、水杉树，这与德国的黑森林颇具异曲同工之妙的景色，让德国人找到了家乡的感觉。

据当时负责中国投资事务的卫斯先生回忆，他和当时的太仓市政府签订的投资协议，是太仓对德合作的第一份文件（全中文的，那会儿没有英文合同）。签完合同，当晚卫斯打国际长途电话（那时没有国际传真、更没有互联网）给德国集团总裁斯坦姆博士说："我签完了，不知道说了啥，全中文的，但我相信太仓。"这也算是克恩－里伯斯当年一个小小的"冒险"经历吧。合同签订的时间是1993年7月15日，同年9月举办开工仪式。自此，克恩-里伯斯在中国有了“家”。

我们的老总裁斯坦姆博士，他来到太仓觉得很不错，就推荐给自己的朋友们，很快这些德企也陆续来到太仓开厂，最先登陆太仓的前20家德企几乎都是因此推荐过来的。太仓市委市政府远大的眼光和对这些德企重视和支持，“德企之乡”规模初具。

我来到太仓时，公司只有9个人，而现在我们拥有了1300多名员工，除了太仓，天津、广州也设立企业，而太仓这个最初的落脚点成为中国区总部。预计2017年年底，太仓的二期厂房、天津的厂房都将完工。

克恩-里伯斯是家族企业，公司有个几十年甚至上百年的长远规划，不急功近利，善于潜心挖掘技术的深度。而且有企业是一个大家庭这样的企业文化理念，这让员工更加有亲切感和归属感。当时，总裁也像一位严肃而亲切的老父亲般，对我言传身教如何接手管理公司。我从他身上看到了德国人严谨、守时、不浪费的美德，我也以此为榜样，将这些美德传递给员工们。

融合发展——与太仓一起腾飞

2000年，我们和开发区一起，效仿德国双元制培训模式，办起了职业培训中心。第二年的中德经济论坛，这个项目获得了引人瞩目的效果。双元制培训模式被誉为德国工业成功的秘密武器。后来其他在太仓的德企也开始办学，还有健雄学院这样的大学院校看好它，这让双元制在太仓、在中国得到了很好的普及。

下一步，我们的目标是和高新区合作的工业4.0新园区，主要是为了促进产业升级和新技术的集合，打造一个在太德企之间开展合作的平台，降低企业交易成本，营造供应商体系，提升生产效率，由此来吸引更多拥有高新技术的德企来到太仓发展，实现多方的合作共赢。我们希望，这个平台能够实现和加强德企和太仓之间的交流合作，一起为太仓地方经济的发展携手并进。

不管企业发展得多大，始终不可忘记企业的社会责任和文化责任，要适时地回馈社会，这是我们诸多德企一直秉承的理念。我们欧商协会在太仓建立了一个德国标准的残疾人工厂——中德善美，聘请了德国专业残疾人工业培训师，招收太仓当地的残疾人，很多在太仓的德国公司免费提供设备和人员培训，让残疾人可以更好地适应各自的工作岗位。欧商协会希望可以获得政府的支持，与当地慈善管理机构一起，推广这个模式，同时出台配套的法律和政策，一起帮助更多的残疾人走出家门就业。

2017 年春，我当选为太仓欧商会的会长，商会有 80 多家德资企业。虽然多数德企在中国的业务发展良好，但大家对最近几年的政策和法规还是有很多不解之处，也一直苦于不得其门而入。2017 年 4 月，我们欧商会首次与太仓市政府开展了面对面的交流沟通，反响良好。太仓市政府领导，各相关部委办的领导，海关、科技局、商务局、环保局等，都纷纷跟我们德企管理人员主动沟通，解读政策法规，介绍各自职责，这一突破，拉近了双方沟通距离，提高了办事效率，让德企进一步融入太仓，也让太仓对德企有了更多的认识。

太仓作为中国商务部认定的“中德示范区”，在中德两国的交流中，位置越来越重要。2018 年 4 月，我当选为德国商会华东区董事。我在德企工作了二十多年，凭借各方支持，克恩 - 里伯斯也得到了长足的发展，我总认定，只有潜心专心把企业做好，才能对企业、对太仓、对员工，都是良好而有益的担当。

从 30 岁充满热血和干劲的年轻人，到如今天命之年，太仓和克恩 - 里伯斯给予了我很多；从萌芽状态的中国“德企之乡”，到目前拥有 300 多家德企，太仓在不断前行进步。克恩 - 里伯斯在不断地发展成长，而我融入了企业，也融入了太仓。

携手前行　打造共赢

——舍弗勒在太仓

张艺林[①]/口述　陈一红/整理执笔

本人毕业于湖南大学机械工程系，获学士学位。1994 年获德国汉诺威大学机械工程博士学位，主修汽车动力学，并获得美国亚利桑那州立大学 EMBA 学位。2004 年加入舍弗勒，任舍弗勒大中华区汽车事业部总裁，并于 2014 年任舍弗勒大中华区首席执行官。在本人及管理层团队的带领下，舍弗勒大中华区业务发展迅猛，成为集团业绩的主要推动力。本人也先后被评为中国汽车行业十大管理英才、中国汽车零部件行业十大领军人物和中国汽车及零部件行业发展封面人物等。作为太仓工业经济中一个活跃"细胞"，舍弗勒与太仓这座科技新兴之城一同蓬勃发展着。舍弗勒在中国江苏太仓的发展过程，从某种角度折射了太仓在改革开放大背景下的巨大变迁，也见证了城市繁荣发展和外企融入地方经济携手同行的步步足迹。

"隐形冠军"的秘密武器

说起位于太仓"舍弗勒路"上的舍弗勒，相信大家都不陌生。我们来自德国，是一家全球性的汽车和工业产品供应商，也就是传说中的"隐形冠军"。可以这样说，全球现有的各类汽车里都有我们舍弗勒生产的零部件，无论在汽车发动机、变速箱、底盘系统，还是新能源混动和纯电动领域，都有我们"高效驱动，驰骋未来"的身影。我们为风电、铁路、大飞机、钢铁、水泥、纺织行业的重大装备和精密机械提供质量可靠、终身免维护的轴承产品。我们的业务遍布世界各地 50 多个国家，在全球设有 170 家分支机构，员工人数超过 9 万名。我们引以为豪的，除了我们舍弗勒的技术实力和行业影响力，还有支撑我们成功的秘密武器——舍弗勒太仓制

---

① 舍弗勒大中华区首席执行官、舍弗勒集团全球董事会成员。

造基地。

1995年，舍弗勒正式进入中国市场，作为最早落户太仓的一批外企，舍弗勒首座工厂诞生于太仓。根植中国20多年，太仓制造基地已经成为舍弗勒全球最大的制造基地之一：我们太仓一厂在1995年9月成立、1998年3月投产，太仓二厂在2006年7月投产，太仓三厂在2006年12月建成投产，其附属的5号厂房在2015年建成，太仓四厂于2012年2月建成投产……

规模的不断扩大，业绩的蓬勃发展，无不印证着舍弗勒对于太仓的选择，在太仓这片沃土上，有着优质的投资环境、创新环境、人才集聚优势，更有着每一届政府始终如一对企业的关爱。舍弗勒在太仓的发展经历，对于太仓这片沃土，对于我们舍弗勒，都是一段值得书写的经历。

我们的创业，从太仓开始

舍弗勒和中国的渊源从太仓起步，我和舍弗勒的渊源也是在太仓开始的。2004年我加入舍弗勒，在太仓工作，当时太仓工厂称为“依纳轴承”（“依纳”是舍弗勒的旗下品牌）。当年舍弗勒在华业务主要偏向工业业务，我加入舍弗勒之后，担任舍弗勒大中华区汽车事业部总裁，负责舍弗勒在中国汽车业务的组建和运作，同时我还担任着FAG汽车零部件有限公司总经理一职（“FAG”是舍弗勒的旗下品牌），需要在上海浦东外高桥和江苏太仓两地办公。

最初时，舍弗勒在中国的汽车业务部门包括我在内，只有6个人。就像任何的创业那样，开始阶段总是艰苦的，因为从无到有，需要放手一搏，去全力创造。中国有句古话：博观而约取，厚积而薄发。当时我是这样想的，也是这样要求自己和自己的团队的。每天，我和我的团队一起，分工协作，埋头苦干。用一个词来形容我们的干劲，那就是“热火朝天”。在繁重的任务面前，在棘手的困难面前，我们考虑的是尽快地熟悉产品、技术，通过沟通集团总部，把最新的技术和产品落地，同时备好“功课”，通过耐心的沟通与洽谈，去赢得我们的客户……在太仓的这些年，几乎每一天，我们办公室的灯都在第二天凌晨才熄灭。艰难困苦，玉汝于成。现在回忆起来，那种创业所经历的各种阶段依然历历在目：有碰壁的沮丧，有被否定的无奈，有成功的喜悦，有无尽的感恩，有客观的反思……我不是一个人在努力、在拼搏，我是和团队一起在打拼，和舍弗勒这个企业一起在壮大，和太仓这座城市一起在发展。

机遇总是垂青那些做好准备的人。在之后的多年间，我们将德国技术优势与中国本土市场和资源有效结合，汽车事业部的业务呈现出飞跃式的增长，销售收入翻了几十倍，成为舍弗勒大中华区整体业务板块的主要贡献力量。同时，我们的客户也从几家扩大到各大汽车企业，在市场中形成了我们的行业影响力。

深耕中国市场，与太仓齐飞

舍弗勒进入中国市场的20多年，正是中国经济快速腾飞的时期。伴随着中国改革开放步伐的不断加快，我看到太仓这座城市所发生的巨大变化，也深切感受到我们舍弗勒在中国市场的迅猛发展。

现在舍弗勒大中华区已经拥有13000多名员工，在上海安亭设立了大中华区总部和研发中心，在太仓、苏州、银川、南京等地设立了8家工厂。2017年，大中华区全年销售额同比增长了24%，占全球业务的17.5%，再度成为舍弗勒集团全球业务的最快增长点和主要推动力。

我们在中国的8家工厂有4座在太仓，我们在当地的发展得到了太仓各级政府部门的大力支持和配合。目前太仓制造基地已经成为舍弗勒全球最大的制造基地之一，也是江苏省最大的德资企业，有近9000名员工，2017年年产值超过百亿元。

可以说，在太仓的发展进程，是我们舍弗勒在中国发展的一个缩影。因为在太仓这片土地上，我们一起谱写下舍弗勒在技术、在生产、在前行之中的一个个“第一”、一个个“之最”。

2011年12月，舍弗勒中国第100万套双离合器在太仓下线；2015年11月，舍弗勒中国第500万套离合器在太仓下线；2016年7月，舍弗勒中国第100万件液力变矩器在太仓下线；2017年3月，舍弗勒在中国的第3000万套轮毂轴承1代产品和1000万套3代产品在太仓下线；2018年3月，舍弗勒全球首个P2混合动力模块在太仓投产……

下一个几十年，相信更精彩

时光荏苒，舍弗勒在中国的发展，在太仓的发展，凝聚了几代舍弗勒管理层的热血和梦想，承载了所有舍弗勒人的辛勤努力。

根植一方，我始终觉得，作为一家企业，我们更应积极地承担起更多的社会责任。如人才培养——企业的成功离不开优秀人才，他们是舍弗勒最宝贵的财富之一。我们将德国双元制职业培训模式引入，满足人才需求，“反哺”企业所在地的产业发展。2005 年，舍弗勒中国首家培训中心落户在太仓。2015 年，我们在太仓与苏州健雄职业技术学院和上海同济大学签署协议，启动国内首个有企业参与的“舍弗勒双元制应用本科”项目。我们始终相信，“工匠精神”与专业人才的培育，推动着职业教育、技能培训与地方经济发展、产业升级的相生相伴。

在环保方面，我们面向未来的承诺始终不变，经过全体舍弗勒人的耕耘，我们一直致力于将环保理念融入产品设计、生产、储存与运输等各个领域，精心地打造“绿色管理链”，并用这一理念深化我们自身的发展。

舍弗勒的成功源于质量、技术和创新，而创新也是我们发展壮大的不竭动力。我们从前期技术阶段就努力探索关键性技术趋势，定义新的技术标准。而我们的企业文化鼓励创新，推动重点领域的创新部件、模块和系统的研发，例如能源效率、可再生能源、机电一体化以及电动汽车等领域。我们运用这些新技术实现满足客户需求的新型产品与创意。

如今，中国经济已步入新常态、新时代，正在加快经济结构调整，加快传统产业转型升级，实现经济的可持续发展。与中国的改革开放同步，我们舍弗勒也进入转型升级，适应新形势不断加强可持续发展的阶段。

回望在中国发展的 20 多年，我惊叹于时间的匆匆，感受着时代的巨变。“长风破浪会有时，直挂云帆济沧海”，相信在各级政府的大力支持下，在客户和合作伙伴的充分信任下，在全体舍弗勒人的努力下，我们舍弗勒在中国的下一个 20 年、30 年、40 年……会更精彩！

亲历“德国太仓日”的那些事

段月强[①]

太仓作为全国“全面对德合作”的示范性城市，除经济合作外，在文化、教育、体育等众多的领域也开展了深入和广泛的交流。经常组织“双元制培训中心”“中德足球友谊赛”“中德乒乓球友谊赛”“中德同行——太仓周”“中德马拉松”等丰富多彩的活动，而在这其中，“啤酒节”和“太仓日”一内一外两个活动已经成为两项固定一年一度的双方交流的项目。

2017 年 5 月 11 日，第十届“太仓日”在杜塞尔多夫举办，从 2008 年起，本人有幸参与组织了全部的“太仓日”活动，回忆过去十年，在筹备每一次“太仓日”的过程中，都有一些难忘的瞬间。

一

那么“太仓日”活动是怎么来的呢？其实在 2008 年之前，太仓也经常在德国和欧洲其他国家组织或者参与苏州或江苏组织的“推介会”，但是规模都比较小，内容也比较单一，主要是以推介投资环境为主。2007 年年底，在太仓投资的德企突破了 100 家，形成了一定的规模，此外德国模式的职业教育也迅速发展，“啤酒节”也已经成功引入了太仓，太仓人民对德国各个方面的了解进一步深化。在另一个方面，太仓虽然在德国工业界已小有名气，但总体知名度还不是很高，尤其是工业外的其他领域。正是基于这种状况，市领导和开发区领导开始考虑，每年在德国的一个大城市举办全方位的城市推介活动，不再是仅仅推介投资环境，也要把太仓的传统文化、城市风貌等全面地展示给德国友人。

江苏省和德国巴登 - 符腾堡州是友好省州关系，设立了“混合工作委员会”这样一个工作机制，由江苏省发改委和巴符州经济部主导，每年召

---

① 太仓港经济技术开发区新区招商局副局长。

开一次，在江苏和巴符州轮流举行，总结当年的合作成果，磋商来年的合作计划。2007 年 4 月份，恰逢“混委会”在江苏南京举办，作为“混委会”的成员，市领导表达了在德国组织“太仓日”的想法，“混委会”认为这是一个很好的建议，双方一致通过并写入会议纪要。当时，巴符州的经济部长正在访问太仓，在和市委领导的会晤中，就从南京传来了这一好消息（当时巴符州经济部长来太的主要原因之一是参加福科贝公司的开业仪式，这家公司无论在德国还是太仓都是非常小的企业，从这里也可见德国政府对中小企业的重视程度）。

二

第一届“太仓日”活动德方委派斯图加特工商会协助组织，当时具体负责人是亚洲部的 Dorotee 女士，我们之前认识，她在中国学习过，能说很好的中文。我和她写邮件的时候称呼她“Dorotee 女士”。她回复说：“您不能再称呼我 Dorotee 了，因为我刚刚结婚了，随丈夫姓了。”

2008 年 5 月 28 日上午，作为“太仓日”活动的一部分，太仓德企人才招聘会在斯图加特市的市政厅举行，斯图加特市市长舒斯特博士出席并致辞，这也是斯图加特市政府首次在市政厅举办此类活动。

下午 3 点，“太仓日”活动正式开始，200 多名德国客商从德国各地赶来出席活动，巴符州基民盟主席马普斯（后任巴符州州长）、省发改委副主任郑晓荣等重要嘉宾出席并致辞。

活动后在太的所有企业都设了一个展板，介绍自己在太仓的发展情况。今天在整理照片时，竟然发现“东南碳”（东南佳科技有限公司）也在里面，原来太仓的企业这么早就开始准备和德国进行合作了。正是在十年后 2017 年的第十届“太仓日”活动上，“东南碳”和德国崇德集团签署了战略合作协议。

2008 年成功举办第一次“太仓日”活动后，我们觉得和工商会合作比较愉快，他们支持的力度也比较大，从活动策划、场地、客人邀请方面都很专业，所以大部分“太仓日”活动都与当地工商会合作举办，但每次在初步接触磋商活动规模的问题上都遇到些困难。比如我们计划组织 150 人左右的活动，工商会一方面能容纳这么多人的场所很少；另一方面，他们和其他地方组织的活动，很难邀请到这么多客人，一般能请到 50 多人就很不错了，所以信心不足。2009 年和慕尼黑工商会商谈“太仓日”活动时，就花费了很多时间和精力说服他们外事部的负责人胡博先生，甚至我们还请当时上海德国工商大会的首席代表罗曼德先生去做工作，终于说服了他们把最大的会场提供给我们使用。结果最后近 150 人参加了活动，胡博先生后来也表示，他真没想到太仓在德国有这么大的影响力。

德国的工商会大多在老建筑里面办公，基本上都是上百年的老房子，所以空间一般比较局促，大会场很少，同时 IT 设备也比较陈旧，所以播放 PPT 时如果想让他们提供遥控翻页器，他们一般是提供不出来的。这次“慕尼黑”太仓日就发生了一个小问题，克朗斯做报告时，有的视频怎么也播放不成，工商会的技术人员搞了半天也没解决，最后还是我先想到办法。所以看来德国在信息技术这方面的确是落后了。后来有人问我在德国开通网上银行是否安全，我开玩笑说，肯定安全，德国暂时还没有这么好技术的黑客。

上面说到有几届“太仓日”不是在工商会举办的，2011 年就是在斯图加特雷梅里顿酒店。为什么这次没有选择在工商会呢？一是因为上面也提到过的原因，工商会场地有限，而且这是第二次在斯图加特，再者经过四年的“太仓日”活动，大家都期待一个新的形式和新的内容。经过考虑，领导决定采用对德合作回顾的形式。为此我们还特意和江南传媒公司共同制作了一个影片，因为德国人喜欢听故事，所以我们找到当时佩尔哲公司的工程师克劳斯（KLAUS）来主演，讲述他在太仓的工作和生活，活动开始时一播放，获得很好的反响，与会客人热烈鼓掌，久久不息。

这次活动，我们和江苏驻巴符州办事处一道寻找了一些当地有特长的中国留学生，准备了丰富的文艺表演。当时我就觉得中国父母花费财力和精力逼迫孩子上各种兴趣班是值得的，包括 2014 年年底参加卡尔斯鲁厄大学中国学生春节晚会，中国学生各显神通，钢琴、古筝、乐队、话剧都是信手拈来，看得外国学生和老师目瞪口呆。

三

2013 年我们来到德国北部城市多特蒙德，这届“太仓日”我们比较轻松，因为大部分的组织工作被多特蒙德工商会做了，这当然要感谢威尔斯公司，作为多特蒙德工商会的主席团成员企业，威尔斯做了大量的协调工作。

印象比较深刻的是活动前工商会带我们参观了他们的凤凰湖园区。多特蒙德曾经是德国重工业区，钢铁和煤炭曾经是这里的支柱产业。随着钢铁和煤炭产业的衰落，多特蒙德面临着很大的转型压力。21 世纪初，蒂森克虏伯将整体生产线卖给沙钢，老的工厂改造成为博物馆。多特蒙德市政府更新规划，有效地应对了工业污染地生态修复、创造稳定的就业机会、建设富有魅力的人居环境以及居民参与规划决策等一系列挑战。最终，凤凰湖区成为多特蒙德城市发展转型的标志性项目，重点发展保险、微机电、电子商务与物流等特色产业，实现了产业升级，这一点值得我们学习。

2015 年的太仓日一波三折。2014 年夏天就和德国中心总裁夏建安商定在慕尼黑巴伐利亚银行总部举办当年的“太仓日”，2014 年年底我被派驻到德国后，马上就和巴伐利亚银行以及合作方巴伐利亚中德友好协会确定了场地以及日程。2015 年 4 月，当时巡视组在苏州，所有出国团组都停止了审批，于是我们通知了银行、协会取消这次活动。但是当时已经开始了宣传和客户邀请，德国中心建议继续执行原计划在 5 月 21 日举办的“太仓日”。这次的“太仓日”是唯一一次没有太仓团组出席的“太仓日”。

此次“太仓日”活动给巴伐利亚中德友好协会留下了非常深刻的印象。因为该协会也经常协助其他中国城市组织类似的活动，一般都是提前两周通知他们，经常搞得他们措手不及，非常狼狈，活动质量可想而知。所以每次看到协会的执行主席施改革（Stephan Geiger，他在台湾学习的中文，曾在南京留学一年，他非常喜欢老师给他起的这个中文名字），而且他也经常在各种活动上表扬太仓，说太仓是最了解德国的，做事非常德国化，很有计划性，他从来没有遇到也从来没有想到太仓会在五个月前就确定活动的大部分细节。

2016 年的“太仓日”是唯一一次在下半年举行的。其实我们计划按照惯例放在 5 月份举办，甚至巴符州经济部大楼的场地都已经看好，但当得知我们的时间安排后，巴符州经济部通过省发改委向太仓建议将活动作为他们 10 月“全球链接”的一部分，坚持说是 2015 年巴符州州长访问太仓时和领导达成的一致意见，如果不放在“全球链接”活动的框架内，他们就不提供场地给我们使用，不提供任何协助，不允许工商会提供协助。德国人好任性直接，不过也正反映了他们对太仓的重视程度。

其实每年的“太仓日”活动都多少有一些自己的特色，比如 2017 年第二次来到杜塞尔多夫工商会，我们第一次带了太仓的民营企业参与其中，安排对接活动。这样，一方面希望他们开阔视野，能够以后走出国门，开拓欧洲市场；另一方面也希望他们能够找到和德国合作的机会，互相学习，共同提高。也是在这次活动上，太仓和自己的第一个德国伙伴城市——于力希市签约。同时这次活动让我们再一次体会了德国人的严谨，140 人的会场本来 160 人坐下都没问题，但他们一定要按照消防规定，留下宽阔的逃生通道，所以直接拒绝了很多报名晚的客人。

“太仓日”活动毕竟是以商务为主，再加上德国人本身古板严谨，所以要说特别有趣的事情，还真的不多。以上一些“有趣”的小事或许不是那么有趣，但如果能从中窥见一点德国人的性格，了解到中德文化的一些差异，也就不枉我打了那么久的键盘了。

举办首届“中德友谊杯”乒乓球国际邀请赛

方　杰[①]

第二届“中德友谊杯”乒乓球国际邀请赛于2017年7月8日在中国江苏太仓市成功举办。至此，太仓已连续两年举办了比赛，尤其是首届赛事的成功举办为推动中德合作增添新的亮点和活力，也为这项赛事的常态化举办奠定了良好的基础。

巨星来太促成赛事设想

比赛的设想源于2015年11月2日的波尔球迷互动交流会，这项活动是为了祝贺太仓德国中心的建成，特地邀请到曾经世界排名第一的德国名将、乒坛巨星——波尔来到太仓出席活动，德方提议由市乒协来组织策划波尔之行的活动方案并实施。经过市乒协精心策划，邀请波尔与太仓当地的球迷进行了交流互动、合影留念、与业余球友过招、赠送签名球拍等互动环节，让广大球迷近距离领略到世界冠军的风采。活动结束后，在市里安排的聚餐上，我和阙伟东主席与新区领导及德国商会人士进行交流，当时有个设想，市里非常重视中德合作交流，且德资企业在太仓数量非常多，今后肯定会在各方面有更多中德合作的交流内容，既然作为体育界人士，能否通过体育给中德经济合作带来更多的帮助，为太仓在人文交流方面树立中德合作品牌呢？而且有波尔这样的在世界范围有着非凡影响力的球员来到太仓，也足以体现德国对太仓发展的重视和信心。为此，在席间便有了举办一个中德交流的比赛活动的最初想法。

此后，我就将此事与乒协主席商议，大家都觉得非常有意义，但当时的想法还只是停留在中德之间的小型友谊赛上，中方和德方各出个队伍进

① 太仓市乒协副主席、秘书长。

行友谊赛，这样的小型比赛较容易操作，难度相对比较小。2016年年初时与德国中心董事长夏建安在宝龙大酒店进行了一次沟通交流，向他提出比赛的初步设想，他对比赛非常感兴趣，也希望更多的德国人能参与，但是非常担心人员的邀请和组织，这个难度是比较大的。在双方进行一个多小时交流回来后，我有了一个大胆的设想，就是将比赛从小规模交流比赛上升到多支国内外球队参与的国际邀请赛规模。随后，制订了比赛的活动方案，在得到协会领导认可后，准备与德方进行进一步沟通来评估办赛的可能性。因为语言的问题，和德方交流起来比较困难，虽然有翻译，但往往是一个事项要好几天才能沟通好，加上德国中心建设期间事情非常烦琐，德方领导和工作人员都非常忙，几个月中都联络不顺畅，一度认为比赛可能举办不了，但我方还是非常坚持的，也坚定双方办赛的意向都是非常强烈的。在德国中心建成后，我又再一次主动联系，终于得到非常坚决的态度，德方非常支持举办比赛，只是因为太忙了所以耽搁了一段时间，并且想在11月份举办赛事，请乒协尽最大力量提供帮助。这时候已经到8月份，时间非常紧，市乒协向高新区提出活动方案，以乒乓球运动为媒介，促进中德产业投资、商贸发展和体育文化交流，增强国内外乒乓球爱好者的交流和友谊，让更多的国内外友人来到太仓、了解太仓，感受太仓经济社会发展的成果和独特的城市魅力。在得到新区领导认可后，我们加紧了步伐，开始了赛事的各项前期筹备和组织工作。

多方支持彰显合作元素

比赛初期的筹建最重要的事情是要解决邀请参赛队的问题，特别是要邀请到更多的德国及其他外国球员参加。为此，我联系了在德国法兰克福执教的高教练，向他说明比赛的缘由和意义，在长达一个月的沟通中，因为时差问题，经常在晚上甚至半夜需要通过电话、网络等方式进行交流，为不影响家人休息，我时常跑到间隔最远的厨房间小声通话。经过多次沟通，对方决定派出两支青年队来太仓参加。因为有德国青年队的参赛，为比赛增添了更多的德国元素，也让比赛更加精彩。之后，我们又多方联系，邀请到全国范围内的德资企业组队参赛，进一步扩大了双方的参与面，尤其是增加了中德合作的元素。

在队伍确定后，为扩大比赛的影响力，并希望以比赛来更好地展示太仓，我们联系到了CCTV-5、人民网、新华网等大型媒体，也非常荣幸地认识了李武军、王继晟老师。在了解我们的赛事规划后，他们纷纷表示愿意到太仓来帮助宣传。我们非常感动，也特意安排了几位老师作为首都媒体队参与了比赛，感受比赛的独特魅力。

经过两个多月的准备工作，终于在11月正式举办了首届“中德友谊杯”邀请赛。这次比赛共有来自国内国外的16支代表队，其中包括德国中心代表队、德国黑森州青年代表队在内的8支德国球队；来自上海、浙江、安徽、山东、湖北及太仓高新区的8支国内球队。

中国乒协副主席陆元盛、德国中心董事长夏建安、时任市人大常委会副主任徐鸣强以及市政府赵建初、王红星两位副市长作为嘉宾出席开、闭幕式。

周到细致服务精彩比赛

在比赛期间，我们安排了德国球员参观太仓的博物馆、南园、沙溪古镇和海瑞恩精密技术（太仓）有限公司，进一步让外国友人了解太仓风土人情和经济发展。给我印象比较深的是，在比赛中，不论外国还是中国球员都非常认真，也非常尊重对手，尊重裁判，在遇到一些争议判罚的时候，往往大家都会主动退让，不会过多计较，而赛前担心外国业余球员与中国业余球员有差距的想法也消失，因为大家业余球员的水平都很接近，最后业余组还被外国球队包揽了冠亚军。而在场下，外国球员也经常和国内球员交流沟通，了解太仓的城市发展和人文环境等等，让我感觉整个场地充满了和谐的氛围。另一个印象深刻的是半决赛A组打得非常紧张，导致决赛时间更是延后了很多，我们的裁判员、工作人员、各国的球员和领导虽然又累又饿，但都坚持在场馆内关注比赛，等到比赛结束后才一同离去用餐，我觉得更能体现出参赛球员的体育素养和我们主办方团队从始至终的服务、奉献精神。比赛取得圆满成功，在央视五套长达一分多钟的报道中，向全国展现了比赛的良好氛围。在成功举办首届比赛后，赛事也受到市领导高度重视，将比赛列为市政府常态化开展赛事，并由市体育局主办，市乒协具体实施。在第二届比赛筹备期间，因为有了基础，结识了更多的外国朋友，让我们的邀请范围更大了，加上首届比赛的影响力，更多的外籍人士参与进来。本地知名企业讯唐集团对赛事冠名赞助。讯唐·第二届太仓“中德友谊杯”乒乓球国际邀请赛于2017年7月8日在市体育馆成功举办。在本次邀请赛16支参赛队伍中，有两支从德国来参赛的球队，共有来自德国、英国、法国、荷兰、巴拿马等8个国家和地区的在华德资企业代表队，还有来自北京、上海、浙江、安徽、山东、江苏等地的国内球队，为观众奉献了一场场跌宕起伏、精彩纷呈的比赛。在这次比赛中，我同时要负责赛事组织和上场比赛，印象比较深的是和法国人亚瑟和德国人欧乐的比赛。亚瑟是一名技术不错的专业选手，我们两人苦苦纠缠了5局直至最后才分出胜负，在我们俩失分的时候都会自言自语地总结一下失误的原因或者是抱怨一下自己，一个中文、一个法文，双方都不懂对方的语言，自然不能从中找到破绽。我想这就是国际交流比赛，大家主要精力就是尽力去拼，赢下比赛。值得一提的是在比赛的开始前，我们需要做好接待服务工作，乒协虽然都是兼职人员，但大家不但不抱怨，反而更热情服务，如开自己的车去上海接站，为深夜到达的球队及嘉宾办理手续，送上点心、水果；协会工作人员主动放弃休息日，全程陪同国内外嘉宾参观太仓，并身兼导游、解说、摄影等多项工作，非常辛苦。

德国青年队和上海飓风队对阵，因实力相近，回合较多，团体进行了两个小时，原定于上午结束的比赛一直打到了下午1点才结束，因此双方的团队成员都无法回酒店就餐，协会也及时应对，联系了盒饭，并派人亲自前往了解盒饭的质量，确保干净卫生。特别是外籍人士中有伊斯兰教的餐饮特殊要求，我们也妥当安排，一一满足，服务工作受到外籍人士的一致认可。

在第二届比赛的组织过程中，我认识了德国朋友 Matthias Boos，他在上海外籍人士中人缘甚好，并且组建了享誉上海滩的“飓风乒乓球俱乐部”，将世界各地的乒乓球爱好者相聚在一起，会员近百人。他的中文也非常好，交流起来完全没有问题，我一般都会称呼他“马哥”，他俨然像一个热心的大哥哥一样，帮助我们做好组织工作，在即将到来的第三届“中德友谊杯”中，为我们积极联络，热心奉献，成为中德经济文化交流的联络人。

服务外包三年初创经历回顾

宋建中①

起步——2007

2007年年初，江苏省委、省政府召开国际服务外包企业座谈会，发出了“要像抓外贸外资那样抓外包，促进江苏的国际服务外包走在全国前列，建成国际外包服务在中国的重要承接地”的进军令，我市发展服务外包产业从此开始。当时，我担任太仓市委副书记，除了分管党务工作外，还分管外资、外经、外贸工作，亲历了这项拓荒开创工作。

服务外包产业作为全球经济一体化大背景下生产和服务活动深入参与国际分工的产物，是开放型经济的新业态，太仓系县级市，这方面基础差，底子薄，推进这项工作客观上有一定的困难。但是，市委、市政府对服务外包高度重视，以抢抓先机的责任感和紧迫感，真正像抓外贸外资那样抓服务外包，动作快速，“五管齐下”，全力推进。

一、组建班子，落实组织保障。2007年2月8日，成立太仓市促进服务外包工作领导小组，由谢鸣市长担任组长，我和陆燕副市长担任副组长，市有关部委办局和各板块为成员单位，领导小组办公室设在外经贸局，主要负责统筹协调服务外包发展中的重大问题、做好服务外包产业规划编制和政策制定、保障重点项目落实、营造良好发展环境等工作。

二、向上争取，赢得上级支持。由于列入国家或省国际服务外包基地城市的不仅可以享受财税优惠政策，而且在招商项目上也增加有利机会，因此，我们积极向省外贸厅争取，得到了张雷厅长的支持。5月15日，在江苏省国际服务外包产业发展推进工作会议上，我市被江苏省外经贸厅认

① 太仓市政协原主席，时任太仓市委副书记。

定为首批“江苏省国际服务外包基地城市”。7月3日，张雷厅长一行来我市视察国际服务外包工作开展情况，对我市在国际服务外包方面做出的成绩给予了充分的肯定，并希望我市在为国际服务外包创造更好的环境和条件，组织一支专职的服务外包队伍，确定国际服务外包的重点，着力培育国际服务外包人才等方面有所突破。

三、制定政策，推动外包发展。6月25日，市委、市政府出台了《关于促进服务外包发展的若干意见》，明确了我市服务外包发展的目标、重点和布局，提出了要重点发展国际离岸服务外包业务，着力抓好软件开发外包、研发设计外包、物流外包等三大领域，打造“一地五园”，还为服务外包率先发展明确了具体措施。7月18日，我市又出台了《关于鼓励国际服务外包产业发展的若干政策意见（试行）》，规定市财政每年支持国际服务外包发展资金1亿元，用于支持国际服务外包企业进行技术研发与自身建设、专业人才引进与培养、企业资质认证、海外市场拓展和载体建设等扶持和贴补，并明确了对国际服务外包企业在财税优惠和补贴奖励政策，在企业高级管理人员的住房购置、子女入学等方面提供绿色服务通道。

四、招商引资，落实重点项目。为了加强服务外包产业的招商引资工作，是年8月，专门成立了服务外包招商队伍，配备专职人员，定期研究工作，与国内外的服务外包企业进行联系。同时在全省率先成立了“太仓市国际服务外包促进中心”，主要为全市国际服务外包基地城市共建工作提供服务，为经济开发区、各镇发展国际服务外包提供知识产权保护、鼓励政策和市场信息咨询服务，以及做好与上级国际服务外包中心业务对接和联系。

9月23日，我市抓住“2007中国南京金秋经贸洽谈会暨江苏国际服务外包大会”的机遇，不仅展示了我市服务外包五大基地，还在会场设立服务外包人才招聘摊位，参加项目集中签约。10月25日，我市在娄东宾馆举行了2007太仓国际服务外包推介会，海内外的100多名服务外包专家参加了此次会议，共有16个项目签约，签约的项目投资领域广、科技含量高、发展前景好，其中包括软件、动漫开发、设计项目7个，呼叫服务中心项目2个，服务外包咨询项目2个，物流开发项目4个，外包人才实训项目1个。

通过有力的招商引资活动，下半年一批重点项目落户太仓。苏州中太首饰设计有限公司主要从事珠宝首饰工艺品的设计，它是我市当时规模最大的外资设计公司。太仓慧技软件开发有限公司是我市继太仓明慧软件有限公司后的又一家软件服务外包企业，主要承揽日本客商的软件外包合同，开发设计传真服务器等软件。该公司的设立，标志着我市引进服务外包企业开始呈现集聚效应。苏州文汇网络系统有限公司以承接服务外包方式从事系统应用管理和维护、信息技术支持管理、银行后台服务、财务结算、人力资源、软件开发、呼叫中心、数据处理等信息技术和业务流程外包服务。至12月为止，我市新增国际服务外包企业达6个。

五、建设载体，培育两大园区。2007年，主要抓好软件园和创业园建设。太仓软件园分三期建设，至2007年8月，一期16栋软件楼竣工交付使用，12家企业入驻，吸引注册资本达到5亿人民币。10月底，该园举行中央办公楼开工仪式，这是继二期工程中央景观区商务楼完工后的又一大型项目。11月29日，太仓软件园被国家科技部评为国家火炬计划软件产业基地。太仓市科技创业园于2006年年底开工建设，至2007年8月，一期工程建筑已完成结构封顶，10月底交付使用，入驻企业40家，其中留学人员企业9家，有留学人员10名、硕士以上15名，申报专利及软件著作权27项、软件产品3项，获得国家级、省级、苏州市级高新产品多项。

成形——2008

经过一年的摸索奋斗，我市服务外包虽然取得初步成效，但是也暴露出一些突出问题，如理念陈旧、规划滞后、项目不多、人才紧缺、扶持政策不到位、管理服务未跟上等。进入2008年，针对这些薄弱环节，实行多措并举，进行完善提升，从而使服务外包的发展思路和推进模式逐渐成形。

一、拓宽思路。元旦刚过，我们邀请苏州市重点服务外包企业座谈会在太仓召开，14家江苏省首批重点服务外包企业参加了座谈，就企业在发展外包业务中遇到的瓶颈和需求交换了意见，对进一步拓宽服务外包思路起到了很大的帮助。同时，先后安排了两次领导干部理论知识讲座，听取了中国服务外包研究中心主任朱晓明做的“提高服务外包国际竞争力的研究”专题讲座和中国对外贸易运输（集团）总公司运输管理部总经理肖星所做的“现代物流”专题讲座，对促进广大干部更新知识、转变观念，推进我市服务外包快速发展起到了很好的指导作用。另外，我和陆燕带队，先后组织市外经贸局、市招商局、城投集团公司等有关单位领导赴南京鼓楼区、苏州工业园区和苏州高新区、大连市以及江阴市学习考察，重点学习他们在服务外包招商引资、载体建设、业务拓展等方面好的经验和做法，两地外经贸局还就服务外包的发展建立了战略协作友好关系。

二、编制规划。为了进一步完善服务外包发展战略、选择服务外包发展模式、规划服务外包产业，我市邀请了中国国际投资促进会编制服务外包战略发展规划。6月21日开始先期调研，7月底完成《太仓市服务外包产业发展战略规划》初稿，8月20日对该规划进行了评审通过。此规划从太仓市发展服务外包产业的战略背景、基础条件、基本方向、发展战略规划、发展战略实施5个部分，明确了五大重点服务外包业务和近期、中期、远期的发展目标、战略布局以及战略措施，为我市发展服务外包产业提供了科学依据。

三、细化政策。为加快我市服务外包产业的发展，我市根据市政府《关于加快发展太仓软件园若干政策意见（暂行）》的文件精神，3月4日出台了《太仓市科技创业园专项资金管理实施细则》和《太仓软件园专项资金管理实施细则》，6月10日又出台了《太仓市鼓励国际服务外包产业发展若干政策意见实施细则（试行）》。半年内连续出台3个政策性文件，从而营造了更好的服务外包企业投资发展环境。

四、促进发展。3月7日，我带队组织我市相关部门人员赴省外经贸厅，就我市国际服务外包产业相关情况进行工作汇报。省外经贸厅赵进副厅长、陈涛处长等领导认真听取了我市服务外包发展情况的汇报，并要求我市的载体建设、人才培育、外包统计等工作要取得实质性突破。8月20日，我带领市外经贸局领导赴省外经贸厅汇报我市服务外包产业的发展情况，并请求省外经贸厅进一步支持在太设立“中德企业合作基地”，省外经贸厅厅长朱民、外资处处长陈涛、开发区处处长彭毅及办公室主任李俊毅听了汇报。朱民厅长对我市发展服务外包产业的举措和成绩给予了肯定，并表示省厅一定全力配合做好“中德企业合作基地”的申报工作。经过省厅的大力支持和积极争取，不到3个月就拿到了国家商务部和德国经济部共同授予的“中德企业合作基地”牌子。

五、做强项目。3月6日，美国安软项目举行签约仪式，这是美国安软在中国创办的首个离岸服务外包项目。该项目的正式签约，标志着我市国际服务外包产业发展步入了一个崭新的平台。9月16日，美国冠科生物医药研发项目落户太仓，将为太仓医药研发外包产业打开通往世界的窗口，谱写太仓国际服务外包产业发展的新篇章。9月23日，苏州昭衍新药研究中心项目正式签约，该项目一期工程建设4万平方米的研发服务平台，专业从事新药研发外包业务，是我市又一服务外包龙头企业。9月25日，太仓腾创益昂资讯科技有限公司签约落户，重点经营软件外包服务，呼叫中心外包服务，开发通信设备、计算机软硬件及外围系统，提供技术咨询、技术培训、技术服务，销售自行开发的系统和软件及计算机信息系统集成等。11 月 10 日，美国进口油品检测核心设备——辛烷值机在太仓石化矿材检测中心安装调试完毕，标志着我市检测外包服务进入了实质性启动阶段，这同样也填补了华东地区检验检疫系统油品检测的空白。

是年 12 月，创业园一期工程竣工面积 3 万平方米，入驻企业 36 家，二期工程即将启动建设。软件园已建工程近 8 万平方米，并将从基本建设向公共平台及服务平台建设转移，发展势头良好。

六、培育人才。我市以内培外引为抓手，以培养引进高层次服务外包人才为重点，统筹抓好服务外包人才队伍建设，进一步优化、完善人才政策和创业环境，为服务外包产业又好又快发展建立雄厚的人才库。

6 月 3 日，我率领市委组织部、人事局、外经贸局、招商局、科技局、开发区招商局领导到健雄学院考察健雄—SWL服务外包人才培训基地，主要研究如何进一步搞好服务外包人才培训基地建设事宜。日后，健雄学院—SWL软件人才培养基地已正式启动，首批 24 名学员已开始接受专业及日语培训。12 月 8 日，健雄学院荣获首批“省级服务外包人才培训基地”牌子。继健雄学院服务外包人才培训基地之后，太仓职业教育中心校和省太职也积极加入我市服务外包人才培训的行列，开展“双元制”培训教育。至此，省太职、健雄学院及人才办的高层次人才引进共同构成了我市低、中、高三个层次服务外包人才的主要来源途径。

8 月 16 日，太仓出台了《关于引进和培养服务外包人才的实施办法》，进一步明确了服务外包人才享受入境、户籍管理、购房居住、在职培训、子女上学、医疗保障及保险等便利和待遇。

七、加强服务。太仓市国际服务外包服务中心成立以来，积极有序地开展各项工作，为服务外包企业提供全方位、一条龙的管理服务体系，实行“一站式”服务，有效地推进了我市服务外包产业的发展。在此基础上，重点在搭建法律保护、融资服务、外包统计、社会团体等服务平台上实现突破。

7 月 4 日，我市正式成立了知识产权法庭，标志着我市知识产权走上了司法保护之路，更好地促进服务外包企业在我市落户并发展壮大，为我市服务外包产业的发展“保驾护航”。10 月 19 日，太仓市供应链金融服务有限公司正式成立，不仅解决中小企业融资难的燃眉之急，更为企业提供一体化的物流解决方案，从根本上构筑良性互动的产业生态，为我市国际服务外包产业的发展开辟一片新领域。11 月 18 日，我市组织外经贸局、国际服务外包中心工作人员参加了省外经贸厅举办的服务外包业务统计工作培训班，从此我市服务外包统计工作步入了规范化的轨道。12 月 16 日，太仓市国际服务外包企业协会正式成立，成为江苏省第一家县级国际服务外包企业协会，共有 51 家会员单位，企业会员主要集中在研发、设计、软件开发等重点领域。

八、彰显业绩。2008 年是我市国际服务外包产业蓬勃发展的一年，发展格局基本形成。全年引进各类服务外包企业 16 家，累计服务外包企业 62 家。服务外包离岸业务额达 2011 万美元，在全省各县市名列前茅。已经初步形成了以安软科技领衔的信息技术外包、冠科生物领衔的医药研发外包、灵狮领衔的创意设计外包的产业发展格局。省级服务外包基地城市顺利通过了第一次考核，市外经贸局被评为江苏省服务外包业务信息管理工作先进单位，中化国际荣获“苏州市 2008 年度开放型经济国际服务外包先进企业”称号。

攀升——2009

2009 年，我市服务外包业务快速攀升，工作推进措施扎实，发展势头良好，主要体现在以下五个方面：

一、加大政府引导力度。为推动我市工业设计与创意产业发展，加快新型工业化步伐，我市以太委发［2009］1 号文件形式出台了《关于促进工业设计与创意产业发展若干政策的意见》，扶持措施覆盖公共平台建设补贴、办公场地租金减免、重点企业奖励、税收减免、专利申请费奖励、参展补贴等多个方面。该政策的出台将吸引更多有实力的工业设计与创意企业入驻我市，增强我市的自主创新能力，促进制造业向高端化、集群化发展，实现经济发展方式的转变。

2 月 14 日，我在外经贸局主持召开了服务外包专题会议，讨论 2009 年我市如何进一步推进服务外包产业发展。这次会议规格虽小，但意义重大。对服务外包产业发展定位更加明确，力争打响工业设计、物流外包和供应链金融的品牌，重点突破医药外包；对往后的主攻目标更加清晰，进一步完善软件园和创业园的建设和配套，规划启动生命科学园；进一步加强政策研究和对上争取力度，尽快培育一批骨干企业做大做强。

二、组织活动扩大影响。5 月 1 日，中国服务外包高峰论坛在我市成功举办，中国国际投资促进会常务副会长周铭、北京服务外包企业协会会长曲玲年、杭州 IT 服务外包行业协会会长董志敏、成都信息化办公室主任及中软国际、博彦科技、文思创新、软通动力、CSC、纬创软件、安软国际等数十名专家，在对全球服务外包市场和服务外包各细分领域发展趋势进行分析的基础上，对我国服务外包如何抓住机遇、扩大市场份额发表了真知灼见。

5月21日，“工业设计在中国”战略研讨会在我市举行，共同研讨工业设计国际化发展趋势。会上我报告了我市服务外包特别是江苏（太仓）LOFT工业设计园建设情况，得到了来自以色列、德国、芬兰以及中国香港、深圳、北京、上海等地的工业设计专家的指点。

通过组织两次全国性的行业活动，结识了许多国内外服务外包的领导和专家，并让他们了解了太仓，了解了来太投资服务外包的优势和前景，吸引了国外企业考察团和国内党政代表团纷纷来太考察。

3月3日，中国国际投资促进会常务副会长兼秘书长周铭率领中软国际、博彦科技、软通动力、文思创新、IBM（中国）、万国数据等我国服务外包十强企业来我市考察，目的在于让这些企业家多了解太仓，加强与太仓的交流合作，从而进一步促进太仓服务外包产业的发展。同时，美国服务外包高端商务考察团、德国联邦采购物流协会（BME）中国代表处首席代表马丁·库贺一行和美国强生公司副总裁德·琼斯一行先后来我市考察，主要对IT产业项目、物流外包项目和生物医药项目合作前景进行考察。山东省政府代表团、常熟政府代表团等相继来太考察服务外包发展情况，互相交流讨论，共谋合作发展。

三、扩建载体快步推进。市委、市政府把加快载体建设作为2009年度重点推进工作，春节刚过，市委班子领导分头组织相关部门负责人走访了软件园和科技创业园及LOFT创意产业园，就如何进一步加快载体建设进行了调研，了解发展情况，提出推进意见。同时，率团赴顺德考察工业设计创意发展，进一步明确了推进工业设计创意产业的发展思路。在政府的有力推动下，我市一批新的载体快速崛起。

2月10日，我市首家专业自行车检测服务公司正式成立，不仅填补了我市自行车检测服务的空白，同时也进一步延伸了我市自行车生产基地的产业链。2月17日，耐克中国物流中心正式开工，成为太仓物流外包的新亮点。该中心是当时中国最大的物流中心之一，同时也是耐克在亚洲最大的物流中心。3月30日，太仓保税物流中心通过了国务院联合验收组的验收，成了我市第一个国家级功能载体。5月21日，江苏（太仓）LOFT工业设计园正式开园，成为江苏省首个以工业设计为主体的高新技术创业服务中心。7月24日，首批入驻太仓LOFT工业设计园的设计企业向40多家本土企业、外资企业做了推介和签约，标志着我市工业设计进入实质性业务拓展阶段。6月28日，太仓市科技创业园暨留学人员创业园新园正式开园，这标志着太仓在加快从“太仓制造”向“太仓创造”和“太仓智造”迈进的进程中，又添一个科技创新“加速器”。7月14日，太仓市国际服务外包园正式签约，该项目是以云计算数据中心为特色的太仓市国际外包产业的核心项目，引进世界最先进的云计算技术，打造太仓市第一家以云计算技术为核心的国际最高4级品质规格数据中心，从而带动太仓市整体国际服务外包产业的发展。

四、强化人才培育保障。2月16日，我市举行了太仓市大学生实习基地授牌仪式暨总结表彰大会，极大地增强了我市服务外包企业吸引大学生实习就业的竞争力，对促进大学生就业和调整我市人才结构均有积极促进作用。

为了加快健雄学院省级服务外包人才培训基地建设，推动我市服务外包产业又好又快发展，3月5日，我与市人事局、财政局、外经贸局、人才办及城厢镇等有关部门负责同志赴健雄职业技术学院现场办公，与会同志察看了“健雄—SWL服务外包人才培训基地”运转情况，并就下阶段如何加快服务外包人才培训基地建设进行了商讨，明确了对健雄学院大力支持的具体政策措施。

7月3日，我市出台了《太仓市科技创新创业领军人才计划实施细则》，对符合条件的领军人才，我市将给予100万元左右的经费资助，详细规定了领军人才在投资补助、安家补贴、家属安置、子女入学入托等方面优惠政策。

五、全面落实激励措施。重点在总结表彰、典型引路等方面下功夫。3月3日，我市召开全市开放型经济工作会议，对太仓市2008年度国际服务外包先进单位进行了表彰。7月25日，我市举办太仓市高层次创新创业人才沙龙，20多位在太仓工作、创业的高层次创新创业人才、海外留学归国人才参加人才沙龙，畅谈创业历程，交流创新理念，起到了很好的典型引路作用。

同时，开始启动兑现国际服务外包奖金。5月18日，完成了2008年度省国际服务外包产业发展专项引导资金申报工作，主要涉及成长型国际服务外包企业奖励、企业所得税超15%部分奖励、国际资质认证补贴、公共平台和公益性基础设施贷款贴息及人才培训基地培训补贴等5项，共有12家企事业单位提交申请，申请金额达1640万元，这是推进服务外包产业发展以来第一次办理奖金兑现，极大地激发了发展服务外包的热情。8

月 10 日，完成了 2009 年度支持承接国际服务外包业务发展资金申报工作，主要涉及服务外包人才培训资助和服务外包企业国际认证资助两项，共有 12 家企事业单位申请金额 240 多万元。

2009 年，我市服务外包取得了可喜的成绩，全市共有各类服务外包企业 105 家，从业人员近 2500 人，服务外包接包合同额突破 1 亿美元，离岸服务外包执行额超 5000 万美元，在全省各县市中位列前茅。安软、冠科、昭衍等 3 家外包企业团队入选姑苏创新创业领军人才计划，安软和昭衍 2 个团队入选江苏省高层次创新创业人才引进计划，成为我市历年人才工作成绩最突出的一年，在全省各县市中名列前茅。

从 2007 年至 2017 年，我市服务外包产业发展走过了整整 10 个年头。如今已是宏伟目标梦想成真，全面步入“黄金时期”。作为一名服务外包创业的亲历者，自然感到格外高兴和自豪，同时也对发展前景充满希望和信心。

太仓大学科技园诞生记

王永健[①]

2016 年 3 月 23 日，国家科技部公开发布了《科技部关于公布 2015 年度国家级科技企业孵化器的通知》（国科发［2016］90 号），太仓大学科技园在这一年成为我市第二个国家级科技企业孵化器。历时六年，可以说，我见证了太仓大学科技园从筹建到开园再到获评国家级科技企业孵化器的整个历程。

2010 年我加入了江苏省第二批科技镇长团，回到故乡太仓，在城厢镇挂职党委副书记。7 月，太仓市科技局、苏州健雄职业技术学院与太仓市第一批科技镇长团联合东南大学、南京航空航天大学、电子科技大学等 8 所高校，共建了健雄联合研究院。其职责是面向区域经济，以产业为基础，以载体建设为抓手，不断吸收国内外著名高校或科研机构的科技资源和智力资源，开展产业公共服务平台建设、产业领军人才集聚、人才培养（研究生层次）、技术转移（包含技术服务）、高新技术企业孵化等工作，建立以企业为主体、市场为导向、产学研相结合的科技创新体系，为率先基本实现现代化提供强有力的人才和技术支撑。这也为太仓大学科技园的启动建设奠定了基础。2010 年，正值“十二五”开局，太仓市委、市政府提出了以“科技创新”为引领，积极依托沪、苏优质科教资源和太仓特色产业优势，以太仓市充满活力的县域经济产业发展为基础，加快建设太仓大学科技园，构建具有太仓自身发展特色的科技创新体系，推动科技和经济的可持续发展的目标任务。

2011 年 8 月，太仓市人民政府向江苏省科技厅、教育厅递交《关于申请筹建省级大学科技园的请示》（太政呈［2011］84 号），2011 年 12 月收到《关于同意筹建太仓大学科技园的复函》（苏科函［2011］444 号）。与

---

① 太仓大学科技园管理服务中心主任。

此同时，科教新城管委会于2011年成立科技信息产业园筹备组，成员为张洁、张德智、孙卓旻三人，并于4月11日成立太仓兰生信息科技发展有限公司，负责科技信息产业园一期（现大学科技园一期）的投资建设。

2012年，太仓市委、市政府统筹考虑，将科教新城科技信息产业园作为大学科技园的启动区域，原科技信息产业园筹备组改为太仓大学科技园筹备组。5月，大学科技园一期西片区（1—8号楼）竣工，筹备组搬至8号楼2楼办公。同月，太仓大学科技园第一家入驻单位——太仓中科信息技术研究院启动装修。

2012年6月8日，为进一步推进太仓大学科技园的开发建设工作，中共太仓市委发布《关于建立太仓大学科技园管理委员会的通知》（太委组［2012］153号），明确太仓大学科技园管理委员会为太仓市人民政府的派出机构。太仓大学科技园管理委员会下设太仓大学科技园有限公司。7月5日，太仓市政府发布《关于王永林等6名同志职务调整的通知》（太政人［2012］48号），由王永林常委担任太仓大学科技园管理委员会主任，由当时的科技镇长团挂职副市长刘海江、科教新城党工委书记施燕萍、健雄学院院长魏晓锋、科技局局长潘红忠、科教新城管委会主任王哲担任副主任。

2012年7月9日，科教新城根据太委组［2012］153号文件精神，向太仓市政府申请将太仓兰生信息科技发展有限公司更名为太仓大学科技园有限公司（太科新呈［2012］13号），并于7月11日获批。同年7月16日，太仓大学科技园有限公司工商变更，公司执行董事、总经理由王哲同志担任，常务副总经理由我担任，副总经理由陈智强同志担任。自此，我开始参与到太仓大学科技园的具体工作中。经过3个多月的准备，10月30日，在市委、市政府的领导下，科教新城党工委、管委会的组织下，太仓大学科技园正式开园。时任工信部电子信息司副司长张春楠、工信部国际经济技术合作中心主任龚晓峰、省经信委副主任周毅彪、省科技厅副厅长周贡生、苏州市副市长浦荣皋、太仓市委书记陆留生出席仪式，市委副书记、市长王剑锋主持仪式。同年12月，我们完成了省级大学科技园的认定申报材料，并提交至省科技厅、教育厅。

2013年3月13日，江苏省科技厅、教育厅联合组织了太仓大学科技园省级评估验收。同年4月7日，省科技厅、教育厅联合发文认定太仓大学科技园为省级大学科技园（苏科高［2013］104号）。5月10日，太仓市大学科技园创业投资有限公司成立。

在获评省级大学科技园后，我们开始筹备创建国家级大学科技园。对照《国家大学科技园认定和管理办法》相关要求，我们认为基本符合申报要求，但存在一个软肋，就是没有研究型大学的参与。太仓当地只有健雄学院一所大专院校，要解决这个问题我们只能到其他高校寻求合作。当时，这个困境也引起了太仓市政府的重视。2014 年 3 月，太仓市人民政府与上海第二工业大学签订全面合作框架协议，协议中明确“上海第二工业大学以参股的形式与太仓市共建太仓大学科技园”。

2014 年 3 月 14 日，太仓大学科技园有限公司拆分为注册资本 300 万的新太仓大学科技园有限公司和注册资本 7700 万元的太仓兰博资产管理有限公司。大科园公司主要负责园区日常运营管理，兰博公司主要负责园区资产管理。

2014 年 5 月 6 日，太仓大学科技园有限公司成功吸纳上海第二工业大学和苏州健雄职业技术学院入股，共同建设大学科技园，注册资本增至 430 万元，其中太仓市科教新城招商局占股 59.77%，上海二工大资产经营有限公司占股 30.23%，苏州健雄职业技术学院占股 10%。公司设董事会，王哲任董事长，我任副董事长，二工大周志萍任董事，健雄陈智强任副总经理。公司下设办公室、创业服务中心、产学研合作部，共有工作人员 8 人。

2014 年 5 月 30 日，获评“国家高校学生科技创业实习基地”。2014 年 6 月，在解决了“没有研究型大学参与”这一核心问题后，园区进行了国家级大学科技园的申报，并获得了省科技厅、教育厅的推荐，申报材料递送至科技部、教育部。但是，科技部、教育部于 2014 年暂停国家级大学科技园评审。

2014 年 9 月，太仓大学科技园第一、第二联合工会成立。2014 年 12 月，获评“江苏省大学生创业示范园”“江苏三星级公共服务平台”；2015 年 8 月，获评“苏州市电子商务示范园区”；12 月，获评“中国产学研合作促进奖”“江苏省小企业创业示范基地”。

2015 年，由于国家级大学科技园的认定迟迟未开放，我们将目标转投到了国家级科技企业孵化器，12 月，我们将国家级科技企业孵化器的申报材料提交至科技部。2016 年 3 月 23 日，我们就获评了“国家级科技企业孵化器”的称号。

2016 年 4 月 27 日，为进一步推进太仓大学科技园的运营管理工作，中共太仓市委员会发布《关于成立太仓大学科技园管理领导小组的通知》（太委组［2016］63 号），任命朱大丰、赵建初为领导小组组长，魏晓锋、王哲、周志萍、周鸿斌、王莉萍、张义为领导小组副组长，同时下设管理服务中心，我任主任，张洁任常务副主任。

2016 年 10 月，我们获评了“中国产学研合作创新示范基地”；2017 年 1 月，获评“江苏省电子商务示范园区”。

截至 2017 年 8 月，太仓大学科技园注册企业 583 家，实际入驻企业 142 家，其中高新技术企业 5 家，民营科技企业 32 家；实现税收 2013.54 万元，同比增长 39.68%；引进和培育各级各类领军、重点人才 73 人次，其中国家千人计划 3 人次，省双创 5 人次，省“333”人才 1 人次，姑苏人才 10 人次，姑苏宣传文化人才 1 人次，太仓市级人才 53 人次；截至 2017 年 7 月，园区累计申请专利 1990 项，其中发明专利 1435 项，授权专利 588 项，授权发明专利 142 项。太仓大学科技园成为我市最重要的科技创新载体之一。

太仓第一个利用外资项目亲历记

朱树铮[①]

1982年5月25日，日本东京的石本メリヤス（针织）株式会社社长石本太郎先生等三位日本客商，由我陪同从上海到太仓针织厂考察、洽谈合作生产事宜。当小车驶过用中、英、日三国文字标注的“外国人未经许可不准超越”的警示牌时，我不由得百感交集，心情久久不能平静。这是短暂的一瞬，却又是一个漫长的、内涵丰富而又具有历史价值的时刻。这标志着太仓的涉外经济由此拉开了帷幕，太仓的开放型经济迈出了国际化的第一步。为此，我和其他同事连续忙碌了半年多，思绪一下子回到了1981年的深秋……

好事多磨

一个偶然的机会，我厂了解到日本的石本メリヤス株式会社拟在中国寻找合作伙伴，生产中高档提花雪兰毛衫和羊绒衫。该商社已在上海找过两家著名羊毛衫厂，但两家厂都因为日商企业规模较小以及其他一些原因没有谈成。

本人时任厂供销科科长，之前常驻上海接洽业务整整四年，对上海针织行业情况有所了解，我经过分析研究后认为，如外商意向属实，与我厂的合作倒是门当户对，经过努力是有可能办成的。其主要理由有四：一、十一届三中会做出了对外开放、对内搞活经济的大政方针，积极利用外资、引进先进设备与技术得到国家的支持与鼓励；二、我厂虽是家小厂，但自1975年开始分别为上海工艺品进出口公司、上海服装进出口公司生产出口羊毛手套和腈纶衫，具备生产外销产品的条件和能力；三、我厂当时

① 原太仓针织厂副厂长，时任太仓针织厂销售科科长。

正面临计划经济向市场经济转轨的过渡时期，市场竞争激烈，企业有改变现状的设想；四、我刚陪同厂领导去广州、汕头、湛江等地拜访客户，做市场调研回来不久，亲眼所见广东开发开放搞得热火朝天，给了我很大启发。如何利用外资，提升产品档次，生产市场上需要的热销产品，已成为企业经营需要考虑的首要问题。如能抓住机会，与外商合作成功，岂非天大好事。厂部很快形成一致意见，决定由我具体负责联系洽谈。

与日商第一次接触，是在上海和平饭店的一间套房内，我陪同王厂长按约前往。据石本太郎介绍，石本メリヤス虽是一家小型商社，但近年发展情况良好，产品供不应求。由于日本生产成本太高，制约了其发展规模，所以希望在中国寻找生产合作伙伴，建立长期合作关系。初步设想先提供10台自动提花横机，生产提花雪兰毛衫；另外利用合作工厂现有设备生产羊绒衫，产品全部返销日本；设备、原料款都不需支付外汇，交货时在加工费中扣除；为了保证产品质量，石本メリヤス还会派技术员驻厂指导，工厂只需安排食宿，其他费用均由日方负担。

应该说，日本开列的条件是很有吸引力的。但听了我厂情况介绍后，日商却不太感兴趣。主要原因是江苏的知名度远不如上海，交通、通信也不如上海方便，担心我厂规模太小，万一产品质量达不到要求，他需要承担包括原料、机器设备的损失和不能及时供货的违约损失。初次谈判在各自表示进一步考虑的客套话中结束。

第一次谈判没有结果，主要原因是日商对我厂了解不够而缺乏信心，但通过与日商的接触，我反而增强了自信，特别是从石本太郎近乎迫切的期待中，我深切感受到，中日两国企业之间具有相当大的优势互补性。

在改革开放的初始时期，由于观念滞后、信息闭塞，外商来华寻找合作伙伴与国内企业希望利用外资、寻找国外客商同样困难，我们捷足先登，办成的可能性是存在的。

事后，我们通过日商的朋友做了大量工作，充分表达了我厂的合作诚意，详细列出了与我厂合作的有利之处，消除了日商的后顾之忧；加之日商在上海又与一家羊毛衫厂洽谈遇挫，也促使他再次考虑是否与太仓合作；另外，我厂及时向主管单位——太仓县纺织工业公司做了汇报，得到了赵湘万经理的积极支持，赵经理要求我厂继续与日商联系，并表示愿意安排时间参与第二次谈判。几天后，当我陪同赵经理、王厂长一起再到上海时，石本太郎相当激动，对太仓地方官员的重视和工厂的工作效率表示赞赏，从根本上改变了对太仓的印象。第二次谈判取得了实质性进展，当场与日商签订了来料加工、补偿贸易意向书。石本太郎表示在实地考察工厂后再做出最终决定，我们也表示马上向上级申请，办理邀请日商参观工厂的相关手续。

当时，我天真地认为，国家号召改革开放，利用外资，审批程序应该是例行公事，一路绿灯。没想到，当我向有关部门汇报、咨询时，犹如走进了钟表店的陈列室，没有一只相同时点的钟表一样，回答千奇百怪，莫衷一是。

1981 年的太仓是一个非开放地区，外商欲往太仓工厂参观考察、洽谈业务，须通过江苏省公安厅和南京军区批准，而省公安部门同意的前提是企业必须持有行业、外贸、外事等主管部门的批件。于是，我开始了漫长、繁复、令人喜忧交织的“审批工程”。

首先，我厂办好了申请报告并取得了县纺织工业公司的批准，但送到县经委就卡壳了。主要负责人表示：这种事从未碰到过，且对外商情况一无所知，不能随便表态。当时县里还没有外经、外事部门，我们只能直接去找县政府办公室，陆冬泉主任在听取了我们的汇报后，对我厂解放思想、大胆探索表示积极支持，不仅亲自为我厂的申请报告做了部分修改，还热情地为我们准备接待外商的工作提出了一些有益的指点。

有了政府的支持，我们找到了太仓县外贸公司。根据当时的政策，企业对外承接来料加工、补偿贸易业务，必须通过县以上外贸公司承接。县外贸对我厂的申请相当理解和支持，经研究决定，县外贸同意派人和我一起去省外贸公司汇报、审批。

在江苏省纺织品进出口公司，毛针织科唐科长听了我们的汇报后态度相当干脆，对我厂的申请表示“不支持、不反对、不插手”，当场一口回绝。理由是：没有遇到过这种情况，外商如要与工厂合作，应该先到南京来商量，然后由省外贸根据情况选择合作工厂。

我厂的要求遭到了外贸部门的拒绝，外事部门当然也不会同意，省公安厅就更不可能批准，只能无功而返。眼看着好事面临夭折，真是又气又急。日商在沪一直等到签证到期也没能拿到通行证。面对现实，我唯一能做的只有婉转地解释，并和日商约定，等以后办妥手续后再邀请他来访。

我厂经过仔细推敲省外贸所谓的“三不政策”，虽说不支持，但毕竟也不反对。县纺织工业公司经研究，专门派了姚惠春同志配合我开展工作。那段时间，我俩经常往返于沙溪、太仓、苏州、南京、上海等地，有时几乎到了废寝忘食的地步。功夫不负有心人，终于先后通过了苏州地区纺织工业局、外贸局、外事办公室的批准，其间还得到了苏州地委分管工业的副书记王余绩同志的支持。

紧接着，又通过江苏省外贸局有关领导和省纺织品进出口公司领导，迫使毛针织科唐科长插手支持。同时，通过省外贸局进出口处向中国驻日使馆商务处对石本メリヤス株式会社的资信进行了确认。

最后商定，在全部报批手续办妥后，由省纺织品进出口公司向日商发出邀请书，届时工厂再派人前往南京详谈。

在与诸多部门的接触中，最令人难忘的是江苏省纺织工业厅进出口处的陆明亚副处长和江苏省委进出口委员会的郝宝钧副处长两位领导。在“审批马拉松”过程中每逢遇到困难，以及后来发生的“节外生枝”麻烦时，两位领导及时做出具体指导和操作建议，使我少走了弯路，增强了信心。

所需手续全部办妥以后，我们去了江苏省公安厅出入境管理处。公安厅给了我批件后，告诉我还需到南京军区司令部作战处签注行驶路线。当拿到所有批准文件之时，我和老姚如释重负，兴奋之情溢于言表。

此时，距离日商首次接触已过了半年之久，我厂也做了一些硬件的改造，改建了驻厂日本技术员的卧室，确保居住安全，生活、工作方便，经苏州地区外办领导视察后，认为基本符合接待外商的条件。

日商来厂考察非常成功，所见到的情况比我们口头介绍时好，所以当场签订了来料加工、补偿贸易协议。由于已过了当年的采购季节，日商表示准备在秋季来华时签订具体合同，并考虑约在11月末将设备和原料发往中国。

节外生枝

一晃几个月过去了，在此期间，地区外办专门对我进行了接待外宾的礼仪培训。同时，我利用业余时间自学日语，掌握了常用的交流用语，更增加了几分自信。

1982年10月，我陪同王厂长在上海接了石本太郎先生直接赶往南京，在省纺织品进出口公司与石本メリヤス株式会社签订了具体的进口设备、原料以及出口羊毛衫的来料加工、补偿贸易合同。

一个多月后，石本发出的10台自动提花横机和第一批原料抵达上海港。当时，太仓、苏州均未设立海关，我前往南京海关办理转关手续，省纺织品进出口公司业务员将填好的报关资料和省外贸公司出具的一张空白转账支票（用于支付关税与增值税保证金）交给我去南京海关，换取前往上海海关报关提货的关封。

令我做梦都没想到的是，当上海海关人员打开关封，向我说明进口设备和原料须按章征税时，我才发现由于省外贸业务员的疏忽，填写报关资料时将来料加工误写为进料加工，一字之差，性质迥异。根据政策规定，来料加工项下的进口设备和原料均享受免税。我向上海海关出示了我厂与日商签订的来料加工、补偿贸易合同，海关人员也觉得南京方面搞错了。于是，我请他们重新将关封加封盖章后，再往南京。

一路上我想到的还只是要增添一些麻烦，没想到南京海关坚持认为报关资料不能随便更改，除非由省纺织品进出口公司以公函方式承认错误并保证承担可能发生的后果。这让省外贸业务员相当尴尬，他刚参加工作不久，根本不敢向经理汇报此事，他与我协商，能否就按进料加工申报。我说不行，一是增加税金支出，付冤枉钱；二是我厂与日商签订的是来料加工、补偿贸易合同，与之配套签订的产品出口合同中的成本和价格均在此框架内测算，如果改变贸易性质，该笔生意实际上就无法操作；再者这是你的工作差错，怎能让我厂承担损失和后果。

实在没办法，我想到了省纺工厅进出口处的陆处长，请他帮助协调。陆处长让我直接向省委进出口委郝处长汇报，郝处长也感到省外贸的做法不可理喻，并对我厂为此项目而历尽坎坷深表同情，一口答应由他协调解决。此时已接近 1982 年农历年底，郝处长对我说，春节后正月初八，将在南京召开全省进出口工作会议，让我在会议上直接找他。

进口设备和原料只能躺在上海港仓库内等待。

春节刚过，我和老姚赶到南京。会议午间休息时，郝处长在江苏饭店临时办公室内，同时召集了南京海关关长、江苏省外贸局进出口处处长和省纺织品进出口公司经理，让我再次汇报了一下整个过程，并听取了各位领导对此事的看法后，当场拍板，让海关关长通知有关人员重办关封。至此，拖了近两个月的事总算获得圆满解决。

硕果累累

在日本驻厂技术员高桥义宏的指导下，太仓针织厂的外贸生产很快进入正常状态。进口设备生产的提花雪兰毛衫不仅款式新颖、花样各异，填补了国内市场空白，而且生产效率也提高了八倍以上。工厂开展对外来料加工，不仅缓解了资金周转压力，而且弥补了针织行业历来的季节性淡季，使内、外贸生产相得益彰。当然最主要的变化莫过于观念更新、视野开阔，拉近了与国际针织毛衫行业的差距。

外贸生产稳定以后，我厂一方面继续扩大与日商的合作，同时筹划如何利用进口设备与技术，生产适合国内市场销售的产品。

考虑到知识产权等问题，在征得石本太郎先生的同意后，我厂在完成日商加工任务之余，可生产部分花样的羊毛衫在国内销售。

令人耳目一新的提花羊毛衫首先在上海恒源祥、开开等羊毛衫专营店亮相，受到了极大的欢迎。接着，我们又在北京、南京、杭州、广州、大连、哈尔滨等城市，选择当地知名商场定点销售，所到之处无不引发极大轰动——各地客商慕名而来，预付货款，排队购货。

在全厂干群的共同努力下，我厂的外贸、内销都取得了既是意想之中，又是意料之外的成功。在太仓、苏州、甚至全省的纺织系统均产生了积极影响，全国各地多家企业来我厂参观、培训。原江苏省委第一书记江渭清、上海市原市长汪道涵、时任江苏省委书记韩培信等各级领导，先后来厂视察，对我厂积极探索、利用外资和技术发展国内经济的做法予以充分肯定。

至 1985 年，我厂从一个名不见经传的小厂，实现了年产值超千万、年利润超百万的跨越，成为当时县属企业中的一颗新星。本人也荣幸地被评为 1984 年“太仓县先进工作者”，历尽坎坷的开创性工作终于获得了肯定。

同时，与石本メリヤス株式会社的合作也是一步一个脚印，逐年稳步发展……

值此改革开放 40 周年之际，太仓和全国各地一样，已然发生了翻天覆地的变化。如今回首当年那个特定的年代，不禁令我思绪万千——要想成就事业、创新发展，“解放思想、敢为人先、积极探索、锲而不舍”的精神应该始终被保持，并不断发扬光大。

为南方招商引资活动打“前站”

沈建飞[①]

2001 年 11 月底，我从金浪镇调入市外经贸局工作，担任外经贸局办公室主任。从一个从事党建工作的副科职领导干部转任外经贸局的正股职干部，虽说级别降了，但工作的环境变了，工作的内容多了，从事的岗位不同了，这是我自己的选择，在外经贸局工作不仅可以锻炼自己，还可以学到更多知识。

办公室主任岗位担负着全局工作的综合协调，特别是要围绕全局的重点工作、中心工作加以展开。除了日常工作外，最值得我铭记和留恋的一件事，那就是局领导指派我赴南方为开展招商引资活动打“前站”。

为招商引资活动打“前站”是一项艰巨而又光荣的任务。艰巨在于为市领导和部门领导做好细致周到的服务工作，每个环节尽力做到不出差错，淋漓尽致。光荣在于代表着太仓市人民在改革开放前沿的南方体现太仓人的形象，太仓机关工作人员的工作能力和水平。

记得 2005 年的一个春天，局长指派我带领刚建立的招商中心新任办公室主任一同赴广东东莞、深圳两地为全市招商活动打“前站”。我拿着方案，带着推介资料及纪念品，和同事兴高采烈飞往东莞，到达目的地后做的第一件事就是落实宾馆，安排好 50 多人的住宿，确定可容纳近 200 人的会场，安排次日赴机场接机的车辆，记得那天忙到深夜 10 点多，总算把要做的事基本做完。深夜时分，我和同事边编排房号边思考细节，从客商报到到项目推介整个过程是否存在遗漏和失误，检查完毕，已是凌晨 1 点。第二天上午 11 点，分管副市长和局长赶到宾馆，认真检查了我们工作的落实情况，感到比较满意，此时，我紧绷的心似乎稍微放下了点。简单吃了点午饭，我和同事做了分工，我去机场接机，同事留在宾馆接待签到处。

---

① 太仓市商务局副局长。

当我在广州白云机场接到前来参加会议的领导返回东莞时，我想第一次带着新手独立完成“前站”任务已成功50%。下午3点，陆续有客商前来报到，我和同事负责客商的接待签到工作，由于那次客商来得特别多，我们带去的资料和纪念品不够分发，那时我心急如焚，怎么办？分管副市长耐心安慰我，没关系的，主要是邀请客商来听我们太仓项目推介说明的。此时，我的心情没有平静，我偷偷地收集了本市参加会议同志的推介资料分发给嘉宾，弥补了会议效果的不足。当全体人员举杯同饮时，我和我的同事奔赴深圳……

到了深圳，我们还是重复着东莞那套作业流水，我感觉我们的工作总有点不尽如人意，存在着不足，深思着哪里出了问题。思考了许多，最后向分管副市长和局长汇报了我的想法，除了面上的集中推介外，在深圳采用点对点的洽谈方式开展活动。这一建议得到了领导的采纳，在集中开展推介活动的过程中，我们将带去的资料和纪念品分发给两区各镇，由两区各镇负责分发自己邀请的客商和需要的嘉宾，避免了尴尬的局面。采用点对点洽谈方式，我跟随市委书记和分管副市长为太仓港码头公司二期工程与港方项目负责人洽谈，拜访了深圳两家企业，为两位领导洽谈拜访做好服务工作。记得从晚上七点半到凌晨，两位市领导从没休息，真可谓是废寝忘食。第二天上午，由于工作需要，局领导对我说，你们出色完成了这次打“前站”工作，可以回太仓了。我和我的同事满载着完成任务的喜悦，愉快地踏上了回太仓的征程……

通过这次独立完成招商引资打“前站”任务，有以下三点体会：

一是太仓人的敬业精神值得弘扬。我作为一名普通的工作人员，通过这次招商引资活动，市领导那种对事业的执着敬业的精神深深地打动了我，无论是市领导还是部门领导，都为太仓的发展贡献着自己的聪明才智，都为太仓的发展默默无闻地做好服务工作。短短两天时间，来回奔波2000多公里路程，召开两个会议，拜访100多家企业公司，连续奋战、日理万机、不知疲倦、永不放弃、久久围攻的工作态度，为太仓发展做出了应有的贡献，这种对事业执着敬业的精神值得弘扬。

二是太仓人的诚信精神值得发扬。一个项目落户需要经过多轮洽谈谈判，在整个过程中考验着谈判人的知识、智慧、经验、果断决策等水平和能力。我们太仓所有项目的落户，均为客商提供路、电、水、气等基础设施的保障，同时在项目注册登记、厂房建造、设备引进、安装调试、开工投产等方面全过程、全方位提供优质高效的服务，在政策优惠上一旦承诺的，做到一诺千金，不折不扣兑现，深受客商的好评。正是由于这种诚信的精神才有两区各镇的发展，这种诚实守信的精神既是体现太仓人的精神风貌，更是太仓城市精神文化的象征，必须继承和发扬。

三是太仓人的亲商精神值得光大。从20世纪末到21世纪初，太仓人坚持“亲商”理念，发扬“四千四万”精神，成功引进世界500强企业25家，被德国经济部和国家商务部命名为“中德合作基地”，落户德资企业286家。除了加强投资硬环境建设外，还加强了软环境建设，建立了行政服务中心，“一站式”“零距离”服务深入人心，“快速审批、快捷服务”深得客商赞誉，把客商当作自己的亲人一样对待，这种亲商理念和精神值得发扬光大。

亲身经历打“前站”工作，丰富了我的人生阅历，积累了我的工作经验，提升了我的工作能力，这是从书本上学不到的知识，这种体验将铭刻心中，终身难忘。我骄傲，我为家乡发展也尽了一点微薄之力。

第一次赴非洲考察投资纪实

黄　丰[①]

2015年2月，中共中央成立“一带一路”建设工作小组，同年3月，国家三部委联合发布了《推动共建丝绸之路经济和二十一世纪海上丝绸之路的愿景与运动》，宣告“一带一路”进入全面推进阶段。“一带一路”倡议的实施是我国政府对2000年前后国家号召企业“走出去”战略的延伸，也是从国家层面上更全面、更系统的顶层设计与规划。对于亲自经历参与“走出去”战略的实践者，回顾我司在2002年4月第一次走进非洲，开展贸易与投资活动，点点往事历历在目。

2001年年初，我负责的苏州国信集团丰源进出口有限公司通过在非华人朋友介绍，开始向卢旺达、南非等客户出口农药等产品。2002年受卢旺达农业部的邀请，我们于2002年4月份踏上了去非洲卢旺达和南非的业务考察之旅。此行的主要目的是：一、考察卢旺达土豆淀粉项目的可行性；二、对当地农药及其他日用品进行市场调查。我们从上海浦东机场出发经香港中转飞往南非，从香港起飞后经13小时我们飞抵南非约翰内斯堡。南非的朋友来机场接我们，在去宾馆的路上，朋友向我们介绍了南非的经济、贸易、治安状况及出行的注意事项，并向我们介绍了她在南非的生活及经营活动。从飞机的降落到沿途的观察，发现南非的现代化程度要比我们国家高，特别是当时南非的公路设施世界一流，工业也比较发达，矿业尤甚。约翰内斯堡规模很大、很开阔。开普敦则是个漂亮的现代化港口，仿佛置身于欧洲的某个城市。我们在南非待了4天，拜访了朋友的公司及客户，彼此加深了合作意向，交换了发展业务的看法，双方业务合作一直延续至今。

第五天我们启程飞往卢旺达，从南非约翰内斯堡起飞经历了7个多小

① 苏州国信集团副总裁。

时的飞行后，我们顺利抵达卢旺达首都基加利。来机场接我们的是国内的朋友和当地的客户马哥拉·本杰明先生。卢旺达地处非洲中心，是东非的一个内陆国家，国土面积仅 26000 多平方公里，境内多山，有“千山之国”的称谓，常年气温在 17 到 28 摄氏度，气候宜人。山上植被茂盛，有着“非洲小瑞士”的美誉。卢旺达和乌干达交界处生活着独特的山地大猩猩，即影视作品中的“金刚”，每年有大量欧美人到卢旺达专门看“金刚”。卢旺达经济比较落后，被联合国定为世界最不发达国家之一。当时首都基加利市容还不如我们太仓现代化，与南非的约翰内斯堡、开普敦等城市更是天壤之别。我们在卢旺达的合作伙伴马哥拉先生曾在天津大学留学，在中国学习生活了 5 年，中文很流利。大学毕业后，由于卢旺达种族大屠杀，他一直辗转在法国、瑞士等欧洲国家工作。到 1998 年卢旺达国内局势平稳后回国开始自己创业，成立公司从中国进口农药，在此过程中与我们建立了合作关系，这次农业部淀粉项目考察活动也是由他牵线安排。到达基加利的当天，我们就去参观了马哥拉的卫生纸加工厂，工厂的设备订购、安装、技术及原料供应均由我们丰源公司负责。

卢旺达是个农业国家，农药化肥都是依靠进口，我们和马哥拉的合作就是从农药入手的，考虑到马哥拉当时的资金有限，我们给他一定的信用额度，以支持他快速扩大市场份额，除了农药我们还讨论了建材、日用品出口卢旺达等事宜。考虑到非洲老百姓品牌意识较强，我们建议马哥拉及时申请商标注册，此后不到 4 年，我们的产品市场占有率第一，我们的商标成为当地著名品牌，贸易额从刚开始的十几万美元发展到目前年均 600 多万美元，产品也由单一的农药扩展到 20 多个商品。

到卢旺达的第二天上午，马格拉带我们去拜访农业部，部长亲自接待了我们，农业部的农林局长及部长秘书同时在场。双方各自介绍情况后，我们了解到土豆是该国的主要农作物，也是一种主要的食粮，由于没有深加工及收储技术，导致每年有很多土豆烂掉，所以希望我们以土豆为原料进行深加工，生产土豆淀粉。我们介绍了在卢旺达开展的贸易情况，特别是农药销售中碰到的准入困难等问题，农业部长当即答应提供帮助，同时商定第二天由农林局长陪同我们到土豆产地及可能设厂的几个省份去考察。当晚农业部长在国宾馆设宴招待了我们一行。

随后的三天，我们在农林局长的陪同下从基加利出发，一直到刚果（金）交界的戈马市。沿途对三个省进行了考察，各省政府领导都亲自接待了我们。考察中我们发现该国基础设施条件均太差，缺水缺电，根本无法满足淀粉厂生产所需的电力和用水，故项目推进难度较大。为了了解当地土豆的质量，我们现场收集了土豆样品，准备带回国对淀粉等主要指标进行分析测定，这是有关项目成败的关键指标，我们把上述想法及时告知陪同的农业部官员，并表示等样品检测结果出来后，我们再做决定。后来经检测，样品的淀粉含量不到14%，明显低于正常标准17%，考虑到当地的水电配套设施都不具备，我们理智地放弃了该项目。

考察活动结束返回基加利后，我们前往中国驻卢旺达大使馆，拜访了沈江宽大使，我们向沈大使汇报了我们这次到卢旺达的考察情况，沈大使也向我们介绍了该国的政治经济概况，询问我们有何困难需要使馆帮助，并帮我们出具了土豆样品的携带证明。面对沈大使的坦诚及平易近人，我们提出想让大使出面回请一次卢旺达的农业部长，感谢农业部对这次考察活动的周到安排。沈大使很爽快地答应了，并说就放在大使馆的招待所，由他来安排。第二天中午大使馆秘书来电说沈大使已邀请了卢旺达农业部部长、商业部部长及当时卢旺达企业家协会的会长等嘉宾今晚到中国大使馆。这次晚宴的目的有两个，一是帮助我们答谢，二是为我们建立更广泛的贸易渠道，要我们在下午5点前到达大使馆。我们准时赶赴大使馆，对沈大使的周到安排表示感谢。5点半后，卢旺达的各位嘉宾也陆续到达。我们汇报了这几天来的考察情况及对淀粉项目的初步想法，并对其他贸易活动的开展与卢方相关人员进行了沟通，对卢方为我们这次考察活动的精心安排再次表达了感谢。卢方希望我们通过这次考察在加强发展与卢方贸易的基础上争取来卢投资。随后沈大使设宴招待了卢旺达客人及我们一行，席间大家分享了各自生活与工作趣事，沈大使又是主人又是翻译，他悄悄对我说，又要招呼我们吃菜喝酒，又要一会儿中文翻译法语，一会儿英语翻译法语，有点忙乱了。宴会在愉快的气氛中结束，大使带领我们先送别了卢旺达客人，随后我们也和沈大使及其他使馆工作人员道别。

次日我们离开卢旺达返回国内，结束了为期6天的卢旺达考察活动。

2002年的第一次非洲之旅开启了我们与非洲贸易和投资的进程。

2003年，我们邀请徐州的利民化工股份有限公司再次走进非洲，考察了卢旺达、乌干达、肯尼亚及坦桑尼亚等东非各国，为合资共建农药厂选址。

2004年，我们与利民化工共同出资100万美元在坦桑尼亚滨海省成立利丰有限公司，购置土地兴建厂房，开展农药加工和贸易。从注册登记一个农药产品，到目前已完成注册登记17个品种，从销售额10万美元发展到了目前的约600万美元。

2005年，我司出资在坦桑尼亚莫西市投资成立中华纸业有限公司

(CHINA PAPER CORPORATINON CO. , LTD，简称 CPC)，利用当地废纸生产生活用纸。

2013 年，我司在 CPC 工厂增设人造板生产车间，开展木材深加工业务。目前 CPC 年产值约 300 万美元。

2016 年，利丰有限公司在肯尼亚设立分公司，着手进行产品的注册，为进入肯尼亚市场做前期准备。

虽然卢旺达淀粉项目因各种原因没有开展起来，但我们的老朋友马哥拉在我们的支持下发展迅速，他不仅拥有自己的办公大楼、卫生纸加工厂、出口加工区内现代化的标准厂房，还和其他人共同投资兴建了比较先进的饲料加工厂和碎石加工厂，每年与我司的贸易额达到了 600 多万美元。马哥拉每年都要到中国两三次，每次必到太仓，他常说我们丰源公司是他的“BOSS”。马哥拉不但生意上成功，从政方面也颇有成就，曾担任卢旺达青年企业家协会会长，海关税务系统联席会议主席，现为卢旺达私有企业组织的总负责人（81 个分会的总会长），在执政党内部负责经济发展，是总统的经济顾问，经常陪同卡加梅总统到中国、美国以及欧洲各国访问，深受总统器重。他也是一位坚定的亲华派人士。

回顾这些年来非洲投资的风风雨雨，更感觉到了国家的强大和发展。对促进我们的海外投资影响巨大，“一带一路”倡议的实施必定为我们的海外投资带来更大的发展机会。

“中国自行车名镇”创建始末

潘国忠[①]/口述　唐崇民/整理执笔

起　步

在中国改革开放大潮中，陆渡镇开放型经济起步较早。1988 年 2 月，镇政府组建工业公司和外贸公司。在北京和深圳设立办事处，专门负责引进“三资”（独资、合资、合作）企业进行联络、洽谈、签约、登记、领照、组建等相关业务。1993 年 5 月 20 日，从深圳引进苏州福而康车料有限公司，就是陆渡镇第一家自行车零配件生产商。董事长张德辉选中陆渡镇，原因有三：一是陆渡有沿沪地理位置和较好的交通条件；二是陆渡的地租和劳动力相对低廉；三是陆渡人文底蕴深厚，创业环境优越。于是当场拍板，投资 680 万美元，注册资本 380 万美元。在 339 省道的东方路地段征地 3300 平方米，建造厂房 15000 平方米。不到半年，在陆渡镇工商、土地、建设、电力等部门的“一条龙”服务下，在热烈的鞭炮声中，招工开业。该公司主要生产花鼓筒、脚刹器、机械五金配件等。这年 6 月 17 日，全球最大的自行车链条生产商香港超汇实业有限公司又进驻陆渡，在 339 省道的万金路口投资 2700 万美元，注册 1188 万美元，征地开建“桂盟链条（太仓）有限公司”，专业生产自行车链条产品，使陆渡镇自行车行业锦上添花。这两家外资（独资）企业的落户为其他自行车零配件生产的中小企业生产商投资陆渡起到了相当大的示范和推动作用。随后，1994 年宏光车料（太仓）有限公司进驻、1996 年 11 月瑞振车料（太仓）有限公司、元毅车料（太仓）有限公司等 4 家企业在 339 省道的东新路地段建厂集聚。到 1999 年年底，自行车零配件企业达 18 家，投资总额 10822.47

① 太仓港经济技术开发区新区管委会经济发展局副局长。

万美元，注册资本5240.15万美元。经过7年建设，陆渡镇自行车企业形成特色优势。

进入21世纪，陆渡镇加大招商投资力度，通过“以外引外”策略，在发展外资企业上有了新的突破。2000年1月13日，台湾见诚工业股份有限公司董事长巫尧明紧跟潮流在陆渡镇的339省道万金路北侧投资1500万美元，注册资金600万美元征地建厂，开设见诚自行车（太仓）有限公司，生产自行车、童车、三轮车、健身器材等产品。从此陆渡镇有了第一家整车生产自行车的企业，使自行车产业有了完整的产业链。这年见诚自行车的落户又带进信隆车料（太仓）有限公司、源文兴车料（太仓）有限公司、明达铝业、雷佑机械、翔宇实业等15家自行车零配件生产企业。到2000年年底，自行车行业数量猛增到34家，投资总额21299.27万美元，注册资本10288.35万美元。陆渡镇自行车企业优势初步形成。

发　　展

2001年，陆渡镇为做大做强自行车产业，采取“小区招商”的方略，进一步开展招商引资工作。陆渡镇开发横沥村富达路工业小区，建成长1.85千米、宽10—20米的水泥路，然后继续引进欧亚马自行车（太仓）有限公司、超汇桂盟传动（苏州）有限公司及佳诚纸箱、凯得爱依安全运动器材、高盟机械等12家自行车整车企业和零配件企业。其中超千万美元规模的企业3家，全年利用外资6408万美元。

2002年，在开发联达工业区、瑞德工业区招商基础上，又在全镇开展“亲商”“爱商”“富商”亲情大行动，使外资企业“引得进”“留得住”“扎好根”。到2005年年底，陆续引进集聚自行车整车生产企业3家，立达自行车（太仓）有限公司、苏州大忠自行车有限公司和大名电动工业（苏州）有限公司。零部件生产企业9家，包括友鹏（太仓）科技、盈毅车料、尚阳运动器材、正咏（太仓）机械等。陆渡镇自行车行业猛增到58家，投资总额达到2.4亿美元，注册资金1.2亿美元。全镇自行车企业投入生产的达45家。特别是有5家整车生产企业，自行车产品涉及休闲车、折叠车、健身车、电动车，品种齐全，年产量达到500万辆，成为华东地区最大的自行车生产、出口基地。初步形成与深圳龙华、天津王坨自行车生产基地三分天下的格局。

2005年年底，自行车骨干企业18家，销售收入12.53亿元，利税总额1.7亿元，分别占全镇工业销售收入的28.24%，工业利税总额的

54.49%。2006年被苏州市人民政府命名为苏州市自行车（陆渡）特色产业基地。

跨　越

2006年，陆渡镇自行车产业进入跨越发展阶段。镇政府修订《陆渡镇轮业产业集群发展规划》，成立“陆渡镇自行车集聚区建设工作领导小组”。由镇长和镇党委分管工业的副书记分别担任组长和副组长，负责招商引资和自行车集聚小区建设管理，组织镇机关内的招商中心、企业管理、科技、环保、安全监督、土地管理、建设管理、工商、财政、社保等部门。协力分管，专项负责，促进自行车产业跨越发展。

2006—2008年，招商中心继续引进：苏州东丰健身器材、太仓威凯童车、苏州龙跃锂动车辆等10家自行车、电动车企业，壮大发展了自行车产业。到2008年年底，陆渡全镇集聚自行车企业68家，其中整车生产企业6家，零部件生产企业62家。投资总额24931万美元，注册资本12644万美元。同时，开展技术创新活动，累计投入7000多万元，引导企业高起点、高标准加大企业技术改造。太仓信隆车料有限公司等18家企业引进自动化、专业化先进设备，大量采用机械手操作，还采用冷挤压、无切削加工、无缝铝管特殊变形等先进技术，提高产品的产量和质量。先后有见泰自行车配件（太仓）有限公司等35家企业通过“ISO9001：2000”质量体系认证，有宏光车料（太仓）有限公司等5家通过“ISO14000”企业质量认证。整车生产企业中，见诚自行车（太仓）有限公司产品销售海内外，从2002年开始，连续7年被太仓市人民政府评为“太仓市出口创汇企业”。欧亚马自行车（太仓）有限公司研发的超薄型系列折叠自行车以新颖、美观、可靠等特点深受消费者喜爱，成为国内折叠自行车生产的龙头企业。

其中，零部件生产企业尤为突出。苏州福而康车料有限公司生产的变速器、脚刹器、花鼓筒等产品被评为“好孩子”集团（用户）的优秀产品；KMC（桂盟）、宏光、信隆、CATEYE等企业成为国际著名品牌。旭生的铝合金车架，宏光的脚踏、中轴，信隆的车把、前叉，祥力的鞍座，政伸的贴标，日美达的薄膜卷标等成为国内外信得过产品。凯德爱依安全运动器材（太仓）有限公司研发的太阳能智能安全回光器已成业内“抢手货”；益昌铝制品（太仓）有限公司研发的碳素纤维高档车圈成为尖端产品；生产无缝铝管车架的明达铝业科技（太仓）有限公司成为苏州地区的铝合金自行车材料基地之一。通过品牌创建，陆渡自行车企业中有58家升为骨干企业，国家知名企业2家（桂盟和超汇桂盟），江苏省品牌企业5家，获得市级以上高新技术产品10个。

由于品牌过硬，陆渡自行车和零部件成为出口创汇主要产品，近年来先后出口美国、日本、英国、德国、智利等11个国家和中国香港、台湾等地区。此外，陆渡镇自行车零部件企业与国内外的“捷安达”“普利斯通”“巨风”“跃马”“祭本”“好孩子”集团（公司）成为配套企业。产品内销北京、上海、天津等170多个城市。

陆渡镇自行车企业在积极扩大生产的同时，还搭建自行车公共服务平台，成立培训中心12家，累计培养自行车各类人才500多人，成立研发中心15个。到2008年年底，获得国家实用专利证书17件，发明专利3件，国际专利2件，国外专利3件。还成立自行车队15个，不时开展自行车骑游活动，宣传节能环保，促进自行车产业的壮大发展。

2008年全镇68家自行车企业，从业人员1.4万人。全年生产自行车500万辆，其中自行车199万辆，童车240.5万辆，电动车15.5万辆。生产零配件28500万件套。全年出口自行车455万辆，零配件4300万件套。自行车工业总生产值43.43亿元，产品销售收入41.07亿元，利税总额2.42亿元。分别比2006年增长49.25%、52.68%和44.05%，出口创汇27742万美元，比2006年增长62.70%。

创　建

2009年12月，为推动中国自行车企业的发展，加快自行车产业的转型升级，为太仓市经济快速发展做出更大的贡献，陆渡镇人民政府提出创建“中国自行车名镇”的申请报告。是年的12月26日，太仓市人民政府发文［2009］131号文件，向中国自行车协会正式提交《关于太仓市陆渡镇为中国自行车名镇的请示》；同时又向中国轻工业联合会呈报。中国轻工业联合会十分重视，收到申报请示的文件后，立即委托中国自行车协会牵头，组成专家审核考察组于2010年5月23—25日对陆渡镇自行车行业进行考核。专家们通过“听、看、查、议”并召开一系列座谈会，综合意见为五条：

一、陆渡镇自行车行业，经过近20年的发展，形成了从原材料供应、模具加工、零部件制造、整车生产比较完整的产业链；二、陆渡镇自行车行业是当地政府的支柱行业；三、陆渡镇通过招商引资，聚集一批自行车整车和零部件知名品牌和企业，并通过扶持、服务、营造良好的发展环境，企业实力不断增强；四、陆渡镇自行车行业的人才培养和技术创新体系建设，体现出以企业为主体，产、学、研相结合的特点；五、陆渡镇通过制度建设、资金投入、帮扶监管等措施，加强安全、环保教育，明确目标责任的同时陆渡镇设立专门机构、人员分管自行车行业和工作，并不断与江苏省自行车、电动车协会，苏州市自行车、电动车协会建立紧密联系，积极组织参与活动，各职能部门积极为行业提供服务，促进行业健康有序发展。

专家一致认为，“太仓市陆渡镇特色区域建设”取得显著成果，符合中国轻工业联合会和中国自行车协会《中国自行车行业特色区域称号管理办法（试行）》有关要求。中国轻工业联合会经研究同意，并在2010年6月24日发文，正式授予江苏省太仓市陆渡镇“中国自行车名镇”称号。

同年6月30日，中国自行车协会发文［2010］第02号文件转发《关于授予江苏省太仓市陆渡镇“中国自行车名镇”称号的通知》的函件，联合授名陆渡镇为“中国自行车名镇”。从此，陆渡镇成为中国首个获此殊荣的名镇。之后于2010年9月23日召开的“陆渡镇第四届外企文化节”和9月24日“首届中国东方自行车、电动车博览会”（苏州），分别由中国轻工业联合会、中国自行车协会负责人将金牌和证书发给陆渡镇人民政府。陆渡镇创建“中国自行车名镇”一举获得成功，从此“中国自行车名镇”永远载入陆渡镇史册。

城市建设篇

亲历太仓改革开放四十年

城市建设篇综述

叶海生

2018 年，中国改革开放走过了 40 个年头。这场源于农村，最终给中国带来翻天覆地历史巨变并使中国人民富起来的伟大革命，必将以中华民族伟大复兴进程中的重要组成部分而永远载入历史史册。同样，改革开放也给太仓城市建设带来了发展最快、变化最大、成就最为辉煌的 40 年。改革开放之初的太仓，是一个县城建成区面积不足 5 平方公里，城市化率不满 10%，由狭小沙石公路连接区域内 24 个小乡镇的农业小县。如今的太仓，已发展成为拥有“一市双城三片区”田园城市框架，老城区、新城区、港城、科教新城、滨江新城等功能配套完善，道路、水电气等城乡一体化基础设施和公建设施高度发达，建成区面积 60 多平方公里，城市化率超过 70% 的中等现代田园城市。并成为国家卫生城市、园林城市、生态城市、中国人居环境奖城市和最具幸福感城市。在改革开放 40 周年的历史节点上，我们回眸这段波澜壮阔的历史并从中撷取普通亲历者记忆中的一些点点滴滴，来记录和留下她生动的历史印记。

建设现代田园城市战略决策形成的前前后后

叶海生[①]

2012年12月13日，时任太仓市委书记陆留生在接受《苏州日报》记者专访时宣布，未来太仓城市发展的核心是建设现代田园城市，这一发展的总目标、总定位与党的十八大有关生态文明建设的精神高度契合。接着，“现代田园城、美丽金太仓”作为太仓城市的宣传口号也正式对外发布。

自古有着“锦绣江南金太仓”和“上海后花园”美誉的太仓市，在城市化历史进程中，将建设现代田园城市作为具有太仓特色的未来城市发展之路，其深远的考量是什么？个中的缘由又是什么？作为时任市住房和城乡建设局（原规划建设局）局长，我亲历了这一决策从酝酿、讨论再到确定和实施的前前后后，也使我终身难以忘怀。

修编城市总体规划引入的课题

2007年6月，我由新区管委会副主任调任市规划建设局局长、党委书记。工作几个月后，我越来越感觉到，全市城市总体规划与经济社会发展状况存在脱节和矛盾。当时全市城乡建设执行的是第三轮城市总体规划（2001年版），规划预测人口规模至2010年为54万，2020年为57万。规划经济（GDP）发展目标，2010年为460亿元，2020年为1000亿元。而进入新世纪后，太仓的经济和社会发展进入了快速发展期。2007年太仓全市的总人口超过了65万，GDP总量已接近460亿元。显然，2001版城市总体规划滞后于全市的经济和社会发展速度，使其发挥的引领作用也越来越弱。特别是当时的新区发展空间局限于城北河和外环一级公路（现天津

① 太仓市住建设局原局长。

路）之内，许多招商引来的项目因规划原因而无法落户。修编新一轮城市总体规划，对城市发展总体目标、空间形态、发展规模等事关太仓未来的重大问题进行重新研究、定位和布局，成了当时决策层和实施层的一致共识。

2008年春节刚过，时任太仓市委书记浦荣皋和副市长徐鸣强来市规划建设局调研。在听取了我的工作汇报后，浦荣皋书记明确要求：一是迅速启动城市总体规划的修编，形成新的一轮城乡规划体系；二是对城市发展定位进行进一步研究，形成太仓的独有特色和优势；三是进一步优化市域空间布局，形成城乡一体化发展格局。此后的2008年6月10日，经省住房和城乡建设厅批准，市规划建设局正式邀请江苏省城市规划设计研究院启动太仓市新一轮城市总体规划的修编研究。7月，由总规划师袁锦富带队的9人课题组进驻太仓，开展前期调查研究工作。

城市定位研究中的争论和抉择

2008年7月至2009年年底的一年半时间里，省规划设计研究院课题组和我局选择了7个课题，进行了大量的调查研究工作。其间，单咨询会、座谈会就召开了不少于20个。受市政府委托，我曾多次前往北京、南京等地，邀请了一批领导和专家前来太仓调研和指导，其中有时任国家住建部总规划师唐凯、省住建厅厅长周岚、时任副厅长张泉和南京大学著名规划学专家崔功豪教授等。2010年年初，课题组形成了一个新一轮总规的初步方案（大纲），向市领导层汇报并提交有关部门和专家讨论、咨询。之后的3、4月间，我以市住建局局长的身份连续主持召开了5次讨论会和专家咨询会。会议的结论逐渐清晰，即各界对未来太仓的发展目标、人口预期、空间布局和建设规模逐步趋向一致，但对太仓城市未来的发展定位却出现了较大分歧和争论。一种意见认为，太仓应延续“十一五”规划的提法，以建设国际化、现代化的港口工业城市为总定位。理由是，太仓是郑和七下西洋的起锚地，素有“六国码头”之称，拥有“江苏仅有、中国难得和世界少有”的长江优质岸线资源，“以港强市”一直是太仓的重大战略。另一种意见则认为，工业化仅是城市化进程中的一个阶段，太仓更应突出生态和城乡一体化为特色的宜居城市总定位。理由是，太仓是典型的江南鱼米之乡，也历来有“上海后花园”之称，在自然资源、历史渊源和城市化发展条件上，更有利于建设临沪生态宜居城市。

2010年10月，一个天高气爽的日子，太仓又迎来了以著名社会学家、中国社会科学院社会学所原所长陆学艺教授带队的中国社会科学院“社会现代化”课题组一行。陆教授原籍无锡，却因为长期把太仓作为他社会研究的“样本”，而一直把太仓视作自己的家乡。在太仓的“苏南模式”实践、率先建成小康社会、精神文明建设等重要发展阶段，他一直为太仓出谋划策，给予理论支撑和实践指导，并以太仓为模式和样本形成了诸多研究成果，引起了国内外的普遍关注。这次来太仓后，陆教授一行听取了太仓正在修编新一轮城市总体规划的汇报，到镇村、企业展开了为期 5 个月的调研，并与市镇两级领导进行了广泛座谈和讨论。在一次由市领导主持召开的座谈会上，陆教授首次提出了“现代田园城市”的概念。他说，早在 100 多年前，英国社会学家霍华德就已经提出“田园城市”这个理论，被称为现代城市规划的开端，而且“田园城市”在世界各地有了非常成功的实践。太仓建设现代田园城市有这样的基础。第一，太仓还有耕地，户籍人口人均 1 亩以上，这在长三角经济发达地区是非常少有的。第二，太仓把全市域作为一个城市来进行整体规划，形成“一市双城三片区”组团式发展格局，主城与片区之间有大片的农田隔离，并用快速交通连接。这正是霍华德“田园城市”的典型布局。无论从历史渊源和现实基础看，还是从顺应城市发展进程看，太仓应寻求更高的城市发展定位。陆教授审时度势的分析和高屋建瓴的意见，在太仓全市上下引起了很大震动，也给正在编制新一轮城市总规的课题组吹来了一股春风。2011 年 5 月 11 日，太仓市委的内部刊物《调研参考》刊发了市委研究室撰写的《打造田园城市，建设民本太仓》的调研文章，这表明，太仓建设现代田园城市的战略定位决策，已列入市委、市政府的重要议程。

2011 年 6 月 26 日，中共太仓市第十二次代表大会如期召开。时任市委书记陆留生在工作报告中明确宣布，在“十二五”期间，太仓将建成现代田园城市特色。此后，在年底召开的市委全体（扩大）会议上，进一步明确了建设目标，即把太仓打造成既有现代的城市功能、发达的工商业，又有优美的田园风光，并体现丰富的历史文化内涵，形成“城乡一体、产城融合、城在田中、园在城中”的现代田园城市。至此，太仓已正式完成了未来城市发展战略定位的科学选择。

由理想迈向现实

1898 年，勇敢的英国社会活动家霍华德针对当时工业化带来的污染、拥挤、贫富悬殊等严重社会问题，出版了那本著名的《明天：一条走向真正改革的和平道路》，提出建设一种“兼有城市生活优点和农村环境优美的田园城市”。太仓提出的现代田园城市目标，既遵循了霍华德理论的精髓，又与时俱进地吸收了现代城市建设中的先进理念，融合了经济、社会、文化、历史等要素，与党的十八大以后确立的“创新、协调、绿色、开放、共享”五大发展理念完全符合。

如何使现代田园城市的美好理想变成现实？“十二五”期间，市委宣传部、党校、市住建局等职能部门围绕市委确立的总目标、总定位，进行了深入研究和探索。例如，针对当时部分同志的“田园城市就是回归农业社会”的认识，我通过学习和调研，撰写了《关于太仓建设现代田园城市的思考》等论文，认为现代田园城市是高度工业化和城市化发展的产物，是物质文明和生态文明的高度融合，并提出太仓建设现代田园城市应坚持“五个化”，即布局组团化、环境田园化、产业高端化、交通网络化和生活人本化。2013 年由太仓市委党校龚金明副校长主编并出版了《现代化进程中的太仓现代田园城市建设研究》一书，将整个研究工作推向了一个新的高度。2012 年 9、10 月间，我根据市领导要求，几次前往中国城市研究学会，研究商量编制《太仓现代田园城市规划》事宜。由中国城市研究学会低碳生态研究中心编制的规划，从“五个一”着手，即一个理念、一套指标体系、一张布局图、一套规划管理机制和一批示范工程，勾画了太仓建设现代田园城市的路线图。规划编制过程中，得到了时任国家住建部仇保兴副部长和中国城市规划研究院李迅副院长的多次指导。李迅副院长还于该年年底在陕西咸阳新区召开的“全国田园城市高层论坛”会议上，专门介绍了太仓建设现代田园城市的情况。2013 年，土建已经完工的太仓市规划展示馆以“太仓之梦”为主题开始了紧张的布馆工作。“太仓之梦”以小城故事、金色太仓、田园之梦三个篇章为结构，讲述了太仓过去、现在和将来的生动故事，为太仓人民描绘了一个现代田园城市的未来之梦。

回忆太仓定位建设现代田园城市战略决策的前前后后，作为亲历者，我深深体会到，这一决策是太仓市委、市政府基于历史、现实和面向未来的正确选择，其意义极其深远，而要使梦想变成现实，需要几代人“一张蓝图绘到底”的不懈努力。

留住乡愁的美好记忆

——《太仓市镇村布局规划》诞生记

席克菲①

2018年伊始，在太仓的微信朋友圈中广泛传播着一条央视1月18日将要播放《记住乡愁》栏目——“太仓沙溪篇”的预告。在该片播出的前后，从街头巷尾到田园河边，处处洋溢着人们对故土乡愁的眷恋和骄傲之情。太仓自古就有“锦绣江南鱼米乡”的美誉，“河流水网密布、民居枕河而建、小桥流水人家”的地形风貌，催生了昔日传统农耕文明的繁荣，也孕育了太仓独特的历史风韵和遗传根脉。如何留住这些乡愁的美好记忆？这要从新一轮的《太仓市镇村布局规划》修编说起。

一

2014年，我在市住建局规划处做一些规划实施中的具体工作。3月中旬的一天，局办公室通知我，说局主要领导要找我谈话。我走进局多媒体会议室后，时任局党委书记、局长叶海生告诉我，局党委经过慎重研究，决定调你担任局村镇科科长。你上任后的最大一项工作是要尽快完成新一轮《太仓市镇村布局规划》的修编工作。他要求说，如何将刚刚结束的中央城镇化工作会议精神融合到新一轮镇村布局规划的编制工作中去，要做些深入的研究。

局主要领导谈话的第二天，时任市住建局分管规划的副局长查晓冬就将我带到局村镇科，与轮岗到市建设档案馆任馆长的张健老科长进行工作交接。张健老科长抱着厚厚一大沓调查分析数据和图表说：“编制新一轮镇村布局规划是一件很累的活，这是我们前期调查的初步成果，接下来还

---

① 太仓市住建局村镇科科长。

要继续深化调查和分析研究，为局和市领导提供决策依据。”从老科长手里接过那些厚厚的资料，我心里顿时觉得有一种沉甸甸的感觉。接下来的半个月时间里，我着重学习了中央城镇化工作会议文件和新一轮城市总体规划，并反复翻阅了现有的调查资料，终于对修编新一轮《太仓市镇村布局规划》的背景情况有了一个大致的了解。

市委市政府在新一轮《太仓市城市总体规划》中，将太仓定位为建设“既有现代城市功能，发达的工商业，又有优美田园风光，并体现丰富历史文化内涵，形成城乡一体、产城融合、城在田中、园在城中”的现代田园城市。在市域空间上，提出构建“一市双城三片区”（一市为太仓市，双城为主城和港城，三片区为沙溪、浏河和璜泾）总体框架，并永久性保留 40 万亩农田作为绿色屏障。总体规划完成后，作为重点专项配套规划之一的镇村布局规划修编被提上了重要议事日程。修编镇村布局规划最重要的一环是在总体规划确定的“一市双城三片区”的大框架下，如何规划布局好村庄和农村居民居住区。而太仓由于受河流水网密布和湖浜塘众多的地形地貌影响，村庄和民居分布极为分散。以 20 世纪 90 年代为例，40 多万农村居民分布在 24 个乡镇、330 多个行政村的 4000 多个村民小组内。过于分散的农村居民住宅分布，给当时工农业生产、农村基础设施建设和公共资源配置带来了众多困难和浪费。

进入新世纪，随着太仓城市现代化和城乡一体化进程的加快，主城新城区、港城、科教新城等板块的先后崛起，全市开始推行“三集中”，即工业向园区集中，耕地向规模经营集中，农民居住向新型社区集中。当城市的喧嚣越来越占据人们的生活空间时，人们内心深处却愈加怀念“小桥、流水、人家”的美好记忆，愈加思念“农田、村庄、亲情”的田园生活。适逢其时，中央城镇化工作会议提出“保留村庄原始风貌，慎砍树、不填湖、少拆房”和“让居民望得见山、看得见水、记得住乡愁”的精神。习近平总书记在中央城镇化工作会议上重要讲话为新型城镇化指明了道路，也给我们规划工作者明确了方向。

二

田园城市的核心理念是“自然之美、社会公正和城乡一体”，如何在现代田园城市建设中更多地留住农村传统文化基因和对乡愁的美好记忆，是新一轮镇村布局规划的关键问题。带着这些问题，我在叶海生局长和查晓冬副局长的带领下，一次次到区镇和村去调查，听取镇村基层干部和农民的意见，并多次邀请部门领导和专家座谈。调研中，基层干部和农村居民对上轮镇村布局规划提出的“大集中布局”意见较大，认为农民过于集中居住与现有基础条件和农民生活习惯存在较为严重的脱节。有的农民说，全家搬进了集中居住区，但还有责任田，种田和生活都很不方便。一些专家也对上一轮的大集中规划提出反思，认为乡村的消失不利于乡土特色文化资源的保护，也不尊重农民传统的生活方式的习俗，田园风光既要有物，更要有人。

2014 年 5 月下旬，我们市住建局和苏州规划设计院课题组共同形成了一个编制思路向市委、市政府领导汇报。这个思路的核心思想有这么几点：一是遵循新一轮总规的总体定位和布局，将 40 万亩基本农田保护具体定位落地，留住田园城市的基本风貌；二是根据功能，将全市域划分为城镇化地区（规划确定的建设用地区域）、生态控制区（高速公路、铁路和主要河道两侧的防护绿地）和农村地区（农田和水域的基本保护区域）；三是改变原来农民居住大集中的布局思路，在农村地区设置永久性保留村庄，充分尊重农民传统的生活方式和乡土习俗，形成有别于城市的独特乡村田园风光和质朴的乡土文化特色。这个规划编制思路得到了市委、市政府领导的高度肯定。

“设置永久性保留村庄”思路确定后，我和课题组再一次走向了农村地区，但很快问题又出现了。太仓农村地区农民的住宅极其分散，西部地区以线状分布为主，东部地区则星罗棋布，自然村落的概念和界线十分模糊，与苏州市其他县市村庄为聚居的形态有很大区别。确定哪些为保留村庄，如何划定保留村庄，在基层领导和农民中分歧很大，各自也有各自的道理。此时，市政府分管副市长顾晓东了解到问题的复杂性后，由他亲自带队逐个到区镇分片召开座谈会，并确定以“原有行政村为基本单位，以大路大河为基本界线”的原则。市领导的指导和协调，为我们扫除了镇村布局规划编制中的最后障碍。

2014 年 10 月底，经过历时 8 个多月的调查研究，10 多次反复讨论和 5 次大的修改后，新一轮《太仓市镇村布局规划》终于形成了一个初步成果（文本），接下来是接受专家的论证、公示和报批的过程。在规划编制期间，为了体现新理念和高质量，市住建局曾邀请了国家住建部村镇司司长赵晖、省住建厅村镇处处长赵庆红和南京大学著名教授崔功豪等领导和专家先后来太仓实地考察，并对镇村布局规划提了许多很好的指导意见。

三

2014年11月7日，一个天高气爽、风和日丽的日子，《太仓市镇村布局规划》专家论证会在市住建局多媒体会议室举行。来自上海、南京、苏州等地的专家和20多个太仓市级机关、区镇的领导将对这个规划进行评判和定论。在主持人时任局长叶海生致简短欢迎词后，课题组向专家汇报规划。新一轮《太仓市镇村布局规划》确立了“城乡一体、统筹发展”“科学分区、合理布点”“产业主导、安居乐业”和“文化传承、培育特色”4个理念，将全市域划分为城镇规划区、生态控制区、农村地区三大区域。农村地区规划人口15万人，设置永久性保留村庄120个，其中自拆自建小区31个、自然村庄85个（每个村庄500户左右）、特色村庄4个（沙溪洪泾村、璜泾杨漕村、浮桥三家市村和协心村）。对于永久性保留村庄同步进行道路、水电气、污水处理等基础设施和幼儿园、老年活动室、农资超市和红白喜事厅等公建设施规划配套，使农村居民同样享受现代化公共设施带来的优质服务。同时，对于农村地区进行空间布局优化和产业发展引导，重点发展生态高效、科技体验、休闲观光和乡村旅游等现代都市农业，让40万亩农田充分“活”起来。之后，经过一个上午的讨论，与会的专家和领导对《太仓市镇村布局规划》编制中将执行上位规划与贯彻中央城镇化工作会议精神相结合，传统和现代相融合，区域划分与农村居民居住方式相配套的规划思路给予了充分肯定，对规划基础数据的翔实和可操作性也给予了高度评价。听着专家的评语，我这半年多来一直忐忑不安的心情终于平静了许多，这不仅是对规划的评价，更是对我们与参加这次规划的所有人员所花心血和努力的肯定。

紧接着，经市规划委员会和市政府常务会议讨论后，2014年12月20日，市人民政府正式发文批准了新一轮《太仓市镇村布局规划》。规划批准实施后，市政府又制定并颁布了一系列政策性文件，对农村农民建房进行了规范，并鼓励弘扬和保护农村传统历史文化和水乡民居建筑风貌，使农村居民有了永久美丽的家园。

令人鼓舞的是在沙溪、浏河等历史文化古镇进一步保护和修复的同时，太仓农村近年来又涌现了像电站村、永丰村、半泾村、吴家湾等一大批融“生活、生产、生态”和“风貌、风俗、风味”于一体的田园乡村，使《太仓市镇村布局规划》显现出了它的生命力，也让更多的人留住了乡愁的美好记忆。

太仓城东崛起了一座现代化新城

——回忆在“新区”工作的那些日日夜夜

叶海生

2000 年 8 月，我从乡镇调任新区管委会分管规划建设的副主任，次年 11 月又兼任新区城建分局局长，从此开始了我不平凡的 7 年难忘岁月。

太仓新区是当时太仓县委、县政府为响应党中央“沿海地区对外开放和上海浦东设立特区”两大国家战略，于 1991 年 1 月成立，并于 1993 年经省政府正式批准的省级经济技术开发区。成立时名称为“太仓城东经济新区”，以承载和发展工业经济为主要定位，最初规划面积 7 平方公里，后扩大至沪嘉高速公路延伸段（现为 G15 高速）12 平方公里。新区起步于县城东郊的低洼地里，初创岁月艰难困苦，经过近 10 年的奋力拼搏，已基本完成了 7 个平方公里基础设施的开发建设。20 世纪 80 年代后期，太仓老县城的建成区面积才 5 平方公里，人口 4.5 万左右。新区设立后的不到 10 年时间里，迅速扩大了 7 个平方公里，确属成绩斐然，也为新世纪后的开发建设起飞奠定了良好基础。

开启快速开发建设新区二期工程新时期

进入新世纪后，随着改革开放的深入，太仓进入了高速发展期。2001 年年底，太仓人民日夜企盼的沪嘉高速公路延伸段终于开通，使新区至上海市区的行车时间缩短为半个小时，加上当时太仓港开发已初见规模和全市道路、通信、水电等基础设施条件的明显改善，来太仓新区投资考察的中外客商明显增多，尤其是引进德资企业出现了可喜势头。我到新区工作后，一面熟悉情况，一面领受了第一个任务，即调查研究“新区扩大规划范围的可能性”。我与时任常务副主任顾健仁等同志一起，多次去苏州工业园区考察学习，并对现有新区周边区域的地块、河流、农宅等地形地貌进行了反复踏勘和测量，又向一些专家请教，最后形成了一个“向北扩展至苏昆太高速（正在规划中）”的初步意见。这个初步意见已经涉及城厢镇管辖的原板桥和新毛管理区的一些村，需要做出区域管辖调整。同年 11 月下旬，时任市委书记程惠明等市委、市政府领导来新区调研，新区管委会将这个初步意见做了汇报，得到了初步肯定。

2002 年的春天似乎来得格外早，这一年在新区发展史上，留下了浓重的一笔。1 月份召开的市委全委（扩大）会议和 3 月份召开的市人大代表会议相继做出决定，要求新区在抓好现有区域开发建设的同时，迅速规划建设二期工程，尽快拓展发展空间。3 月 14 日，市委、市政府发文，将原城厢镇管辖的北郊、新兴、金星、银星、香花桥 5 个村划归新区代管。紧接着的 4 月中旬，市四套班子领导听取并原则同意了“新区二期规划”。“新区二期规划”南至城北河与一期相衔接，东至板桥管理区西侧的常胜路，西至盐铁塘河，区域总面积 19 平方公里，相当于老城区和新区一期面积的总和。同年 10 月 15 日，市委、市政府再次发文决定，将板桥管理区整建制委托新区代管。至此，加速开发建设新区二期工程的基本条件都已具备。

新区迎来了腾飞的历史机遇，但对每一个新区人来说，面临着前所未有的压力和挑战。我所在的城建分局，当时从局长到办事员仅 12 个人，分规划、工程、绿化三个科室，承担着道路、水电、绿化等基础设施建设管理和动迁安置小区建设等繁重任务。尤其是动迁安置，涉及区内被拆迁农户的切身利益和能否顺利推进开发建设的根本大事。在安置方式上，一期大多采用“划定区域、统一提供图纸、动迁户自建住房”的安置模式，而二期为了集约使用土地，逐步开始实行“拆一还一、公寓房安置”的新模式。为此，从 2003 年开始着手在苏州路北侧规划建设新区最大的华盛园安置小区。改变几千年遗留下来的居住方式，这对动迁农户来说，确实是一次重大变革。开始，部分动迁户因不认识和不理解，曾于 2005 年 5 月发生过几次集访。后经管委会领导反复做解释工作，我们城建分局还组织动迁户代表去昆山开发区参观，并在整个设计和建设过程中，吸收这些代表进行参与和监督，终于打消了他们的顾虑。两年后，这些动迁户都分到两套以上公寓住房，并高高兴兴搬进了新小区和新房子。

那段时间工作的高节奏和高效率，至今仍让人记忆犹新。“七上八下（早晨七点上班、晚上八点下班）”“五加二”“白加黑”和“夜总会（夜里总是开会）”也是那时工作的常态和生动写照。2003 年至 2007 年，短短 5 年时间，新区总计动迁安置农户 6200 多户，基本完成道路、水电、通信等基础设施的建成区面积从 7 平方公里迅速扩大到 30 多平方公里，创造了太仓历史上的“深圳速度”。

实现向现代化新城区的华丽转身

新区成立之初的定位是以承载工业企业为主要目标，但随着经济的快速发展，尤其是进入新世纪后，太仓主城区的常住人口开始增多，“人气”不断升高。2001 年 6 月召开的中共太仓市第十次党代会明确提出，用 5 年时间，将新区建设成为“环境优美、功能完善、富有特色”的现代化新城区。

根据市委的战略决策，新区管委会从 2002 年开始，边规划开发二期，边考虑总体布局的调整和完善问题。经过反复讨论、方案比选，并报市委、市政府批准，形成了建设“三个片区的总体思路”，即一期，特别是郑和路以南区域，以布局城市和居住功能为主；二期，以发展工业经济为重点，特别是布局以德资企业为代表的高新技术产业园区，形成中德合作基地；板桥管理区作为一、二期动迁安置区和生活配套区，并在十八港以东和沿海高速公路以西区域设立 9 平方公里民营工业区，重点发展太仓本地民营经济。这个总体思路，奠定和形成了今天新区的基本格局。

2003 年 3 月，我受管委会委托，与上海同济大学规划设计院签订了《编制新区一期详细规划的协议》。同济大学随即派出了以曹曙教授为组长的课题组。经过近一年时间的努力，一期详规形成了“一核一轴三个功能片区”的布局设想：一核，即以行政中心、商务中心、商业中心和市民公园为核心区；一轴，即以上海路为行政办公、金融、商务商贸轴；三片区，即东仓路以西为新老城市功能区，上海路以南、娄江路以东为新兴高档住宅区，郑和路以北为居住和工业综合功能区。详细规划确定新城区人口容量控制在 18 万以内，并按此容量预留了医疗卫生、文化教育等生活和公共设施用地，为现代化新城区建设确定了规划依据。

按照建设“现代化新城区”的定位，我和城建分局同事们做的第一件事是“提升理念、提高标准”。2004 年 5 月，在详规确定后，我们引入了“城市设计”新理念，选择上海路、郑和路、东仓路等主要道路，从总体上确定城市天际线、建筑形态、立面效果等建设要素和景观。之后行政中心、中央商务中心、东盛广场等项目和上海进入太仓的景观建设基本上遵循了城市设计的要求。在新建道路上，引入了“方案设计”的先进理念，统筹好主慢车道、雨污水管道、路灯信号灯和绿化景观等要素，做到同步设计、同步施工和同步建成并全部采用高档沥青路面，大幅增加了美观度和舒适度。做的第二件事是快速推进城市功能建设。污水处理厂是城市的重要基础设施，但限于当时的资金实力，前期开发的7平方公里区域均未实现集中处理。2003年下半年，我受管委会委托，经过与北京金源环保公司反复研究、多轮谈判，终于签订了采用BOT模式建设污水处理厂的合作协议。一年半后，首期4万吨级的城东污水处理厂终于建成启用，结束了新区无污水处理厂的历史。

让新城区绿起来、靓起来

2005年3月中旬的一天，新区已是绿草如茵、鸟语花香。参加苏州市园林绿化局召开的绿化工程现场会的各地专家们，正在兴趣盎然地参观考察新区实施的东亭路、娄江路等景观绿化工程，并对设计理念和施工标准给予了高度评价。这一年，新区的多项道路景观绿化工程在省市行业评比中获奖。新区园林绿化工作起步于2002年，当时一期的道路框架拉开后，因绿化等配套工程相对滞后，曾有“新区一片草”的评论，与“环境优美”的现代化新城区很不相称。2002年年初，新区主要领导要求我和城建分局“加快实施绿化工程、尽快改变面貌”。通过调研，我向城建分局提出，对照学习“两个样板”，即设计学习苏州工业园区、管理养护学习浙江萧山。为此，由我牵头，每年组织一两次参观考察学习活动，并通过招投标，邀请浙江天工园林绿化设计院等一批著名园林绿化设计院承担工程设计任务。在设计上，注重林荫化、网络化和乡土树种、落叶树种的应用；在施工上，完善了“胸径、树冠、蓬径”等具体规范要求；在管理上，制定了与养护费挂钩的考核奖罚制度。2003年至2007年的5年间，新区每年新增绿地50万平方米以上，绿化覆盖率提升到42%以上，为今天“绿树成荫、绿廊成网、城在园中、满城皆绿”的新城区优美环境，打下了良好基础。

由于受到前期开发资金的限制，新区一期7平方公里内的道路均为硬质水泥路面，且大多没有配套红绿灯和路灯，东仓路、上海路等主要道路采用大转盘交叉模式。从2006年开始，由城建分局负责实施，先后对滨河路、东仓路、郑和路等10多条道路，进行了“美化、亮化和绿化”为主要内容的一体化提档改造。为了达到满意的改造效果，经市交警大队推荐介绍，聘请了国内著名的城市道路专家、同济大学杨晓光教授作为设计和施工总顾问。改造中引入了“人本化和景观化”的全新理念，如30米宽度以上的道路，均在道路中央的人行道交叉处设置了“安全岛”。在当时这个设计不被人所理解，认为是“多余的隔离”。但随着近年来汽车的井喷式增长和行人优先理念的实行，道路中央“安全岛”对保护行人过街，特别是对二次过街的行人作用很大，也充分体现了现代城市“以人为本”的建设理念。同时，道路路灯的安装，也迅速给新城区带来了一片光亮。新区明显变绿了、变亮了、变美了……

2007 年 6 月，我充满着依恋离开了新区，走上了市规划建设局（住房和城乡建设局）局长、党委书记岗位。新岗位与新区的规划建设仍有着紧密的工作联系，但更主要的是服务于新区的发展。令人鼓舞的是，2007 年后，新区有了更快、更好的发展，走向了更辉煌的历程，成为蜚声中外的中德企业合作基地，高新产业的示范区、引领区和太仓现代田园城市的核心区。

如今，当你穿梭于太仓新区，行政中心、金融大厦、财富大厦等一座座现代化大楼耸立于宽阔的道路两旁，耐克、舍弗勒、特灵等一个个耳熟能详的国际著名企业坐落于各个高新产业园内，碧桂园、积水、协鑫等一个个高标准社区融入于园林绿荫之中……在这片挥洒激情、书写传奇的热土上，抚今追昔，作为一个现代化新城崛起的见证者和曾经的规划建设参与者，为能生长和生活在这样一个伟大的时代而感到无限的荣耀和骄傲！

太仓园林绿化建设纪略

唐四新①

每到星期六的下午，我都会带上自己心爱的边境牧羊犬，穿梭在太仓市区内林林总总的公园和开放绿地中，充分呼吸户外的新鲜空气，摆脱一周来紧张的工作状态，让自己的身体得到全部的放松。

顶住压力建设城北湿地公园

初春时节的某日下午，我来到了三年前建好的城北湿地公园。在蓝天白云的映衬下，万物都缓缓地苏醒过来，热闹的湿地公园内，人们或三五成群、或独自一人感受着明媚的阳光和本该属于自己的快乐假期。他们中有的在开心地嬉笑，有的在长椅上看书聊天，有的在尽情地玩耍，还有很多的家庭干脆在草坪上撑起了户外帐篷，享受着因太仓人居环境改善而带来的种种喜悦。看到这些场景，我思绪万千，沉思良久。作为一名园林绿化的工作者，我参与过市区内大大小小的各类公共绿地、公园和绿化工程的建设和管理，也经历了公园改造以前和现今的环境形成的巨大的反差，更见证了太仓的园林绿化建设一步步走过的艰辛、困惑和这些年的建设成就。

就拿眼前的这个公园来说，其实在建设的初期就面临着不大不小的窘境，甚至因各方想法不同致使该工程差点流产。当时的矛盾主要集中在这个湿地公园该不该建，什么时候建，建多大规模等问题上。种种的争论困扰着公园的建设，有一种观点认为此处属城乡接合部，距城市中心区有一段距离，在此建公园是否有点得不偿失；还有一种观点则认为当前太仓的房地产市场有所起色，如果拿出一部分的用地用来开发房地产，不但可以

---

① 太仓市人防办副主任，时任市住建局副局长。

不投资，相反财政还有一定的收入。我清楚地记得在一次部分人大代表视察工地的时候，有几位人大代表私底下对这个项目提出了质疑，认为此地人流量不大而外来人口却较多，政府没有必要为他们建设公园。面对种种非议，我们也在反思，分析公园项目建设的利弊以及未来可能对这一地区产生的影响，最后坚定了在此处建设湿地公园的信心。之所以得出这样的结论，主要基于以下三大理由：一是该地段地处城市生活区和工业区的分割带上，此处建设公园，不仅可以对工业区和生活区进行有效隔离，还可以大大改善城市的生态环境；二是同地块周边区域是典型的城乡接合部，在太仓市区是有名的脏乱差地区，缺少大型绿地和户外活动空间，人居环境急需改善提升；三是通过公园建设可以有效缩小城北地区和城区其他区域的差距，为城北地区下一步整体推进开放建设提供好的基础。确定改造计划后，我们特地向市政府做了《有关推进城北河区域环境整治和人居改善提升的建议》专题汇报，罗列了改造建设湿地公园的紧迫性和必要性，强调适度超前规划建设对城市区域发展的引领作用，同时广泛征询人大代表和政协委员意见，取得他们的支持。另外还将规划方案在城北地区进行公示，取得了这一区域市民的广泛认同。最后市领导审时度势，在评估各方意见后下决心同意先启动人民路西、苏州路以南区域作为公园建设的启动区进行试点，待具备条件后再做整体推进。正是在市政府的关心领导下，我们从整治环境入手，到拿出具体的改造方案，到拆除各类违章建筑违规码头，再到实施改造建设，同时在改造建设的同时，始终倡导以自然为主、生态改善原则，尊重现有地貌、形态，尽可能保留现场原有的树种和植物。正是在这样的理念的贯穿下，我们仅用了一年的时间、较少的投资，硬是在脏乱的环境上，建设了城北河湿地公园一期工程。公园开园以后得到了市民和政府领导的广泛肯定和赞誉，为此省建设厅专门召集全省园林部门召开现场会，将自然、生态和可持续园林的做法作为全省未来园林建设的主要手段加以推广。由于一期工程的建设取得了意想不到的成功，坚定了市领导推进工程继续实施的决心。目前，这座东西长4.5公里、南北纵深近百米、面积达62万平方米，覆盖区域周边、掩映城北河两岸的开放公园，极大地改善了这一区域的环境面貌，有效提升了城北地区的人居环境。可以说，城北河湿地公园的建设，不仅仅是一处公园的建设，更是我市这几年绿地建设、公园建设、城市生态环境提升、人居环境改善的一个缩影。

绿道工程扮靓“田园城市”

我本人是1990年大学毕业后到太仓工作的，在我的记忆里，当时的太仓是苏南地区一个名不见经传的小县城，县城东西、南北长均不到2公里，城区建成区面积不足4.5平方公里，在城区内仅有寥寥几处楼层超过七层，其余均为低矮建筑，其建筑结构也相当简陋。城市公共绿地和公园建设更是步履蹒跚。当时，市区内仅有人民公园、中心广场两处公园绿地，以及散落在沿县府街、人民路、太平路的几处绿地小游园，户外绿地活动空间极度欠缺，年轻人甚至没有地方谈恋爱，市民的精神生活也相当匮乏。从1995年开始，太仓实施了老城改造和全国卫生城市活动的创建，也就是从那时起，市内公园和绿地建设才开始慢慢起步。记得当时印象最深的是政府在短时期内利用城区拆迁和腾出的空地，建设了十几处规模不一、大小不等的公共绿地和小游园。另外，通过致和塘整治改造，建设了东园和新东街绿化景观带。到了2000年以后，由于财政收入的增长和城市建设的快速推进，城市迎来了园林绿化建设的快速发展。这期间，新建改建了以东园、春水园为代表的54处街头绿地，扩建了人民公园、中心广场和南园，建设了西庐园和新浏河景观风光带。其中，尤其值得称道的是位于城市核心区的新浏河风光带的建设：它全长有将近3公里，纵深100米到220米不等，总建设规模达到了75万平方米。记得当时在规划工作前期，我们首次邀请了上海、苏州、南京等地多家规划设计单位，首次在全国范围内组织专家把脉，对规划方案进行评标，对新浏河风光带进行深入研究，充分挖掘太仓文化和太仓元素，在形成广泛的共识后，通过城市客厅、都市森林、草坪坡地、健身步道等主题，把城市的绿地景观、水系和道路进行有效的沟通和串联，最终形成了较好的景观空间。今天的新浏河风光带已经成为太仓市民日常休闲、健身、游玩的理想场所。也就是从那时候起，太仓的市民慢慢地觉得太仓的人居环境改善了，太仓这座城市变美了，并在2007年，我市荣获了“国家园林城市”的称号。2008年以后，太仓的园林绿化建设全面提速，从城市出入口的绿化提升到公共绿地的完善，从沿河绿道慢行系统的构建到垂直绿化、立体绿化、屋顶绿化的开展，金仓湖、菽园、天境湖、西庐园等一大批大型公共绿地和开放公园相继建成，加之这几年太仓又以城市绿道规划为引领，充分利用城市道路、防护林带、滨河水系实施了盐铁塘、娄江河、城北河、新浏河等绿道工程，串联起城市中大大小小的绿色斑块，构建中心城区“申”字形绿道体系，编织起完整的“蓝色+绿色”的生态网络。使得今天的太仓城百步见绿，千步见园，满城绿荫缭绕，处处公园环抱，“城在园中，园在城中”已经成为这座小城令人自豪的城市名片。

应该说，今天的太仓人是勤劳的，他们用辛勤的汗水让这座拥有30万人口的城市，人均公共绿地达到13平方米，绿化覆盖率超过了43%；同样，今天的太仓人是聪明的，他们知道园林绿化就是人居环境，而生态环境就是未来城市的核心竞争力；同时，今天太仓人又是幸福的，他们通过绿化环境的改善，享受着其他许多城市无法享受的惬意，感受着城市的快速发展以及人居环境改善带来的喜悦。

当今的城市园林绿化建设以及生态环境的改善，已经深刻改变了人们生活方式和生活状态。新一届市委、市政府始终围绕“现代田园城”发展定位，以“一心二湖三环四园”的绿色生态基底为依托，强调自然恢复为主，生态保护优先，力求再现太仓城市“河畅、水清、花红、岸绿”的旷世美景，真正让太仓这座千年古城成为活力之城、魅力之城以及中国最具幸福感的现代田园之城。

南园重建纪略

殷继山[①]/口述　彭伟衷/整理执笔

踏步南园，草木葱郁，鸟语花香，移步换景，成为太仓百姓茶余饭后闲暇之余一个游玩的好去处。谈起当时南园的修复经历，不禁让我感慨万千。南园是明万历首辅王锡爵的种梅赏菊处，原占地 18 亩，清初，其孙大画家王时敏邀请一代造园大师张南垣主持增拓其园到 33 亩，大师与巨匠高手合作，使南园成为造园与绘画融为一体的历史名园。在晚清的时候，王锡爵的子孙家道中落，将南园卖给了时任军机大臣的钱鼎铭。南园在 1958 年时已经全部毁掉了，当时太仓籍的画家王麟士先生和工程师王浩（他也非常喜欢画画）合作，找到了当时看守南园一个叫张松的老园丁，凭着记忆将南园的整个布局、结构建设、每个景点一一测绘出来。1998 年为弘扬娄东文化，太仓市政府决定修复这座已有 400 多年历史的名园，南园的修复就是依照这张蓝本展开的。我们聘请了江苏省文管会的戚德耀工程师对南园重新进行构思、设计，按照老图纸、老传记，编号拍照，全部景点启用老城改造拆下的 14 幢老建筑，基本将南园原汁原味地保存下来。

以政策换资源

当时，为了追求 GDP，领导口中经常有句话：推倒一个旧太仓，建造一个新太仓。当时太仓新东街的改造是由张永林副市长主抓，城建工作也由他全面负责。我和当时的市博物馆馆长沈鲁民等一批文化界人士呼吁对新东街的建筑进行保留，但遭到了时任决策者的坚决反对。万般无奈，我们又积极建言对太师第门楼进行保护。万幸后来在整个新东街的拆除中保留了太师第的门楼建筑。

---

① 太仓市公园管理处原主任。

在当时那样一个大环境下，随着新东街、南门街、北门街、新华街全面拆除，太仓城区的古建筑也随之消失殆尽。为了娄东文化的传承，为了让老百姓节假日有个休憩游乐的好去处，市委、市政府、市人大、市政协决定以恢复人民公园的名义，对现在的弇山园、南园进行原址恢复与重建。于是太仓弇山园和南园的修复也提上了市政府的议事日程，市政府领导工作也重新做了分工，郑银林副市长接手负责老城区改造这一块，当时城厢镇老城区改造指挥部负责人是端木逸文和梁耀庭，他们也非常支持南园的重建。在这里还要感谢时任市长等一批市领导，尽管在那样的一个大的形势下，弇山园、南园能有今天这样的规模，这些老领导、老同志是功不可没的。

老城区改造，政府没钱。当时的政策是：让有能力的外地民工来拆并将原地清除干净，政府不付钱，拆下的房子拿走，老建筑物件归他们所有。一大批民工便纷纷来到太仓。我知道后心急如焚，于是找到了当时担任城厢镇镇长的李国良，对他讲了我的想法：既然政府有这个政策，那由我们单位来拆（我当时担任城厢镇园林管理处主任兼绿化办主任和工程公司经理)，拆下来的物件不归我们单位，留作今后修复南园用。李国良表示支持，并说事情是好事情，但镇里实在没钱。我说没钱不要紧，你只要给政策。于是我便找到了郑银林副市长谈了我的想法，并要求把拆下的明清老物件批给我们，我们同样拆光清理好。郑银林副市长十分支持，并批示文化局，让沈鲁民会同政定荣老师和我，对整个太仓有文物价值的14栋明清古建筑进行摸底调查，并叮嘱拆下的这些老物件只能由我们单位全权处理。

我们邀请时任市委书记徐建明为南园“开锁”，启动了南园的修复工程。整个工程分三期，一期工程我们没有向政府要一分钱，资金自筹。我们就像老牛拉车，这里捡一点，那里要一点，也得到了社会的慷慨支持，周边的农药厂、漂染厂、搪瓷厂提供了大量的树木，九曲中学的周校长也提供了很多银杏树。当时，只要我们看中的需要的，就给政府打报告，批复下来马上就圈起来，为修复南园所用。还有很多民间人士伸出了援助之手，这样就节约了大量的资金。当时南园修复只投入了资金5000多万元，现在就是花5个亿都不能完成。当时郑银林副市长给了我们建造门面房的政策，重建启动时门面房就卖掉了作为起动资金，从而才能把南园的14栋建筑逐步恢复起来。市政府在后期的工程中也拨了部分款项，当时规划建设部门在南园修复这个问题上是出了大力的，特别是在三期工程中。

当时，市政府的目标是南园修复工作争取在1998年国庆节完成，但我动手修复已经是 2 月份了，没有钱，要完成这么大的工程难度非常大。郑银林副市长也担心："继山你能完成吗?"太仓市书协前辈胡绳祁对我说："你小四（我小名）能完得成，我夹着扫帚在地上爬。"我拉着他的手说："胡聋髽，说好了，老哥哥到时你要爬的哦!"他哼了声："你能完得成?你一定完不成。"当时下属的几个工程队同时动工，我们是没有白天黑夜的，大家都是自觉自愿，也没有人叫苦叫累，加班加点，都为了争这口气，大家拼了命地干。功夫不负有心人，果然到了 10 月 1 日，除了大门口两边石板尚未完成，汽车都可以直接停到大门口了。门楼、绣雪堂、香涛阁包括边上的知津桥、鹤梅仙馆、兰花苑，以后又陆续完成了大还阁等建筑的修复，整个中轴线上的建筑全部完成。我开玩笑要胡绳祁在地上爬，胡死活不肯爬，一个劲地说："我错了，我错了，想不到你真的完成了。"郑银林副市长也连连说"佩服、佩服"。

"及时雨"阻滞野蛮拆迁

当时拆建工程已经展开，一部分已经承包给了外地民工，我申请的批复还没有下来，让他们停下来根本行不通，还差一点围住要打我，因为他们拆下来的物件马上就可以变现的，我挡了他们的财路。记得民工在拆明代保素堂的时候，根本就是在破坏，民工们爬在屋脊上用大榔头砸，用铁棍敲，屋檐四周的花板全部破坏殆尽。我们上前阻止不成功，打电话给郑银林副市长，他在北京开会，一时无法接通。好在老天开眼，这时突然天空乌云密布，霎时雷雨大作，面对瓢泼大雨，民工们不得不停工，围观的太仓老百姓无不拍手称快，连连称："天意也，天意也。"也就是下雨的这段时间，终于打通了郑银林副市长的电话，打通了老城区建设指挥部办公室，他们即刻派人阻止了这场野蛮拆建。郑副市长回来后让我去找规划局分管的钱局长，钱局长急人所急，二话没说就找到了拆建公司的包工头，好酒好菜慢慢跟他们沟通，心平气和告诉他们老建筑的构件对古典园林修复具有非常重要的意义。我们反复地做工作，这些包工头终于被我们诚意所打动，最后还跟我成了好朋友，不但把拆下来的老物件全部给了我，后来在南园的修复中，还支援了我不少老房构件。唉！在两园的修复中不知有多少辛酸泪……

顶着压力保住南园旧址

南园旧址当时只剩一个苗圃，隶属于城厢镇，里面还有石灰厂、玻璃厂等，周边的道路也破烂不堪。由于当时城厢镇政府已经决定在南园旧址开发房地产，并且已经跟深圳的南广公司草签了买卖合同，76 亩地就卖 300 多万元。时任城厢镇党委书记是杨根林，镇长是梁耀庭，论私人感情我跟他们很好，在这件事情上，我与梁跟杨根林的意见很不一致，甚至在会议上都“顶过嘴”“红过脸”，强烈要求杨书记把南园这块地保留下来。梁耀庭当时坚决不签字，后来杨再次找到我，要求根据合同让深圳南广公司进驻南园办公，我们被催着撤离。无奈之下我们找到了时任市长申建华，申市长把这件事硬顶了下来，收购没有成功，南广公司损失了几百万，最后“哭着”撤离的。后来南园修复完工以后，杨根林重踏南园不禁感慨万千，很庆幸当时旧址总算保存了下来。南园在修建过程中的风风雨雨，真是无法用语言来描述的。

绣雪堂奇闻一则

据传王锡爵在南园曾手植古梅“一只瘦鹤舞”，历数百载，至同治年间被大风吹断，当时的园主钱宝琛记录此事，并请当时太仓名画家钱傅为古梅写照。南园毁，此碑与其他文物同遭劫难，我们根据文献寻找多年，直至太仓马弄街改造，在一处农民家的墙基下找到此碑，重新嵌入南园鹤梅仙馆的长廊。此碑能重归南园，不能不说是一件幸事，真乃缘分也。

王家祖宗的牌位是我亲手从南门街鸳鸯厅的屋脊当中捧过来再放到南园的。还有绣雪堂的心经碑，当时在海宁寺出土，因为是南园的东西，因此博物馆沈馆长请示郑副市长后从博物馆调到南园，嵌到了绣雪堂的东山墙，据说很灵验的。

记得我们当时到了南园的主建筑绣雪堂，由本邑的学者凌鼎年先生讲述整个南园的建设过程、整个历史、南园的背景。那天天气晴朗，没有风，绣雪堂四面门窗都开着，凌鼎年讲解话音刚落，四周门窗在 40 多人包括媒体众目睽睽的注视之下竟自动关上。这让我至今都百思不得其解。

大画家徐子鹤为南园开馆题词

就在南园完工准备开幕，菊花盛开的前几天，突然接到大画家徐子鹤（跟我是好朋友，忘年交）的电话："小四子啊，我回来了，我差点死掉了，心脏病发作，在华山医院住了一年，没跟你联系，能不能拿点菊花给我看看？"我说："好！"第二天我用皮卡车装了53盆菊花送过去，徐老哈哈大笑。我说："徐老，菊花给你了，有个条件——明天南园菊花展、书画展同时开幕，邀请你参加，并为菊展题四个字。"徐老问写什么，我说："东篱佳色。"徐老说："一句话，明天早晨来，我今天有点累。"第二天一早我登门求字时，徐老正坐在椅子上，两眼微闭，见我来后便接过徒弟王根福的一碗参汤，参汤服下拿起笔来，题了"东篱佳色"四个大字。

南园开幕可以说盛况空前，徐老抱病而来，包括南广寺方丈、太仓市各级领导都前来参加。我们还举办了万盆菊花展，此次菊展得到了上海植物园、无锡园林局、苏州园林局的大力支持，所有送来的菊花分文不取，至今我都感激不忘。

如今的南园游人如织，园内波光粼粼，荷花满池。我仿佛穿越了时光隧道，进入了明万历年间，与在园种梅的王首辅有了时空对话：南园有了如今的规模，造福于娄城百姓，不知王老欣然否？但见王老频频颔首点头，挥手飘然而去……

参与沙溪古镇重建的16年

乐　琦①

沙溪古镇为世人所知，是从20世纪末申报江苏省历史文化名镇开始的。机缘巧合，1999年我大学毕业考入沙溪镇机关工作，作为一个旅游专业的应届毕业生，有幸参与了沙溪古镇保护开发的全过程。

一个跟头摔进了复评

听市博物馆原馆长沈鲁民讲，早在1990年代初，沙溪古镇就被省古建文物专家戚德耀看好。他认为沙溪古镇体系完整、规模较大，水桥、水弄堂、水阁房等水乡构造独特，出檐挑梁的建筑风格在江南一带实为罕见，龚氏雕花厅乾隆年的包袱巾雕花梁，足可与洞庭东山雕花楼相媲美。戚老曾多次呼吁地方及早申请保护，终因意见不一未果。直至90年代末，省里决定命名第二批历史文化名镇，省文物处处长龚良怀着对家乡的一腔热情，与戚老一同来沙溪实地考察，指出老七浦塘两岸较为完整地保留了古镇风貌，具备一定的申报条件，但需提供基础数据和有关史料。

那时，周庄古镇已是声名远扬，妇孺皆知，乌镇改造也是轰轰烈烈，风生水起，市镇领导听取汇报后，决定把握这一机遇，由沈鲁民馆长带队，立即开展沙溪古建筑群的普查。普查队员在戚老、沈馆长的指导、率领下，走街串巷，上房勘察，发扬“白加黑”“五加二”的精神，在短短十天内整理出了古镇第一手历史人文资料，遗憾的是仍没赶上初评的时间。

当时与沙溪处境相仿的还有木渎古镇。为了让有条件的古镇都能及时得到申报，专家组决定给错过初评的古镇一个看文字材料和影像资料的机

---

① 太仓市文联副主席，时任太仓市沙溪镇副镇长。

会，然后再做决定。

因为初评会已经结束，专家都已回各自单位，为赶在复评前把资料送到各个专家手中，据当时负责此项工作的镇宣传委员赵云华说，她和沈馆长就一个个上门拜访。在所有的专家中，专家组组长东南大学建筑系朱光亚教授从没到过沙溪，因此沈馆长执意要把材料送到他本人手中，面陈申报理由，尤其是古镇的录像资料，一定要让朱教授看上一看，说只要他看了沙溪的建筑风貌，一定会留下深刻印象。那天，他们按约一早赶到东大，朱光亚教授的办公室在二楼，可能是楼道太老，也可能是地板太滑，沈馆长又是近视又是心急，没走几步，一个跟头摔了下来。还好只迈了几级，人没有伤到，只是皮鞋跟断了。但这一跟头却摔得惊天动地，着实惊动到了朱教授。

不久，省里通知说所有专家一致同意沙溪古镇进入复评。适逢其时，我刚进机关。得到消息后，赵委员带领我连续工作，日夜赶制材料，终于赶上了复评。

2001 年 2 月，沙溪被江苏省政府命名为江苏省第二批历史文化名镇。

一曲山歌唱出了心声

“省历史文化名镇”的牌子拿在手里，既金闪闪，也沉甸甸。是修缮保护？开发利用？还是两者兼顾？几千户原住民、发展方向、古镇定位、建设资金、专业团队、政策办法，那些日子，我们宣传办的几个人，包括镇里的上上下下，几乎都在议论。

就在这档口，一天下午，赵委员匆匆找我说，省“三个代表”重要思想学习教育活动督查组来太检查基层文化建设情况，同时了解一下太仓的人文背景。第二天市四套班子的领导要陪同省督查组来沙溪参观古镇，要我这个旅游专业的大学生拿出看家本事，把古镇介绍好。我一听，当时脑袋就嗡了一声。看点啥？讲点啥？学校实习时，我也做过导游，但景点、线路都是现成的，时间、游客都是明确的。现在只有一个晚上的时间准备，怎么办？那天晚上，我调动了所有的专业知识和生活积累，终于初步有了个预案。熬到东方吐白，按照设想路线和节点预案，我沿七浦塘走了一圈。

那是个阴天，领导来时已是下午三点，天有点昏黄，我和金友良书记站在队伍的最前面。金书记大概是看我脸色灰暗，不时地给我打气提神。一路上督查组的领导没说话，只是听我讲沙溪的历史，可惜老街太长，我亢奋，没走到半程，准备了一夜的老沙溪我就讲完了，而离关键的节点庵桥、义兴桥还有一大段距离。这时省领导好像看出了我的心思，开始问我和金书记一些洪泾往事什么的，谈笑间荡去了我的紧张和焦虑。上义兴桥，那时我大概放松了，指点间说了不少孩童时我与这水、这桥，那老街、那老屋，还有糕点小吃的逸闻趣事。大家兴致勃勃，合影纪念。

绕到河南街的时候，省领导突然说，沙溪可不是一个小镇，问我以前古镇的人劳作之外文化生活有哪些。记得当时我正站在埠头上，背后是临水的河棚间，我很从容地说，旧时沙溪有很多票房，也有书场，还有商会，年年都办活动，老百姓过日子，悠闲笃定，忙完活就对山歌。然后就清唱了几句赞美沙溪的山歌。一曲《沙溪美》还未收调，大家已经纷纷鼓掌，省领导笑着对众人说，沙溪的房子老，没想到小乐你这年轻人，肚子里也有不少陈货呀。回过头来，很严肃地要求市镇领导向周庄学习，把古镇好好地保护好、修缮好、开发好、利用好……

这是沙溪第一次以历史文化名镇的身份接待的第一批客人，我也因此成为沙溪古镇第一位讲解员。

之后，来的客人越来越多了，我在完善旅游参观线路、准备不同讲解稿的过程中，感悟到镇党委政府、社会各界对沙溪古镇的保护、开发、利用的认同越来越趋向一致了，古镇新生的日子快了。

一张蓝图有了几重色彩

2001 年 3 月，镇党委决定，沙溪古镇实施“边保护边开发”方针，走文旅结合之路，规划先行，量力而行。请东南大学建筑系为古镇编制保护规划。

这个规划编制，朱光亚教授亲自带队，驻扎沙溪。前期工作十分烦琐，需要协调的部门多，涉及的住户情况更是千变万化。镇领导考虑到这一情况，指定我做配合服务工作，我也对此有兴趣，因此那些日子，我几乎天天跟随他们白天测绘，晚上画图，对古镇区内的古建筑、古构件、古树名木进行数据录入和资源分析，学到了不少古建、规划等知识。

沙溪古镇规划，当时划定保护区为 37.5 公顷，“一河（老七浦塘）二街（塘北街、河南街）三桥（新桥、庵桥、义兴桥）一岛（橄榄岛）”为重点保护开发对象。回想起来，这张蓝图，10 多年来几任领导不改初衷，始终不渝。

印象尤深的浓墨重彩有——

2001年，古镇保护工作列入镇党委、政府重要议事日程，正式启动。之后两年，先后拨付专项经费，维修完成了龚氏雕花厅；镇区、老街入口“镕古塑今”牌楼和“天骄”“地灵”牌坊树立；以橄榄岛为核心，重修了五龙桥及沙溪八景纪念亭等。古镇格局初步形成，老街里弄迎来了外地游客。

2004年，镇党委政府将古镇保护列入全镇发展战略，召开古镇保护专题会议，做出三项决定：一是抽调人员成立保护办公室，全面负责古镇保护工作；二是配备办公用房，包括1辆专车，供古镇办工作考察学习使用；三是每年固定拿出一定经费用于保护。会后，我被正式抽调到古镇办，兼任旅游公司经理，具体负责古镇保护与旅游开发工作。为扩大提升沙溪古镇的对外影响力和美誉度，10月，我们邀请因发现和编制周庄旅游规划的同济大学阮仪三教授修编古镇保护详规。随接，高强东书记亲上央视，推介“中国魅力名镇——沙溪”。大媒体、名教授的有力助推，再加上“一街（中市街）、二口（白云路、姚泾路入口）、五点（文化书场、文史馆、花鸟市场、义兴桥长廊、庵桥周边等）”修缮工程的拉开，2005年9月，沙溪成功入选国家建设部和国家文物局命名的第二批中国历史文化名镇。

沙溪是省综合改革试点镇，随着现代化新型小城镇建设的推进，全镇总体规划需要调整，与此同时，古镇保护规划进行了第三次修编。这次修编由省规划设计院担纲，一次性成功获批，从此古镇核心保护区修缮工作有了法定依据，沙溪古镇整体修缮呼之欲出。

“是政府的事，也是我们的事”

2009年9月，经市委、市政府批准，沙溪古镇保护与旅游开发管理委员会正式成立，市政府常务副市长王剑峰任主任，沙溪镇镇长顾晓东任副主任兼办公室主任。随即，古镇保护性改造工程一期（白云路到姚泾路段）开工。

修复工程从地下管道到路面铺设，从建筑立面维修到文保单位保护，事关建筑、水利、强弱电等诸多部门，也直接关系到一家一户的生活起居。当时，我已担任副镇长兼古镇旅游开发有限公司总经理。记得施工紧张作业期间，正值元旦、春节两大节日，管网改造常常要停电停水，老街的居民又大都是老人，我们很担心群众会少理解、少支持，召开了多次居委会工作会议，要求小组长们多宣传，多发动，做好服务工作。没想到广大居民表现出极大热情，他们冒着严寒到集中供水点担水，有七八十岁的老妈妈，也有十几岁的小朋友，克服了许多生活中的不便，没有一个跑到政府反映过困难。有时临时停电，饭也烧不了，大家也都没有一句怨言。

那时我走在街上，经常有人叫停我，告诉我怎么做才是沙溪建筑的老工艺，怎么做才耗材更少。记得，有个人称“老马”的老伯伯，像个职业监理，天天盯在工地上，看工人排管子、做工艺，一有不妥之处就当场指出来。一天，我问他为啥这么积极，他回答道：“一是修缮工程要修旧如旧，我们这些老沙溪最知道沙溪的老面貌；二是政府花这么大的钱，从大的讲，是发展旅游、发展经济，从小处讲，也是改善我们这些老居民的日常生活。古镇保护，是政府的事，也是我们的事。”

记得管网改造结束开始铺设路面时，发现原有的街面石损耗较多，重铺数量不够。这时，古镇维修队的陆祖林找到我说，居民建议可在每家每户门口分铺青砖辅道。我当即向顾晓东镇长做了汇报。一些居民听到领导支持他们的想法后，积极性更加高涨了，多次我看到他们端着饭碗，与工匠们一起讨论设计花纹图案。现如今，老沙溪们只要一说到“回”字形、麻花形、波浪形、“人”字形等图案，就知道是哪家门口。

施工期间，不仅仅是上下齐心，就连施工的各路人马也都能团结协作。为减少扰民，加快进度，我们要求脚手架只搭一次，供立面维修、电路铺设、灯光安装三种施工队伍重复使用。当时地上地下、管内管外和水上陆上最多时有10多支队伍同时作业。为加强组织协调，我们采取工程进度三天一报，疑难问题随时报告随时协调制度，但实际施工过程中还是有不少情况，许多问题各施工队都能按时间安排，自行对接。那年已经停办数年的沙溪镇篮球联赛重新举办，我串通各施工队组织了一支联队参加比赛，“战”友成了队友。

一期工程历时半年多一点完成，老街于2010年5月1日正式对外开放，5月28日举行了开街仪式。记得开街那天正赶上一场大雨，雨水把街道冲刷得干干净净，瓦楞乌黑发亮，河水涨得很高，多年没有行船的老七浦响起了船娘的欢唱。古镇落印、授桨船娘、行为艺术……旅游公司新招的工作人员所出点子得到采纳。那晚，我和宣传干事霍森倩、旅游公司副经理周优站在雨中的街头，望着那串串红灯笼，情不自禁相拥而泣，为这古镇，为这开街……

二期、三期工程在古镇开街后不久继续有序推进。一年后，已由镇党委书记调任副市长的朱大丰，在陪同外地领导参观古镇时，久久地站在义兴桥上，眺望古镇全貌。他似乎是在问我，小乐，你有什么感受？记得他还在沙溪任上时，也时常站在这桥心上眺望，问我类似的问题。我没有回答，我想，他该是想起了他和我站在宏村村口古桥上说的，宏村的成功，在于几百年来，一张蓝图绘到底。

“沙溪——天上的街市”

2010 年之后，以六大水乡古镇为首，江浙两省再度携手联合申遗，沙溪也获得世界物质文化遗产组织专家的认可而跻身其中。

那时，我已经转任镇党委宣传委员，继续兼任旅游公司总经理，负责古镇工作。当时镇主要领导要求我们，迅速提升沙溪古镇知名度，开拓旅游市场。接到任务后，我和分管建设的吴建国副书记，几乎每天都要去古镇走上一走，有时甚至晚上也要去。一方面察看街面和灯光情况，一方面考虑沿街商铺业态的布局与调整。几个月下来，皮鞋磨破了两双，脸也晒成了包公。促成了吴晓邦舞蹈艺术馆、沙溪文史馆、新华书店、江南民间诗歌馆、秋声楼、童趣馆等文化旅游景点的建设，和梅村客栈、临江仙、忆江南、1966 吧、漫话吧等一批富有水乡特色的餐饮住宿业态。

为保证个性化发展，走文化兴旅之路，我根据沙溪历史上诗会兴盛的渊源，请著名诗人、剧作家白桦为古镇题写了形象广告语：“沙溪——天上的街市”。

2011 年，诗歌的清风第一次吹入了沙溪。中国诗刊社“同一首诗·走进沙溪”活动成功在古镇举办。之后的 5 年，我们先后举办了“诗歌沙溪——百年新诗论坛”“楹联沙溪雅集”“印象沙溪摄影比赛”“舞蹈沙溪——晓邦杯舞蹈大赛”等文化活动，迎来了谢冕、吴思敬、叶橹、舒婷、贾作光、黄格胜、晓庄和金正荣、洛夫等一大批国内外泰斗级的文豪和著名作家、诗人、画家、舞蹈家、摄影家……沙溪古镇，因其古老的外貌、浪漫的气质、时代的生息、内敛的品质，蜚声中外，各地游客慕名而来。

2014 年年底，沙溪古镇顺利通过国家 4A 级景区评定，成为太仓最为重要的景区之一。

2015 年，天上的街市人来客往，两岸的河柳却是依依。回顾我在沙溪古镇的 16 年，含辛茹苦，几度风雨，今日咀嚼，回味甘甜，作为里人，我是何等之幸！

我市首条高等级公路——沪浮璜公路建造始末

王仁林①

长路漫漫，心路永恒。2018 年是改革开放的 40 周年，回首往昔，令人感慨万千。退休前我在原市交通局从事公路建设工作。现虽已退休有 14 年，但仍生活在太仓并一直关注着我市的交通运输事业。现如今，我们出门非常便捷，去上海和苏州都有高速公路，拿着政府发的市民卡，可以免费乘坐公交车出门……看着我市交通日新月异的发展，体会着那时候建设交通时的艰辛，真是有颇多感叹。

贯彻“以港兴市”战略

我是 1986 年调到太仓公路站工作的，当时太仓交通极为不便，运输能力低下，全县境内只有 15 条低等级公路，农村可通汽车的机耕路 380 多公里，县道都是泥结碎石路面，还是混合车道（国省道也是二级公路的混合车道）。公路施工条件非常简陋，设备也是十分缺乏，只有铺石子用的小压路机，还是人工滚轮。当时，群众出行时可谓晴天一身灰，雨天一身泥，车从路上走，遇坑人要推。走上平坦大道已成为群众多年的期盼。

从 20 世纪 80 年代末，交通事业进入稳步发展的新时期。在太仓县委、县政府的领导下，全体共同努力，修筑新路，改造旧路，取得了较为明显的成绩，为太仓经济社会的全面发展奠定了基础。90 年代，政府提出了“以港兴市”战略，将提高公路等级提到了议事日程。为了确保整个太仓港口开发区的开发和当时中远国际远洋码头的开工建设，必须在港口规划区外围建一条沿江疏港大通道，把上海沪太公路和我市的太浏公路、通港

① 太仓市原交通局副局长。

公路、204 国道都串联起来，打通断头路，同时也把浏河到茜泾、浮桥、九曲、时思、璜泾等镇区的联网成片，形为“丰”字形的对外疏港的网络。由此，沪浮璜公路作为我市第一条建设的一级公路于 1995 年开始动工。

“母鸡孵小鸡”

建设公路需要大量的资金，资金筹措是面临的第一道难题。当时能够解决的只有两个渠道：一个是向上争取，另一个是自筹资金。当时，市地方财政十分困难，领导提出了向上多争取政策，争取设立收费站利用贷款建设、收费偿还等渠道来加快公路建设。为此，我们多方与省政府及各相关部门沟通联系，想方设法做好解释争取工作，有时一个星期内要往返南京两次。同时积极邀请上级来太实地察看。与省里打交道，我们虽“嘴小劲弱”，但经多方努力，该项目最终得到了上级的高度重视与支持，省交通厅不仅给了政策，还派来了技术指导。经省政府批准，我市在 204 国道上设了一座收费站，同时在浏河建设了浏家港大桥并设立浏家港收费站。这两个收费站建设以后，把沪浮璜一级公路的建设纳入浏家港收费站来解决工程建设的资金，而剩余征地拆迁的资金则由地方市、乡两级政府自筹。通过“老母鸡孵小鸡”，太仓公路提档改造的资金问题迎刃而解。

“众人拾柴火焰高”

由于地处沿江冲积平原，地下水位高，沙性土质，而该路又是低路基，施工难度大。我们请了苏州设计院进行道路设计，并组织周边地区的一些技术过硬的施工单位共同开展建设。

为保证路基强度，必须深挖土基 1. 5 米左右，再分层处理。在开挖过程中地下水带着沙不断冒出形成流沙，给土基处理带来了极大的困难。在不断冒泡的水面上，再铺一层层的路基实属不易。为此，大家想点子、出主意，一步步往前走。设计单位和施工单位进行技术会商，有的采用“井点降水法”降低地下水位；有的提出用不成形的石料倒下去增加压力，减小地下水的冲力；有的用生石灰撒下将地下水吸收并蒸发；也有的干脆再多挖深一些，将拌和好的石灰土一次性倒下去，压住地下水。这些土办法都有一定的科学道理，在施工中也取得了较好的成效。

对桥头高路堤土方填得太高，容易造成路基失稳的问题，当时大家就想到采用轻质材料粉煤灰来填筑路堤，减少路基沉降，再在填好的路基上加载土方进行预压，确保沉降稳定后再施工路面。那时候一遇到问题，施工、设计、监理三个部门就一起会商、讨论解决问题的方案，并根据实际情况变更设计。

在“沪浮璜”一级公路建设过程中，遇到困难较多的就是桥梁建设。那时修桥打桩，遇到打不下去的时候，只能在周围多打几个桩。还有就是用钻子一边钻洞，一边用水泥搅拌物填充，也叫水泥搅拌桩。当时跨度最大的桥梁——浏家港大桥按要求必须在1996年10月完成拓宽改建。为了解决桥梁建造的困难，请了苏州技术人员现场指导，周边几个县还一起进行了“大会战”，从施工到通车都是全力以赴。

虽然没有先进的设备，大家就用土制的方法，各显神通。现在我回想起来，当时那么多的困难，都被我们逐一克服，这就是团结起来的集体智慧。

“披星戴月”铸辉煌

当时，苏州市领导提出了“建好沪浮璜，备战苏嘉杭（高速公路）”的口号，为下一步参加苏嘉杭高速公路建设练好兵，激励大家一定要精心组织，精心施工交出精品工程。由于工期较紧，大家都是白天干完晚上接着干。整条一级公路，在施工期间主要依靠人工施工。施工公司的主要领导全部深入工地组织力量。

那些日子大家以路为家，真抓实干，经常“日光连着月光，月光连着灯光”。交通部门领导经常到现场检查和指导工作，监理公司始终在工地上负责督查。白天蹲工地，督促工程质量，协调解决施工困难；晚上住工棚，加班加点研究施工方案，平时节假日都用在了施工现场。

在勘测选线建设中，我市交通建设指挥部的工程技术人员与苏州交通设计研究院的设计人员沿线勘测选线，在夏天顶烈日冒酷暑步行测量，实地踏勘，冒着酷暑攀爬屋顶、穿越水稻田、测出地形图。在勘测过程中常常碰到河流，要光着脚穿越丈量，还要绕几里地才能到达河对岸。碰到居民区就要向当地百姓借梯子上屋顶瞭望，中午来不及回来就带着干粮对付一下。晚上加班熬夜在灯下整理数据、图上造线，反复比较，最终确定线路。

“甘洒热血和汗水，育得交通树常青。”经努力，第一阶段沪浮璜公路从1995年开始建设，到1996年就顺利建成了，将沪太路与浏浮路进行了衔接，将原来9米宽的水泥路改造成28米宽拥有两快两慢四条车道的公路。后来，从1998年开始，沪浮璜公路开始了第二阶段的改造，至1999年，全长30公里的沪浮璜一级公路全面建成。该条公路也取得“优良工程”的称号。

“沪浮璜”公路是我市建造的第一条高等级公路，也是太仓港疏港公路的主干线。随着该条公路继续延伸，经常熟、张家港到江阴各县市区，它真正成为一条沿江大通道。它也是沟通长江南北客货运输的交通重要通道，现在已提升为346国道。它的建设展现了交通人的不断进取和发展的历程，也彰显了太仓交通人不断追求的品质和为了我市交通运输事业而勇于拼搏的精神。

太仓第二水厂一期工程建设追溯

张仁德[①]

鱼米之乡的太仓人民，多少年来饱尝了水丰雨沛、畅饮甘泉的欢乐，同时也经历了望水兴叹、优水难饮的艰辛历程。

土生土长在太仓的我亲身经历了从20世纪五六十年代在河道随意取水到70年代向地下取水，到80年代建第一自来水厂、向新浏河取水，随后到90年代中期，新浏河受周边环境影响，水质严重恶化，迫不得已再向地下取水，然后到90年代后期，建第二自来水厂的全过程。

1994年到2001年，我在市建委工作。根据工作安排，组织上派我到第二水厂工程建设指挥部，具体负责第二水厂一期工程的建设。

第二水厂一期工程，从1997年11月18日正式开工建设。1999年8月8日竣工通水，历时608个日日夜夜。在这不到两年的时间里，事事凝聚着建设者的聪明才智，处处洒下了建设者的辛勤汗水。

建设水厂，是造福太仓老百姓的百年大计，我们坚持一切从实际出发的原则，规范操作。二水厂的建设规模为日供水30万立方米，建设原则是“一次规划，分期实施，先建水厂，后建水库”。一期工程为日供水10万立方米。

建设规模和原则明确了，前期工作中遇到的第一个课题就是如何选好取水口。太仓境内的长江岸线有38公里，取水口究竟选在哪里？既要不影响全市经济的发展，又要确保取水口的水质。于是，我们请河海大学环境学院做了水环境评价报告和取水口河段、河床的稳定性分析，请南京医科大学对取水口的水质进行了深度分析，同时请南京市政设计院在听取各方意见的基础上，向四套班子领导做了取水口选址的专题汇报。最后，正式确定取水口设在时思浪港口北侧。

---

① 太仓市原建设委员会副主任。

浪港口位于长江下游，在这里建厂取水，必须要获得武汉长江委员会的同意才能实施。于是，我们专程赶赴武汉，武汉长江委员会的专家对此进行了专题研究，立即安排做了浪港口取水的模拟试验，并提出了具体的建设要求。

1996 年 9 月 11 日，省计经委会同省建委召开了太仓市第二水厂给水工程可行性研究报告论证会，并于同年 10 月 8 日取得了正式批复。1997 年 7 月 5 日，省建委组织专家进行了对初步设计的审查，随后获得了工程开工建设的一系列手续和批文。

二水厂建设用地为 350 亩，工程分三期实施。一期工程的主要建设内容包括取水工程、净水工程、输水管线工程和配水厂工程四个部分。取水工程，具体分取水头部、取水自流管和取水泵房。取水头部采用箱式水头形式，自流管为直径 1160 毫米的钢管工程，每根长度为 1200 米，采用顶管方式伸向长江，取水泵房与取水井合建，泵房为圆形，直径 28 米，建在长江堤岸外，采用下沉式建设。

净水厂建在时思浪港村，占地 157 亩，分为生产区、辅助生产区和厂前管理区，主要构筑物为沉淀池、过滤池、清水池、二级泵房、加矾间、加氯间、35 千伏变电所等。配水厂建在太仓经济技术开发区，占地 27 亩，设计规模为 15 万立方米/日，一期建 10 万立方米/日，输水管线工程主干道为 35.5 千米，口径为 1000—1200 毫米，同时，新增城区配套管网 6.5 千米。

整个工程建设，从项目立项、审批到具体实施，每一个环节都严格按照工程建设的程序要求，规范化操作，有条不紊地进行。

建设水厂缺乏资金，我们用一颗赤诚的心感动了国家开发银行。

二水厂一期工程建设，预算投入资金为 2.5 亿元人民币。当时，市级财政底子还比较薄弱，一下子拿不出那么多钱，怎么办？我们首先想到的是引资，包括中外合资、中中合作等形式。先后同美国莱姆纳国际有限公司、泰国国际集团公司、香港汇津有限公司、香港博腾投资公司、上海中桥公司、中美友好协会、美中促进会等进行了多次友好的融资、合作洽谈，但最终都因种种原因而未能达成一致。

时间不等人，项目不能停。在对外引资无望的情况下，市政府决定建设资金由政府拨一点、向银行借一点的办法解决。当时，建设项目启动资金政府财政下拨了 200 万元人民币。要用 200 万元的资金撬动 2.5 亿元的建设工程，谈何容易？我们工程建设指挥部一边抓项目建设，一边与市内各大银行进行沟通、洽谈，结果大额贷款的可能性都不大。大家都在为建设资金的紧缺而犯愁的时候，时任政协张祖勤主席，通过中国民盟的罗涵先老领导，再介绍给建设部财务司的张耀儒司长，想请建设部给予支持。但是，建设部也没有那么多资金来支持一个县级市的水厂项目。经过多次接触，张司长向我们推荐了一条线索，说是国家开发银行有一笔无息贷款，专门支持地方政府搞市政基础设施建设，不妨一试。

有了这个信息，张祖勤主席非常关心，指派我和政协的叶绍德同志，专门负责国家开发银行的融资工作。就这样，1998 年 3 月 10 日，我们带着市政府的介绍信和贷款申请，来到了国家开发银行，投资处的李处长热情地接待了我们。李处长说，国家开发银行是准备了部分资金支持地方政府搞市政基础设施建设，但前提是地级市以上的优质项目，你们县级市的建设项目目前不考虑。怎么办？我们不死心，反反复复地向领导解释建设水厂的必要性和当前急需资金的紧迫性。一次不行两次，两次不行三次，地方政府领导不行，请在京的其他领导帮助做工作。就这样，用我们的一片诚心感动了他们，领导终于表示，你们先送基础材料，争取列入国家计划，然后报预审局和行领导审批。这简直是喜从天降！于是，我们立马根据行里要求，准备各种书面材料。我们到北京送材料，还口头上向领导做详细汇报。这样，张祖勤主席带着我们多次到北京。他们需要什么资料，我们就补什么资料，他们什么时候要，我们就什么时候给，他们存在什么疑虑，我们马上赶去解释。就这样在 1998 年一年中，我一共去了 18 次北京，有时候是早上出发，办好事当夜就回来，第二天又出现在工地上。

资料齐全了，贷款计划终于列入了第一批的名单中，但这只是进入开发银行的第一步，接下来是行里来太仓实地考察，还要提供实体担保，最终还要层层审批。这一切的一切，我们都全力以赴，千方百计满足行里的所有要求。我们的行动和诚信，深深地打动了国家开发银行的各级领导，经过一年多时间数十次的接触、会谈，国家开发银行终于破例为一个县级市的水厂项目同意给予 8000 万元的无息贷款。

有了国家开发银行的信任和支持，后来省开发银行和省国际投资公司也先后给予了巨额支持，才使得二水厂建设得以顺利进行。

党和人民把建设水厂的任务交给了我们，我们的责任就是严把质量关，把水厂建设好。

建设如此规模的自来水厂，在太仓历史上还是第一次。技术上不懂，我们向行家请教。我们请了史进中、陈敏才两位技术人才，到指挥部专门负责技术工作。史进中一到指挥部，就着力研究施工图，并多次与设计单位沟通，优化施工图，光这一项，就为整个工程节约了好几千万元。陈敏才老工程师主要负责设备的选购，他精心挑选，实地考察，好中选优，不放过任何一个小部件。原自来水公司的经理张建忠、副经理王建、副书记金建新，更是日夜工作在施工现场，他们没有星期天，没有节假日，不要一分钱额外的补贴和奖励。有一次，当时的分管副市长张永林早上 6 点钟打电话给我，询问近阶段的建设情况。我说，我们现在已经在时思水厂的工地上了，工程进展一切顺利。他后来经常夸奖说：“老张带着这帮人没日没夜地干，就凭这一点，水厂建设我放心了。”还有当时新分配到建设指挥部和自来水公司的几位大学生，如李炎、李红艳、张常瑜、沈珠林、曹剑波、季屏莉等，为二水厂的建设输入了新鲜血液，增添了新的活力。他们不怕苦，不怕累，风里来雨里去，不计较个人得失，整天在工地上摸爬滚打。用他们自己的话说：“近两年的水厂建设，虽然晒黑了皮肤，瘦掉了肉，却是增强了体质，锻炼了意志，这是走出校门后给我们上的最好的一次社会实践课。”

一份辛劳换来一份收获，当全市人民喝上从长江里引来的优质自来水时，对于一个亲身参与的建设者来说，是一种莫大的欣慰。

创建国家卫生城市的不平凡历程

杨巧林①

2000年9月，太仓在全国第四次城市卫生工作检查考评中被授予“国家卫生城市”光荣称号，是全国第八个率先进入“国家卫生城市”行列并获得此殊荣的县级市。而太仓城市环境和城市容貌等这一系列的变化皆源于创建国家卫生城市，这个艰苦的创建过程历时8年。

1993年太仓撤县建市，当时随着经济和社会的不断发展以及在“长三角”经济圈竞争日益激烈的大背景下，城市环境已成为各个城市之间综合实力的重要砝码。并且城市的经济和社会发展也由过去的依靠政策优势、区域优势，逐步转移到了依靠环境优势上来。我们太仓尽管有着2000多年的建成历史和江南小城的雅致，但当时的太仓在饱受无数风雨沧桑后，城乡环境脏、乱、差现象十分突出，尤其是老城区蜗居在仅有4.97平方公里的区域里，且道路狭窄坑洼，路灯昏暗稀疏，城区河道水质发黑发臭，环境脏乱不堪，大多数居民所居住的房屋低矮潮湿。每天清晨走在城区老街上，街道两侧门前摆放的是马桶，空气中弥漫的是煤球炉和烧水“老虎灶”散发出来的浓烈气味。试想，生活在这样的环境里，老百姓的幸福指数从何谈起？中外客商谁敢来太仓投资发展？针对这种状况，如何用最短的时间、最快的速度改变太仓的市容环境面貌？市委市政府决定从1993年开始，在全市范围开展国家卫生城市创建活动，并将之作为改善太仓投资环境、提高生活质量的“实事工程”，改善太仓投资环境、扩大对外开放的“形象工程”和增强城市功能、拉动经济增长的“牵引工程”。到1995年年底，我市先后接受并顺利通过了苏州市卫生城市和江苏省卫生城市的检查考核。在此基础上，1996年我市又开始启动并申报进入国家卫生城市创建程序，前后经过五年的艰苦努力，于1999年9月12—15日终于接受

① 太仓市城管局原局长。

并顺利通过了由全国爱卫办组织的对我市创建国家卫生城市工作的全面检查考核。9 月 28 日，全国爱卫会发文命名表彰。11 月 3 日，我代表市政府专程赴北京全国爱卫会正式领回了“国家卫生城市”这块含金量十足的奖牌。

1997 年 4 月，我在市委宣传部副部长和市爱卫办主任的岗位上受命兼任创建国家卫生城市指挥部办公室常务副主任。当时城区刚进入大拆大建、大整治、大改造、大清理的初始阶段，我深感自己肩上的担子之重、压力之大。创建国家卫生城市指挥部办公室在创建大局中担负着特殊的角色，是综合服务机构和核心参谋部门，承担着计划组织、检查指导、服务上下、协调各方的重要职责。在我市经过 8 年实实在在的国家卫生城市创建实践中，我作为一名参与者，真切体味到了创建工作的酸甜苦辣。

创建工作立点高、定位准

创建前，市委市政府首先确立了以创建国家卫生城市为抓手，以市政改造、环境治理、水系疏浚、绿化种养、市容美化为主线，以提高市民文明素质和创建参与度为落脚点的三条创建工作指导思想。一是从体现党和政府为人民服务的宗旨出发抓创建。通过创建为人民群众改善环境条件，提高生活质量，解决热点难点问题，特别是解决当时人民群众关注的卫生问题、环保问题、饮水问题和居住环境问题等，使人民群众能够拥有一个更好的工作、学习和生活环境。二是从环境也是生产力的角度抓创建。通过创建使太仓的城市更美好，使太仓的环境更洁净，使太仓的市民更文明，更多地吸引中外客商投资太仓、建设太仓。三是从经济和社会发展的内在需要抓创建。通过创建加快现代化建设步伐，推动各项社会事业发展，提高城市整体功能水平，使经济和社会协调发展、相互促进，形成良性循环。总之，我感到我市的创建不单纯为创建而创建，也不只以拿到国家卫生城市的牌子为目的，不就事论事抓创建，而是激发全市创建热情不断高涨，创建工作不断深入，创建内涵不断丰富，创建要求不断提高，形成太仓的创建工作特色，建成一个优美舒适、文明卫生的港口城市环境。

整个创建过程中，给我印象比较深刻的一点就是：全市各级领导都能把创建工作摆上重要位置，切实做到领导重视、组织落实、机制保障、工作到位。在组织领导上，市组建了创建指挥部，由市长担任创建总指挥，市四套班子 10 位领导出任副总指挥，40 多个主要职能部门主要负责人为创建指挥部成员。指挥部每一位创建指挥分别包干负责一个创建指导组、一条路段、一个共建小区和一个城郊结合部的村。各级各单位全面实行“一把手工程”，一把手负总责，全体领导分工负责，领导班子成员人人都有创建任务。在目标管理上，对各部门、各单位都是每年下达创建目标任务，每年进行严格考评：在机关目标管理责任制考核中，确定25分为创建工作分值，对出了问题影响大局的则实行扣分处罚；对干部岗位责任制考核中，也把创建工作列入考核内容；在创建目标管理责任制中，实行逐级分解、层层落实，尤其对一些重点、难点和群众关心的热点工作，如对行业卫生达标实行一票否决制，如果有下属单位包括租赁、承包关系的单位，行业卫生不达标，就判定全系统创建工作年度考核不达标。在检查督促上，市四套班子领导和全体创建指挥，通过定期普查、随时检查、重点督查等措施，抓好创建工作的整体进度和工作质量，并及时协调矛盾、解决问题、服务基层。市创建指挥部还从各职能部门抽调16名局级干部，组成8个督查组，专门对各部门、各单位进行督查，并定期开展地毯式检查；创建办“日督组”，对路段管理、环卫管理、小区保洁、集贸市场管理等日常管理工作，进行一日一监、一旬一报、一月一评。另外还聘用了40名社会义务监督员，对各个创建专业部门进行社会满意度测评，评价结论公开通报，形成有力的社会监督机制。

创建工作项目多、程序严

想真正获得国家命名的“卫生城市”称号，并不是一项轻松的任务，它具有长期性、艰巨性、复杂性和社会性。首先，国家卫生城市标准共有8大项目、40项内容，具体涉及全市的爱国卫生组织管理、健康教育与健康促进、市容环境卫生、环境保护、重点场所卫生、食品和生活饮用水安全、公共卫生与医疗服务、病媒生物预防控制等方方面面，每一项内容都有具体指标要求，有些重点项目的指标不达标，则实行一票否决。若要全面达到国家卫生城市的标准要求，其难度可想而知，非得动员全民参与和举全市之力不可。

其次，国家卫生城市的考核命名办法也十分严格，且程序复杂，前后要“过五关”。一是申报关。全国爱卫会规定：申报城市必须是省级卫生城市，同时具备城市生活垃圾无害化处理率大于80%、生活污水处理率大于30%、建成区绿化覆盖率大于30%和人均绿地面积高于5平方米、大气总悬浮微粒年日平均值每立方米小于0.25毫克、城区除四害控制密度达到国标C级水平等五项基本条件，才能申报国家卫生城市。而我市的创建工作就是在1995年年底获得了“江苏省卫生城市”的称号之后，于1996年才正式进入国家卫生城市创建程序的，经过近4年艰苦卓绝的努力，终于在1999年8月又通过省爱卫会组织的专家调研认可后，并由省爱卫会正式向全国爱卫会推荐申报。二是调研关。1999年9月，全国爱卫会在接到江苏省爱卫会推荐我市接受国家卫生城市调研考核的申请后，首先认真严格地审查了我市的创建工作各项申报资料，然后于2000年4月12—14日，从北京抽调了公共卫生、行业卫生、环保、城建等方面的专家教授，专门对我市创建工作实施了为期两天的暗访式调研。当时全国爱卫办组织的暗访调研事先不发通知、不打招呼，我市创建办也没发现任何蛛丝马迹和动静，任由专家组的人员随意查看我市创建情况。直到4月14日傍晚，当我接到全国爱卫办带队调研的高启发科长要向我市反馈专家组暗访情况的电话时，方才知晓他们已调研完毕。三是考核鉴定关。全国爱卫办规定：对于切实具备考核条件的申报城市，将在调研和暗访的三个月后进行考核鉴定。为此，市创建指挥部在全国爱卫办暗访调研离开太仓后，立即根据专家调研组所提出的问题和意见，迅速组织力量认认真真抓整改，扎扎实实抓落实，之后又对照《国家卫生城市标准》，先后五次组织地毯式检查、复查与督查，直至将创建工作中所有薄弱环节全面整改到位。我在创建办公室工作的5年间，最让我记忆犹新的是：为了确保创建工作各个项目顺利通过国家考核验收，在创建最如火如荼的岁月，我每天基本都是现场踏勘，查找问题，协调部署，落实方案。早上忙碌的身影出现在晨曦之中，中午在工地现场盒饭加矿泉水就草草了事，晚上往往要工作到深夜。一年下来，我脚上的运动鞋就跑烂了两双。四是命名关。全国爱卫会对经过考核鉴定已达到《国家卫生城市标准》的城市，将予以命名表彰。但是在命名前，全国爱卫会还将继续听取社会各方面的意见，对发现有弄虚作假现象的城市视情节轻重，推迟或取消命名。在顺利并高分通过全国爱卫办组织的考核鉴定后，创建工作不放松、不懈怠，全面建立健全长效管理体制机制，扎扎实实地抓好长效管理。五是管理关。国家卫生城市不是终身制。全国爱卫办每三年组织一次复查，复查形式以暗访为主。经第一次复查不合格者，将通报批评并限制改进。第二次复查仍不合格者，将撤销其荣誉称号。正所谓“凡事做到一日易，做好千日难”，一个城市的文明诉求无止境，创建工作亦无止境。如何保持创建荣誉，巩固发展创建成果，这是摆在市委、市政府面前一项亟待解决且必须解决的现实问题。2001年，我市正式成立太仓市城市管理局，我有幸担任了局长、党委书记。在8年的心路历程上，几多风雨，几多艰辛，几多汗水。我们全体城管人在市委、市政府的正确领导下，凝心聚力，锐意进取，积极用心管理城市，用情服务发展，用爱播撒雨露，用智营造亮点，主动担纲了城市的“保姆”和“管家”，使太仓的城市管理事业经历了从弱到强、由小到大的蜕变，并且实现了城市管理工作从低位徘徊向高位运转的飞跃，既巩固发展了国家卫生城市的创建成果，又有力地提升了城市的魅力和品质。

建设改造抓得实、做得细

1995 年，我市建成省级卫生城市以后，以此为新的起点，开始向国家卫生城市的目标迈进，有计划、有步骤地拉开了城市建设改造的序幕。

一是抓市区老街巷改造建设。从老城区的改造建设入手，1997 年开始了新东街和西门街的整体改造建设，拆除全部旧房破房，建设两条体现地方特色、具有现代气息的商贸休闲观光街。1998 年开始对老城区的全面改造建设，同时实施“三点三线”工程。主要的几条老街全部拆光，整个老城区基本上是布局重新规划，框架重新定位，街道重新建设，设施重新配套。经过两年多时间的紧张施工，“三点三线”逐一建成，于 1999 年国庆节前全面竣工。全部老街坊改造工程投入 8.8 亿元，拆除旧房 30 万平方米，新建房屋 45 万平方米。大量增加了绿带、绿地、景点和公共休闲场所，3200 多户居民从低矮、潮湿的老街坊迁入新居，3000 多只马桶全部甩掉。这两年多时间的老城区改造，投入的力度、建设的速度以及变化的程度是太仓历史上从来没有过的，为创建国家卫生城市奠定了良好的基础。

二是抓基础设施建设。基础设施建设是整个创建工作的根本和保障。在创建过程中，我亲眼目睹了一大批现代化基础设施相继竣工。其中投资 3 亿元，建成了长江引水工程和城市污水处理厂；投资 4000 多万元，对城区河道进行了全面改造，开挖新河 6 公里，翻建新建驳岸 25 公里，填埋了所有的臭水浜和废弃河道，建设了 2 座翻水站对城区实行人工翻水，解决了原有河道的淤积严重、河水黑臭、驳岸很少、两岸脏乱的问题，实现了“河道变通、河水变活、河岸变硬、河沿变绿”的目标；对交通道路进行改善，拓建了 12 座桥梁，拓宽和新建了道路 24 条，大街小巷和居民区的全部人行道铺装硬化；对卫生基础设施基本上全面更新换代，建起了垃圾填埋场、粪便处理场、6 座机械化垃圾压缩式中转站、36 座二类以上公共厕所，所有垃圾桶全部换成密封式塑料桶。

三是抓绿化美化。绿化美化是创建工作不可或缺的内容之一。我市当时通过近 4 年的时间大搞城市绿化，先后新辟了 20 多块 35.6 万平方米公共绿地，大部分是利用老街坊改造，拆掉房子建绿化。特别是新东街、西门街，一半以上拆迁房的土地建成了绿化景点，形成了绿色风光带。一些重要的交叉道口，普遍都是“退房种绿”，只要需要，在黄金地块上也建设绿化景点。市政府把绿化作为一种文化，尽量把握好个性、层次、色彩、造型以及与周围建筑的协调。力求每一处绿化景点都形成特点，如新东街是传统园林、西门街是现代色块、城北东路主题是桂园、城北西路主题是梅园、教堂旁边是林园草坪、闹市中心是文化广场等，努力做到一路一景、一景一特，丰富多彩。为了四季有花、四季常绿，在主次干道还设置了1800只大型花盆。另外，市政府还提出了“非硬化则绿化”的全面铺绿栽绿的要求，沿城、沿河搞林带，沿街、沿路搞绿带，住宅小区硬化道路以外全部铺草皮、种花卉、栽树木。同时，还重视庭园绿化，许多单位把大院子建成了“小公园”，并逐步拆墙透绿。经过几年的努力，建成区绿化覆盖率达到了44.67%，绿地率达到35.3%，人均公共绿地7.05平方米。与此同时，对整个城区的广告、灯饰、灯箱进行了统一的规划和建设，投入1000多万元，集中建设了大大小小400多幅公益广告，其中大型的有30多幅；投入800多万元，统一建设各种形式的商业灯箱广告，对主次街道和广场景点统一布置了灯光。通过绿化、亮化、美化相结合，点、线、面相交织，小品、景点相组合，使城市的绿化水平上了一个新台阶。

四是抓环境全面整治。城市环境整治是整个创建工作的重点内容。为此市政府决定：以城建力量为主，从204国道沿线开始，对主次干道一条一条地实施了“三拆四建”，拆破旧建筑，拆封闭围墙，拆杂乱广告装潢；建规范店面，建透景围墙，建绿地花坛，建广告灯饰。分三期工程，对9个住宅小区和一些零星住宅区域，实施了“四补一整治”：补道路、补路灯、补绿化、补卫生基础设施，整治违法建筑。其中桃园、梅园、惠阳3个小区被评为苏州市优秀管理住宅小区。以全体机关干部共建活动为主，开展了对路段、小区脏乱差的整治。由市四套班子办公室和组、纪、宣等部门以及城厢镇、开发区为牵头单位，组织全体机关单位定期整治住宅小区和路段环境，还扩大到了对周边村创建工作的帮助，集中解决一些重点、难点、薄弱点问题。每个机关单位都有包干任务，每个干部职工都参与整治，不仅有效地解决了人力、物力的问题，而且营造了创建氛围，形成了全社会参与的良好局面。以城厢镇、开发区为主，开展了对农夹居结合部的整治，通过组织开展创建省级卫生村活动，抓好硬化绿化建设、脏乱差整治、改水改厕和长效管理，市区周围的11个村都实现了省级卫生村的创建目标，基础设施配套和环境卫生水平全面提高。以部门单位为主，实施对单位、家庭环境的整治，落实单位卫生责任制，坚持周六义务劳动制度，每月组织单位卫生大检查，每年对单位卫生进行达标考核，使单位和家庭的卫生水平和职工居民的健康水平不断提高，尤其是机关和企事业单位，普遍达到了较高的卫生水平。

五是抓各行各业达标。创建中对一些相关行业分别组建创建指导组，坚持高标准、严要求，开展创建达标活动。环保方面，结合太湖流域工业污染源限期治理，关闭搬迁了娄东化工厂、华联精细化工厂等一批污染大户，对酿造集团的废糟、建材厂的烟囱进行了治理，污染物排放总量得到了有效的控制；先后建成了8.61平方公里的烟尘达标控制区和4.5平方公里的噪声达标控制区。行业卫生方面，重点加强食品卫生、公共场所卫生的防病防疫工作，对面广量广的行业卫生单位逐个进行硬件达标整治，逐个进行软件规范落实。还加强了建设项目预防性研究、选址、施工和验收等工作，从源头上防止项目建设先天不足带来卫生管理被动的问题。除四害方面，坚持突击与经常相结合，专业队伍和群防群治相结合，器械与药物灭杀相结合，治标与治本相结合，采取定时、定点、定措施的除害工作责任制，使市区灭蟑、灭鼠、灭蝇工作先后通过了达标先进城市考评，灭蚊工作也取得了明显的成效。

在整个8年的创建中，市财政累计用于创建和与创建有关的投入共80多亿元。有专家说过，创建工作经费的投入大约是1平方公里1亿元，而我市的创建达到了每平方公里2亿多元。我们之所以增加投入的力度，目的是为了更好地发挥创建作用，推动城市现代化建设，增强城市综合功能，提高城市环境质量，通过创建，把一个更好更美的城市带入21世纪。

经历了创建之后，伴随着新世纪的钟声响起，2000年当我站在花园酒店召开的创建国家卫生城市总结表彰大会的领奖台上，心潮澎湃，激动万分，感言颇多，一种从未有过的成就感和自豪感涌上心头。正是有了我们这些敬业执着的创建工作者，太仓的城市才越来越美了。原来5平方公里的老城区扩展成42平方公里的新市区，市区内30余条干道和40多座桥梁新建、扩建；“六纵、六横、内三环、外三接”道路网络全部完成，崛起了3条商业街、2条风景带、20多个小游园，重新设计扩建了市民广场、8个配套设施齐全的绿化达标的居民区和10多个旅游文化景点。特别令我振奋的是通过国家卫生城市的创建工作，我们的城市面貌发生了巨大变化。

太仓摘取中国人居环境奖的幕后故事

徐　勤[①]

2013 年的 5 月，首都北京已是绿意盎然、生机勃勃。5 月 18 日下午的京都信苑宾馆大会议厅内，一个象征着中国人居环境建设领域的最高荣誉奖项——中国人居环境奖的颁奖仪式正在隆重举行。当太仓市人民政府顾晓东副市长从国家住房和城乡建设部仇保兴副部长手中接过奖牌时，台下响起了一片热烈的掌声。此时此刻，作为见证这一历史时刻的太仓领奖组成员之一的我不知不觉地热泪盈眶，感慨万千。

确定目标　奖牌志在必得

太仓地处江南水乡，历史上一直有“皇家粮仓”和“锦绣江南金太仓”的美誉，由于它区位临沪沿江、生态环境优良、城市精致宜居，也一直被誉为上海的“后花园”。改革开放后，特别是伴随着新世纪钟声的敲响，太仓跃上了高速发展的快车道，综合经济实力稳居全国百强县市前列，城市建设日新月异，人居环境显著改善，并先后获得“国家卫生城市”“国家园林城市”和“国家环保模范城市”等荣誉称号。

如何进一步提升太仓的城市规划和建设水平？2008 年春节刚过，时任太仓市委书记浦荣皋和副市长徐鸣强来市规划建设局（后改名为市住房和城乡建设局）调研。在听取了汇报后，浦荣皋书记明确要求，加强对太仓城市发展定位研究，以更宽的视野、更新的理念和更高的水平来规划建设太仓。同年 12 月，市委十一届全体（扩大）会议再次要求转变城市发展方式，加快建设生态宜居城市和创业创新城市。2009 年，市住建局在修编新一轮城市总体规划过程中，先后邀请了国家住建部、省住建厅和南京大

① 太仓市住建局副局长。

学、同济大学等一批领导和专家来太仓考察和指导工作。同年 7 月，时任国家住建部城乡规划司副司长冯忠华受邀考察调研了太仓的规划建设后，建议太仓边修编新一轮总规，边开展中国人居环境奖的创建工作。他说："创建中国人居环境奖是为了更好地提升城市规划建设水平，创建过程同样也是实现人居环境改善、民生幸福提升的过程。"此后，市住建局迅速向市委、市政府提交了《关于迅速启动创建中国人居环境奖的请示》，时任市委书记浦荣皋、市长陆留生随即批示，要求迅速启动创建工作，并创出太仓的特色和水平。

2009 年 11 月 11 日，市人民政府下发了《关于成立太仓市创建人居环境奖工作领导小组的通知》，由时任市长陆留生任领导小组组长，分管副市长徐鸣强任副组长，24 个市级机关部门和属地政府为成员。领导小组下设办公室，由时任住建局局长叶海生任办公室主任，副局长唐四新任办公室副主任。同时，市政府办公室印发了《太仓市创建中国人居环境奖实施方案》。任务明确后，市住建设局迅速抽调了精干人员，成立创建人居环境奖办公室，全面负责创建中的日常管理工作。也就在这个时候，我担任了市住建局创建人居环境奖办公室主任，扛起了这份艰巨的工作，并开始了我的难忘岁月。

环环紧扣　攻克瓶颈制约

中国人居环境奖是国家建设部为对应联合国人居奖而于 2000 年设立的我国人居环境建设领域的最高奖项，其综合性之强、含金量之高，一经推出便引起了国内外的高度关注。2009 年我市正式启动创建时，全国有 17 个城市获得该奖项，但县级城市仅有 4 个获此殊荣。当时太仓城市规划建设尽管具有较好的基础，但对照创建标准，仍有较大差距，其中最大的一个瓶颈制约是当时太仓还不是国家节水型城市（中国人居环境奖将国家园林城市、国家环保模范城市和国家节水型城市列为三大前置条件）。中国人居环境奖国家每两年组织一次考评，太仓要在 2012 年通过国家考评组考核，必须先在 2010 年获得"国家节水型城市"称号。为了争分夺秒补上这一课，在创建领导小组和办公室的领导下，在短短两年时间内，我们对照标准，从编制规划着手，先后进行了组织管理网络建设、节水"三同时"和定额用水管理、节水型企业（单位）创建评比、节水器具普及等一系列工作，其中为市民更换非节水龙头就达 2 万多个。天道酬勤，一分耕耘，一分收获，2010 年太仓终以 5 个城市考评第一名的成绩收获"国家节水型城市”称号。

创建初期，太仓城市的道路大多是水泥路面，且破损较多。2009 年后，市住建局以创建为契机加快了城市道路的提档改造，先后实施了上海路、太平路、人民路、长春路、县府街等 10 多条城市道路提档改造，并打通了人民路至苏州路、向阳路至人民路等断头道路。在实施道路改造时，坚持与两边景观建设和路灯、绿化同步考虑，打开道路两边单位的全部围墙，还绿于民，实现改造一条道路，同时形成一条景观的目标。最具代表性的是上海中路两侧坐落着海关、银行等一批机关，原来都是每家一个院落。在改造中，市领导亲自出面做工作，取得了这些机关单位的支持，最后全部拆除了围墙，形成了一大片开放式花园，成为市民休闲活动的好场所。

因为离上海比较近的缘故，太仓人历来紧跟上海人的时尚步伐，尤其是年轻人一到休息天就喜欢到上海吃个特色小吃，买件时尚衣服，甚至理个新潮发型。为了改善城市功能，创建过程中，市住建局通过实施老城区综合改造，引入舒适休闲的商业理念，大手笔规划开辟了南洋广场、华旭财富广场等城市综合体。城市功能的改善，不仅改变了太仓人的消费去向，还吸引了周边嘉定、昆山的部分人群前来消费和休闲娱乐。

彰显特色　创出太仓高度

有位诗人曾说过，人的一生有两样东西是不能忘怀的，一个是母亲的面孔，一个是城市的面孔。城市的特色和亮点，无疑是一个城市让人不能忘怀的面孔。2009 年年初，在制订创建中国人居环境奖方案时，时任分管市长徐鸣强就提出：“不创则已，创则创出太仓特色和亮点。”此后，根据领导小组要求，市住建局组织了一个调研组反复进行调查研究后提出，在全面推进各项创建工作的基础上，将园林绿化和老小区改造这两项与民生关联度极高的工作作为太仓的特色和亮点。

在 2006 年获得国家园林城市的基础上，2009 年春季开始，太仓市区范围内开始了新一轮的园林绿化提档改造建设。新一轮改造以“公共化、网络化、林荫化”作为设计建设理念，先后对城区 50 多个小游园、新浏河风光带和蕻园进行了提档改造，成功建成了天镜湖、城北河等一批湿地公园，使太仓建成区的绿化覆盖率提升到 42%，人均公共绿地 12.2 平方米，形成了“百步见景、千步见园、满城皆绿”的美丽景观，并为市民在家门口提供了休闲、娱乐、健身的理想场所。老旧小区改造更是一项深得民心的惠民工程。2008 年至 2012 年，连续 5 年被列为政府实事工程，并成立了老住宅小区综合改造整治领导小组，由分管副市长徐鸣强任组长，市住建局副局长高强任办公室主任。5 年政府投入资金 2. 15 亿元，先后对 22 个老旧小区的 110 万平方米住宅进行了建筑、道路、绿化、管线、停车、安保为主要内容的综合整治，惠及 1. 12 万户的 3. 89 万居民。那些年，老小区改造成为各级干部和市民街谈巷议的热词，老百姓说，政府实事工程使我们居住环境明显提升了，房子也升值了。

2012 年 10 月 15 日，从省住建厅传来消息，10 月 20 日至 22 日，国家住建部组织的考评组将对太仓市创建中国人居环境奖工作进行现场考察。此前的 7 月份，国家住建部还委托第三方机构对我市居民进行了暗访调查，形成了《城市人居环境居民满意度太仓调查报告》。调查报告显示，太仓市人居环境居民满意度总得分 69. 2 分，在申报的山东泰安、云南昆明和江苏宜兴 4 个城市中名列第一。

尽管暗访调查成绩领先，但我和创建办的同事们还是像小学生参加期末大考一样，忐忑不安。为了能使三大本创建主体材料和上千份支撑材料能够精准、翔实地反映太仓的全貌，我和同事们在最近一年，特别是临考的 3 个月内，将“五加二”“白加黑”工作法变成了常态。此时，我既期待着这次大考，又担心因为我们工作的疏漏，而给目标的实现带来负面影响。

2012 年 10 月 22 日下午，太仓锦江国际大酒店会议室内气氛热烈，太仓市创建中国人居环境奖考评通报会正在举行。由国家住建部组织的现场考评组向太仓市创建工作领导小组及成员单位通报和点评为期 3 天的资料和现场考评情况。考评组认为，近年来，太仓市将创建中国人居环境奖作为提升城市规划建设水平的重要抓手，在园林绿化建设、基础设施完善、住房保障覆盖、生态环境建设以及历史文化传承等各方面均取得了很大成绩，形成了一大批亮点，特别是园林绿化建设和城市老小区改造创出了“太仓高度”。听着国家住建部考评组组长包满珠的点评，我紧揪的心，终于慢慢舒展了开来。

太仓市中国人居环境奖创建通报会结束前，时任国家住建部规划司副司长、考评组领队冯忠华总结时说：“人居环境建设是一项永无止境的过程，更是一项民生工程，只有起点，没有终点，只有更好，没有最好。祝愿太仓创建中国人居环境奖的梦想能够成真，并早日向联合国人居奖迈进。”

太仓数字城管诞生纪实

高宝兴①

2016 年 12 月，太仓市数字化城市管理监督指挥中心顺利完成了搬迁，作为 2016 年度政府事实工程的新指挥大楼，总建筑面积 3200 平方米，初步形成了集数字化城管、12319 热线、公共自行车管理、停车管理、物业管理五大管理为一体的城市管理信息化实战阵地，为我市城市管理工作保驾护航。我市数字城管从 2009 年到今天走过了 8 年的发展历程，从最初的不认识到达成共识，同时作为新型智慧城市建设的基础平台，正在蓬勃地发展。

一、建设背景

数字化城市管理，起源于 2004 年北京市东城区。东城区是首都中心城区之一，时任区委书记陈平主管城市管理多年，所以他对东城的城市管理状况了如指掌，也深知城市管理面临的问题。在他的带领下成立课题组，研究出了网格化城市管理新模式。这一模式运行后，老百姓和领导很明显地感觉到身边的变化，记者的采访报道更引起了社会的关注。各级领导非常关注这一模式，多次到东城区调研，2005 年，建设部将其命名为数字化城市管理新模式，简称数字城管，在全国推广。全国各地的数字化城市管理建设也自此轰轰烈烈地开展起来。2007 年，江苏省政府办公厅发布了《省建设厅关于推进数字化城市管理工作的意见》，并组织召开了全省数字化城市管理工作会议。作为全国百强县（市）前 10 位的太仓，在保持经济高速增长的同时，也越来越深刻地认识到，优良的综合环境是城市发展的核心和灵魂，是实现可持续发展的动力和保障，建设数字城管正是解决

---

① 太仓市城管局副局长。

当前城市管理诸多难题的重要突破。2007 年，建设有太仓特色的数字化城市管理模式被市委、市政府提上了重要议程。

二、建设历程

2007 年，我市向省住建厅提交了《太仓市数字化城市管理系统总体实施方案》。2009 年，依照省住建厅对《太仓市数字化城市管理系统总体实施方案》的评审意见，启动了数字化城市管理系统的建设工作。同年 12 月，完成了监管数据无线采集、监督中心受理、监督指挥、综合评价、应用维护等 9 个子系统的建设，形成了数字化城市管理系统基本结构框架。建设范围覆盖市区 32. 28 平方公里。系统连接了太仓市区经济开发区、河东街道、河西街道和 28 个相关部门，真正做到了各区域之间协同配合的大城管格局。

2010 年 7 月，太仓成立了由市长任主任，分管副市长任副主任，市各有关部门和镇（区）主要负责人为成员的太仓市数字化城市管理监督指挥中心，办公室设在市城管局。由于筹建初期人员、编制还未到位，市数字化城市管理监督指挥中心从城管局执法大队抽调了骨干力量在城管局办公大楼四楼开始试运行工作。在试运行阶段，数字城管通过外包服务组建了城市部件、事件巡查员和 12319 热线座席员两支队伍。试运行了一段时间，我们也发现了一系列问题，例如，市民对 12319 熟识度低，外包服务的巡查员业务素质不过关，各职能部门对数字城管的重视程度不高导致高位协调机制无法形成，数字城管机构“身份不明”等。城管局局长朱锦明在第一次全市数字城管工作会议上也提出了以上问题。2011 年 3 月，在各方努力下，我市成立了副科级事业建制、10 人编制、市财政全额拨款的太仓市城市管理监督指挥中心，制定了独立的监督制度、量化的处置制度和考核制度，数字城管对各专业部门的考核成绩也列入市委、市政府主题教育活动绩效考核，数字化城市管理系统进入正式运行阶段。12319 热线作为城市管理热线逐步进入百姓之家，当年共接到举报 2000 余件，数字城管平台共受理案件 61984 件，许多之前没被注意到的城市管理问题被一一发现，城市管理从被动型向主动型管理跃进。

2012 年 3 月，市十五届人大一次会议通过了关于《切实加强城市管理，加快推进城管全覆盖》的议案，并确定为市人大一号议案，提交市人民政府组织实施，数字城管开始向镇（区）延伸。2013 年根据人大一号议案，按照“推进城市管理现代化，城市管理重心向区镇、社区延伸”的总体要求，市数字城管完成了一次硬件及软件的全面升级，并于同年完成了城厢、新区、沙溪、双凤、璜泾5个区镇的数字城管二级平台的建设。2014年完成浏河数字城管二级平台建设。

2015年完成了港区和浮桥数字城管二级平台建设。2015年9月，我市数字化城市管理系统以87.25分高分通过省验收，我是负责本次验收的主要汇报人，依然清晰记得当时住建厅的专家们参观完我们的平台，听取了我的汇报后，十分肯定地说："太仓市的数字城管系统，技术先进，建设规范；各项运行指标达到验收标准，运行成效十分明显。希望你们以后能够进一步用好这个平台。"

2016年，数字城管指挥中心大楼被列入市政府实事工程，于年底投入使用，新大楼利用现成办公用房改建，总建筑面积约3200平方米，总投资约800万元。同时，2016年市委、市政府开展城乡环境综合整治"百日行动"，城管局作为主要的牵头单位，朱锦明局长召集了党委成员开会，说市里将整治办设在我们城管局，我们任务艰巨啊！当时我就觉得利用数字城管开展这次"百日行动"将是一个非常好的抓手，对督促区镇用好二级平台也是一次好机会。于是我召集了数字城管业务骨干立即着手开展两项工作：一是搭建城乡环境综合整治信息化平台，按照"工程化推进，项目化管理"要求开发信息平台，通过平台，整治进度及长效化管理情况一目了然；二是以长江口旅游度假区数字化城管二级平台为试点，指导各区镇平台通过本次城乡环境整治，将二级平台用实用好。城乡环境整治"百日行动"成效明显，市政府王建国市长在总结表彰大会上认为，市数字城管树立科技引领、创新驱动理念，促进大数据、物联网、云计算等现代信息技术和整治工作的有机融合发展，为整治工作提供强有力的技术支撑，实现整治区域精细化、管理对象数字化、整治手段信息化、绩效考核科学化的目标。

2017年，数字城管搬迁至了新大楼，自搬迁以来，队伍的精神风貌和内部运行机制稳步提升，上半年共接待云南省文明办主任等外省领导、考察团以及市委、市政府、市政协主要领导等200多人次，可以说数字城管的知晓度、认可度和美誉度得到进一步提升。

三、效果明显

我市的数字城管运行至今，解决了我们太仓城市管理方面的许多问题，获得了很好的成效。我个人认为主要的成效有四个方面：

一是提升了发现问题的能力。数字城管的首要环节是发现问题，由于城市管理的职能分散于各个部门，以往没有一个专门的部门来统一发现和受理城市管理问题，往往存在很多职能交叉、管理边界不明的问题一直得不到很好的解决，也造成市民们怨声载道。数字城管的实施，构建了这样一个统一的平台，我们有一支专门的巡查队伍，使城市管理问题发现的能力大大提高，时间大大缩短，如以前容易被忽视的绿地暴露、井盖缺失、小区管理等问题进入了我们城市管理的视野。

二是提升了处置问题的效能。在实施数字城管之前，我们经常觉得各个职能部门既是运动员又是裁判员，遇到职能交叉的问题，常常各有各的说法，拖了很久也没能解决。有了数字城管以后，根据监督手册，我们对城市管理的事件问题在具体的处置要求和时限上有了明确的标准，未按时限要求完成会影响各个处置单位的年底评分，这样也大幅度地提高了各个处置单位的执行力。

三是提升了城市长效管理水平。因为城市管理是动态性、随机性很强的工作，传统的管理模式属于粗放型和突击型，我们城管人也一直在探索寻找新的模式或者说是方法，来解决城市管理“抓反复、反复抓”的困境。数字城管这种网格化管理的新模式，能够从根本上改变以往“猫抓老鼠”式的管理方式，实现城市管理由粗放型向现代化管理模式转变、突击管理向长效管理转变。我们现在每天都有一批信息采集员穿梭在城市的大街小巷，城市管理问题随时发现、随时派遣、随时处置。

四是提升了公众参与管理力度。数字城管的出现，拓展了公众参与城市管理的途径，经过几年的宣传，我们城管 12319 热线已经深入人心，大家都知道城市管理有问题就打 12319。2017 年至今，我们 12319 热线的接线量达 30969 件。同时我们还开发了城市 e 管家手机 App，市民可以通过手机直接上报问题，我们后台马上就能收到并作为案件派遣给处置单位，既快速又便捷。这些年来市民参与城市管理的热情逐年升温，对城市管理工作的满意度也逐年提升。

数字城管建设期间遇到了很多困难，经历了不少挫折，可以说充满了艰辛和不易。这也让我体会到，“数字城管”就像一个蹒跚学步的孩子，一路走来，虽然跌跌撞撞，却在顽强地成长着，虽然稚嫩却又充满生命力。相信不久的将来它会更加强大，在它的努力下，城市运行更安全、经济发展更协调、政府管理更高效、公共服务更完善、市民生活更便捷。

亲历城市环境综合整治“931”行动的那些日子

朱锦明①

在挥手告别2017年之际，那一年中令我最难以忘怀的一刻，莫过于我市经历了五年的城市环境综合整治“931”行动后荣膺“江苏省优秀管理城市”称号。作为亲历整个行动的一名见证者，我感触良多，特有感而作。

2017年9月1日上午，接到省里一位朋友的祝贺电话，我抑制住内心无比激动的心情，迅速打开办公桌上的电脑，搜索江苏省人民政府办公厅文件《关于授予无锡等7个城市“江苏省优秀管理城市”称号的通知》（苏政办发［2017］113号），当页面中显示的太仓市赫然映入眼帘后，如释重负的我终于深深地松了口气……一路走来，一路风雨，其中有坎坷和曲折，亦有喜悦和收获。寻觅五年来我市开展城市环境综合整治“931”行动的足迹，我见证了全市上下尤其是广大城管人为此付出的无数辛劳、智慧和汗水。

邂逅“931”

时间定格在2013年7月。为深入贯彻落实党的十八大精神和习近平总书记对江苏工作的要求，进一步改善城乡环境面貌和人居环境质量，江苏省政府决定在继续大力推进村庄环境整治的同时，在全省开展城市环境综合整治行动。整个行动以“九整治”“三规范”“一提升”（简称“931”行动）为主要内容。其中“九整治”是指整治城郊接合部、整治城中村、整治棚户区、整治老旧小区、整治背街小巷、整治城市河道环境、整治低

---

① 太仓市城管局局长。

洼易淹易涝片区、整治建设工地、整治农贸市场；“三规范”是指规范占道经营、规范车辆停放、规范户外广告设置；“一提升”是指提升城市长效管理水平。而其中摘得“江苏省优秀管理城市”桂冠则是整个行动的重要目标。

发令枪的响声犹在耳畔。2013 年 8 月 17 日，我市召开了以城市环境综合整治行动、美丽城镇建设行动和美丽村庄建设行动三大行动为主题的全市美丽城乡建设行动工作会议，其中城市环境综合整治行动位居美丽城乡建设三大行动之首。自此我市的城市环境综合整治“931”行动被列入了重要的工作议程。

鉴于城市环境综合整治“931”行动的内容与城市管理工作有着诸多交集，会上明确由城管局具体负责牵头这项工作。

直面挑战

推进城市环境综合整治“931”行动，不仅能优化人居环境，提升城市形象，而且关系着构筑我市高品质的城市环境发展新优势，其意义不言而喻。然而，面对纷繁复杂、千头万绪的艰巨任务，一系列的问题也随即置于案头，令我倍感“压力山大”。作为临危受命的整治行动办公室负责人，我与城管局党委一班人在深感使命和职责光荣的同时，更多意识到的是一份沉甸甸的责任和担当。诚然，站在工作的起跑线上，当务之急需要解决的是“开局布子”。为此，市委、市政府审时度势，运筹帷幄。

首先是理顺机制体制。搭建班子，配强机构，我市成立了由市委书记、市长任组长的专题工作领导小组，各成员单位参与其中，领导小组办公室设在我局，另设立综合协调组、重点整治组、检查督办组、宣传报道组及台账资料组 5 个专项工作组。领导小组为整治工作定调把脉，同时制定完善了督查、考核等一系列工作配套机制，通过层层压实工作责任，为我市整治工作的顺利开展奠定了扎实基础。

其次是厘清工作思路。城市环境综合整治行动是一项持续性工作，各项整治任务的排定都须未雨绸缪、超前谋划，我市在每年的任务制定上充分体现“实干 + 巧干”的理念。在参与项目遴选的过程中，我借鉴兄弟城市之前的一些做法和实践，并结合我市的实际，以突出小而精、巧而实为工作的着力点，力争做到在项目的完成上一以贯之，善做善成，并确保了我市在多个项目上获得了额外加分，从而保证了我市在连续多年的考核中位居苏州各县市前列。

正所谓“积力之所举，即无不胜也；众智之所为，即无不成也”，至此，全体城管人的智慧和激情开始竞相迸发，整治工作在全市上下如火如荼、轰轰烈烈。

干在实处

事非经过不知难。在亲历整治工作的过程中，有几个片段至今令我记忆犹新。

片段一：拆老出新，整饬颜面。改造之前的科教新城南郊老镇区，市政道路破损严重，店招立面杂乱无序，整体面貌与科教新城的区域定位和功能形象严重不符。2016 年 5 月，科教新城启动该区域的整治提升工程，并委托我局负责道路和立面的整治改造。凡事预则立，不预则废，我结合之前参与城市改造建设中积累的“家装”理念，在前期规划中提出了运用地下、地面、立面“三位一体”综合式改造的思路，严格把关地下综合管廊、地面道路和人行道、沿街商家店招立面等设计工作，力争体现古和今的完美融合、新与旧的交相辉映。现如今，改造出新的老镇区已成为之后我市开展被撤并镇（管理区）整治提升工作参照的样板和示范。

片段二：城市环境综合整治工作面广量大，涵盖内容丰富，城市公共自行车的建设就是其中的一环。当时，审视整个苏州大市范围，我市的建设工作起步最晚，这是劣势，但同时也是优势。在对周边多个城市进行考察的基础上，我着重从调研、论证、建设、管理、运行以及车型选定等多方面深入思考，力争实现弯道超车。2015 年 1 月 1 日，我市公共自行车正式投入使用，当天我站在中心广场站点的边上，观察市民的使用情况，见到市民们欣喜地刷卡租车并潇洒地骑行而去，望着他们远去的身影，我内心无比畅快。

片段三：4 月 22 日、23 日两天，江苏省优秀管理城市考核专家组对我市创建工作进行现场考核，这也是我市冲刺整治工作的临门一脚。为做好这次迎检工作，在向上汇报的基础上，我一方面制订了周密的迎检方案，从工作汇报、材料汇编、人员接待以及会场布置、住宿用餐等入手，做了缜密部署；另一方面由于现场考核采取随机抽查的方式，对做好迎检工作提出了更高更难的要求。针对考核组晚上入驻我市，我召集局分管领导及相关科室、直属单位负责人，围绕市容秩序、环境卫生、户外广告、物业管理等工作，一一进行再明确再部署再落实；同时为防止发生纰漏，我当晚连夜对各个点位进行了再次检查，待结束之时，时间已指向凌晨 1 点。

创建之思

五年整治，润物无声，这座城市的市容环境发生着改变。一处处景色宜人的游园、一条条碧波荡漾的河流、一片片生机盎然的绿地……整洁干净的街道、富有美感的广告、按序停放的车辆、整饬一新的城中村……

五年来，数字城管处置案件 33 万余件；拆除违法建设面积近 40 万平方米；拆除各类违规广告牌约 2000 块，面积 5.4 万平方米；建成垃圾分类试点小区 13 个；投放公共自行车 2000 辆；改造城市积水点 70 余个；新增停车泊位 5000 余个……点点滴滴，汇聚了城市之变；细微之处，彰显了工作之实。一座更加精致的小城，呈现在世人的面前。

五年整治，筚路蓝缕；五年创建，勠力同心；五年历程，栉风沐雨。在整个历程中，全市上下特别是城管人用自己的实际行动践行着“城管家”的庄严承诺，也赢得了无数市民的点赞。

面对着熠熠生辉的奖牌，我不禁深思，城市环境综合整治“931”行动尽管暂告一个段落，然而城市管理始终是一个永恒的命题。作为一名城市管理工作者，如何实现城市的精细化管理，将我市建设成既有颜值又有品质的城市，需要我们激发埋头苦干的实功、砥砺滴水穿石的韧劲，以钉钉子的精神久久为功，撸起袖子加油干；更需要我们兼收并蓄，博采众长，在工作中秉持精雕细琢、一丝不苟、精益求精的“工匠精神”，将精细化的“家装”理念、“绣花”功夫融入应用到建设、管理、服务等全过程。

太仓垃圾焚烧发电厂建设二三事

张仁德

太仓垃圾焚烧发电厂是以 BOO 形式，由香港协鑫集团投资、建设、管理和拥有的一项实事工程。位于双凤镇新卫村，占地面积 100 亩，工程按“一次规划、分步实施”的原则建设。一期工程两炉一机，日处理垃圾 500 吨，总投资 2.5 亿元人民币。

当时我们城管局作为全市生活垃圾处理的主管部门，负责对这个项目的监督管理和服务。项目从 2001 年开始做市场调研，于 2005 年 10 月 28 日正式破土动工，到 2006 年 8 月 11 日第一车垃圾进厂焚烧处理，从而结束了几十年来一直沿用的简易的填埋处理生活垃圾的历史。

我自始至终参与了这个项目的前期调研、合同谈判、监督管理等工作，有几件往事令人难以忘怀。

一次通情达理的村民代表座谈会

太仓原来的生活垃圾填埋场建在双凤镇新卫村，垃圾焚烧发电厂的位置也准备选在垃圾填埋场的边上。

为了垃圾处理的事，我到村里召集过好多次村民代表座谈会。以前的几次座谈会，都是因村民对垃圾填埋场有臭味，影响周边环境，群众不满意等因素而召开的，其结果都是以我们向村民做工作检讨，谈改进管理措施，给予适当经济补贴而告终。而这次召开的村民代表座谈会与前几次大不一样。那是在 2005 年 3 月 26 日的下午，我们早早地发出了通知，让垃圾填埋场周边的两个村民小组派代表到村委会开座谈会。在这次座谈会上，我首先向村民代表汇报了前阶段关于建设垃圾焚烧发电厂的调研情况，介绍了国内外垃圾焚烧处理的成功案例，再和盘托出了我们准备在这里建设垃圾焚烧发电厂建厂方案和建设标准，然后听取大家的意见。这时，村民代表你一言我一句地议论开了。有的说，我们只要鼻子里闻不到臭味，眼睛里看不到黑烟就行了；有的说，现代化的垃圾焚烧处理方法我们不懂，但希望政府一定要坚持高标准建厂，不能“捣糨糊”；还有的说，政府决定把这个厂建在我们这里，这是太仓全市人民的一件大事，我们绝不会胡搅蛮缠，只要真正把厂高标准建设好了，我们保证全力支持。最后，我向村民代表们表示，这次我们在这里建设垃圾焚烧发电厂，建设目标是：国际先进，国内一流。我们一定会始终站在咱老百姓的立场上，替老百姓说话，为老百姓办事，一定要建成一个让大家满意放心的垃圾焚烧发电厂。这次村民代表座谈会在热烈的掌声中圆满结束。

坚持原则的15次谈判

垃圾焚烧发电项目，由香港协鑫集团投资建设，为了确保项目建设的顺利展开和保障双方的权利、义务，城管局代表市政府与协鑫集团要谈判签署十来个协议。城管局指派我作为这一系列协议谈判的主要谈判人。

为了体现协议谈判的公平公正，双方都请了律师，协鑫方请了北京的一家律师事务所，我们请了苏州的一家律师事务所。

一般性协议的谈判都比较顺利，当商谈到《投资许可协议》时，双方都显得特别较真。因为它涉及的内容非常广，包括投资模式、设备选型、烟气排放、处置费用等诸多方面，而就这些方面的商洽，双方的立足点、出发点都各有侧重。企业方考虑最多的是经济效益，他们的焦点是要花最少的钱获得最大的投资回报；而我们考虑的重点是社会效益，是以改善生态环境、让人民群众满意为根本出发点。关于投资模式的商定，开始想用BOT模式，30年后移交给政府管理，后来考虑到垃圾处理的长期性和实效性，双方同意采用BOO模式，协鑫集团不但负责投资、建设和管理，而且始终拥有这个企业。这样，更有利于双方从长计议，把厂建设好、运行好。关于建设规模的商洽，因当时太仓城区垃圾的每天实际收集量还不足200吨，协鑫方认为垃圾量不足要造成企业亏损，但我们认为要从长远考虑，着眼全市垃圾的处置，一期工程考虑日处理500吨，为今后的垃圾处置留有余地。后来，经双方反复商量，协鑫方勉强同意按每天处理500吨的规模建设，但要求在垃圾量不足的情况下，政府给予适当补贴。关于设备选型的商谈。当时，焚烧垃圾的炉型主要有两种选择，一种是流化床，另一种是炉排炉。流化床焚烧要添加一定比例的煤，但灰渣比较多，烟尘难处理，而炉排炉则不需要加煤。当时，协鑫方想选用流化床的炉型，他们认为垃圾里加煤焚烧，可获得更大的经济效益；而我们则认为，炉排炉焚烧产生的灰渣比较少，更有利于改善生态环境。最后，双方同意采用炉排炉形式焚烧垃圾。关于烟气排放的商谈，在这个问题上，双方都显得十分严肃和认真。因为它涉及烟气排放究竟执行什么标准，投资成本的多少。协鑫方认为，我们只要执行现有的国家排放标准，采用国产的除尘设备就行了；而我们则认为，从高标准出发，一定要执行国际通行的欧盟 2 号标准，除尘设备全部采用国际先进的进口设备，以确保烟气排放达到国际先进水平，让老百姓放心。在这点上，双方各执己见，反反复复，我们始终坚持这个原则不变，最终，协鑫方还是同意我们的意见，执行欧盟 2 号标准，采用进口的除尘设备，确保环境质量不受任何影响。关于处置费用的商谈，更是艰难。双方每轮必谈，元角必争，直到最后，才达成一致。所以，整个《投资许可协议》的商谈，时间长达 8 个月之久，次数多达 15 次之多。最后，双方在诚信、友善、互惠、互利的原则下，圆满达成了一致。

探索生活垃圾处置的运行新模式

垃圾焚烧发电厂的建设规模，一期工程为日处理 500 吨，但是当时城区的生活垃圾每天的收集量还不足 200 吨，其他各镇的生活垃圾日收集量加起来也不到 100 吨，而且各个镇都有自己的填埋场。在垃圾的供需矛盾十分突出的情况下，怎么办？市政府领导高度重视，城管局党委多次开会讨论。为了进一步优化全市的生态环境和保证垃圾的供应量，我们决定全市总动员，把全市（包括农村）的生活垃圾集中收集起来，全部送到垃圾焚烧发电厂进行焚烧处理。于是，时任局党委书记、局长杨巧林同志，带领我们逐区逐镇地登门拜访，宣传发动，提方案，抓落实，向市财政争取资金，根据各镇（区）收集垃圾的多少给予奖励和补贴。

就在 2007 年、2008 年短短两年中，通过全市上下共同努力，共建压缩式垃圾中转站 17 座，投放垃圾桶 15384 个，购置垃圾清运车 304 辆，整个垃圾收集清运保障系统覆盖全市 7 个镇（区）的所有村委会，创出了“组保洁、村收集、镇转运、市处理”的运行新模式。

这个运行模式的实施，既保证了垃圾焚烧发电厂的垃圾供应量，更是进一步改变了全市的卫生面貌，对优化和改善全市的生态环境，起到了很好的促进作用，为全市的经济发展、为建设美丽新太仓做出了重要贡献。

我们在实践中不断探索总结出的“组保洁、村收集、镇转运、市处理”的运行新模式，得到了各级各地的广泛认可和赞扬，这个运行新模式的成功经验，后来得以在全国推广。

为“金仓湖”建设出谋划策的经历

曹一清

在金仓湖开发之前，太仓境内的大交通建设，特别是高速公路建设，在路基用土时都采用“就近取土”的方法，虽然方便，但造成了取土的地方到处留下一个个深坑，既不美观，又浪费资源。这个问题很多人看到了，有不少政协委员也提出过。

2002 年，高扬任城厢镇镇长时，我们俩约了在新东街锡爵饭店边上的上岛咖啡厅喝茶（现在好像已经不是咖啡馆了）。聊着聊着，就聊起了这个事，都觉得如果高速公路建设能做到集中取土，建成一个像张家港暨阳湖那样的景观该有多好。我们太仓本来缺少湖泊景观，这样可以一举两得。而且，眼下正值房产热的时候，可以通过做好总体规划，利用人工湖周边地块的升值来“覆盖”整个拆迁、造湖费用。高镇长认为，我作为政协常委，由我执笔写建议比较好，而且我与时任市长浦荣皋比较熟，可以把材料送到浦市长手里，这样也许更直接。我同意了。几天后，高镇长为此项调研工作提供了人工湖的建议选择地块情况、大致的建设面积及拆迁户数。在此基础上我们估算了造价。其间，我又专程赶往张家港、江阴等市，找当地的民建组织学习了解他们人工湖建设的经验与数据。回来后认真写了《关于我市高速公路建设集中取土建设人工湖景观的建议》，经高镇长提出修改意见后，我直接送到了浦市长办公室。记得那是一个晚上，约 9 点多钟。浦市长工作很勤奋，他习惯晚上在办公室处理公务或者约人了解情况，一般都会到晚上 11 点以后。我对浦市长汇报说：这件事意义很大，不仅解决了高速公路建设用土问题，也改变了随便挖的乱象；同时还可为太仓人民营造一个美丽的、规模足够大的人工湖公园，这是百年大计，希望市领导重视。我同时强调，只要人工湖开始建设，政府投入一些绿化费用，把规划做好、绿化生态做好，周边地块的价值完全可以“覆盖”建设费用，这一点在《建议》中我也有详细的测算。浦市长听了很感兴趣，也赞赏我的社会责任感及认真工作的精神。

过了一个阶段，郑银林副市长礼贤下士，专程到我办公室和我探讨能否与民营企业合作，以市场化的方式来实施人工湖建设方案。经过讨论，我们最后认为，因为涉及大量农村宅基地拆迁，这与城市改造拆迁是完全不同的，企业将很难完成。当初有可能负责这项工作的有两个单位：市交通局和城厢镇。我建议还是应该以城厢镇政府去做比较好、比较顺。因为如果让交通局牵头，大量的农民、农村、农田、农宅的工作仍然要城厢镇去做的，绕这样一个圈子，只会增加麻烦，效率低。又过了较长一个阶段，最终市委、市政府还是采纳了我的建议（这实际上是高镇长和我的共同建议，高扬镇长是幕后英雄），正式启动了这个项目。

为了加快金仓湖的开发进程，根据市委、市政府的要求，城厢镇政府有一个阶段搬到了新毛镇上，离金仓湖很近。有一次，我专程去镇政府找高扬同志，那时他已经是城厢镇党委书记了。办公室人员告诉我，高扬书记在金仓湖工地上，于是我驱车赶往金仓湖建设工地。在路边停好车，我慢慢走进工地现场。尽管亲自写过书面建议，但是临近开挖的湖区，我还是感到很惊讶的。由于人工湖是基于修建高速公路取土留下的坑进行改造，所以现场是极不规则的，坑的深浅不一。有些挖土单位为了方便或者其他原因，直接挖到十多米深，给改建工作带来了很大的麻烦。老远高书记就看见我了，他穿着高筒雨鞋，赶紧走过来，调侃问我是不是来慰问一线干部群众的。我们都笑了。高书记热情地带我走了一大圈，把规划中的蓝图一一在现场中指点出来：这儿是个主湖区，那儿要建人工岛，这边有沙滩，那边是休闲区……金仓湖美好的未来在高书记脑子里是清清楚楚的。我问起是不是按当初我们建议的方案在做，最难的是什么？高书记说，基本上是按那个方案，湖区规划是请专门的规划设计院做的方案，建设也是通过市场化来运作，可以尽量让财政少支出。困难的地方除了农民的拆迁安置需要大量基层干部去做工作外，周边土地指标能否及时落实成为影响项目完成的关键因素之一，这涉及建设资金。聊了一会儿，我笑着调侃高书记：没想到最后是由真正的建议者来完整地落实建议实施。说实在的，如果当初不是让城厢镇来负责而是让其他单位来做，可能难度会更大。我们都很庆幸市委、市政府做了个英明的决定。

以后，建设过程中我又去过三次，高书记又陪过一次，金仓湖看着慢慢地建成了。记得在快建成的那一段时间里，有个周末我回沙溪老家看望父母和岳父母，沿东亭路向北路过金仓湖，抬眼望去，一棵巨大的古树耸立在湖边，枝叶茂盛。我非常惊讶这么大的古树能迁移至此，立即打电话给高书记，问他这是古树吗，从哪里弄来的，移植过来多少代价？高书记一本正经地说300多万。我说不算贵吧，这种树移植是非常不容易的，竟然还活得郁郁葱葱。高书记哈哈大笑说：“一清，你是第二个打电话问我的，你也上当了。”我才知道，树是假的，混凝土模型，树叶是买的塑料树叶缠上去的，但无论如何，效果还是不错的。其实太仓的古树在过去也有很多，只是在不断的“运动”以及后来的建设中损毁太多了，可惜了。

此后，金仓湖公园成为太仓老百姓休闲的最重要场所之一。

教文卫体篇

亲历太仓改革开放四十年

教文卫体篇综述

钱永泉

40年前，我们从改革开放的春天出发，在中共太仓市（县）委坚强有力领导下，坚持把人民群众对美好生活的向往作为奋斗目标，结合太仓实际情况，积极谋划改革创新，大力培育社会主义核心价值观，树立社会文明新风尚，推动人才引进和科技创新，建立更好更优的教育，打造更丰富多彩的精神文化生活，提供更高水平的医疗卫生服务，围绕巩固各项社会事业的体系建设、理论建设、制度建设、作风建设、硬件建设、人才队伍建设，趁势而上，加快发展，推出了一系列改革和创新，建立完善了覆盖城乡、持续发展的基本公共服务体系，极大地丰富和满足了群众多样化、多层次的需求，密切了党与人民同呼吸、共命运、心连心的血肉联系。在各项工作实践中，各部门积累了许多宝贵的做法和经验，形成了一大批具有太仓特色的新亮点，全市各项社会事业发生了翻天覆地的变化，有的工作在全省乃至全国屡获殊荣，广受各方的关注和好评。由于条件所限，我们只能摘取几个侧面以飨读者，更多的精彩篇章有待今后进一步总结。

40年的风风雨雨，40年的坎坷磨砺，中国特色社会主义进入了新时代。回顾过去，是为了激励站在历史的新起点上，深刻领会中共十九大精神，学精悟透用好马克思主义看家本领，更有定力、更有自信、更有智慧地坚持和发展新时代中国特色社会主义，认真贯彻新时代大背景下科教文卫工作的新要求。针对全市各项民生社会事业的新课题、新挑战，以及群众所面临的实际困难，坚持以人民为中心的发展思想，不忘初心，牢记使命，深化改革，扩大开放，不断创新。坚持民生为先、民生为重、民生为本，切实把惠及民生的事情做深做实，着力改善群众生活质量，为增进人民福祉，提升人民群众的幸福感，加快建设“现代田园城、美丽金太仓”，为实现“两个一百年”奋斗目标、实现中华民族伟大复兴的中国梦不懈奋斗。

回眸太仓教育改革发展40年

陆钟其①

教育是功在当代、利在千秋的事业，回眸改革开放40年，我们太仓的教育工作者在不断构筑和实现具有中国特色的太仓教育梦中，砥砺前行。

提前实现基本普及九年义务教育

1976年10月，粉碎“四人帮”反革命集团之后，特别是在1978年党的十一届三中全会确立了改革开放政策之后，太仓教育迎来了新的春天，广大教育工作者焕发了巨大的教育热情，积极为实现“普九”之梦而奋斗，使太仓教育出现了一个较快的发展时期。在全面复查和平反冤假错案，落实各项政策的同时，恢复了中心小学和中学的原领导体制，并执行新颁布的《中小学暂行工作条例》（修正草案）和《中小学生守则》，恢复了中学“三三”学制和小学六年制，大刀阔斧地撤销了戴帽子初中，集中办好沙中、县中、浏中、城中等9所中学。1981年开始进行中等教育结构调整，在部分普通中学附设了职业班。1983年普及了初等教育（小学四率分别为：入学率99.9%；巩固率98.04%；毕业率94.22%；普及率98.49%）。1984年恢复省立太仓师范，创办了太仓工业学校和娄东、供销两所职业中学，在成人教育中则基本扫除了文盲。至1987年，又普及了初中教育（初中三率分别为：入学率96%；巩固率95.7%；毕业率97.8%），是年初中毕业生升学率为40.88%，高中毕业生的高考录取率为41.5%。幼教和小学教师中达到中师及以上文化水平的分别为52%和71.4%，初中教师达到大专以上水平的为71.8%，高中教师达到大学本科水平的为56.9%。同时成人教育入学人数为31919人，各类职业技术培训

---

① 太仓市教育局基础教育科原科长。

班学员达30332人。接着在1988年，太仓县政府下达了进一步完善基础教育分级办学、分级管理的意见，要求形成政府统筹、三级办学、两级管理、社会参与的办学体制，在一定程度上调动了地方和乡（镇）、村办学的积极性，加速了太仓县实施义务教育的进程。经过各方共同努力，1992年，我县经上级验收，提前两年实现了基本普及九年制义务教育之梦，太仓教育迈上了一个新的台阶。

教育现代化工程取得佳绩

在“普九”的后阶段，我们根据高标准普及九年制义务教育的要求，已经开始酝酿并构筑与“普九”衔接的推进教育现代化工程之梦。1994年5月，《中国教育报》在头版头条报道了太仓在“普九”及之后狠抓课堂教学质量和效益的做法，太仓教育经验首次走向全国。这对太仓的教育工作者既是鼓励更是鞭策，大家团结一心，继续努力，积极推进教育现代化工程。在此基础上，太仓市政府于1995年4月出台了《太仓市实施教育现代化规划》，要求建立责任制和强化政府行为，进一步推动以乡镇为单位的区域性教育现代化建设。我市当时调整学校布局，推进教育现代化的做法，获得苏州市的表扬，并在我市板桥召开了“调整学校布局，推进教育现代化工程”的现场会。同时我们组织有关乡镇分管教育的乡镇长赴苏州培训；我局也不断组织人员帮助乡镇进行自查和复查。在条件成熟的时候，主动申报请上级前来验收。当时在资金投入上，我市以改善学校教育装备为突破口，加大资金投入的倾斜力度。同时启动了教育信息化工程，逐步构建现代教育信息化体系，助推教育现代化进程。并通过委培、引进、公开招聘、在职进修等途径提高教师队伍素质，确保教育现代化工程的顺利推进。至2001年，我市经撤并后的14个乡镇已全部通过验收，成为省实施教育现代化工程先进镇，这种满堂红，在全省仅有4个县（市）；接着于2002年10月，我市又顺理成章地通过了江苏省教育现代化先进县（市）考核验收，初步形成了城乡一体、布局基本合理、结构比较优化、富有生机和活力的区域教育体系，初步实现了教育基本现代化之梦。

职业教育成为响亮名片

职业教育曾是我们太仓教育的短板，如何使之成为适应并服务于太仓经济发展的响亮名片，一直是太仓职教人的梦想。2004年7月，经江苏省人民政府批准，由原江苏省太仓师范学校、太仓广播电视大学、太仓工业学校整合升格建立的健雄职业技术学院，成为公办全日制普通高等学校，不仅结束了我市没有正规高校的历史，而且与省太中专形成了相互衔接的中、高职发展平台，既使太仓“德企之乡”如虎添翼，学校又依托“德企之乡”的独特优势，不断形成“校企”融合发展特色、“定岗双元”人才培养特色、“集聚资源”服务地方特色；而且大力建设省示范性实训基地，做强做优“校企一体”“引企入校”“企业研修生”等校企合作模式，使“双元制”教育不断得到深化。在不久前召开的江苏省现代学徒制试点工作人才培养方案论证交流会上，作为教育部第二批现代学徒制试点单位的太仓中专校，以“双元制”本土化实践为载体，以推进现代学徒制为抓手，不断完善工学结合、学做一体人才培养模式的做法和经验，引起广泛关注。在江苏省太仓中专校举行的“双元制”本土化职教联盟成立大会上，理事长单位舍弗勒（中国）有限公司培训中心高级经理张振中说，德企对技术工人的特殊要求，催生了“双元制”职业培训模式在太仓落地。我们和太仓16载校企合作，构筑了人才储备池；而培训规模的不断壮大，教育层次也向高端延伸，在新形势下，成立“双元制”本土化职教联盟是职业教育改革的必然选择，通过联盟这一高地，我们将协调供需、整合力量，进一步提升校企合作质量和效益。而太中专校和健雄职业技术学院更是在德国“双元制”教育本土化实践探索中取得显著科研成果，相继获得江苏省级教学成果一等奖和特等奖。健雄职业技术学院还于2014年荣获职业教育国家级教学成果二等奖，并建立起国内唯一的中德“双元制”职业教育示范推广基地。现在健雄职业技术学院和太中专校的毕业生不仅就业竞争力位居省内同类院校前列，而且正成为用人单位的“香饽饽”和“抢手货”。德国“双元制”职业教育的太仓实践模式，不仅成为省内有名、国内有影响的典范，被誉为“蓝领工人的黄埔军校”，也成为我市经济建设中的一大亮点和品牌，太仓职教人的梦想终于逐步成真。

教育均衡发展造福人民

与此同时，普通中小学校发展不平衡的情况凸显，我们又着力构筑并积极实现中小学均衡发展之梦，进一步造福为民。在成为江苏省16个素质教育实验区之一和被确定为江苏省基础教育课程改革实验区之后，又先后创建成为江苏省高中教育先进市、江苏省幼儿教育先进市、江苏省师资队伍建设先进市、江苏省全面实施素质教育先进市、江苏省规范教育收费市、全国区域教育发展特色示范区等。在提高条线教育质量和管理水平的基础上，我们又狠抓了横向教育的均衡发展，并取得显著成效。国家总督学顾问、中国教育学会副会长陶西平先生曾两度来太考察教育情况，认为我市教育已达到了“较高水平的公共资源配置、较高水平的管理创新、较高水平的队伍建设和较高水平的学校文化特色建设的均衡化发展水平”。而在2011年年底，省教育厅的领导在视察我市教育工作后，则认为我市“在推进城乡教育一体化工作中，注重创新均衡发展体制，做到了城乡教育布局一体化、教育体制一体化和管理服务一体化”。在2012年的上半年，我市根据教育部、省教育厅有关文件进行了严格的自查自评，结果学校8项基本设施指标差异平均值小学为0.4175，初中为0.2613。问卷调查，人民群众对教育的满意度为91.55%。全市义务教育发展基本均衡自评分超过95分，达到了全国义务教育发展基本均衡县（市、区）的评估标准和要求。2012年10月20—22日，江苏省人民政府教育督导团组织专家组对我市创建“全国义务教育发展基本均衡县（市、区）”工作进行了省级评估验收，认为“太仓市高度重视教育，切实履行职责；教育投入力度大，均衡化水平高；高度关注弱势群体的受教育权益；师资队伍建设水平高”。接着在11月29日，国家教育督导办副主任周坚一行又对我市义务教育均衡发展情况进行了专门调研，对我市的教育发展均衡工作给予了充分肯定。2013年的5月15日—17日，国家教育督导检查组对申报“义务教育发展基本均衡县（市、区）”的我市和张家港、常熟的义务教育均衡发展情况进行了正式督导检查。督导组采取随机抽查方式，共检查三市学校51所，其中小学29所，初中22所；核查了三市的相关文件资料及数据；召开了人大代表、政协委员、校长、教师、家长、学生座谈会19个；发放满意度调查问卷3382份，回收有效问卷3380份；通过随机及电话访谈等方式，征求了299人的意见。最后三市均以高分通过检查验收。5月17—18日，教育部在江苏省张家港市召开全国县域义务教育均衡发展督导评估认定现场会。会上，国家督学、督导组组长涂文涛宣读了对太仓等三市的督导评估认定意见，认为：太仓等三市已达到了国家规定的义务教育发展基本均衡县（市、区）评估认定标准。督导评估认定组将把此次督导检查结果向教育部和国务院教育督导委员会报告，提请最后认定公布。国务院教育督导委员会于2013年12月正式确认了太仓等三市为我国首批义务教育发展基本均衡县（市、区）。由于率先实现了国家和省制定的战略目标，圆了义务教育基本均衡发展之梦，百姓满意度高，在省内乃至全国产生了重大而深远的影响，太仓市教育局被省教育厅党组授予集体二等功荣誉，我们太仓的教育经验又一次走向全国，迈向新高。

构筑教育优质均衡发展之梦永无尽期

在取得优异成绩的同时，我们太仓的领导和教育工作者始终保持着清醒的头脑：为民造福，永无止境。在2013年的教师节上，时任市委书记王剑锋强调："全市上下要始终坚持教育优先发展不动摇，深入推进教育事业发展，加快打造省教育现代化建设示范区，有力地支撑社会经济持续健康发展。要切实做到经济社会发展规划优先安排教育发展，财政资金优先保障教育投入，公共资源优先满足教育和人力资源开发需要，努力使教育优势成为太仓突出的优势。要把持续增加教育投入作为落实教育优先发展战略地位的关键举措，确保财政教育支出增长高于财政经常性收入增长，财政教育支出占一般预算支出比例高于省里核定的比例，全社会教育投入增长高于地区生产总值增长。要充分调动全社会关心和支持教育的积极性，带动全社会形成尊师重教、尚智好学的强大合力和浓厚氛围。要办好让人民更加满意的教育，加快建成覆盖城乡的优质公共教育服务体系。要完善城乡一体化的义务教育发展机制，加快实施新三年校舍升级工程建设计划，进一步加强教学管理，全面推进素质教育，形成德育特色文化。要深入推进课程改革，进一步减轻学生的课业负担，推进学校管理创新，提高办学效益，实现学校教育工作的良性循环。要打造一支优秀教育人才队伍，大力提升教育人才职业道德水平，扎实推进骨干教师队伍建设，带动学校教师队伍素质整体提升。"

而我们太仓的教育工作者则根据上级领导的要求，以及国家督导验收组评估时的意见和建议，又开始构筑太仓教育优质均衡发展之梦，并积极付诸实践，以更好地惠及百姓和为社会、经济发展服务。

首先是通过提升教育手段现代化，支撑优质教育均衡化。我局持续推进"智慧校园""智慧课堂""三通两平台"建设，全市中小学先后完成了百兆互联网宽带接入和点对点光纤教育内网接入；普通教室、专用教室均配备了三代多媒体教学设备，全市公办义务段学校教育技术装备已全部达到省一类建设标准。还完成了100%普通班级互动白板短焦投影配备，95%的学校实现了无线校园网全覆盖，并已建成43间带平板电脑的未来教室，学校网络教学环境大幅改善，在周边县市中处于领先水平。

其次是进一步提升优质教育的内涵，促进学校的特色、品牌建设。现在我市中小学的特色教育是五彩缤纷，随处可见。作为武术之乡，近年来，我局持续推进“武术进校园”活动，4 所初中成为“武术进校园”实验基地。2016 年暑假期间，新区第三小学娄江娃武术队的师生参加了意大利马切拉塔歌剧节的交流演出，获得好评。足球、毽绳等运动，也在我市中小学校得到普及。在 2015 年苏州市市长杯足球比赛中，新区二小获得了总冠军。2017 年又新增明德初中、牌楼小学、新湖小学等 6 所全国足球特色学校。而在 2017 年 5 月举行的全国跳绳联赛邹城分站赛上，新塘小学跳绳队获得了 2 金、10 银、3 铜的好成绩。此外双凤小学已挂牌成为省级非物质文化遗产“双凤山歌”传承基地；金仓湖小学则是太仓非物质文化遗产“风筝制作技艺”的传承保护基地等。据不完全统计，全市中小学已广泛开展了书法、江南丝竹、昆曲、楹联、唐调吟诵、麦秸画、瓦片画等 20 多项艺术活动。

再次是借鉴企业“输出管理模式”，加强城乡学校的一体化管理，促进优质教育管理均衡化。

比如由名校和农村学校结对组成学校发展共同体，从而追求一样的教育质量，彰显不一样的办学特色。2013 年秋，科教新城实验小学与市实验小学结成共同体。两校从文化融合着手，探索“名校 + 新校”的发展新路径。借助市实验小学强大的管理团队、优秀的师资队伍，以“草根文化”为底色，确立“科技点燃智慧，教育成就梦想”的办学理念，在短短数年内，科教新城实小就走上了规范、有序、稳步提升的发展之路。再比如建立区域教育联盟。通过遴选城区优质学校为龙头学校，协同部分城乡相对薄弱学校，在学校管理与评价体制、课程设计与开发、课堂改革与创新等多个领域，结成多类型的联盟共同体，充分利用现有经验，进一步扩大集团化办学效益，以整体促进区域教育的优质均衡发展。

最后是通过教师队伍的建设与管理，保证优质教育均衡化的可持续性发展。我市着力进一步提升教师的师德水平与教学水平，加强师德师风建设，打造人才队伍，实施新一轮太仓教育人才计划。先后两批共成立了 13 个名师工作室。同时健全教师交流制度，强化“市有校用”导向，加速教师由“学校人”向“系统人”转变。校间互派教师，在各个层面开展教师的交流互动。还规定中学教师评聘高级职称、小学（幼儿园）教师评聘中级职称，须有两年及以上农村学校任教经历；城区义务教育阶段学校、幼教中心的太仓市级学科带头人，要在命名后的每五年内，至少有一年到农村学校任教；公办学校向来太务工人员子弟学校派出支教教师的比例要逐步达到 20% 以上等。同时，我市还利用现代信息技术，构建面向全市教师的远程继续教育平台，使全市教师同步享受优质教育资源。还加大了义务段学校管理干部的轮岗交流制度，鼓励城区优秀学校管理干部到农村学校任职或挂职，有力地促进了农村学校迅速提升办学水平和教学质量，使城乡义务段学校间的管理水平、办学水平、教学管理不断趋于优质均衡。

2016 年 3 月，我市又被评为“江苏省促进义务教育均衡发展先进县（市、区）”，初步圆了“教育优质均衡”，进一步惠及百姓之梦。

现在“太仓城乡学校同是最美风景”的均衡概念，不仅指学校的外观，更指学校的内在之美和学校之间的均衡之美。

光阴似箭，在砥砺奋进中，40 年的时间呼啸而过，但路漫漫兮无尽期，我们太仓教育永远行进在不断筑梦和圆梦的路上。

“双元制”——高技能培养的“太仓样本”

周新源[①]/口述　宋祖荫/整理执笔

2017年7月中旬，应德国斯坦伯格友好学校等方面邀请，我和我们学校4位老师一起前往奥登堡、海德堡等地，围绕“双元制”教育的延伸扩展项目，考察了德国数家家族企业，以及企业参与职业教育培训，参观了海德堡斯坦伯格职业学校工业4.0实训室，达成中德“1+5”教学联盟共识，研究和探索适应工业4.0的职业教育方式。德国朋友对我们的到访表现出极大的友好和热情，德国“双元制”教育在中国太仓落地、生根、开花，并结出了丰硕的成果。在德国，只要提起我们是从中国太仓来的，不少企业家都会津津乐道。太仓被中国商务部、德国经济部共同授予中国唯一的“中德企业合作基地”，太仓德资企业的集聚优势，为我们开展“双元制”本土化实践提供了肥沃土壤。如今在太仓全力做好“对德合作”的鸿篇中，“双元制”本土化教育增添了新的光彩，成为太仓集聚德企的加速器。

解码“双元制”

作为中国最大城市上海的邻居太仓，其独特的区位、便利的交通，吸引着无数海内外投资者纷至沓来。自1993年，首家德企——克恩-里伯斯公司落户以后，以“精密机械制造”和“汽车零部件制造”为主导的德资企业纷纷抢滩太仓，到1997年，德资企业在太仓落户的有12家，集聚效应初见端倪。

随着精密制造产业链在太仓迅速壮大，使得高技能专业技术工人的供求矛盾日益突出，而太仓地区高素质技术技能人才匮乏，制约了德资企业

① 时任江苏省太仓中等专业学校校长。

在太仓发展的瓶颈难题随之而来。1998 年，德国巴符州议员、克恩 - 里伯斯集团总裁斯丹姆博士提议，按照德国“双元制”教育模式培养模具专业技术工人，得到了省经济和信息化委员会和德国巴登 - 符腾堡州经济合作部的大力支持，也得到太仓市委市政府、太仓经济开发区管委会的积极响应。经过中德双方的共同努力，该项目于 1998 年开始筹备，2001 年付诸实施。2000 年，我从太仓高级中学调到太仓中专担任校长，参与了“双元制”本土化教育实践。

在现代经济发展史上，德国始终以产品质量高、制造业发达闻名于世。德国职业教育历史悠久，最早可追溯到欧洲中世纪早期的行会制度。德国经济的发展与其重视全民职业教育密不可分，尤其是“双元制”职业教育，被誉为德国战后经济腾飞的“秘密武器”。

所谓“双元制”，就是职业学校和企业分工协作共同完成培养符合社会行为规范和企业生产需要的技术工人全过程的一种职业教育办学模式，主要有三个特点：培训机构为企业 + 职业学校，培训身份是企业学徒 + 职校学生，教学内容为职业技能培训 + 文化和专业理论教学。企业培训为主，学校教育为辅，学员在学校与企业的时间比为 1∶4 或 2∶3，这种模式为德国培养了大批高素质技能人才，促进了德国经济和科技的腾飞。

引进“双元制”

秉承世界最负盛名的“双元制”教育精髓的德国企业，对太仓的职业教育提出了更高的要求。我们由此敏锐地意识到，契合德企以及地方其他各类企业的人才需求是推进学校发展的难得机遇，而进行“双元制”本土化实践是提升学校服务地方经济发展能力的必然选择。我们要按照太仓实际情况加以本土化，从市场的决定性作用、德资企业的引导作用，改变重知识、轻技能，学习与工作分离的教学。

一般来说，“双元制”下的工人应具备三个条件：一是必须懂电脑，能熟练操作数控机床；二是必须懂外语，能直接与外国管理者交流；三是必须会看图和电脑绘图，能将图纸上的零件加工出来。学员由德国工商会上海代表处颁发 AHK 证书或由德国手工业行会（奥登堡）颁发 HWK 证书，同时拥有国内中专或大专毕业证书。

接受“双元制”培训的学员具有双重身份，既是学校学生，又是企业学徒工，在学校由教师负责文化课和专业理论，在企业由经验丰富的技师一对一传授技术。首届“双元制”毕业生、克恩 - 里伯斯公司微孔冲压生产部经理周志浩说："三年的双元制教育，获益匪浅。其中一半的时间是在企业里接受职业技能的培训，学习和感受企业真实的生产环境和先进设施；另一半的时间，在学校里接受专业理论和普通文化教育。双元制教学模式将企业与学校、理论知识和实践技能紧密地结合起来，培养了我们综合职业素质，即精益求精、一丝不苟、质量至上、清洁有序、安全文明。"

2001 年，太仓经济开发区与德国巴符州政府、克恩－里伯斯公司、慧鱼公司及太仓中专学校合作创办了中国第一家与德国职业技术教育同步的职业培训中心——太仓德资企业专业技术工人培训中心，正式引入"双元制"职业教育。合作培养模具机械工，首批招收"双元制"模式学员 20 名。该培训中心设立于克恩－里伯斯企业内，建有 986 平方米专用学生实践教学场所，企业总投入 1041 万元用于实践教学设备，5 名专职培训师和 2 名兼职培训师参与专业教学，现年招收学生增加到 40 名。

经过三年的学习，太仓有关方面于 2004 年 7 月为首届学生举办了毕业典礼，邀请德国驻沪总领事、德国工商大会代表及江浙沪德国企业代表参加，市长和嘉宾为学生颁发毕业证书和 AHK 证书。《新民晚报》做了题为《学生未毕业，被抢购一空》专题报道。截至目前，该中心已有 11 批近 400 名学员顺利毕业，其中 30 人被企业派往德国深造，近三分之一的学员已晋升至生产经理、车间主任或培训师，大部分正发展为企业技术骨干。

"双元制"孵化

我国引进"双元制"模式已 30 多年，在许多地方表现出了"水土不服"，我们学校的成功经验是在借鉴的基础上进行的大胆创新。如德资企业聘请的多位培训师来自东风汽车等大型企业，原来这些老师就是当年企业引进"双元制"教育的实践者和推广者。

经过多年的精心培育，"双元制"培训中心由小到大，由弱到强，逐步发展壮大，初具规模效应。2004 年，舍弗勒（中国）培训中心揭牌，开设机械加工技术专业，年招收 100 人，毕业生由企业录用就业。建有 3228 平方米专用实训教学场所，企业总计投入 1304 万元实践教学设备，13 名专兼职培训师参与教学。2013 年，海瑞恩（太仓）培训中心成立，招收数控专业学员，有中专的、大专的，企业拥有 1000 平方米实训教学场所，投入 1680 万元用于教学设备，9 名专兼职培训师参与，年招收学生 50 名。2016 年，德国手工业行会在国内首家培训考试认证基地也在我校落地，也建成了德国手工业行会培训中心。

随着“双元制”本土化的逐步推广，除了我们学校参与开设的4个培训中心外，太仓还有中德培训中心、太仓欧美企业培训中心等6家“双元制”培训中心，培养出了一大批“技术蓝领”，为太仓及周边地区输送了大批优秀技能人才，很好地满足了德企对专业技术工人的需求。

目前，我们“双元制”本土化培养的学员，几乎都能够独当一面，挑起大梁。如克恩-里伯斯核心技工团队，几乎都是“双元制”本土化下走出的学员，有的学员还担任企业部门主管，其手下管理对象有本科生甚至研究生。如周志浩、顾新、俞伟先生分别担任克恩-里伯斯微孔冲压生产部经理、E事业部生产主管和模具部机加工主管；王青和盛海青先生分别担任慕贝尔公司模具事业部生产经理和主管；张晓光先生担任艾森文具的技术经理；陶坚先生担任奥胜制造生产经理；徐明先生担任舍弗勒培训中心培训师；周晓蓉女士担任苏州健雄职业技术学院中德培训中心培训师等。

去年10月，我们太仓中专以“双元制”本土化的实践为主题，参加了在南京举办的世界职业教育大会暨展览会，并有幸结识参会的德国手工业行会（奥登堡）中国首席代表邓柯博士。邓柯博士两次访问太仓，考察企业和学校，初步达成在我们学校建立德国手工业行会培训考试认证基地，下设培训中心和考试认证中心。太仓22家中小企业成为“双元制”教育的合作伙伴，年招收学员96人，其中机动车机电师专业方向的合作企业全部为国内企业，有效扩大了“双元制”教育的影响力。今年秋季该培训中心开学招收新生，届时将颁发HWK证书。

提升“双元制”

我们成功构建了“政府主导、主体双元、合同执行、成本分担”的“双元制”本土化职教模式，成为苏州乃至江苏职业教育的一张亮丽名片，成为省内有名、国内有影响力的中职学校。著名职教专家姜大源教授评价道：“江苏省太仓中等专业学校依托区域德企资源，借鉴国际职教经验，走本土化实践之路有重大示范作用。”

10多年来，太仓中专全力推进“全位性校企合作”，积极开展与央企、外企、民企各类现代制造企业的合作。与港区科技创业园、软件园和国际服务外包园等现代服务业载体的合作，探索出了多种形式的工学交替的办学模式。通过实施“203002”工程，即每个专业要在每学期与20个企事业单位建立密切的伙伴关系，与30名技术人员建立良好的互动关系，与企业合作完成2件有创新性、开拓性的工作；大力开展校企合作“七结合”工作，即与课程改革、教师下企业实践、订单招生、学生就业推荐、专业辅导员建设、社会培训、职教大赛相结合；创造性开展了政校企三方联动共建跨企业培训中心，从企事业单位聘请“专业辅导员”、从企业引进生产线或生产课题、组织学生“企业研修”等，不断拓宽了双元合作办学的途径。

德国“双元制”本土化的创新实践，有力地支撑了太仓德企的发展壮大，同时也改变了本土民营企业技能人才的培养理念，如森茂汽车等一大批民营企业也开始采用“双元制”模式培养企业所需的技能人才，这种高技能人才的培养模式，已得到了全市各类企业的认可和运用。10余年来，“双元制”教育为太仓培养出了近6000名优秀高技能人才。

从职业精神的培养，到职业教育的改革，再到工匠文化的培育，我们太仓中专和健雄学院形成了巨大合力，弘扬“工匠精神”，完善合作治理。2014年，我们和健雄学院一起荣获国家级职业教育教学成果二等奖。2017年，学校还被评为全国和省现代学徒制试点单位，与“双元制”本土化相关的两项教学成果获省职业教育教学成果一等奖，标志着太仓在“双元制”本土化探索上走在全国前列。

回眸改革开放以来，太仓职业教育正在发生着深刻的变化。“双元制”本土化，无疑是深化职业教育一池“春水”中飞溅起的一朵“浪花”。

健雄职业技术学院诞生记

丁 锴[1]

2004 年 7 月 15 日，江苏省人民政府发文：“在太仓广播电视大学、太仓师范学校、太仓工业学校的基础上，建立健雄职业技术学院。”消息传到太仓，人们欢欣雀跃，奔走相告。这是太仓历史上第一所高等学府，填补了太仓教育的一个空白。为了这个大学梦，太仓几代人上下求索、执梦前行，谱写了太仓教育发展的时代壮歌。

一

太仓的大学梦源于吴健雄。吴健雄 1912 年生于浏河，1930 年以优异成绩进入中央大学，1936 年赴美留学，此后在美国几十年潜心核物理实验研究，在 β 衰变领域做出了世界性贡献，被誉为东方居里夫人、原子弹之母、核物理女王、最伟大的实验物理学家。吴健雄对祖国故土有着浓浓的感情和深深的牵挂，南京雨花石是她的案头之物，中国旗袍是她的至爱服饰。在给国内亲友的一封信中，她写道：“我身在海外，但心系中华！”中美关系恢复后，她多次回国，寻访故乡、母校。作为太仓人，家乡的教育事业始终萦绕在吴健雄心头，她生活极其简朴，用打补丁的水吊子烧水，却慷慨地以毕生积蓄设立纽约吴仲裔奖学金，用以改善家乡明德学校办学条件，奖励优秀师生。她看到太仓改革开放后城乡面貌日新月异，十分高兴。1984 年，在一次回乡过程中，她对太仓县领导说：“太仓区域条件很好，能否充分利用东濒大海、临近长江的有利条件，办个海运学院，培养人才。”此后，吴健雄在多个场合提到这个设想，并为东南大学等国内一流教育资源引到太仓牵线搭桥。大学梦在太仓人心中逐渐扎下了根。

---

① 太仓市教育局副局长，曾在健雄职业技术学院任教。

二

1997 年，吴健雄走完了优雅、传奇的一生，长眠在家乡浏河父亲吴仲裔手植的紫薇树旁。为完成吴健雄遗愿，她丈夫袁家骝为大学创建上下呼吁，四方奔走。袁家骝祖籍河南，与吴健雄同一年出生，美国华裔物理学家。他与吴健雄在美国相识、相知、相爱，1942 年结为伉俪，从此相伴一生。受夫人影响，袁家骝对太仓也有着深厚的感情。1998 年，在明德学校举行的吴健雄骨灰安葬仪式上，他提出在吴健雄家乡建立一所大学的愿望。同年 10 月 9 日，袁家骝与太仓市领导就成立吴健雄大学（当初名称）进行了商谈。1999 年 6 月 10 日，他专门致信国家教育部、江苏省人民政府，对筹办吴健雄大学提出了两点建议：一是鉴于吴健雄在物理研究领域的巨大成就，大学定位要高，以健雄精神激励后人励志成才；二是由于吴健雄与东南大学（前身是中央大学）的深厚渊源，请东南大学给予大力支持和帮助，以优质的师资和严格的管理保障办学质量。袁家骝以崇高声望和广泛人脉为大学创建呼吁呐喊，赢得了各级领导的支持。遗憾的是，这位 90 高龄太仓女婿没有看到大学诞生的那一天。2003 年，袁家骝在北京逝世，遵照遗嘱，他与吴健雄安眠在一起……

三

“忽如一夜春风来，千树万树梨花开。”20 世纪 80 年代以来，在改革开放春风吹拂下，特别是在浦东开发开放龙头带动下，地处长三角中心的太仓经济飞速发展，乡镇企业、外资企业、民营企业如雨后春笋，广大企业对技术技能人才求贤若渴，有家灯具厂甚至打出“年薪十万急招熟练模具工”的招聘广告。为满足企业对人才的大量需求，太仓电大、太仓工业学校、太仓职教中心、太仓职教集团先后成立，为当地企业培养了大批急需的中初级管理人才和技术骨干。但是，1993 年以后，随着德资企业扎堆落户、异军突起，支撑德资企业扩张和新兴产业发展的高层次技术人才逐渐供不应求，创办一所高等职业技术学院成为企业所盼、民心所向。

因此，1998 年袁家骝希望在太仓建立一所大学的提议得到太仓市政府的积极回应，并立即就创建大学进行了调研、请示。2000 年 7 月，苏州市领导批示，明确表示支持太仓发展高等职业技术教育。2003 年 2 月，太仓新一届领导班子成立，决定将筹建吴健雄职业技术学院（后来根据有关规定，名称确定为健雄职业技术学院）作为政府重要工作来抓，全力推进筹建工作。2004年3月21日，省教育厅专家组对筹建项目进行评审，专家组一致认为：组建健雄职业技术学院是太仓经济和社会快速发展的需要，是调整太仓职业技术教育布局、优化职业教育层次结构的需要，同时也实现了吴健雄夫妇的遗愿。2004年9月8日，那个天朗气清的日子，健雄职业技术学院在东仓路2号揭牌，教育部和省市各级领导、吴健雄生前好友、企事业单位与师生代表等千余人参加了这一盛典，共同见证太仓教育开天辟地的大事件。太仓现代教育百年发展史从此翻开新的一页。

四

2006年8月，健雄职业技术学院整体迁入科教新城校区。新校区占地700亩，建筑面积近20万平方米，设施先进、环境优美、交通便捷，为学院发展奠定了坚实基础。2007年6月10日，在这个毗邻上海的美丽校园举行了中国高等职业技术教育论坛、吴健雄诞辰95周年纪念、新校区落成典礼三大活动。吴健雄生前好友李政道博士在纽约哥伦比亚大学致函祝贺："作为健雄的好友，也作为江苏人，我对学院的蓬勃发展及新校区落成表示由衷的祝贺。健雄是一位极其卓越的女物理学家，她对近代物理学的发展有十分杰出的成就。在β-衰变等各个方面的实验成就，均做出了永存的、独一无二的、里程碑式的、奠基性的贡献，是世界同行们一致公认的。她智慧崇高，工作刻苦，做事严格，热爱祖国，热爱家乡，为人谦虚，是科学家中的楷模、人间君子，她的名字和优秀品质定能为当代和后世的人们永记不忘。以她的名字命名的学院也一定能发扬光大健雄的优秀品质，把学院办好，造福人民，造福后代。"

十载栉风沐雨，十年春华秋实。十年来，健雄人传承吴健雄精神、彰显双元制精髓，在首任院长江铭教授、继任院长魏晓锋教授带领下，全体教职员工艰苦创业、改革创新、全力创优，各项事业迅猛发展：开设专业由4个增加到近30个，每年招收新生由300多人激增到近2000人，德国双元制本土化创新成果先后获得江苏省、国家级教学成果一等奖、特等奖等多项大奖，成功创建国内首个中德双元制培训中心、双元制教育示范推广基地、双元制职业教育联盟，跻身省示范院校行列。经过吴健雄精神熏陶和双元制模式培养的学生综合素质好、动手能力强、发展潜力大，成为企业竞相争抢的人才和政府招商引智的名片，为太仓经济社会发展和对德合作战略提供了重要支撑。

创办一流大学，培养实用人才，造福家乡人民，是吴健雄的夙愿，也是太仓人的梦想。现在，在这个崇文重教、繁荣昌盛之地，梦想逐渐照亮现实。

草根化办学与教育实践

钱　澜[①]

教师是学生的引路人，学生是学习的真正主体，激发学生的学习热情，点燃学生的智慧之火，才能真正使学生亲其师、信其道。多年来，我校创新推出的“草根教育”理念，就是要让学生成为学习的真正主体，使草根文化生根发芽，使学生在雨露下滋润，在阳光下灿烂。

2003年年末，太仓实验小学结合本地实际和教育实践，在深化教育改革中提出了“草根化”办学的理念。为此，我们不断深化草根化校本研究，系统构建草根文化课程，建立本土特色的“草根教育”品牌，创立草根教育共建、托管、集团化、一体化管理体系，形成“实、活、乐”的教学之风，培育养成新时代的师生关系，学校获得了一个国家级基础教育成果和四个省级科研成果，我也获得了“苏州市特级校长”的殊荣。

我担任校长的19年间，中国的基础教育经历了脱胎换骨的变革，许多新生事物不断涌现，最为突出的是新课程改革、教师流动两件大事。我接手的太仓市实验小学是太仓地区的示范窗口学校，实验与创新是这所学校的特质。2003年8月，我接手主持学校的工作，脑子里装满了学校的教学改革方案，一点也不敢懈怠。太仓的每一所新校办起时，学校都要输出一批骨干，再加上城区教师评职称一定要有下乡任教锻炼的经历，我很担心教师对学校没有归属感，常常思考学校新的生长点究竟在哪里。11月8日，我有幸参加了全国教育科研会议，其间读到了彭钢先生的《校本研究：一种“草根化”校本研究基本规范的论证》一文。11月22日，我读到《解放日报》浙江“草根经济”抱团发展席卷美国旧金山的报道。12月23日，学校组织召开了首次“草根化”学术沙龙，把骨干教师聚集起来，一起谈论课改，谈论教育理想，激发了更多教师对新课程改革的使命

---

① 太仓市实验小学校长。

感与责任感。课改的主力军就是学校里的每一位老师，离开了老师的主动性与创造力，再好的政策与制度设计都是无本之源，都是一纸空文。所以提“草根化”三个字，是期望老师们都能远离浮躁、浮夸、浮华，根扎学校、根扎课堂、根扎儿童、潜心教育。课程改革是十分严肃的事情，实验只许成功不准失败，学校需要理性办学，老师们要按照儿童成长的规律做教育，这个沙龙必须有一定的学术含量，所以我们在取名时增加了学术两个字。渐渐地，大家都认同了“草根化”学术沙龙。

用“草根化”学术沙龙的形式来领导提升学校新课程改革的领导力，这种方法适合一线老师，老师们参与热情非常高涨，兄弟学校也竞相模仿。老师们不分白天黑夜一起做“草根化”校本研究，研究氛围空前浓厚。有的老师背着电脑晚上九十点离校，也没有一声怨言。大家一起研究学生的学习问题，寻找对策，研究新课程改革的顶层设计意图，解读新教材，在国家意志与校本实情中找到草根化德育、草根化教学、草根化教师培训、草根化资源库建设的策略、方法与路径。老师们写草根日志、写草根随笔，实践与反思结合，教育教学效果显著。一本一本的《草根集》结集出版，草根文化关照下的学校课程有了整体建构，形成了“实、活、乐”的教学主张与整体风格。2008 年，“草根化校本研究”成果获得江苏省首届教育成果一等奖。

2009 年，我有幸参加了长三角骨干校长研修班。9 月，在华师大培训的日子里，我向校长班同学与导师介绍学校的办学特色，介绍了草根教育，想不到遭到了华师大一位专家的质疑。那位专家说：“草根化，让我想到了田间地头挽起袖管裤管的农民形象，好端端一所学校，提什么‘草根化’？你们想培养草根吗？家长难道没有意见吗?”我有点意外，有几位校长站起来帮我说话，说不是要培养“草根”，而是培养有草根精神的学生。草根教育在大上海遭遇尴尬后，我清醒地认识到质疑声中一定隐含着一些混乱的教育思路，需要重新思考、重新规划。我把太仓一些文化人请到学校，跳出教育看教育，大家谈草根教育内涵与小学教育的培养目标；再次发动老师们对草根化、草根文化、草根情怀教育、草根精神进行一次又一次的解构；再次邀请省教科院专家参与指导，寻找学校的文脉，把 30 年代的整个教育办学思想和草根教育结合起来，从国际化审视草根化，整体建构草根情怀教育研究方向与内容。我们聚焦课程与教学上，研究如何通过草根情怀主题课程的开发来创造性实施国家课程，开发了跨文化游学课程、娄东文化校本课程和好玩的数学游戏课程等多样化的特色课程，增强课程的选择性；研究教学方式的变革，摒弃一些禁锢儿童发展的条条框框，彰显儿童自由精神，让更多的学生灵动、舒展起来。2011 年，由我主持的《全球化视野下“草根情怀”教育的实践研究》被立项为江苏省教育科学“十二五”重点资助课题。我和研究团队既感到光荣自豪，又感到压力很重。小学老师挑战高规格的课题，难度是可想而知的。我们对草根情怀主题的遴选与把握多次推翻重来，上了数不清的研究课，开展了数不清的研讨活动。我几乎每天都要给自己布置“家庭作业”——撰写教育反思。每逢双休、节假日是课题组成员写方案、写反思、写论文的时间。我常常半开玩笑地对同事们说：“要对自己狠一点，再狠一点，这样才能产生出真正的研究成果。”如今，《草根情怀教育——全球视野中小学素质教育的本土建构》一书已正式出版。《深度学习的自由课堂》被立为江苏省教学前瞻性项目，太仓市是首家。《研学旅行课程的整合设计与协同实施研究》成为“十三五”教育部立项的重点课题。在课程与教学方面，我们的草根教育以它顽强的生命力走在了教育改革的前列，更值得一提的是培养了大批的课程领导者，成为太仓教育小学课改的一支生力军。

随着优质、均衡的义务教育改革号角的一次又一次吹响，乡镇学校的特色项目不断兴起，我校有的老师有点不服气，说我校样样都很好，但特色就不明显了。我也常常在思考书法、武术、田径等，一个项目有优异的比赛成绩就是办学特色吗？规模不大的小学，我不反对做亮一个小的项目作为特色办学的切入点，但我们是一所规模性的省级实验小学，某一方面的特色项目能涵盖我们办学的全部吗？真正的特色应该是文化品牌的特色，涵盖办学的方方面面，让每个学生都能受惠。

从这一意义出发，我们的特色应该是“草根文化”特色品牌。草根文化，就是强调基层群众的力量，每位草根老师都重要，每一门学科的老师都重要，每一位学生都是独特的，每位学生都需要好好培养、好好发展。在“草根文化”观照下的课程体系，涵盖了国家课程的校本化实施，以及地方与校本特色课程建设三个板块。在扎扎实实的学校课程建设中，我们用全球化视野来审视地方资源与文化，有机融通在课程中，由此产生了多个特色项目。多样性、选择性、时代性的课程才能为每位学生提供更多发展可能性，并且有可持续发展能力。我们的学生家长是这样解释草根教育的：草根是适应性最强的生物，“草根娃”就是适应性最强的学生，以后不管到哪里都能很好生活、很好成长。我特别爱听这样的解释，把我校的培养目标解读得那么通俗与透彻。

在评特级校长答辩时，评委专家问我这样一个问题：草根教育与精英教育是什么关系？太仓市实验小学是如何处理好草根教育与精英教育的培养问题的？这个问题问得好，它已经在我的心中萦绕多年了，我一直在寻找恰切的答案。曾几何时，我这样说，我们的课程改革要基于课标又超越课标，上不封顶，下要保底；曾几何时，我说精英来自草根，草根可以成为精英，精英永远有草根的特性，精英需要回归草根；曾几何时，我说草根的，必定也是主流的，草根是鲜活的、真实的、基础的，是最具生命力的……草根教育孕育着无限的可能，我们既为普通劳动者奠基，也为未来的精英奠基，社会需要多种规格的人才，我们的草根教育追求的就是最适合学生的教育，它的教育内涵就是“自由成长和社会责任相伴，民族情怀与国际理解融通”。

办一所有温度的学校

吴　健[①]/口述　宋祖荫/整理执笔

每年高考成绩发榜之际，作为送考的高中学校总会引来社会和家长的关注目光。人们热议着，盘点着，对未来高中教育充满了希冀。2017 年的高考，太仓明德高级中学交出了一份不俗的成绩单，355 名纯文化类考生达到一本线 33 人，进入本科线 325 人。也就是说，当年在四星高中录取后以三星高中录取的考生，经过三年高中阶段的刻苦学习，我们学校有 33 人跻身一本线。当然，这只是我们坚持开展素质教育特色发展取得的成果之一。

2017 年 5 月，我们学校创建省四星级普通高中实现重大突破，成为太仓第三所省四星级高中，并在此次全省 16 所晋评高中学校中名列第一，至此太仓实现高中四星全覆盖。也就是说，从与原太仓市实验高级中学合并整体搬迁办学 6 年来，我们不断整合融合，改革发展，创新奋进，学校的影响力与美誉度得到了极大提升。

撤并高中，整合教育优质资源

太仓历史上崇学尚教，人才辈出，走出了一批闻名遐迩的科学家和教育家。即使在农耕文明时代，受良好家风学风的熏陶，众多世代农家子弟自幼勤奋耕读，刻苦研习，期待实现“书包翻身”之梦。“再穷也不能穷教育，再苦也不能苦孩子”的社会观念深深印在脑海之中。直到 20 世纪 80 年代，太仓拥有含高中的完全中学 10 所，比较均匀地分布在广袤的城乡大地。

进入 90 年代，随着城乡一体化建设的加快发展，区划调整，乡镇合

① 太仓市明德高级中学校长。

并，教育布局重新调整，教育资源得到优化。1995 年 7 月，太仓高级中学落成，并开始招生。截至 1996 年，太仓拥有高中学校 7 所，其中 5 所在市区、沙溪、浏河，即太仓高级中学、太仓第一中学、沙溪中学、明德学校、太仓第二中学，还有浮桥中学、璜泾中学。

后来，随着高中教育的进一步调整、撤并和优化，直到 2005 年，太仓拥有江苏省太仓高级中学、太仓沙溪高级中学、太仓实验高级中学（国有民办）、太仓明德高级中学 4 所高中学校。2008 年，沙溪高级中学更名为江苏省沙溪高级中学。2010 年 8 月，太仓实验高中与明德高级中学两校合并，最终形成全市 3 所高中格局。

当年太仓高级中学创办时，我便荣幸地第一批进入了太高任教，我是一名物理学科教师，在省太高干了 21 年。期间当过副校长、书记，与太高结下了难以忘怀的情缘。借助太仓经济社会的快速发展，太高也步入了全面发展的新阶段，先后被授予省重点高中、“省中”、国家级示范高中、省四星级普通高中等殊荣。2016 年，我被调到明德高级中学任校长。

提升高中，展示教育个性特质

高中教育历来都是被人们所重视的一个教育阶段，它关系着一个学生发展的未来。高中阶段教育，同样属于基础教育范畴，是国家实现全民九年制义务教育后的国民教育的重要阶段，也是开启人生的重要驿站，它对充实、完善和提升人生有着举足轻重的地位。

长期以来，教育行政部门十分重视高中学校的建设和发展。我们太仓也不例外，自 1997 年 3 月太仓高级中学被确定为江苏省重点高中后，有的学校停止招收初中生，逐步过渡为高级中学；已经进入高级中学行列的争取早日戴上省级殊荣。总之，在经济社会发展的现阶段下，高中教育收缩战线，捏紧拳头，减量提质，形成合力，使之更好地适应经济社会的发展需求，也适应人民群众对优质教育资源的期盼。

就拿我们明德高级中学来说，我们学校的前身为世界著名实验物理学家吴健雄之父吴仲裔先生在 1913 年创办的明德女子职业补习学校。百年明德，薪火相传。如今我们的校园大气美丽，布局科学合理，文化气息浓郁，各类设施齐全，能够满足师生开展教育教学各项活动和生活的需要。近年来，我们学校依托“江苏省机器人创新实践课程基地”和“苏州市生态环境教育课程基地”，以课程建设为抓手，走出了一条基地引领、科研兴校、科技教育、生态教育和国际理解教育特色发展的办学之路。学校相继荣获“江苏省文明单位”“江苏省平安校园”“国际生态学校绿旗单位”“江苏省健康促进学校（金奖）”“全国创建绿色学校活动先进学校”“江苏省科普教育基地”“江苏省青少年科学教育特色学校”等荣誉称号。

我们明德高级中学践行“明德为先、文化立校、和谐发展”的办学理念，大力弘扬吴健雄精神，营造了独具特色的明德文化。以我们学校的机器人课程基地为例，它既有历史文脉传承，又有创新实践突破，多年来在国际级、国家级、省级等比赛上摘金夺银，其中国家级获奖 73 人次。2014 年第八届国际发明博览会上，学校荣获国际级金银奖。还有一位指导老师被授予“全国优秀教师”称号。

近几年来，我们明德高中高考成绩突出，本科上线率逐年提升。2016 届本科上线率达 95.72%，2015 年学校荣获太仓市教育局综合质量考核一等奖。在 2015 年苏州市教育局召开的“科学提高教学质量”会议上，学校获得表扬。

明德高中办学“凤凰涅槃”“化蛹为蝶”的经历，也是太仓高中教育体制演变的一个缩影。改革开放 40 年来，我们太仓高中教育的办学步伐越走越稳，教师队伍越来越好，学生素质越来越高，不仅为国家输送了大批莘莘学子，也为地方培养了合格人才。

完善高中，全面增强学生能力

高中教育是人生心智发展成长的重要节点。随着学校素质教育的推广，人们感到塑造学生人性、培养学生技能的两种教育目标越来越清晰，打破唯分数论的传统学生评价标准已日渐成为共识。

应该说，高中学生已经具备了义务教育阶段积累的知识基础，并逐渐体现出更多的个性，针对这一特点，高中教育应提倡学校拥有更大的空间来做适合自身生源的特色教育。在我们太仓，高中阶段的学校教学也呈现出不同特色。如省太仓高级中学率先开设的“研究性学习”课题，形成了“师生共同启动”的课程实践模式；省沙溪高级中学的多元智能理论为指导的新课改教学实践等举措，都在积极有效地探索如何加快推进素质教育，不断促进学生的全面发展等。

办一所有温度的学校，这是我们学校全体师生所追求的奋斗目标。在我们的学校里，充满着人文关怀、绿色情怀。吴健雄精神，是我们学校办学的灵魂。在我们可爱的校园里，有那么多诺贝尔奖得主及中外名流、教育精英的题词，对我们师生来说可谓熏陶渐染、不语而教。

德育教育就是育人，塑造学生人性。我们明德高级中学遵循知行统一的德育原则，既让学生明理，又让学生学会做人。譬如，针对高中不同阶段，分别制定“养成良好习惯”“塑造优秀品格”“拓展人生道路”的德育目标，努力构建“学校—家庭—社会”三结合网络。通过“积雅”（艺术节）“积技”（紫薇社团节）“积识”（阅读节）“积健”（体育节）“积趣”（科技节），进一步丰富德育教育内容。与此同时，充分挖掘“爱国、求是、创新、至善”的吴健雄精神，开设校本课程，编印乡土读物，倡导“像吴健雄那样做学生”，让学生深刻领悟吴健雄博士学习精神的实质，形成人人争做吴健雄那样的好学生的校园风气。

注重课改，完善体系，培养特长。通过多种途径、全方位、多层次的培训，竭力提升师资力量，促进教师成长。“特聘教授指导”“名师工程”“青蓝工程”等系列活动促进教师专业成长，还邀请北师大、华师大、南师大等专家、教授前来指导课题研究和开设学术讲座，在教研论文、课题研究、教学竞赛、辅导学生竞赛等方面取得硕果。2016 年，学校被评为“太仓市教育科研优秀团队”。

培养学生技能，就是着力转变教育观念和创新管理理念，努力构建多样化课程体系和多元育人模式，着力培养素质全面和富有个性的创新人才。除了传统优势的机器人项目外，我们还有生态环境教育课程基地，开展“环境小硕士”“环境小记者”等“生态环境项目”活动，深入社会实践，不断增强学生对环境和可持续发展的意识。我们学校国际理解教育富有特色。学校连续 18 年聘请外教上课，还成立小语种高考班。学校与美国、德国、意大利、日本等学校建立友好学校，近年来派出 5 批 81 名学生到姐妹学校友好交流，接待国外中学生 90 人。目前，围绕“一带一路”，国际理解教育内涵更加丰富多彩。

真是赶上了改革开放的好时代，作为太仓高中教育的参与者及见证者，我们觉得明德高中教育深入改革创新发展任重道远。在跻身省四星级普通高中的新的起跑线上，我们将不忘初心，砥砺前行，努力把明德办成“全国一流的重点高中”，为区域教学质量的提升和高中优质特色发展再做新的贡献。

太仓百姓健康的“守护神”

张　瑜[1]/口述　宋祖荫/整理执笔

在我的职业生涯中，人民医院是我的从医起点，与我结下了一辈子的缘分。20 世纪 80 年代初，改革开放的强劲东风，迎来了神州大地的满眼春色。1982 年 9 月，我从扬州医学院医疗专业毕业，回到家乡被分配到县人民医院。当时还是懵懵懂懂的青春韶华，伴随着人民医院的发展壮大，在医院“治病救人”的岗位上，我努力学习、研修和锻炼，得到了组织的提携、同事的帮助。期间赴沙溪人民医院担任两年院长。在市一院，从外科副主任到副院长，从院长到兼任书记，我亲身经历了第一人民医院的时代变迁，也是其中的重要决策者、参与者和见证者。太仓市第一人民医院，是迄今太仓最大的综合性医疗机构，也是太仓百姓健康的“守护者”。2016 年以来，我们市一院卧薪尝胆，砥砺前行，以瞄准更高的创建目标为动力，在服务太仓广大老百姓健康、提升现代医疗质量水平的征途上，继续扬帆远航，乘风破浪，为早日实现“三级乙等”医院的梦想而奋力冲刺。

春华秋实，医术“薪火相传”

我们太仓市第一人民医院的前身为太仓县立医院，创办于 1935 年 7 月，至今已走过了 82 载春秋。1949 年 5 月 27 日，太仓解放获得新生。人民政府接管太仓公立医院，改名为太仓县人民政府卫生院，1954 年改名为太仓县人民医院。

为了满足太仓经济社会发展需求，1987 年，经县政府批准，县人民医院同时命名为“太仓县红十字医院”。1993 年 3 月，太仓撤县建市，更名

[1] 太仓市第一人民医院院长、党委书记。

为“太仓市第一人民医院”。

医院历史，源远流长。我们人民医院最初的院址是在蒋家花园，1958年迁至公园弄，后来在公园弄西另辟院址，从此由小到大，由弱到强，逐步配套，形成了一定规模，定址为西门街22号（后为新华西路58号）。经过几十年的不断发展，我们医院实力增强，科室专业，分工细化，医疗设施增加，医疗技术水平不断完善和提高。1987年，医院综合楼建成，1991年新建老干部病区，1993年，医院办公综合楼建成，至此医院占地面积、建筑面积均为2.17万平方米。

经过几十年的积累，我们医院技术力量集中，医疗装备齐全，承担了全市人口的医疗中心重任，还为大中专院校教学、乡镇卫技人员培训，1992年，经省教育厅批准为“江苏省高校实习基地”。

1994年，经上级部门验收，我们市一院被确认为二级甲等医院，省卫生厅代表国家卫生部颁发“二级甲等医院”，此举标志着我们医院发展提升到一个新的水平。2005年，我院成为苏州大学附属太仓医院。还陆续成为南通医学院、扬大医学院、徐州医学院等教学医院。

进入新世纪以来，随着经济社会的快速崛起，人民群众小康生活的健康需求日益增加，原有的医院环境和医疗设施远不能满足适应，于是，异地新建第一人民医院的方案，提到了议事日程上来。

搬迁新址，医院“华丽转身”

坐落于太仓高新区上海东路和常胜南路交会处的太仓市第一人民医院新址，是一个具有现代化气息的医疗机构，集急诊、门诊、住院、手术、教学、培训于一体，占地面积200亩，建筑面积13.6万平方米，拥有开放床位1196张。

市一院新建工程于2006年启动立项，2007年4月开工建设，经过3年多的紧张施工，一个现代化的综合性配套的医院巍然矗立。太仓老百姓看病就诊更加方便。可供1500个车位的停车场免费开放，10余条公交车线路周围往来穿梭，其中进入医院始发的公交线路有2条。

随着新的一院土木建设、装修工程的相继完工，水电贯通、设施设备调试结束，人民医院将告别76年的老医院旧址，整体搬迁进入“倒计时”。于是我们全院上下紧张动员，决定2011年5月6日全天搬迁，7日新的医院正式投入运行。

医院的整体搬迁，不同于其他部门搬迁，病人安全是医院搬迁的关键，因此我们的搬迁方案是千方百计围绕病人安全展开的。作为一院之长，我觉得肩上担子不轻。此次参与搬迁的人员超1000人次，调运、出动救护车辆69车次、大巴4车次、特种车辆8车次，3个半小时顺利完成所有病人的转运和入住，没有出现任何异常。5月7日，新的医院首日门诊1680人次，各项工作有条不紊。

虽然此事过去了6年，但整体搬迁的往事还历历在目。我清楚地记得那天凌晨，天色仍然漆黑时，我们医院上百号人员早已自动集结，招之即来，来之能战，拉开了整个医院搬迁工作的帷幕。重症监护室病人率先实行转运。在鸣笛呼啸救护车的护送下，11位重症病号一路安全抵达新院，仅第一位患者转运用时15分钟……直到感染科的最后一名病人安全转移，全院169名病患全部安全抵达。

在整个搬迁过程中，我们全院职工热情高涨，信心百倍。无论是科室老主任、老专家，还是年轻的医生、护士，攻坚克难，战无不胜，凝聚成一种精神力量。在医院实现“华丽转身”的同时，也展示出白衣天使的时代风采。

新的医院投运第三天，时任市长王剑锋等再次来到我们医院，仔细询问搬迁后整体工作，还深入门诊部和住院部了解病人就医住院情况。再三嘱咐我们在新的医院有新的起色，让老百姓看病更方便，就医更实惠。

晋级三级，医者“仁心精技”

2014年岁末，一条振奋人心的消息传来：我们太仓市一院终于通过三级综合医院评审。至此，太仓终于有了第一家三级综合医院。此时此刻，全院上下欢欣鼓舞，奔走相告。作为一院院长，我更是心潮澎湃，难以抑制。

从二级甲等，到三级综合，我们蹒跚前行的步履始终没有停息。等待这个跨时代的晋级时刻，我们足足耗费了漫长的20载春秋，几代一院人的辛勤耕耘终于结出硕果。因此在庆贺医院晋级时，我们跨世纪6个不同年代的医护人员由衷感叹，回望过去的成长，站在新的起点，他们更是有话要说，有情要抒。离休干部、我院首任支部书记杜万征老人特意送来“高尚医德精湛医技，优良管理造福人民”的书法作品，体现了前辈们的拳拳之心。

目前，我们医院拥有一支结构合理的卫生专业技术人才队伍，卫生专业技术人员共1218人，占全院员工的91.6%，其中高级职称卫生专业技术人员157人，硕士及以上学历155人。“十二五”期间，新引进硕士研究生89人，培养12人，新增江苏省“333工程”培养对象2人，江苏省卫生拔尖人才2人。

太仓市一院医疗技术、服务质量名声远扬。医护人员把病人视为亲人，使得医患关系日益和谐，各项工作有了长足进展。2013年，香港第三方独立评介机构——艾力彼医院管理研究中心出具中国县级医院竞争力排名榜单，太仓市第一人民医院位居第20名。近几年，我们医院一直保持第20—25名，站稳了县级医疗机构的“第一方阵”。

“十二五”期间，我院各项工作得到全面发展，整体水平显著提高。全院设有29个临床专科、8个医技科室、28个病区，初步建成结构合理、相互支撑、特色鲜明的学科体系，苏州市重点专科增加至5个，绝大部分专科成为本地区重点专科。截至2016年，年门急诊量132万人次，增幅65.7%，平均年增速10.63%；年出院人次5.6万人次，增幅62.5%，平均增速10.19%；手术病人1.6万人次，医疗服务条件得到明显改善，固定资产超10个亿，医疗设备总额达2亿元。“十二五”期间，我们医院共计申报开展了新技术、新项目151项。同时分别有ERCP、骨关节置换技术、脑脊液置换技术等10项“江苏省第二类医疗技术”和1项“综合介入诊疗技术”，经省卫计委审核批准，14项二类技术获得准入资格。完成三、四级手术3万余例，各类介入、微创手术7290余例，较“十一五”期末有了较大增长。

自我们搬迁至新的医院后，医院面貌焕然一新，各种新的医疗设施运用，有效提高了诊断科学性和准确率。于是，我们把奋斗的目标瞄准在创建三级综合医院。殊不知，我们市一院创建三级综合，确实有很大的难度。早在2009年，省卫生部门开放县级市医院晋级申报工作。当时，有两个硬性指标不能突破，一个是服务人口达100万，就是服务区域的总人口；二是地区国内生产总值进入50强以内，这个指标我们太仓进入了前10强。但因为人口数量不够，我们的申报工作一直被迫拖延。直到2014年，省有关方面把人口指标降至80万，我们才只能说是基本够格。为此，我们抢抓机遇迅速启动申报工作。在专家评审中，我们的医疗技术、服务质量等受到褒扬，一次性高分通过评审，从而一举进入三级综合医院行列。

2018年，我们将迎来“三级乙等”医院复审。再次晋级，任重道远。面临新一轮的“大考”，我们未雨绸缪，精心准备，确保硬件软件齐头并进、医疗科研同时发力，充分展示我们太仓市一院的非凡实力。救死扶伤，治病救人，我们当仁不让，全力以赴。与此同时，我们还开通绿色通道，做好健康体检等工作，在提升医疗技术、服务病人上下功夫。如去年6月，我们是苏州首家引进GE高端CT设备的医院，这台设备能对包括头、颈、胸部位血管造型、冠状动脉造型等进行成像诊断，一年来，已诊断各类患者千余例。我们还与城厢社区卫生服务中心联合开设“康复病区”，利用社区医疗资源，为慢病患者提供专业服务。

医院文化建设是提升医护人员素质、塑造医院社会形象的重要手段。多年以来，我们注重文化建设，强化医风医德，利用医师节、护士节等，举办各种文体、公益、慈善等系列活动，还把文艺会演放到大剧院，进一步丰富职工文化生活。借助《太仓一院》《医事通讯》《新天使》等自创报刊，传递最新动态，展示科研成果，彰显员工风采。

回首往昔，医道精进弘仁爱；展望未来，任重道远展风华。30余载的医院生涯，总有一些感人的事迹使人动容，让人难忘。与人民医院同行，我们踌躇满志，信心倍增。作为医院领导班子的“领头雁”，我真心为我们医院这些年来取得的成就感到骄傲和自豪，我将与同事们一道，殚精竭虑，为谋求市一院今后更大更快的发展贡献智慧和力量。

基层医疗机构改革方便百姓就医

毛晓健[①]/口述　宋祖荫/整理执笔

2017年是我职业生涯中难忘的一年。我即将告别为之奋斗毕生的医疗事业，开启新的幸福退休生活时刻。对我来说，在我人生事业最为鼎盛的时期，伴随着国家改革开放的大好时光一路走来，那是一种何等的幸运。我想，若没有赶上这场伟大的时代变革，见证社会进步和国家发展，也就没有我个人成长的今天。2018年，我们国家改革开放进入不惑之年，一幅继续深化改革的宏伟画卷正逐渐铺陈于世人面前。在新的历史起点上，衷心祝愿我们伟大的祖国更加繁荣昌盛，人民幸福安康。

我是太仓城厢镇人，1957年出生。小时候跟父亲随军去了福建读书。机遇总是青睐有准备的人，20世纪70年代末，恢复高考的第一年，我在福建考上一所卫生学校，读了中医专业。1992年回到家乡太仓，被分配到陆渡卫生院工作。打这以后，我一直奋战在农村基层一线，为广大农民群众看病治病，后来调到新毛卫生院工作，2007年又调到板桥卫生院，其间无论工作怎样变化，不变的是我一直坚守在农村医疗一线，用自己学到的医疗技术，全心全意地为农民群众治愈疾病，解除病痛。像我这样平凡而普通的基层医护人员，在太仓医疗卫生系统数以千计。我们用自己的勤劳智慧和汗水，共同谱写人生和事业发展的诗篇，也参与和见证了太仓农村卫生医疗事业的发展变化。

奋战基层一线，老百姓看病更方便了

太仓水网密布，纵横交错，地处经济社会发达地区，拥有市县、乡镇和村三级医疗卫生网络，城乡医疗设施布局比较均衡合理。改革开放以

① 太仓高新区社区卫生服务中心原主任。

后，太仓农村卫生事业得到了迅速发展，改变了农村缺医少药的落后面貌。

20世纪90年代中期，太仓卫生系统进入等级医院评估建设时期，旨在进一步推动医院建设的规范化和制度化。记得当时全县医院按照县级、中心镇、一般乡镇等不同区域划分，创建不同级别和等级的医院。如有二级甲等、二级乙等、一级甲等、一级乙等之类。一般来说，县级医院进入二级甲等，镇级医院一级甲等，撤并乡镇医院一级乙等。当时我在陆渡卫生院工作，陆渡是太仓城东外来人口比较集聚的地区，那时，太浏公路沿线台资自行车企业群悄然崛起，成为华东地区最大的自行车配件集散地。外来人口的大量涌入，对医疗事业发展提出了新的需求。我们按照上级有关规定，创建一级甲等卫生院。利用现有医疗资源，更好地为广大群众提供医疗卫生保障服务。

板桥卫生院是我医疗职业生涯的第三站，也是最后一站。因此我也格外珍惜领导和群众的信任，感觉到自己肩上的一份责任和担当。板桥是撤并乡镇的管理区，也是太仓经济开发区的核心区和主战场，我们卫生中心服务地域面积63平方公里，拥有20个社区，人口11万。由于邻近市区，交通便捷，老百姓对医疗设施等要求比较高。如何实现小病不出镇村（社区），我们在医疗卫生资源、医疗技术和服务质量等方面为之努力，力争让社区病人实现就近医诊。

记得还是八九十年代的日子，我们卫生院农忙时几乎没有病人，所有男女老少劳力集中下田干活，即使有些小毛病的，也硬是拖过了农忙季节再来看。如今不同了，大量机械化作业代替了人工，承包田责任田大多流转了出去，当地农民不再束缚在土地上，我们卫生服务中心全年都有患者前来就诊。

我们社区卫生服务中心是集预防、医疗、保健、康复、健康教育、计生指导于“六位一体”，面向群众，扎根基层，本着爱民、惠民、利民的精神，不断推出医护服务新举措，实现社区医疗卫生的新定位、新形象、新服务和新跨越。给我印象较深的是我们太仓经济开发区社区卫生服务中心的建设，2007年立项，2008年动工，2010年启用。中心总投入2500万元，整个占地20亩，建筑面积6066平方米。我们开设全科诊疗科、预防保健科、妇科、妇女保健科、儿童保健科、中医科、骨伤科、口腔科、影像科、检验科等，拥有床位30张。在苏州地区也是医疗设施现代化一流水准的社区卫生服务中心。经过多年的全力创建，我们卫生服务中心进入一级甲等行列。

在我们社区卫生服务中心，依托现有医护力量，培育特色门诊。运用小夹板加中医治疗骨折病人的中医骨伤科理疗，成为我们中心的一大特色项目，连昆山、常熟、上海嘉定、宝山等地患者也慕名前来治疗。如今我年龄大了，按照有关规定离开了中心主任的岗位，新上任的徐永清主任带领大家努力干，接着干，不断完善医疗设施，全面优化医疗服务环境，致力培育高素质的医护队伍。2014 年，我们卫生服务中心被评为“江苏省示范社区卫生服务中心”。

医疗惠及民生，老百姓健康更讲究了

为广大农民群众看病治病，既是我的职业本分，也是我的事业追求。40 载春秋，我与众多医护人员一样，始终牢记使命和责任，默默无闻地奋战在基层一线，为老百姓医疗健康付出心血和汗水。

以前，不少农民缺乏健康意识，认为只要不生病，能干活，吃得下饭，身体不疼不痛，就可以高枕无忧了。随着人们健康意识的普遍增强，对健康的要求更加重视，不仅是身体健康，还要心理健康。2015 年，我们承担了全国居民膳食与营养调查工作，对老百姓的健康保健更具指导性。

截至 2016 年，我们太仓人均期望寿命 83. 41 岁，其中男性 81. 09 岁，女性 85. 64 岁，还荣获世界卫生组织颁发的“健康城市最佳实践奖”和世界健康城市联盟“健康城市创新发展奖”，成为国内唯一同时荣获这两项荣誉的城市。与此同时，我们太仓还全面推进全国健康促进县项目建设，通过国家级考核评估，成为全国首批健康促进县。在人人享有健康生活方面，我们太仓的老百姓最有切肤体会。

生命在于运动。当地老百姓比较关心自己的健康，每天清晨和傍晚，总有一群群中老年人自发集结在广场上、道路旁、游园门口，尽情地跳广场舞，打太极拳，或是跑步走，利用各种方式，舒舒筋骨，练练身板，开展有益的强身健体活动。

近年来，随着公共卫生服务项目不断增加，我们还建立了居民电子健康档案，对患有高血压、糖尿病、重性精神疾病等重点人群进行专项管理，提供儿童和老年人中医药健康管理服务等。每年为60 岁以上老年人健康体检、儿童预防接种、开展妇女“两癌”筛查等。这些都是由政府埋单，让老百姓直接受惠。因此，每年前来参与健康体检的人数越来越多。

开展基本公共卫生服务项目，是遍布城乡的基层卫生服务中心承担的重要任务。近年来，我们太仓市不断完善社区卫生服务体系建设，仅去年，全市 14 所卫生服务站实施新改建，进一步提升了为群众医疗服务的能力。我们中心也承担了 11 个社区卫生服务站（室）的医疗及公共卫生服务工作，定期进行业务指导。深入开展社区慢病管理和健康教育服务，做到“定地点、定时间、定人员、定内容、定任务”，开启健康服务管理新模式。家庭医生制度是社区延伸医疗服务的创新举措之一，于是我们卫生服务中心构建农村半小时医疗卫生服务圈，已组建 10 个家庭医生团队，为居民群众提供全面签约服务。

对社区卫生服务的概念，老百姓也有了进一步的认识。过去的乡镇卫生院，医生看病手段很简单，手持温度计，桌上血压器，挂挂生理盐水退退烧。如今，卫生服务中心的环境大不相同，各种先进数字化 X 光机、诊断仪、分析仪、监护仪、血球仪、蛋白仪、呼吸机等一应俱全，初步实现医疗设施的智能化。

如今在社区卫生服务中心看病，与去大医院相比，患者的报销比例更高、更实惠。医疗保障的范围有基本医保、住院医保、居民医保和医疗救助等多种项目，政府医保的托底，让前来看病的患者医药费用绝大部分得到报销。即使大病住院治疗，个人负担的费用也大大减少，农民群众看病吃药的经济负担轻松多了，有效遏制“因病返贫”现象的发生。目前我们中心接待首诊常见病、多发病各类病种达 200 多个，还着手构建医疗信息化体系，如 PACS 系统、远程会诊、网上预约、双向转诊、移动终端等，与全市各级医疗卫生机构建立诊疗协作机制，通过多种系统与平台的对接，提升社区医疗卫生服务水平。

时代在进步，社会在发展，我们农民群众享有卫生健康越来越多，越来越好。我们相信，随着农村医疗保障能力的不断增强，决胜“聚力创新、聚焦富民，高水平全面建成小康社会”指日可待。

太仓慢病综合防控走向常态化之路

周振清①

太仓是富裕地区唯一的“全国长寿之乡”，2016 年，全市人均期望寿命达 83.41 岁。多年来，全市创建国家慢病综合防控示范区活动起步早，措施实，成效显著，提升了人民群众的生活幸福指数，赢得了广大百姓的满意。

20 世纪 90 年代初，随着太仓经济社会的发展，百姓物质生活的日益丰富，人们愈加注重健康，同时，人口老龄化的加剧，人们生活方式的转变，人群中的高血压、糖尿病等慢性病逐渐成为主要公共卫生问题。在此情况下，在国家卫生部的指导下，太仓把慢病综合防控作为一项造福于民的民生工程来抓，坚持政府主导，超前规划，政策先行，形成多部门的合力，建立慢病防控常态机制，不断提升人民群众健康素质。

20 多年来，在市委、市政府的领导和卫计委的指导下，“疾控”部门恪守为民之责的光荣使命，结合太仓实际开展工作，提升全市慢病防控能力和水平，传递党和政府对广大人民群众的一份关怀、一份温暖。

推进慢病综合防控常态化

1996 年，在市委、市政府的高度重视下，在国家卫生部疾控司和北医大公共卫生学院领导和专家的指导下，我市在原有的基础上，积极拓宽慢病防控工作的内涵，建立了 35 岁以上免费测血压制度，探索开展了慢性病危险因素监测和社区诊断工作，成为卫生部设立的 17 个慢性非传染性疾病综合防治示范点之一。2001 年，国家卫生部在我市召开全国慢病防治现场会，极大推进了全市慢病防控工作进程。多年来，全市慢病防控工作以高

① 太仓市疾病预防控制中心主任。

血压、糖尿病管理和健康生活方式行动为工作重点，扎实开展基本公共卫生服务项目，以健康指导和慢病管理信息化为抓手，不断夯实慢病防控的基础。通过承担全国高血压项目管理试点、卫生部口腔干预项目、6—13岁学龄儿童重要慢性病干预模式及适宜技术研究等项目工作，建立健全了全市慢病防控“三个体系”，即以市长为组长、分管市长为常务副组长的领导指挥体系，卫生、宣传、财政、人社、教育等16个部门和镇（区）密切协作的慢病防控协调体系，卫生为主、全社会参与、城乡联动的工作体系。全力推进创建全国慢病综合防控示范区建设，制定了《太仓市创建全国慢性非传染性疾病综合防控示范区工作意见》，并将创建工作纳入目标考核。定期召开领导小组成员单位会议，明确职责，落实责任，有效实现了慢病防控工作的常态化。

打牢慢病综合防控基石

20多年来，市政府组织人社、财政、卫生、民政等部门深入调研，着眼于基本公共服务、医疗保险、群众服务需求，把慢病防控政策融入社会公共政策，科学规划，统筹协调，先后下发了《太仓市“十二五”慢性非传染性疾病防控规划》《关于开展“携手防慢病，健康太仓人”全民健康生活方式行动的通知》《太仓市社会医疗保险门诊慢性病项目管理办法》《太仓市2011年度社会医疗保险和生育保险政策调整方案》等文件，为卫生服务体系建设、医疗保障、健康生活方式等有关慢病综合防控工作提供了良好的政策支持环境。同时，全市对卫生和慢病防治工作的财政支持力度不断加大，人均基本公共卫生经费和重大公共卫生服务经费逐年提高，职工基本医疗保险、居民医疗保险参保率达99%以上，居民医疗保险达550元/人年。市疾病预防控制中心各项经费和慢病专项经费足额到位，保障了慢病防控工作的开展。财政经费的有力保障，为全市慢病工作的顺利开展打下了扎实的基础。

建立慢病综合防控体系

多年来，我们在实践中不断总结提高，坚持把基层卫生服务体系建设列入政府实事工程，以建立一个完善的卫生服务体系为立足点，不断提高全市慢病防治工作水平。

建立健全三级卫生服务网络。2004年，全面启动全市社区卫生服务站建设。2008 年，再次实施政府实事工程，投入 2800 余万元，对社区卫生服务机构进行提档改造，实现了市镇村三级卫生服务网络全覆盖。

建立健全三支专业防治队伍。建立由疾控机构、社区卫生服务中心和社区卫生服务站三级网络机构专业人员组成的慢病防控队伍；组建以市一院、中医院和疾控中心等市级医疗卫生单位专家为成员的慢病防控专家队伍；成立建设健康城市专家讲师团。三支队伍分工协作，形成优势互补，增强了防治结合、城乡联动的实效性。

加强基层公共卫生服务队伍建设。高标准核定基层卫生机构人员编制。按照“强基层”的要求，2011 年，市编委以 20 人/万的标准重新核定了我市基层医疗卫生机构人员编制，新增编制 316 名，重点投入以慢性病防治等为重点的公共卫生服务。

大力推进全科医师培训工作。2005 年以来，分 9 期组织 838 名医护人员参加全科转岗培训，23 人参加全科规范化培训。2009 年起，签约并委托高校定向培养全科医生 61 人。近些年来，全科医师培训工作得到进一步加强，推行家庭医生制度正在逐步完善落实，通过加强卫生服务体系建设，实现慢病防控立足基层，关口前移，有力提升了基层慢病综合防控能力。

构筑慢病综合防控创新机制

如何抓住机遇，因势利导，使“防慢病、求健康”变为群众的自觉行动，这是慢病防控工作十分重要的环节。为此，我们通过实施“五大工程”，引导健康生活理念，倡导健康生活方式，营造健康生活环境，着力激发群众慢病防控的原动力。

开展健康文化传播工程。首先，构筑健康文化传播的“四个阵地”。宣传部门牵头广电、文化、报社、网站等以专栏、专刊、专题的形式建立慢病防控媒体宣传阵地；城管部门以墙体、电子屏为主导平台，落实慢病户外公益广告宣传阵地；卫生、健康办、计生等部门协作建立覆盖各镇的健康教育园；总工会将健康书籍纳入职工读书室；全市基层社区、村建立了专门的宣传栏等教育阵地。其次，建立健康教育视频播放系统。卫生部门建立短信平台和社区卫生服务机构视频统一播放系统。人社部门通过覆盖全市村和社区的视频系统开辟了慢病防控知识栏目点播栏目。最后，落实健康教育常态化。以健康教育“村村讲”和“卫生宣传日”活动为重点，实行健康展板进社区、健康折页进家庭活动途径，走进基层，不断提高市民健康素质；举办“美好城乡，健康太仓”大型电视主题活动，面向大众开展健康教育；重点加强学校和医疗机构健康教育，形成学校、医院健康教育制度化、社区健康讲座经常化的工作机制。在江苏省农民健康素养与技能电视大赛中，太仓代表队荣获第一名。

开展全民健身工程。建立“三个层次”全民健身活动，以群众体育活动为切入，建立了194个晨（晚）健身点；以体育俱乐部和体育协会为平台，成立了26个体育俱乐部和21个体育协会，满足了不同人群的健身要求；举办全民健身日、全民健身月、体育节等活动，把全民健身活动推向高潮。同时，组织开展广播操、工间操、太极拳“二操一拳”进机关、企事业单位活动，市总工会在120家规模以上企业开展工间操和广播操的培训推广活动。此外，实现健身场所全覆盖。2006年，实现了农村和城镇社区健身场所设施的全覆盖；2008年以来，建成了专用自行车道、赤足公园等一批特色健身场所，满足了不同人群的健身需求。近年来，全市以城乡一体的10分钟健身圈已基本形成，全民健身活动蓬勃兴起。

开展健康生活环境工程。以健康步道、健康公园、健康社区、健康阵地建设为重点，城区以城市慢行系统规划建设为基础，农村以村庄环境整治试点，全面推进健康环境建设。特别是近年来，我市围绕建设适宜人居和田园风光城市目标，将建立慢行交通系统列为政府实事工程，集中建设城市绿边系统，结合太仓的绿地、河流等自然资源，建成了一大批滨水绿道串联各游园景点，形成了太仓特色的慢行绿色系统，热衷于步行锻炼、休闲游园、自行车出行的人员逐年递增。同时，太仓弇山园建成为健康公园，覆盖全市各镇的健康教育园提档改造取得实效，“海运堤”建成了健康生活方式宣传一条街。全市共建成健康主题公园7个、健康小屋71个、健康步道93条、健康教育园10家，太仓正成为适宜人居的健康生活城市。

开展健康生活方式行动示范工程。按照《江苏省全民健康生活方式行动示范创建工作实施方案》，建立一批示范创建的单位，已建成健康社区78家、健康单位105家、健康餐厅14家、健康食堂36家、健康促进医院31家、省级健康促进示范企业7家、健康促进学校50家，在全市起到了示范引领作用。机关、事业单位、街道、社区和规模以上企业开展“携手防慢病，健康太仓人”为主题的创建活动，围绕控烟、控油、限盐、合理膳食和适量运动，居民良好的健康生活方式逐步形成。

开展健康竞赛工程。以慢病防控知识竞赛、戒烟竞赛、健康菜肴烹饪赛、健康机关、企事业单位广播体操比赛、医务人员健康讲座比赛为切入点，广泛开展健康礼包进家庭、健康环境支持行动、欢乐健康游、单位工间操、志愿者进社区活动；以人人知体重腰围、人人测血压活动为主的病人及高危人群筛查等六项活动为抓手，形成了部门机关率先示范，卫生、教育系统全面推进，企业、社区紧步跟上的良好创建氛围。

提升慢病综合防控管理水平

精心组织社区诊断。自1997年开始，每隔3—5年开展社会经济、人口发展和居民健康状况生活方式的大调查，2015年组织250多名医务人员历时一个多月入镇、入村、入户，进行200多项指标调查。抽样覆盖全市88个村、66个居委，共调查18周岁及以上常住人口29757人，对全市有了全面、系统的掌握。在此基础上，制定我市慢性病综合防控机制、措施，引导群众减少或降低行为危险因素，提高自我保健意识。

全面加强监测管理。依托市慢病网络直报系统信息平台，构建完善的慢病监测体系，做到了慢病监测四个全覆盖：一是死因监测全覆盖；二是慢性病及危险因素监测全覆盖；三是肿瘤登记全覆盖；四是心脑血管疾病监测的全覆盖。为提高慢病病人的发现和登记率，通过免费健康体检、健康自助检测、随访管理及卫生信息化工程的推进等，全市社区卫生服务机构全面、有效地开展高危人群的发现、登记、管理行动。

扎实推进基本公共卫生慢病防控项目。形成了以居民健康档案为基础，健康管理为核心，信息化技术为载体，慢病防治为重点的慢病防控工作模式和长效管理机制。免费服务项目日益增多。60岁以上老人、机关事业单位人员、中小学生等免费健康体检，以及妇女病普查、“两癌”筛查、母婴保健、成人乙肝疫苗接种、学生口腔窝沟封闭和龋齿填充、糖尿病病人测血糖等免费服务项目，极大地提升了我市慢病防控的质量。

探索创新干预模式。我们主要做好五项工作，其一是实施口腔卫生干预。2012年，针对我市小学生龋齿问题非常突出的实际，教育、卫生合力推动，免费对全市的8957名学生开展龋齿填充和窝沟封闭，得到了社会和家长的好评，完成了卫生部幸福家庭、健康口腔干预项目。其二是实施学生肥胖干预。针对全市小学生肥胖率达13.12%这一现状，在4所小学试点建立“小胖墩俱乐部”，实施运动、饮食“双管齐下”，取得了良好的成效。其三是实施慢病自我管理。1998年成立慢病患者俱乐部“心血管疾病之友”以来，现发展为心血管、糖尿病、骨质疏松、小天使、高血压等六个慢病俱乐部，俱乐部成员活动常态化，自我管理不断规范，病情控制良好。在此基础上，2011年以来，我市以社区（村）为单位，试点建立52个慢病自我管理小组，慢病管理模式从慢病俱乐部向慢病自我管理小组拓展，2017 年已建成村村自我管理小组全覆盖。其四是实施老年人认知功能研究。结合我市富裕型长寿之乡的特点，开展了老年人轻度认知功能损伤流行病学调查与行为干预项目的科学研究，为开展早期干预、建立示范社区提供依据。目前已在城厢、双凤完成 2478 名 60 周岁以上居民的流行病学调查。目前已在新湖、维新两个社区开展了 150 对老年人的认知功能干预研究。其五是建立集中养老机构慢病管理工作基地，探索和建立民政、卫生康复相结合的管理模式。

慢病防控已成为当下疾控中心的主要工作，我们根据健康中国建设规划要求不断探索，力求将慢病防治作为医改和基本公共卫生服务工作的重中之重，以提高慢病规范化管理和控制率为核心内容，基本公共卫生服务和基本医疗相结合，形成防治一体的双轮驱动机制；研究制定结合太仓慢病防治实际的医疗保险制度，形成基本医疗保险、慢病保障为重点的医疗救助政策；围绕建立一般人群、重点人群、目标人群，慢病防控部门合作新举措，重点探索工业化和城乡一体化进程中，劳动力人群和农村集中居住小区居民慢病干预模式；研究制定将学生口腔干预项目纳入我市的基本公共卫生服务项目，确保工作常态化。

慢病防控工作任重道远，我们紧紧围绕人人参与、人人尽力、人人享有的目标，在各级、各部门领导和专家的关心支持下，我们将不断探索、勇于创新、扎实工作，为提高全市人民群众的健康水平，建设“现代田园城、幸福金太仓”贡献力量。

太仓图书馆40年发展纪略

王雪春[①]

2018年是图书馆事业有着多个历史印记的一年。40年前，改革的号角吹响，此后图书馆开始走上了发展之路。40年后，千呼万唤中《公共图书馆法》2018年1月1日颁布实施，意味着图书馆事业将进入又一个发展高峰。40年间，图书馆事业起起落落，既有万册图书馆的兴盛，也有图书流失、读者流失的低谷，更有新世纪现代图书馆事业的蒸蒸日上。40年间走过了一个轮回，但这轮回却又不完全一样，从一年服务几千人到服务上百万人，从单一的发展到图书馆服务体系的建成，图书馆事业的发展，可以充分看出中国社会在历史巨轮下，正轰轰烈烈驶向前方，这是一个最好的时代。

回眸过去，40年只是历史的一瞬间，很短，但又很长。

一、图书馆建设的历史变迁

40年前，图书馆刚从文化馆的图书组挂牌成太仓县图书馆，与文化馆一套班子，一直到1979年年底，图书馆新大楼在人民北路新址落成。1980年年初，建立了单独建制的太仓县图书馆。在1993年撤县建市时，更名成太仓市图书馆。在人民北路，这座图书馆一直默默坚持了20年，直到2000年年底，搬迁到了新华东路，由图书馆、博物馆、宋文治艺术馆一起组建成立了图博中心，而人民北路的原址则成为市民休闲的中心广场。1993年，图书馆的面积扩大到了2000多平方米。2000年，新的图博中心建立，图书馆占有面积8000平方米，图书馆也开始为市民所熟知。2004年11月，挂牌成立了太仓市少儿图书馆。2010年12月，图书馆新馆在上

① 太仓市文广新局副局长。

海东路建成使用，面积达到了 19000 平方米。从无到有，从建成时的小面积到 8000 平方米，用了 22 年，从 8000 平方米到 19000 平方米，用了 10 年。图书馆建设完成了两次飞跃，从此进入了飞速发展时代。

二、图书馆藏书的发展历程

图书馆的藏书，是图书馆事业的重要指标。1979 年年底，太仓图书馆藏书 5 万册；到 1990 年，藏书 12 万册；2001 年年底，增加到 17 万册（包括科技局图书室和工人文化宫并过来的图书）。从 2010 年起，图书馆藏书进入快速增长时期，到 2017 年年底，图书馆藏书达到了 121 万册。这期间，有两件值得注意的事：一是 1995 年，22 个乡镇创建了万册图书馆，全市人均藏书 0. 8 册；二是 1996 年，太仓市政府在娄东宾馆召开了“太仓公共图书馆人均超一册新闻发布会”，宣布太仓公共图书馆总量已达 46. 78 万册，其中市馆 14. 35 万册，乡镇馆 32. 43 万册，成为继常熟后全国第二个公共图书馆藏书人均超一册的县（市）。在经历了事业的辉煌后，由于缺乏长效管理机制，乡镇馆的读者逐渐流失，那些见证辉煌的图书也基本丢失损毁，农村阅读推广事业再次走入低谷。进入新世纪后，图书馆事业再次迎来春天，市图书馆的藏书十几年的时间增加了十倍不止，从 17 万册到 121 万册，即使按照 72 万的常住人口计算，也达到了人均 1. 68 册。数据的背后，体现的是经济的快速发展和社会事业的不断提升，以及人民对美好生活的向往。

三、图书馆与现代计算机技术

1998 年，对于太仓图书馆来说，也是难以忘记的一年。就在这一年 6 月，图书馆实行了自动化管理，8 万册图书进入 ILAS 系统，从编目到流通，全部由计算机管理。这对于图书馆的发展，包括实行总分馆制、通借通还等都是强有力的技术支撑。自那以后，ILAS 换成了力博，最后又换成了 ILAS2。无论怎么换，计算机管理都朝着越来越先进的方向发展，不仅太仓全市，甚至整个苏州市都因此具有了共享服务的可能。计算机技术的大量应用，使得数字图书馆的建设走在了前面，经过近 20 年的发展，现在的数字图书馆不仅可以网上借书，预约借书，还能在一定区域内免费查询到目前国内最知名的学术数据库，如清华同方、万方、维普以及自建的地方特色数据库等；图书馆的活动信息发布，读者的反馈，都可以通过数字图书馆快速体现。互联网技术大量应用到图书馆，不仅使得图书借阅更加便捷，还让我们获得知识的渠道更多更方便。微博、微信现在也成了图书馆发布信息、阅读推广、读者联系的重要桥梁。每一次新技术的出现，都成了图书馆增加服务手段的方式。

四、图书馆与阅读推广

40 年前的图书馆，两三个人，几万册书，基本只能保持开门。到了 20 世纪 90 年代，图书馆人员和图书增加，每年在特定的日子都会开展阅读活动，大部分时候，图书馆都是坐等读者上门。进入新世纪后，图书馆发展进入了全新的阶段。图书馆的阵地不断延伸，市图书馆为总馆、镇（区）图书馆为分馆、村（社区）为服务点的三级服务网络逐步建成。借助于现代化管理系统，全市实现了通借通还。更重要的是，通过总分馆模式，不仅图书资源实现了共享，阅读推广活动也逐步下沉。丰富多彩的活动不再是市区的专享，通过市镇联动，各种活动甚至可以同步开展，市图书馆担负的不再只是图书的配送，更重要的是要指导分馆开展推广活动。

2010 年图书馆搬入新馆后，活动数量、活动形式都有了巨大的变化，从过去的一年几十次活动，发展到一年几百次活动，并形成了娄东大讲堂、小小故事会、雅言读书会、左手咖啡右手书等一批常态性的品牌活动。各种与阅读有关的活动不断延伸出去，阅读的形式越来越多样化。

与此同时，越来越多的社会力量也投入到阅读推广工作中来，除了政府机关，企业、社会组织、志愿者都参与到了活动中。这些组织除了开展自身的阅读活动，还根据阅读工作需要，策划项目进行推广。政府部门也积极响应，向企业和社会组织购买了“阅读种子培育计划”等项目，送到全市范围的镇村（社区）。阅读推广，早已不再只是图书馆的事，更是全社会合力的结果，也使衡量一个城市阅读指标的综合阅读率逐年攀升。图书馆事业也扬起了风帆，在新时期再次起航。

夜幕中，图书馆的灯光下，认真看书的读者；静谧的天镜湖图书馆，跟儿女一起看书的父母；优美音乐声中，在咖啡吧里闻着咖啡香和书香的情侣……这些风景，正是幸福金太仓的模样。

《太仓日报》创刊的那些日子

陆永芳①

20 世纪 90 年代初，经国务院批准太仓撤县建市，作为一个发展中的新兴城市，迫切需要加强新闻舆论宣传，满足人民群众日益增长的精神文化需求。市委宣传部为适应新形势、新任务的需要，向市委提交了关于筹备创办《太仓市报》的请示报告。太仓市委经过多次研究和酝酿，决定创办《太仓市报》，并让我具体负责报社的筹建工作和报纸的创刊，我深感责任重大。在市委的正确领导和宣传部的具体指导下，我紧紧依靠各个部门的大力支持，紧紧依靠全体同事的共同努力，克服种种困难，完成了太仓报社的筹建工作。1996 年 7 月 1 日党的生日这天，第一张《太仓市报》正式出版发行（1999 年 1 月更名为《太仓日报》）。

岁月如歌，《太仓日报》面世至今，已经走过了 20 多个春秋，我作为一个创办的具体组织者和实施者，回首往昔的办报经历，至今难以忘怀。

艰难的初创期

时针拨回 1994 年，太仓建市之初，当时对是否需要办一张报纸有着不同的声音。市委领导认为，报纸是宣传党的方针政策和传递各种信息的重要窗口，是为社会主义精神文明建设服务的重要舆论工具，太仓需要一张自己的报纸，反映人民心声，倾听人民诉求，以适应改革开放、经济建设、区域发展等新形势、新任务的需要。此外，周边县市如常熟、昆山等已创办了报纸。在这样的历史大背景下，《太仓市报》的创办被提上重要议事日程，并专门成立了办报筹备小组，着手各项准备工作。

1995 年初，我从外地调回家乡，在市委宣传部工作。10 月，组织和领

① 太仓市委宣传部原副部长、太仓日报社原社长。

导找我谈话，让我去筹建太仓报社，负责报纸的创刊工作。在此之前，我每年回乡探亲，总想找一份家乡报看看，因为一直在宣传系统工作，也是长期形成的习惯。现在，我有幸参与报纸的创办工作，内心既高兴又深感责任和压力。因离开太仓几十年，特别是改革开放后，故乡发生了翻天覆地的变化，我对太仓的人文环境已十分陌生，现在要亲手创办一份报纸，深感面临的挑战和困难不少，必须要有责任担当、拼搏精神，全身心地投入工作。组织的重托，我不敢有丝毫懈怠。

在筹建过程中，省委宣传部原分管新闻工作的副部长十分关心并多次询问太仓报纸的创办情况。市委主要领导定期听取筹建情况汇报，并对每个阶段的工作提出明确要求。市委分管领导对筹建工作进行具体指导，并亲赴北京请时任人民日报社社长题写报头。太仓社会各界也期盼早日见到家乡报，并给予了全力支持。

当财政拨款筹建经费200万元陆续到位后，我们就紧锣密鼓地展开各项筹建工作。首先是选址，当初有三个方案，我向市委领导汇报后，最终确定太仓市人民北路142号，原外贸公司办公楼。经市领导协调后，报社从筹建经费中出资60万元买下了办公楼。紧接着，对办公楼进行简单装修后，开始采购设备，进行安装和调试。当这些办报基础设施和硬件初步具备后，就进行人员招聘工作。

然而，当初办报最大的挑战，不是筹建经费问题，也不是办公用房问题，更不是职工生活问题，而是人才的缺乏。报社成立时，市编办核定报社编制20名，但要真正招聘懂新闻、会办报的人，确实不太容易。事业成败在于人，而新闻单位更具特殊性、挑战性。当时，太仓有电视台、电台，但其业务与报社也不完全相通，也不能去挖兄弟单位的墙脚。于是，我到处物色办报人员，首先想到了教育系统。能否从教师队伍中抽调几名骨干？我带着这一想法，向市领导做了汇报，经同意后，我与时任教育局领导进行协商、沟通。教育局领导从大局出发，给予了大力支持。这样，就从三所学校抽调了三名教师。另外又公开招聘录用了三人，还从市级机关及外地调了几名工作人员。1996年5月，人员全部到位后，创刊工作箭在弦上。说实话，对这些从不同单位、不同岗位走来的办报人员，我心中没有底。这些人员具备从事新闻工作的基本素质，但他们毕竟从未接触过新闻业务。能否顺利完成报纸创刊工作，并办出一份像样的报纸，无论是对我本人，还是对他们来说，都是一大挑战。创刊进入倒计时，我与班子成员商量，对全体人员必须进行上岗前的新闻业务培训，以掌握最基本的办报要求。于是，我们邀请上海《解放日报》资深编辑、记者，来太仓讲授新闻采访、新闻编辑以及报纸版面的编排等课程。为期一个月的培训，使全体办报人员对报纸有了比较系统的了解，包括我也受益匪浅。我们还带领所有采编人员去锡山日报社等单位取经学习，将排版人员送到苏州日报社，进行跟班作业。通过创刊报批、人员业务培训、设备安装调试等一系列程序后，创刊工作已水到渠成。

报社处于初创时期，各方面条件艰苦，一切因陋就简，更无法解决职工的住宿问题，因此新来的人员没有地方住，就在办公室睡地板，而且经常通宵达旦地工作，但大家无怨无悔，从不计较苦和累，上下团结一致，共同努力，一心扑在报纸的创刊工作上。每每回想起这些，心中甚感欣慰。

经过180多个日夜奋战，《太仓市报》创刊号终于与全市人民见面了，并赢得了全市上下的广泛赞誉。当全体报人捧着油墨飘香的创刊号时，激动的心情溢于言表。

曲折的发展期

《太仓日报》的发展，可谓一波三折。1995年12月15日，经江苏省新闻出版局批准，《太仓市报》获得省报刊内部出版刊号：JSXB257。创刊后不久，就遇上了第一次报刊治理整顿，主要是提出欠发达地区县级一般不办报。江苏省对苏南发达地区采取了保护政策，允许保留下来。到了1999年，又一次报刊治理整顿开始，其中规定，创刊时间必须达三年以上，才能予以保留。《太仓日报》由于符合这一条件而再次保留下来。2000年12月28日，经国家新闻出版总署批准，《太仓日报》获得全国统一刊号：CN32—0131。至此，《太仓日报》成为一张全国公开发行的综合性报纸。2003年，史上最为严格的全国报刊治理整顿政策出台，《太仓日报》顺利通过了考核验收，各项指标完全符合考核要求，再次保留下来，在全国近千家县市报中脱颖而出。这是历届市委领导高度重视、亲切关怀的结果，也是社会各界大力支持、精心呵护的结果。

我在报社岗位上干了十多年，从创刊到离任，有成功的喜悦，也有失误的困惑。在报社头几年里，犹如小孩学走路，磕磕碰碰的事真不少。新闻上的历练、经营上的困难、管理上的磨合，许多事情只能摸着石头过河，只能边学边干、边干边学。新闻记录的是客观事实，事实容不得失实，失实是新闻的最大敌人，一旦发生，将会产生不良后果。那时，我天天看版面，确有如履薄冰、如临深渊的感觉。我最担心、最害怕的是新闻出差错，也为之做出过不少努力。为了防止差错特别是重大差错的发生，我们制定了一系列规章制度，如新闻稿件“三审制”、采编工作考核制、版面校对“二校制”等等，从制度上确保新闻质量，以杜绝或减少新闻差错。十多年来，《太仓日报》虽没有发生过导向性问题及重大政治差错，但是，不大不小的差错还是时有发生。有一天早上，我刚上班，一位副市长打电话给我，指出报纸上关于粮食收购的价格搞错了。我听了，心里直发毛，立即找当事记者核实情况。事后，向市领导做了汇报，并相应地采取了补救措施。但诸如此类的差错，真是防不胜防啊！

实践出真知，锋从磨砺出。一批采编人员经过多年锻炼，成为办报的行家里手，各个部门的主要领导都能独当一面。后来，这些骨干不少走上了领导岗位。

开始几年，办报经费十分紧张，常常入不敷出、寅吃卯粮。当时报社定为差额拨款单位，财政核定报社人头经费每年 20 万元（1 人 1 万，包括人员工资、办公经费等），而且一定几年不变。这与报社实际需要的办报经费，缺口很大。面对新的挑战和压力，怎么办？我提出“两手抓”：一手抓新闻，一手抓广告；一手抓版面，一手抓经营。既要坚持“新闻立报”不动摇，做到守土有责；又要努力创收不放松，实现收支平衡。为此，我们对广告经营采取了一系列举措，调动全体人员的积极性，实行广告承包制，甚至总编亲自出马，接洽广告业务。经过报社上下的共同拼搏，终于扭转了办报经费紧缺的窘况。记得当年我带头去一家集团公司拉广告，一下子接到 40 万元的广告发布业务，当时大家欣喜若狂的情景，至今不忘。

茁壮的成长期

经过三次报刊治理整顿的洗礼，《太仓日报》走上了平坦的发展之路。2003 年 7 月，《太仓日报》再次扩版，由 4 开 8 版扩为 4 开 16 版，本地新闻由 3 版扩为 4 版，每天刊出地方新闻近 40 条。内设机构也做了相应调整，设置总编办公室、行政办公室、新闻编辑部、新闻采访部、副刊编辑部、专刊编辑部、电脑出版部、广告发行部共“六部二室”。这一时期编辑方针为：以经济建设为中心，及时、全面地宣传太仓市委、市政府的重大决策、重要活动，传递全市的权威信息和国内外重大新闻，在把握正确舆论导向的前提下，提高可读性 ，增强服务性，为全市的经济和社会事业的发展服务。2003 年 9 月 26 日，《太仓日报》与苏南几家县市报一起，加盟《苏州日报》报业集团，实行管办分离，并由机关报转型为都市生活报。

十多年来，《太仓日报》始终坚持党的办报宗旨，旗帜鲜明讲政治，聚焦太仓经济社会发展，贴近社会、贴近基层、贴近群众，关注民生问题，每年组织开展重点报道，先后推出了一系列有影响的新闻报道。如2005年8月8日，《太仓日报》大型新闻报道行动“记者百村行”拉开序幕。随后，记者进村入户，对全市125个建制村进行了全方位的报道，充分反映了当代农村的经济建设成就和当代农民的精神风貌。这些重大系列报道，获得了上级的充分肯定和广大群众的普遍欢迎。

没有规矩，不成方圆。报社一成立，我们就非常重视“建章立制”，努力使各项工作走上制度化、规范化，朝着“建立一套好的制度、培养一支好的队伍、办出一张好的报纸”方向前行。随着报社不断发展，新闻采编业务需要，《太仓日报》几次公开招聘新闻采编人员，从本地和外地引进了一批优秀人才。2003年11月，通过报纸和网络，首次面向全国公开招聘记者。2005年8月，在江苏宿迁公开招聘采编人员。2006年11月，在安徽合肥举行了为期三天的招聘会。其中一件事，给我留下了深刻印象。一位应聘者经过笔试、面试，符合条件而被录用，并在《太仓日报》工作了一段时间。一天，他家人来到太仓，把他叫了回去。事后我才知道，他家人不同意他来太仓工作。没过多久，他又来到报社找我，希望继续留在《太仓日报》工作。我与他半开玩笑地说，做好家里思想工作了吗？现在这位同志担任了报社领导。十多年来，办报队伍不断壮大，人员素质显著提高，一支政治强、业务精、纪律严、作风正的新闻队伍迅速成长起来。

沐浴着改革开放的春风，得益于地方经济的发展，广告业务也大幅增长，从初期广告收入年百万元，到2007年超千万元。坚实的经济基础，为报社的良性发展提供了强有力的支撑。伴随着改革开放的步伐，《太仓日报》从无到有、从小到大、从弱到强，在前行的道路上，跟随着中国特色社会主义发展的节拍，几经风雨，几番曲折，越挫越强，越办越好。

筚路蓝缕，以启山林。经过十多年的艰难发展，《太仓日报》方方面面都已经成熟了。喜看《太仓日报》阔步跨入新时代，作为一名曾经为之倾注心血十多年的老报人，我由衷地感到高兴，希望新一代的太仓报人不忘初心，牢记使命，百尺竿头，更进一步，写好本土新闻，讲好太仓故事，不断谱写中国梦的精彩篇章。

摄影文化走近百姓生活

陈解法[①]/口述　宋祖荫/整理执笔

改革开放40年来，我们的国家、我们的社会发生了翻天覆地的变化，我们老百姓的生活越来越幸福。在我的人生事业中，摄影是业余生活的最大爱好。可以说，摄影伴随我走过海内域外，也伴随着我度过美好时光。在我的生活及活动圈内，经常与爱好摄影的人群打交道。我觉得自己周边的人越来越喜好摄影，投身摄影，摄影从过去的奢侈品，到如今进入寻常百姓家，已成为当下老百姓的生活方式，这是改革开放带来巨变的一个缩影。

我们现代生活与摄影密切相关。我们牵挂摄影，展示摄影，摄影为我们的平凡生活增添光彩。这几天，我们选送的50幅（组）作品参与的“共庆党生日·喜迎十九大”全国百强县·苏州篇章摄影展正在张家港巡展，最后一站将于9月到达太仓，届时我们将一睹“现代田园城、美丽金太仓”的绰约风韵。近日，我们太仓20名摄影人正准备行囊，于8月上旬远赴土耳其，开展为期20天的民间国际摄影文化交流活动，我们将带上600幅原创摄影作品，与土耳其摄影家交流研讨，这也是我们第三次应邀组织回访活动，还将顺道去以色列、约旦创作采风。在“一带一路”的重要节点上，我们太仓摄影人将以独特的眼光捕捉亚欧交界地的异域风土人情，也将太仓摄影作品呈现于沿线国家的国际友人面前。

摄影爱好，催生一座恒发艺术馆

照相机是摄影的工具。40年前，对绝大多数老百姓来说，照相机无疑就是奢侈品。当时，太仓县城拥有照相机也只是少数几个人，连文化站也没

---

① 中国摄影家协会会员、太仓市摄影家协会原主席。

有配置。一台普通的相机，可抵上老百姓大半年的收入。记得我的第一台照相机是1968年买的。当时还是学生时代，我省下父母给我的10个月的早饭钱，和哥哥一起去苏州观前街，花费70元买了一台上海仿莱卡582型135相机。第二年，我带着这台相机去插队。直到70年代亦工亦农，添置海鸥DF135单反相机，后来又有了海鸥4型双镜头相机。拥有相机的岁月，是我终身值得留恋的。在农村，在工厂，我乐于为农村老乡拍照留影，也赢得了周围群众的认可。

有了相机的非凡情缘，也有了我与摄影的不离不弃。打这以后，无论我工作岗位、职业生涯怎样变化，业余时间总放不下摄影。摄影带来了欢乐，消除了烦恼。我觉得，遨游在摄影的天地里是其乐无穷的。拿着相机，边走边看，在天南海北的风景路上，尽情饱览祖国大好风光，接触地域绚烂风情，在愉悦的审美情趣中，既锻炼了身体，又愉悦了身心。因此，我把绝大部分精力用于摄影创作。

2007年，在长期经商有了一点积累后，决定投资近千万元，建一个摄影艺术馆作为公益的摄影家协会的活动场地，使协会有一个固定的场所，有一笔经费，有一个工作班子，为志同道合的摄影界朋友提供更好的服务。大家一起交流切磋，相互提携，兴致使然，乐在其中。据说，创办民间摄影艺术馆，这在全国县级市也开了先河。为此，中国文联名誉主席周巍峙欣然题写馆名。

恒发艺术馆的开馆，为广大摄影爱好者提供了一个永久活动阵地。摄影艺术馆由展览厅、摄影棚、报告厅、观片室、化妆间、收藏室等组成。市摄影家协会驻扎在此，还配备3名专职人员，这样的社团组织配置，相当于省级协会待遇，这些日常费用的开支，都由恒发珠宝公司承担，正是有了这个固定场所，才有了太仓摄影的人气与辉煌。

于是，在恒发摄影艺术馆，我们常年开办摄影展览、摄影培训和国际交流活动，成为太仓摄影的对外“窗口”。美国、新加坡、泰国、加拿大、澳大利亚、新西兰、印度尼西亚以及海外华人等摄影界友人频频前来造访，签署友好交往协议。

开馆之际的摄影四人展，以及太仓特色家庭摄影展、苏州摄影家张尧俊个人摄影展、太仓摄影家金云达“廻”鸟类摄影展、陆东兴“山川之盟”展等系列展览，不仅丰富了摄影艺术馆的活动，也为太仓摄影爱好者提供了展示作品的平台。

就在摄影艺术馆开馆的时候，我们结识了土耳其摄影家朋友，于是拉开了我们与土耳其摄影民间交往的帷幕。2012年春天，来自亚欧大陆的土耳其摄影家首次走进太仓，感受中国东方文化的魅力。在江南古镇，太仓摄影家向远道而来的土耳其同行介绍“天下粮仓”“天下良港”的魅力，同年秋天，太仓摄影家一行应邀回访土耳其。2014 年，土耳其摄影家再次前来中国太仓，第二年太仓摄影家也如约成功回访。2016 年，土耳其摄影家第三次走进中国太仓，与太仓摄影家成为老朋友。太仓与土耳其摄影家多次互访，举办摄影作品展，进行幻灯影像研讨，两国摄影家构建了亲密无间的关系，也在新的丝绸之路经济带上奏响中国的驼铃。

摄影追求，引领一群艺术爱好者

太仓群众性摄影活动，可追溯到 20 世纪 80 年代。当时，青年摄影沙龙活动十分活跃，也涌现了一批摄影高手和能人。其中有下海经商从事摄影的达人，也有手拿相机农民转身的文化辅导干部，还有一批蛰伏于各行各业的摄影爱好者。由青年摄影沙龙、腾龙摄影沙龙演变而来的摄影月赛，在我们太仓坚持了近 30 载春秋，风雨无阻，雷打不动，这是需要一茬茬摄影人的恒心与坚持的。以老带新，以新带新，薪火相传，生生不息。

“恒发杯”摄影艺术比赛，太仓首个省级摄影大赛，当年，这种高规格的赛事活动“破天荒”，吹皱太仓摄影的“一池春水”。自 1994 年庆祝建国 45 周年以来，太仓每 5 年举办一届摄影大赛。连续 4 届，横跨 20 年。正因为办了这样的活动，才有了太仓摄影界出人才、出成果的“雨后春笋”。

2013 年，太仓首次举办全国性摄影大赛。那年，太仓“田园城市 · 美丽太仓”征集令发出后，吸引了全国各地乃至海外摄影家及发烧友前来创作，在工厂农村、港口码头、生态园区，太仓摄影人参加“家门口”的全国大赛，用手中的镜头感受影像太仓。与此同时，太仓摄影志愿者队伍成立，为前来太仓拍摄的同行提供服务。该大赛最终收到参赛作品 1.6 万件，评选产生金银铜收藏作品 9 件及优秀作品 119 件。

近年来，随着摄影活动的增加，太仓摄影家队伍亦在日益壮大。在有关名家名师的指点下，太仓摄影人队伍日益增加，水平不断提升。截至 2016 年年底，太仓拥有中国摄影家协会会员 70 名，还有一大批中国摄影著作权协会会员、省摄影家协会会员和苏州市摄影家协会会员等。可以说，太仓摄影人才高地初步构成，正在向摄影艺术高峰冲刺攀登。

从传统冲印到数码摄影，从精英摄影到全民摄影，在“凤凰涅槃”“浴火重生”的裂变之中，太仓群众性摄影活动风生水起。特别是进入新世纪后，随着手机拍照功能加快普及，摄影几乎成为全民的狂欢。于是，太仓摄影人“鸟枪换炮”，不断更新照相器材及后期配置。目前，只要全球最新照相器材一经发布，太仓不少摄影人同步换机。

摄影的社会功能赢得了开展摄影活动的市场。近年来，太仓各种摄影赛事接连不断。说句玩笑的话，在太仓，你只要拿起相机，对准天上拍，那是风云杯；对准河道拍，那是水利杯；对准乡镇拍，各个乡镇都有摄影赛；还有绿化、土地、民生主题赛事等等。直观性、画面感，摄影成为机关部门、企事业单位对外宣传的首选。

在太仓，摄影走进了单位，也走进了家庭。不少机关和企事业单位都有摄影爱好者协会或摄影沙龙，活跃着一批摄影人。不少家庭有摄影档的夫妻、父子、父女、兄弟等。我的哥哥、弟弟都是摄影发烧友，哥哥生前曾发明相机分摄器专利，弟弟也是中国摄协会员，他以摄影谋生，成为职业摄影师。

摄影文化，展示一个城市新名片

摄影与其他传统文化不一样，在宣传、提升城市形象诸方面，显得更加真实客观，直接有效。作为摄影人，我们紧紧抓住摄影的特征，因地制宜，对症下药，收到了不俗的效果。

我们采取多种形式，通过“传帮带”，制订育人方案，做到定向培养，定期交流，定制梯队，千方百计鼓励摄影人自学成才。2014 年，我们协会编著《梦想成真——太仓市中国摄影家协会会员作品集》，收入了当时太仓 48 名会员的专题作品。一个 40 多万户籍人口的县级市，能有 40 余位中国摄协会员集结亮相，这在长三角一带“凤毛麟角”。

对光影艺术的不懈追求，是太仓摄影人多年来孜孜不倦的坚持。我个人拍摄的作品多次在全国影赛上获奖，如《老街》《玩古》等，2010 年，一幅《浮冰北极熊》荣获全国第 23 届摄影艺术展铜奖，也是太仓迄今获得的摄影最高奖项。这幅艺术摄影作品的成功，除了我自己在北极摄影创作时精益求精，为原片打下了扎实基础外，同时还得感谢我们的摄影团队，大家一起集思广益，倾注心血，为照片成像的最佳效果献计献策。

立志在全国乃至国际摄影大赛上夺金摘银，这是太仓摄影人心中涌动的“小目标”。正是为了这一个个“小目标”，摄影人怀揣梦想，坚定信念，矢志不渝，砥砺前行。在摄影的道路上，有成功的喜悦，也有挫折的泪水，但他们勇往直前，决不退缩。

付出终有回报。这些年，在各类国家级摄影比赛和展览上，出现了不少太仓摄影人的名字。有国字号的老会员，也有摄影园地的新手，如陈钢的《渴》、陆培明的《洁雅》《万点成花》、杨忠明的《丝竹声声诱人来》、熊兴元的《红蜻蜓》、张锷的《湖边风车》、王勇的《倒影》《老人与孩童》、王敬明的《沸腾的渔村》《家乡雾》、邱根生的《灌酒》、陈建法的《笑声雨声》、许雅兰的《闭月》、王红的《韵》、朱振新的《大爱无疆》。丁松茂、金云达、陆东兴等会员还出版了摄影专辑，女会员端木向宇的4幅作品上了美国纽约时报广场“中国屏”。

近年来，太仓摄影成果丰富多彩，专业拔尖人才辈出。协会副秘书长王红的摄影作品《荷之梦》，于2010年荣获第15届荷花节摄影大展三级佳片，上了当年《大众摄影》封面。入门不久的宋义勇，凭借其锐利的胆识和勇气，摄影作品《驻足》进入第23届全国摄影艺术展。2016年，拿起相机不到三年的陆勤，如同她的名字那般，艺道酬勤，不负众望，其摄影作品《车间》获得全国比赛奖，还有一幅摄影作品《汗水夯实绿色发展》上了《中国摄影报》头版。

俗话说玩物丧志，但是我玩摄影玩了一辈子，却没有丧志，反而更加励志。感谢这个最好时代，我们恰逢其时。在摄影艺术的天地里，相机成为最好的伙伴，摄影成为永恒的追求，摄影也成为一种生活方式。

体育竞走项目接轨世界之路

王跃丰[①]/口述　宋祖荫/整理执笔

提起我们太仓城市形象在海内外市场上的知名度，可以骄傲地说，体育赛事的竞走项目功不可没。我是2001年调入太仓市体育局担任副局长的，长期分管体育竞赛、业余训练和学校体育等方面工作，因此我既是太仓体育活动的组织者，又是参与者，亲眼目睹了体育给人们带来思想观念、生活习惯的变化，也感受到体育给太仓这座沿沪沿江的小城市注入的澎湃活力。

在众多的体育竞技项目中，竞走与太仓结了缘。自2009年启动申办国际田联竞走世界杯比赛以来，短短的8年时间，太仓年年举办竞走比赛，有国际性的，也有全国性的，还有挑战赛，太仓已成为世界和国内竞走比赛的福地。

去年，国际田联在经历了俄罗斯运动员“兴奋剂事件”后，开启了对俄禁赛的制裁模式，原本俄罗斯某城市已成功申办的2018年国际田联世界竞走团体锦标赛被迫取消。此时，国际田联有意交给中国举办，于是具有举办国际竞走赛事经验的太仓再次赢得申办机遇。2016年11月底，我们太仓申办团再次前往国际田联总部摩纳哥，经过一番陈述努力，终于拿下了2018年世界竞走团体锦标赛的举办权。目前，太仓有关方面已紧张筹备，正举全市之力，再次迎接明年揭幕的国际竞走大赛。

申办竞走世界杯：太仓志在必得

改革开放以来，我们太仓体育事业蓬勃发展，竞技体育、群众体育、学校体育等活动风生水起。1999年10月，太仓体育馆落成，以及日后改

---

① 太仓市体育局原副局长。

扩建的太仓体育场等设施的完善，为太仓承办国内外大赛提供了场地保障。进入新世纪以来，太仓相继举办国际女排邀请赛（2001 年 6 月）、世界女篮锦标赛（2002 年 9 月）、亚洲女排锦标赛（2005 年 9 月）等重大赛事，逐渐积累了举办国际性赛事的丰富经验。

2009 年，中国田协审视中国田径运动发展现状和出路，决定以竞走项目为新的突破口，让中国的田径运动攀登世界高峰。于是提出举办竞走世界杯赛，此举也是对中国竞走项目的推动与促进。国家体育总局田径运动管理中心与江苏省体育局协商，决定选择地域靠近上海的太仓举办。太仓有关方面接到相关指令后，义无反顾地决定参与申办。当年 7 月，申办工作正式启动，先将申办报告报送国际田联，11 月，我们太仓申办团一行 5 人前往国际田联总部申办。

记得我们一行刚来到地中海北岸的摩纳哥，便进入了紧张的申办程序。当时，有 6 个城市递交申办报告，最终前往大会陈述时只有 2 个城市，还有一个是俄罗斯的一个城市。王永林副市长代表我们申办方城市致辞，国家体育总局田管中心副主任沈纯德做申办陈述，同时用 PPT 介绍中国太仓，还播放了 4 分多的视频短片《锦绣江南金太仓》。经过一番竞争，太仓终于获得 2014 年国际田联竞走世界杯举办权。

迎接竞走世界杯：太仓全力以赴

为了迎接国际田联竞走世界杯，太仓进入了大赛的“倒计时”。俗话说，兵马未动，粮草先行。为了提升我们承办竞走国际大赛的能力，熟悉赛事流程，积累办赛经验，在赢得举办权的第二年即 2010 年，我们举办了全国竞走冠军赛，2011 年举办国际田联竞走挑战赛，并与全国赛合二为一。打这以后，我们连续 7 年举办国际性、全国性的竞走比赛。

道路上举办比赛，涉及面广，情况复杂难度大。场地保障、食宿安排、安全保卫、食品卫生、医疗保障、志愿者服务……我们都坚持一丝不苟，精心安排，经过多次举办国内外竞走大赛，赢得了参赛运动员的好评。2012 年 3 月，广东队的陈定首次前来太仓参赛，20 岁的陈定在男子 20 公里竞走赛上，以 1 小时 17 分 40 秒的成绩超亚洲纪录，破全国纪录。同年的伦敦奥运会上，他以在太仓竞走场地上的良好竞技状态参赛，一举夺得了该项目冠军。还有黑龙江队的王镇（男子 20 公里）、云南队的蔡泽林（男子 20 公里）、广东队的刘虹（女子 20 公里）、解放军队的孙欢欢（女子 20 公里）等，都在太仓的竞走场地上表现出色，且获得了较好的名次。这些来自五湖四海的运动员称赞太仓是竞走运动的福地。

申办成功后，国际田联两次派出考察团前来我们太仓进行联合综合考察，分别对赛道布局、工作区域安排、下榻宾馆、新闻中心、重要活动场所，以及食宿安排、开闭幕式场所、新闻发布会场、运动员检录区域、训练安排、颁奖典礼等进行检查，提出了指导性意见。其间，还就电视新闻转播等开展专项考察。

2014 年 1 月，我们在国家体育总局召开太仓竞走世界杯新闻发布会，总局田管中心及省体育局有关领导出席。国际田联主席通过视频表达了对太仓的祝福，会上向媒体介绍了赛事各项信息，推进媒体对赛事的关注，同时也重点推介了太仓。新闻发布会上公布奥运冠军陈定为太仓竞走世界杯形象大使，并由他揭晓了吉祥物“金仓娃”。

2014 年 1 月 23 日，我们在市政府前广场举行了倒计时 100 天活动，总局田管中心及省体育局有关领导参加此次活动。活动上点击开通了太仓竞走世界杯官网，揭幕倒计时牌，这标志着赛事筹备工作进入最后冲刺。央视体育频道、东方卫视、《解放日报》等 20 多家媒体现场报道，活动最后由陈定带领 2000 名中学生沿比赛道进行 2 公里健步走。

举办竞走世界杯：太仓惊艳亮相

2014 年 5 月，由国际田联主办，中国田径协会、江苏省体育局、太仓市政府共同承办的 2014 年国际田联竞走世界杯赛在太仓隆重举行，这是太仓办赛史上规格最高、规模最大的一项赛事，也是这项有着 53 年历史的赛事继 1995 年北京之后，时隔 19 年再次来到中国。2 日下午，在赛道起终点龙门架处举行了热烈而简朴的开幕式，国际田联代表、国家体育总局副局长、江苏省副省长等领导出席开幕式。开幕式后，由赛事技术代表、裁判代表等带领我市 5000 余名市民在比赛道上进行健步走活动。

来自 48 个国家和地区的 360 名运动员和 181 名随队官员参加，还有工作人员、媒体记者等约 1500 人。整个赛事分成年组和青年组，共有成年组男子 20 公里、50 公里，成年组女子 20 公里以及青年组男子 10 公里、女子 10 公里 5 个项目，每个项目还同时进行团体比赛。比赛共设 10 枚金牌的争夺，最后中国队以 4 金 5 银 1 铜的成绩名列首位，俄罗斯队以 4 金 1 银 3 铜位居第二。

5 月 3 日、4 日世界杯赛，尤其是 4 日上午，不少市民撑着雨伞前来观赛，体现了太仓观众的热情与文明。5 日、6 日增加了全国比赛，也让国内更多的运动员前来观摩竞走世界杯，参与国内比赛，54 支运动队也提前报到。为此我们承受的接待和保障压力更大，但是大家还是信心满满，力争创造条件，办出一届高水平的国际赛事。比赛期间，1000 多名安保人员、350 多名青年志愿者前来服务比赛，保障比赛的顺利进行，前来观看比赛的体育爱好者达数万名。

宽阔、平整的新区上海路等变身比赛赛道，各项设施配套齐全，有龙门架、供水站、喷淋站、旗杆、颁奖台、颁奖升旗系统、300 座的 VIP 看台、媒体看台、3 个观众看台、临时厕所等一应俱全，还有工作用房、比赛器材等全部到位。志愿者用向上奋进的精神面貌，用心为运动员提供服务。吉祥物“金仓娃”可爱、友善、活泼，比赛现场摄影家及爱好者云集，参加竞走世界杯摄影比赛，以期留下更多更精彩的定格瞬间。

4 日晚上，在陆渡宾馆宴会厅举行了闭幕仪式及宴会。会上，时任太仓市市长杜小刚将国际田联会旗交回了国际田联代表，标志着本次比赛圆满落下帷幕。随后各国运动员纷纷走上主席台欢快起舞，欢庆比赛取得圆满成功。

为此，国际田联司库给杜小刚市长发来感谢电，感谢电说：“太仓举办的这次比赛水平非常高，获得了圆满成功。组委会为大赛营造了十分友好的比赛氛围，每个人都尽最大努力让比赛达到更高水平，对大家的积极合作，我深表感谢。”国家体育总局田径运动管理中心也给我们太仓市政府发来感谢信。

传承竞走世界杯：太仓再接再厉

自 2014 年国际田联竞走世界杯赛以后，竞走与太仓结下了不解的缘分。近年来太仓每年总要举办形式多样的竞走比赛。不少外籍运动员赞誉太仓是座“竞走城”“中国竞走福地”。蓬勃向上的竞走活动，为太仓经济社会发展发力助威。

太仓从 2009 年申办竞走世界杯以来，通过竞走比赛，让更多市民认识竞走，熟悉竞走，喜爱竞走，让健步走成为市民生活的一部分。如今每天早晚，数以万计的市民自觉加入体育锻炼的行列，通过健步走活动，交流了感情，增进了友谊，锻炼了身心。截至目前，我们太仓举办了 14 届全民运动会，群众体育活动精彩纷呈。特别是每年举办各种健身活动 100 余项，参与人数达 10 万余人次，体育人口逐年增加，迄今已达 52%。

因此我们在总结竞走世界杯赛成功经验时，用围绕一个中心（国际田联）、两个关键（运动队和媒体记者）、三个重点（赛道赛场环境、接待服务、安保）、四个亮点（城市风貌、竞赛组织、志愿者服务、观众素质）、五个闪光点（绿色环保、活动安排、专网展示、全民健身、开闭幕式）来总结，言简意赅，朗朗上口。经过我们的最大努力，呈现我们的最大诚意，体现我们的最佳精神风貌，我们把此次竞走世界杯办得热烈、精彩、圆满和胜利，办得令人难忘。

“万类霜天竞自由”，竞走世界杯的成功举办，对我们太仓这座现代田园城市具有重大而深刻的影响，有效扩大了城市知名度，推动了群众体育发展，进一步促进了城市文明的推进。在我 30 多年的体育职业生涯中，竞走项目终生难忘。竞走让太仓竞相发奋，砥砺前行，也让太仓赢得了更大的发展空间。

锦绣江南崛起的“全国武术之乡”

袁国强[①]/口述　宋祖荫/整理执笔

时光荏苒，沧海桑田，改革开放进入了第40个年头，可谓赶上了人生的不惑。我是一个地地道道的太仓人，生在太仓，长在太仓。读书岁月、职业生涯、退休生活……回眸自己人生的几个阶段，与太仓经济社会发展须臾不离。在我的眼里，田园风光的太仓之所以拥有精致和谐的城市品质，是因为太仓人历来崇文尚武，文武兼修，才成就了太仓人内敛不张扬的品行。如今在太仓城市众多的荣誉名片中，我个人觉得“全国武术之乡”是一张含金量特高的名片，它熠熠生辉，永不褪色。

1992年11月，太仓被国家体委授予“全国武术之乡”，中国首批仅31个县市获得此项殊荣，江苏只有沛县和太仓。当太仓代表从时任国家体委主任荣高棠手中接过奖牌时，太仓数十年开展武术活动的心血没有白费。记得当年评选全国武术之乡，需要满足三个条件，一是拥有传统的地方拳种；二是武术推广达一定的规模；三是为国家和省输送了一定数量的武术人才。对照上级的条件，我们太仓具有一定优势，除传统拳种稍弱外，每年参与武术活动的人数日益增多，沙溪小学的吴强又连续获得1987年、1988年两届全国少年套路全能冠军，1992年全县武英级的高级武术人才就有4人，应该说太仓“全国武术之乡”实至名归。

武术前辈，倾注毕生心血

其实，太仓武术历史源远流长。太仓历史上，曾经为卫、为县、为州，冷兵器时代，作为海防前沿地带又有军队驻扎，招募将士，训练兵士，民间自然不乏一批习武高手。太仓临江滨海，也是海盗出没之处，抵

① 太仓市人大常委会原副主任、市武术协会会长。

御外敌也需要勇敢和武艺。明朝是太仓武术人才辈出的年代。兵部尚书（国防部部长）太仓出了 3 人，兵部侍郎（国防部副部长）太仓出了 5 人，这在中国历史上也是少见的。加上郑和七下西洋每次都在太仓招募出海随员，因此太仓士兵中习水性、精武功的人士比比皆是，且有名有姓，成就斐然。这在太仓历代史书上均有记载。直到解放前后，太仓民间还散落了一批武艺高强的传人。

20 世纪七八十年代，太仓沙溪、城厢两地习武氛围较浓。当年沙溪的陈广余先生，培养了陈启、王栋明、王明余等学生，打下了太仓的武术基础。1979 年 3 月，沙溪成立武术兴趣学会，这是太仓第一个社会武术团体。还有一支习武力量在城厢镇，例如徐立祥先生，还有号称亚洲大力士的硬气功武师曹孝辉先生等。

当年，大力推动太仓群众性武术运动发展，有一个人值得提及，可以说他对太仓武术倾注了毕生心血，他就是原县人武部副部长王长生。王部长早年因患肾病在苏州疗养，在疗养期间，王部长逐渐了解太极拳对慢性病治疗有帮助，于是他开始研习杨式太极拳。1974 年，王长生在太仓人民公园举办第一期太极拳培训班，培训骨干 39 人，教练学员 116 人。从此太极拳活动在太仓城乡逐步推广，后来还举办形意拳、太极剑等培训班，培训学员 2730 人。1979 年离休后，他更是一心扑在太极拳的普及上。于是在太仓人民公园、灯光球场、工人文化宫等场地上，总能看见一位穿着没有领章帽徽的草绿色军装的高大汉子，身背录音机，骑着“老坦克”，四处奔波，走村串巷，热心武术运动的推广。1983 年，他被评为全国武术优秀辅导员。1985 年 3 月，王长生、王忠强等人发起筹备太仓县武术协会，发展会员 106 人，当年 5 月，召开第一次会员大会，王长生提名德高望重的老武术家陈广余担任主席，他自己则做副主席兼秘书长，1987 年 5 月当选县武术协会主席，连任数届，直到 2003 年。

接棒执掌，推进武术运动

我对武术运动情有独钟，发自内心。我是 1952 年出生，1985 年毕业于南京农业大学经济管理专业，取得高级经济师和高级会计师资格，曾担任璜泾乡乡长、九曲乡党委书记、市委农工部部长、市财政局局长、市人大常委会副主任等职，是一位长期滚打在基层一线的领导干部。除了处理日常公务之外，业余时间我与武术结缘，无论是在任期间，还是退休以后，我一直练习武术、关注武术，成为太仓武术运动崛起发展的参与者和见证人之一。

20 世纪 80 年代初，我因患胃病、神经衰弱等疾病，开始练习杨式太极拳，后来学习陈式太极拳，经过几年的锻炼，不仅恢复身体健康，而且越来越强壮。2001 年，拜识了陈式太极拳十代宗师冯志强后，我专注于陈式心意混元太极，常年不辍，颇有心得。尝到了习武的甜头，我把自己的人生规划与武术紧密结合在一起。

当年县武术协会成立之时，我因为公务缠身，没有时间顾及，实在推辞不下，只得答应做个挂名的副主席，这样忙里偷闲也弄了几届。直到 2003 年，我实在推辞不了，才正式当选为武协主席。在这期间，我始终关注着太仓武协活动，不仅自己风雨无阻地练习，还影响带动周围群众加入习武队伍。

记得我在 1986 年担任璜泾乡乡长、1988 年担任九曲乡党委书记期间，承办了太仓市第一届和第二届的武术比赛。担任武协主席后，两次举办全省太极拳（剑）和木兰拳比赛。自 2006 年以来，相继承办了海峡两岸四地太极拳邀请赛、全国木兰拳锦标赛、第七届全国“武术之乡”比赛等国家级赛事，引进了每年一届的全国武术套路最高级别的“王中王”比赛，为巩固太仓的“全国武术之乡”，为创建太仓的“体育先进市”贡献了微薄之力。

凭我个人的性格，做事情要么不做，要做就要做到极致，做到最好。工作是这样，搞社团活动也是这样。太仓武术运动的发展，经过几代人的培育，无论是参与人数还是武艺水平，已经到了一个较高水准。唯有创新思路，创新方法，才能谋划取得新的突破。

武术的发展关键在于人才，特别是高级人才。如全国套路冠军吴强、亚洲散打冠军张亭宾，一个回到家乡，一个新太仓人，没有工作，我就与市体育局、城管局等单位协商把他俩安置好，还先后帮助他们办起精武健身馆、亭宾搏击馆，不仅解决了就业生活难题，而且两个武艺馆舍越办越好，成为太仓武术运动的“摇篮”。

太仓没有真正的地方拳种，我就广纳四方宾客，吸纳身怀绝技的各派武林高手来太仓落户教拳，并千方百计解决他们在落户过程中的一些具体问题。在我的真诚感动下，一直处于隐秘流传状态下的白猿通臂拳、唐手拳、牛郎棍、张氏意拳等拳种都在太仓生根落户，目前太仓武术正处于一个百花齐放的鼎盛阶段。

作为基层群团组织的武术协会，原来一直没有固定的办公场所，处于借檐躲雨的窘境，与“全国武术之乡”的名声很不匹配。2011 年，在时任市长王剑锋领导的帮助下，调拨了一幢精致的小楼，建立了太仓“武术之家”，武术爱好者从此有了个交流武艺、增进友谊的永久场所。

继往开来，小城风靡武术

有一个太仓的“画中画”场面令人赞叹：在太仓城市形象宣传片中，总少不了人们舞扇或扬剑或出拳的习武镜头，这些徜徉于古典园林、亲水河畔、城市广场的习武人群，将人与自然的和谐共处表现得浑然天成。这就是当下太仓呈现于世的一幅精美文化画卷。

如今在中国，城市乡村的广场舞可谓大道流行。在太仓，能够盖过广场舞风头的恐怕只有武术运动。每天早晨或傍晚，遍布娄东城乡 280 多处练习场所习武人数达 3 万多人（不包括学生），约占全市户籍总人口的6.7%。

经过40年的发展，太仓武术由小到大，由弱到强，不断发展壮大，现有8个镇级武术分会，先后成立了陈式、孙式、杨式、吴式、武式、木兰拳、大成拳、硬气功、混元等13个研究会。现拥有成年会员4000多人（不含学生）、中国武术协会会员148人、省会员159人，全市拥有国家级社会指导员18名、一级社会指导员61名、二级社会指导员259名、三级社会指导员1070名，共有中国武术三段145人、四段35人、五段11人、六段13人、七段4人，国家武术一级裁判6人、二级裁判7人、三级裁判39人。

迄今为止，我们太仓武协共组织参加省级比赛56次，荣获金牌182枚、银牌75枚、铜牌156枚，参加全国及国际性比赛60次，荣获金牌191枚、银牌156枚、铜牌98枚。其中2006—2014年举办国家级武术比赛9次，举行全市性武术比赛11次，举办各类武术培训班3982期，培训学员46686人次。

作为全国“武术之乡”，唯有过硬的技术、领军的人才，才能造就武术运动的高地，我们利用优势资源，重点打造武术套路、散打项目，强化训练，提升优势，因此该两项武术在全国处于领先地位。每年一届的全国武术套路“王中王”擂台赛，为太仓武术爱好者开阔了视野。

常年的习武与健身，为太仓夺得长三角地区首个富裕型“长寿之乡”打下了坚实基础。2005年以来，太仓连续10年被国家武术管理中心、中国武术协会评为“全国武术之乡建设工作先进单位”。

“武术进校园”，在青少年中推广武术套路，这是我们武协于2003年提出的设想与思考，以4所武术特色学校为试点，并在全国“武术之乡”会议上介绍推广。2016年“武术进校园”达到新的水平，全市31所小学5万多名小学生全部学会了武术操，武术特色学校从4所扩大到12所，同时也得到了国家有关方面肯定。国家武管中心三次前来太仓调研和推广，当年11月，全国武术进校园经验交流会暨中国武术协会青少年与武术指导委员会会议在太仓召开，目前我们太仓成为“武术进校园”全国首家示范单位。2017年，所有中学也全面推广武术操和武术段位制，做到“武术进校园”全面开花。“武术进校园”不但使我市青少年身体素质有了大幅度提高，同时使我们太仓武术的发展真正做到了后继有人。

2017年，太仓武术更是捷报频传。7月初，在刚结束的第十三届全国运动会上，太仓吴式太极拳副会长王斌代表江苏省拿到了吴式太极拳全国第一名。紧接着，2017年7月12日，在湖南长沙刚刚落幕的全国中小学武术锦标赛上又传来喜讯，我们新区三小的孩子们一口气拿下了2项团体第一名、3项个人第一名、3个第三名。这不光是太仓武术有史以来的最好成绩，也是太仓体育有史以来取得的最高和最好的奖项。真是可喜可贺，捷报频传，值得每个太仓人点赞。

中国武术、中国书法、中国针灸，这是中国古代文明的瑰宝。如今，国际组织看好太仓，看好太仓武术，有意将太仓打造成特色“武术小镇”，经过5年时间建设，太仓将成为展示中华传统武术的基地。新一轮的武术发展正逢其时，我们定将有所作为。

寻找郑和的印迹

——马来西亚之电视行动亲历记

钱永泉[①]

600年前，中国明代航海家郑和率船队从太仓刘家港起锚七下西洋，扬帆天下，谱写了中华民族走向海洋的灿烂篇章，缔造了“睦邻友好，科学航海”的海洋文明。郑和开创的航海事业和航海精神，不仅是中国的骄傲，也为全世界所震惊、所敬仰。

2005年7月11日是郑和下西洋600周年纪念日，也是首届中国航海日。为了迎接这一具有深远历史意义的日子，早在2004年年初，各项纪念活动全面启动，在国务院新闻办公室的大力支持下，中国香港凤凰卫视、太仓市政府决定共同举办“重走郑和路”航海纪念活动，一艘名叫“凤凰号”的单桅杆三角形帆船从太仓港启航，沿着昔日海上丝路的印迹，重温郑和航海的辉煌历史，按计划在郑和下西洋600周年到来之际，最终到达当年郑和船队前往的最远点“慢八撒”，也就是今天非洲肯尼亚的首都蒙巴萨。这是一次“重走郑和路”航海纪念活动，也是一次面向世界的大型电视行动。

扬帆重走郑和路

600年的风云变幻，回望先人，凝视历史，我们怀揣海上新丝路的梦想，沿着郑和的印迹走向大海，迎来了拥抱海洋文明的新世纪。2004年8月8日早上，郑和航海纪念活动暨大型电视行动在太仓港如期举行。600年的时光，千秋港口梦，重现新辉煌，太仓港快速崛起在东方之巅，此刻，码头上人头簇拥，彩旗飘扬，人们等待着一个激动人心的时刻。

---

① 太仓市广电总台原副台长。

上午9点30分，三名即将登上“凤凰号”的电视工作者在旗手簇拥下来到会场，码头上响起一片雷鸣般的掌声；上午10点45分，随着“凤凰号启航”的一声指令，勇士们喝过壮行酒，在人们的簇拥下登船起航。顿时，无数彩色气球越过头顶飘向蓝天，码头上人群激奋，彩旗招展，锣鼓喧天，龙狮飞舞，港湾里响起长长的汽笛声，长江过往的船只汽笛齐鸣响彻云霄，“凤凰号”鼓起风帆驶离太仓港，渐渐消失在人们的视线里。

“重走郑和路”航海纪念活动是一次探索之旅、发现之旅，也是一次弘扬郑和精神的宣传活动，全世界百余家电视媒体将同时报道“重走郑和路”的所见所闻。2004年11月中旬，“凤凰号”在茫茫大海上历经台风、巨浪、暴晒、晕船等种种艰险，连续航行三个多月后，终于驶入了马六甲海峡。按照商定的计划，太仓电视摄制组将在马来西亚与凤凰卫视的同行会合，共同参与纪念活动和庆典仪式。随着预定日期的临近，我们也将启程前往马来西亚，进行一系列实地采访拍摄工作。

“梦幻之城”郑和热

2004年11月24日，太仓市工作访问团一行五人前往马来西亚，应邀参加马六甲州举行的郑和航海600周年纪念活动。当晚8时，我们乘坐的班机准时降落在吉隆坡，大家走出机场，顿觉一股热浪扑面而来。听说马来西亚地处热带，没有四季之分，只有永恒的夏天和永恒的阳光，看来我们只能在此度过年内的“第二个夏天”了。

当晚，我们刚刚走出吉隆坡机场，天空中突然下起了一阵雷阵雨，负责接待我们的华裔刘先生风趣地说：“这是‘热带雨’，也是‘迎宾雨’，这里的热带天气，只有雨后才会使人感觉凉快和惬意。”听说马来西亚素有“四季是夏，一雨成秋”之称，想不到这么快就得到了验证。在前往酒店的车上，刘先生又热情地说道：“听说各位来自郑和七下西洋起锚地，当地的华人都很激动，一大早，酒店里就张灯结彩挂起了红灯笼和大幅标语，欢迎你们的到来。”看到我们疑惑的目光，刘先生又解释说：“这些日子里，电视里一天到晚都在播出‘凤凰号’即将来到马六甲的消息，当年郑和航海事迹，马来西亚的华人家喻户晓，郑和不仅是中国的骄傲，也是海外华人心目中的英雄。”一席话，说得我们大家心里热乎乎的，车上响起一片热烈的掌声。

夜晚，我们走在吉隆坡的街道上，那些写着中文标牌的店铺酒楼，沿街房檐上挂着的红灯笼，还有室内陈设的中国瓷器，以及墙上挂着“松鹤祥云”之类的中国画，不时映入眼帘，总给人一种似曾相识之感。一路上，在擦肩而过的行人中，不时有人操着流利的中文向我们打招呼，无不给人一种亲切感，仿佛时间凝结在遥远的梦乡里，总以为身处在离家不远的某个古镇老街上。据说，当年郑和船队途经吉隆坡时，吉隆坡仅是个简陋高脚屋搭起的小渔村，然而，时光荏苒，当人们沉浸在眼前的繁华景象中时，还有多少人会想起从前的模样？第二天上午，一位华人记者陪同我们登上了“双子楼”，我们站在空中通道上鸟瞰城市风光，只见花团锦簇的热带花木、清波荡漾的绕城河泊、错落有致的雄伟建筑、充满传奇色彩的历史遗迹，交织成一幅色彩斑斓的画卷，镶嵌在一片河光山色之间，吉隆坡多种文化构成的独特魅力，不失为是一座“梦幻之城”。值得庆幸的是，改革开放以来，我们不仅有机会近距离接触到外面的世界，而且在跨越时空的电视行动中，我们同样可以向世界展示太仓改革开放中的沧桑巨变，展示充满自信和自傲的中国精彩。

夜晚，结束了紧张的采访拍摄工作，我走在充满异国风情的大街上，不禁心中在默默地遐想，如果天地宇宙间真的有时间隧道，郑和及其随员看到今天发生的奇迹，也许当年身为通事（翻译）的太仓人费信，还会有另一部《星槎胜览》描写这番神奇的景象。

晚霞映照邦咯岛

马来西亚是个集半岛与岛屿特征的国家，邦咯岛是“重走郑和路”将要寻访的地方，因此，在我们到达马来西亚的第三天就进岛着手前期采访和拍摄工作。从吉隆坡沿着绵长的海岸线前往海岛，不到半天的路程，中午时分，我们在一个古朴的小镇上搭乘快艇来到了海岛上。

我们踏上邦咯岛的码头，只见港湾里船桅林立，海滩上绵延着一座座悬空的浮楼，仿佛来到了一个古老的渔村博览园。海岛住着 2 万多居民，其中华人占了大多数，据说，这里渔民沿袭使用的撒渔网，仍然与当年郑和下西洋时的渔网别无两样。当地纯朴的居民热情地打着招呼，一路上把我们引领到入驻的酒店，但见门前便是一片碧蓝的大海，极目而望，浪花闪闪，船影点点。据说，当年郑和的船队经常通过这片广阔的海域，前往印度尼西亚的苏门答腊岛。

我们上岛这天，恰逢风和日丽，沙滩、海水、高脚屋、椰子树，午后的阳光、迷人的大海、异国的风情，让人心旷神怡。大家乘着采访拍摄的空闲，结伴来到沙滩上，一头扑进大海忘情地畅游起来。这时候，有位老人一直在旁默默地注视着大家，夕阳西下时，大家纷纷从海边返回客栈，老人依然久久地伫立在海边，那长长的身影映照在沙滩上，使我有一种莫名的感动。我好奇地转身向老人走去，问道："大爷，您在这岛上住吗？"老人怔怔地看着我，许久才反问道："你们是从中国来的吗？"我肯定地点了点头，告诉老人说，我们来自郑和航海的起锚地太仓。顿时，老人两眼放光地说道："能在这里见到你们，真的令人太高兴了！"老人动情地对我说，小时候常听祖辈讲，从前郑和的船队途经海岛，带来了先进的渔业和农业生产技术，改善了人们的生产和生活，从此，海岛上越来越兴旺。郑和是岛上华人的恩公，郑和的千秋功德，人们永远不会忘记，岛上的华人每年都要祭奠郑和，祈求郑和的永世庇护。

老人告诉我说，他的老家根在中国，祖籍在福建的晋江一带，先祖漂洋过海来到马来西亚，如今记不清过了多少代人了。老之将至之年，他总有一桩心事挥之不去，盼望能找到先辈的血脉之地祭祖归宗，以了却祖辈的心愿，可是他不知道老家的具体位置在哪里，从未见过老家是什么模样，更不知道祖上还有什么亲人。这些年来，他心中的寻根之梦从未破灭。不经意间，老人的眼眶里溢满了热泪，他抬起微微颤抖的手揉了揉眼睛，手指着浩瀚的大海对我说，祖辈们常讲，当年郑和的船队经常出现在这片海域，岛上的华人想起老家的根脉，老人们常常会面朝大海怀念先祖。难怪老人站在海滩上一直不肯离去。瞬间，我似乎明白了一个道理，人生的根脉始终是记忆中的一个亮点，让人魂牵梦萦，如影相伴，老人身处异国他乡，那一份淡淡的乡愁何处追寻，何处寄托，唯有这片大海珍藏着他心中的乡土情结。

海德格尔曾说过："故乡处于大地的中央。"故土是血脉相连的根，也是游子心中永存的心结。我理解老人此刻的心情，于是，我停下了脚步，陪着老人聊起了家常。老人告诉我说，他家就住在岛上，家里有两个儿子，一个在外面做事，一个在家经营几艘游艇，还在地里种了些榴莲，如今的日子过得很红火。可是，老人说，人生的血脉之根是忘不了的，人老了总有一种失落和惆怅，祖辈几代人一直漂泊打拼在异国他乡，为了生计几经周折和颠簸，先辈留传下的纪念物也没了影踪，现在唯一能做的是逢年过节时，全家人向着老家的方向焚香跪拜，举行传统的祭祖仪式，以这种代代相传的习俗告慰先祖。老人说，家里始终遵循着祖辈传下来的家规，在家时，孩子们都要讲家乡话，孩子到了上学的年龄，就送他们去中文学校读书；当地华人圈内有活动时，就会举家出动积极参与，因此，他们的生活习俗至今还带着许多老家的印迹。老人还经常告诫孩子们，要永远记得祖先曾经生活过的地方，不忘记自己是个中国人。从老人的身上，我似乎读懂了“血脉相连”的真正含义，乡路漫漫，思绪悠悠，那一片苍茫的绿地，那一汪清清的流水，那一条弯弯的小路，那一轮高悬的明月，始终处在大地的中央。

老人说，40 多年前，他曾回祖籍寻亲，去时进山的路不通汽车，一路上泥泞难走，在山里找了几天始终也没有啥结果，只好就回来了。回忆往事，老人有些伤感。我告诉老人，改革开放以来，中国的发展变化很大，大家的日子也好过了，你如果再回去寻亲，就不用再走泥泞的山道了，现在的交通都很方便。老人似乎仍然沉浸在往事的回忆中，他疑惑地问道：“中国有高速公路吗？有高楼超市吗？家里有小汽车吗？”面对老人一连串的疑问，我告诉他说，中国改革开放以来，我们啥都有了，还比这边好得多呢。老人似乎有点不敢相信，他自言自语地说：“不见得吧，那么快就什么都有了？”真不知道该怎么办才能使老人相信我的话，于是，我急中生智，一口气跑回住所拿来了一套《太仓画册》和 VCD 风光片送到老人手里，指着画册一页页翻给老人看。老人双手接过画册和电视片，他面朝着大海沉思良久，突然转过身来对我说：“早就听说中国的变化很大，没想到会发展得这么快，中国越来越富有强大，我们海外华人也有了底气，有了靠山。”

傍晚，静静的港湾里，晚霞映红了海面，海鸥轻轻掠过金色的海水。我与老人依依告别，迈着沉甸甸的步伐，独自走出那片残阳似血的海边，老人的声音依然在耳旁回响：“你回到中国时，一定要替我在恩公郑和像前烧炷香。”望着老人的背影，我的视线变得越来越模糊。

异国他乡“郑和苑”

乘船离开邦咯岛的那天早上，汽艇绕岛划出一道美丽浪花，望着小岛的倩影渐渐远去，我不禁心生感叹，为何历经几个世纪后，郑和船队犁出的友谊浪花，仍没有被海涛所吞没，反而一直印刻在海岛人的心上？

我们回到小镇时，当地华人一路驱车前往马来西亚的“大皇宫”遗址，这是一座中国式的建筑，坐落在一片山水相连的坡地上，如果没有大门铁栏栅上的皇族标记，看上去更像一座私人的花园别墅。当地华人说，这座皇宫遗址同样建于华人之手，而如今新建的“大皇宫”在太子城内，与吉隆坡相距 25 公里，在太子城国际会展中心还有一座中国式建筑“郑和苑”，并置有一尊郑和的雕像，于是，我们临时改变行程前去寻访。

太子城是马来西亚新建的政府行政中心，四周群山环绕，各式拱顶式建筑依山傍水，一条人工河穿城而过，处处绿荫、鲜花、喷泉点缀其间，令人赏心悦目。走进“郑和苑”内，只见青砖黛瓦，亭台楼阁，绿荫掩映，古色古香的中国式格子窗，明清式样的桌椅和摆设，室内挂满了中国画，长条桌上摆着帆船的模型，只是帆船的形状与郑和宝船相去甚远，想必在异国他乡又时隔久远，人们再难说得清郑和宝船究竟是什么模样。

在“郑和苑”里，我们从底楼走到三楼，一路上仔细寻找郑和的雕像，正值午休时间，茶楼里只有几位马来人，因为语言不通，对方无法领会我们所表达的意思，只能说声“对不起”。于是，我们在楼上楼下转来转去，皆因人生地不熟的缘故，仍然没有找到郑和的雕像，心里不免有些惆怅。由于急着赶时间与凤凰卫视的同行们会合，无奈之下，只得匆匆告别而去，大家心里不免有些遗憾。

下午，当我们准备乘车离开太子城时，迎面碰上了一大群来自各国的记者，原来这些业内同行也是前来采访郑和下西洋 600 周年纪念活动的，听说有几十家媒体还一路跟随“凤凰号”的行踪进行采访报道，有的记者为考察郑和的航线独自去过非洲，有的记者分赴郑和航海途经的国家做过专题采访，还有多家电视台在拍摄郑和的专题片。一位华人记者告诉我说：“郑和是和平友好的使者，也是世界各国相互交往的楷模，在当今世界，‘郑和热’是许多媒体宣传的共同选题。”他的一席话萦绕在我的耳边，一路上让我感触颇深，心里久久不能平静。600 年前，郑和船队日夜航行在波涛汹涌的大海上，在世界各国之间筑起了一条海上丝绸之路，这是何等的雄才大略，何等的英雄气魄，何等的波澜壮阔。郑和下西洋扩大了中国与亚非国家的经济文化交流，推动了南洋的开发进步。600 年后，人们依然把郑和的名字长记于心，太子城新建的“郑和苑”就是一个很好的佐证。

大溪河畔马六甲

600 年前，郑和船队来到马六甲，给这座古城增添了无上荣耀；600 年来，青山不老，绿水长流，郑和的名字始终与马六甲连在一起。11 月 28 日早晨，我们从吉隆坡前往马六甲。路途停车时，同伴买来一份当地的中文报纸，但见头版头条刊登着醒目标题：郑和下西洋 600 周年庆典活动迎来高潮，中国太仓代表团从郑和航海起锚地莅临马六甲，“凤凰号”重走郑和路续航三月有余昨夜驶入临近海域。大家读到消息十分欣喜，顿时忘了旅途的疲劳。

中午时分，我们与第二届华裔世界小姐李诗琪同车到达马六甲，在一家中国餐馆里，大家正商量庆典议程，突然间各国记者闻讯蜂拥而至，顿时餐馆成了一个临时摄影棚。随着庆典仪式的临近，大家的心情都异常兴奋。

马六甲古城位于马来半岛南部，不仅城内有“三保井”“三保山”“三保庙”等历史遗迹，而且，华人中还流传着许多郑和的传奇故事。相传1795年，人们为纪念郑和建立了“三保公庙”，这是一座黄瓦、红柱、白墙相映的庙宇，飞檐上雕塑有彩龙戏珠的图案，象征三保太监郑和驾飞舟乘风破浪的壮丽情景。当我们冒雨来到三保庙时，在正殿中却没有见到郑和塑像，转身返回院中时，才见郑和雕像被供奉在院墙里，这是让每个进庙的人先向他膜拜行礼。在三保庙的门外和后院中，分别有大小两口水井，后院的小井里，流淌着甘洌的井水供人饮用。相传，当年郑和开掘的“三保井”，不仅用来给庞大的船队补充淡水，而且也给当地民众作生活用水，这里的井水还曾一度被灌装远销他国。门外的大水井直径逾两米，四周筑起了一道坚实的围墙，这些围墙最初是由葡萄牙殖民者修建的，俨然像一尊炮台，院墙上布满了枪洞。日本侵略者占领马六甲时，曾把井水作为战略物资霸占过，战败时在此井里下过毒，所以井口仍被铁网罩封着。当地华人告诉我们，马六甲这个地方曾被殖民者荷兰人、葡萄牙人、英国人、日本人走马灯似的霸占过，殖民者一来，“三保井”就被强行占用。当地华人对我们说：“殖民主义者带来的是侵略和掠夺，郑和带来的是和平友好的相交礼仪，所以无论过去多少年，马来西亚人对郑和的感情依然似大海一样深，人们在马六甲兴建了许多纪念郑和的历史遗迹。”

三保山位于马来西亚马六甲城郊，方圆3公里，山虽不高，却地势起伏，山峰连绵，钟灵毓秀。相传，郑和船队来到马六甲时，曾驻扎在此山，这里本是华人的集居之地。据传，公元1460年，明英宗把女儿汉丽宝公主许配给了马六甲国王苏丹满苏·莎，为此，苏丹将一块160公顷的山地赐给公主带来的500名随从，作为他们的定居之地，并命名为“中国山”。后来，人们为纪念中国明朝三保太监郑和而命名为“三保山”。沿着山脚走去，山坡上布满了一个个坟墓和斑驳的石碑，据说在这座山上掩埋着12000多个死去的华人，这是从中国明朝以来一代又一代华人开拓建设马六甲付出的巨大牺牲。当我们登上山顶时，突然间天气骤变，大雨如注，仿佛是先人有知、上天感应，马六甲海峡笼罩在一片茫茫的雨帘中，浩瀚无际，涛声阵阵，仿佛在传颂一段令人难忘的史诗。

码头庆典传友谊

2004 年 11 月 29 日早晨，我们在一家中国茶楼里匆匆用过早餐，大家乘车赶往大溪河的南码头，出席纪念郑和下西洋 600 周年庆典活动。

汽车行驶在马六甲的老街上，沿街坐落着许多中国式的老房子，这些鳞次栉比的老宅大多都在百年以上。明清时，许多广东、福建、海南岛人从中国沿海纷纷迁居在大溪河畔，各式明清风格的店铺会馆，还有耳熟能详的中国话，使人有一种如梦似幻的错觉。在郑和下西洋 600 周年之际，当地华人心怀敬仰之情，举全力积极支持和参与纪念活动。马来西亚和新加坡的华人、华侨出资 3000 万人民币，在马六甲造房建馆，修复郑和遗迹。庆典之日来临时，当地华人倾城而动，许多东南亚的华人也闻讯赶来，马六甲古城张灯结彩，沉浸在一片盛大的节日氛围里。

600 年前，郑和船队的随员马欢在《瀛涯胜览》一书中，曾经记载过马六甲海峡的大溪河，河上有木桥，上有桥亭 20 余间，当时的桥亭下，不仅是当地的商贸场所，也是郑和船队与当地民众进行商品交易的地方。今天的大溪河在马六甲市区共有 5 座桥，当年的木桥已被一座座钢筋水泥桥所代替，据说，河口的第一座桥为当地华人所捐造。不远处就是大溪河的南码头，也是将要举办庆典活动的主会场。昨日一场暴雨过后，大溪河畔碧空如洗，码头上身着民族盛装的华人、马来人、印度人纷纷结伴而来，马六甲州的仪仗队、花车队、鼓乐队、龙狮队也都集聚在码头上。在码头的另一侧，停放着一排缀满鲜花的“花车”，据称乘坐“花车”是当地迎宾的最高礼仪。现场还有许多来自各国的传媒记者，中国《环球时报》等 10 多家国内媒体也来到了现场。大溪河两岸人山人海，在马六甲古城的历史上，人们迎来了最盛大的纪念郑和庆典活动，呈现出难得一见的热闹景象。

其实，在 11 月 27 日的晚上，“凤凰号”已经驶抵马六甲海峡，但因难以及时沟通办理相关手续，此时“凤凰号”依然停留在海面上，为了保证安全，马来西亚军方派出一艘护卫舰担任护卫警戒。29 日早上 8 时整，马来西亚官方提供了一艘豪华游艇，护送我们出海迎接“凤凰号”的船员，游艇驶入茫茫海峡，波涛万顷，一望无际，600 年的风云变幻，一幕幕在我的脑海中闪现。据说，当年郑和船队经常来往在这条航线上，在马六甲补充给养，观候季风，然后再把船队开往更遥远的海域。30 多分钟后，“凤凰号”的倩影渐渐出现在我们的视线里，大家纷纷拥上甲板，雷鸣般的欢呼声响彻海面，不一会儿，游艇慢慢靠近“凤凰号”，船员们登上了游艇。“热烈欢迎重走郑和路的勇士们来到马来西亚!”华裔世界小姐李诗琪分别用华语、马来语、印度语致以欢迎词。人们为船员们献上鲜花并纷纷拍照留念，随即游艇开足马力向大溪河南码头驶去，但听过往的航船汽笛长鸣，两岸的人群频频挥手示意，游艇上、河岸上欢呼声连成一片，来自世界各地的观光客亦自发地参加到欢迎的行列中，各种语言的欢呼声交织在一起，不时有人将手中的衣帽物品抛向空中，大溪河两岸五洲同乐，人人欣喜若狂，沸腾的人群一路拥向庆典现场。

游艇渐渐驶近码头，会场里早已人山人海，鼓乐喧天，当地民众载歌载舞，仪仗队护送着郑和雕像进入会场，爆竹声声，礼花纷飞。稍后，花车队又把“凤凰号”的勇士们迎进庆典会场，身着不同民族服饰的少女们分别向勇士们献上了花环，马来传统的鼓乐队、中国的龙狮舞、印度风格的迎宾曲组成了一个欢乐的海洋。

在雷鸣般的掌声中，纪念郑和下西洋600周年庆典仪式进入了高潮。中国驻马来西亚大使、香港凤凰卫视执行副总裁、太仓市委宣传部领导以及马来西亚政府官员分别发表了热情洋溢的讲话，人们满怀深情追溯郑和航海的伟大历程，颂扬郑和把海洋文明传播世界的丰功伟绩。

太仓市与马六甲州互赠了象征和平友谊的郑和宝船模型，以及华人南洋创业的纪念座雕，太仓市委宣传部领导致辞发言：“600年前，郑和率船队来到马六甲，架起了友好交往的友谊之桥，从此，我们变得不再陌生和遥远。大海虽然广阔，但我们向往和平正义的海洋文明，渴望友好交往的心始终贴在一起。”会场上响起了经久不息的热烈掌声。

在庆典仪式上，马六甲州举行了精彩的文艺演出，人们上演了舞蹈、歌唱、丝竹表演等节目，回顾郑和的传奇故事，歌颂郑和的丰功伟绩。当地华人在音乐声中唱道：“满天的朝霞映红了大海，大溪河畔驶来了三保的船队，三保带来了中国的宝物，三保带来了友好的情谊，姑娘们喜爱中国的丝绸，老人们爱品中国的茶叶……”一幕幕歌舞把人们的思绪引向那个久远的年代。

海峡惜别又扬帆

据说，“马六甲”地名的由来，源自大溪河畔一种油果树名称的谐音。马六甲很少有人到过太仓，但有许多年长的华人都知道中国太仓这个地方，因为太仓是郑和航海的起锚地，在许多马六甲华人心中，太仓是与郑和的名字连在一起的航海圣地。在庆典仪式的当天，马六甲各大报纸套红刊发了大幅图片和报道。一位华人工作人员激动地对我说，今天举办的郑和下西洋600周年庆典仪式，圆了当地华人的一个梦，一个怀念郑和的梦，一个感恩郑和的梦。

600年前，郑和下西洋来到马六甲，建立贸易中转站，本本分分地做生意，催生了商贸之城的崛起，带给了马六甲一方繁华。在大溪河畔，还没等庆典仪式结束，一位华侨老人就挤过人群对我说，能不能给他一份来自郑和航海起锚地的情况介绍，当他如愿以偿拿到图片和影视资料后，一直双手紧握地抱在怀里，就像得了一件无价之宝。老人说，因为郑和带来文化传承，马六甲有许多人很喜欢太仓的江南丝竹，他还组织了一个丝竹乐队，经常举办丝竹演奏活动。

庆典仪式结束后，我们来到马六甲郑和文化馆，走进文化馆中，我们瞬时被丰富的馆藏资料吸引住了，这里不但有太仓郑和纪念馆的彩色照片，还有太仓郑和研究的成果资料，我们还清楚看到了费信、周闻、匡愚、陈常、郁震等太仓籍人士当年跟随郑和七下西洋的珍贵资料。要知道，在异国他乡建这样一个文化馆绝非容易之事，为了纪念郑和下西洋600周年，华人、华侨出资在马六甲郑和官仓遗址上建造了这样一个郑和文化馆，总面积达8000平方米，共有三个楼层，馆中展出内容分别为郑和在中国、郑和在马六甲、郑和宝船三大部分，馆内还展示了郑和下西洋所带的数百件瓷器、海产品、宝船模型等。在文化馆的庭院中，还耸立着一尊高大威武的郑和花岗岩塑像，也是为了迎接郑和下西洋600周年，专门从中国广东用花岗岩雕刻好后运过去的。在郑和的雕像前，年逾花甲的华侨林老先生说，他和当地几位华人用了毕生的精力在研究和搜集郑和资料，因为郑和是一个值得纪念的伟大人物，马六甲人世世代代不会忘记郑和的恩德。忘记郑和就是忘记了自己的祖宗，就是忘记我们的根，郑和将永远活在我们海外华人的心中。

在郑和文化馆里，一位华人教师对我说，中国人从来没有在别国修炮台的习惯，郑和率领大军途经马六甲海峡，震慑了横行海上的海盗，促进了华人对南洋的开发。一位华侨老先生怀着对郑和的敬重之情，写了一首怀念郑和的诗作念给我们听，只是我在匆忙之中，没能记下诗稿的原文，依稀记得其意为：郑公壮举，天下无双，渡海如履，壮怀烈烈，恩泽南洋，没齿难忘……太多的话语，太多的情感，寄托着华人心系中国的情感纽带。一个华裔妇女在庆典现场热泪盈眶地说道："中国现在强大了，我们华人的腰杆也硬了，今天，为纪念郑和举行这么隆重的庆典仪式，我真是太高兴了!”

在马六甲州举行的招待会上，马六甲政府官员和当地华人代表纷纷发言，他们说，殖民者给马六甲带来的是枪炮、是掠夺、是血与火、是深重的灾难，中国明代的郑和不仅是一个伟大的航海家、探险家，他也是一个伟大的和平友好的使者，郑和带来的是和平友谊，郑和友好交往的航海精神也是马六甲的宝贵财富。

下午2时，在郑和雕像前举行了祭拜仪式，船员们登上“凤凰号”前往苏门答腊岛，游艇绕行一圈后，汽笛一声长鸣，大家依依挥手惜别，“凤凰号”在马来西亚护卫艇的护航下向前方驶去。那一刻，我置身在波浪滔滔的马六甲海峡上，不禁想起了孙中山先生在《建国方略》中说的话：“乃郑和……为中国超前轶后之奇举；至今南洋土人犹有怀想三宝之雄风遗烈者，可谓壮矣。”郑和曾经说过一句话：“欲国家富强，不可置海洋于不顾，财富取之海上，危险也来自海上。”郑和的告诫我们岂能忘记，我国是个大陆国家，也是一个濒海国家，拥有的海洋面积占国土面积的三分之一。海洋属于全人类，近海是我们的家园，我们必须发展海洋经济，巩固我国的海洋大国地位。

在离别马六甲的前夜，我又来到三保井旁，喝下一杯清澈甘甜的井水。当地流传着这样的传说，客人喝了三保井里的水，就会想起郑和的伟绩，不忘郑和的恩德。我们举办纪念活动和电视行动，就是要使人们认识海洋、亲近海洋、热爱海洋，增强海洋意识，沿着郑和的足迹走向大海，开辟海上新丝路，实现海洋强国梦。

在科技工作中贯彻创新引领战略

潘红忠①/口述　宋祖荫/整理执笔

“科学技术是第一生产力。”我离开科技工作岗位3年多了，曾经担任过3年的市科技局局长，如今调任沙溪镇党委，主持全面工作。在执掌或权衡一方经济社会发展大势时，我常常用先进的理念、科学的思维审慎决策，帮助指导。当年在科技局工作时养成的良好作风与习惯，与科技部门同事们结下的情缘，至今让我受益。

进入新常态下企业的发展，经济的崛起，同样离不开科技创新的引领。坐落于我们沙溪的太仓生物医药产业园，集聚了国内顶级的技术和团队，开展系列新药的研发，此举为沙溪经济发展、利税上缴、人才培养等方面做出了很大贡献。作为“中部引领”的沙溪，围绕“建设现代化新型小城市”战略目标，科技创新的新动能无疑给沙溪的崛起注入了澎湃活力。近日，我们正与沪上一家海外生物医药研发机构洽谈项目，准备引进国际先进前沿的药品中试项目，为人民群众医疗健康提供保障服务，也为广大癌症患者带来新的福音。眼下虽然不是每天与具体的科技项目打交道，还有规划发展、社会管理和公共服务等大量工作要做，科技是总盘子中的一部分，只要涉及科技工作层面，总觉得格外兴奋，可谓游刃有余，如鱼得水。

科技之花　春色满园

我们国家改革开放是从教育科技领域起步的。记得1978年3月全国科学大会的召开，标志拥抱着科学春天的到来。于是各行各业百废待兴，人民群众欢欣鼓舞，我们的国家逐步走上拨乱反正的发展轨道。

---

① 太仓市沙溪镇党委书记。

沿江沿沪的太仓，历来崇尚科教，人才辈出。40 载春秋，沧海桑田。在科教兴市的召唤下，太仓科技教育事业走在前列，科学技术为经济社会发展插上了腾飞的翅膀。经过多年的积累，太仓科技发展取得了不俗的业绩。

进入新世纪后，本着“科技服务企业，服务经济，服务社会，服务人才”的精神，太仓科技发展跃上了新的台阶。10 多年来，科技工作的奋斗目标是加快高新技术产业化发展步伐，积极应对 WTO 的挑战，推动农村科技革命，促进农村经济结构调整；搞好技术市场管理，加快科技成果推广步伐；搞好科普工作，提高全市干部群众的科技文化素质；加强自身建设，提高科技管理队伍素质。并在申报科技进步成果、专利发明、技术创新等方面取得了较大进展。

2004、2005 年，太仓市科技创业园暨留学人员创业园、太仓软件园相继成立。太仓软件园是以软件开发、科技创新、电子商务、服务外包、文化创意、新材料、新能源、节能环保及创业人才为重点的高新技术产业基地。2010 年，被江苏省科技厅命名为“江苏省高新技术产业园”“江苏省文化产业基地”。

我们还聘请 8 位中科院上海分院专家担任太仓科技顾问。于是各种技术引进、项目考察、课题研究等风生水起，尤其是接轨上海智力人才引进、院校科研成果转化等开展多种形式的交流合作。

近年来，我们向优秀科技专家、专业技术拔尖人才、高层次紧缺型人才颁发证书、资助签约，还组建知识产权审判庭，标志着知识产权走上司法保护之路。建设并通过了“江苏省可持续发展试验区”专家验收，后来又荣获“国家可持续发展实验区”，还挂出“中德企业合作基地——全国联合保护重点基地”牌子，用知识产权的形式保护德资企业的合法权益。

“无中生有”　虚事实做

2011 年 1 月，奉组织之命，我从双凤镇调到市科技局工作，担任一把手。当时，太仓科技创业创新风头正健，创新创业人才引起社会瞩目，太仓还获得国家科技部授予的“2007—2008 年度全国科技进步先进县（市）”的金字招牌。

面对全市科技企业人才发展的良好态势，我和同事们一起深入基层一线，走访企业，倾听需求，为经济社会发展开出科技“药方”。当时，全国各地正在开展技术转移、引进和消化。由我们科技局出面，与中科院上海分院、华东理工大学、上海交通大学、上海理工大学、东华大学等5家国家技术转移中心，签订《国家技术转移联盟太仓工作站协议书》，利用太仓的沿沪资源优势，力争把各个学科的顶级领军人物揽到手中。

所谓“无中生有”、虚事实做，是指我们转变观念，开动脑筋，化难为易，特事特办。众所周知，太仓迄今只有一所高职院校——健雄职业技术学院，当时太仓有关领导筹划创办大学科技园。作为科技局长，使命在肩，我便迅速与省科技厅相关处室取得联系。科技处有位领导对我说，你们地方上没有大学，何来大学科技园？眼看大科园的计划要泡汤，于是我灵机一动，说我们创新办学方式，组建了健雄联合研究院，由沪上8所高校院所共同参与。于是，这位处长松了口气说：“这倒是个方法，行。”在省科技厅大力支持下，太仓大学科技园得以如约挂牌。

记得当年还有开展生命科学领域高端研究的太仓生命信息研究所成立，投资8亿元的新药研究中心——昭衍（苏州）新药研究中心开业，与东南大学建立太仓市东南大学重大技术成果转移和转化中心，与中科院上海技术物理研究所成立太仓光电技术研究所，与中国科学院计算技术研究所太仓分所成立太仓中科信息技术研究院，这几件有效推动太仓科技发展的大事，至今还产生着较大的影响力。太仓举办主题为“创新、交流、合作、发展”的2011科技·人才双百对接洽谈会，来自中科院、上海交大、东南大学等24所国内知名高校院所的150多名专家教授和太仓100多家科技企业负责人进行对接，这些看似虚事，但对企业来说却很实在、实用和实惠。

“十二五”期间，我们太仓新增国家级科技创新载体5个，省级科技创新载体9个。全市拥有研究生工作站55家，省工程技术研究中心35家，省外资研发机构21家，省院士工作站3家，省级研发机构总量较“十一五”期间累计增加93家。

科技服务　对接企业

从科技人才双百对接，到科技创新工程推进，我们科技部门注重服务企业，服务人才，不断提升服务的效能。通过“政策进企，项目助企，人才强企，金融扶企，合作支企”主题服务，不断为经济转型发展提供支撑。仅2012年，我们就举办了多场科技人才活动，有科技人才金融信贷资金的“科才通”，有“科技创新助推转型”专家咨询团，有科技人才企业与高校人才对接洽谈……这些以人为本的活动，增强了太仓对各类人才的吸引力。

以民营科技企业为主，进行市场化运作的太仓科技创业园，重点开发生物医药、电子信息、新材料、新能源、节能环保及服务外包、文化创意等产业，以培育战略性新兴产业源头企业和创新创业领军人才为目标，吸引海内外高层次人才和团队前来创业。至2012年，园区先后被认定为国家级科技企业孵化器、国家大学生科技创业见习基地、省级留学人员创业园、省级博士后科研工作站、省级小企业创业示范基地、省三星级中小企业服务机构。

高新区是太仓经济开发的“升级版”。由于种种原因，开发区转型为高新区遇到了体制性障碍。于是我们想方设法申报。为了晋升省级高新区，我与省科技厅处长再三沟通，说明来意。科技厅领导说，你们不是来要资金、跑项目，而是搭平台、建载体，确实站得高，有超前的眼光，我们被你们的诚意所折服。于是，太仓高新技术产业开发区（筹）于2012年6月经省政府批复筹建。

斯迪克新型材料（江苏）有限公司兴建于2010年，主要生产高科技多功能膜复合新材料，产品主要用于电脑、手机、新型显示、家用电器等电子产品以及新能源汽车制造、建筑节能等领域，是三星、华为、中兴、小米等多家国际知名企业的稳定战略合作伙伴。作为重点科技企业，我们定期联系企业，通过“政策进企，项目助企，人才强企，金融扶企，合作支企”的“五企服务”，帮助公司迅速成长。几年内，先后获“国家火炬计划重点高新技术企业”“江苏省创新型企业”等省部级荣誉称号10多个，建有江苏省科技创新团队、院士工作站、工程技术研究中心等，公司产品不仅畅销国内，而且远销欧美、东南亚等22个国家与地区。像这样的科技型、人才型企业还有中美冠科、金盟、昭衍等。

“助力创新引领，助推转型升级”，这是新形势下我们提出的科技工作服务宗旨，我们把它当作工作的座右铭，通过“创新进取，争先进位，主动进入”，努力实现“一年突破，两年提升，三年跨越”的目标。围绕创新引领，转型升级，我们创造性地开展各项服务工作，如切实加大财政投入。我在科技局工作期间，政府年度财政科技经费投入从1000万增加到3000万，从而带动了企业和社会的研发资金投入，具有“四两拨千斤”的作用。“十二五”期间，全市获批上级项目300多项，争取科研经费近2.4亿元，较“十一五”增长4倍多。全市拥有科技型企业463家，其中高新技术企业221家，国家火炬计划重点高新技术企业13家。高新技术产业产值占规模以上工业总产值比重为35.2%。拥有国家“千人计划”人才24

人，其中自主申报4人；拥有江苏省创新团队4支，省双创人才40余人，省双创博士19人。

科技服务只是我们做好科技工作的一个方面，作为政府职能部门，我们务求在科技企业、科技人才之间搭起沟通的桥梁、联系的纽带。“十二五”期间，我们太仓以“科技创新能力走在全省前列”为目标，大力推进苏南国家自主创新示范区建设，科技创新能力位列福布斯县级市第6位，获评“全国科技进步先进市”“国际知识产权试点市”“江苏省创新型试点市”，并顺利通过国家可持续发展实验区验收。

走进数字电视新时代

钱永泉

20 世纪末，当人们越来越多关注数字化时，数字电视终于横空出世，立即引来了一片惊叹声；曾几何时，“数字电视技术革命”的浪潮席卷全球，呈现出广阔而美妙的前景，使整个世界为之震撼。

迎来新世纪的曙光，我国改革开放的步伐不断加快，为了适应广电事业发展的新形势，太仓市广电局体制改革实施方案破茧而出。2002 年，相继建立了广播、电视、网络“三个中心”。随之，又推出了“局台合一”的改革举措，建立了“太仓市广播电视总台”。从此，广电事业步入了快车道。为了在全市城乡架起连接千家万户的数字化“彩虹”，丰富和满足广大百姓日益增长的文化需求，服务太仓经济社会的快速发展，太仓广电人瞄准数字化技术革命的新成果，顺势而为，果敢出击，打响了一场数字电视技术革命成果普及应用的大决战。

2006 年年初，太仓广播电视数字化基础工程建设在娄东大地上拉开了帷幕，实现了年内有线电视传输“户户通”；2007 年又完成了广播电视数字化播出平台和网络改造工程建设；同年 9 月至 2008 年 3 月，太仓进入数字电视整体转换实施阶段。在短短半年时间内，太仓数字电视以迅雷不及掩耳之势走进千家万户，融入了人们的文化生活。太仓广电人仅仅用了两年多时间，接连跨出了三大步，相继在数字化传输工程和播出平台建设，以及数字电视整体转换工作中，取得了一系列突破性成果，从而跨越了国内外数字电视诞生应用十年的发展之路，一举改写了广播电视的成长发展史，太仓成为全省首批数字电视先进（县）市。

恰逢其时，笔者有幸与大家一同走过那段艰难的创业之路，当年那一件件紧张纷杂的往事，一幕幕生动鲜活的场景，至今令人历历难忘。

起步——曾从这里开始

电视曾经是人们生活中的奢侈品。

“20 世纪 70 年代初，每天学校放学后，我就一口气跑到村里去看电视。那时候，全村仅有一台黑白电视机，每天晚上电视机前总是挤满了围观的人群，电视屏幕上那些活灵活现的图像，着实让人感到无比新奇和兴奋。一次，大门被人锁住了，我不顾一切地翻墙过去，不料摔在地上，手脚都被划破了，我仍然义无反顾地拐着腿挤到人群中……”太仓电视台成立 15 周年征文活动中，有位作者写下的这段话，着实唤醒了许多同龄人的记忆和感慨。

其实，早在 1959 年 4 月，太仓便拥有了第一台黑白电视机。然而，10 多年过后，电视在许多人的心里，依然被蒙上了一层神秘的面纱。人们也许还会记得，那个年月里，电视机是“名贵家电”和“紧俏商品”的代名词，曾让许多人望而兴叹，直至 20 世纪 70 年代的后期，彩色电视机才步履姗姗地进入了寻常百姓家。

1978 年，改革开放的浪潮迅速席卷华夏大地，电视的普及迎来了新机遇。那时候，只要抬头望一眼四周屋顶上到处林立的电视天线，你就想象得到电视传媒的普及，电视几乎成了人们不可或缺的生活必需品。20 世纪 90 年代初，传播丰富多彩的电视节目是时代变革的大趋势，也是广大老百姓的迫切愿望和要求。在此背景下，太仓开始着手筹建第一座电视转播台。1992 年 6 月 4 日，太仓电视台在人们翘首盼望中正式开播，这是太仓广播电视事业发展的一个转折点，也是一个新起点。此后，在人们的普遍关注下，从模拟电视的播出，到数字电视的普及，太仓广播电视的发展步伐越来越快，迈出的步子越来越坚实，一路伴随着人们走进了新世纪。

当时代的变革来临之际，各种新事物的涌现总是让人目不暇接。20 世纪末，电视的发展更是超出了人们的想象，开放式电视播出日益兴盛之时，有线电视的优势便初露端倪，相关的项目建设摆上了议事日程。对于广电人来说，实现有线电视“村村通”的新目标，这是电视发展进程中的又一道新门槛，也是数字电视普及必须先行的基础工程。

有线电视网络工程建设涉及千家万户，在实施过程中，不仅资金投入大，站点分布广，工程难点多，而且太仓紧邻上海，开放式电视信号强，许多人认为拉根天线照样看电视，要不要有线电视无所谓，原先的优势反而成了有线电视“村村通”工程的阻力。同时，随着全市各地建设步伐的快速推进，城乡居民住宅建设、重点项目工程建设、交通道路建设日新月异，沿途管线工程重复投建的风险也在加大，有线电视的普及遭遇诸多牵制，愈加变得举步艰难。为此，广电部门立足长远，迎难而上，先后制定了“加大宣传发动、分步规划实施、树立典型引路、加大扶持力度”等一系列举措，循序渐进，科学施策，突破难点和阻力，确保了有线电视“村村通”目标的实现。2003 年，太仓成为江苏省首批有线电视示范县（市）。

世纪之交，各种新潮的电子产品不断面世，许多人忙于追风和猎奇之时，一场数字电视技术革命的风暴已经悄然而至。人们哪会知道在一觉醒来时，仿佛平静的海面上掀起了万丈波涛，数字化的风暴搅动了整个世界。尤在商界和相关的行业，人人都在谈论数字电视，数字化引发的新兴产业，更是一石激起千重浪，人们各显神通“试水”淘金，发展之势如火如荼。数字电视新技术的普及应用，已经打造出一条全新的产业链，举目看世界，网络公司、传媒集团、设备制造商、软件公司、金融投资业纷纷跻身上阵，恰似百舸争流驶向商海，顷刻间，市场竞争浪花飞溅。其实，早在 1998 年数字电视一经面世，便受到了消费者的青睐。同年 11 月，美国四大电视网旗下的 41 家电视台纷纷登场，洛杉矶等 10 个城市同时宣布开播数字电视节目，此后的 5 年间，美国已有 84 个城市 244 个电视台开播了数字电视，数字电视覆盖率达 75%。美国“大象”在一路狂奔，西方发达国家闻风而动且大有后来居上之势，2005 年，欧洲大陆数字电视用户已达 900 万户。数字连接世界，数字改变生活，数字化带来的变革让人始料不及，一场没有硝烟的战争已经打响。广电人清醒地认识到这场波及全球的激烈竞争，正在改变着整个世界，数字电视的普及是一个国家、一个地区迈向数字化、信息化最便捷、最有效的基础工程，也是推动科技进步的重大战略，不仅有着不可估量的社会效益，而且将会给全球带来数以万亿计的巨大商机。在这场前所未有的变革中，太仓广电人岂能熟视无睹，置身事外，从而坐失良机？

变革——迎来一场风暴

2006 年春夏之交，在日渐长高变靓的新城区楼群中，坐落在锦州路上的原广电大楼早已变得不再那么显眼。可是，近日来夜幕降临的时候，大楼里总是灯火通明、人影晃动，时而隐约传来激烈的争论声……夜深人静，万家灯火，广电大楼里一反常态的情景，吸引着过往行人的好奇目光，人们不禁在寻思，广电人又在忙啥事，为何总是夜不思归？

其实，在那一个个不眠之夜里，太仓广电人正在聚焦数字电视项目建设的议题，进行着一场旷日持久的学习讨论。数字化广播电视工程建设究竟该怎么搞？大家围绕资金上、技术上、人员上、时间安排上等一连串难题，群策群力，各抒己见，一次次寻找着最佳的方案。早在2003年下半年，太仓广电人的目光就已投向了数字电视，有关人员先后对数字电视进行了实地考察和研讨。无奈，那时的太仓虽然实现了有线电视“村村通”，但在数字电视系统工程中，仅仅只是“冰山一角”，且不说原先的基础工程存在着技术缺陷，必须进行全面的升级改造，更令人着急的是从“村村通”到“组组通”，再要拓展为“户户通”，还必须要走很长的一段路。广电人深知，如果基础设施不完善，数字化新技术就难以落地，数字电视的普及也就无从谈起。况且，当时不仅缺技术、缺设备、缺资金，而且国内还没有成熟的案例。因此，人们只能埋头苦干，积蓄力量，伺机而动。可是，也就从那时候起，数字电视的星星之火已在大家的心中点燃。这些年来，太仓广电人紧盯数字化技术应用的创新发展，踏上了一条探索之路、攀登之路。

数字化技术革命的冲击波，同样引发了一场转变观念的风暴。太仓广电人的心里越来越明白，数字电视的普及是科技领先的一项基础工程，它是一道全新的课题，更是一场前所未有的挑战，广电人身处其中必须有所担当、有所作为，改革正当时，今日不作为，更待何时？大家心里的一份危机感、一份责任感，凝结成一份共识，当一场酝酿已久的数字化技术革命来临时，与其跟在别人的后面看一步走一步，安安稳稳地过日子，不如就此痛下决心，冒点风险，奋起出击，三步并作两步走，攻坚克难，锐意创新，一举占领数字电视普及运用的制高点，不给广电事业的发展留下历史的遗憾。

初夏的夜晚，白天的余热未消，空气中散发着阵阵热浪，使人有些气闷难忍。此时，广电会议室里更是气氛凝重，与会者在持久的论证中，一次次寻找着创新的突破口；在反复的答辩中，一遍遍梳理最终的解决方案。经过一连数个月的学习探讨，持续百余次的分析论证，太仓广电人智慧地构建出数字电视工程建设的路线图，人们终于露出了会心的笑脸。太仓广电人深知，抓紧抓好数字化基础工程建设，利在当下，功在千秋，必须知难而进，为科技强市做出一份应有的贡献。在这场没有硝烟的战场上，广电人已经没了退路，只有找准方向，找对方法，奋起直追，才能走出一条成功之路、希望之路。

说来颇为意味深长，20世纪末，数字电视似乎近在咫尺，但见得“山雨欲来风满楼”，可是在等待多年后，却依然“只刮风不下雨”，始终“只见楼梯响，不见人下来”。为何数字电视问世多年后，却迟迟未能被人们视为“知心朋友”？其实道理很简单，一项新技术的运用，必须强根基、强实力、强技术、强人才，具备与之相应的基本条件，才能在激烈的竞争中一举胜出。在数字电视普及应用的过程中，不仅需要巨额的资金投入，而且首先要解决好庞大而繁杂的基础工程，广电人必须找准有效的途径、有效的方法，建立相应的运作机制，推动科技创新，才能最终实现“弯道超车”。

2006年6月，太仓广电出台了数字电视发展规划纲要，确立了2007年全面实施数字化基础工程建设，2008年年底启动数字电视整体转换的总体目标。此后，根据创新求变，加快发展的新形势，总台领导班子多次及时调整决策部署，提出了2008年实现全市“迎奥运，看数字电视”的新目标。变化总比计划快，太仓广电人咬定新目标发起了全力冲刺，一个似乎遥不可及的梦想，正在逐步走向现实。

发展——超出人们预想

“赤日炎炎似火烧，挥汗如雨施工忙，吃苦受累为的啥？荧屏开出数字花。”不知道是谁，当年在施工日志上写下这首打油诗，至今仍然不能使我忘怀。

世界在变革中发展，事业在奋斗中振兴。向“数字电视技术革命”要成果、要效益、要发展，太仓广电人吹响了奋进的号角。2007年，太仓广电迎来迈向数字化征程的关键年，也是展开大规模“户户通”工程建设的决胜年。这一年，人们为此付出了很多，也收获了很多。

数字电视普及是一项艰巨繁杂的系统工程，首先要完成有线网络双向传输的升级改造，把数字传输线路连接千家万户；其次要完成数字化播出机房及站点的改建重建。太仓广电人面临的工作千头万绪，可是时间不等人，“开弓没有回头箭”，此去前路无退路，在人员少、工期紧、任务重的情况下，只有依靠科学规划，合理运作，打破常规，跨越发展，才能把失去的时间夺回来，才能把发展的机遇紧紧地握在手里。

在市委、市政府的高度重视下，太仓确立当年为“有线电视‘户户通’工程建设落实年”，有线电视建设列为全市的“实事工程”，全市“户户通”工程建设摆上了重要议事日程。市成立了“有线电视‘户户通’工程领导小组”，下设“信息技术攻关”“工程调度指挥”“器材供应保障”等分组，制定下发了《全市有线电视“户户通”工程建设的实施意见》，在全市的动员大会上提出了“动手要早，起点要高；实施要严、质量要好；标准要高，效果要好”的具体要求。市政府与广电部门、各镇分别签订了《有线电视“户户通”目标管理责任书》，形成了“领导分工负责、部门具体实施、各地密切配合、工程包干到站、责任落实到人”的运作机制。有线电视“户户通”工程建设写进了各级政府的工作报告，并纳入了各级领导目标责任制考核体系。人心齐，泰山移。在全市上下的关心支持下，有线电视“户户通”工程得到快速有序的推进。

2007 年 3 月，广电部门在综合分析实际情况后，提出了“全力以赴奋战 180 天，实现有线电视‘户户通’工程城乡全覆盖”的新目标。领导干部深入一线抓工程进度，抓质量把关，抓服务到位，完善责任机制，规范操作流程。严格按照国家标准化要求，实行设备器材集中采购；坚持施工管理全程督查，从源头上把好工程质量关。先后对 10 余工程队进行严格的技术培训和岗位技能考核，先后三次召开技能操作现场会，解决重点难点问题，确保了施工安全和工程质量。

有线电视联网入户安装工作，是实施过程中的关键环节，也是事关成败的最大难题。为此，全市提出了要把有线电视办成让老百姓受益的“惠民工程”、放心满意的“民心工程”。市政府制订了“各方拿出一点资金，让百姓得实惠，真正造福于民”的一揽子解决方案。市财政拨出 500 万元引导基金分发各地，各镇补贴每户入网费 200 元，各村补贴每户入网费 100 元，广电部门对广大用户和“低保户”的入网安装费和收视费也分别实施了减免举措。市、镇、村与广电部门形成合力推出惠民举措，极大地激发了广大用户的积极性，有力推进了“户户通”工程建设进度。

时值三伏盛夏，骄阳似火。广电人顶着炎日在遍布城乡的战线上展开了攻坚战。全市 10 多支施工队伍、30 余个分片包干小组在施工中你追我赶，掀起了热火朝天的劳动竞赛。总台与网络公司通过每周《工作简报》和施工进度日报表，及时掌握面上情况，激励表彰先进典型，推进互相学习交流，合力破解施工难题。市人大、市政协也相继对“户户通”工程建设进行现场视察和指导，帮助化解难题，全市“户户通”工程建设乘势而上，有线电视入户率节节攀升。

新目标、新要求、新思路、新常态，广电人的执着和努力结出了累累硕果。2007 年 6 月初，经过日夜的紧张施工，全市大多数乡镇有线电视网络传输工程接近尾声，人们终于盼来了胜利的曙光。2007 年 6 月 19 日，上级部门考核验收组对太仓进行了首次考核验收，原陆渡镇率先成为苏州市第一个“户户通”有线电视镇；同年7月5日，广电部门召开了“全市有线电视‘户户通’工作现场推进会”，下达了决战7月份、全面完成“户户通”工程建设的新目标。太仓广电人从春到夏，咬定青山，凝心聚力，一路奋进。截至当年7月底，全市有线电视入户率达100%；至10月中旬，全市77个村有线电视用户总数达158955户，按照行政入户率计算达103.7%。数字化基础工程的提前建成，无论从施工进展的惊人速度，还是完成的入户率，都双双超出了预想，为数字电视整体转换奠定了坚实的基础。

跨越——吹响奋进号角

2007年7月1日，迎来了党的又一个生日，在党员学习纪念大会上，太仓广电总台郑重宣布，从当年8月份起，提前启动实施数字电视整体转换工程。当时，全市有线电视“户户通”工程已进入倒计时，尽管大家征尘未洗，还未来得及喘口气，但在沿海发达地区数字电视普及应用的市场争夺战中，早已烽火弥漫，各路争先。机不可失，时不我待，太仓广电人必须马不停蹄连续奋战，才能在激烈的市场竞争中夺取主动权。决战数字电视整体转换的动员令，迅速传达到每个广电员工，总台上下群情激奋，斗志昂扬，纷纷写下请战书，立下军令状，决心以新的姿态迎接一场新的挑战、新的考验。

也许人们未曾忘记，世纪之交活跃在国内数字电视产业发展舞台上的，并非是主导的行业和部门，竟然是电视机的生产商。1999年，比尔·盖茨会盟中国深圳提出“维纳斯”计划，国内各路电视生产商纷纷向消费者抛出“绣球”，接连不断地推出各式高清电视。然而，数字电视的普及却是姗姗来迟。当消费者满怀欣喜地捧回了高清电视机，结果却发现没有令人惊异的视觉效果，这种一厢情愿的问题究竟卡在哪里？原来，市场销售的数字电视机并不能直接收看数字电视节目，其原因是数字电视机虽然采用了相应的数字技术，但缺失了数字化播出传输及解码与解密的环节。市场上所谓的高清电视机，仍然只能接收原有的模拟电视信号，所以，数字电视问世多年后，依然风吹草低不见“牛羊”。道理很简单，当人们不能享有相应的技术配套服务，数字电视机只能是一件“摆设”，而要想取得令人满意的视觉效果，必须破解数字化传输和接收“最后一公里”的难题，只有实施数字电视整体转换工程，才能使广大用户真正领略数字电视的精彩视效。

2008年，我国提出广播电视数字化是国民经济和社会信息化的重要组成部分，在坚持正确方向，确保文化和信息安全的前提下，为丰富人民群众的精神和物质文化生活，加快我国数字电视产业发展，培育国民经济新的增长点，提速有线电视网络由模拟向数字化整体转换。2008年，通过数字高清晰度电视向世界播出北京奥运会节目；2010年，东部和中部地区县级以上城市、西部地区大部分县级以上城市的有线电视基本实现数字化；2015年，基本停止播出模拟信号电视节目。实现由电视生产大国向数字电视产业强国的转变，这是国之战略，也是民之所盼。

为了实现这一目标，广电人责任在肩，只有拼搏，才能捷足先登，让老百姓早日走进数字电视的缤纷世界。为此，广电部门成立了“数字电视整转指挥部”，围绕“加快信息化、数字化基础工程建设，早日实现全市数字电视整体转换”的目标，提出了“理念创新、制度创新、技术创新、服务创新”的总要求，建立了“宣传发动、工程实施、信息技术、器材供应、设备安装、后勤保障”6个“数字电视整转工作小组”。同时，立即着手全面整合资源，加紧项目招标，加快设备安装，全面改造调试线路等一系列工作。各小组接到指令，前期准备工作必须在3个月内完成，这比原计划足足提前了半年多时间。

决战在即，群情高昂。但是，科学的决策才能稳操胜券，统筹规划，周密安排，有序推进，才能优质保量，加快实现既定目标。为此，指挥部围绕“提升人员素质、掌握专业技能、增强服务能力”等环节，同时开设了6个培训班，开展各类专业技能培训120余场次，并建立了一专多能岗位轮训制度，使每个员工掌握操作新技能，熟悉工作新流程，遵守服务新标准。为了与时间赛跑，会议基本都在现场召开，技术培训全部安排在晚间进行。太仓广电人全员出动，枕戈待旦，争分夺秒，重在实效，以实际行动迎来一场前所未有的挑战。

竞争——迎来决战时刻

夏日的一个夜晚，天空中响起阵阵惊雷，一场突如其来的雷暴天气，使许多人从梦中惊醒。2007年8月初，沿途20多台电视信号传输设施遭雷击毁坏，9000多户家庭电视信号突然中断。接到监控警报后，应急抢修分队连夜出发了……这场灾害发生在数字电视整体转换的决战前夕，广电人心急如焚，夜不能寐。但是，谁也没有犹豫和气馁，指挥部立即启动应急备用方案，迅速调集力量没日没夜地组织抢修，前方人员在废寝忘食挑灯夜战，后方人员也马不停蹄展开工作。

连日来，在指挥部的统一协调下，围绕数字电视整体转换的既定目标任务，先后邀请各界人士召开座谈会10余次，反复听取各方意见，修改调整实施方案；又在两天时间内连续召开了6个现场会，针对前期发现的问题，逐一组织规范化操作演示，举一反三提出整改意见，消除各种容易被忽视的安全隐患。同时，在深入学习和调研基础上，连续奋战10多天，及时撰写和印制了《数字电视问答百题》《数字电视用户手册》和《数字电视宣传画报》等宣传资料发到群众的手中，组织拍摄制作了数字电视导视片，开展了声势浩大的宣传发动工作。在数字电视整体转换前期准备工作中，各小组通过反复演练和磨合，相继形成了“任务明确、目标明确、分工明确、责任明确”“当天事、当天做，有疑难、现场解，遇问题、有担当”“不因失误留隐患，不因工期降质量”等一整套高效运作机制和督查机制，数字电视整体转换工程进入了最后的关键时刻。

夏日炎炎，热浪滚滚，广电人争分夺秒地抢进度。每天早上5点多钟，各组人员便已投入紧张有序的工作之中；夜晚9点多钟，许多人还在岗位上忙碌着。施工人员战高温，抢时间，汗水浸透了衣裳，湿了又干，干了又湿，谁也顾不上坐下来歇一歇，谁也不想落后于他人，大家只有一个心愿，一定要保质保量完成目标任务，用实际行动改写广电发展的历史。

宣传组冒着酷暑出发了，在市区和镇村分别设摊进行讲解，引导群众加深对数字电视的认知度和参与热情。大家每天赶场子轮流设摊，接连10多天，许多人磨破了嘴皮，喊破了嗓子，有的声音都嘶哑了，仍走村串户做宣传；呼叫中心开通了24小时客服热线，每天接听的问询电话多达600余个，值机员逐一解惑答疑，最长的一个电话竟解释了2个多小时，当对方满意地说了声“谢谢”后，客服接线员的眼泪也随之而落下；技术人员不分昼夜连续奋战在机房里，安装调试设备、采集相关数据、编制数字化播出流程，大家每天都要忙碌10多个小时。为了确保播出编程无差错，做到一次试播成功，在工作最紧张的时候，关键岗位上的技术人员白天黑夜坚守在机房里，人们称他们为“嫁给电视的人”；器材供应组为了赶工期，多次通过空运及时把关键设备运回来，确保了数字化播出平台安装调试工作的如期进行。

决战的时刻越来越近，广电人进入24小时待命状态。许多人困了，就地打个盹；饿了，啃几块面包；渴了，喝几口凉开水。大家拧成一股劲，只要有任务，哪怕不吃不喝也要坚守在岗位上。许多人下班后接到临时的突击任务，又毫无怨言地投入工作。有付出，有拼搏，就会有收获。太仓广电人克服了一个个难题和挫折，在大家艰苦卓绝的努力下，原定 3 个月的前期准备工作，奋战 40 多天就全面告捷，人们终于见到了胜利在握的曙光。

8 月上旬，数字电视整转指挥部陆续接到各组报告：

——经过第一时间的应急抢修，遭受雷击的用户恢复了正常收视。同时，在沿途新增安装了防雷击设施，可以随时进行信号源的切换，按时开通数字化信号传输。

——数字化广播电视传输机房调试验收工作全面完成，传输播出流程试运行一切正常，可以同时负载传输 250—300 套广播电视节目，随时进行数字电视的正常转播和播出。

——数字化电视节目源采购和定位编排全面落实到位，各地卫视节目微波传输设备成功落地，信息资讯内容编制及数据采集一切正常，试播收看效果达到预期目标。

——沿线各站点传输机房升级改造和重建工作实施完成，各重点部位分别建立了昼夜值班制度，数字化广播电视信号传输同时覆盖城乡 15 万以上的用户家庭。

——“客服呼叫中心”人员经过培训考核，全部到岗到位，全天候呼叫服务启动运行正常，可以随时接受来自各方的查询和报修电话。

——数字化传输机房领导值班制度、抢修小组值班制度等全面落实，各重要岗位全部建立了双人值班机制，有关人员进入 24 小时待命状态。

——技术人员连续奋战 10 多天，在每日午夜 1 点后对各站点光电线路进行连接合并和切割转换，经多次测试传输信号一切正常。

广播电视数字化试播演练开始了。机房里，各种信号指示灯在闪烁跳动着。监视器前，人们屏住了呼吸，只听见电流通过一排排转换器发出的“唰唰”声。现场人员紧张有序地值守在各自的岗位上，有的忙着测试信号采集数据；有的反复演示着操作流程，一遍又一遍地熟悉应急方案；有的全神贯注坚守在电话机旁，随时准备接听指令……经过全方位、全要素的实地检查验收，所有采集数据全面达标，人们终于等来了指挥部下达的指令：“准备——开机。”漫长的等待仅仅只有几十秒钟，各方汇总而来的信息表明，一次性试机成功，消息传到指挥部，整个监控机房里沸腾了。指挥部为了确保万无一失，又接连组织了三次演练和重复测试，相继取得圆满结果，大家的激动之情溢于言表，人人脸上喜笑颜开。

2007 年 8 月 26 日，广电人怀着激动的心情，开始对数字电视进行定点试播的终极检测验收，从城区到各镇，从社区到偏远农户家庭，各地信号测试和连机试看的报告，通过电波源源不断传到指挥部："城区信号正常，连机收看画面清晰"；"浏河信号正常，连机收看画面清晰"；"沙溪信号正常，连机收看画面清晰"……

指挥部的检测报告出炉之时，许多广电人激动地含着热泪，大家奔走相告，所有的汗水没有白流，所有的付出终于有了回报。

2007 年 9 月 1 日，数字电视整转指挥部宣布：首先在世纪苑小区进行数字电视整体转换入户安装工作。在试装收看取得圆满成功后，当年 9 月 6 日起，在主城区各小区全面开展了数字电视整转，年底完成主城区数字电视整转，2008 年 3 月底前，实现全市数字电视普及应用全覆盖。数字电视包含了各地卫视节目，以及教育、时尚、汽车、美食、棋牌、球赛、游戏、电影、电视商城等一大批专业频道。同时又可提供多套广播节目、政务信息、便民服务、房产资讯、天气预报等信息，可谓林林总总，应有尽有。不仅让人们的视界更广阔，视觉更清晰，而且提供了可选择的互动电视节目，以及信息资讯，使人们获得了更多的便利、更多的主动、更多的选择、更优的服务。

超越——结出美丽硕果

时针拨回 2008 年新春前夕，一名记者曾经这样描述："清晨，广电大楼前人头攒动，人们在不断地询问，什么时候才能拿到机顶盒？数字电视普及工作开始以来，每月数以万计的用户大量涌入，已成为不争的事实。可是，数字电视机顶盒断货了，眼前的一幕幕情景着实让人喜忧参半……"数字电视整转指挥部的电话铃声从早到晚响个不停，负责器材供应的同志更是手机都被打爆了，各地整转点上的机顶盒相继被抢购一空，机顶盒断货的告急电话纷纷传来，一时让人措手不及。

那年入冬以后，南方遭遇罕见的冰冻雪灾，遍地白雪皑皑，沿途车辆受阻。临近春节，机顶盒货源断档，此时需求高涨，求购机顶盒的人群望眼欲穿，如果中断供应，必将会失去一次难得的机遇，直接影响数字电视普及的进程。为了扭转被动局面，指挥部经与生产厂家反复沟通商定，在节日期间坚持生产直接供货。新春伊始，大批的机顶盒克服重重艰难终于运抵太仓，可是，时下雪灾横扫长三角地区，特大雪灾愈演愈烈，道路运输陷于瘫痪，主城区各加油站中断了燃油供应，运输车辆无法启运送往各站点。情急之下，应急突击队顶风冒雪去周边找汽油，一清早从 10 多里外人挑肩扛把汽油采购回来，满载机顶盒的运输车队缓缓启动出发了。可是，车队刚开出城区后沿途积雪一片，车队行至乡间根本分不清哪里是路，大家只能一边探路，一边前行。然而，通往乡村的小路更是积雪深埋，稍有不慎，车辆就会陷于沟渠。危难时刻，闻讯的各镇村迅速伸出了援助之手，及时组织民兵和志愿者前来支援。人们在道路两旁排起长龙充当路标，运输车辆便沿着两旁的人墙一路前行，当车队把满载的机顶盒运抵各站点时，广电人早就忘了寒冷，忘了疲劳，耳边响起群众的一片欢呼声："春节可以看数字电视了!" 2008 年，广电人虽然度过了一个忙忙碌碌的春节，却成为意外收获数字电视普及应用的一个丰收年。

数字电视入户安装任务面广量大，当大量数字电视涌入用户家庭时，需要进行新旧遥控器信号对接和联网调试。但大多数家庭白天忙于工作，晚上才能上门安装调试，如果安装调试不及时，用户得不到相应的收视效果，极易引发矛盾。针对这一难题，太仓广电人吸取了周边的经验教训，及时与教育部门联系，在各中小学校开设了数字电视知识讲座。30 余名广电技术人员深入学校开展演示讲解，在全市培训了 10000 余名小技术员，不仅在学生中普及了信息化、数字化相关知识，而且成为数字电视进村入户的好帮手。每天数以万计的机顶盒发到群众手中，学生们成为邻里之间的"小能人""小专家"，这不仅减轻了技术人员的压力，而且确保了数字电视整体转换的平稳实施。太仓的创新之举，赢得了上下一致的赞誉，有关部门的一项民意调查表明，全市数字电视工程及收视质量满意率达 99.9%，数字电视入户安装服务满意率达 98.5%，谱写了太仓广电发展史上的辉煌篇章。

2008 年 3 月下旬，冬日的严寒渐渐散去，娄东大地春意盎然，数字电视普及也沐浴在一片明媚阳光中。太仓广电人"规划科学、组织严实、实施周密、方法灵活、速度快捷、成效突出"，连续奋战 150 余天，实现了"一次性整转、一次性断模"的圆满成功，各项指标创全省之优。全市数字电视用户达 151000 余户，数字电视入户安装普及率达 96% 以上；先后发放机顶盒 50 余万只，全市模拟电视"断模率"达 100%。从此，太仓一举告别了模拟电视时代，从而跨入全省首批数字电视整体转换先进县（市）行列。省考核验收组专家认为，太仓在数字化广播电视普及应用工作中创造了一个奇迹，这是一个值得总结推广和可供各地借鉴的成功实例。

"转了，变了，数字电视更精彩了。"在听到人们街谈巷议时，你能体会到广电人发自内心的喜悦心情吗？送走晚霞，迎来日出，广电人在数字电视工程实施过程中，横下一条心，敢为人先，奋力拼搏，仅用不到3年的时间，走完了数字电视普及应用已经走过的10年之路；从起步运筹到全面实施，在1000多个日日夜夜里，太仓广电人呕心沥血，攻坚克难，一人干出了几个人的活，一年干出了数年的活。虽然有人抱怨过，但谁也没有想要离开过。为了这一天，许多人几乎没有睡过一个安稳觉，没有过一个完整的节假日；有的人累病了，仍然一边吃药一边坚持上岗；有的为了不影响工作，就把年幼的孩子送到乡下给老人照看。有一位才办了退休手续的老职工说："让我帮着大家搭把手，一起干完这阵子活再回家养老，我不要任何报酬，这是我的心愿。"一位工程负责人说："数字电视工程开始时，我买了一辆崭新的摩托车，工程快结束了，车也用得报废了，值了。"在数字电视整体转换的那年春节期间，先后有5人主动推迟了婚期。人生难得几回搏，太仓广电人为了实现企盼已久的一个梦想，流过汗、流过泪，笑过、哭过，但谁也没有动摇过、懈怠过，更没有人放弃过，广电人用坚韧和努力，在发展之路上跨越了一个新的里程碑。

架起绚丽的彩虹，播种缤纷的银屏。展望未来，智能化实用技术与数字电视的"结亲"，必将使世界变得越来越小，也越来越不可思议，数字技术也将更加广泛地融入人们的生活。在改革开放的变革中，广电发展的步伐也会越来越快，广电人又在筹划建设广播电视传媒中心、打造设施一流的多功能电视演播厅、购置多频道电视转播车、建立新媒体播出平台等新目标，团结一致，继往开来，太仓广电人迈出更加坚实的步伐，加快广播电视事业的新发展，实现面向未来的新梦想。

民生档案见证百姓幸福生活

洪建龙[①]/口述　宋祖荫/整理执笔

回眸改革开放以来太仓档案事业的发展，作为一名基层档案工作者，倍感亲切和自豪。随着人民生活的日益改善，对民生档案的需求也越来越迫切。查询一件档案，还原一段历史，可能改写一段人生，成就一个辉煌。因此，尘封的档案被有效开发利用，充分发挥档案的功能与价值，为百姓生活和社会发展提供真实依据，这就是档案所赋予的力量和作用。

1989 年，我从部队转业，被安置在政府档案部门，起先当驾驶员，后来在机构改革中被安排到档案局保管利用科。经过 10 多年的岗位历练，终于成长为一名业务精湛的档案工作能手。在我从事档案工作的经历中，亲身经历和耳闻目睹档案与老百姓的密切相关，寻找档案、发现档案、利用档案，这些原始的、历史的档案重现天日之时，包含着多少人等待和期盼的喜悦泪花。

资源扩容：丰富完善民生档案

我们太仓市档案局（馆）是一套班子、两块牌子，也是太仓市政府信息公开查阅服务中心、太仓市电子数据备份中心，也是全省第一家 5A 级数字档案馆、首家县级市“国家示范数字档案馆”、全省首家电子数据备份中心。迄今为止，馆内收入各类档案 22 万余卷，28 万余件，还有书画档案 2000 多幅，照片档案 10 万余张，初步形成具有太仓地方特色的档案资源体系。

记得 20 世纪 80 年代，馆内原有档案 4 万卷，绝大部分为公文、文书类档案。民生档案主要集中于婚姻登记、建房批文、干部任命等，老百姓可查阅的内容比较局限。2009 年开始，我们通过建立机关文档管理中心，

---

① 太仓市档案馆科员。

实现全市机关档案的集中统一管理。目前，50 多家机关单位的档案每年实行定时移交，并通过数字档案馆（室）系统实现档案的在线归档、上传和利用。近年来，我们又接收再生育审批、出生医学证明、60 岁退伍老兵、参战人员、伤残军人、烈士及退役士兵等相关民生档案，以及村民选举档案，目前馆藏民生档案专题库 54 个，占馆藏总量的近 50%。还有丰富的地方特色档案征集，拥有书画、名人、荣誉、礼品、声像等特色专题库 27 个。

太仓档案信息化建设走在全国前列，特别是馆藏档案、进馆单位档案及村级档案 3 个 100% 全文数字化，不仅引领了档案事业的发展，也为老百姓开发利用民生档案提供了有利条件。档案安全体系形成立体防范，重点档案抢救、修复和保护也取得新的进展，成为太仓档案馆的一道风景。

与此同时，基层档案工作全面提升，全市建设了 2 个乡镇档案馆和 1 个开发区档案馆，设立全省首家地税档案中心、现代农业园区档案中心等，全市乡镇档案工作全面达“省三星”，行政村档案 100% 达到“省一星”。2014 年，太仓成功创建全国社会主义新农村建设档案工作示范县。历史文化档案陈列馆等一批固定展馆，以及书画展、摄影赛、人文书籍等，极大丰富了馆藏档案，弘扬娄东古文化，进一步凸显档案文化功能。

近年来，我们档案部门创新举措，2012 年在全市 6 个镇设立民生档案基层查阅窗口，2013 年延伸至村（社区），2014 年实现所有镇村全覆盖。今年年初，我们还开通“太仓档案”微信公众号平台，设置公共服务、档案文化等栏目，搭建了广大群众共同参与和交流的档案发展新平台。目前，我们档案查阅利用系统全年为社会各界提供服务 1.3 万余人次，其中民生档案利用占总数的 80% 以上。

便捷查阅：开发利用民生档案

2009 年，我们全新的档案局（馆）在市行政中心开馆。档案的保管利用条件有了很大提升。宽敞明亮的档案查阅大厅，各种设施齐全，方便市民查阅。每天都有市民络绎不绝地来到这里，寻找昔日的记忆与希望。

我们的档案馆查阅窗口体现“为民服务”，实现了身份证登记、智能检索、全文打印、指纹确认等全程电子化查阅，老百姓查档全程免费、立等可取。乡镇上的老百姓只要持个人身份证，就能在自己的家门口免费查阅各类民生档案，实现就地查阅、就地出证，省去了来回的路途奔波。还有人社部门合作开通“民生档案查阅户户通”，让老百姓足不出户就能通过家中的机顶盒查阅到自己的民生档案信息。

我是 2016 年 10 月调到征集编研科，长期以来一直在保管利用科，主要负责全市的档案利用查询服务，亲身经历了众多老百姓查阅民生档案的喜怒哀乐，留下了一段段真情感人的故事。近年来，我个人累计接待查档2.3万余人次，出具证明1.7万余份，依据档案帮助老百姓解决各类问题1.3万余个。在那些接待查询日子里，我主动公开电话、邮箱、网址等，竭力为公众提供全天候服务。还创新疑难档案集体会商制度，决不遗漏群众所需的档案。

家住璜泾镇的黄燕燕，2007年6月到了退休年龄，可是由于原单位改制，且无个人档案，因此无法正常办理退休手续。于是他听人介绍，抱着试试看的想法来到档案局。我了解其情况后，厘清线索，寻找档案，终于在“1977年太仓县第二工业局规划企业职工花名册”等三份档案中查询到黄燕燕的有关信息。通过这三份档案的佐证，提供了其相应的工作时间，于是黄燕燕拿了这三份档案再次来到人社局，很快办理了退休手续。黄燕燕至今对我当年的热心服务充满感激。

与黄燕燕工龄认定相似的，还有浏河的梅小英，她之后还送来一面“人民公仆情系百姓”的锦旗。原来，这位退休职工感谢档案局同志的热情服务，为她挽回了失落的工龄。原来已经办理退休手续的梅小英，听说其原在乡镇服装厂工作的工龄也可纳入计算，人社部门要求其提供原始档案，于是她前来查阅档案。在浩如烟海的档案中，我们仔细检索，收集资料，最终7份档案提供了她当年参加工作的情况，前后呼应，左右匹配，于是，她得以重新认定工龄，获得退休工资。

老百姓查阅民生档案，主要涉及个人工作、家庭生活以及相关的社会信息，如婚姻、工龄、独生子女、建房批复、退伍士兵、知青、土地承包、干部任免、早期的土地证等。由于馆藏档案丰富多样，查阅档案后能够解决的问题约占八成以上，因此，老百姓对查阅民生档案充满了信心。

家住安徽阜阳的退伍军人胡开田，后来到浙江嘉兴做水果生意。2016年春节前夕打算回老家过年，顺路到太仓探望部队的两位太仓籍战友。到了太仓浮桥，仅凭部队时交往的记忆没有找到。赶巧路过档案馆，便前来求助。我们在馆藏1.9万余退伍军人中智能检索，精准查找。通过与当地转业干部联系，终于与两位退伍军人取得联系。三人见面，格外兴奋，并为我们档案工作人员细致周到的服务点赞。

无悔追求：延伸拓展民生档案

“为党管档、为国守史、为民服务”，这是档案人肩负的神圣职责和使命，也是我们不懈追求的奋斗目标。作为长期奋战档案一线的骨干，我们情系档案，乐于奉献。一份份尘封档案的背后，都有着一段段沧桑岁月的故事。

2006年11月，浮桥镇陆公村第十村民小组出现了感人的一幕。33年前被领养抱走的李小齐，如今携自己的妻女，千里迢迢地从河南焦作赶到太仓，拜认亲生母亲，母子俩久别重逢，悲喜交加。当时我也在场。母子俩对我说："多亏了你们档案馆的查询，才有我们相认的今天。"我在接到李小齐的寻亲求助时，几乎没有可利用价值的信息。当我看到李小齐那沮丧的目光时，我内心的热情被点燃，于是，经过多方打听，四处联系，终于有了下文。

自从事档案工作以来，我放弃休息，到处奔走，急他人所急，想他人所想，全身心投身于钟情的档案事业，为档案开发利用书写新的荣耀，先后为8对亲人圆了寻亲梦。因为在我的心中总有一股愧疚感，作为档案人帮助别人找到了失散的亲人，而我妻子的亲生父母至今杳无音信。那种骨肉离散的痛苦和煎熬，我深感自责和不安。于是我用加倍的努力，力争为更多的人提供帮助。

2017年8月，一部从海外回流的老纪录片揭开了一段逝去的岁月，再现了71年前的沙溪古镇。这部《Bridge To Yinhs》（通往印溪的桥）拷贝的地域鉴定，凝聚了我们档案人的辛勤奔波。原来，我接到一个沪上电话，有位上海音像资料馆的龚伟强致电我们档案馆，要求寻找一段历史资料，求证一部老纪录片的拍摄地点。根据对方提供的"印溪""同昌祥"等印记，我们在民国档案中查阅到联合国善后救济总署1946年前来太仓的记载。还有关于纪录片里的老字号、水桥、酒店、童子军、踩高跷、舞龙狮、医院挂水打针、学校上课，以及发放救灾物资等场景，我们与当地修志的老同志一一核实，均能"对号入座"，并且档案记载1954年前沙溪就叫"印溪"。

民生档案，服务民生。这是我们档案工作者的分内事、寻常事。民生档案，看似小事，一个人、一个家庭而已，但是在它的背后，却关系到个人的幸福、家庭的和睦乃至整个社会的公平和进步。也许我们的档案力量是极其微弱的，但是我们"力透纸背""一'纸'千金"，整个社会的涓涓细流终究能汇成江河大海，从而掀起一股不可战胜的澎湃力量。

社会治理篇

亲历太仓改革开放四十年

社会治理篇综述

葛为平

日出江花红胜火，春来江水绿如蓝。改革开放以来，太仓凭借既有的政治担当和文化自觉，在民主与法治、民生与福祉方面大步尝新，积极引入新理念，迅速形成新思维，社会治理的新机制、新方法应时尽出，诸多方面均为全省领先、全国独帜。从城乡社区的一票直选到基层群众的民主决策，从社会保障的全覆盖到大病医疗的再保险，从公共服务的多元普惠到三社联动的精准服务，每一项的延伸都表达了太仓人的坚定，每一步的跨越都渗透了太仓人的智慧。民生工程，民心工程，尽为福祉；平安太仓，法治太仓，全是国基。大病再保险成为全国医改样本，平安建设摘取全国最高荣誉，公共法律服务上升为国家战略，政社互动引入中央顶层设计，桩桩件件都印证了太仓改革开放40年来的经济实力和文化张力。

十年磨一剑　一朝成尚方

——太仓政社互动实践引入中央顶层设计

葛为平①

2017年6月，新华社公开发布了《中共中央、国务院关于加强和完善城乡社区治理的意见》，从这份《意见》中我们可以清楚地看到，太仓政社互动的“两份清单”“一份协议”“双向评估”等核心举措全部纳入其中，太仓的创新实践终于上升为中央的顶层设计。回顾这一历程，整整十年。我与此相伴一路走来，艰辛而又漫长，但十分享受。

2008年10月，时任市政府法制办主任的顾潇军找我，说是他们准备搞一个课题研究，希望我参与。这个课题就是中央提出的“政府行政管理与基层群众自治有效衔接和良性互动”，后来简称为“政社互动”。说实话，当时这个又长又拗口的课题，我不懂也不感兴趣。2008年12月，这个课题在市委、市政府的组织下，政府法制办的策划下，会同民政局正式启动，启动仪式放在了沙溪镇太星村。

那时，我们太仓的法治建设已经处于全省领先地位，作为市法治办专职副主任，我一直在思考法治太仓如何深入的问题。2009年下半年，政社互动课题组在苏大政治和公共管理学院院长金太军的协助下，做了一件很了不起的事情。他们依照现有的法律规定，对村居现有事务进行了全面清理，清理出了“两份清单”，一份是《村居组织依法履行职责事项》，另一份是《村居组织协助政府管理事项》。这在全国是首创，是法治理念和法治方法的一次生动实践，用中国社科院史卫民教授的话来说，这是“我国行政改革的第二次革命”，意义十分重大。

从那时起，我开始关注并正式加入了政社互动制度创新的顶层设计团队。当时这个团队由市委常委直接领导，主要核心成员有政法委副书记、综治办主任毛义明，民政局局长王大明、副局长周红亚，市政府法制办主任顾潇军、副主任顾泉山，还有时任市综治办副主任、法治办专职副主任

---

① 太仓市综治办原副主任。

的我。团队名称是“政社互动联席会议”。

“政社互动”主要要解决的问题是规范政府行政行为，增强基层自治能力。政府行为怎样规范？自治能力怎样提升？“两份清单”如何落地？这是我们整个团队一直在讨论的中心话题。但是，老虎吃天，无从下手，一定要撕开一个口子。

一次在接待省领导来太仓视察工作的间隙，我和毛义明在娄东宾馆茶聊，我记得那天还下着绵绵细雨。那个时期，我们整年整月满脑子都是政社互动。我说，目前政府把村居视为行政下属，这种理念不符合法理要求，政府与村居组织签订责任书是行政责任的变相转嫁，加重了基层负担，这个问题要解决，以此为政社互动的实践找到突破口。毛义明十分认同。他认为，要从制度上切割两者的行政隶属关系只有废止责任书。然而，废止镇村之间的行政责任书是对举国现象的一种挑战，是对现有行政管理体制机制的一种颠覆，兹事体大不容小视。我们决定提请联席会议慎重讨论。

联席会议最终认为，全国性的破冰风险很大，但意义也很大，可以尝试。此事得到了市委、市政府领导的大力支持。

但是另外一个问题出现了。废止了行政责任书，村居协助政府管理事项如何落实？于是大家继续讨论。废止责任书，确立了两者之间社会主体的平等，既然是主体平等，村居协助政府管理事项应当以协议的方式比较妥当，而且契约的方式符合法治精神。就这样，“一份协议”种下沃土，等待破壳。

然而，又有一个问题随之而来。协议应该体现权利和义务的平等，村居协助政府管理是需要成本的，政府不能无偿占有村居资源，政府要有行政支付，这个理念没有困扰。但是如何支付、支付多少却难倒了大家。比如村居要协助政府搞好社会治安，政府应该支付多少？村居协助政府管理事项共有28项，成本无法估算，价格无从参考。这个问题让协议书的形成耽搁了很长时间，大家都在寻找答案。

一天，几个核心成员在一起吃午饭时，王大明端出了他的想法。他建议用总包总付“一揽子”的方式破解行政支付的困局。大家感到这个方法好。于是这份协议就出台了，这已经是2010年下半年了。

创新总是以问题为导向，一环扣一环。协议书的框架基本形成，另外一个问题又出来了：村居协助政府管理事项到年终要不要考核？如果按照过去方法，年终政府考核村居工作，那么仍然陷入了上级考核下级的行政套路。经过核心成员的集体智慧，提出了“双向评估”的创新举措，年终政府对村居的协助事项只评估不考核，与此同时，村居对政府的行政指导、行政服务、行政支付和行政干预情况也予以评估，最终商定绩效并兑现支付。

其间，我们进行了无数次的争论甚至激辩。君子和而不同，团队每个核心成员都站在了“引领全国”的制高点和脚踏实地的起跑线上开展“头脑风暴”。最终，“两份清单”“一份协议”“双向评估”的制度安排全部敲定，太仓“政社互动”完成了第一阶段也是最重要阶段的市级层面的顶层设计。

市委、市政府决定，“政社互动”在城厢镇和双凤镇一城一乡开始试点。2010 年 8 月 13 日，“政社互动”试点镇的签约仪式在娄东宾馆举行，城厢镇、双凤镇的各个村居主任与镇长签署了《村居组织协助政府管理事项协议书》。当时我们非常兴奋，因为这个日子应该载入历史，这是全国第一份村居与政府签订的平等协议，使我国基层政府与自治组织进入了契约合作的新时代。后来，此举被评为“江苏省首届十大法治事件”之一，对社会治理创新具有里程碑意义。

为了广泛宣传和践行政社互动，我们设计了“政社互动面对面”的大型“露天问政”活动。把政府制定公共政策和提供公共服务的部门领导召集起来，先后到协新村、沙溪镇、华侨花园住宅小区等露天场地搭台，让专业权威现场解答群众提出的政策咨询和服务需求。

同时我们经常深入村居搜集基层政社互动的典型事例，例如城厢镇电站村的“泥腿子监理”，中区居委会自主协商解决小区改造难题，双凤镇新闯村断路截泔脚治理垃圾猪等社区治理新样本，然后又编撰了《政社互动 100 例》。

那个时期，太仓的实践赢得了全国主流媒体的热评，获得了中央、省、市领导的肯定，2013 年中央书记处书记赵洪祝专门对太仓的政社互动做了批示。全国社会科学领域的专家学者更是趋之若鹜，高度关注。

记得那是 2011 年的深秋，我已经到了市社会办工作。我们接到中国社科院社会学所的邀请，让我们参加他们在贵州主办的全国性的社会管理创新高层论坛，并要我们在会上讲解太仓的政社互动理念和实践。10 月中旬，我和社会办副主任顾技峰两人同行，到贵州花溪参加会议。13 日上午轮到我们讲演。那时候，许多专家教授不熟悉太仓这个城市，更不知道太仓的政社互动。会议规定每人只有 10 分钟的发言，时间到就要叫停，无论你的名气多大。先前已经有三位大牌教授发言未尽被叫停。我的讲演安排在第四位。

我代表太仓就政社互动的情况做了介绍。我看到，与会的五六十位专家教授都瞪大了眼，聚精会神地看着我讲演。临近 10 分钟，发言还没完，我便主动说“时间到，我只能说这些”。谁知，刚才被主持人叫停终止发言的那位教授抢过我的话说：“我恳请主持人再给他 10 分钟，让他把话讲完。”原来专家教授们听得没过瘾。主持人示意让我继续讲，我就接着讲。

10 分钟又到了，我又自觉中止了讲演。此时主持人发话：“再给你 5 分钟。”这种待遇在如此高规格的会上是绝无仅有的，更何况我们又不是大学者、名教授，这是特例之特例。我又接着讲了 5 分钟，把太仓政社互动的行动理念和价值追求全盘托出。太仓创新的理念和生动的实践震撼了每一位在座的专家，在吃饭的时候，云南、重庆、贵州等各地与会专家都围到我们的饭桌上开展轮番追问。主办方打趣说，花溪会议，太仓最香。

2013 年 4 月，国家民政部将两期全国示范乡镇长培训班放到了太仓，并让我上台做了政社互动的专题介绍。12 月我又赴京参加了第七届“中国地方政府创新奖”的评选，最终入围 20 强。太仓的政社互动已经开始领跑全国的社会治理创新。

让我最难忘的是 2013 年 5 月发生的一件事。民政部向太仓市委发出邀请，让我赶赴北京参加中央文件的直接起草。根据中央授意，民政部在 2013 年要为中共中央、国务院起草一个关于加强基层政权建设方面的文件。民政部为了将太仓的经验引入中央的决策，就点了我的名。

5 月 21 日，我到了指定的北京郊外“北京蟹岛绿色生态度假村”入住，时间 10 天。会议期间规定，不能进城也不能出村。文件起草班子主要有民政部基层政权司的两位领导，南开大学的一位教授，武汉华中师范大学农村研究院的两名教授，还有一名就是太仓的我。六个人分章执笔。根据当时的文件架构，安排我起草“县乡及乡村关系”以及“农村文化建设”章节。我知道，这是国家治理的体系再造，也是太仓的使命和荣耀，更是我的责任和担当。起草文件时，我坚定地将太仓政社互动的三项核心举措，即“两份清单”“一份协议”“双向评估”写入了草稿之中。

起草结束旋即返回，文件进入流程。然而，时过三年，文件一直没有正式下发。这期间，中央召开了党的十八届三中、四中和五中全会，形势又有了新的发展，依法治国和社会治理创新有了更加丰富的理论，国家治理体系和能力的现代化建设成为我国全面深化改革的总目标。2016 年，中共中央、国务院出台了正式文件，文件名称《中共中央、国务院关于加强和完善城乡社区治理的意见》，编列中发［2016］第 13 号。我仔细阅读了这个文件，发现太仓政社互动的“两份清单”“一份协议”“双向评估”全部纳入了中央的这个文件。

太仓政社互动的探索实践，为全国社会治理创新做出了积极的理论贡献和实践示范。十年努力，十年坚守，我为能赶上这趟时代列车、亲身经历社会治理改革创新而感到欣慰。

太仓首创公共法律服务体系建设经验升格为国家战略

顾潇军[①]

2014 年 10 月，中国共产党第十八届中央委员会第四次全体会议通过的《中共中央关于全面推进依法治国若干重大问题的决定》提出，“建设完备的法律服务体系，推进覆盖城乡居民的公共法律服务体系建设”。第一次以党的文件的形式，把肇始于太仓的公共法律服务概念上升为国家战略。2018 年 2 月，中央电视台《焦点访谈》栏目大篇幅介绍公共法律服务“太仓模式”，太仓公共法律服务再次成为全国关注的焦点。一项发源于基层实践，并最终成为党和国家的顶层设计，真正惠及亿万群众，其缘起、发展、成型远非寥寥数语所能承载，它所经历的是一段波澜壮阔的奋斗史，更凝聚着太仓司法行政人不懈追求、勇攀巅峰的心血和梦想。

一次改革引发的一次深入思考

那年的冬天特别寒冷。2010 年，我从市政府法制办主任调任司法局党组书记、局长，面对的却是怎样一幅景象。法律服务行业发展连续多年裹足不前，市场主体杂乱、收费混乱、竞争无序等现象屡禁不止，甚至出现了虚假诉讼的违法犯罪情况。法律服务行业的发展现状与人民群众日益增长的法律服务需求形成强烈反差；司法行政单打独斗，脱离群众，自娱自乐。百姓不知道司法局，更是把司法局与法院、检察院相混淆，充满着神秘感、敬畏之心，各项工作面临着严重的瓶颈制约。年底，苏州市司法局主要领导打来电话告知：在当年的争当全国司法行政排头兵的考核中，太仓位列各板块之末，同样也意味着太仓在全省排名下游。我当场半开玩笑

① 太仓市司法局局长。

不服气地反问："难道掉了毛的凤凰不如鸡?"

生存还是死亡，这是个问题。改革，下定决心改革。为尽快破解难题，太仓市司法局组织专门课题组，由我担任组长，通过实地调查、座谈讨论、查阅资料等多种形式，对全市司法行政的发展现状、职能作用、存在问题等进行广泛而深入的调研。

人勤春来早。新年伊始，市政协以主席建议函的方式向市委提出建议，针对太仓法律服务行业规模小、人员少，市场占有率不到12%的现状，要求扶持律师行业加快发展。时任市政协主席宋建中亲自打电话与市委主要领导沟通，得到了市委、市政府的高度重视。2011 年 1 月 25 日，恰逢春节前夕，课题组突破了行业禁锢，代拟并推动太仓市政府出台了《关于加快推进律师行业规范发展的意见（试行)》，为司法局送出"新年大礼包"。据我了解，其中的政策是司法局和法律服务人员多年想突破却无法实现的。《意见》在创造律师发展条件、保障律师执业权利、改善律师执业环境、引进和培养法律服务人才等方面给予明确而有力的政策支持，更引人关注的是在税收扶持政策、政府购买法律服务等方面实现了前所未有的突破。这份文件中，第一次出现了"市政府设立法律服务专项资金 120 万元"，鼓励和引导律师到农村为基层服务，实现市、镇、村三级法律服务全覆盖，积极参与信访和社会矛盾纠纷化解，提高纠纷解决机制中专业化法律服务的参与比例。《意见》的出台无疑为太仓法律服务行业注入了一针加快发展、努力跨越的强心剂，也赋予了司法行政部门一根"撬动地球"的杠杆，为太仓公共法律服务的横空出世奠定了政策基础。

改革因此厚积薄发。那一年，八部门联合规范和完善全市法律服务市场秩序，法律服务机构诚信质量指数开始定期发布，进一步推动专业法律服务力量下沉；打破行业管理僵局，强力推行法律服务行业"两结合"管理体制改革……这场开始于法律服务行业的全面改革，不仅实现了法律服务市场的整肃、法律服务管理的理顺以及法律服务队伍的提升，更为重要的是，在改革推进过程中，司法行政人的视角第一次由法律服务的供给端，引申到供给与需求的平衡，更进一步聚焦于人民群众的法律服务需求端。也因此，开启了中国公共法律服务体系建设的序幕，以至于后来演变成为全国司法行政工作改革的开端。

一个火花激发一个大胆梦想

法律服务的市场打开了，但是司法行政工作的抓手还没有找到。因此，一场更为深入的以群众需求为出发点的调研与思考悄然展开，一场深刻的变革箭在弦上。

经济社会转型时期的经济快速增长和社会发展也带来了社会需求的深刻变化，利益主体和社会结构发生了重要改变，社会矛盾和社会问题日益突出，收入差距、城乡差距较大，就业、公共医疗、义务教育、社会保障等公共需求的快速增长同公共服务、基本公共产品短缺的矛盾日益凸显。

从太仓的情况看，2011 年，太仓实现地区生产总值 867.5 亿元，地方一般预算收入 85.4 亿元，城乡居民人均收入分别达到 3.5 万元和 1.7 万元，连续入选全国百强县前 10 名，经济社会发展已经达到了相当高的水平。除了教育、就业、社会保障、医疗卫生等领域的公共服务需求外，人民群众对于公平正义等精神层面的需求普遍提高，而法律似乎还蒙着一层神秘的面纱。切合点在哪？

蓦然，《人民日报》上的一篇短文《法律消费》跃入我的眼帘，我脑海中火花一闪。我迅速在网络上搜索作者的信息。刘武俊，《中国司法》杂志总编。虽然远在天边，却是自己的娘家人。通过电话，我与刘老师海阔天空地神侃，虽未曾谋面，却一听如故。在以后公共法律服务的推进过程中，我又多次打电话向他请教。

由消费引向需求，由需求引向服务。一个大胆的概念在心中生成——“公共法律服务”。“崇尚法律信仰，彰显司法公正，让人的尊严在法律的太阳下熠熠生辉”，公共法律服务“光辉工程”横空出世。

围绕这一主题和“光辉”一词，我们为“光辉工程”设计了“四大行动计划”，即“六五普法 · 光辉太仓”，让法律的光芒播撒大地；“社区矫正 · 光彩人生”，使蒙尘的人生重新焕发光彩；“法律服务 · 光明万家”，让弱势的群体感受太阳的温暖；“矛盾调处 · 阳光生活”，使纠结的矛盾在阳光下冰雪消融。“四大行动计划”涵盖了司法行政工作的主要业务，在全市迅速构建起了一张覆盖城乡的“四纵三横”公共法律服务网。

一场实践催生一套创新理论

改革必然会影响到部分既得利益群体的利益。我们在推进公共法律服务过程中不断地遭到干扰和争议。《法治日报》和《中国司法》连续刊登太仓做法，引起了全国各地的广泛关注。某省份由一把手厅长亲自带队有关大学的教授、学者以及省辖市司法局局长的庞大队伍，来太仓考察后回去得出一个结论，说公共法律服务是一个“伪命题”。而局领导班子内部也出现了争议，说我是“空麻袋背白米”。上级业务部门也有争议，认为司法行政部门只要一个分管领导了，还要其他领导做什么。一些律师的举报信发往相关媒体和省市有关领导，批评我把律师当作下属部门，强行要求他们到村社区为老百姓提供免费服务等等。为此市委主要领导批示市政府分管领导前来调查，一时间，乌云压顶。

在冷静地分析了形势后，我得出一个结论，只要我们是为人民谋幸福的，它的方向就不会错。我是土生土长的太仓人，我更应该为太仓老百姓着想。党的十八大报告指出：加强社会建设，必须以保障和改善民生为重点。关注民生、重视民生、保障民生、改善民生，是党和政府的神圣职责和终极目标；为群众办好事办实事，是政府“执政为民”的根本体现；从群众中来，到群众中去，是群众路线的核心，更是建设现代化城市的根基。发源于太仓的这项改革，全部的出发点和落脚点都在于“对群众负责、为群众服务”，紧密联系群众、团结群众、依靠群众、为了群众、服务群众，推动工作理念和工作机制的转变，满足群众日益增长的法律服务需求，顺应群众期待。改革没有错，我充满自信。

最根本的问题是，要实现实践的再一次飞跃，必须寻找理论的支撑。

在我的发起下，建立了“12·4课题组”，进行理论攻关。可是历经半年，翻遍马列著作、哲学经典，苦无进展。

2012年年底，我去了清华大学，参加了市委组织的领导干部培训班，素有“立法学之父”之称的周旺生教授制度文明的理论引起了我的浓厚兴趣。课间，我与他进行了深入的探讨。一开始他反对我们的做法，认为基层政府不要动辄去用法律约束人民，给老百姓灌输法律知识的目的是教育他们遵纪守法。我耐心跟他做了解释，并且把太仓公共法律服务的做法对他做了简明扼要的介绍，告诉他我们的目的是让老百姓更加遵法信法，在法律的框架内分享改革红利，满足美好生活。听完我的介绍，周教授一下子表现出了浓厚兴趣。在接下来的讲课中，他表扬了太仓的探索，并且更加有重点地讲授了他的制度文明理论。

当天夜里，我兴奋莫名，彻夜难眠，连夜完成了一篇6000多字的学习体会，推开窗户，已是红日破雾。

回到太仓，“12·4课题组”再次启动，在一江之隔的南通，沐浴着江风海韵，一个个概念被厘清，一个个盲点被突破。

公共法律服务，指建立在基本实现现代化基础上，由政府主导提供、司法行政部门统筹，与经济社会发展水平和阶段相适应，旨在保障全体公民基本法律服务需求的公共服务。

概念一经确定，法律消费指数、公共法律服务产品、法律服务供给侧改革、公共法律服务标准化、公共法律服务实战化平台建设等创造性提法文思泉涌。最终的改革目标指向公共法律服务均等化。

公共法律服务均等化指全体公民都能公平可及地获得大致均等的公共法律服务，其核心是机会均等、全面普惠，而不是简单的平均化和无差异化。就公共法律服务均等化的宏观层次而言，它要求政府及相关服务供给参与主体，要为不同社会阶层的所有合法公民提供一视同仁的公共法律服务。作为政府的服务行为，公共法律服务关系到人民群众的福祉，关系到人民群众的切身权益，必然要考虑到均等化问题，否则就会造成新的社会不公。

一份《规划》引发了一场全国性改革

2013 年 7 月 11 日，太仓市委、市政府出台了全国首份《公共法律服务均等化规划（2013—2015）》，明确了“至 2015 年，覆盖城乡居民的公共法律服务体系基本完善，公共法律服务均等化取得明显进展；到 2020 年，公共法律服务体系健全完善，城乡公共法律服务差距明显缩小，争取全面实现公共法律服务均等化”的奋斗目标。该《规划》获评当年苏州市十大法治事件。若干年后的 2017 年 3 月，司法部在听取我的专题汇报后，一位参加当年十八届四中全会《决定》起草的同志深有感触地说：《决定》中关于构建覆盖城乡的公共法律服务体系的那两句话，就是取之于太仓的这份《规划》，当年可供参考的材料也就是太仓。

公共法律服务在太仓的实践表明，公共法律服务是政府公共服务的重要内容，其生命力在于为民服务，为广大城乡居民提供公共法律服务产品，这是对司法行政工作方式的一次“革命”。公共法律服务体系建设，均等化要求的全面实现，需要举全社会之力、整合司法行政系统内外资源来协同推进。

2013 年 6 月 1 日，整合司法行政各项管理服务资源的太仓市法律服务中心正式更名为“公共法律服务中心”，以崭新的姿态面向全社会开放，成为全国首家集法治宣传、人民调解、法律服务、法律援助、社区矫正等功能于一体的市级公共法律服务平台。随后，璜泾、浏河、浮桥等镇公共法律服务中心相继投入运行，全市逐步实现了镇（区）级公共法律服务中心全覆盖。

改革没有休止符。为更好地满足基层群众日益增长的法律服务需求，我们努力推动优质法律服务资源进一步向村（社区）下沉，积极探索依托村（社区）人民调解室，建立集矛盾化解、法治宣传、法律服务、法律援助、特殊人群管理等功能于一体的便民法律服务“阳光屋”，打造15分钟服务圈，努力将矛盾纠纷化解在基层、解决在一线，筑牢社会稳定的基层基础。一经推出，广受村居欢迎并迅速实现了全覆盖。

2012年12月，《法制日报》头版头条报道了太仓市公共法律服务体系建设经验。公共法律服务迅速在江苏全省推广。7年间，我们迎来了全国各地同行、专家学者、党委政府研究部门110多批次的参观考察，太仓的做法连续5次被《中国司法》封面推介，迅速在全国蔓延。

2015年12月30日，司法部下发《关于为江苏省太仓市司法局记集体一等功的决定》（司发通［2015］120号），表彰太仓市司法局在创新基层法治建设，促进基层依法治理，大力构筑公共法律服务体系方面所做的突出贡献。

一份《意见》彰显一片为民初心

从摸着石头过河到一系列制度规范，经过7年多的不懈探索，公共法律服务工作从最初的太仓首创变为了全国实践。广东、浙江、山东等地均以省委、省政府的名义出台了推进公共法律服务体系建设的文件并列入政府实事工程，步伐越来越大。我省将公共法律服务纳入了江苏省“十三五”基本公共服务范畴，省司法厅提请省委、省政府出台推进公共法律服务工作的文件。2017年6月，省司法厅在南京召开了公共法律服务推进会，刚刚明确把公共法律服务均等化作为工作目标。7月16日，全国司法厅局长会议上，司法部终于明确：“要以公共法律服务体系建设为总抓手，统筹推进司法行政各项工作。”因此，相比于全省乃至全国，我市公共法律服务率先起步，始终引领着发展的方向。目前，我市的公共法律服务体系建设基本完成，市委、市政府制定的《公共法律服务均等化规划（2013—2015）》也初步完成，需要一个新的目标和任务来深化和提升我市公共法律服务均等化品质和水平，继续引领发展，打响太仓法治能力现代化的新品牌。

2017年8月1日，太仓市委全面深化改革领导小组第六次会议专题审议《关于深化公共法律服务均等化改革的实施意见》（简称《意见》），要求把公共法律服务打造成为太仓法治现代化的核心竞争力。这份《意见》凝聚了我多年来对公共法律服务领域的研究成果。

2017年8月29日，江苏省司法厅、苏州市委市政府联合在太仓召开全省深化公共法律服务均等化改革试点会议，总结推广太仓公共法律服务体系建设工作经验。“太仓模式”被官方认可。

《意见》提出到2020年，城乡一体、普惠均等、服务高效、群众满意的“四纵三横”现代公共法律服务体系更加完善，公共法律服务网络进一步健全，公共法律服务产品和服务更加丰富，政府、市场、社会共同参与公共法律服务体系建设的格局不断健全，整体水平继续走在全国前列，成为太仓法治现代化建设的核心竞争力标志。《意见》明确公共法律服务均等化改革工作的主要任务，从理念、机制、内容、保障4个方面提出19条具体的改革措施。这些措施突出把握上级最新要求，突出反映太仓发展实际，突出改革性、创新性的特点。

改革永远在路上。我们的身后，留下了一串坚实的脚印。从2011年开始，我们创新公共法律服务产品供给，每年均立项开展司法惠民实事工程建设。7年来，璜泾镇法治文化学校、新区新太仓人法治俱乐部、特殊人群教育帮扶基地、乡音调解室、老娘舅专家服务队、百家党员司法光辉岗等90余个司法惠民实事项目从市、镇两级层面全方位覆盖法制宣传、法律服务、矛盾调处、矫正帮教、基层建设等司法行政各个领域，在全市城乡形成了一批各具特色、具备一线实战能力的公共法律服务惠民“亮点”。

与此同时，每月10日的“司法光辉日”、每季度一场的村社区“农村法治大讲堂”、每年一次的法律体检和新年“暖阳一号”“五月的阳光”等专项活动常态化开展，人民群众切实感受到法律阳光的温暖。司法行政工作更加贴近群众、贴近民情、顺应民意，更加符合广大群众的愿望和要求，在实践中塑造了司法行政惠民利民的良好形象，成为太仓公共法律服务均等化的重要亮点和强劲助推力。

进入新时代，全国首家智慧公共法律服务中心投入运行；扩容后的市公共法律服务中心乔迁新址；12348掌上公共法律服务平台指挥决策系统升级换代……

潮平两岸阔，风正一帆悬。2018年3月7日，司法部专题听取太仓汇报，确定将在太仓市召开全国公共法律服务平台建设现场推进会推广太仓经验。

党的十九大报告明确新时代我国社会主要矛盾是人民日益增长的美好生活需要和不平衡不充分的发展之间的矛盾。实现公共法律服务均等化是太仓未来发展目标，也是历史赋予我们的重任。我们坚信，公共法律服务均等化的“光辉工程”在党的十九大指引的光辉大道上，将活力迸发，阔步前行。

一票直选——太仓开创基层民主建设先河

曹宏杰①

基层群众自治是我国区别于世界各国基层民主政治的一种独特制度形式，是人民依法直接行使民主权利的一项制度设计与具体实践，是中国特色社会主义理论和思想在基层民主建设中的一个成功范例。改革开放40年来，太仓在基层群众自治方面有许多有益的探索和实践，部分工作无论是过去还是现在都走在全省乃至全国前列，成为全国基层民主建设的一面旗帜。

在世纪之交的前后五年，我作为直接参与基层群众自治建设的一名基层工作者，有幸经历并参与其制度的创新与设计、实践的探索与提升以及成果的评价与推广，使太仓基层民主建设不断向前发展。

由“两个直接”实践到“一票直选”提出

20世纪80年代初，太仓与全国各地一样，经历了一场农村基层由生产大队到村民委员会的体制变革。作为基层政权组织的一部分，村民委员会在农村一经确立其成员的产生就备受各级党委政府的关注和重视。太仓作为农村集体经济与生产组织形式相对发达的地区之一，如何选好村民委员会主任及其班子成员，成为当时社会各界普遍关注的大事。

为了选出让群众与社会各个层面都能满意的村民委员会干部，在20世纪80年代中期至90年代末的15年，太仓经历了村民委员会初步候选人“三次提名方式”，同时把握了一次“重要时间节点”。三次提名方式分别是：1983年第一届村民委员会候选人由乡镇党委提名，经村党支部通过，村民委员会由村民代表选举产生；1988年《村民委员会组织法》颁布实

① 太仓市人大外事民宗侨台工委主任，时任太仓市民政局副局长。

施，村民委员会候选人由村民（10 人以上）联名提名，村民委员会由有选举权的村民直接选举产生；1995 年为适应基层民主建设新要求，村民委员会候选人改由有选举权的村民直接提名，按村民委员会确定的职数与得票多少确定候选人，而后由有选举权的村民进行无记名投票选举产生，这种选举的方式后被概括为“两个直接”。一次重要的时间节点是：《村民委员会组织法》颁布实施后，村委会太仓原定三年一届，本于 1989 年到届，为适应新的变化，1988 年提前一年换届。换届过程中，太仓在民主选举方面形成的操作办法，以及依法合规的工作流程等，都成为苏州乃至全省的宝贵经验，并予以推广。

1992 年，全国第一次村民自治工作经验交流会在山东省莱芜市召开，太仓带着基层群众自治诸多工作成果在会上进行交流，得到了国家民政部等相关部门的充分肯定。由此，太仓受到了全国关注。1997 年，全国人大常委会修改并重新颁布《村民委员会组织法》，太仓“两个直接”选举办法的精神被写入其中，成为指导全国村民委员会换届选举的范例。

1998 年，我在民政局由分管社会救济与社会福利，调整为分管基层民主建设。在工作过程中，我发现乡镇与村在组织选举时有两个数据特别被关注，一个是选民的选举参与率，一个是村民委员会直接提名初步候选人的相对集中率。我与工作人员拿出全市第六届村民委员会提名初步候选人，与经选举产生的村民委员会成员进行对比分析，发现第一次由全体有选举权村民直接提名的初步候选人，与全体有选举权的村民直接投票选举的村民委员会成员有着高度的一致。因此，我直观认为，第一次由全体有选举权村民直接提名初步候选人这一程序可以省略。这种省略，不光节省人力、物力和财力，更减轻了村民的选举烦躁以及具体人员的工作压力。于是，我在市委组织部以及市相关部门的支持下，于 1998 年组织起草并由市委、市政府印发《太仓市村级民主建设暂行规定》。规定结合太仓工作实践，围绕民主选举、民主决策、民主管理、民主监督等“四个民主”以及村务公开内容进行规范，其中，规定的第三章“民主选举”第七条明文：“全村有选举权的村民过半数参加投票，选举有效。得提名票超过有选举权村民的半数即当选。”这在后来被概括为“一票直选”，即让村民完全根据自己的意愿，直接选举自己认为合适的村民委员会成员。由此看出，“一票直选”的提出，有它的实践过程与时代背景，同时也有其操作的可行性和深远的指导意义。

“一票直选”的探索与实践

1998 年，市政府以及相关部门有关基层民主建设等文件相继下发，立即在全市上下引起强烈反响，尤其在农村基层村干部中围绕“一票直选”的可控性等相关问题提出质疑。

为使 2000 年全市第七届村民委员会换届选举完全依照“一票直选”的办法组织实施，市民政局在市委、市政府的同意下，于 1999 年决定选择归庄、沙溪、岳王 3 个镇的 6 个村进行试点。以归庄为例，选择香塘与凡山两个不同类型的村进行先行先试。根据太仓市《村民委员会选举操作办法》的相关规定，明确由全体有选举权的村民，按不确定候选人、直接无记名等规定，得票超过 50% 以上，且按村民委员会规定职数，选出其成员超过 3 人的，选举即为成功。试点结果是：凡山村选出由原村民委员会副主任及原成员民兵营长、妇女主任以及新当选的村赤脚医生和村农技员，组成了新一届村民委员会，原村主任落选；香塘村由于村集体经济相对强，为村民办实事相对多，村民委员会原班子成员都有一定工作经验等原因，除一位副主任因年龄稍大落选外，其余原班子成员全部当选，同时又选入两名新的班子成员，成功选出新一届村民委员会。

通过 6 个村的试点，给了我们三点启示：一是“一票直选”选举形式得到先行村肯定，完全可以操作；二是选举出的人选，有群众基础，能为群众办事，同时能够得到群众的拥护；三是部分原村民委员会成员未被选上，除了其本人原因之外，还与村级基础以及村党支部与村民委员工作配合与协调等有着一定的关系。

有了试点的经验与教训，同时具备足够的工作准备与思想发动，2000 年全市第七届村民委员会换届涉及 231 个村，除 6 个先行村以及村区域调整提前换届 84 个村外，其余 141 个村全部按照“一票直选”的办法组织选举。其中两个村未选出符合规定职数的村民委员会，选举没有成功，其余 139 个村完成换届。

逐渐被认识的太仓“一票直选”

太仓基层群众自治在探索中坚持自我扬弃，尤其在民主选举方面不断优化创新，在依法前提下积极探索符合太仓实际的选举方法，赢得了上级的肯定，同时也被全国所注目。

2000年年底，“全国基层民主建设工作培训班”在北京举行。培训期间，省民政厅一位分管处长在组织交流时谈到太仓采取“一票直选”方式完成新一届村民委员会选举，引发各参训人员的热议。时任民政部副部长李宝库要求会组人员安排时间，让我就太仓“一票直选”情况与参训人员进行交流。李部长坐在我旁边，他认真听了我的发言。在主席台上，时任全国农村工作领导小组办公室副主任陈锡文听完我的介绍后，对“一票直选”予以高度肯定。他说，农村基层通过有效形式选举产生的村民委员会干部，必须为村民服务，为村民谋利益。他在我发言时风趣插话：太仓的“一票直选”如同国外的“全民公决”，它检验的是村干部的工作水平与能力，也反映出在村党组织领导下，村民委员会如何有效组织和发展村级经济、管理村民事务的决策力与执行力。

2001年年初，太仓市举办全市新一届村民委员会主任培训，省民政厅一位处长在授课时对太仓“一票直选”给予高度评价。他说，太仓市第七届村民委员会换届采取无记名无候选人“一票直选”，开创了江苏乃至全国基层群众自治、民主选举的先河，是一件了不起的事情，对于推进基层群众自治向纵深发展有着深远意义。同时，他要求太仓在基层民主建设的其他方面也应大胆探索，为全省提供可复制的经验。

2001年5月，省人大常委会副主任柏苏宁带领省人大相关委室以及省民政厅、司法厅、法制局等部门，来太仓调研基层民主建设，同时开展修改省《村民委员会选举办法》立法调研，听取基层对办法的修改意见。当她得知太仓采取“一票直选”产生新一届村民委员会后很是感慨，因为她知道，省人大即将修改通过的选举办法，其中选举条款的内容主要吸纳《村民委员会组织法》中“两个直接”的法律条文，而太仓“一票直选”无论是依法操作，还是强化选民责任意识，或是通过加强党组织在基层的领导，培养与挑选优秀人员充实基层，接受群众教育等方面，都有很好的启示。所以她听得特别认真，问得也特别专业与详细。整个座谈会变成了汇报会，会时从上午10点一直开到下午1点半。座谈会结束时，她随即告诉民政厅与法制局的同志，在立法调研结束后，重点就民主选举的章节做认真修改。她强调说，既然我们江苏太仓已经采用“一票直选”方式成功选举产生新一届村民委员会，在新修改的省选举办法里应该在明确“两个直接”的同时，提出可以采用“一票直选”方式，选举产生新一届村民委员会。所以，在2001年年底，省人大通过经修改重新颁布的省《村民委员会选举办法》里，写下了“有条件的地方可以采取‘一票直选’的方法，组织换届选举”。这为全省正式推开“一票直选”奠定了法律基础。

“一票直选”留下的思考

“一票直选”从文字写进市委、市政府文件到具体的工作实践，至今已过去了近20年。这些年来，全省乃至全国各地都在借鉴太仓经验的同时，积极探索符合本地实际的基层民主建设新路。据了解，到目前全省采取“一票直选”实施村或社区居民委员会换届的在70%以上；在省外，浙江省率先以文件形式明确可以采用“一票直选”的方式，组织村民委员会换届选举，其他省（市）也有比照“一票直选”做法，组织换届。

目前，据了解，全国各地基层民主选举主要有三种形式：依照《村民委员会组织法》相关条款，采取“两个直接”，即有候选人选举；以吉林省榆树县为代表，通过竞选演说组织选举；以太仓为代表，采取无记名无候选人“一票直选”。纵观各种选举，都有它的长处与不足。现在，我们已经进入新时代，需要用全新视角去观察和审视过去与现在在基层群众自治方面所发生的事情，如果能很好地回顾总结过去，必定会对基层民主建设发展有着积极的推动作用。回眸太仓基层民主选举过去走过的路，当目前仍采取“一票直选”方式进行村（居）民委员会选举时，留给我们的是怎样的思考，怎样的启示？

在我看来，“一票直选”是在法律框架内按选举程序的一次施法过程，它要求选举的每个环节都必须依法，不能违法违规操作；“一票直选”是在党领导下做基层群众工作的一次洗礼，因为它要求基层党组织必须将有素养的人放在基层党组织或村委会锻炼，提高他们为群众办事的水准与能力，只有这样，群众才会认识他、信任他、拥护他，更能选上他；“一票直选”不仅考量的是村民委员会的工作，更能体现基层党组织的领导力与决策力，同时也反映出基层“两委会”在具体工作中的协调、平衡能力和工作担当；“一票直选”是一个村干部在做基层群众工作后面临的一次大考，在一定程度上是一个村干部各种品格的一次群众性检验；“一票直选”在最大程序上把选举权交给了群众，满足了群众依法享有的直接民主权利。但也该看到，“一票直选”也有它的不足，尤其是在主客观条件不成熟的情况下，如果把“一票直选”仅仅看作是一次选举过程或是一次简单选举，那么很容易将《宪法》赋予基层群众的自治权转化为工作的行政化、操作的形式化。

太仓大病保险诞生记

陆　俊[①]

说到太仓大病保险，太仓人几乎没有不知道的，曾引起李克强总理的重视并做出批示，上了央视《新闻联播》头条，并在《经济半小时》多次播报，被众多媒体誉为国家大病保险新政的蓝本，又一次使太仓走向了全国。那么，太仓是怎么想到要搞大病保险的呢？上面又是怎么知道的呢？这其中前前后后的一些事恐怕就鲜为人知了。下面，我就来说说这些往事。

社会保障在我国全面推开不过一二十年时间。应该看到，我们的社会保障体系还不完善，制度还不健全，水平还存在很大的差异性，还缺少积累的经验，需要我们在实践中创造性地探索。另外，我国各个地区之间在经济和社会基础、发展水准、生活水平、人文理念等方面存在很大的差异性，这一国情也决定了我们的工作需要创新精神。仅就江苏省而言，苏南、苏中、苏北各方面差异就极大，更遑论全国各地的差异了。但国家制定政策是建立在宏观性、导向性、指导性基础上的，一般不可能“一刀切”，而是常常加上“有条件的地区”“结合本地区实际”，指明一个方向。各地在具体贯彻落实中，只有紧密结合本地区，创造性地找准结合点，才能取得更好的成效。

目前，太仓社保创新工作已逐步走向常态化、系统化、规范化，创新已成为大家的自觉行动，创新成效日益显现。近十年来，推出了“被征地农民土地换保障”“城乡养老人员共享社会化管理服务”“社保基金实时联网审计”“农民补充养老保险制度”“灵活就业人员职业伤害保险”“开展全民大病保险”等近100项社保工作创新成果，部分创新之举在全省乃至全国产生了较大影响，并已全面推广。

---

① 太仓市人社局原局长。

农保也有了“年金”

2003 年，太仓市推行了农村养老保险制度，凡达到女 55 周岁、男 60 周岁的可直接领取每月 80 元的基础养老金。一开始毕竟是从无到有，群众对政府还是心存感激的。但随着企业养老金连续几年大幅调增，每年一加就是上百元，而农保养老金每年只加十几元（现在每月也只有 200 元），差距越来越大，群众越来越不满意，意见纷纷。比如说，农保连低保都不如、靠农保养老前途渺茫、参加农保实在没有意义、拿这点养老金实在没有面子等。然而，农村养老保险实际上是一个福利性的保障制度，对直接享受基础养老金的人员来讲，他们以前没缴过一分钱，没有积累，完全是福利性的，政府压力是相当大的。2003—2007 年，太仓农村老人享受人数最多时达到 6 万多人（现在还有约 3 万人）。如果每月只加 10 元，政府每年也要增加 700 多万元的支出。

如何走出困境，我想到了企业年金制度。企业年金制度是为了让企业职工退休后在享受基本养老金的基础上再增加一份保障待遇。是否可以借鉴企业年金制度，建立农民补充养老保险制度，使太仓农保“年金”获取企业年金的异曲同工之效?

2009 年 1 月，太仓农民补充养老保险制度出台，以缴费年度前两年的本市农民人均纯收入为基数，缴费比例为 20%，其中个人缴纳 9%，市、镇（区）财政各补贴 9%、2%，缴费年限为 15 年，一次性缴费后的次月起按缴费总额 5.5‰的标准计发补充养老金。此项制度推出后一个月内，就吸引了大量的参保人员。

目前，全市补充养老保险参保人数超过 1 万人，占农保养老人员近 1/3，从而使全市农村养老保险制度安排的初始月养老金超过了 540 元，居全国领先水平。

不能忘了这个特殊群体

在我们身边有造房子的泥水匠、码头上的搬运工、赶早市的小商贩、家政钟点工、为居民疏通下水道的工人等灵活就业人员，他们活动于太仓全市，估计有 5 万余人，约占城乡劳动力总数的 1/5。这类人员数量多，工作项目庞杂，但城乡居民生活时刻又不能缺少他们的服务，是推动地方经济社会发展的一支不可忽视的力量。但这类人员工作不稳定、流动性较大、收入不确定，导致这些游离于《劳动合同法》之外的人员目前仍在《工伤保险条例》适用范围之外。他们在工作时受到事故伤害后，无法得到相应保障，严重伤害者还会因伤致贫，可能是给社会带来不和谐的一个因素。但这个特殊群体没有依赖政府安排就业，自谋生计，特别是太仓在推进城乡一体化进程中产生的大量农村转移劳动力，他们中的大部分人都是灵活就业。如果他们发生了职业伤害，没有保障说不过去。我们政府部门应该主动作为，可以本着“从无到有、从宽到严、从低到高，逐步完善”的思路，探索实行针对灵活就业人员的职业伤害保险。

本着以上思路，局里于 2009 年出台了《关于推行灵活就业人员工伤保险的实施意见（试行）》（以下简称《实施意见》）。其中规定，本市户籍劳动年龄段的灵活就业人员，凡因与工作有关的原因受到事故伤害的、因履行工作职责受到暴力等意外伤害的、在工作场所受到机动车事故伤害的……情况属实，均可予以认定；明确参保人员个人不承担缴费，实现全员免费参保，保险费由就业专项资金支付，按实际参保人数每人每年 30 元的标准提取，建立专项基金；经劳动能力鉴定达到现行劳动能力鉴定伤残等级的享受相应补偿待遇，最低 1000 元，最高 30000 元。

《实施意见》出台后，灵活就业人员当即受益。张小玲原是一名下岗工人，在自己的辛勤奋斗下终于支撑起一家小吃店。正当她在创业路上满怀希望往前奔时，谁知在 2011 年 4 月的一天，她不幸被和面机轧伤右手，导致不能开店营业。面对暂时停业、收入减少，还要花钱医治伤手的困境，张小玲一筹莫展。社区协理员知道情况后，让张小玲到人社局工伤部门申报灵活就业人员职业伤害保险。经过认定、劳动能力鉴定，最终张小玲得到了 1000 元的补偿。这样，张小玲才宽下心来养伤休息。小店虽然歇业几天，但是因为有了补偿，她的收入基本没有受到影响。

为探索实现工伤保险广覆盖，切实解决灵活就业人员的现实问题，太仓市政府出台的《实施意见》，开了全省乃至全国之先河，迄今为止，太仓工伤部门共受理并认定灵活就业人员职业伤害 38 起，给灵活就业人员吃了一颗定心丸。

2013 年，人力资源和社会保障部工伤保险司领导专程为此来太仓调研并给予了充分肯定，并要求进一步探索完善以示范全国。最近，太仓市在对前几年工作进行总结、研讨的基础上，出台了《太仓市灵活就业人员职业伤害保险暂行办法》，进一步完善了灵活就业人员职业伤害保险制度。

这些年，太仓市医保事业快速发展，全民基本医保待遇不断提高，住院报销比例职工医保达到 90%，城乡居民医保提高到 70%。但现实中，大额医疗费用患者的个人实际负担仍然较大，导致“因病致贫、因病返贫”现象时有发生。我每次陪同市领导下基层慰问困难群众，看到其中大部分是“因病致贫、因病返贫”，心里总不是滋味。尽管市医保中心一直努力寻求对策，在提高医保普惠待遇的同时，积极探索实施向特殊疾病倾斜、向老人倾斜、向困难群体倾斜、向基层就医倾斜等“四个倾斜”的特惠措施，但仍然难以改变大额医疗费用患者的个人实际负担较大的状况，其中主要原因是因为基本医保目录外的自费部分往往数目比较大，自费部分不能报销，报销部分有自负。如太仓市2008—2010年间，发生住院医疗费用10万~20万元、20万~30万元、30万~50万元、50万元以上的患者，其基本医保目录外的平均自费率分别达到24.9%、25.4%、33.3%、36.5%，且医疗费用越大，自费率越高。以一名发生10万元医疗费用的患者为例，若自费率为25%，职工医保报销额为7.5万元×90%=6.75万元，个人自负率为32.5%；城乡居民医保报销额为7.5万元×70%=5.25万元，个人自负率为47.5%。如何解决这一现实问题，一直是我们近几年工作的一块心病。

2010年，我与分管领导及医保部门负责人经过反复思考、商讨，一致认为，提高大病保障水平要想取得突破性进展，仅仅局限在基本医保制度框架内，恐怕难以取得令人满意的成效，唯有进一步更新理念、创新思路，才有望取得突破。

2011年4月，市医保中心对照国家医改有关精神，本着坚持求解问题的针对性、制度设计的科学性、指标体系的准确性、运行合作的协调性，开始探索引入商业保险合作机制，开展全民大病保险。按职工医保、居民医保参保人员每人每年50元、20元标准筹资，委托商业保险机构经办管理，对住院基本医保自负费用超过1万元以上的部分进行二次补偿，补偿比例为53%~82%，自负费用越大，补偿比例越高，报销额度不封顶。实行大病保险后，患者得益，全家高兴。家在双凤新湖的大病患者顾丽芬就是其中一例。

顾丽芬，37岁，家住双凤新湖。她家原是低保户，家庭经济本来就不宽裕，丈夫平时出外打工所得也只能维持一家的基本生活。谁知屋漏偏逢连夜雨，顾丽芬不幸遭遇脑外伤，为治病共花去医疗费33万元，其中自负12万元。对于一个低保家庭来说，这12万元是一家的所有积蓄及所有亲戚朋友的借贷助力。可是顾丽芬后脑颅骨缺失还需再次手术，费用为8万多元，这让顾丽芬一家走进了绝望无助的境地。怎么办？就在顾家走投无路之际，大病保险首批保费核结，医保中心一个电话打到顾家，亲切地告诉他们："顾丽芬医药费巨大，符合大病保险条件，还可以报销 8 万元钱。"顾丽芬的丈夫哪里相信天底下竟有此等好事，以为一定是骗子的行骗电话，马上放下听筒不予理会。医保中心连打好几次电话，再三解释，顾丽芬的丈夫才抱着试试看的心情来到了医保结算中心。当他手捧 8 万元钱时，激动得声音颤抖，一时间难以置信。好一会儿才缓过神来，立即飞奔回家，把喜讯告诉妻子："你的手术费有着落了，大病保险真是你的救命钱啊！"

太仓市大病保险举措由于制度设计科学、合作机制新型、政府指导到位、商保作用明显、保障成效凸显，大病患者真正得到了实惠。2011 年以来的三年中，全市医疗费用超过 10 万元的 1802 名患者中，平均实际报销比例达到了 81.97%，此举为缓解"因病致贫、因病返贫"现象发挥了积极作用。

大病保险得到总理批示

其实，就当时而言，太仓推行大病保险最初的动念，是为缓解因病致贫寻求一个没有办法的办法。虽说太仓从 1994 年起就建立了基本医保制度，新农合制度那就更早了，并经过一二十年的不断完善和发展，城乡居民的医保待遇确实也是有了很大提高，普通疾病住院医保报销可达到百分之七八十以上，可一旦患上大病，个人除了自负医保不报的部分外，还要负担医保报销目录外的且往往是额度比较大的那部分医疗费用，不要说经济条件比较差的家庭，就是条件一般的家庭，可能立马就会陷入困境。每年春节前，我陪市领导走访慰问困难家庭，看到的情景几乎都与罹患大病有关，而每次都会让我们社保部门想想办法在医保上给点倾斜。实际上，对于已经进入贫困的家庭，医保是有特殊政策扶持的，问题是对于事先已经发生的那部分大额医疗费用，是不能用医保基金去帮扶的。

那么，如何去攻克这个难题呢？

2009 年，社保部门就把它放上了重要议事日程，经过反复酝酿、商议，我提出一个想法，就是能否用医保基金在保险公司为所有医保参保人员再买一份保险，专门对因患大病需个人自负的那部分大额医疗费用再次给予不同程度的报销。于是，在这个想法相对成熟后，我报请市政府同意，在 2010 年的工作计划中提出了要加快探索推行"大病再保险"，紧接着开始进行数据测算分析、研究运行模式、选择合作机构、商谈合作方式，结果仅用了不到 10 个月的时间，于 2011 年 4 月就正式开始推行。正因为最初是个再保险的概念，所以至今太仓老百姓还是习惯地称之为“大病再保险”。

事情虽然开始做了，但从形成想法一直到推行以后的很长一段时间里，我难以对外吐露的担心是从来没有放下过，当时的确面临着两大风险：首先是将医保基金直接支付给保险公司买保险，是没有政策依据的，总感觉会触碰到政策“高压线”；其次是在推行中任何一个环节出差错，可能会导致严重的后果，特别是如果出现大额亏损，那是很难收场的，随时会陷入被动。为此，当时我在社保部门定了一条原则，就是只做不说。这份担心一直到国务院医改办领导来太仓调研以后才慢慢放了下来。

那是 2011 年 5 月份，国务院医改办根据李克强总理的指示，赴全国部分地区调研大病保险工作，在江苏的最后一站调研结束后，因要从上海虹桥机场回北京，就隔天安排住在太仓。他们来到太仓后，在与负责接待的市发改委同志交流中得知，太仓也在推行大病保险，因为他们是第二天下午的飞机，所以就请发改委当晚就通知我，他们明天上午要来听听太仓大病保险工作情况。结果他们听取了我的情况汇报后很兴奋，说此次太仓不虚此行，认为其他地方的大病保险大都是在医保原有的框架内探索，而太仓跳出了这个框框且创建了一个全新的模式，并希望继续探索下去。过了不久，中国人民保险公司（PICC）也知道了，公司董事长带了好多位公司领导及保险专家来太仓进行了为期两天的调研，回京后董事长亲自撰写了调研报告报给李克强总理。李克强总理在报送的太仓医保调研报告上批示：“请医改办阅。可深入分析总结太仓的做法与经验，有效放大基本医保效应，抓紧构建政府、个人与保险机构共同分担大病风险的机制。”在后来的一段日子里，国务院医改办主任也来到了太仓调研，中央电视台、《人民日报》、新华社、《光明日报》、人民网等好多新闻媒体也纷纷来太仓采访。

太仓市创建“中国长寿之乡”纪实

陆健德

2009年12月下旬，中国老年学学会正式授予太仓“中国长寿之乡”称号，太仓成了全国第十三个、经济富裕地区第一个“中国长寿之乡”，这是太仓历史上一件大事，也是改革开放以来太仓经济、社会发展的一大标志。笔者亲自参与了创建“中国长寿之乡”的倡议、调查、申报工作，亲历了创建全过程，对此留下深刻的印象。

市老年协会提出创建“中国长寿之乡”倡议

中国老年学学会于2007年5月公布了《“中国长寿之乡”评审办法》和《“中国长寿之乡”评审标准》，并在全国范围内开展评选活动。太仓市老年协会得知这一信息后，对此高度关注。2008年6月18日，太仓市老年协会第一届第二次理事会认为，创建中国长寿之乡意义重大，可以进一步提高太仓的知名度，更加科学地证明太仓投资环境十分优越；进一步推进全社会重视老龄工作，弘扬长寿文化，崇尚尊老敬老的传统美德；进一步改善老年人生活环境，提高老年人生活、生命质量，促进构建幸福、美满、安康、祥瑞的和谐社会。于是，决定向民政局、老龄办提出倡议，申报创建“中国长寿之乡”。这一倡议得到民政局、老龄办的高度重视，时任民政局局长王大明、副局长曹宏杰立即向时任市政府分管副市长周文彬做了汇报。周文彬与市老龄委负责人宋建中商议后，决定由市老龄办会同市老年协会根据中国老年学学会颁发的“中国长寿之乡”评审标准进行调查摸底，对太仓申报“中国长寿之乡”进行了可行性分析。老龄办与市老年协会初步调查分析后认为，太仓已具备申报“中国长寿之乡”的条件。于是太仓创建“中国长寿之乡”的工作正式拉开序幕。

申报工作紧锣密鼓进行

从2008年7月开始，太仓市委、市政府决定由市民政局、老龄办和市老年协会开始进行申报“中国长寿之乡”的准备工作。

第一，参观学习取经。7月27日，市老龄办李卫光，市老年协会陆健德、陶润钟同志赴广西永福县学习取经，8月初李卫光又偕同孙小星、陆健德等到江苏如皋市学习取经，主要是学习申报工作的程序、要求、做法、书面材料的制作、所需经费等有关事项。在调查了解工作的基础上，写出《关于我市申报“中国长寿之乡”的请示》，向市委、市政府汇报，受到市委、市政府和相关部门的高度重视。

第二，进京汇报沟通。12月18日，时任太仓市老龄工作委员会副主任、民政局局长王大明和市老龄办主任、民政局副局长曹宏杰进京向中国老年学学会、专家汇报太仓市地处经济发达地区的区域长寿现象以及太仓当前具备的条件，表示了太仓申报“中国长寿之乡”的决心。

第三，成立申报工作领导小组，下设由市民政局、老龄办、市老年协会等部门参加的专门工作机构，制订了申报工作计划，负责协调各方面工作，实施申报材料的编制工作。要求市发改委、公安、劳动保障、农林、卫生、统计、环保等涉及评审所需数据的单位、部门及时提供相关数据，为顺利编制申报材料奠定基础。

第四，邀请中国老年学学会领导实地考察。3月15日，中国老年学学会常务副会长兼秘书长赵宝华，中国老年学学会常务理事、中国老龄科研中心研究员萧振禹一行，来到太仓进行太仓长寿现象的实地调研考察，其间对太仓的老龄工作、经济建设、生态环境、城市建设、人文风貌以及太仓的长寿文化进行了深入调研，提出了申报工作的指导意见。同时，还走访慰问了王云宝、唐静贞两位百岁老人。

第五，把创建工作正式列入政府工作。在2009年年初召开的市十四届人代会二次会议上，时任市长陆留生在政府工作报告中正式提出，要把申报“中国长寿之乡”工作作为2009年度一项重要工作抓好，同时把申报经费也列入了财政预算。

第六，召开创建“全国老龄工作先进单位”暨创建“中国长寿之乡”动员大会。3月16日，太仓市委、市政府在娄东宾馆召开创建“全国老龄工作先进单位”暨创建“中国长寿之乡”动员大会。时任副市长周文彬主持会议。会上，时任老龄委副主任、民政局局长王大明回顾了太仓市老龄工作情况，阐述了两个“创建”工作的目的、意义和要求，市老龄办主任曹宏杰对两项创建工作做了具体部署。市委副书记、市老龄办主任宋建中在会上做了重要讲话，他指出：两项创建工作意义非同寻常，是落实科学发展观的具体行动，是推动太仓经济、社会发展的重要举措，也是加强老龄工作、改善老年人生活、造福子孙后代的一项善举。他要求各镇（区）、市各部门深刻认识两项创建工作的重要性，认真做好申报工作，为两项创建工作交出满意的答卷。

第七，成立市申报领导小组办公室，进行各项调查研究，编制申报材料。市民政局和老龄办曹宏杰、李卫光、周耀明、陈雪其以及老年协会陆健德、缪志清、陶润钟、孙天奇等同志担当了撰写申报材料的重任，他们先后写出了《经济发达人长寿——太仓长寿现象分析》《关于太仓长寿现象的因素分析》《太仓长寿文化考》《人活百岁不是梦——探索太仓37位百岁老人的长寿密码》等文章，撰写了《关于太仓市申报“中国长寿之乡”的请示》。4月7日，申报材料报送苏州市政府，请求苏州市人民政府同意太仓市申报“中国长寿之乡”。4月8日，苏州市人民政府发出同意太仓市申报“中国长寿之乡”的批复。4月12日，太仓市人民政府正式向中国老年学学会递交《关于请求授予“中国长寿之乡”称号的函》（太政函［2009］4号）和相关申报材料。4月18日，太仓市老龄委召开申报“中国长寿之乡”通报会，太仓市人民政府再次向中国老年学学会递交申报函，要求通过相关程序到太仓来验收。与此同时，市申报小组还编印了《太仓长寿画册》，编撰了《华夏寿乡探秘丛书》太仓稿的整套材料。

专家考证太仓完全符合“中国长寿之乡”条件

2009年9月1日，中国老年学学会正式下达文件，受理太仓“中国长寿之乡”的申报，并委托中国老年学学会长寿研究委员会对申报材料进行调查核实。9月19日，中国老年学学会常务副会长赵宝华率专家评审组到太仓来进行评审，专家认真审阅了太仓的申报材料，实地入户考察了百岁老人家庭，听取了市领导和有关部门的情况介绍，咨询了有关问题。他们考察了三个必达条件：1. 长寿代表性：长寿之乡标准规定，百岁以上老人占总人口的7/100000，太仓为7.93/100000；2. 长寿整体性：规定人口平均预期寿命县72.5岁，市75岁，当时太仓为77.54岁；3. 长寿持续性：80岁以上老年人占总人口的比例为1.4%以上，太仓为3.59%。还有12项考核指标：1. 经济稳定发展，人均收入不断增加，太仓2008年比2007

年增长19.9%；2. 城乡居民收入差距适中，基尼系数在0.4以下，太仓为城镇0.23、农村0.25；3. 基本养老保险覆盖面超过全国平均水平9.0%，太仓为52.08%；4. 实行基本医疗保险覆盖面超过全国平均水平6.17%，太仓为61.16%；5. 农村参加新型合作医疗覆盖面超过全国平均水平23.3%，太仓为99.44%；6. 每千名老人拥有养老福利机构床位数超过全国平均水平6.7张，太仓为每千人15.7张；7. 贫困老人都能获得政府的社会救助，太仓为100%；8. 每千人拥有卫生床位数超过全国平均水平2.3张，太仓为每千人5.3张；9. 卫生技术人员数超过全国平均水平3.4%，太仓为5.73%；10. 森林绿化覆盖率不低于17%，城镇住宅建成区绿化率不低于30%，太仓为20.30%和39.45%；11. 大气质量达到国家二级标准；12. 生活饮用水达到国家标准。以上均达到。赵宝华常务副会长在评审会上指出：太仓申报“中国长寿之乡”材料翔实，长寿人口显著，生态保护得力，经济发展迅速，社会事业协调，长寿文化厚重，评为“中国长寿之乡”名副其实。专家组经过评议和表决，认为太仓具备了长寿之乡的条件，一致通过建议中国老年学学会授予太仓“中国长寿之乡”称号，并在网上发布向全社会公告。12月下旬，收到中国老年学学会的中老字［2009］33号文件：《中国老年学学会关于确定江苏省太仓市为“中国长寿之乡”的复函》，正式授予太仓市为“中国长寿之乡”。

“中国长寿之乡——太仓”新闻发布会隆重召开

2010年4月12日，“中国长寿之乡——太仓”新闻发布会暨授牌仪式在太仓锦江国际大酒店隆重举行，《人民日报》、新华社、中央电视台、《光明日报》等10多家媒体记者齐聚太仓，报道太仓长寿的秘诀。

中国老年学学会会长李本公，常务副会长兼秘书长赵宝华，长寿研究委员会主任萧振禹，江苏省民政厅副厅长钮学兴，苏州市民政局局长林超，太仓市领导陆留生、秦建民、宋建中、陆卫其、张志明、周文彬、吕寅等出席新闻发布会。市委副书记、市长陆留生致欢迎辞；市委副书记、组织部部长秦建民介绍太仓市经济社会发展及中国长寿之乡申报情况；副市长周文彬主持会议。

李本公会长指出，作为中国长寿之乡中富裕程度最高的城市，全国富裕地区第一个长寿之乡，太仓获得“中国长寿之乡”称号，这是对太仓全面发展的最大肯定，充分表明太仓在人与自然、人与社会和谐发展中做出了显著成绩。太仓经验表明，科学发展是一个地区人口长寿最重要、最根本的原因。他认为，太仓的做法，为工业化、城市化起步较早的经济发达地区如何践行科学发展观，推进经济社会协调可持续发展，提供了一个值得借鉴的实例。

钮学兴、林超等省市民政部门领导对太仓市获评“中国长寿之乡”表示祝贺。他们认为，太仓市委、市政府高度关注民生，大力发展养老事业，各项工作取得显著成效，为全省和苏州的老龄事业发展做出了积极贡献，太仓成为全国经济发达地区第一个长寿之乡，意义重大，希望太仓以此为契机，积极探索更加有效的途径，更好地造福老人、服务社会。

时任太仓市委副书记、市长陆留生代表太仓市接受“中国长寿之乡”标牌。他在讲话中指出：“长寿现象是评价社会幸福和谐的重要标志，中国老年学学会把‘中国长寿之乡’称号授予我市，太仓成了全国富裕地区第一个长寿之乡，这是我市坚持科学发展、注重人与自然和谐发展、经济和社会事业同步发展理念，全面推进经济社会发展取得的丰硕成果。”他表示，太仓市将进一步加强对长寿现象的研究探索，总结长寿经验，发展长寿产业，促进人民群众普遍健康长寿，全面弘扬长寿文化，构建文明幸福和谐的现代化新太仓。

太仓市发展老龄事业纪略

王晓芸

太仓市人口老龄化起步早、来势猛、程度高，20 世纪 90 年代前已进入老龄社会，到 2017 年，60 周岁以上老年人增加到 15.11 万人，占户籍人口总数的 31.04%，老龄化程度在全省数一数二，比全国高出将近一倍。改革开放以来，太仓市（县）委、市（县）政府十分重视老龄工作，在组织领导、政策支持、老年保障、养老体系建设、文化养老等方面不断加大力度，使老年人过上幸福美满的生活。我们民政局是老龄工作的主管部门，亲历了老龄事业发展历程。现将改革开放以来我市老龄事业发展情况做一个回顾。

面对银潮强领导

娄江东去，银潮滚滚，老龄化给太仓老龄工作带来了空前的压力。1985 年，为了加强对老龄工作的领导，县成立老龄工作委员会，由县委、县政府有关领导担任正副职主任，下设老龄工作委员会办公室（简称老龄办），为县政府下属一个独立的部门。2001 年 10 月，市老龄办归并到市民政局，挂市老龄办牌子，与民政局老龄事业和老龄工作科合署办公，负责全市的老龄工作。在乡镇（区）一级，有的也设有老龄办，有的在民政办里设一位抓老龄工作的专职人员。1986 年，全县各乡镇、村（居）都建立老年协会抓老龄工作，2007 年，太仓市老年协会（学会）正式成立，太仓成为全苏州市第一个建立和完善县、乡镇、村三级老龄工作网络的县级市。老龄委、老龄办的建立承担了市委、市政府抓好老龄工作的重任，三级老年协会的诞生，使全市养老服务工作向着社会化的方向健康发展。

老有所养抓保障

“老有所养”是老龄事业最基本最重要的工作，老年人丧失劳动能力后，首先要确保能维持基本生活，有病能得到医治。由此，太仓市委、市政府十分重视老年人的生活保障和医疗保障，不断优化政策，建立和完善老年社会保障体系。一是老年人养老保险力度不断加大。2004 年起，我市全面建立了覆盖城乡的城镇职工基本养老保险、城乡居民社会养老保险、被征地农民基本生活保障和贫困老年人社会救助“四位一体”的社会保障体系。2011 年起，我市在苏州率先实现城乡居民养老保险制度并轨，参保率保持在 99% 以上，保障水平逐年提高。二是老年人医疗保险倾斜力度不断加大。城乡老年居民医疗保险的老年人的医保范围内报销比率分别达到 88% 和 60% 。2010 年，创新引入商业保险运作机制，建立“大病再保险”制度，突破了病种和报销封顶线的限制，医保目录外的自费部分被纳入了报销基数，大大提高了实际报销比例，降低了老年人医疗费用的实际负担。三是老年人优待力度不断加大。认真落实各项老年人优待政策，为全市 80 周岁以上高龄老人发放尊老金，60 周岁以上老年人每年享受一次免费健康体检；60 周岁以上老年人享受乘车优惠政策；65 周岁以上老年人每年免费享受老年人团体意外伤害险。

养老服务多模式

我们遵循“居家养老为基础、社区养老为依托、机构养老为补充、信息化养老为辅助”的养老工作方针，不断增加养老服务供给，满足老年人多样化的养老服务需求。重点在养老服务体系建设上下功夫，已经形成了多形式、多层次的养老服务模式。

一是机构养老提档升级。原来我市各乡镇都建有规模较小的敬老院，仅为五保老人提供养老场所。敬老院规模小，档次低，远远不能满足老年人养老服务的需求。2008 年起，市委市政府把市、镇（区）两级养老机构建设先后列入政府实事工程，由市镇两级财政投资 5 亿多元，首先建成沙溪、浏河、浮桥等镇级颐悦园，以后又改造双凤、璜泾、科教新城福利院，在全省农村养老机构中率先实现转型升级，被省有关领导赞誉为“养老太仓模式”。同时又改造建设了市福利中心和市颐悦园。全市目前共建成各类养老床位 5706 张，千名老人拥有养老床位 39 张。

二是老年护理医养融合。2010 年起，“老年护理院”建设列入政府实事工程，先后建成 8 家老年护理院，率先在全省实现“医养融合”模式，解决失智、失能老年人刚性养老服务需求。

三是社区养老增加供给。首先是加快设施投入。2013 年，社区老年人日间照料服务站和助餐点建设列入政府实事工程，近四年来市级财政共计补贴资金近 5000 万元，已建成 113 家老年人日间照料服务中心（站）和 117 家老年人助餐点，居苏州地区首位。同时，积极鼓励在合并村建设小型日间照料服务点，形成“1 + N”村级日间照料模式，打造 10 分钟社区养老服务圈。其次是加强社区为老资源融合发展。全面开展社区医养结合工作，探索社区医养结合、文化养老共建模式，将新建日间照料、基层医疗卫生、市民大舞台、书场等为老设施同步规划，实现为老服务资源集聚化。最后是推进社区养老多元改革。鼓励社会组织参与日间照料服务，开展社区养老社会化改革，建立“1 + 3”社会化服务工作机制，开展社区养老服务示范增能行动三年计划，推动社区养老公建民营、公建公营、民建民营多元发展格局，全面提高社区养老供给能力。

四是居家养老全面提升。始终坚持把家庭养老作为重要基础，首先，着力强化组织保障，2007 年出台《太仓市居家养老操作办法》，市、镇（区）、村（社区）三级全面建立居家养老服务中心（站），牌子、人员、场地三到位，并明确相应工作经费补贴。其次，着力转变政府职能，通过政府购买服务，委托专业社会组织，推进全市居家养老服务。最后，着力政策支撑，对生活困难的失能、半失能老年人提供每月最高 48 小时居家养老政府援助服务，对全市 80 周岁以上老年人按户每月享受 4 个小时居家养老政府补助服务，目前全市已有约 1.7 万老年人享受居家养老上门助餐、助洁、助医、助行等七助服务，大大改善城乡老年人的生活质量和幸福指数，在全省率先实现居家养老城乡全覆盖。

五是“互助养老”积极推行。2014 年，沙溪镇东市社区推出了一种“互助养老”模式，就是将社区内住在相近地区的高龄空巢老人组织起来建立“互助养老”小组，推选一名组长，掌握老人的地址、电话等信息，经常联系、互通情况，定期碰头学习、聊天、做针线、量血压，有困难互相帮助，有情况及时联系，抱团结对养老。市老龄办肯定了这种养老模式，委托市老年协会组织在全市试点推广，从 2015—2017 年已推行了三年。目前，全市共有 37 个村社区建立互助养老小组 215 个，参与老人 2014 人。

六是智慧养老“互联上网”。全面建成“一卡一机一码两平台”，以“互联网 +”模式推进智慧养老服务。一方面，建立包含老年人基本信息、全市养老服务机构、养老服务供应商、居家养老服务员的基础数据库，为养老服务提供基础性智能化管理平台。另一方面，通过 12345 便民热线、95002 养老热线、“一键通”呼叫电话实现养老服务远程申请；通过张贴二维码、建立养老专项电子地图实现养老服务的实时定位管理；通过“养老服务综合卡”实现居家养老服务、日间照料服务的虚拟结算。同时，建立动态维护机制，确保系统平台数据的时效性、准确性；建立平台间互联互通机制，提高工作效率，减轻基层人员工作负担。通过养老服务信息化建设，有效助推我市养老服务全覆盖。

文化养老创品牌

太仓是“娄东文化”的发源地，全国“龙狮之乡”“江南丝竹之乡”“桥牌之乡”“武术之乡”，我们立足弘扬、传承“娄东文化”，积极打造文化养老品牌。一是提高老年教育水平。为此改造扩建了市老年大学，老年人参加老年大学的学习经费由政府给予报销。建成沙溪、浏河老年大学分校。目前，全市现有在校老年学员 4500 人次（其中市级 3100 人次、乡镇 1400 人次），市老年大学拥有兼职老师 40 名，开设了 7 个系 24 个专业 107 个班级，创办了民乐队、合唱队、老年摄影协会、晚晴文学社、老年大学志愿服务队等 5 个社团组织，开展老年教育进村、进校、进军营“三进”教育服务活动和社区文化志愿服务，深受基层好评。二是打造文化养老品牌。每年举办“孝满娄城夕阳美”“夕阳红艺术节”“文化养老展示周”等系列活动，吸引 3 万多老人参与艺术节活动，7 万多老人观看欣赏。组建各类老年文艺团队 112 个，为老年人送上各类精彩的文艺节目。三是发展老年体育活动。每四年举办一届全市老年人运动会，每年开展老年人体育节活动，推广村居老年体育技能培训，参与培训活动人数超 7 万，提高老年人健康生活指数。

工作机制抓创新

为了深入推进养老服务工作，我市不断深化老龄工作的改革，创新养老服务工作机制。

一是创新多元合作机制。第一，建立成员单位联席会议机制，提高老龄办综合协调能力。第二，在全省率先成立了市养老服务组织公益园，加强对养老社会组织培育，目前全市共有养老服务社会组织近 20 家。第三，推行养老服务公益创投项目。自 2013 年起，共投入 3052 万元，实施了 154 个养老公益创投及政府委托管理项目。第四，率先建成市、镇、村三级老年协会组织管理网格。市老年协会积极开展各类调查研究，做好老龄工作参谋助手，编写《娄东银潮》，抓好老龄工作宣传。各基层老年协会组织参与村（居）管理、老年人服务、互助养老推广等工作，充分发动老年人自我管理、自我服务，成为老龄工作不可或缺的重要力量。

二是实行统一工作机制。树立全市“一盘棋”思路，创新建立“八个统一”工作机制，即统一市、镇、村三级居家养老服务中心站工作职责；统一政府援助补助对象审核审批程序；统一采取购买服务方式；统一开展全市老人信息采集录入工作；统一开展岗前及岗中服务人员培训；统一居家养老“七助”服务范围；统一制定服务规范及收费标准；统一配备信息化设备及服务费用结算标准和方式。

三是完善政策支撑机制。“十二五”以来，出台多个养老、为老服务政策文件，明确对民办养老机构每张床位给予最高 2.5 万元的建设补贴及相应的运行补贴，并对在同一养老服务机构工作一年以上的从事一线护理工作的人员发放持证奖励补贴及每月特岗补贴，有效缓解养老服务用工难问题。对全市所有居家养老服务组织每年给予最高 10 万元工作经费补贴，激发基层做好养老工作的积极性。

四是优化考评评估机制。出台了“养老服务第三方考评办法”，针对不同属性养老组织分别制定考评标准，并采取购买服务方式，引入第三方组织对全市养老机构、老年护理院、居家养老中心（站）、日间照料服务中心、助餐点等养老服务工作每季开展一次考核与评估，并形成专业考评报告，提出整改建议。考评的结果直接作为政府发放运行补贴及奖励的主要依据。同时，自 2014 年起，委托社会组织全面开展养老服务需求评估工作，对老年人的经济状况、身体状况、居住状况、养老服务需求意愿等进行调查评估，形成评估意见，作为提供养老服务补贴或安排入住养老机构的依据。

五是建立服务标准体系。2017 年 6 月，联合数家养老机构、专业社会组织、相关专家学者，编制并发布了《太仓市养老服务工作标准》，从适用范围、人员环境、设施设备、服务内容与管理、质量评价与改进等方面，对机构养老、居家养老、社区养老服务列出详细的标准化要求与规范化服务细则。有力推动我市养老服务专业、标准、良性健康发展。

改革开放以来，太仓的养老服务体系建设取得了较好成绩，得到了上级的充分肯定。2009 年，太仓被中国老年学会授予“中国长寿之乡”称号，使太仓成为全国第一个富裕型“中国长寿之乡”；2003 年和 2005 年被江苏省评为“老龄工作先进县市”；2010 年，被民政部评为“全国老龄工作先进单位”。

后　记

2017年年初，在改革开放40周年即将来临和党的十九大胜利召开之际，经太仓政协主席会议决定，在政协党组的领导下，我们尝试开展太仓改革开放口述史料的征集工作，并计划加以整理成文，编辑成书。经过一年多的努力，《亲历太仓改革开放40年》文史专辑终于出版付印了。编辑出版这本专辑的主要目的有三：一是我们在分享和品尝40年来改革红利和发展成果之时，不仅应该知道这段历史的梗概和脉络，更应该记住这段历史中有血有肉的人物和故事，牢记那些早期改革者付出的心血和汗水。因为，40年来在他们身上所发生的一切，都应该载入史册。二是在记录整理中我们发现，当初改革开放的很多亲历者已从豆蔻年华到花甲之年，从不惑之年到耄耋老人。我们真切感到对这段史料的及时整理和发掘迫在眉睫，刻不容缓。三是充分发挥政协文史工作"存史资政、团结育人"的功能，以及口述史料"正史之误、补史之阙、详史之略"的作用，将40年来太仓改革开放零碎分散的史料做一次相对系统、具体、生动的整理，以便后人能更全面、准确地了解这段历史。

在征集史料的过程中，我们聘请了10多位文史学者、政协委员、部门领导担任执行编辑，组织力量走访100余位改革开放的见证者和参与者，通过录音、录像和笔录等方式，记录了大量的口述史料。很多史料都是编辑者深入被采访者的家里、单位做笔录，然后进行整理、校对。尤其是一些曾经战斗在改革开放一线的老同志，克服年事已高、身体欠佳、视力不好等困难，在接到约稿函或者看到征稿启事时，主动撰稿，甚至亲自将稿件送到编者手中，让我们十分感动。在此，谨向他们表示诚挚的敬意和衷心的感谢！中共太仓市委沈觅书记对本书的编辑工作大力支持、高度重视，给了我们征编工作更多的信心和鼓励，我们深表谢忱！

编辑过程中，我们坚持尊重历史，尊重事实，力争保持口述史料的原汁原味，对于事件发生的人物、地点、时间有矛盾和疑惑的地方，尽可能进行多方考证和妥善处理。

《亲历太仓改革开放40年》文史专辑归纳了7个专题，通过对一些标志性事件和人物的采访，记录娄东大地上改革开放中鲜活生动的历史故事，反映太仓人民开拓创新的精神面貌。在编辑过程中我们深刻地感受到：改革没有止境，发展也没有止境。世界每时每刻都在发生变化，中国也每时每刻都在发生变化，太仓也在每时每刻发生变化，我们必须跟上时代，不断认识规律，不断改革创新。让我们在改革开放先驱者伟大创举的激励下，让历史照进现实，让现实续写精彩，使太仓在新一轮高质量发展的历史进程中始终走在前列。党的十九大描绘了决胜全面建成小康社会、夺取新时代中国特色社会主义伟大胜利的宏伟蓝图，进一步指明了党和国家事业的前进方向。我们要胜利实现既定战略目标，就要坚定不移坚持中国特色社会主义道路，坚定不移走改革开放这条正确之路、强国之路、富民之路。

由于改革开放40年来成效卓著，亲历者人数众多，我们无法在这一本专辑中收集记录所有史料，只能选取一些具有太仓独特历史印记的标志性事件，记录某一个侧面、某一个人物、某一个故事。对于浩瀚的40年改革开放历史进程而言，本专辑只能是挂一漏万、无法周全，加之时间有限以及编者水平所囿，纰漏之处还望读者见谅。

编者

2018年8月

图书在版编目（CIP）数据

悠扬与绚丽／邱震德主编. — 北京：中国文史出版社，2018.8

ISBN 978－7－5205－0490－4

Ⅰ. ①悠… Ⅱ. ①邱… Ⅲ. ①随笔－作品集－中国－当代 Ⅳ. ①I267.1

中国版本图书馆 CIP 数据核字（2018）第 194772 号

责任编辑：牟国煜

出版发行：**中国文史出版社**
社　　址：北京市西城区太平桥大街 23 号　邮编：100811
电　　话：010－66173572　66168268　66192736（发行部）
传　　真：010－66192703
印　　装：廊坊市海涛印刷有限公司
经　　销：全国新华书店
开　　本：720×1020　1/16
印　　张：26.25　　字数：457 千字
版　　次：2018 年 8 月第 1 版
印　　次：2018 年 8 月第 1 次印刷
定　　价：76.00 元